EIN SOLDAT FÜR BRITT

DIE MÄNNER VON ALPHA COVE
BUCH 1

SUSAN STOKER

Umschlaggestaltung: Hang Le
Umschlagfotografie: © FTAPE LIMITED
Titelbild: © JHON CLAUD / Shutterstock

ISBN Taschenbuch: 978-1-64499-479-5

Besuchen Sie Susan im Netz!
www.stokeraces.com
facebook.com/authorsusanstoker
twitter.com/Susan_Stoker
bookbub.com/authors/susan-stoker
instagram.com/authorsusanstoker
Email: Susan@StokerAces.com

EBENFALLS VON SUSAN STOKER

Schutz für Kelli (2 Sept)
Schutz für Bree (6 Jan)

Badge of Honor: Die Texas Heroes
Gerechtigkeit für Mackenzie (1 Dez)
Gerechtigkeit für Mickie (1 Dez)
Gerechtigkeit für Corrie (1 Mar)
Gerechtigkeit für Laine (1 Mar)
Sicherheit für Elizabeth (1 Apr)
Gerechtigkeit für Boone (1 Apr)
Sicherheit für Adeline (1 Jun)
Sicherheit für Sophie (1 Jun)
Gerechtigkeit für Erin
Gerechtigkeit für Milena
Sicherheit für Blythe
Gerechtigkeit für Hope
Sicherheit für Quinn
Sicherheit für Koren
Sicherheit für Penelope

Die Zuflucht in den Bergen
Zuflucht für Alaska
Zuflucht für Henley
Zuflucht für Reese
Zuflucht für Cora
Zuflucht für Lara
Zuflucht für Maisy
Zuflucht für Ryleigh

Ein Spiel des Glücks
Ein Beschützer für Carlise
Ein Prinz für June
Ein Held für Marlowe
Ein Holzfäller für April (1 Okt)

PROLOG

Chad Young stand an die Seite des Hauses gelehnt, in dem er aufgewachsen war, erstaunt und ehrfürchtig darüber, wie viele Menschen heute zur Lebensfeier seines Vaters gekommen waren. Es schien, als sei die gesamte Stadt Rockville anwesend. Sam, der Metzger, Mrs. Lakeworth, seine Lehrerin aus der vierten Klasse, Hummerfischer, die sich den Tag freigenommen hatten, um der Feier beizuwohnen, und natürlich waren alle ihre nächsten Nachbarn da, ebenso wie die besten Freunde seiner Mutter und seines Vaters. Er glaubte sogar, einige der Stadträte gesehen zu haben, die Rockvilles Regierungsform repräsentierten.

So ziemlich die ganze Stadt war gekommen, um seinem Vater die letzte Ehre zu erweisen und seine Mutter wissen zu lassen, dass sie für sie da waren. Es gab viele Gründe, warum Chad Maine vor Jahren verlassen hatte, um der Armee beizutreten, aber dieser Gemeinschaftssinn war eine Sache, die er definitiv vermisst hatte.

»Wie geht es dir?«

Chad wandte sich an seinen älteren Bruder Lincoln und zuckte mit den Schultern. »Nicht gut.«

1

»Mir auch nicht«, stimmte Lincoln zu, während er einen Schluck Wasser aus der Flasche nahm, die er in der Hand hielt.

»Wie geht es Mom?«, fragte Chad.

»Ungefähr so wie erwartet.«

Chad seufzte. Evelyn Young tat ihr Bestes, um die Gastgeberin zu spielen. Sie machte ein tapferes Gesicht, aber der Verlust ihres Mannes von fünfzig Jahren traf sie härter, als sie es sich anmerken ließ. So schön es auch war, seine Brüder zu sehen – seine beiden jüngeren Geschwister liefen im Garten herum, begrüßten die Leute und hatten gleichzeitig ein Auge auf ihre Mutter –, so sehr hasste er es, dass ihr kleines Familientreffen mit dem Tod ihres Vaters zusammenhing.

»Hattest du die Gelegenheit, mit dem Arzt zu sprechen, der Dad in der Notaufnahme behandelt hat?«, fragte Chad.

»Ja. Er sagte, er habe nicht gelitten. Dass er definitiv einen Schlaganfall hatte, als Mom den Notruf wählte. Als er den zweiten Schlaganfall hatte, nachdem er in der Notaufnahme angekommen war, konnten sie nichts mehr tun.«

Chad starrte auf all die Menschen im Garten und blinzelte die Tränen zurück. Es war unmöglich, sich seinen Vater als etwas anderes als überlebensgroß vorzustellen. Mit seinen eins fünfundneunzig war er eine imposante Erscheinung gewesen, aber auch ein sanfter Riese. Die Erinnerung an sein dröhnendes Lachen hallte in Chads Kopf wider. Es war niederschmetternd zu wissen, dass er es nie wieder hören würde.

Austin Young war ein toller Vater gewesen. Geduldig und doch streng. Er bestand darauf, dass seine vier Jungs fleißig lernten, aber er achtete auch darauf, ihnen beizubringen, wie wichtig es war, auch Spaß zu haben. Gleichgewicht. Für seinen Vater war Gleichgewicht das A und O gewesen.

Chad und seine Brüder hatten eine fantastische Kindheit gehabt. Sie bastelten an allen möglichen Motoren herum – an Motorrädern, Quads, Schneemobilen, Autos, Lastwagen und Rasenmähern. Es gab keinen Motor, den sein Vater nicht reparieren konnte, und er brachte seinen Söhnen alles bei, was er wusste. Sie zelteten, fuhren Boot, wanderten ... und verbrachten so viel Zeit wie möglich draußen.

Aber es ging nicht nur um Spaß und Spiel. Seine Eltern arbeiteten beide hart, um für ihre Familie zu sorgen. Als sie frisch verheiratet waren, hatten sie ein Stück Land gekauft und es *Lobster Cove* genannt. Es lag direkt am Wasser und war mit zwei Hektar ziemlich groß. Und im Laufe der Jahre bauten sie auf dem Grundstück Geschäfte auf, zunächst Bootslager für den Winter. Dann begann Dad, für den Bezirk Straßen zu pflügen und Freunden und Nachbarn beim Räumen ihrer Einfahrten zu helfen.

Die Autowerkstatt war jedoch der größte Geldbringer für seine Eltern, und sein Vater hatte auch mit dreiundsiebzig Jahren noch bis zu seinem Tod in der Werkstatt gearbeitet.

Ihre letzte Unternehmung war der Bau und die Vermietung von zwei Gästehäusern auf dem Grundstück. Sie waren nicht groß – eines war eine Hütte mit drei Zimmern, das andere eine mit zwei Zimmern –, aber sie waren jeden Sommer vom Memorial Day bis zum Labor Day ausgebucht. In den meisten Jahren auch darüber hinaus.

Seine Mutter hatte die Verantwortung für dieses spezielle Geschäft übernommen. Sie reinigte die Häuser, kümmerte sich um die Reservierungen, begrüßte die Gäste und half neuen Besuchern dabei herauszufinden, was man in der Gegend unternehmen konnte, und sie machte kostenlose Backwaren für jeden Ankömmling.

Bei dem Gedanken daran, was mit *Lobster Cove* passieren würde, jetzt, da ihr Vater nicht mehr da war, krampfte sich Chads Magen zusammen. Sein Vater hatte die Autowerkstatt und das Bootslager betrieben ... und er hatte das Gefühl, dass es seine Mutter sehr treffen würde, wenn beide Unternehmen untergingen und das Einkommen verloren ginge.

Seine jüngeren Brüder kamen mit einem leichten Stirnrunzeln auf ihn zu. Zehn Jahre trennten den Ältesten vom Jüngsten, aber viele Leute dachten oft, dass sie alle viel näher beieinander waren. Sie sahen sich ähnlich, und alle hatten sich nach dem Highschool-Abschluss für das Militär entschieden, was bedeutete, dass sie auch vergleichsweise fit und muskulös waren. Aber sie hatten alle unterschiedliche Wege eingeschlagen und waren in verschiedene Zweige des Militärs eingetreten. Es war eine ständige, gutmütige Rivalität innerhalb der Familie.

Im Moment hatte Chad keine Lust, Zach wegen des Footballspiels zwischen der Armee und der Marine zu verspotten oder Witze darüber zu machen, welcher Zweig des Militärs der bessere war. Er musste sich zusammenreißen, um seine Fassung zu bewahren, als er überall auf dem Grundstück Anklänge an seinen Vater sah.

»Dad hat *Lobster Cove* so sehr geliebt«, begann Zach ohne Vorrede, nachdem er sich zu seinen Brüdern gesellt hatte.

»Ja«, stimmte Lincoln zu, »das hat er.«

»Ich habe gehört, wie Victor Mom gefragt hat, was sie mit dem Grundstück machen will, jetzt, da Dad nicht mehr da ist.«

»Ist das dein Ernst?«, zischte Lincoln. »Bei Dads Gedenkfeier? Was für ein Arsch!«

Chad stimmte zu. Es war kein Geheimnis, dass ihr Nachbar schon immer ein Auge auf das Land der Youngs geworfen hatte. Jahrelang hatte er versucht, ihren Vater dazu zu bringen, ihm einen Teil davon zu verkaufen. Und offenbar hielt er es für angebracht, ihre Mutter zu einem Zeitpunkt zum Verkauf zu bewegen, an dem sie am verletzlichsten war.

»Was sollen wir tun?«, fragte Knox.

»In Bezug worauf?«, fragte Lincoln.

»*Lobster Cove*. Mom kann nicht alles allein machen. Sie hat keine Ahnung von der Autowerkstatt, und wir wissen alle, dass nichts Gutes passieren würde, wenn sie sich jemals hinter das Steuer eines Pfluges setzen würde.«

Alle lachten. Ihre Mutter war berüchtigt dafür, eine schlechte Fahrerin zu sein. Sie war in ihrem Leben in mehr Autounfälle verwickelt gewesen, als für einen einzigen Menschen normal war, und ihr Vater hatte sich geweigert, sie jemals den Pflug bedienen zu lassen, aus Angst, sie würde eines der Häuser umfahren. Das war ein weiterer Familienwitz, der jetzt, da Austin Young nicht mehr da war, eher traurig als lustig war.

»Otis bleibt doch bei uns, oder?«, fragte Zach. Otis war der langjährige beste Freund ihres Vaters. Er war etwa fünf Jahre jünger und kümmerte sich um die Buchhaltung und die Gehaltsabrechnung für die verschiedenen Unternehmen, die ihre Eltern besaßen. Er verwaltete auch ihre persönlichen Investitionen und machte jedes Jahr ihre Steuern. Er war von unschätzbarem Wert für *Lobster Cove*, und ihre Mutter würde seine Hilfe jetzt mehr denn je brauchen.

»Ja. Ich habe vorhin mit ihm gesprochen, und er hat mir versichert, dass er nirgendwo hingeht«, sagte Lincoln.

»Das ist eine Erleichterung. Und Barry und Walt?«, fragte Knox. Die beiden Mechaniker, die mit ihrem Vater zusammenarbeiteten, waren der Schlüssel, um die Autowerkstatt am Laufen zu halten.

»Sie bleiben auch. Zumindest für den Moment«, antwortete Lincoln.

Chad drehte sich der Kopf. Wohin er auch schaute, sah er Dinge, die erledigt werden mussten. Es war Mitte April, und der Winter war endlich vorbei. Es gab die üblichen Wartungsarbeiten – der Garten musste gepflegt werden, der Steg musste wieder angelegt werden, die Kajaks mussten aus dem Lager geholt werden, damit die Sommergäste sie nach Belieben benutzen konnten, und die Eigentümer wollten die Boote haben, die über den Winter eingelagert worden waren.

Doch je länger er sich umsah, desto klarer wurde Chad, dass viele Dinge vernachlässigt worden waren.

Eine der Veranden des Gästehauses war durchgesackt. Die Dächer beider Häuser mussten erneuert werden. Seine Mutter hatte erwähnt, dass der Ofen in der Zweizimmerhütte nicht richtig funktionierte und dass die Generatoren im ganzen Haus schon seit einiger Zeit nicht mehr funktionierten, wahrscheinlich weil wieder Mäuse in sie eingedrungen waren und die Drähte durchgeknabbert hatten.

Lobster Cove sah … müde aus.

Er konnte es seinen Eltern nicht verübeln – sie waren Mitte siebzig, und es war eine Menge Arbeit, die Geschäfte in den schwarzen Zahlen zu halten. Die allgemeine Instandhaltung hatte eindeutig keine Priorität gehabt.

Deshalb fragte Chad sich, was seine Eltern ihm und seinen Brüdern nicht erzählt hatten.

Er hatte ein schlechtes Gewissen, weil er nicht mehr Fragen gestellt, weil er sie nicht öfter besucht hatte. Es war offensichtlich, dass sein Vater körperlich nachgelassen hatte, und er war nicht in der Lage gewesen, einige der notwendigen Reparaturen rund um das Anwesen zu erledigen. Aber so lebenswichtige Dinge wie die bauliche Instandhaltung …?

Jetzt fragte Chad sich, ob die Geschäfte nicht so gut liefen, wie er gedacht hatte, und ob seine Eltern nicht das Geld hatten, um größere Ausgaben wie neue Öfen oder die Beauftragung von Handwerkern für die Reparatur der Dächer zu bezahlen.

Ohne nachzudenken, platzte er heraus: »Ich ziehe nach Rockville.«

Kaum waren die Worte über seine Lippen gekommen, schien ihm eine große Last von den Schultern zu fallen.

»Was?«

»Wirklich?«

»Wow.«

Er war nicht überrascht über die Reaktionen seiner Brüder. Es war schließlich eine impulsive Entscheidung, und er hatte sich selbst damit schockiert.

»Mom kann *Lobster Cove* nicht allein führen. Sie kann hier draußen nicht allein leben. Und ich traue dem verdammten Victor Rogers zu, dass er irgendetwas Zwielichtiges tut, um an den Besitz zu kommen. Wir alle wissen, wie viel dieses Haus wert ist. Mom und Dad haben es für einen Spottpreis gekauft, aber Grundstücke am Wasser sind in diesem Staat preislich in die Höhe geschossen. Mom braucht Hilfe. Ich kann tun, was Dad getan hat. Die Autowerkstatt übernehmen, bei der Instandhaltung des Grundstücks helfen. Vielleicht kann ich sogar Dads Pflugvertrag mit der Stadt übernehmen.«

Je mehr er darüber sprach, desto besser fühlte sich die Entscheidung an.

»Was ist mit Carissa?«, fragte Lincoln.

Chad zuckte mit den Schultern. »Wir haben uns vor ein paar Monaten getrennt. Es gibt nichts, was mich in Virginia hält. Mom braucht mich.« Dann kam ihm ein Gedanke, und er schaute jedem seiner Brüder in die Augen. »Sie braucht *uns*.«

Er ließ diese drei Worte eine Minute lang sacken.

»Kann mir einer von euch sagen, dass ihr dort, wo ihr seid, wirklich glücklich seid? Beruflich oder persönlich?«

Es war Zach, der zuerst sprach. »Ich wollte nicht aus der Marine austreten. Ich habe meine Arbeit geliebt. Aber die beiden Operationen an meinen Knien machten es mir unmöglich, mich ohne Schmerzen auf den Schiffen zu bewegen, und stundenlanges Stehen in der Kombüse war keine Option mehr.«

»Du könntest nach Rockville ziehen und eine Hummerbude eröffnen«, schlug Chad vor.

Zach verdrehte die Augen. »Als seien die dreiundvierzig, die es schon gibt, nicht genug.«

»Na schön. Dann eben etwas anderes. Du weißt genauso gut wie ich, dass es in dieser Gegend nicht genügend gute Restaurants gibt«, erwiderte Chad. Er wandte sich an Knox.

»Und die Küstenwache hat hier oben in Maine genauso viel zu tun wie in Florida.«

Knox schnaubte. »Ähm ... nein, hat sie nicht.«

»Na gut, schön. Hat sie nicht. Aber ich habe keinen Zweifel, dass die *Ausbildung* hier genauso wichtig ist wie dort. Du hast mir vor nicht allzu langer Zeit gesagt, dass du eine größere Herausforderung suchst.«

»Das ist wahr«, überlegte Knox.

Chad atmete tief durch und wandte sich an seinen älteren Bruder. Er hatte das Gefühl, dass Lincoln am schwersten zu überzeugen sein würde.

Nach der Highschool war Lincoln auf die Luftwaffe-Akademie in Colorado Springs gegangen und hatte Jets für ihr Land geflogen ... bis bei einem Einsatz etwas furchtbar schiefging und er über feindlichem Gebiet den Schleudersitz hatte benutzen müssen. Chad kannte immer noch nicht alle Einzelheiten – Lincoln sprach nie darüber –, aber er wusste, dass sein Bruder eine Woche lang vor den feindlichen Truppen geflohen und etwa sechzehn Kilometer pro Tag in Richtung Grenze gelaufen war, bevor er herausgeholt wurde. Zu diesem Zeitpunkt hatte er bereits zehn Kilogramm abgenommen und seine Schulter war so schwer verletzt gewesen, dass er die Jets, die er liebte, nicht mehr schmerzfrei fliegen konnte. Vor ein paar Jahren war er aus medizinischen Gründen in den Ruhestand versetzt worden und lebte seither in Montana das Leben eines Einsiedlers.

»Linc, du kannst mir nicht erzählen, dass Maine so viel anders ist als Montana. Es ist verdammt ländlich, ihr habt genauso viel Schnee wie wir hier, aber es gibt im Umkreis von tausend

Kilometern keine anständigen Meeresfrüchte«, scherzte Chad.

Lincolns Mundwinkel zuckten nicht einmal. »In Rockville

liegt nicht annähernd so viel Schnee wie in Montana«, erwiderte er trocken.

Die Blicke der beiden Brüder trafen sich, und Chad hatte Mühe zu verstehen, was er in den Augen seines Bruders sah. Er holte tief Luft und beschloss, seine Gefühle offen zu zeigen. »Ich vermisse euch«, sagte er. »Mit euch allen aufzuwachsen ... es war großartig. *Lobster Cove* war unser Zuhause, aber der ganze Staat war unser Spielplatz. Ich habe erst jetzt gemerkt, wie sehr ich das vermisst habe. Und Mom braucht uns *wirklich*. Sicher, ich kann versuchen, in Dads Fußstapfen zu treten, aber wir alle wissen, dass es mehr als einen von uns braucht, um alles zu tun, was er getan hat. Um *Lobster Cove* zum Blühen zu bringen.«

Er hielt den Atem an, während seine Brüder über seinen Vorschlag nachdachten. Es war ein großer Schritt. Ihr Leben zu entwurzeln und zurück in ihre Heimatstadt zu ziehen. Aber soweit Chad wusste, war keiner von ihnen in einer ernsthaften Beziehung. Es würde nicht leicht sein, hier in Maine jemanden zu finden, mit dem sie sich niederlassen konnten, und sie waren alle weit über das Alter hinaus, in dem ihre Eltern geheiratet hatten. Vielleicht war das nicht ihr Schicksal.

Vielleicht würde *Lobster Cove* ihr Vermächtnis sein.

Chad verdrängte den zynischen Gedanken, dass es keinen Sinn hatte, das Haus ihrer Kindheit zum Blühen zu bringen, wenn es niemanden gab, dem sie es hinterlassen konnten.

»Ich bin dabei«, sagte Knox plötzlich. »Du hast recht. Ich habe tatsächlich schon darüber nachgedacht, mir eine andere Stelle zu suchen. Es wird eine nette Abwechslung sein, hier oben zu leben, wo meine Eier nicht schon um sechs Uhr morgens schwitzen.«

Alle lachten.

»Gut. Ich werde auch kommen. Aber ich werde keine verdammte Hummerbude aufmachen«, sagte Zach.

Alle Blicke richteten sich auf Lincoln.

Ihr ältester Bruder starrte auf die Leute, die sich auf dem Grundstück tummelten. Dann seufzte er. »Irgendjemand muss euch Arschlöcher ja in Schach halten.«

Chad lächelte, als sich Zufriedenheit in seinen Adern ausbreitete. Plötzlich freute er sich auf die Zukunft. Dass er mehr Zeit mit seinen Brüdern verbringen konnte. Er hatte sie vermisst. Ja, sie waren jetzt alle erwachsen und sie hatten sich seit ihrer Kindheit sehr verändert, aber Blut war Blut. Wenn es hart auf hart kam, hielten die Youngs zusammen. Familie ging vor.

Sie mussten eine Menge Details klären. Wo sie wohnen sollten – es war nicht so, als gäbe es Wohngebäude in jedem Block von Rockville –, Jobs, Aufgabenteilung in *Lobster Cove* ... aber sie würden es schon schaffen.

»Ich liebe euch«, platzte Chad heraus. Das war etwas, das sie nicht oft zueinander sagten. Aber der so plötzliche Tod ihres Vaters hatte ihnen allen die Zerbrechlichkeit des Lebens vor Augen geführt. Man musste denen, die man liebte, sagen, wie viel sie einem bedeuteten, bevor es zu spät war. Er konnte sich nicht mehr daran erinnern, wann er das letzte Mal diese Worte zu seinem Vater gesprochen hatte, und er würde es für den Rest seines Lebens bereuen, es nicht öfter getan zu haben.

Lincoln packte ihn im Nacken und zog ihn in eine enge Umarmung. Zach und Knox drängten sich dazu und legten ihre Arme um die Schultern des jeweils anderen. Alle vier schmiegten sich aneinander und bekräftigten so ihr Bekenntnis zueinander, zu ihrer Mutter und zu ihrem Familienerbe. *Lobster Cove.*

Dies war ein neuer Anfang für sie alle. Der Weg würde holprig werden, das war sicher, aber als Familie würden sie alles durchstehen.

KAPITEL EINS

Chad wischte sich mit einer Hand über die Stirn und atmete tief durch. Sein Rücken schmerzte. Seine Knie schmerzten. Seine Schultern schmerzten. Verdammt ... alles schmerzte. Mit siebenunddreißig war er nicht gerade alt. Aber er spürte jeden Sechzig-Kilometer-Marsch, den er in der Armee hinter sich gebracht hatte. Jede Schicht, die er als Scharfschütze absolviert hatte, wo er stundenlang regungslos auf einem Dach, im Dreck, in der Kälte oder in der Hitze lag.

Er war verdammt gut in dem, was er tat, und Chad war stolz auf seinen Dienst für sein Land. Aber er war auch froh, dass er weitergezogen war. Menschen zu töten, selbst wenn sie das Schlimmste waren, was die Menschheit zu bieten hatte, war nicht gerade ein Job, über den er in feiner Gesellschaft frei sprechen konnte.

Zu Hause zu sein und mit seinen Händen auf eine ganz andere Art zu arbeiten war genau das, was er gebraucht hatte.

Die salzige Brise, die vom Wasser herüberwehte und trotz des nahenden Sommers noch kühl war, zerzauste sein dunkles Haar und erinnerte Chad daran, dass er es schneiden lassen musste. Aber er war zu beschäftigt gewesen. Er war am ersten

Maiwochenende zurück nach *Lobster Cove* gezogen, und in den zwei Wochen seither hatte er pausenlos gearbeitet.

Heute räumte er das Gelände um die Häuser herum auf. Es gab Äste von den vielen Winterstürmen aufzusammeln, Laub zu mulchen, Gras zu mähen ... und dann waren da noch die Innenarbeiten. In den Gästehäusern waren einige umfangreiche Reparaturen erforderlich. Außerdem half er Walt und Barry so oft wie möglich in der Autowerkstatt.

Seine Brüder würden in einer Woche eintreffen, und Chad würde sich über ihre Hilfe freuen. Er hatte gewusst, dass es in ihrem Elternhaus viel zu tun gab, aber er war nicht darauf vorbereitet gewesen, *wie* viel genau zu tun war.

»Chad?«

Als er sich zum Haupthaus umdrehte, lächelte er seine Mutter an. Sie stand auf der Veranda mit einem Teller und einem Glas mit etwas, das aussah wie Limonade.

»Es ist Zeit für eine Pause. Ich habe deine Lieblingskekse gebacken!«

Ohne zu zögern, ließ er die Äste in seinen Händen fallen und machte sich auf den Weg ins Haus. Seine Mutter war der Grund, warum er hier war, und er würde niemals die Gelegenheit verpassen, Zeit mit ihr zu verbringen.

Evelyn kämpfte. Nach außen hin lächelte sie und sagte die richtigen Dinge, aber es war mehr als offensichtlich, wie sehr sie ihren Mann vermisste. Und wer könnte ihr das verdenken? Sie und Austin hatten Jahrzehnte miteinander verbracht. Ihre Welt war auf den Kopf gestellt worden, und sie versuchte herauszufinden, wie sie ohne ihn weitermachen sollte. Das würde eine Menge Zeit brauchen.

Chad notierte sich, dass er die Verandatreppe reparieren musste, da sie bei jedem Schritt bedrohlich knarrte. Er zögerte nicht, in den persönlichen Bereich seiner Mutter einzudringen und sie zu umarmen, als er nahe genug dran war.

»Chad! Du bringst mich noch zum Kleckern!«, protestierte sie mit einem kleinen Lachen.

Er zog sich zurück, nahm ihr das Glas und den Teller aus der Hand und stellte beides auf einen kleinen Tisch zwischen zwei Schaukelstühlen auf der Veranda.

»Was? Darf ein Sohn seine Mutter nicht umarmen?«, fragte er, als er sie aufforderte, sich zu setzen. Er hatte keinen Zweifel daran, dass sie im Haus genauso hart gearbeitet hatte wie er draußen.

»Das kann er, aber du hast mich gestern Abend umarmt. Und heute Morgen ... dreimal.«

»Also gibt es jetzt ein Limit für Umarmungen?«, fragte Chad, während er sich in den anderen Schaukelstuhl sinken ließ. Die Erinnerung an seine Eltern, die in denselben Stühlen saßen und ihm und seinen Brüdern beim Toben im Garten zusahen, traf ihn hart. Der Schmerz über den Verlust seines Vaters war noch so frisch, und hier in *Lobster Cove* zu sein half ihm nicht, denn überall, wo er hinsah, waren Erinnerungen. Gute Erinnerungen, aber wenn *er* schon so viel Schmerz empfand, musste seine Mutter ihn zehnfach spüren.

»Mir geht es gut, Chad«, sagte sie leise. »Ich weiß, du denkst, dass ich zusammenbreche, aber das tue ich nicht.«

»Das denke ich nicht«, erwiderte er, aufrichtig schockiert. »Du bist die stärkste Frau, die ich kenne. Selbst mit siebzig bist du belastbarer und widerstandsfähiger als ich. Deshalb werde ich auch nie heiraten. Welche Frau könnte es je mit dir aufnehmen?«

»Oh, mein Sohn«, sagte seine Mutter und klang sehr traurig. »Sag so etwas nicht. Sie ist da draußen.«

»Wer?«

»Die Frau, die für dich gemacht ist. Es war nur noch nicht an der Zeit, dass du sie kennenlernst.«

»Aber jetzt ja?«, fragte er amüsiert.

»Ich glaube schon.« Seine Mutter nickte. Dann starrte sie ihn einen langen Moment an.

»Was? Was soll dieser Blick?«, fragte Chad.

»Ich wollte nur ... Ich bin so froh, dass du hier bist. Ich habe dich vermisst. Und deine Brüder. Als ihr mir gesagt habt, dass ihr nach Hause zieht, fühlte es sich nicht real an. Euer Vater und ich haben viel darüber geredet, wisst ihr. Wir haben uns gefragt, ob einer von euch jemals den Weg zurück nach Hause finden würde.«

Es war schwierig, über seinen Vater zu sprechen, aber es fühlte sich auch gut an. »Ach ja?«, fragte er und ermutigte seine Mutter weiterzureden.

»Mh-hm. Ich habe mir Sorgen gemacht, dass keiner von euch jemals nach Hause kommen würde. Dass ihr heiraten würdet und wir unsere Enkelkinder nur ein- oder zweimal im Jahr zu sehen bekämen.«

Chad widerstand dem Drang, mit den Augen zu rollen. Jahrelang hatte seine Mutter ihn und seine Brüder gedrängt, Kinder zu bekommen. Sie wollte Enkelkinder, die sie verwöhnen konnte, und zögerte nicht, sie bei jeder Gelegenheit nach dieser Möglichkeit zu fragen.

»Er würde vor Stolz platzen, wenn er wüsste, wie ihr euch alle eingesetzt habt.«

Chad nickte. Sein Vater wäre tatsächlich stolz. Wahrscheinlich wäre er auch anmaßend und herrisch, wenn es darum ginge, was seine Söhne in *Lobster Cove* tun sollten. Er würde jeden ihrer Schritte überwachen und jede ihrer Entscheidungen kritisieren.

»Wie geht es dir wirklich?«, platzte er heraus, weil er die Gewissheit brauchte, dass es seiner Mutter gut gehen würde.

Evelyn seufzte. »Ich bin müde. Und traurig. Ich vermisse ihn. Nichts ist mehr so, wie es war, und es ist schwer, die Energie und den Willen aufzubringen, jeden Morgen aufzustehen und ohne ihn weiterzumachen.«

Ein Schreck durchfuhr Chad. Aber dann fuhr seine Mutter fort.

»Aber ich werde es tun. Austin wäre sauer auf mich, wenn ich im Bett bleiben und darüber jammern würde, wie schwer mein Leben ohne ihn ist. Die Wahrheit ist, das Leben ist *nie* einfach. Es ist voller Höhen und Tiefen. Es ist die Art, wie man mit den Tiefen umgeht, die das wahre Maß eines Menschen zeigt. Dein Vater und ich haben uns vor langer Zeit geschworen, die schlechten Zeiten nicht überwiegen zu lassen. Wünschte ich, er sei noch hier? Natürlich wünsche ich mir das. Aber das heißt nicht, dass ich nicht mehr glücklich sein kann. Ich bin froh, dass *du* hier bist. Und dass deine Brüder bald hier sein werden. Alles andere gehe ich einen Tag nach dem anderen an.«

Chad war von der Liebe zu dieser Frau überwältigt. Sie war das Rückgrat von *Lobster Cove*. Sie war auch seine größte Stütze und war immer für ihn da gewesen. »Ich hab dich lieb, Mom.«

»Ich dich auch. Und jetzt ... iss deine Kekse auf und beweg deinen Hintern wieder da raus. Diese Äste heben sich nicht von selbst auf.«

Chad lachte. »Ja, Ma'am.«

Sie lächelte ihn von der anderen Seite des kleinen Tisches an. »Fährst du heute in die Stadt?«

Der Themenwechsel war offensichtlich, aber Chad machte das nichts aus. Es gab eine begrenzte Menge an emotionalem Zeug, die ein Mensch auf einmal ertragen konnte. »Ja. Ich muss ein paar Sachen vom Holzlager abholen und im Baumarkt vorbeischauen. Brauchst du etwas aus dem Supermarkt?«

»Ja, das tue ich tatsächlich. Ich habe eine Liste«, antwortete seine Mutter, lehnte sich zur Seite und zog einen Zettel aus ihrer Gesäßtasche. Die vertraute Bewegung brachte ihn zum Lächeln. Im Laufe der Jahre hatte er sie das unzählige Male tun sehen. Sie hatte immer einen Zettel in der Tasche, auf dem sie notieren konnte, was sie in der Woche brauchte, und gab die Liste dann seinem Vater, wenn er nach Rockville fuhr.

Chad griff danach und warf einen Blick auf die Artikel. Sie hatte eine Menge Reinigungsmittel auf der Liste, aber auch Grundnahrungsmittel wie Zucker, Mehl und Reis. Nächste Woche würden die ersten Gäste eintreffen, und seine Mutter machte immer Kekse oder Muffins, um sie in *Lobster Cove* willkommen zu heißen.

»Ich könnte eine App auf deinem Handy einrichten, die dir das erleichtern würde«, schlug Chad vor. »Du könntest eintippen, was du brauchst, anstatt ein Stück Papier im Auge zu behalten, und mir dann die Liste per SMS schicken.«

Sie lächelte ihn liebevoll an. »Ich habe es so lange auf meine Art gemacht, dass ich es jetzt nicht mehr ändern könnte«, erklärte sie nüchtern.

Seine Mutter war definitiv altmodisch. Sie hatte ein Handy, aber sie verlor es öfter im Haus, als dass sie es benutzte. Sie legte es ab und vergaß, wo sie es gelassen hatte. Oder der Akku war leer, weil sie es so lange nicht benutzt hatte. Evelyn war klug, sie verspürte einfach nicht das Bedürfnis, eine Routine zu ändern, die jahrelang funktioniert hatte.

»In Ordnung, aber wenn du deine Meinung änderst, lass es mich wissen«, sagte Chad zu ihr.

Sie warf ihm einen Blick zu, der ihm deutlich sagte, dass sie ihre Meinung nicht so bald ändern würde.

»Ich werde noch mit Walt und Barry sprechen, bevor ich losfahre. Ruf mich an, wenn dir etwas einfällt, das du auf deiner Liste vergessen hast.«

»Ich mache heute Taco-Aufläufe für sie, die sie mit nach Hause nehmen können«, informierte seine Mutter ihn. »Kannst du sie bitte daran erinnern, dass sie zum Haus kommen, bevor sie gehen?«

Chad war sich darüber im Klaren, dass es sinnlos war, *seine Mutter* daran zu erinnern, dass die Mechaniker keine Teenager oder Studenten waren und sie es nicht nötig hatten, dass sie ihnen jeden Freitagabend Essen mit nach Hause gab. Wie sie bereits gesagt hatte, waren ihre Routinen ihre Routinen, und daran würde sich nichts ändern.

Außerdem würden Walt und Barry niemals eine Mahlzeit von seiner Mutter ablehnen. Sie war eine fantastische Köchin, und ihre Art, Liebe auszudrücken, war das Kochen.

»In Ordnung, Mom. Noch etwas, bevor ich mich auf den Weg mache?«, fragte Chad.

»Pass auf dich auf«, sagte sie leise. »Die Touristen kommen langsam wieder in die Stadt.«

»Das werde ich.« Er hätte ihr versichern können, dass nichts passieren würde. Dass er in Übersee Situationen überlebt hatte, die sie sich nicht einmal vorstellen konnte, und dass er auf keinen Fall in seiner Heimatstadt einen Autounfall haben würde.

Aber er wusste besser als jeder andere, dass das Leben sich schlagartig ändern konnte. Ihm war mehr denn je bewusst, wie kostbar das Leben war. Seit dem Tod seines Vaters ging er bereits weniger Risiken ein als zuvor.

Im Stehen gab Chad seiner Mutter einen Kuss auf die Wange, überquerte das Grundstück, um kurz in der Autowerkstatt vorbeizuschauen, und ging dann zum Pick-up seines Vaters. Er war zwar schon älter, schnurrte aber wie ein Kätzchen. Sein Vater hatte dafür gesorgt, dass er reibungslos und perfekt lief. Seine Mutter hatte ihm bei seiner Ankunft den Schlüssel gegeben und gesagt, Austin hätte gewollt, dass er benutzt wurde und nicht in der Garage stand, um vor sich hin zu rosten.

Wenn er ihn fuhr, fühlte Chad sich seinem Vater näher. Er erinnerte sich besonders an die Fahrt zum Flughafen, nur sie beide, als er sein Zuhause verließ, um der Armee beizutreten. Die Erinnerung war bittersüß. Aber jede Erinnerung war ein bisschen weniger schmerzhaft als die, als er zur Beerdigung seines Vaters nach *Lobster Cove* gekommen war.

Die Fahrt in die Stadt jedoch ... das fühlte sich immer noch ein wenig unwirklich an, als er die bekannten Straßen entlangfuhr und die geliebte Landschaft auf sich wirken ließ. Er war erst seit zwei Wochen zu Hause, aber durch die Vertrautheit fühlte es sich irgendwie viel länger an.

Rockville war eine große Stadt für diesen Teil von Maine, wenn auch winzig im Vergleich zur Gegend um Norfolk in Virginia, wo er hergekommen war. Man brauchte nicht lange, um irgendwohin zu gelangen, und die kleinen Läden florierten noch immer. Vor zwei Wochen hatte er keine drei Kilometer fahren können, ohne einen Starbucks oder eine andere große Restaurantkette zu sehen. *Dunkin' Donuts* war der König hier in Maine, aber im Umkreis von fünfzig Kilometern um *Lobster Cove* gab es nur eine kleine Handvoll davon.

Nein. Die meisten Ladenketten hatten sich entlang der Route 1 angesiedelt, was auch Sinn machte, denn das war die Straße, die die meisten Touristen auf ihrem Weg nach Bar Harbor und zum Acadia-Nationalpark nahmen.

Aber Chad störte sich nicht am Fehlen der großen Geschäfte. Er liebte es, lokale Läden zu unterstützen, auch wenn sie etwas teurer waren. Die Qualität war besser, und die Tatsache, dass fast überall, wo er hinging, jemand seine Eltern kannte, war ein Bonus. Er wusste nie, wann er in ein Gespräch mit jemandem kam, der ihm eine seiner schönsten Erinnerungen an seinen Vater erzählen oder seiner Mutter alles Gute wünschen wollte.

Selbst nachdem er so viele Jahre weg gewesen war, fühlte er sich hier zu Hause. Chad war sich bewusst, dass das Landleben in Maine nicht jedermanns Sache war. Daran musste man sich erst einmal gewöhnen. Jeder wusste über jeden Bescheid. Viele Restaurants und Geschäfte hatten montags geschlossen. Der Mangel an Bequemlichkeit. Aber die frische Luft, die Bäume überall, wohin er blickte, und die verdammt schöne Aussicht machten alles andere wett.

Chad bog in das kleine Holzlager ein und rechnete im Geiste aus, was er für die Reparatur der Verandatreppe am Haupthaus brauchte. Er dachte sich, dass er auch genügend Material besorgen könnte, um die Stufen an den Gästehäusern zu reparieren, denn die brauchten wahrscheinlich auch etwas liebevolle Zuwendung.

Er ging gerade auf die Tür zu, als er rechts einen Schrei hörte.

Als er sich umdrehte, sah er einen Mann neben einem kleinen braunen Toyota Corolla stehen, der sich zu einer Frau hinunterbeugte und ihr mit dem Finger direkt ins Gesicht stieß, als wollte er ihr seinen Standpunkt klarmachen. Denn offenbar war seine erhobene Stimme nicht genug.

Bevor er darüber nachdenken konnte, was er da tat, ging Chad auf das Paar zu. Er hatte keine Ahnung, worum es bei dem Streit ging, aber die Körpersprache der Frau zeigte deutlich, dass sie sich unwohl fühlte.

Als er sich ihr näherte, betrachtete er sie eingehend. Sie trug Jeans und ein T-Shirt. Die Jeans sahen alt und abgenutzt aus, und das T-Shirt war eines dieser billigen Kleidungsstücke, die überall in den Touristenläden des Staates verkauft wurden. Unten auf dem Bild stand in fetten Buchstaben das Wort *MAINE*, mit Bäumen und einer riesigen Sonne in der Mitte.

Ihr Haar war zu einem Pferdeschwanz hochgesteckt, und es sah ehrlich gesagt aus, als könnte es eine gründliche Wäsche vertragen. Sie trug kein Make-up, und wenn er sich nicht irrte, konnte er einen Schmutzfleck auf ihrer Wange erkennen. Sie war ziemlich groß – er schätzte sie auf ungefähr eins fünfundsiebzig – und schlank. Ihre Lippen waren voll, ihre Nase ein wenig schief, als sei sie irgendwann einmal in ihrem Leben gebrochen gewesen.

Außerdem wirkte sie erschöpft. Als hätte sie seit einer

Ewigkeit nicht mehr geschlafen. Die dunklen Ringe unter ihren Augen gaben ihr einen gequälten Blick.

Aus irgendeinem Grund war Chad durch ihre Gesamterscheinung beunruhigt. Er hatte keine Ahnung, wer diese Frau war oder woher sie kam, obwohl das Kennzeichen an ihrem Fahrzeug aus Georgia stammte. Wahrscheinlich war sie eine Touristin, und wenn sie wirklich aus dem Süden kam, war sie weit weg von zu Hause.

»Gibt es hier ein Problem?«, fragte er, als er sich näherte. Er erkannte den Mann nicht, was angesichts seiner langen Abwesenheit nicht verwunderlich war.

Der Mann drehte sich um und fuhr sich aufgeregt mit einer Hand durchs Haar. »Ja, es gibt ein Problem! Diese Tussi hat auf dem Parkplatz gezeltet. Das kann sie nicht tun. Wir sind kein verdammter Campingplatz.«

Chad ließ den Blick zu dem Toyota gleiten, und er sah, was ihm vorher nicht aufgefallen war. Er war voll. Taschen und Kartons füllten den Rücksitz bis unter die Decke. Als er sich leicht bewegte, sah er, dass auch der Beifahrersitz mit ihren Habseligkeiten gefüllt war.

Die Frau seufzte müde. »Wie ich Ihnen schon sagte, würde ich gern weiterfahren, aber mein Wagen springt nicht an. Ich weiß nicht, was damit los ist.«

»Das ist nicht mein Problem und auch nicht das meines Managers. Sie müssen in einer Stunde von diesem Grundstück verschwunden sein oder wir rufen die Polizei«, blaffte der Mann. Dann drehte er sich um und stapfte ohne einen Blick zurück in Richtung des Ladens.

Chad richtete seinen Blick auf die Frau. Sie seufzte erneut und ließ die Schultern hängen, aber sie hob fast trotzig das Kinn, als sie ihn anstarrte. Als würde sie sich auf irgendetwas Abfälliges gefasst machen, das sie von ihm zu hören erwartete.

»Wollen Sie die Motorhaube öffnen? Ich kann für Sie einen Blick darauf werfen.«

Sie blinzelte und runzelte die Stirn. »Was?«

»Die Motorhaube«, wiederholte Chad und deutete darauf. »Ich kenne mich ein bisschen mit Fahrzeugen aus. Ich werde sehen, ob ich herausfinden kann, was damit los ist.«

»Oh, ähm ... Ich habe nicht viel Geld, um Sie zu bezahlen«, stammelte sie.

Chad winkte ab. »Ich biete nur meine Hilfe an«, erklärte er. »Ich will gar kein Geld.«

»Okay. Danke. Ich weiß es zu schätzen.« Die Frau öffnete die Fahrertür und beugte sich vor, um den Hebel zum Öffnen der Motorhaube zu betätigen.

Chad konnte nicht anders – er ließ den Blick auf ihren Hintern schweifen. Die Frau mochte ein wenig zerzaust aussehen, aber sie hatte ein Hinterteil, das die Aufmerksamkeit eines jeden Mannes erregen würde. Und er war da keine Ausnahme.

Er schüttelte den Kopf über die Unangemessenheit seiner Gedanken und ging zum vorderen Teil des Fahrzeugs. Er hob die Haube an, beugte sich über den Motor und zwang sich, sich darauf zu konzentrieren herauszufinden, warum ihr Wagen nicht ansprang.

»Ich bin Chad. Wir können gern Du sagen«, sagte er, ohne sie anzuschauen. Wie er gehofft hatte, reagierte sie entsprechend.

»Britt.«

»Kurz für Brittney?«, fragte er.

»Nein. Einfach Britt.«

»Du bist nicht von hier.« Es war keine Frage.

»Nein.«

Sie war nicht sehr gesprächig, aber er war ein Fremder, also nahm Chad es nicht persönlich. »Bist du auf der Durchreise oder bleibst du in der Gegend?«

Sie antwortete nicht sofort, und Chad drehte sich um, um sich davon zu überzeugen, dass sie noch da war. Das war sie.

Sie starrte ihn mit einem unentschlossenen Gesichtsausdruck an.

»Entschuldigung, ich wollte nicht neugierig sein. Ich wollte nur freundlich sein. Ich kann gern die Klappe halten.«

»Nein, es ist nur … Ich weiß nicht, warum du mir hilfst. Umsonst.«

Langsam richtete Chad sich auf. Die Frau war extrem misstrauisch. Einerseits machte es keinen Sinn … er hatte sie gerade erst kennengelernt. Sie hatte keinen Grund, böse Absichten hinter seiner sehr einfachen Unterhaltung zu vermuten.

Andererseits machte es durchaus Sinn, denn … er hatte sie gerade erst kennengelernt. Er hatte keine Ahnung, wer sie war, wusste nichts über ihren Hintergrund. Sie hätte sich derzeit gut und gern in einer gewalttätigen Beziehung befinden können oder hatte in ihrer Vergangenheit ein Trauma erlebt, das mit Männern zu tun hatte.

Wie dem auch sei, es ärgerte ihn zutiefst, dass sie von ihm *erwartete*, ein Arschloch zu sein.

»Mein Name ist Chad Young. Ich bin hier in der Gegend aufgewachsen. Ich bin gerade zurückgekehrt, um meiner Mutter zu helfen, weil mein Vater kürzlich verstorben ist. Er hat mir beigebracht, respektvoll zu sein und zu helfen, wann und wo ich kann. Nicht für Geld. Nicht, um irgendeine Art von Auszeichnung zu bekommen, sondern um ein anständiger Mensch zu sein. Ich kenne deine Geschichte nicht, Britt, aber ich versichere dir, dass du mir vertrauen kannst. Ich helfe dir, weil du es brauchst. Weil dieses Arschloch dich erschreckt hat, indem er dir so nahe gekommen ist. Weil du aussiehst, als könntest du eine Pause gebrauchen, und im Wagen zu schlafen nervt. Weil ich das Wissen habe, um herauszufinden, was mit deinem Wagen nicht stimmt, ohne tausend Dollar dafür zu verlangen. Und weil meine Mutter mir den Hintern versohlen würde, wenn ich dir *nicht* helfen würde.«

Er starrte sie einen langen Moment an, bevor er den Blick wieder auf den Motor richtete. Er wusste bereits, was los war, und zum Glück gab es eine einfache Lösung. Er war sich nicht sicher, wie es passiert war – was ihm Unbehagen bereitete –, aber er ging ein Problem nach dem anderen an.

Das erste? Britt beruhigen.

»Britt Starkweather. Und nein, ich bin nicht von hier. Ich würde gern in Rockville bleiben, aber ich weiß nicht, ob das klappen wird.«

Das waren nicht viele Informationen, aber Chad würde sich vorerst damit zufrieden geben. Er richtete sich wieder auf und sagte: »Es sieht so aus, als sei deine Batterie gelöst, deshalb springt dein Wagen nicht an ... vorausgesetzt du hast Benzin?«

Sie nickte. »Einen halben Tank.«

»Okay.«

»Ähm ... kannst du das reparieren?«, fragte sie unsicher.

»Ja. Es braucht nur ein oder zwei Umdrehungen mit einem Schraubenschlüssel, den ich in meinem Wagen da drüben habe«, sagte er und wies hinter sich auf seinen Pick-up. »Meine größere Sorge ist, wie es passiert ist. Hast du unter der Motorhaube herumgepfuscht?«

Sie rümpfte die Nase mit einem bezaubernden Ausdruck, der ihn zum Lächeln brachte.

»Nein. Ich hätte nicht die geringste Ahnung, was man da unten machen sollte.«

»Sicher. Also, manchmal können sich die Schrauben mit der Zeit lösen ... aber das ist selten.«

Sie starrte ihn einen Moment lang an. »Was willst du damit sagen?«, fragte sie unverblümt.

»Ich frage mich, ob jemand die Schrauben absichtlich gelockert hat, damit sie sich irgendwann lösen und du festsitzt, so wie du es jetzt tust.«

Die Ausdrücke huschten so schnell über ihr Gesicht, dass

Chad sie nicht auseinanderhalten konnte. Dann presste sie die Lippen zusammen und fluchte lange und leise.

Seine Augenbrauen hoben sich bei den farbenfrohen Worten, die aus ihrem Mund kamen. Er arbeitete daran, seine eigene Angewohnheit zu unterdrücken. Er hatte bei der Armee damit angefangen, aber seine Mutter hasste jede Art von Fluchen, also bemühte er sich bewusst, damit aufzuhören.

»Tut mir leid«, sagte sie. »Es ist nur ... mein Ex. Er ist ein Arschloch. Ich könnte mir gut vorstellen, dass er so etwas tut, nur um mir das Leben schwer zu machen.«

»Ist er noch in der Nähe? Bist du in Gefahr?«, fragte Chad und schaute sich auf dem Gelände um, obwohl er nicht sicher war, wonach er überhaupt suchte. Nach jemandem, der sich in den Bäumen versteckte und darauf wartete, herauszuspringen und anzugreifen?

»Nein. Er ist weg. Wir sind zusammen nach Maine gezogen. Wollten einen Neuanfang. Am Anfang lief alles gut. Aber er beschloss, dass er zurück nach Georgia wollte. Ich wollte nicht. Also ging er.«

Chad runzelte die Stirn. »Einfach so?«

»Einfach so«, bestätigte sie. »Wir hatten noch nicht einmal einen Ort zum Wohnen gefunden. Es war viel schwieriger als gedacht, als wir hierherzogen, und Cole hat bei einigen Dingen nicht ganz die Wahrheit gesagt. Außerdem konnte ich es mir nicht mehr leisten, in dem Motel zu wohnen, in dem wir waren. Ich habe noch keinen Job gefunden ... obwohl ich mich wirklich bemüht habe.«

Das waren jetzt eine Menge Informationen, und plötzlich fiel es Chad schwer, das alles zu verarbeiten. »Wie lange wart ihr beide hier, bevor er sich entschloss abzuhauen?«

»Zwei Wochen.«

Er blinzelte. »Zwei Wochen? Das war's?«

»Nun, *er* war zwei Wochen hier, bevor er abgehauen ist, ich bin seit drei Wochen hier. Ihm gefiel nicht, dass er nicht schnell genug zu Taco Bell gelangen konnte, wenn er es wollte. Ihm gefiel nicht, wie viel es regnet. Ihm gefiel nicht, wie kalt es hier ist, und er war frustriert, weil es hier keine Apartmentgebäude gibt wie in Atlanta. Im Grunde genommen gefiel ihm *nichts* an Maine. Also ... ist er gegangen.«

Drei Wochen. Das bedeutete, dass sie beide ungefähr zur gleichen Zeit in die Gegend gekommen waren. Obwohl Chad sehr wohl wusste, dass ihre Lebensumstände nicht unterschiedlicher hätten sein können. Und ihr Freund hatte sie einfach verlassen? Was für ein Idiot. »Hatte er sich über den Staat informiert, bevor er sich entschieden hat umzuziehen?«, fragte Chad.

Britt zuckte mit den Schultern. »Nun, ja, natürlich. Das haben wir beide. Bevor wir uns entschieden haben hierherzuziehen, haben wir uns über die Wirtschaft, die Durchschnittstemperaturen, den Arbeitsmarkt, das Freizeitangebot und solche Dinge informiert. Er sagte, er sei mit allem einverstanden. Er hat auch geschworen, dass er schon ein Haus für uns hat, das wir mieten können, aber das war offensichtlich eine Lüge. Wie so ziemlich alles, was er mir erzählt hat.«

Chad verkniff sich die Frage: »Was alles?«, die er eigentlich stellen wollte. Aber es ging ihn nichts an. Und trotzdem steckte Britt jetzt offensichtlich in einer beschissenen Situation fest. »Was ist mit dir?«

Sie runzelte die Stirn. »Was soll mit mir sein?«

»Willst du auch zurück nach Georgia?«

»Nein«, antwortete sie, ohne zu zögern. »Ich liebe es hier. Ich *mag* es, dass es nicht an jeder Ecke Fast-Food-Restaurants gibt. Ich liebe die frische Luft und die vielen Bäume. Es macht mir nichts aus, dass es ländlich ist, und ich habe schon immer gern am Wasser gelebt.« Sie zuckte mit den Schultern. »Und im Allgemeinen waren die meisten Menschen, die ich bisher getroffen habe, sehr nett. Außerdem ...«

Sie zögerte, wobei ihre Wangen plötzlich rot wurden. Chad wartete geduldig, ohne etwas zu sagen.

Schließlich seufzte sie und fuhr fort: »Er nahm das ganze Geld, das wir für den Umzug gespart hatten, als er ging – das Geld, das wir für die erste und letzte Rate und die Kaution für eine Miete hätten verwenden können. Es war ihm egal, dass die Hälfte davon mir gehörte. Und natürlich hat er das Motel nicht bezahlt, bevor er mitten in der Nacht abgehauen ist. Ich hatte genug auf dem Konto, um unsere Motelrechnung für den zwei-wöchigen Aufenthalt zu bezahlen, aber nicht genug, um länger zu bleiben. Deshalb habe ich in meinem Wagen geschlafen … und deshalb konnte ich nicht zurück nach Georgia, selbst wenn ich es wollte.«

Chad zögerte einen Moment lang, dann traf er eine Entscheidung, die sich richtig anfühlte. »Hast du Hunger?«

Ihr Kopf neigte sich auf die Frage hin, und er konnte prak-tisch sehen, wie ihre Schilde wieder nach oben glitten. »War-um?« Sie war jetzt auf der Hut, und er konnte es ihr nicht verdenken.

»Ich brauche nur zehn Sekunden, um deine Batterie wieder anzuschließen. Wenn das das Einzige ist, was mit deinem Wagen nicht stimmt, sollte er anspringen, und du kannst weiterfahren. Ich bin vor Kurzem nach Hause gezogen, wie ich dir schon sagte, und ich helfe meiner Mutter, unser Grund-stück für den Beginn der Touristensaison vorzubereiten. Seit dem Tod meines Vaters ist sie sehr einsam, und wenn du noch nichts vorhast, würde sie dich sicher gern kennenlernen. Dir etwas zu essen vorsetzen. Das kann sie am besten. Sie versucht ständig, mich zu mästen. Ich bin sicher, dass ich in ein paar Monaten ein Fettsack sein werde.«

Chad redete schnell, aber je mehr er darüber nachdachte, desto besser gefiel ihm die Idee. Seine Mutter brauchte jemanden zum Reden, und Britt brauchte einen Ort, um wieder auf die Beine zu kommen. Sie könnte im Haus und auf dem Grundstück mithelfen, und seine Mutter hätte jemanden, um den sie sich kümmern konnte, so wie sie sich um ihren Mann gekümmert hatte.

Er konnte sehen, dass Britt interessiert war. Es musste anstrengend sein, in ihrem Wagen zu leben. Wahrscheinlich war sie ständig nervös und hoffte, dass sie nachts auf dem dunklen Parkplatz nicht von der falschen Person entdeckt wurde. Sie machte sich Sorgen darüber, woher ihre nächste Mahlzeit kommen und wo sie wohnen würde, wie sie von einem Tag zum anderen überleben sollte.

Aber sie war auch nicht dumm. Er war ein Fremder. Es wäre nicht klug, einfach mit einem Mann mitzugehen, nur weil er ihr eine Mahlzeit anbot.

»Das ist sehr großzügig, aber ich glaube nicht ...«

»Lass mich meine Mutter anrufen. Um dir zu beweisen, dass ich dich nicht in mein Versteck locke, um mich an dir zu vergehen«, unterbrach Chad sie. »Dass ich ehrlich bin. Dass ich eine Mutter habe, und dass sie mehr als glücklich wäre, dich zu treffen und einen Nachmittag mit dir zu verbringen, um dich kennenzulernen.«

Sie sah immer noch skeptisch aus, aber sie musste verzweifelter gewesen sein, als er ahnte, denn sie nickte widerstrebend. Und das machte Chad umso entschlossener, ihr zu helfen.

Sofort holte er sein Handy heraus und wählte die Festnetznummer seiner Mutter. Er machte sich nicht die Mühe, ihre Handynummer anzurufen, denn sie würde wahrscheinlich nicht rangehen, und der Akku war vermutlich sowieso leer.

Er kannte sonst niemanden, der noch einen verdammten Festnetzanschluss hatte, aber er lächelte, als er an das schwarze Telefon dachte, das in der Küche an der Wand hing, genau dort, wo es schon jahrelang war.

»*Lobster Cove*, kann ich Ihnen helfen?«

Chad lächelte noch breiter, als er die »höfliche Stimme« seiner Mutter hörte, wie er es nannte.

»Hey, Mom. Ich bin's, Chad.«

»Hi. Ist alles in Ordnung?«

»Ja, natürlich. Ich habe jemanden kennengelernt. Eine Frau. Und ich habe sie zu uns nach Hause eingeladen, um dich zu besuchen und etwas zu essen, aber sie ist verständlicherweise nervös, weil ich ein Fremder bin.«

»Gib ihr das Telefon«, befahl seine Mutter.

Chad lächelte immer noch, als er Britt sein Handy hinhielt. »Sie ist ein bisschen herrisch«, warnte er sie, wohl wissend, dass seine Mutter ihn hören konnte, aber es war ihm egal. »Und die Hälfte der Dinge, die sie dir über mich erzählt, sind Lügen ... besonders wenn sie die Geschichte erzählt, wie meine Brüder und ich beschlossen haben, nach China zu segeln, und die Küstenwache uns retten musste, als ein Sturm aufkam.«

Ihm gefiel das kleine Grinsen, das sich auf Britts Lippen zeigte.

»Ich hole nur schnell einen Schraubenschlüssel, während du mit meiner Mutter sprichst.« Sobald sie ihm das Telefon abgenommen hatte, drehte er sich um. Er hörte Britt »Hallo?« sagen, als er wegging.

Es dauerte einen Moment, bis er den passenden Schraubenschlüssel aus dem Werkzeugkasten hinten im Wagen gefunden hatte, und als er zu ihrem Fahrzeug zurückkehrte, hielt Britt immer noch das Telefon an ihr Ohr und nickte zu dem, was seine Mutter sagte.

Im weiteren Verlauf des Gesprächs sagte sie selbst nicht viel, aber Chad war nicht überrascht. Seine Mutter konnte eine Quasselstrippe sein, und er vermutete, dass sie sich noch mehr auf die Gesellschaft einer anderen Frau freute, als er vermutet hatte. Sie hatte eine Menge Freundinnen in der Gegend, aber in *Lobster Cove* war sie immer von Männern umgeben gewesen. Seinem Vater. Walt und Barry. Otis, der immer wieder vorbeikam, um zu quatschen und im Büro der Autowerkstatt zu arbeiten.

Und jetzt Chad und seine Brüder. Es gab eine Menge Testosteron in ihrem Leben, und er hatte nicht den geringsten Zweifel daran, dass sie ihre Arme ohne Zögern für eine Frau in Not öffnen würde. Auch wenn er das nicht gesagt hatte, war seine Mutter intuitiv genug, um schnell zu erkennen, dass Britt *definitiv* in Not war.

Es dauerte nicht lange, bis er die Batterie repariert hatte, aber er bastelte weiter unter der Motorhaube herum und ließ Britt alle Zeit, die sie brauchte, um eine Entscheidung zu treffen, während sie mit seiner Mutter sprach.

Schließlich fragte sie: »Wollen Sie noch einmal mit Ihrem Sohn sprechen?« Sie lachte leicht über die Antwort seiner Mutter und fügte dann hinzu: »Okay. Ja. Bis dann. Danke. Tschüss.«

Sie legte auf und hielt ihm das Handy hin.

»Du kommst also mit?«, fragte Chad.

»Ja. Sie ist ... nett.«

»Das ist sie«, stimmte Chad zu. »Aber sie ist auch heimtückisch. Sie hat eine Art, dich dazu zu bringen, Dinge zu tun, die du eigentlich nicht tun wolltest.« Er lächelte, als er das sagte, um sie nicht zu verschrecken. Zu seiner Erleichterung kicherte sie.

»Ja, das habe ich gemerkt.«

Er schloss die Motorhaube ihres Wagens und nickte in Richtung des Fahrersitzes. »Willst du es versuchen? Sehen, ob er anspringt?«

Britt ging zur Tür und setzte sich hinter das Lenkrad. Sie drehte den Schlüssel und strahlte ihn an, als der Motor sofort ansprang. »Es funktioniert!«

Chad konnte nicht anders, als sie anzustarren. Das breite, überraschte Lächeln in ihrem Gesicht brachte Britt zum Strahlen. Sie sah zwar immer noch müde und gestresst aus, aber dieses Lächeln hatte etwas, das ihn fesselte.

»Chad?«, fragte sie und das Lächeln verschwand, um durch ein Stirnrunzeln ersetzt zu werden.

Er schüttelte sich innerlich. »Tut mir leid. Wenn ich dir die Adresse von *Lobster Cove* gebe, findest du dann dorthin?«

»Ähm ... *Lobster Cove*?«

»Tut mir leid, so nennen wir unser Grundstück. Wir haben *Lobster Cove Miethütten*, *Lobster Cove Autowerkstatt*, und *Lobster Cove Bootslager*. Das ist ein ganzes Unternehmen. Es ist ein kleines Klischee, aber in Maine ...« Er ließ seine Worte abreißen.

Er wurde wieder mit diesem Lächeln belohnt, das ihn so faszinierte.

»Ich dachte, ich schicke dich direkt dorthin, aber da du dir nicht sicher zu sein scheinst, wo es ist ... würde es dir etwas ausmachen zu warten, während ich ein paar Besorgungen mache? Es sind nicht viele. Dann kannst du mir nach Hause folgen.«

»Das ist in Ordnung.«

Chad nickte. »Ich wollte hier etwas Holz holen, aber ich denke, ich werde woanders hingehen.«

»Warum?«

»Weil dieses Arschloch unhöflich zu dir war, und das war unangebracht. Ich glaube, ich werde mein Geld jemand anderem geben.«

Sie starrte ihn so lange an, dass Chad befürchtete, er hätte etwas Falsches gesagt. Schließlich nickte sie einfach. »Okay.«

»Okay«, stimmte er zu. »Ich sollte im Baumarkt alles finden, was ich brauche, und dann muss ich noch kurz in den Supermarkt. Passt das?«

»Klar.«

Chad nickte ihr zu, klopfte auf die Motorhaube ihres Wagens und drehte sich um, um zu seinem Fahrzeug zurückzukehren, bevor er etwas Dummes tat ... wie sie einzuladen, bei ihm mitzufahren. Sie vertraute ihm genug, um nach *Lobster Cove* zu kommen, aber er wollte sein Glück nicht herausfordern. Als er den Parkplatz verließ, warf er einen Blick in den Rückspiegel und sah, dass Britt direkt hinter ihm war.

Ein warmes Gefühl machte sich in ihm breit. Er war sich nicht sicher warum. Aber es gefiel ihm. Und zwar sehr.

KAPITEL ZWEI

Britt hatte sich mindestens hundertmal gefragt, was zum Teufel sie da tat, seit sie Chad Young vom Parkplatz des Holzlagers gefolgt war. Sie war dumm, das wusste sie, aber sie brauchte eine Pause. Die letzten Wochen waren furchtbar gewesen.

Als sie beschlossen hatte, mit Cole nach Maine zu ziehen, war sie voller Hoffnung gewesen. Ihr Job war nichts, woran sie emotional gebunden war – sie hatte ihr ganzes Leben lang im Einzelhandel gearbeitet, was zwar hart war, aber etwas, das sie überall machen konnte. Als Cole vorschlug, nach Maine zu ziehen, war sie mehr als einverstanden gewesen mit der Idee, etwas in ihrem Leben zu verändern.

Aber in den paar Monaten, in denen sie sich auf den Umzug vorbereitet hatten, hätte sie auf die kleine Stimme in ihrem Kopf hören sollen, die ihr sagte, dass sie einen Fehler machte.

Cole war alles, was ein Freund sein sollte – oberflächlich betrachtet. Er war gut aussehend, klug und witzig. Er stammte aus einer netten Mittelklassefamilie und verdiente als Autoverkäufer gutes Geld.

Letzteres war es, was sie hätte zögern lassen sollen, mit dem

Kerl quer durchs Land zu ziehen. Er konnte jemandem, der in der Wüste verdurstete, Sand verkaufen. Zum Glück hatte Britt darauf bestanden, ihren eigenen Wagen zu nehmen, anstatt ihn zu verkaufen und einfach mit Cole zu fahren, wie er es vorgeschlagen hatte.

Nichts war so gelaufen, wie er es erwartet hatte, als sie in Rockville angekommen waren. Er hatte erwartet, dass er in ein Autohaus seiner Wahl gehen und dass man ihn anbetteln würde, einen Job anzunehmen. Stattdessen hatte er festgestellt, dass es hier nicht annähernd so viele Jobs gab. Und weil er ein Fremder war, hatten die Leute in Maine nicht viel Vertrauen in seine Fähigkeiten – oder in seinen Willen hierzubleiben. Und sie hatten recht.

Zwei kurze Wochen. Das war alles, was Cole brauchte, um aufzugeben ... und sein wahres Gesicht zu zeigen. Alles, was sie Chad darüber erzählt hatte, warum ihr Ex beschlossen hatte, zurück nach Georgia zu gehen, stimmte. Er hatte die ganze Zeit über *alles* gemeckert. Diese zwei Wochen waren psychisch anstrengend gewesen.

Britt hingegen war von der kleinen Stadt Rockville begeistert. Sie hätten sich auch in Portland oder einer der anderen größeren Städte in der Gegend niederlassen können, aber aus irgendeinem Grund wollte Cole unbedingt an der Küste leben ... was Britt ganz recht war. Die Gegend war so verdammt schön. Jeden Morgen, wenn sie aufwachte und all die Bäume und die Schönheit des Landes um sie herum sah, war sie voller Ehrfurcht.

An dem Abend, bevor Cole abreiste, hatten sie einen heftigen Streit gehabt. Er hatte beschlossen, dass sie gehen würden, aber Britt wollte nicht. Sie hatte sich intensiv nach Arbeit umgesehen, aber sie hatte die gleichen Probleme wie Cole ... sie war von außerhalb, und Jobs gab es nicht gerade im Überfluss, zumal es offiziell noch keine Touristensaison war.

Sie hatte vorgeschlagen, dass sie noch ein bisschen länger

durchhalten sollten. Sie hatte argumentiert, sie hätten dem Umzug keine faire Chance gegeben. Dass sich für sie beide etwas ergeben würde, dass sie nur Geduld haben müssten.

Cole wandte sich gegen sie. Er schrie Britt auf eine Weise an, wie er es noch nie getan hatte. Er nannte sie eine Schnorrerin, behauptete, sie sei faul und erbärmlich. Selbst wenn sie einen Job fände, würde er nicht viel dazu beitragen, ihnen ein Dach über dem Kopf zu geben, da ihre einzigen Fähigkeiten im Einzelhandel lägen. Er behauptete, dass es *sein* Geld sei, das sie über Wasser hielt, und er hatte es satt, ihren »Ballast« mit sich herumzuschleppen.

Britt war fassungslos gewesen. Es stimmte zwar, dass die Dinge seit ihrer Ankunft zwischen ihnen nicht gut gelaufen waren, aber die Bitterkeit in seinem Ton war schockierend. Er hatte kein einziges Mal die Unterschiede in ihrer Herkunft, ihrer Ausbildung oder ihrem finanziellen Status angesprochen. Er hatte ihr nie das Gefühl gegeben, »weniger wert« zu sein, weil sie nicht so viel Geld verdiente wie er. Bis zu diesem Moment.

Außerdem war es totaler Schwachsinn. Sie hatte ihren Teil zu dem Umzug beigetragen. Abgesehen von der Miete für ihre Wohnung und anderen Rechnungen hatte sie jeden Dollar gespart, den sie bekommen konnte, und sie besaß ein paar Tausend Dollar in bar, als sie Georgia verlassen hatten. Cole verdiente zwar mehr Geld, aber er gab es auch gern aus, und so hatte er den Staat am Ende mit wenig mehr als Britt verlassen.

Sie war kein Ballast, und sie nahm es Cole zutiefst übel, dass er ihr das Gefühl geben wollte, sie würde ihn ausnutzen.

Sie war an diesem Abend so wütend gewesen, dass sie das Motel verlassen und einen langen Spaziergang gemacht hatte, um ihnen beiden Zeit und Raum zu geben, sich zu beruhigen. Als sie zurückkam, war Cole bereits im Bett. Sie wollte ihn wecken, um mit ihm zu reden, aber sie wusste aus Erfahrung, dass er ein Miesepeter war, wenn er geweckt wurde.

Also beschloss sie, die Diskussion, die sie offensichtlich führen mussten, auf den Morgen zu verschieben. Kurz darauf schlief sie ein.

Und als sie am nächsten Morgen aufwachte, war Cole verschwunden.

Er hatte sich buchstäblich mitten in der Nacht aus dem Staub gemacht.

Und er hatte ihr gesamtes Bargeld mitgenommen.

Britt wusste sofort, dass er nicht zurückkommen würde. All seine Sachen waren aus dem Motelzimmer verschwunden. Es war, als sei er nie dort gewesen. Sie hatte versucht, ihn anzurufen, musste aber feststellen, dass er ihre Nummer blockiert hatte. Das Arschloch hatte sie in Maine im Stich gelassen und war nach Hause zu Mommy und Daddy gefahren.

Britt dachte daran, ihm zu folgen. Oder selbst nach Georgia zurückzukehren ... aber sie wollte nicht wirklich. Die Leute, die sie in der Stadt getroffen hatte, waren meistens nett und ziemlich aufgeschlossen gewesen, außer wenn es darum ging, ihr einen Job zu geben. In dieser Hinsicht waren sie ein wenig zurückhaltend, aber das war verständlich. Die meisten hatten ihr ganzes Leben in der Gegend verbracht und waren wahrscheinlich an das Kommen und Gehen von Touristen gewöhnt.

Dann entdeckte Britt, dass Cole nicht für das Motel bezahlt hatte. Nachdem sie das Benzin für die Fahrt nach Maine und andere Ausgaben bezahlt hatte – egal was Cole sagte, sie hatte ihren Beitrag geleistet, indem sie im Supermarkt einkaufte und Lebensmittel bezahlte –, waren nur noch ein paar Tausend auf ihrem Konto gewesen. Den größten Teil davon musste sie für die Begleichung der Zimmerrechnung verwenden.

Da sie kein Glück mit einem Job hatte, musste sie in ihrem Wagen schlafen. Es war demütigend und erniedrigend. Früher in Atlanta war sie immer wieder an Obdachlosen vorbeigegangen und hatte sich nicht allzu viele Gedanken über deren Lebensumstände gemacht. Sicher, sie gab ihnen Kleingeld, wenn sie welches hatte, aber sie ging oft davon aus, dass diese Leute psychisch krank waren und keinen Job hatten oder drogenabhängig waren und sich mit dem Geld, das sie ihnen gab, den nächsten Schuss kaufen würden.

Jetzt fühlte sie sich schrecklich deswegen. Während der letzten Woche hatte sie keine andere Wahl gehabt, als in ihrem Wagen zu schlafen. Jawohl. Definitiv demütigend ... und es wurde immer schwieriger. Ihr Rücken tat weh, sie hatte meistens Hunger, weil sie so vorsichtig mit ihrem restlichen Geld umgehen musste, und sie fühlte sich schmutzig. Es war nicht so, als gäbe es am Strand kostenlose Duschen ... nicht dass es überhaupt Strände gäbe. Nicht so wie im Süden. Die Küste war hier oben anders. Zerklüfteter. Rau. Das Wasser war viel kälter.

Und so wie sie Chad erzählt hatte – selbst wenn sie zurück nach Georgia wollte, saß sie fest. Sie hatte nicht genügend Benzingeld für diese Reise.

Im Moment hatte sie nur einen halben Tank, und sie musste einen Parkplatz finden, der nicht zu abgelegen war, damit sie sicher war, aber in der Nähe einer Toilette, die sie zu Fuß erreichen konnte. Sie hatte vorgehabt, an diesem Morgen früher aufzuwachen und weg zu sein, bevor das Holzlager öffnete, aber dazu war es nicht gekommen.

Stattdessen war sie von einem Mann geweckt worden, der wütend an ihr Fenster klopfte und sie anbrüllte, sie solle sich vom Parkplatz verziehen, sonst würde er die Polizei rufen. Sie hatte versucht, ihren Wagen zu starten, um den Parkplatz zu verlassen, und zu ihrem Entsetzen passierte nichts, als sie den Schlüssel im Zündschloss drehte.

Zu allem Überfluss schien nun also auch noch ihr Wagen kaputt zu sein.

Sie hatte versucht, dem wütenden Mann, der sie anschrie, ihre missliche Lage zu erklären, aber er war nicht bereit, ihr zuzuhören. Und dann hatte Chad sich eingemischt.

Britt hatte keine Ahnung, warum er ihr half, aber sie war

ihm dankbar. Sie lebte noch nicht allzu lange in ihrem Wagen, aber sie war nicht zu stolz, um Hilfe anzunehmen, wenn sie angeboten wurde.

Wenn sie daran dachte, was er über ihr Fahrzeug herausgefunden hatte, wurde sie wieder wütend auf Cole. Sie konnte sich gut vorstellen, wie er die Batterieverbindungen löste, bevor er sich mitten in der Nacht davonschlich und sie im Stich ließ. Wahrscheinlich hielt er das für witzig. Sie hatte nicht die geringste Ahnung von Fahrzeugen oder davon, wie man sie reparierte, wenn etwas schiefging.

Er war ein Vollidiot. Und sie war ohne ihn besser dran.

Ihr Leben war im letzten Monat völlig auf den Kopf gestellt worden, und Britt brauchte einfach eine Pause. Natürlich war ihr klar, dass es unglaublich dumm war, einem Mann, den sie gerade erst kennengelernt hatte, in seine Wohnung zu folgen. Es würde ihr recht geschehen, wenn sie bei *Dateline* oder einer anderen Sendung über wahre Verbrechen landen würde. Die Frau, von der er behauptet hatte, sie sei seine Mutter, könnte eine Verrückte sein, die ihr auflauerte, sobald sie ankam.

Aus irgendeinem Grund kam ihr das Bild einer dieser Venusfliegenfallen in den Sinn. Sobald sie einen Fuß in das Haus setzte, würde sich die Tür schließen, und sie würde als Sexsklavin eines verdorbenen Paares enden, das ahnungslose Touristen zum Spaß entführte.

Aber sie war müde. Und hungrig. Und sie brauchte dringend eine Auszeit von ihrem Leben. Wenn Chad Young und seine Mutter, falls sie das war, unter einer Decke steckten und sie umbrachten ... nun ja ... dann sei es so.

Tief in ihrem Inneren hatte der Mann jedoch etwas an sich, das sie dazu brachte, ihm zu vertrauen. Er schien so aufrichtig zu sein. Und die Art, wie seine Stimme sich veränderte, wenn er mit seiner Mutter sprach, war irgendwie liebenswert. Und Evelyn Young redete unaufhörlich auf sie ein und versicherte ihr, dass ihr Sohn ein guter Mann sei, dass er sich um sie kümmern und ob sie bitte mit zum Haus kommen würde, damit sie sie kennenlernen könnte.

Sie war kaum zu Wort gekommen und hatte schließlich eingewilligt, weil Evelyn einfach so aufgeregt schien. Wann hatte sich das letzte Mal jemand so begeistert von der Idee gezeigt, sie zu treffen?

Also war sie Chad bei seinen Besorgungen durch Rockville gefolgt und hatte sich dafür entschieden, im Wagen zu bleiben, während er einkaufte. Als sie aus der Stadt in Richtung seines Hauses fuhren, das er *Lobster Cove* nannte, überkam sie ein leichtes Unbehagen. Die Straße schlängelte sich mal hierhin, mal dorthin, und schon bald schien es, als seien sie mitten im Nirgendwo.

Gerade als Britt die Flucht ergreifen wollte, sah sie, wie Chad den Blinker setzte. Ein großes Schild mit einem roten Hummer in der Mitte und dem Schriftzug *Lobster Cove* war an einem Pfahl inmitten einer Gruppe von Bäumen angebracht, die nach dem langen Winter gerade erst wieder ihre Blätter trieben. Das Schild war verwittert und rustikal ... und Britt gefiel es auf den ersten Blick.

Was dumm war. Wer liebte schon ein Schild? Aber aus irgendeinem Grund ließ es ihre Zweifel verstummen. Würde ein Serienmörder seinen Tatort *Lobster Cove* nennen? Sie kannte keine Serienmörder, aber sie glaubte es nicht.

Die Kiesauffahrt schlängelte sich zwischen den Bäumen hindurch, und obwohl es nicht gerade warm war, kurbelte Britt ihr Fenster herunter. Der Geruch von Pinien erfüllte sofort den Innenraum. Und sie konnte das Meer hören.

Chad machte eine scharfe Kurve – und Britts Augen weiteten sich. Heiliger Strohsack, war das schön hier! Es war alles, wovon sie immer geträumt hatte, wenn sie an ein Leben in Maine dachte.

Zu ihrer Rechten hatte sie einen Blick auf das Wasser, um

den sich Fotografen auf der ganzen Welt reißen würden. Das Land fiel zu etwas ab, was sie für einen Kieselstrand hielt.

Ebenfalls zu ihrer Rechten stand ein großes Haus, das mit der Rückseite auf die Bucht und mit der Vorderseite auf die Auffahrt und ein offenes Grundstück mit verschiedenen Gebäuden ausgerichtet war. Eine Veranda erstreckte sich über die Vorderseite, wo eine Frau in einem der beiden Schaukelstühle neben der Tür saß und ihr und Chad zuwinkte. Das zweistöckige Gebäude hatte eine marineblaue Verkleidung und weiße Fensterläden, und es sah aus wie viele der Häuser, die sie auf ihrem Weg nach Norden in den Kleinstädten von Maine und Massachusetts gesehen hatte. Alt und voller Charakter.

Auf dem Grundstück standen vereinzelt Kiefern, Espen und Ahornbäume, und sie nahm an, dass sie im Sommer reichlich Schatten spenden würden. Links vom Haupthaus konnte sie durch die Bäume hindurch ein kleineres blaues Häuschen sehen, das ebenfalls einen Blick auf das Wasser zu haben schien. Etwas weiter vom Wasser entfernt stand ein drittes, noch kleineres Haus. Sie nahm an, dass dies die Gästehütten waren, die Chad kurz erwähnt hatte.

Zu ihrer Linken befanden sich mehrere lange Reihen von Booten unterschiedlicher Größe, die alle mit einer dichten weißen Abdeckung versehen waren, die wie eine Art Schrumpffolie aussah. In der Nähe des Haupthauses befand sich eine Garage, und direkt zu ihrer Rechten stand ein längeres Gebäude, das sich direkt in der langen Einfahrt befand und drei Werkstattbuchten – alle mit Fahrzeugen belegt – sowie Parkplätze für Kunden und einige Autos, Motorräder und Quads enthielt, die um das Gebäude herum geparkt waren. Es handelte sich eindeutig um die Werkstatt. Sie brauchte das Schild über der Tür mit der Aufschrift *Lobster Cove Autowerkstatt* nicht, um das zu erkennen.

Das Gras wiegte sich im Wind, Vögel zwitscherten und die salzige Luft erfüllte ihre Lunge. Britt nahm den Ort mit großen

Augen in sich auf. Chad war hier aufgewachsen? Warum zum Teufel war er weggegangen? Dieser Ort war ... idyllisch. Perfekt. Alles, was sie nicht kannte, als sie in einem Wohnwagen in Atlanta aufgewachsen war.

Ein kurzes Hupen ließ sie zusammenzucken, und sie sah Chad in seinem Pick-up sitzen, wo er sie besorgt ansah. »Geht es dir gut?«, rief er durch sein offenes Fenster.

Britt schüttelte sich innerlich und nickte. Sie hatte gar nicht bemerkt, dass sie ihren Wagen am Anfang der Einfahrt angehalten hatte, während sie das Grundstück anstarrte. Sie rollte vorwärts und hielt neben Chads Wagen an. Er hatte vor der Werkstatt geparkt.

Anstatt nervös oder unruhig wegen dem zu sein, was sie erwartete, fühlte Britt sich irgendwie, als sei sie nach Hause gekommen. Es war völlig lächerlich, aber sie konnte nicht anders. *So* hatte sie sich das vorgestellt, als Cole vorgeschlagen hatte, dass sie nach Maine ziehen sollten. Natürlich würde sie sich niemals ein solches Anwesen leisten können. Schon gar nicht direkt am Wasser. Sie hatte sich ein paar Immobilienseiten angeschaut und schnell festgestellt, dass Grundstücke, die nur halb so groß waren wie dieses und viel weniger Gebäude hatten, für eine Million Dollar oder mehr auf dem Markt waren. Sie konnte sich nicht einmal vorstellen, was dieses Haus kosten würde, falls Chad und seine Familie jemals verkaufen sollten.

»Willst du den ganzen Tag hier rumsitzen, oder kommst du raus und lernst meine Mutter kennen?«

Britt schaute nach links und sah Chad neben ihrer Tür stehen. Er bedrängte sie nicht, bereitete ihr mit seiner Anwesenheit kein Unwohlsein, sondern lächelte sie nur leicht an. Er hatte die Tüten aus dem Supermarkt in der Hand, was Britt schließlich in Bewegung setzte.

Sie stieg aus und griff nach einer. »Lass mich helfen.«

»Ich mach das schon«, erwiderte er, drehte sich um und

ging auf das große Haus zu. Seine Mutter war aus dem Schaukelstuhl aufgestanden und wartete mit einem breiten Grinsen im Gesicht auf sie.

»Hey, Mom«, rief Chad, als sie die Treppe hinaufstiegen.

Zu Britts Überraschung ignorierte die ältere Frau ihren Sohn und kam direkt auf sie zu. »Du bist umwerfend«, sagte sie, als sie Britt in eine feste, warme Umarmung zog.

Britt erstarrte für einen Moment, denn es kam ihr vor, als sei sie schon ewig nicht mehr so herzlich und ehrlich umarmt worden. Cole war kein Freund von Umarmungen. Er hatte es nicht so mit der öffentlichen Zurschaustellung von Zuneigung. Und wenn sie miteinander schliefen – das letzte Mal war es vor dem Umzug nach Maine gewesen –, tat er es fast routinemäßig, und danach wurde ganz sicher nicht gekuschelt.

Die aufrichtige Zuneigung, die diese großmütterliche Frau ihr entgegenbrachte, rührte Britt fast zu Tränen.

»Willkommen in *Lobster Cove*! Ich bin so froh, dass du hier bist. Chad, stell die Tüten auf den Tresen, ich räume alles weg.«

»Sie denkt, ich bringe ihre Organisation durcheinander«, erklärte er Britt, wobei er seine Mutter liebevoll anlächelte.

»Das tust du ja auch. Ich habe die Dinge genau so, wie ich sie haben will, und wenn du dich benimmst wie ein Elefant im Porzellanladen, schiebst du alles umher, und ich kann nichts mehr finden. Musst du nicht arbeiten oder so?«

»Ich dachte, ich könnte Britt das Grundstück zeigen«, antwortete er.

»Sie hat Hunger und sollte erst einmal essen«, sagte Evelyn zu ihrem Sohn.

»Mom, lass sie Luft holen.«

Aber Evelyn drehte sich zu Britt um und sagte: »Du hast doch Hunger, oder? Ich werde dir etwas zu essen machen, bevor Chad dich über das ganze Grundstück scheucht.«

Britt wollte am liebsten lachen. Sie war tatsächlich hungrig. Sie war sogar am Verhungern. Sie konnte sich nicht erinnern, wann sie das letzte Mal eine gute Mahlzeit zu sich genommen hatte. Aber sie wollte Chad auf keinen Fall beleidigen.

Doch er lachte nur. »Gut. Darf ich auch etwas essen? Oder willst du mich verhungern lassen?«

Evelyn rollte mit den Augen. »Wie auch immer. Ich habe vergessen, wie viel ihr Jungs verspeist. Du hast heute Morgen fünf Pfannkuchen gegessen, dazu drei Wurstbrötchen, mehrere Scheiben Speck und zwei Brötchen. Ich glaube nicht, dass du Gefahr läufst zu verkümmern.«

Britt lief das Wasser im Mund zusammen bei dem Gedanken an all diese Speisen.

Anstatt sich für sein großes Frühstück zu schämen oder sich darüber zu ärgern, dass seine Mutter ihn praktisch aus dem Haus warf, seufzte Chad nur dramatisch. »Na schön. Ich werde mich bei Walt und Barry melden. Ich muss auch die Treppe hier draußen reparieren. Falls ich in der Werkstatt nichts zu tun habe, fange ich damit schon mal an.«

Evelyn schnippte mit der Hand, als wollte sie ihn wegscheuchen, und wandte sich dann wieder Britt zu. »Ich kann es kaum erwarten, dich kennenzulernen. Es ist so schön, eine Frau hier zu haben. Ich liebe meine Jungs, aber das Testosteron wird manchmal ziemlich viel. Komm mit.«

Sie legte ihre Hand auf Britts Arm und zog sie mit überraschender Kraft zur Tür.

»Ich komme später nach«, sagte Chad und begegnete ihrem Blick. »Wenn du etwas brauchst, ich bin hier draußen.«

Britt war sich nicht sicher, was sie brauchen würde, aber sie mochte das Gefühl, dass er sich Sorgen um sie machte. Vielleicht gefiel es ihr sogar ein bisschen zu sehr.

Keine Jungs, sagte sie sich, als sie sich von seiner Mutter in das große Haus ziehen ließ. Sie war für eine Weile fertig mit Verabredungen. Für eine lange Zeit. Ein Mann war der Grund, warum sie überhaupt in ihrer jetzigen Lage war. Pleite, in ihrem Wagen lebend, gestrandet.

Die Tür schloss sich hinter ihnen und Britt blieb stehen, als sie sich in der Diele des Hauses umsah. Es war zum ersten Stock hin offen und eine große Treppe schlängelte sich vor ihr herum. Es war majestätisch, stattlich und offensichtlich sehr geliebt.

»Wow«, hauchte sie.

Evelyn lachte. »Ein bisschen prätentiös, aber mein Austin war sofort begeistert, als er es zum ersten Mal sah. Das Haus wurde vor einem Jahrhundert gebaut, und wir hatten das Glück, auf dieses Haus zu stoßen, als wir frisch verheiratet waren und einen Ort suchten, an dem wir uns niederlassen konnten. Komm, ich muss nachsehen, ob Chad alles auf der Liste besorgt hat, und es einräumen.«

Britt folgte Chads Mutter und tat ihr Bestes, um das Haus in sich aufzunehmen, während sie ging. Die Holzdielen knarrten unter ihren Füßen und es roch stark nach Zitrone, so als hätte jemand gerade geputzt.

Sie gingen durch einen Türbogen, und wieder einmal weiteten sich Britts Augen, als sie den Hauptwohnbereich betrachtete. An der gesamten Rückwand befanden sich riesige Fenster, die auf das Wasser und eine große Terrasse hinausgingen. Die Sonne glitzerte auf dem Wasser und blendete sie fast. Der Raum war warm und einladend, und Britt wollte es sich nur noch auf der Couch gemütlich machen und stundenlang die Aussicht genießen.

»Es ist schön, nicht wahr?«, sagte Evelyn sanft.

Britt drehte sich zu ihr um und konnte nur nicken.

Evelyn lächelte, und der Ausdruck war ein wenig traurig. »Das ist mein Lieblingszimmer im Haus. Manche Leute mögen es nicht, so weit im Norden zu leben. Sie sagen, es ist zu kalt. Zu abgelegen. Aber für mich ist es mein Zuhause. Hier habe ich meine Kinder großgezogen, und hier haben die Liebe meines Lebens und ich fünfzig Jahre miteinander verbracht. Wir saßen auf dieser Couch und sahen uns Regen, Schnee und Wind an, oder wir staunten einfach über die Schönheit der Sonne, die durch die Fenster schien, so wie jetzt.«

Britt betrachtete die ältere Frau. Ihre Haut war faltig, ihr Rücken vom Alter ein wenig gerundet, und ihre schlanke Gestalt ließ sie aussehen, als würde eine steife Brise sie wegwehen. Doch die Kraft in ihrer Umarmung bewies, dass sie keine gebrechliche alte Dame war.

Ihr schulterlanges Haar war grau und hinter die Ohren gestrichen. Ihr Lächeln war warm und einladend. Britt konnte die Ähnlichkeit zwischen Mutter und Sohn erkennen. Sie hatten den gleichen Farbton rostbrauner Augen, die gleichen Gesichtszüge, die gleichen vollen Lippen.

Aber noch mehr als das war die Ähnlichkeit in ihren *Persönlichkeiten* laut und deutlich zu erkennen. Chad mochte darüber meckern, dass er nicht mit ihnen essen konnte, und Evelyn mochte sich darüber beschweren, dass ihr Sohn die Einkäufe nicht so einräumte, wie sie es gern hätte, aber es waren offensichtlich vertraute Neckereien, die beide im Scherz machten.

Und es lagen ein Respekt und eine Liebe zwischen ihnen, die Britts Herz schmerzen ließen.

Sie hatte kein enges Verhältnis zu ihrer Mutter. Mom war immer zu sehr mit ihrer Arbeit beschäftigt gewesen. Sie schob Britt zum Babysitten auf andere ab – und überließ sie dann sich selbst, lange bevor sie dazu in der Lage war –, viel zu oft, als dass Mutter und Tochter eine echte Bindung hätten aufbauen können. Britt machte ihrer Mutter jedoch keinen Vorwurf. Alleinerziehend zu sein war hart, und sie hatte getan, was nötig war, um ein Dach über dem Kopf zu haben und Essen auf den Tisch zu bringen. Dennoch hatte das eine katastrophale Auswirkung auf ihre Beziehung, die Britt bis heute bedauerte.

Die Wahrheit war, dass ihre Mutter immer etwas nachtragend gegenüber ihrer einzigen Tochter gewesen war. Deshalb war sie auch nicht besonders hilfsbereit. Sie hatte Britt gewarnt, dass es ein Fehler sei, mit Cole nach Maine zu ziehen, was sich als richtig erwies ... aber sie hatte ihr auch gesagt, sie solle nicht heulend zu ihr zurückkommen, wenn die Kacke am Dampfen war.

»Möchtest du dasitzen und die Aussicht genießen? Oder ich kann dir das Haus zeigen. Oder ich kann dir einen Snack besorgen, während die Pasteten fertig backen.«

Das war es also, was so verdammt gut roch. Sie wollte unbedingt den Rest des Hauses sehen, aber sie wollte auch einfach nur dasitzen und die schöne Aussicht genießen. »Ich kann Ihnen in der Küche helfen«, sagte sie stattdessen.

»Gott segne dich, Liebes, aber ich habe alles im Griff. Setz dich doch einfach hin und entspann dich ein wenig. Ich rufe dich, wenn das Essen fertig ist.«

Britt nickte und blieb stehen, bis Evelyn in der Küche beschäftigt war und in den Tüten kramte, die Chad hereingetragen hatte. Langsam ließ sie sich auf das Sofakissen sinken und starrte auf das Wasser hinaus. Das Grundstück lag an einer scheinbar geschützten Bucht. Das Wasser war ruhig, und von dort, wo sie saß, konnte Britt den Strand, einen Steg auf der linken Seite und ein paar Kajaks am Ufer sehen, die bereit waren, ins Wasser gelassen zu werden. Es gab auch einen Picknicktisch auf einer Wiese direkt oberhalb der Felsen am Strand, und weiter unten am Ufer stand eine Bank.

Es war wirklich ein wunderschöner Ort, und Britt fühlte sich geehrt, ihn zu sehen. Sie war so lange in Gedanken versunken, dass sie ein wenig zusammenzuckte, als Evelyn ihren Namen rief und ihr mitteilte, das Mittagessen sei fertig.

Britt sprang auf und eilte in die Küche. Sie war genauso traumhaft wie das wenige, das sie bereits vom Haus gesehen hatte. Die Arbeitsflächen waren aus Granit, die Geräte aus rostfreiem Stahl, die Spüle im Landhausstil war ein Traum, und die Schränke waren in einem tiefen Marineblau gehalten, das mit der Farbe der Außenverkleidung des Hauses übereinstimmte.

»Willst du draußen essen?«, fragte Evelyn, die neben dem sechsflammigen Herd stand. Daneben befand sich ein doppelter Backofen, aus dem sie offensichtlich gerade die blubbernden Pasteten geholt hatte.

»Oh, ist es nicht ein bisschen kühl?«

Evelyn lachte. »Liebes, wir sind hier in Maine. Siebzehn Grad sind geradezu mild. Und durch die Sonne wird es sich wärmer anfühlen, als es ist. Aber wir können auch Decken mitnehmen, um es bequem zu haben.«

»Dann ja. Ich würde gern auf der Terrasse essen«, sagte Britt eifrig.

Dankenswerterweise ließ Evelyn sie die Teller tragen, während sie einen Krug Limonade und zwei Gläser auf die weitläufige Terrasse brachte. Die Brise vom Wasser war tatsächlich ein wenig kühl, und Britt war froh über die kuschelige Decke, die sie sich um die Taille wickelte, als sie sich an den überraschend großen Tisch auf der Terrasse setzte.

»Mein Mann hat darauf bestanden, dass wir diesen riesigen Tisch hier draußen brauchen«, sagte Evelyn, und ein kleines Lächeln umspielte ihre Lippen. »Er sagte, wenn wir als Familie zu Abend essen wollen, bräuchten wir einen Platz, an dem wir alle sitzen können. Und er hatte recht. Es fühlte sich leer an, nachdem die Jungs alle weggezogen waren. Und nach Austins Tod konnte ich es nicht ertragen, hier draußen zu sitzen ... aber jetzt, da Chad zu Hause ist, ist es besser. Und der Rest meiner Babys kommt auch bald. Ich kann es kaum erwarten.«

»Sie kommen?«, fragte Britt und pustete auf die dampfende Pastete auf ihrem Löffel. Sie konnte sich nur schwer davon abhalten, die Hitze des Gerichts zu ignorieren und es sich einfach in den Mund zu schieben. Es roch so gut und sie war so hungrig, dass sie sich beherrschen musste, nicht ihre Manieren zu verlieren.

»Ja. Mein Ältester, Lincoln, war Kampfjetpilot bei der Luftwaffe. Mein Jüngster, Zachary, war bei der Marine und hat mehrere Preise für hervorragende kulinarische Leistungen gewonnen. Sie servieren keinen Einheitsbrei, weißt du. Man muss schon sehr geschickt sein, um auf hoher See Gourmet-Mahlzeiten für Tausende von Seeleuten zu kochen. Und mein Drittgeborener, Knox, war bei der Küstenwache. Kein Wunder, denn er war der Fisch in der Familie. Jetzt arbeitet er als freier Militärdienstleister für sie. Und Chad ist auch nicht zu verachten. Er war bei der Armee, wo er Scharfschütze war. Manche Mütter wären darauf nicht besonders stolz, aber er war verdammt gut in dem, was er tat. Und das wundert mich auch nicht, denn der Junge konnte stundenlang ganz stillliegen und sich nicht bewegen, während er mit seinen Brüdern im Wald Verstecken spielte. Sie konnten ihn nie finden.« Sie lächelte liebevoll. »Und sie kommen alle nach Hause«, fuhr Evelyn fort. »Ich weiß, dass sie Mitleid mit mir haben, aber das ist mir egal. Ich bin einfach froh, sie in meiner Nähe zu haben.«

Britt streckte eine Hand aus und legte sie auf Evelyns. »Das mit Ihrem Mann tut mir leid.«

»Danke. Mir auch. Aber es ist ja nicht so, dass wir ewig leben können. Wir müssen uns an den kleinen Freuden des Lebens erfreuen, wenn wir können. Und ich hatte fünfzig Jahre mit dem Mann, den ich liebe. Damit muss ich mich zufriedengeben. Und in der Zeit, die mir noch bleibt, bin ich entschlossen, *Lobster Cove* so gut wie möglich am Laufen zu halten. Austin hat sein Herz und seine Seele in diesen Ort gesteckt, und wir waren hier am glücklichsten.«

»Es ist wunderschön. Und ich habe noch nicht einmal einen Bruchteil davon gesehen. Dies ist die Art von Ort, von der ich immer nur geträumt habe. Es ist perfekt. Absolut perfekt.«

In Evelyns Augen lag ein Funkeln, das Britt nicht verstand. Sie lehnte sich vor. »Also ... du bist mit einem Jungen nach Maine gekommen, und es hat nicht geklappt?«

Britt schnaubte. »Das ist noch milde ausgedrückt.«

»Hast du eine Bleibe?«

»Ähm ... nicht wirklich.« Sie bezweifelte, dass Evelyn ihren Wagen als »Bleibe« bezeichnen würde.

»Hast du einen Job?«

Zum ersten Mal fühlte sie sich unwohl und schämte sich ein wenig, als sie in ihrem Sitz herumrutschte. »Nein, aber ich arbeite daran.«

»Hmmm«, murmelte Evelyn und nahm einen Bissen von ihrer Hühnerpastete.

Britt wusste nicht, was das bedeutete, aber da sie nicht weiter über ihre Misserfolge reden wollte, fragte sie Evelyn nach der Geschichte der Stadt Rockville. Zu ihrer Erleichterung lenkte dies das Gespräch von Britts aktueller Situation ab. Der Stolz und die Liebe zu ihrer Heimatstadt kamen laut und deutlich zum Ausdruck, während Evelyn fröhlich plauderte, während sie ihre Mahlzeit beendeten.

Als sie fertig waren, blieben sie sitzen und unterhielten sich weiter. Nach einer Weile ließ ein Geräusch hinter ihr Britt aufhorchen. Chad hatte die Tür geöffnet und ging auf seine Mutter zu.

Er beugte sich vor und küsste sie auf die Wange. »Es ist kühl hier draußen. Mom, ist dir kalt?«

Aber Evelyn winkte ab. »Mir geht's gut. Wie geht es Walt und Barry?«

»Denen geht es auch gut. Sie sind fleißiger denn je. Es wird gut sein, wenn die anderen hier sind, damit sie mit anpacken können. Ich habe mit der Arbeit an der vorderen Treppe begonnen. Du wirst noch etwa einen Tag lang die Seitentür benutzen müssen, bis ich fertig bin.«

Evelyn nickte. »Hast du zu Mittag gegessen?«

Obwohl sie sich über Chads reichhaltiges Frühstück lustig gemacht hatte, war es offensichtlich, dass sie sich immer noch Sorgen machte, ob er genügend Nahrung zu sich nahm, und ihm zu essen geben wollte.

»Ja. Ich liebe deine Pasteten.«

»Ich weiß«, sagte Evelyn mit Zufriedenheit. »Ich denke, es ist an der Zeit, dass du Britt die große Tour gibst, da sie hier mit mir arbeiten wird.«

Britts Augen weiteten sich, als sie Evelyn anstarrte. »Was?« »Wirklich?«

Sie und Chad sprachen zur gleichen Zeit. Verdächtigerweise klang er nicht sonderlich überrascht. Aber Britt war zu sehr damit beschäftigt zu verstehen, wovon Evelyn sprach, um sich nach dem Grund zu fragen.

»Ich habe entschieden. Sie hat keine Bleibe und braucht einen Job. Ich brauche hier mehr Hilfe. Du weißt so gut wie ich, Chad, dass ich zu alt werde, um mich allein um die Hütten zu kümmern. Wir sind diesen Sommer voll ausgebucht mit mehr Kurzzeitmietern als Langzeitmietern, und das bedeutet mehr Reinigungs- und Wäschearbeiten und dafür zu sorgen, dass die Hütten mit allem Notwendigen gefüllt sind. Britt kann mir bei all dem helfen und sich auch um den Empfang der Gäste und ihre Bedürfnisse kümmern, solange sie hier sind.«

Britt blinzelte überrascht.

»Sie kann hier im Haus wohnen. Es gibt genügend Platz für uns alle, selbst wenn deine Brüder auch zu Hause wohnen wollen. Aber ich nehme an, dass ihr bald alle eure eigenen Wohnungen haben wollt. Ich glaube, Knox und Zach haben sogar erwähnt, dass sie bereits etwas gefunden haben. Britt, du kannst so lange hierbleiben, wie du willst. Es wäre sogar eine große Hilfe, wenn du wenigstens den Sommer über bleiben würdest. Oh, und ich schätze, du musst wissen, was für ein Gehalt du verdienen wirst, bevor du zustimmst oder ablehnst.«

Sie nannte ihr eine Zahl, bei der sich Britts Augen noch mehr weiteten.

Sie hatte keine Ahnung, was sie sagen sollte. Das Angebot schien zu schön, um wahr zu sein. Es war nicht ganz so viel, wie sie vor ihrem Umzug verdient hatte, aber da sie keine Miete zahlen musste – was ein großer Vorteil war –, war es mehr als fair.

Aber natürlich musste Chad besorgt sein, dass seine Mutter eine Fremde in ihr Haus eingeladen und beschlossen hatte, sie einzustellen, ohne vorher mit ihm darüber zu sprechen.

»Das klingt großartig.«

Jetzt drehte sie sich um und starrte *Chad* schockiert an. Er war damit *einverstanden*? Ihr schwirrte der Kopf.

»Und? Wirst du den Job annehmen?«, fragte Evelyn, die tatsächlich unsicher und ein wenig nervös klang.

»Ja!«, platzte Britt heraus. Früher hätte sie sich mehr Zeit genommen, um darüber nachzudenken. Aber ehrlich gesagt hatte sie im Moment keine andere Wahl. Und außerdem ... sie war bereits in *Lobster Cove* verliebt.

»Komm«, sagte Chad und streckte ihr eine Hand entgegen. »Ich führe dich herum.«

Britt war ein wenig verwirrt. Warum war er nicht ausgeflippt? Warum stellte er nicht mehr Fragen? Das ergab keinen Sinn.

»Geh schon, Liebes. Ich kümmere mich um das Geschirr«, drängte Evelyn mit einem zufriedenen Lächeln im Gesicht.

Ohne nachzudenken, griff sie nach Chads ausgestreckter Hand und stand auf. Sobald sich seine Finger um ihre schlossen, wusste sie, dass sie in Schwierigkeiten steckte.

Sie hatte sofort das Gefühl, dass alles in Ordnung sein würde. Als sei sie in Sicherheit. Es war ein äußerst seltsames Gefühl. Eines, das sie noch nie erlebt hatte. Es hätte sie erschrecken müssen. Das tat es auch ein wenig, aber darüber hinaus verspürte sie ein überwältigendes Gefühl der Erleichterung. Sie hatte sich nicht erlaubt, darüber nachzudenken, was sie tun würde, wenn ihr buchstäblich letzter Dollar weg war. Wie sie das Benzin für ihren Wagen bezahlen würde. Wie sie sich ernähren sollte.

Und jetzt war ihr ein Geschenk gemacht worden. Eines, das ihr direkt in den Schoß gefallen war.

Sie wollte am liebsten weinen, Evelyn ausfragen, ob sie sich sicher war. Stattdessen kam ihr kein einziges Wort über die Lippen. Sie folgte Chad einfach, als er zurück ins Haus schritt und auf das zusteuerte, was sie als Seiteneingang vermutete. »Ich zeige dir die Werkstatt, die Bootsliegeplätze und die Gästehäuser, und dann kommen wir zurück zum Haus, wo wir deine Sachen aus dem Wagen holen und einräumen können.«

Bevor sie zustimmen oder widersprechen konnte, waren sie schon draußen und auf dem Weg zur Werkstatt. Chad hatte ihre Hand nicht losgelassen, und Britt war froh darüber. Sie fühlte sich unausgeglichen und unsicher.

Wie konnte dies passieren? Aber sie würde einem geschenkten Gaul nicht ins Maul schauen. Das konnte sie nicht. Sie würde einfach mit dem Strom schwimmen.

Es bestand die Möglichkeit, dass das alles ein abgekartetes Spiel war und dass Chad und seine unschuldig aussehende großmütterliche Mutter doch Serienmörder waren. Dass sie sich mitten in der Nacht in ihr Zimmer schleichen und ihr mit einem riesigen Metzgermesser ins Herz stechen würden.

Aber es bestand auch die Möglichkeit, dass sie genau das waren, was sie zu sein schienen ... zwei großzügige Seelen, die nichts weiter wollten, als einer Frau zu helfen, die vom Glück verlassen war.

Sie hoffte und betete, dass sie Letzteres waren. Die Zeit würde es zeigen.

KAPITEL DREI

Chad konnte sehen, dass Britt verwirrt war. Er hatte sie aus dem Haus gedrängt, bevor sie protestieren und das Jobangebot seiner Mutter ablehnen konnte. Sie brauchte *Lobster Cove*. Das spürte er bis in die Zehenspitzen. Er hatte keine Ahnung wie, aber er spürte es.

Auf dem Heimweg hatte er seine Mutter angerufen und die Möglichkeit erwähnt, Britt einzustellen ... natürlich nur, wenn sie und seine Mutter sich gut verstanden. Sie brauchte *wirklich* Hilfe. Und ja, wenn seine Brüder nach Hause kämen, würde ihr das die Arbeit erleichtern, aber sie hätten alle Hände voll zu tun mit der Instandhaltung des Grundstücks. Die Dächer mussten alle erneuert werden, wahrscheinlich auch ein Teil der Außenverkleidung. Bei den Gästehäusern war eine Reno-vierung überfällig, die zwischen den Reservierungen durchge-führt werden musste, was die Sache kompliziert machte. Die größeren Projekte mussten im Herbst und Winter durchgeführt werden, aber in der Zwischenzeit konnten sie Löcher flicken, kaputte Fliesen ausbessern, dafür sorgen, dass die Geräte funk-tionierten, tote oder absterbende Bäume fällen ... und das alles, während sie die anderen Geschäfte am Laufen hielten.

Und natürlich hatte Knox auch einen Job in Aussicht, und Zach war dabei, ein Unternehmen zu gründen. Die Zeit, die sie *Lobster Cove* widmen konnten, würde also begrenzt sein.

Aber Chad würde nehmen, was er kriegen konnte. Seit seiner Ankunft war er überwältigt, und was ihn betraf, so konnten seine Brüder gar nicht früh genug dort sein.

Bis dahin verließ er sich darauf, dass Walt und Barry die Hauptlast in der Werkstatt trugen, dass Otis die Bücher führte und dass seine Mutter ihre Arbeit in den Gästehäusern fortsetzte. Britts Anwesenheit wäre eine große Hilfe – und eine Erleichterung für ihn. Seine Mutter war für ihre siebzig Jahre noch ziemlich rüstig, aber er machte sich trotzdem Sorgen um sie.

Es war eine perfekte Lösung, und er freute sich, dass seine Mutter mit ihr so gut auskam, dass sie ihr den Job anbot. Obwohl »anbieten« nicht das richtige Wort war. Es war mehr als offensichtlich, dass sie Britt den Job aufgedrängt hatte. Sie hatte der Frau praktisch *befohlen*, bei ihr einzuziehen und im Haus zu helfen.

Obwohl er sie also weggestohlen hatte, damit sie die Stelle nicht ablehnen konnte, war ihm klar, dass er ihr mehr darüber erzählen musste. Ihr ein paar Details geben. Ihr versichern, dass er und seine Mutter nicht den Verstand verloren hatten. Dass sie normalerweise keine Fremden in der Stadt aufgriffen, sie nach *Lobster Cove* schleppten und zwangen, Jobangebote anzunehmen. Verdammt, er war überrascht, dass sie nicht wieder in ihren Wagen gesprungen war und sich aus dem Staub gemacht hatte.

Er war auch überrascht, dass Britt seine Hand nicht losgelassen hatte. Aber ihre Hände fühlten sich gut an so ineinander verschlungen ... also wollte er nicht derjenige sein, der sich zuerst von ihr löste.

»Also, das ist die Autowerkstatt. Das ist eigentlich eine falsche Bezeichnung, denn wir arbeiten an so ziemlich jeder

Art von Motor. Rasenmäher, Quads, Schneemobile, Autos, Lastwagen, Boote ... wenn es einen Motor hat, können wir ihn normalerweise reparieren«, erklärte Chad ihr und deutete mit der freien Hand auf das Gebäude, dem sie sich näherten.

Er führte sie in eine der Buchten und rief den Jungs zu.

»Hier drunter!«, rief Walt.

Als Chad zu dem roten Pick-up in der ersten Bucht blickte, sah er zwei Beine, die unter dem Motor hervorlugten. Grinsend zog er Britt in diese Richtung. »Komm mal kurz raus, Walt. Ich möchte dir Britt vorstellen.«

Daraufhin bewegte Walt sich so schnell, wie Chad es noch nie gesehen hatte, seit er den Mann kannte. Walt war um die vierzig und hatte einen, wie er es nannte, »Feuerwehrmann-schnurrbart«. Er war groß und buschig und kräuselte sich auf beiden Seiten seiner Lippen nach unten. Er war ein großer Mann mit einer lauten, dröhnenden Stimme, die manchmal etwas übertrieben war, aber er war wirklich eine sanfte Seele.

»Ein Mädchen? Du hast ein *Mädchen* mit nach Hause gebracht?«, fragte er, als er aufstand.

Als er zu Britt hinübersah, bemerkte er, dass sie errötete. »Nicht so, wie du denkst, aber ja, wir haben uns in der Stadt getroffen, und sie war auf der Suche nach Arbeit. Mom könnte hier etwas Hilfe gebrauchen, mit den Gästehäusern und allgemein.«

»Freut mich, dich kennenzulernen. Ich heiße Walt. Wenn du etwas brauchst, kannst du mich jederzeit fragen. Wir sind ein ziemlich entspannter Haufen hier, und es wird toll sein, ein hübsches Gesicht unter uns hässlichen Kerlen zu haben.«

Chad bemerkte, wie Walt den Blick zu ihren Händen wandern ließ. Aber da sie sich nicht daran zu stören schien, lockerte er seinen Griff nicht. »Ist Barry hier?«

Anstatt zu antworten, drehte Walt den Kopf zu der Tür, die in einen kleinen Raum führte, den sie als Büro benutzten, und rief: »Barry!«

Chad zuckte zusammen, schüttelte den Kopf über den Mechaniker und sagte: »Mensch, Walt. Mach mal ein bisschen leiser, ja?«

»Tut mir leid. Ich wollte nur sichergehen, dass er mich gehört hat.«

»Sie haben dich in Bangor gehört«, gab Chad zurück.

Walt lachte, ein herzhaftes Geräusch, das ihm sehr vertraut wurde. In den zwei Wochen, seit Chad nach *Lobster Cove* zurückgekehrt war, hatte er das Lachen des Mannes in regelmäßigen Abständen auf dem Grundstück widerhallen gehört.

Die Tür zum Büro knarrte, als sie sich öffnete, und Barry trat ein. Er war etwas jünger als Walt und in fast jeder Hinsicht sein Gegenstück. Er war nur etwa eins siebzig groß, hatte rotes Haar und grüne Augen, und er war so schlank, dass er aussah, als würde ihn eine steife Brise umwehen.

Aber der Mann war ein Genie im Umgang mit Motoren. Er redete nicht viel, aber er war ein harter Arbeiter und verdammt loyal. Soweit Chad wusste, hatte er früher auf einem Hummerboot gearbeitet, aber nach einem schlimmen Sturm beschlossen, dass es sicherer sei, den Beruf zu wechseln. Er hatte eine Frau und drei Kinder, die Evelyn gern zu Besuch hatte. Sie behauptete, da ihre eigenen Söhne ihr noch keine Enkelkinder geschenkt hätten, müsse sie sich damit begnügen, Barrys Kinder zu verwöhnen.

»Du hast gebrüllt?«, fragte Barry, als er sich zu ihnen gesellte.

»Das hier ist Britt. Sie gehört zu Chad. Sie wird Miss Evelyn im Haus helfen«, erklärte Walt und übernahm die Vorstellung.

»Ma'am«, sagte Barry höflich mit einem Nicken.

»Oh bitte, nenn mich Britt«, erwiderte sie schnell.

»Das ist ihr Corolla in der Nähe des Hauses. Kann einer von euch bitte einen Blick darauf werfen? Jemand hat die Muttern an der Batterie gelockert, sodass die Verbindung unterbrochen war. Ich habe es repariert, aber ich würde mich besser fühlen, wenn wir sichergehen, dass sonst nichts fehlt.«

»Schlüssel?«, fragte Walt mit ausgestreckter Hand.

»Oh, ähm ... es ist jetzt in Ordnung«, sagte Britt.

»Walt wird sich darum kümmern«, antwortete Chad vernünftig.

»Ich ... Chad, ich kann es mir im Moment nicht leisten, irgendetwas daran machen zu lassen«, sagte sie leise, wobei sie verlegen klang.

In Gedanken versetzte er sich einen Tritt. Natürlich machte sie sich Sorgen um ihre Finanzen. Er öffnete den Mund, um ihr zu versichern, dass es nichts kosten würde, aber Walt kam ihm zuvor.

»Du bist jetzt eine von uns«, dröhnte er. »Eine Lobsterite – so habe ich uns genannt. Die Leute, die hier in *Lobster Cove* arbeiten. Und Lobsterites zahlen nicht für so einen Scheiß wie Reparaturen und Ölwechsel. Gib mir deinen Schlüssel, Schätzchen, und wir werden dafür sorgen, dass dein Wagen schön schnurrt, bevor du losfährst.«

»Lass dir Zeit«, sagte Chad zu ihm. »Mom hat sie eingeladen, so lange im großen Haus zu bleiben, wie sie es braucht.«

Walts Augen funkelten und sein Grinsen wurde breiter. »Hat sie das? Das ist ja großartig! Dann willkommen in *Lobster Cove*, Britt. Wie ich schon sagte, wenn du etwas brauchst, zögere nicht, es uns wissen zu lassen. Wenn in einem der Häuser etwas kaputtgeht, ist Barry dein Mann, der sich das ansieht. Die Waschmaschine, der Kühlschrank, der Staubsauger ... was auch immer es ist, er kann es reparieren.«

»Ähm ... danke.«

»Schlüssel?«, fragte Walt erneut, streckte die Hand aus und wackelte mit den Fingern.

Einen Moment lang fragte Chad sich, ob sie sich weigern würde nachzugeben. Dann griff sie in ihre Tasche und zog einen Schlüsselring mit einem einzelnen Schlüssel heraus. Aus irgendeinem Grund machte ihn der Anblick des einsamen Schlüssels an dem hummerförmigen Schlüsselanhänger traurig. Er hatte mindestens ein Dutzend Schlüssel bei sich – was lästig war –, aber es unterstrich, wie privilegiert er war, Schlüssel für so viele verschiedene Schlösser zu *brauchen*.

»Hummer. Es scheint, als sei deine Anwesenheit hier vorbestimmt gewesen«, sagte Walt mit einem Augenzwinkern, während er den Schlüsselring in die Hand nahm.

Britt zuckte mit den Schultern. »Ich habe ihn in einem Touristenladen gesehen, als ich hier vor ein paar Wochen eintraf, und fand ihn süß.«

»Und jetzt bist du hier in *Lobster Cove*. Schicksal«, sagte Walt.

»Seid ihr fertig da draußen?«

Chad drehte sich um und sah Otis Calvert in der Tür des Büros stehen. Er hatte gar nicht bemerkt, dass er hier war. »Otis! Darf ich vorstellen, die neueste Mitarbeiterin von *Lobster Cove*«, rief er.

Der ältere Mann hatte seinen Vater vor über zwanzig Jahren kennengelernt, und sie hatten sich sofort gut verstanden. Soweit Chad sich zurückerinnern konnte, hatte Otis an ihrem Leben teilgenommen. Er kam mit ihnen zum Hummeressen, zum Angeln, zum Biertrinken auf der Terrasse. Er gehörte genauso zu *Lobster Cove* wie der Rest seiner Familie.

Wie viele Menschen hatte auch Otis finanzielle Schwierigkeiten erlitten, und Chads Vater hatte ihm geholfen, indem er ihm immer mehr Verantwortung für *Lobster Cove* übertragen hatte. Nach Austin Youngs Erzählung war Otis' Scheidung vor langer Zeit hässlich gewesen und seinen beiden Kindern fiel es schwer, ihre Zeit zwischen den Eltern aufzuteilen. Das hatte sie beide tief getroffen.

Otis' Tochter hatte eine Reihe schlechter Ehen hinter sich und lebte jetzt in Portland auf der Straße. Er hatte alles in seiner Macht Stehende getan, um ihr zu helfen, aber sie hatte keine Lust, in diese »Provinzstadt«, wie sie Rockville nannte, zurückzukehren. Sie zog es tatsächlich vor, auf der Straße zu leben und mit ihren Junkie-Freunden zusammen zu sein, anstatt einen Job zu finden und für ihren Lebensunterhalt zu arbeiten. Chad glaubte sich zu erinnern, dass sein Vater ihm einmal gesagt hatte, dass sie an einer psychischen Erkrankung litt, was die Situation nicht gerade erleichterte.

Camden hatte sich in seiner Jugend in die falschen Kreise begeben und einen Großteil seiner Zeit im Gefängnis verbracht. Otis hatte sein gesamtes Erspartes aufgebraucht, um seinem Sohn in verschiedenen Rechtsangelegenheiten zu helfen. Während der letzten zehn Jahre schien er sein Leben einigermaßen in den Griff bekommen zu haben. Er lebte bei seinem Vater, hielt sich aus Schwierigkeiten heraus und arbeitete Teilzeit in der Autowerkstatt von *Lobster Cove*.

Und Otis war seit Langem für die gesamte Buchhaltung von *Lobster Cove* verantwortlich, was keine kleine Aufgabe war. Er kümmerte sich um die Steuern und stellte sicher, dass die Investitionen so funktionierten, wie sie sollten.

Früher hatte er in der Hummerfischerei gearbeitet, wie viele Männer und Frauen in der Gegend. Aber die Hummerfischerei war kein leichter Job. Er war körperlich anstrengend und sehr zeitaufwendig, ganz zu schweigen von der Gefahr. Mit fast dreißig hatte er aufgehört, um aufs College zu gehen und Rechnungswesen zu studieren.

Chads Vater hatte ihn irgendwann eingestellt, nachdem Otis seine eigene Buchhaltungs- und Investmentfirma gegründet hatte, und der Rest war Geschichte. Seitdem führte er die Bücher in *Lobster Cove*. Er gehörte quasi zur Familie.

»Neue Mitarbeiterin?«, fragte Otis, als er sich näherte. »Davon wusste ich ja gar nichts.«

Chad konnte nicht sagen, ob das, was er hörte, Missbilligung war ... aber sein Tonfall gefiel ihm nicht. Und er wollte nicht, dass Britt sich etwas anderes als willkommen fühlte.

»Nun, Mom hat ihr erst vor zehn Minuten das Jobangebot unterbreitet, wenn du also nicht gelernt hast, die Gedanken anderer Leute zu lesen, wundert es mich nicht, dass du es nicht wusstest«, antwortete er.

Otis' Grinsen war zerknirscht. »Tut mir leid. Ich wollte nicht verärgert klingen. Ich muss diese Dinge einfach wissen, damit wir die Gehaltsabrechnung einrichten und sie in unsere Versicherung aufnehmen können.«

»Versicherung?«, fragte Britt erstaunt.

»Ja, Austin und Evelyn wollten immer wettbewerbsfähig sein«, erklärte Otis. »Sie wollten keine guten Mitarbeiter einstellen, die dann wieder gehen, weil sie das brauchen, was andere, traditionellere Jobs bieten. Also haben wir uns etwas einfallen lassen, damit sie nicht nur eine gute Versicherung, sondern auch eine Altersvorsorge anbieten können.«

»Wow, das ist großartig.«

»Das ist es wirklich«, stimmte Walt zu. »Dies ist zweifellos der beste Job, den ich je hatte, und ich werde hier nie aufhören. Ich werde achtzig sein und immer noch hier draußen in der Werkstatt herumwerkeln.«

Alle lachten.

»Wie auch immer, willkommen im Team«, sagte Otis und streckte eine Hand aus.

Britt schüttelte sie und schenkte ihm ein kleines Lächeln. »Danke. Ich kann immer noch nicht glauben, dass das hier passiert. Ich habe wirklich einen Job gebraucht. Und dass er mit einer Versicherung, einer Unterkunft und Renteneinzahlungen einhergeht? Das ist mehr, als ich je erwartet habe.«

»Sie wohnt hier?«, fragte Otis.

»Ja. Mom hat darauf bestanden«, antwortete Chad.

»Das ist wunderbar. Es wird ihr so guttun, in diesem großen Haus Gesellschaft zu haben. Äh, das heißt ... außer dir. Ich meine, *weibliche* Gesellschaft«, sagte Otis und stolperte über seine Worte.

»Ich weiß, was du meinst. Als Sohn zähle ich nicht«, erwiderte Chad mit einem Augenrollen. »Ist hier alles in Ordnung? Brauchst du etwas?«

»Nein, es ist alles bestens. Ich gehe nur mit Barry das Inventar durch«, sagte Otis.

»In Ordnung. Ich setze Britts Tour durch *Lobster Cove* fort. Sag mir Bescheid, falls es was gibt.«

»Ich schätze, es sollte nichts sein. Ich habe alles unter Kontrolle, wie immer«, sagte Otis lachend.

Nachdem er versprochen hatte, gut auf ihren Wagen aufzupassen und sie beide zu informieren, falls er etwas fand, steckte Walt Britts Schlüssel ein und kehrte zu dem Wagen zurück, an dem er gearbeitet hatte, als er unterbrochen wurde. Barry und Otis verabschiedeten sich von ihm und gingen zurück ins Büro.

»Bereit?«, fragte Chad sie.

Sie nickte, und sie verließen die Werkstatt in Richtung des Bootslagers. Der Rest der Führung verging recht schnell, und Britt schien von den beiden Gästehäusern begeistert zu sein. Sie waren so dekoriert, dass es aussah, als hätten sich Hummer darin übergeben, aber den Gästen schien es zu gefallen. An den Wänden hingen illustrierte Bilder von Hummern, und sein Vater hatte Plastikbecher mit dem Logo von *Lobster Cove* bestellt, die die Gäste mitnehmen konnten, wenn sie abreisten. Es gab Hummerteppiche, Duschvorhänge, Nippes und sogar Decken in den kleinen Wohnbereichen, die jeweils mit einem riesigen Hummer geschmückt waren.

Das war zu viel für Chad, andererseits war er in Maine aufgewachsen, und Hummer waren für die meisten Einheimischen nichts Besonderes. Aber Britt schien verzaubert zu sein. Das Lächeln auf ihrem Gesicht, als sie sich die Hütten ansah, war amüsiert und unbeschwert, was Chad sehr gefiel.

Als sie die Häuser besichtigten, die schon bald zum Beginn der Touristensaison bezogen werden sollten, wurde Chad klar, wie viel Arbeit in beiden noch zu erledigen war. Die Gebäude waren solide, aber die üblichen Instandhaltungsarbeiten waren offensichtlich zu lange aufgeschoben worden.

Die Zimmer rochen ein wenig muffig und die Wände könnten einen neuen Anstrich vertragen. Die Teppiche in den Schlafzimmern wollte er durch Hartholzböden ersetzen. In der Zweizimmerhütte befand sich ein kleiner Fleck an der Decke, der genauer untersucht werden musste. Und natürlich mussten auch die Dächer erneuert werden. Eine Terrasse brauchte zumindest einen neuen Anstrich, und die andere könnte eine Generalüberholung vertragen.

Nach der Besichtigung gingen sie am Wasser entlang und näherten sich der Sitzbank, als Britt zaghaft fragte, ob sie einen Moment anhalten könnten.

»Natürlich«, sagte Chad und wies auf die Bank.

Britt setzte sich, den Blick auf das ruhige blaue Wasser gerichtet. *Lobster Cove* war nach dem Gewässer benannt, an dem das Grundstück lag, einer geschützten Bucht, die vom Atlantischen Ozean gespeist wurde. Aber weil es sich um eine Bucht handelte, gab es bei Stürmen keine zerstörerischen Wellen. Als seine Eltern das Grundstück kauften, fror das Wasser fast jeden Winter zu, aber heutzutage erlebten sie solche Wetterextreme nur noch selten.

Chad hatte seine Kindheit mit Schwimmen, Kajakfahren, Paddeln und Herumtollen in und um die Bucht verbracht. Die Schaukel, mit der er und seine Brüder Hunderte von Malen über das Wasser geflogen waren, um hineinzuspringen, wenn es seinen Höchststand erreicht hatte, hing immer noch an einem großen Baum am Rande des Wassers.

Dass das Meer tatsächlich warm sein konnte, hatte er erst gemerkt, als er einmal an einem Strand in Florida Urlaub gemacht hatte.

Jede Richtung, in die er blickte, weckte gute Erinnerungen an eine wunderbare Kindheit.

Er hatte viel Zeit damit verbracht, auf dieses Gewässer

hinauszustarren ... also richtete er die Aufmerksamkeit auf die Frau neben ihm. Er liebte es, *Lobster Cove* durch ihre Augen zu sehen. Dadurch wusste er umso mehr zu schätzen, was er und seine Familie hatten.

»Es ist so schön«, flüsterte sie nach einem Moment.

»Ja«, sagte Chad, wobei er sich nicht nur auf die Aussicht bezog.

»Du hast großes Glück.«

»Ich weiß.« Und das tat er. Chad versuchte, die Dinge, die er in seinem Leben hatte, nicht als selbstverständlich zu betrachten.

Britt drehte sich zu ihm um, und der heitere Ausdruck auf ihrem Gesicht wandelte sich zu Besorgnis. Damit hatte er gerechnet. Das war einer der Gründe, warum er, ohne zu zögern, zugestimmt hatte, für einen Moment anzuhalten. Damit sie sich unterhalten konnten.

»Versteh mich nicht falsch. Ich möchte bleiben. Ich möchte hier arbeiten. Ich brauche *wirklich* einen Job. Aber es sieht nicht so aus, als bräuchte deine Mutter mich wirklich. Vor allem weil deine Brüder bald nach Hause kommen werden. Ich möchte weder dich noch deine Familie ausnutzen.«

Ihre Besorgnis überzeugte Chad nur noch mehr davon, dass er die richtige Entscheidung getroffen hatte, sie nach *Lobster Cove* einzuladen. Wenn sie ein anderer Mensch wäre, würde sie sich nur für das interessieren, was *sie* brauchte und wollte.

»Wir brauchen dich *wirklich*. Meiner Mutter scheint es gut zu gehen, aber sie hat es schwer. Sie hat die letzten fünfzig Jahre mit meinem Vater an ihrer Seite verbracht. Er wurde ihr sehr plötzlich entrissen, und es fällt ihr schwer herauszufinden, wie sie diese neue Phase ihres Lebens ohne ihn bewältigen soll. Dass du heute hier warst, selbst für die kurze Zeit, in der du bei ihr gesessen hast, hat bereits einen Unterschied gemacht. Ich habe einen Funken in ihr gesehen. Sie scheint sich mehr für das zu interessieren, was um sie herum passiert, in *Lobster Cove*, im Leben.«

Britt warf ihm einen skeptischen Blick zu.

»Tut mir leid, das klang ziemlich plump. Mom ist ... okay. Sie ist traurig wegen Dad, aber entschlossen, das Land und die Geschäfte, die sie zusammen aufgebaut haben, am Laufen zu halten. Ich wollte nur sagen, dass ich gemerkt habe, wie gern sie Zeit mit dir verbringt. Ich glaube, dass es euch beiden guttun wird, wenn du hier arbeitest.«

»Ich will keine Schnorrerin sein«, sagte Britt leise.

Chad lachte.

»Das war kein Scherz«, sagte sie ein wenig beunruhigt.

»Es tut mir leid, ich habe nicht über dich gelacht. Aber du hast die Gästehäuser gesehen. Das hier ist weder ein falscher Job noch ein Mitleidsangebot. Wir brauchen dich wirklich. Wir erwarten bald Gäste, und wenn die feststellen, wie diese Hütten aussehen, kommen sie nie wieder. Wir brauchen Hilfe. *Mom* braucht Hilfe. Du wirst dir dein Gehalt verdienen, daran habe ich keinen Zweifel.«

»Ehrlich gesagt, ein Dach über dem Kopf und einen sicheren Platz zum Schlafen zu haben ist genug.«

»Nein, ist es nicht. Bist du mit dem Gehalt einverstanden, das Mom angeboten hat? Ich könnte mit ihr reden, wenn du es nicht für angemessen hältst.«

Sie starrte ihn mit großen Augen an. »Du machst Witze.«

»Nein, warum? Ist es nicht genug?«

»Chad! Ich bekomme Kost und Logis und anscheinend auch noch eine Reparatur meines Wagens. Das ist schon zu viel!«

»Wir sind in Maine. Hier sind die Dinge teurer. Fürs Protokoll, ich denke, es ist ein faires Gehalt, aber wenn du verhandeln willst, wie ich schon sagte, kann ich mit Mom reden.«

Sie wandte sich wieder dem Wasser zu, und Chad sah, wie

ihre Unterlippe bebte. Er gab ihr den Moment, den sie offensichtlich brauchte, um ihre Fassung wiederzuerlangen.

Dann holte sie tief Luft und sah ihn wieder an. »Das Gehalt ist perfekt. Ich werde die beste Haushälterin, Begleiterin, Concierge ... *was auch immer* ... sein, die deine Mutter je hatte.«

»Ich weiß, dass du das sein wirst.« Und das tat er. Diese Frau war keine Frau, die Almosen annahm. Die andere ausnutzte. Er hatte keine Ahnung, woher er das wusste, aber sie strahlte geradezu Aufrichtigkeit aus.

»Werden deine Brüder verärgert sein, dass sie mich eingestellt hat, ohne mit ihnen darüber zu sprechen?«

»Nein.« Daran hatte Chad keinen Zweifel.

Sie schaute wieder skeptisch.

»Glaub mir, das wird ihnen egal sein. Das Einzige, was sie interessiert, ist Mom. Dass sie zufrieden und sicher ist.«

»Werden sie auch in das Haus einziehen, wenn sie hier sind?«

Chad war sich nicht sicher, ob sie Angst davor hatte, mit so vielen Fremden zusammenzuleben, und dann auch noch mit Männern. »Ich weiß noch nicht genau, was sie vorhaben, aber ich glaube nicht. Und selbst wenn es so wäre, brauchst du dir keine Sorgen zu machen. Du kannst ihnen vertrauen. Mir übrigens auch. Falls du dir Sorgen gemacht hast, ich habe dich nicht hierhergebracht, um dich zu verführen oder in ein unterirdisches Versteck zu schleppen, das wir Youngs gebaut haben, um unschuldige Frauen für unsere ruchlosen Zwecke einzusperren.«

Britt kicherte. Das brachte Chad zum Lächeln.

»Ob du es glaubst oder nicht, ich hatte tatsächlich ein paar Momente, in denen ich mich gefragt habe ...«

»Ich bin ein guter Kerl, Britt. Das schwöre ich. Und ich glaube, wenn du es zulässt, kann *Lobster Cove* alle deine Verletzungen heilen. Dein Ex? Er war ein Idiot. Und ein Arschloch. Ich kann nicht glauben, dass er einfach abgehauen ist und dich mit der Motelrechnung sitzen gelassen hat. Du bist ohne ihn besser dran, und wenn du Maine eine Chance gibst, wird es sich in deine Seele eingraben und du wirst dich fragen, warum du so lange gebraucht hast hierherzukommen.«

»Das hoffe ich. Trotz all der Ungewissheit in meinem Leben in letzter Zeit gefällt es mir hier sehr gut. Es ist ... ruhig. Zu Hause sind alle immer auf dem Sprung. Sie ärgern sich über den Verkehr, ignorieren den Müll, den sie auf den Gehwegen sehen, wenn sie vorbeigehen, und kümmern sich um niemanden außer sich selbst. Ich habe mich dabei ertappt, wie ich in dieselbe Mentalität hineingezogen wurde, aber als ich hier ankam, schien sie zu verschwinden. Und ich weiß, dass die Dinge hier nicht perfekt sein werden. Es gibt immer noch Verbrechen, immer noch Idioten, die meinen, es sei in Ordnung, ihren Müll aus dem Fenster zu werfen, wenn sie eine Landstraße entlangfahren, immer noch schlechte Menschen. Aber irgendwie fühlt es sich ... gedämpft an. Wenn das Sinn macht.«

»Das tut es«, stimmte Chad zu. »Ich konnte es nicht erwarten wegzugehen. Ich wollte sozusagen die Welt sehen. Und jetzt, da ich das getan habe, erscheinen mir Maine, Rockville und *Lobster Cove* sogar noch perfekter.«

»Gibt es an eurem Strand auch diese kleinen Glasstücke, die vom Wasser ganz glatt sind und so?«

Das war ein abrupter Themenwechsel, aber Chad machte das nichts aus. »Manchmal. Da wir in einer geschützten Bucht liegen, gibt es hier nicht so viel Glas wie an Orten wie Fortunes Rocks Beach in Biddeford oder Pebble Beach auf Monhegan Island. Die Wellen bringen das Glas herein, das seit Jahren, ja sogar Jahrzehnten, im Meer umhergetrieben wurde.«

»Es ist seltsam, dass etwas, das mich so sehr kränkt, nämlich der Müll in unseren Ozeanen, etwas so Schönes hervorbringen kann, nach dem die Menschen wie besessen suchen.«

»So hatte ich noch nicht darüber nachgedacht. Aber ich glaube, ich bin immer noch auf der Seite der Müllvermeider«, sagte Chad.

»Ich auch. Aber ich habe nichts dagegen, die Strände zu säubern, indem ich diese lästigen schönen Glasstücke auflese.« Sie grinste.

Chad erschrak nicht einmal darüber, dass er sich bereits überlegte, wohin er Britt mitnehmen könnte, um nach Meerglas zu suchen.

»Ich könnte den ganzen Tag hier sitzen«, sagte sie nach einem Moment.

»Das sagst du jetzt, aber wenn der Wind auffrischt und du dir den Hintern abfrierst, wirst du froh sein, drinnen vor dem Kamin zu sitzen, eingekuschelt unter einer Decke.«

»Stimmt«, erwiderte sie lachend. Dann seufzte sie. »Chad?«

»Ja?«

»Danke.« Das Wort war leise und wurde fast vom Wind weggetragen.

»Gern geschehen. Komm, sehen wir nach, welchen Unfug meine Mutter angefangen hat. Wahrscheinlich hat sie das Whiteboard herausgeholt, mit dem sie uns als Kinder die Hausarbeiten zugewiesen hat. Wir haben das verdammte Ding gehasst.«

»Nein, ihr habt es wahrscheinlich gehasst, Hausarbeiten zu machen«, konterte Britt.

Chad lachte. »Ja, da hast du recht.«

Er wollte wieder ihre Hand nehmen, aber es fühlte sich jetzt ein wenig seltsam an. Dann fiel ihm etwas ein, und er wollte dafür sorgen, dass er dieses kleine Detail *jetzt* klärte. »Du arbeitest nicht für mich«, platzte er heraus, als sie aufstanden.

»Was?«

»Ich bin nicht dein Chef. Du bist mir nicht unterstellt, du musst mir keine Rechenschaft über deine Zeit ablegen oder darüber, was du mit mir oder einem meiner Brüder machst. Ich wollte nur sicherstellen, dass du das weißt.«

Sie zog die Stirn in Falten. »Ähm ... für wen arbeite ich dann?«

Chad zuckte mit den Schultern. »Ich schätze für meine Mutter. Aber sie wird sich auch nie als deine Chefin sehen. Ich bin sicher, in ihren Augen bist du nur ein weiteres Familienmitglied.«

Er konnte sehen, wie Britt sich bemühte, die Fassung zu bewahren.

Leise sagte er: »Ich wollte nur sichergehen, dass du verstehst, dass dies kein typisches Arbeitsumfeld ist. Aber andererseits, wenn du dich bei jemandem unwohl fühlst – bei den Gästen oder den anderen, die in *Lobster Cove* arbeiten, einschließlich meiner Brüder –, solltest du dir das auf keinen Fall gefallen lassen. Sag es mir oder einem meiner Brüder oder sogar Otis. Wir haben zwar keinen offiziellen Vertreter der Personalabteilung, aber niemand wird dulden, dass jemand sich unsicher oder unwohl fühlt, okay?«

»Okay. Dies kommt mir immer noch nicht echt vor«, sinnierte sie, während sie den Weg zum Haupthaus weitergingen.

»Das wird es, wenn du dich über meine Mutter ärgerst, weil sie dir mehr zu essen aufzwingt, oder wenn du eine der Hütten putzen musst, nachdem ein rücksichtsloser Tourist abgefahren ist, oder wenn du nach einem langen Tag so müde bist, dass du die Augen nicht offen halten kannst.«

»Oh, glaub mir, das ist nichts im Vergleich zu Arschloch-Ex-Freunden, die dir ein beschissenes Gefühl geben, weil du dich über etwas so Einfaches wie einen Hummer-Schlüsselanhänger freust, oder wenn du dich um die Weihnachtstage mit Kunden im Einzelhandel herumschlagen musst.«

Chad lächelte. »Willkommen in *Lobster Cove*, Britt. Wir haben Glück, dass du hier bist.«

»Ich bin die Glückliche«, konterte sie.

Chad kam der Gedanke, dass vielleicht *er* der Glückliche war, weil er mit ihr arbeiten, sie jeden Tag sehen, mit ihr leben durfte.

Dieser letzte Gedanke ließ ihn über seine Füße stolpern. Britt packte ihn am Arm, als könnte sie ihn davor bewahren, auf dem unebenen Weg auf der Nase zu landen. Zum Glück konnte er sein Gleichgewicht halten und riss sie nicht mit sich nach unten.

Er war siebenunddreißig Jahre alt und hatte noch nie mit einer Frau zusammengelebt. Seine Mutter zählte nicht.

Aber der Gedanke machte ihn nicht nervös. Stattdessen wirbelte aus irgendeinem Grund Vorfreude durch sein Blut. Er hatte das Gefühl, dass allein schon die Vorstellung vom Zusammenleben mit einer Frau dafür sorgen könnte, dass er es bereute, seine Mutter zu diesem Jobangebot angeregt zu haben.

Aber mit Britt zusammenzuleben? Sie kennenzulernen? Er freute sich darauf.

KAPITEL VIER

Eine Woche später wusste Britt, dass Chad keinen Scherz gemacht hatte, als er gesagt hatte, sie würde sich ihr Gehalt verdienen. Sie war erschöpft, aber auf eine gute Art. Jeden Tag schien etwas Neues aufzutauchen, das erledigt werden musste. Die ersten Gäste der Saison waren eingetroffen, und ihre Erfahrung im Einzelhandel kam ihr sehr gelegen, denn sie schienen jeden Tag hundert Fragen zu haben.

Sie hatte ihnen ihre Handynummer gegeben – ein Handy, das ihr von Otis zur Verfügung gestellt worden war, der ihr gesagt hatte, dass sie jederzeit erreichbar sein sollte, da sie nun auf dem Grundstück arbeitete und lebte. Und die Gäste hatten sich nicht gescheut, es zu benutzen. Sie wollten wissen, wann die beste Zeit für eine Kajaktour sei, wo sich der nächste Starbucks befand (etwa anderthalb Stunden entfernt, in Brunswick) und wo es den besten frischen Hummer gab.

Sie hatte auch schon vor der Ankunft der Gäste hart gearbeitet und dafür gesorgt, dass die Häuser so komfortabel und sauber wie möglich waren und zumindest auf den ersten Blick luxuriös wirkten. Je mehr Zeit sie dort verbrachte, desto klarer wurde ihr, welche Arbeit noch zu erledigen war. Arbeit, um die

Chad sich nach Kräften kümmerte. Aber wie bei ihr kam immer etwas Wichtigeres dazwischen, das seine Aufmerksamkeit erforderte.

Ein Baum, der eines Nachts in einem Sturm umstürzte, Notreparaturen an der Wärmepumpe in dem Gästehaus mit den drei Zimmern, Boote, die für die Abholung von ihren Besitzern vorbereitet werden mussten. In *Lobster Cove* herrschte reger Betrieb – und es war mehr als offensichtlich, warum Chad sich auf die Ankunft seiner Brüder freute.

Britt war nervös. Obwohl sie alle über sie Bescheid wussten, darüber, wie sie dazu gekommen war, in *Lobster Cove* zu arbeiten und zu leben, erschien ihr das Treffen mit den anderen Young-Brüdern beängstigend.

Sie saß gerade mit Evelyn auf der Veranda und trank Kaffee, als ein blauer Ford Explorer vor dem Haus vorfuhr. Evelyn stieß ein entzückendes Quietschen aus, sprang aus ihrem Stuhl und eilte die frisch reparierte Treppe hinunter.

Britt stand auf und blieb, wo sie war. Sie war unter anderem deshalb nervös, weil sie rausfliegen würde, sollten Chads Brüder gegen ihre Anwesenheit protestieren. Daran hatte sie keinen Zweifel. Und je länger sie hier war, desto mehr wollte sie bleiben.

Evelyn war alles, was sie sich von ihrer eigenen Mutter gewünscht hatte, und *Lobster Cove* war wahrscheinlich der schönste Ort, den sie je in ihrem Leben gesehen hatte. Wenn sie Evelyn nicht Gesellschaft geleistet hätte, während sie auf Zach wartete, wäre Britt auf der hinteren Terrasse gewesen und hätte den Sonnenaufgang beobachtet. Das war eine ihrer Lieblingsbeschäftigungen. Es war immer noch kühl am Morgen, aber das war ihr egal. Sie wickelte sich in eine Decke ein und schlürfte einen Kaffee, während sie der Welt beim Aufwachen zusah.

Außerdem hatte sie noch nie einen Seetaucher gesehen, bevor sie nach Maine kam, und jetzt konnte sie deren unverwechselbaren Ruf erkennen und die Eiderenten von den Seetauchern unterscheiden, die in der Bucht schwammen.

Aber es ging nicht nur um Evelyn, die Aussicht und die Tierwelt.

Es war Chad.

Sie war dankbar für seine Hilfe, für seine Freundlichkeit. Aber je länger sie in seiner Nähe war, desto klarer wurde ihr, dass Dankbarkeit nicht das Einzige war, was sie für ihn empfand. Zwischen ihnen herrschte eine Chemie, wie sie sie noch nie mit einem Mann erlebt hatte ... niemals.

Sie war sauer auf Cole gewesen, weil er sie verlassen hatte, aber nicht am Boden zerstört, wie es jemand gewesen wäre, der in seinen Partner verliebt war. Sie war mit ihm nach Maine gezogen, nicht weil sie ohne ihn nicht leben konnte, sondern weil sie aus Georgia wegwollte. Es war ein beschissener Grund, mit einem Mann durchs halbe Land zu ziehen, und sie war nicht stolz auf sich, dass Cole sie auf diese Weise ausgenutzt hatte, aber trotz des Ärgers, den sie gehabt hatte, bereute sie es nicht, ihre Komfortzone verlassen und ihr Leben auf den Kopf gestellt zu haben.

Bei Chad hatte sie nicht das Gefühl, sich verstellen zu müssen, so tun zu müssen, als sei sie jemand, der sie nicht war. Er hatte sie an jenem Tag auf dem Parkplatz des Holzlagers von ihrer schlechtesten Seite gesehen, und er hatte sich nicht abgewandt. Sie konnte sich immer noch daran erinnern, wie sich ihre Hand in seiner anfühlte, als er ihr die Führung über das Grundstück gab. Der Spaziergang mit ihm hatte sich einfach ... richtig angefühlt.

Als hätte er sie genau dorthin gebracht, wo sie hingehörte.

Seitdem hatte sie versucht, dieses Gefühl abzuschalten, aber es war unmöglich. Selbst wenn etwas schiefging oder sie Mist baute, hatte sie nicht das Gefühl, dass sie bald gefeuert werden würde oder dass irgendjemand sauer auf sie war. In *Lobster Cove* passierte Mist, wie überall sonst auch, aber alle nahmen die Dinge, wie sie kamen. Es war eine schöne Art zu leben ... nicht ständig in Sorge zu sein, dass sie rausgeschmissen werden könnte, ohne dass sie eine Chance hatte, sich zu verteidigen.

Aber jetzt, da die anderen Young-Brüder eintrafen, würde sie wieder die Außenseiterin sein. Sie hatten jedes Recht zu bestimmen, wer hier leben durfte und wer nicht, und wenn sie etwas tat, was ihnen nicht gefiel, würden sie sich sicher auf eine Seite schlagen und sie rausschmeißen.

Britt hatte in dieser Woche ein Konto bei einer Bank vor Ort eröffnet, nachdem Otis ihr ihren ersten Gehaltsscheck überreicht hatte, und es fühlte sich wirklich gut an, einen Kontostand zu sehen, der nicht so nahe am Minus war. Aber falls sie gehen musste, würde das Geld, das sie bis jetzt bekommen hatte, nicht lange reichen.

Diese Gedanken wirbelten in ihrem Kopf herum, als die Tür zum Haus sich öffnete. Als sie sich umdrehte, sah sie Chad heraustreten. Er trug eine blaue Jeans, ein schwarzes T-Shirt und schwarze Arbeitsstiefel. Sein braunes Haar war nass, es war offensichtlich, dass er gerade aus der Dusche gekommen war. Er war an diesem Morgen schon vor Sonnenaufgang aufgestanden und hatte unten in der Werkstatt an einem Rasenmäher gearbeitet, bevor Walt und Barry eintrafen.

Anstatt die Treppe hinunterzugehen, um seinen Bruder zu begrüßen, blieb Chad neben Britt stehen. »Guten Morgen«, sagte er leise.

Aus irgendeinem Grund schoss Britt eine Gänsehaut über die Arme, als sie seine tiefe, heisere Stimme hörte. »Morgen«, erwiderte sie. Als er sich nicht bewegte, fragte sie: »Willst du deinen Bruder nicht begrüßen?«

»Wenn Mom fertig damit ist, um ihn herumzuwuseln, wird er herkommen. Ich habe ihn vor Kurzem gesehen und gestern Abend mit ihm telefoniert. Er ist über Nacht in Boston geblieben. Deshalb ist er auch so früh hier. Er ist ein Morgenmensch, was nervig ist.«

Britt konnte sich ein Kichern nicht verkneifen. »Ähm, ich sage es dir nur ungern, aber du bist auch ein Morgenmensch, Chad.«

Er drehte den Kopf und grinste sie an. »Ja, aber Zach ist *wirklich* ein Morgenmensch. Als er für die Marine arbeitete, musste er immer gegen drei aufstehen, um mit dem Kochen anzufangen, und auch jetzt steht er in aller Herrgottsfrühe auf. Dass er sein Hotel vor sechs Uhr morgens verlässt, ist für ihn nichts Ungewöhnliches. Schon als Kind war er immer der Erste, der aufgestanden ist ... Er hat meine Eltern verrückt gemacht, vor allem an Feiertagen, wenn er wollte, dass alle anderen mit ihm aufstehen.«

Britt liebte es, Geschichten aus der Zeit zu hören, als Chad noch jünger war. Evelyn sprach ständig von ihren Söhnen, ihrem Mann und dem Leben in *Lobster Cove*. Sie hatten hier ein unglaubliches Erbe, und sie freute sich so für sie.

»Es gibt keinen Grund, nervös zu sein, weißt du«, sagte er fast beiläufig.

Britt blickte zu ihm auf.

»Sie werden dich nicht rausschmeißen.«

Sie hatte keine Ahnung, woher er wusste, dass sie sich genau darüber Gedanken gemacht hatte. »Ich bin eine Fremde, die du von der Straße aufgelesen hast. Ich schätze, sie werden sich ein wenig Sorgen über meine Absichten machen und darüber, ob ich eine Gefahr für eure Mutter bin.«

»Das bist du nicht.«

Britt stieß einen genervten Atemzug aus. »Stimmt. Aber das wissen *sie* nicht. Ich könnte ebenso gut das Silber in meinen Taschen horten und mich mitten in der Nacht mit der Ware aus dem Staub machen.«

Chad lachte, und das Geräusch vibrierte in Britt, was ihr

Unbehagen bereitete, weil sie so ziemlich jedes Geräusch von diesem Mann liebte.

Er kam nicht dazu, etwas zu erwidern, denn Zach kam auf sie zu.

»Gut, dass du so früh da bist. Ich will auf das Dach, um zu sehen, wie schlimm es ist, damit ich weiß, wie viel Zeit wir haben, um es zu ersetzen. Ich könnte etwas Hilfe gebrauchen«, sagte Chad.

Zach verdrehte die Augen, zögerte aber nicht, seinen Bruder zu umarmen. »Nicht einmal ein ›Hey, wie war die Fahrt?‹, bevor du die Peitsche schwingst?«

»Hey, wie war die Fahrt?«, sagte Chad trocken, als er sich aus der kurzen brüderlichen Umarmung löste.

Zach schlug seinem Bruder auf den Arm. »Stell uns einander vor«, befahl er und wandte die Aufmerksamkeit Britt zu.

Britt zwang sich, nicht zu zappeln, und lächelte Chads jüngeren Bruder an. Er war groß, sogar im Vergleich zu ihr. Sie wusste, dass er eins achtundneunzig war und seine Größe von seinem Vater hatte. Er hatte grün-braune Augen und ein kantiges Kinn. Seine Lippen waren voll und formten sich gerade zu einem freundlichen Lächeln. Sein dunkles Haar – nicht ganz schwarz, aber auch nicht wirklich braun – war im Militärstil geschnitten, an den Seiten kurz und oben etwas länger. Er trug eine Cargohose, ein Polohemd und Turnschuhe. Er sah eher wie ein schicker Börsenmakler aus als wie der Meisterkoch, von dem sie gehört hatte.

»Zach, das ist Britt. Britt, das ist Zachary, mein nerviger kleiner Bruder – na ja, einer von ihnen.«

»Freut mich, dich kennenzulernen. Ich habe schon viel von dir gehört«, sagte Zach förmlich.

Was so ziemlich alles bedeuten konnte. Nicht dass Britt glaubte, Chad würde hinter ihrem Rücken schlecht über sie reden – und Evelyn tat das sicher nicht –, aber sie war trotzdem besorgt. »Ebenso«, antwortete sie.

»Wie gefällt dir unser kleines Anwesen?«, fragte er und wedelte mit der Hand, um auf *Lobster Cove* im Allgemeinen zu deuten.

Das war ein Thema, über das Britt gern sprach. »Es ist fantastisch. Wie ein Traum. So wunderschön.«

»Bis wir dreißig Zentimeter Schnee bekommen und alles ausgraben müssen«, sagte Zach lachend.

»Oh, ich wette, mit Schnee ist es noch schöner«, rief Britt aus.

»Kommt rein«, befahl Evelyn, als sie sich zu ihnen gesellte. »Warum stehen wir wie Heiden auf der Veranda herum, wenn wir frühstücken könnten?«

»Bitte sag mir, dass du deine speziellen Waffeln gemacht hast«, bettelte Zach.

»Gehst du wieder, wenn ich sage, dass es griechischen Joghurt mit Erdbeeren und fettarme Bagels gibt?«

Zach rümpfte die Nase, um seiner Mutter klarzumachen, was er von diesem Menü hielt.

Sie kicherte. »Natürlich gibt es Waffeln. Die magst du doch am liebsten.«

Zach legte einen Arm um die Schultern seiner Mutter und umarmte sie erneut. »*Dich* mag ich am liebsten«, sagte er.

»Und ich mag *dich* am liebsten«, erwiderte Evelyn.

»Hey!«, protestierte Chad.

Britt schaute grinsend zu. Es war offensichtlich, dass diese Unterhaltung in der Familie wohlbekannt war.

»Eigentlich glaube ich, dass ich Britt jetzt am liebsten mag«, verkündete Evelyn. »Sie ist ein Geschenk des Himmels. Sie reißt sich auch den Hintern auf. Wusstest du, dass sie neulich die Böden in der kleinen Küche des Gästehauses geschrubbt und tatsächlich die lästigen Wasserflecke herausbekommen hat, die seit der Überschwemmung vor ein paar Wintern da waren?«

»Ach ja?«, fragte Zach, während er seine Mutter in Richtung Tür lenkte.

Britt spürte, wie sie errötete. Es war keine so große Sache, wie Evelyn es darstellte. Obwohl es eine Menge harter Arbeit gewesen war, hatte das Schrubben des Bodens eine befreiende Wirkung gehabt. Sie hatte all ihre harten Gefühle über ihren Ex an den armen Fliesen ausgelassen.

»Ja. Und *sie* beschwert sich auch nicht darüber, dass sie Wäsche falten muss, wie manche Leute, die ich kenne.« Evelyn stieß ihren jüngsten Sohn mit dem Ellbogen an, als sie vor allen anderen ins Haus und in Richtung Küche eilte.

Britt dachte, Zach würde einen Witz reißen oder etwas Heiteres sagen, aber stattdessen wandte er sich an Chad und sprach leise, damit ihre Mutter es nicht hörte. »Wie geht es ihr?«

»Gut. Nun, so gut, wie man es erwarten kann. Dass Britt hier ist, hat einen großen Unterschied gemacht. Ich glaube, sie war einsam und überfordert. Sobald Linc und Knox zu Hause sind, wird es ihr sicher noch besser gehen.«

»Sie kommen doch heute noch, oder?«, fragte Zach.

»Solange nichts passiert, ja. Lincoln hat gesagt, dass er Knox auf seinem Weg am Flughafen in Portland abholen wird. Er verschifft seinen Wagen und den Rest seiner Sachen aus Florida. Du kennst Lincoln, er steigt nicht in ein Flugzeug, wenn er nicht am Steuer sitzt, also fährt er den ganzen Weg von Montana hierher.«

»Sturer Arsch«, murmelte Zach. Dann wandte er sich wieder Britt zu. Und der fröhliche Typ, mit dem sie vor ein paar Minuten auf der Veranda interagiert hatte, hatte sich in einen ernsten, skeptischen, beschützenden Sohn verwandelt. »Also ... Ich will die Geschichte hören, wie du dir den Weg nach *Lobster Cove* erschlichen hast.«

Britt rutschte das Herz in die Hose, aber sie hob ihr Kinn. Sie hatte nichts falsch gemacht. Sie hatte Chad nicht angefleht, ihr einen Job zu geben. Aber sie verstand Zachs Besorgnis. Sie war eine Fremde, die mit seiner verletzlichen verwitweten Mutter im selben Haus lebte.

»Zach«, warnte Chad.

»Nein, ist schon gut«, unterbrach Britt ihn. Sie begegnete Zachs Blick, ohne mit der Wimper zu zucken. »Mein Wagen sprang nicht an, und ich saß auf dem Parkplatz fest, auf dem ich geschlafen hatte. Einer der Angestellten brüllte mich an, ich solle das Gelände verlassen, als Chad dazwischenging. Er half mir, meinen Wagen zu starten, und lud mich zum Mittagessen ein. Eure Mutter hat mir einen Job angeboten, und da ich gerade noch einen Dollar und dreiundvierzig Cent hatte, habe ich ihn angenommen.«

»Ich habe dir schon erzählt, was passiert ist«, sagte Chad.

Britt wandte den Blick nicht von Zach ab. Er mochte der jüngste Bruder sein, aber er war offensichtlich kein Schwächling.

»Ich liebe meine Mutter. Sie ist die wichtigste Frau in meinem Leben und wird es immer sein. Ich werde Himmel und Hölle in Bewegung setzen, damit sie glücklich ist. Und ich werde nicht zögern, alles zu tun, was nötig ist, um Drama aus ihrem Leben herauszuhalten.«

»Sie hat Glück, dass sie dich hat. Euch alle«, antwortete Britt ehrlich. »Ich werde ihr nicht wehtun. In der einen Woche, die ich hier bin, hat sie mich mehr wie ein Familienmitglied behandelt, als meine eigene Mutter es je getan hat. Ich werde dir und den anderen Brüdern beweisen, dass ich nur die besten Absichten habe. Ich werde sie nicht bestehlen, und auch sonst niemanden. Ich habe keine Hintergedanken. Ich will nur hart arbeiten und meinen Unterhalt verdienen.«

Zach starrte sie einen langen, unbehaglichen Moment an, dann nickte er.

Dieses Nicken war nicht gerade eine Zustimmung, aber es ließ Britts Muskeln trotzdem ein wenig entspannen.

»Bist du mit dem Verhör fertig?«, fragte Chad in einem Ton, den sie noch nie von ihm gehört hatte. Als Britt ihn ansah, bemerkte sie, dass ein Muskel in seinem Kiefer zuckte und eine seiner Hände zu einer festen Faust geballt war.

»Ich habe sie nicht verhört. Ich habe sie nur kennengelernt«, protestierte Zach.

»Schwachsinn. Wenn das deine Vorstellung von ›Kennenlernen‹ ist, dann tut mir jede Frau leid, mit der du in Zukunft zusammenkommst. Du hast meinen Instinkt infrage gestellt, Mom dabei zu ermutigen, sie einzustellen, und du hast versucht, Britt in Verlegenheit zu bringen«, konterte Chad.

Zach runzelte die Stirn. »Ich vertraue dir. Ich mache mir nur Sorgen, und ich musste sicherstellen, dass sie weiß, dass wir keinen Quatsch dulden.«

Britt konnte nicht anders. Ihre Lippen zuckten, als sie diesen ordentlich aussehenden, offensichtlich körperlich einschüchternden Mann »Quatsch« sagen hörte.

»Was? Willst du den Witz erklären?«, fragte Zach. Zum Glück klang er nicht sauer.

Britt tauschte einen Blick mit Chad und sah, dass auch er grinste. Er schaltete sich ein und ersparte ihr eine Erklärung. Sie hatte keine Ahnung, woher er wusste, was sie dachte, aber wie sie während der letzten Woche oft festgestellt hatte, schienen sie auf derselben Wellenlänge zu sein.

»*Quatsch?* Wer sagt das?«, fragte er seinen Bruder.

Zu Britts Erleichterung lachte Zach. »Okay, in meinem Kopf klang es besser als im wirklichen Leben.«

»Genug damit, Britt ins Kreuzverhör zu nehmen«, rief Evelyn aus der Küche. »Komm rein und iss, oder ich gebe dir *wirklich* Joghurt zu essen!«

Britt runzelte die Stirn, denn ihr gefiel der Gedanke nicht, dass Evelyn wusste, dass sie hinter ihrem Rücken über sie redeten.

»Mom hat die Angewohnheit, alles zu wissen, was in diesem Haus vor sich geht«, erklärte Zach ihr, als sie sich alle der Küche zuwandten. »Ich hätte immer schwören können, dass sie und Dad hier versteckte Kameras haben.«

»Aber das hatten sie nicht. Und haben es auch nicht«, sagte Chad schnell.

»Das muss Mutterinstinkt sein«, erwiderte Britt und ließ die beiden wissen, dass sie sich keine Sorgen um Kameras machte.

»Wahrscheinlich. Aber in meiner Kindheit hat mich das ganz schön genervt. Weißt du noch, wie ich mit meiner Freundin auf der Couch rumgeknutscht habe und Mom mich vom Schlafzimmer aus angeschrien hat, ich solle meine Hände bei mir behalten?«, fragte Zach. »Das war verdammt peinlich.«

»Ich war nicht da. Ich war schon im Ausbildungslager, also kann ich mich nicht erinnern, aber ich kann mitfühlen. So wie damals, als ich mit einem Freund im Wagen Gras geraucht habe, weil ich mal sehen wollte, was es damit auf sich hat, und Dad kam aus dem Nichts und hat mir einen Twinkie ins offene Fenster geworfen und gesagt, der sei für den Fall, dass ich später Heißhunger bekomme«, sagte Chad lachend.

»Das hat er getan? Er war nicht sauer?«, fragte Britt.

»Er war nicht begeistert«, gab Chad zu, »aber wir hatten am nächsten Tag ein langes Gespräch, und er sagte, er sei erleichtert, dass ich, wenn ich so etwas ausprobieren müsste, es an einem sicheren Ort tat und nicht Auto fuhr.« Er seufzte. »Ich vermisse ihn. Er hatte eine großartige Art, mich dazu zu bringen, zweimal über den dummen Scheiß nachzudenken, den ich gemacht habe, ohne belehrend zu klingen.«

»Ja«, stimmte Zach zu.

Nicht zum ersten Mal bedauerte Britt, dass sie nicht die Gelegenheit gehabt hatte, den Mann kennenzulernen. Er hörte sich großartig an.

Das Frühstück war köstlich, wie immer. Evelyn hatte sich mächtig ins Zeug gelegt, da Zach zu Hause war. Gerade als Britt mit dem Essen fertig war, kam eine SMS auf ihrem Handy an. Es war einer der Gäste in dem Haus mit den drei Zimmern, der wissen wollte, ob sie Vorschläge für ein gutes Fischrestaurant hätte.

Evelyn hatte ihr eine Liste der besten Restaurants in Rockville und Umgebung gegeben, für den Fall, dass jemand die Gegend ein wenig erkunden wollte. Sie hatte die Liste in ihrem Handy gespeichert und mit den entsprechenden Telefonnummern und Webseiten aktualisiert, sodass sie sie ihrem Gast per SMS schicken konnte. Aber sie beschloss, dass es nicht schaden konnte, einen Spaziergang zu machen, um sich davon zu überzeugen, dass die Gäste in beiden Hütten alles hatten, was sie brauchte.

»Es war nett, dich kennenzulernen«, sagte sie zu Zach, als sie vom Tisch aufstand, und wandte sich dann an Evelyn. »Ich mache den Abwasch, wenn ich zurückkomme.«

Doch die ältere Frau winkte ab. »Es gibt hier zwei fähige Männer, die das Geschirr abwaschen können. Ich weiß, dass Otis dich sehen will, damit er heute Morgen deine Versicherungsunterlagen ausfüllen kann. Nachdem du die Gäste besucht hast, kannst du zu ihm in die Autowerkstatt gehen.«

Britt stimmte widerwillig zu. Sie brachte ihr Geschirr zur Spüle, immer noch mit einem schlechten Gewissen, weil sie es einfach dort ließ, und ging zur Haustür.

Chad folgte ihr nach draußen.

»Alles in Ordnung?«, fragte er.

Britt runzelte die Stirn. »Warum sollte es das nicht sein?«

»Weil ich weiß, dass du nervös warst, Zach zu treffen, und er war ziemlich barsch.«

Britt zuckte mit den Schultern. »Barsch? Nein, er ist ein besorgter Sohn, der sich Sorgen um seine Mutter macht und sich fragt, ob eine Fremde, die in ihr Haus eingezogen ist, sie vielleicht ausnutzt. Ich wäre eigentlich noch besorgter, wenn er meine Anwesenheit *nicht* infrage stellen würde.«

Chad starrte sie einen langen Moment an.

»Was?«, fragte sie, da sie sich unter seinem prüfenden Blick unwohl fühlte.

»Nichts. Es ist nur ... danke.«

»Wofür?«

»Dafür, dass du hier bist. Dafür, dass du wegen der Fragen nicht beleidigt warst. Für die Hilfe. Für all das.«

»Ich bin diejenige, die sich bei dir bedanken sollte«, erwiderte sie.

»Wie wäre es, wenn wir quitt sind?«, schlug er vor.

»Abgemacht.«

Keiner der beiden bewegte sich. Britt fühlte sich zu diesem Mann hingezogen, und sie verstand nicht warum. Aber es beruhigte sie, dass er anscheinend genauso fühlte, nach seinem Widerwillen, sich zu trennen, zu urteilen.

»Ich schätze, du musst gehen«, sagte er.

»Ja.«

»Sollen wir uns später zum Mittagessen treffen? Ich dachte, ich könnte dir den geheimen Pfad zeigen, den meine Brüder und ich angelegt haben, als wir noch klein waren.«

»Führt er zu einer geheimen Festung in den Bäumen?«

»Natürlich.«

Britt hatte keine Ahnung, ob er einen Scherz machte oder nicht, aber sie wollte sich die Chance nicht entgehen lassen, eine echte Festung im Wald zu sehen ... oder mit Chad allein zu sein. Der Gedanke, dass er oder seine Familie sie in ihre Höhle einladen würden, um ihr etwas anzutun, war längst verflogen.

Sie standen da und starrten einander einen weiteren Augenblick lang an. Es war ein geladenes Schweigen, erfüllt von ... Vorfreude? Nervöser Energie? Ungewissheit?

All das.

Schließlich wich Britt einen Schritt zurück. Dann noch einen, ohne den Blickkontakt zu verlieren.

»Lass dich von denen nicht verarschen«, sagte Chad zu ihr.

»Den Gästen? Sie sind nett.«

Er zuckte nur mit den Schultern. »Gib ihnen den kleinen Finger und sie nehmen die ganze Hand.«

Er hatte nicht ganz unrecht, also nickte Britt trotzdem.

»Wir sehen uns später.«

»Bis dann«, sagte Britt. Dann zwang sie sich, sich umzudrehen und die Haustreppe hinunterzugehen. Als sie auf halbem Weg zu den Gästehäusern war, konnte sie nicht umhin, einen Blick zurückzuwerfen. Chad stand immer noch auf der Veranda und beobachtete sie.

Schmetterlinge flatterten in ihrem Bauch und ihre Mundwinkel zuckten, als sie ihren Weg fortsetzte.

KAPITEL FÜNF

»Hat sie wirklich in ihrem Auto gewohnt?«, fragte Zach Chad etwas später, nachdem sie beide auf das Dach des Haupthauses geklettert waren, um zu sehen, ob noch etwas davon zu retten war.

»Ja. Sie hatte einfach etwas an sich, das mich getroffen hat. Eine stille Würde vielleicht. Sie war vom Glück verlassen, hungrig, verzweifelt, und doch bettelte sie mich nicht um Geld an. Sie hat mich um *nichts* gebeten. Aber ich glaube, es war die Überraschung in ihren Augen, als ich ihr anbot, einen Blick darauf zu werfen und zu sehen, ob ich herausfinden könnte, was mit ihrem Wagen nicht stimmte, die mich wirklich traf. Sie war schockiert, dass jemand etwas Nettes für sie tat. Ich kann wirklich nicht glauben, dass niemand sonst seine Hilfe angeboten hat. Die Dinge haben sich hier verändert.«

»Die Dinge haben sich überall geändert«, konterte Zach. »Die Leute täuschen ständig Fahrzeugprobleme vor, um ahnungslose Opfer anzulocken, die sie ausrauben können, oder Schlimmeres. Und obwohl es immer noch viele Menschen gibt, die bereit sind, wohltätig zu sein und zu helfen, sind sie auch nicht dumm. Sie wollen nicht einfach jemandem

Geld geben, denn die Wahrscheinlichkeit, dass das Geld für Drogen verwendet wird, ist groß. Sie wollen jemandem, der vom Pech verfolgt ist, keinen Job geben, weil sie ausgenutzt werden könnten. Es ist einfacher für die Leute, sich um ihre eigenen Angelegenheiten zu kümmern. Und ich kann nicht sagen, dass sie unrecht haben, vor allem wenn es für die meisten von uns schon schwer genug ist, für sich selbst zu sorgen. Je mehr die Dinge kosten, desto schwieriger ist es, einen angemessenen Lebensunterhalt zu verdienen, also horten die Menschen, was sie haben. Das bedeutet natürlich, dass die, die nichts haben, *noch* verzweifelter sind.«

Chad starrte seinen Bruder mit einem Stirnrunzeln an. »Das ist ziemlich pessimistisch«, bemerkte er.

Zach zuckte mit den Schultern.

»Du bist zu jung, um so zynisch zu sein. Willst du damit sagen, dass du eine junge Frau ignorieren würdest, die von einem viel größeren und stärkeren Mann auf einem Parkplatz beschimpft wird?«

»Wahrscheinlich.«

Chad glaubte das keine Sekunde lang. Zach war vielleicht sieben Jahre jünger als er, aber sie waren beide von Austin und Evelyn Young aufgezogen worden. Zwei Menschen, die aus tiefstem Herzen glaubten, dass andere im Allgemeinen gut waren. Dass sie einen Vertrauensvorschuss verdienten. Und sie hatten diese Überzeugung an ihre Söhne weitergegeben. Sie hatten sie ermutigt, das Richtige zu tun. Sich für diejenigen einzusetzen, die schwächer waren und einen Fürsprecher brauchten.

»Ich weiß, Koch zu sein ist wohl kaum der schwierigste Job beim Militär, aber ich habe trotzdem einiges gesehen«, sagte Zach, während er auf das Wasser hinausstarrte. »Ich war weder ein SEAL noch bei der Spezialeinheit. Ich hatte nicht mit den Folgen von Kugeln und Bomben zu tun und damit, was diese Dinge dem menschlichen Körper antun können. Aber wenn wir im Hafen waren, habe ich mich immer freiwillig gemeldet, um Lebensmittel an Organisationen zu liefern, die sie an die Bedürftigen verteilten. Die Dinge, die ich gesehen habe ...« Seine Stimme brach ab.

Chad saß still da und wartete darauf, dass sein Bruder fortfuhr. Zach war als Nesthäkchen verwöhnt worden und hatte sich in der Schule viel Ärger eingehandelt. Offensichtlich war er bei der Marine sehr erwachsen geworden.

»Männer schoben Frauen und Kinder aus dem Weg, um an die Lebensmittel zu kommen. Sie rissen es kleinen Jungen und Mädchen aus der Hand und liefen davon. Die Frauen waren auch nicht viel besser. Verzweiflung macht furchtbare Dinge mit Menschen. Das kleinste Anzeichen von Mitgefühl, der Versuch, jemandem zu helfen, konnte bedeuten, dass man verprügelt oder seines gesamten Besitzes beraubt wurde. Der Versuch, meinen Mitmenschen zu helfen, hat mir nur gezeigt, dass die Welt da draußen von Hunden beherrscht wird ... und ganz ehrlich? Ich bin erschöpft davon.«

Chad streckte die Hand aus und legte sie auf die Schulter seines Bruders. Er hoffte inständig, dass die Rückkehr nach Rockville dazu beitragen würde, Zachs angeschlagene Psyche zu heilen.

Er hatte seine eigenen Dämonen aus seiner Zeit in der Armee, aber es war ihm gelungen, das Schlimmste so weit zu verdrängen, dass er nicht mehr viel darüber nachdachte. Und egal, was Zach durchgemacht hatte, Chad wusste genau, wenn sein Bruder auf dem Parkplatz gewesen wäre und Britt mit diesem Arschloch aus dem Laden gesehen hätte, wäre er genauso eingeschritten, wie Chad es getan hatte. Er hätte sie vielleicht nicht zum Mittagessen nach Hause eingeladen, aber er hätte auch nicht zugelassen, dass sie verbal angegriffen wurde.

»Du magst sie«, sagte Zach plötzlich und richtete den Blick auf Chad.

»Was?«

»Du magst sie«, wiederholte er.

Sein Bauch kribbelte, und Chad zuckte mit den Schultern. »Klar. Sie ist toll mit Mom und eine große Hilfe.«

»Stimmt, aber das ist nicht das, was ich meine. Ich kann es sehen, Bruder. Daran, wie du sie beobachtest, wenn ihr zusammen in einem Raum seid. Sei einfach vorsichtig, in Ordnung?«

Ärger durchströmte ihn. »Sie ist harmlos.«

»Mh-hm.«

»Das *ist* sie«, beharrte Chad.

»Okay, kein Grund, beleidigt zu sein«, erwiderte Zach.

»Ich bin nicht beleidigt. Ich will nur nicht, dass du das Schlimmste von ihr denkst, bevor du sie überhaupt kennengelernt hast.«

»Wenn ich sie also kennenlerne und mich entschließe, mit ihr auszugehen, wäre das für dich in Ordnung?«

Seine Worte waren ein Schlag ins Gesicht für Chad. Sein erster Instinkt war, »Auf keinen Fall!« zu sagen – aber er widerstand dem Drang.

»Ja, du magst sie«, sagte Zach zum dritten Mal. »Ich bin nur neugierig, wie sie dir so schnell unter die Haut gehen konnte. Liegt es daran, dass du mit ihr zusammenlebst? Hast du sie in ihrer Unterwäsche herumtänzeln sehen und bist ganz heiß geworden?«

Das machte Chad wütend. »Was zum Teufel, Zach? Nein, sie läuft nicht in ihrer Unterwäsche herum. Meine Güte! Du bist ein Arschloch.«

»Dann erklär es mir«, sagte sein Bruder ruhig.

Chad war sich sehr wohl bewusst, was Zach tat. Er hatte es in seiner Jugend ständig getan. Er war wie ein Hund mit einem Knochen. Wenn er einmal etwas wissen wollte, ließ er nicht locker, bis er seine Antworten bekam. Und das schaffte er im Wesentlichen dadurch, dass er denjenigen, der die

Fragen ertrug, so lange nervte, bis er nachgab und antwortete.

Wenn er etwas lernen wollte, las er alles, was er zu dem Thema in die Finger bekam, oder er ging einfach los und *tat*, was er lernen wollte. Hartnäckige Beharrlichkeit durch und durch. Das war Zach.

»Sie ist ... anders«, sagte Chad lahm.

»Inwiefern?«

»Ich weiß es nicht, sie ist es einfach.«

»Du kennst sie seit einer Woche. Woher weißt du, dass sie anders ist? Vielleicht bist du einfach nur geil.«

Mein Gott, war sein Bruder nervig! Er hatte sich gefreut, ihn zu sehen, aber jetzt wollte er ihn am liebsten von diesem Dach werfen.

»Sie ist es einfach!«, sagte Chad viel zu laut.

Zach lachte. »Okay, okay. Kein Grund, sich darüber aufzuregen.«

Chad atmete tief durch und ärgerte sich darüber, dass sein kleiner Bruder ihn immer noch so reizen konnte, wie er es früher getan hatte, als sie noch klein waren. »Ganz ehrlich? Ich weiß es wirklich nicht. Sie ist einfach ... beruhigend. Nichts bringt sie aus der Ruhe, was so anders ist als bei den Frauen, mit denen ich früher ausgegangen bin. Die haben sich über jede Kleinigkeit so aufgeregt, dass es anstrengend war. Aber Britt ist ausgeglichen, regt sich nicht auf, wenn die Dinge nicht so laufen, wie sie will, oder wenn ein Gast unhöflich ist. Zum Beispiel ... neulich holte Mom einen Auflauf aus dem Ofen und ließ ihn fallen. Die Form zerbrach, und Essen und Glas flogen überall herum. Ich hörte es von meinem Zimmer aus, und als ich nach unten kam – was nicht lange dauerte, glaub mir –, hatte sie Mom aus der Küche geholt und passte auf, dass sie sich nicht an dem zerbrochenen Glas verletzte. Sie flippte nicht aus, sondern konzentrierte sich darauf, Mom zu beruhigen, dass es keine große Sache sei.«

»Hmmm«, brummte Zach.

Chad war sich nicht sicher, was das bedeutete, aber er redete weiter.

»Sie hatte den ganzen Tag den verdammten Boden im Gästehaus geschrubbt, hatte bereits das Mittagessen ausgelassen – was ich erst später herausfand – und musste am Verhungern gewesen sein. Aber sie kümmerte sich zuerst um Mom und machte sich dann an die Arbeit, das Chaos zu beseitigen. Ich wollte ihr helfen, aber Mom war sehr aufgebracht. Ich glaube, es war vor allem der Kummer, der an die Oberfläche kam, aber ich hatte alle Hände voll zu tun, sie zu beruhigen. Als sie sich beruhigt hatte und ich Britt helfen konnte, hatte sie bereits die Küche aufgeräumt und machte für uns alle Käsetoast zum Essen. Ich kann mich an keine andere Frau erinnern, mit der ich je zusammen war, die unter Druck so cool geblieben wäre.«

»Du hast dich mit den falschen Frauen getroffen, Chad.«

»Offensichtlich. Aber das ist noch nicht alles. Erst nachdem wir gegessen hatten, sie abgewaschen hatte und auf dem Weg in ihr Zimmer war, sah ich Blut an ihrem Bein. Sie hatte sich an dem Glas geschnitten und nichts davon gesagt. Zugegeben, es war nicht so, als hätte sie sich eine Arterie oder so verletzt, aber trotzdem. Das ist nur ein Beispiel, und kein besonders gutes ... aber es ist schwer zu erklären, was ich fühle, wenn ich in ihrer Nähe bin. Ich versuche immer noch, es in meinem Kopf zu begreifen. Und *ja*. Ich mag sie.«

Zach nickte. »Ich denke trotzdem, dass du vorsichtig sein solltest. Du kennst diese Frau nicht wirklich, auch wenn sie tatsächlich gut zu Mom und den Gästen ist. Aber ich bin bereit, ihr einen Vertrauensvorschuss zu geben. Wenn du sagst, dass sie anders ist und dass du sie magst ... Damit kann ich leben.«

»Zach, niemand kennt *irgendjemanden,* wenn er er das erste Mal mit ihm ausgeht. Man lernt die Leute erst während des Prozesses kennen. So funktioniert das verdammt noch mal. Ich weiß deine widerwillige Unterstützung zu schätzen, so schwach sie auch sein mag, aber bitte sei unvoreingenommen gegenüber Britt.«

Chad war sich darüber im Klaren, dass er noch vieles über ihren neuen Hausgast nicht wusste. Er war noch nicht bereit, ihr einen Antrag zu machen und zum Standesamt zu laufen, um zu heiraten, aber er genoss das Gefühl, das er tief in seinem Inneren bekam, wenn er in ihrer Nähe war. Die Zeit würde zeigen, wohin es führen würde, wenn überhaupt irgendwohin.

»Was hältst du von diesem Dach?«, fragte Chad, um das Thema zu wechseln.

»Es ist beschissen«, antwortete Zach seufzend.

»Ja, das habe ich auch gedacht. Verdammt noch mal. Was hältst du davon, es durch ein Metalldach zu ersetzen?«

»Das wollte ich auch gerade vorschlagen«, sagte Zach. »Ich denke, wir können etwas Geld sparen, wenn wir es selbst installieren. Oder zumindest bei den Arbeiten helfen.«

»Finde ich auch. Otis ist nicht glücklich darüber, wie viel die Renovierung von *Lobster Cove* kostet.«

»Mom und Dad waren doch nicht in Geldnot, oder?«, fragte Zach beunruhigt.

»Das habe ich nie gedacht. Aber ich habe während der letzten Wochen von Mom erfahren, dass das Geld knapp ist. Ich habe versucht, einen Zeitpunkt zu finden, an dem ich mich mit Otis zusammensetzen kann, um die Finanzen durchzugehen, aber es kommen immer wieder neue Dinge dazwischen, und wir konnten uns bisher nicht einigen. Und das Dach ist nur der Anfang der großen Dinge, die hier repariert werden müssen.«

»Nun, ich komme in der Küche besser klar als mit dem Hammer, aber du weißt, dass ich gern helfe, wo ich kann.«

Chad verdrehte die Augen. Austin Young hatte dafür gesorgt, dass alle seine Söhne nicht nur an Motoren arbeiten, sondern auch so ziemlich alles Bauliche reparieren konnten.

»Du willst nur nicht riskieren, deine wertvollen Finger zu verletzen«, stichelte er.

»Verdammt richtig«, sagte Zach grinsend, hielt seine Hände hoch und wackelte mit den Fingern. »Diese Babys sind meine Existenzgrundlage. Ich muss mich um sie kümmern.« Er begann, sich in Richtung Dachkante und Leiter vorzuarbeiten. »Und ... den Frauen gefällt auch, was ich mit meinen Fingern machen kann.«

Chad lachte schallend über die anzügliche Anspielung und schüttelte nur den Kopf.

Das Geräusch eines Fahrzeugs, das die Einfahrt hinunterkam, brachte ihn dazu, den Kopf zu drehen, und sein Lächeln wurde noch breiter, als er Lincoln hinter dem Steuer und Knox auf dem Beifahrersitz sah.

Schnell folgte er Zach die Leiter hinunter.

Zach packte Knox, sobald er aus dem Wagen stieg, und die beiden wälzten sich schon bald im Gras, das den kleinen Vorgarten ihrer Mutter ausmachte, wobei sie so taten, als würden sie ringen. Chad lachte und ging zu Lincoln hinüber. Er umarmte ihn und klopfte ihm auf den Rücken. Sie hatten sich vor nicht allzu langer Zeit bei der Beerdigung ihres Vaters gesehen, aber das hier fühlte sich irgendwie anders an. Alle vier Brüder waren wieder zusammen, und das nicht nur für einen kurzen Ausflug.

»Schnapp sie dir!«

Chad hörte die Worte eine Sekunde zu spät, und bevor er bereit war, wurde er von Knox zu Boden gerissen. Zach kümmerte sich um ihren ältesten Bruder, und als Nächstes waren alle vier in ein spielerisches Gerangel verwickelt, das ihm das Gefühl gab, wieder ein Teenager zu sein, der mit seinen Brüdern herumtobte.

Ein lauter Pfiff ließ sie alle erstarren, und als Chad aufblickte, sah er Mom im Garten stehen, die Hände in die

Hüften gestemmt, und sie anstarren. »Was macht ihr vier da? Steht auf! Ihr macht einen Riesenlärm.«

Chad konnte sich ein Lachen nicht verkneifen. Sie hörte sich genauso an wie damals, als sie jünger waren. Er stand auf und half Lincoln auf die Beine. Dann eilten alle vier zu ihrer Mutter und umringten sie, um sich zu fünft zu umarmen.

»Ihr erdrückt mich!«, beschwerte sie sich, aber Chad bemerkte, dass sie sie nicht wegstieß.

Liebe und Traurigkeit überkamen ihn. Liebe für seine Familie, aber auch Traurigkeit, weil ihr Vater nicht da war.

Schließlich machten sie alle ihrer Mutter ein wenig Platz, und sie schaute mit Tränen in den Augen zu allen auf. »Habt ihr Hunger?«

Knox und Lincoln lachten.

»Mom, es ist gar nicht so weit vom Flughafen bis hierher«, erklärte Knox ihr. »Wir haben auf dem Weg gegessen.«

»Habt ihr das? Aber ich wollte euch etwas zu essen machen«, protestierte Evelyn.

»Hühnchen-Spinat-Auflauf heute Abend?«, fragte Lincoln eifrig.

»Mit deinen selbst gebackenen Brötchen?«, fügte Knox hinzu.

»Ich hatte an Ramen und Hot Dogs für alle gedacht«, sagte ihre Mutter. Eine ganze Minute lang herrschte Schweigen, bevor sie kicherte und sagte: »War nur ein Scherz! Ich mache euch, was ihr wollt.«

»Inzwischen könnte ich auch wieder etwas essen«, sagte Knox, der seine Mutter offensichtlich nicht enttäuschen wollte.

»Ich ebenso«, stimmte Linc zu.

Chad platzte vor Freude. Er wusste, dass seine Brüder ihn schon bald zu Tode nerven würden. Daran hatte er keinen Zweifel. Sie waren alle zu sehr Typ A, um perfekt miteinander auszukommen. Zu sehr ähnelten sie sich. Aber im Moment fühlte sich alles in seiner Welt gut an.

Aus irgendeinem Grund warf er einen Blick hinüber zur Autowerkstatt, in die er Britt zuletzt hatte gehen sehen. Er konnte gerade noch einen Blick auf sie erhaschen, wie sie an der Seitentür zum Büro stand, bevor sie sich hineinduckte. Aber er hatte das kleine, wehmütige Lächeln auf ihrem Gesicht bemerkt, als sie das kleine Wiedersehen im Vorgarten des Haupthauses von ihrem Aussichtspunkt aus beobachtete.

Dann hatte Chad eine Vision. Wie sie eine Gruppe von Kindern beobachtete, die in diesem Garten spielten, Jahre später. Wie sie lachten, während sie sich gegenseitig auf die Nerven gingen und randalierten. Sein Herzschlag beschleunigte sich vor Vorfreude und Sehnsucht.

Er war verwirrt über seine Gefühle für die Fremde, die er nach *Lobster Cove* eingeladen hatte. Sie brachte ihn dazu, über Dinge nachzudenken, die er nie zuvor in Betracht gezogen hatte. Es war ihm unangenehm, aber gleichzeitig erfüllte es ihn mit Vorfreude auf die Zukunft.

»Komm schon, Bruder, hilf mir beim Ausladen des Wagens«, sagte Knox, während er Chad einen Klaps auf den Hinterkopf gab. »Ich habe ein paar Sachen für Mom aus Florida mitgebracht.«

Er ging zu Lincolns Geländewagen und fragte: »Wart du und Linc schon bei euch zu Hause?«

»Wir haben den Schlüssel für unser jeweiliges neues Zuhause geholt, bevor wir hergekommen sind«, sagte sein Bruder. »Und Lincolns Bude ist toll. Er hat Glück. Das Haus ist nicht riesig, aber es überblickt den Atlantik von einem Hügel aus, und auch wenn es kein *Lobster Cove* ist, ist es doch schön. Als wir dort waren, haben wir den Anhänger mit seinen ganzen Sachen abgekoppelt. Sein Einzug wird nicht lange dauern.«

Zu Chads Überraschung hatte ihr ältester Bruder ein Haus gekauft, als er sich entschlossen hatte, wieder nach Maine zu ziehen. Es war schon eine ganze Weile auf dem Markt und musste renoviert werden, und ihr Bruder hatte keine Angst, das zu übernehmen. Natürlich würden sie ihm alle helfen, wo sie nur konnten.

Und seine Mutter hatte recht – Knox mietete eine Wohnung näher an der Stadt. In Maine gab es keine großen Mehrfamilienhäuser, wie sie in anderen Teilen des Landes üblich waren. Meistens bauten die Leute ältere Häuser zu separaten Wohneinheiten um. Knox bewohnte die untere Etage eines solchen Hauses. Es hatte drei Zimmer und ein Bad und war offensichtlich nicht sehr groß, aber da er alleinstehend war und vorhatte, einen Großteil seiner Zeit bei der Arbeit zu verbringen, hatte er Chad erzählt, das sei ihm egal.

Zach hatte auch eine Wohnung gefunden, die er mieten konnte. Es war eine Einzimmerwohnung – eigentlich nur ein Zimmer in einem renovierten Haus, ähnlich wie Knox' Wohnung. Aber was noch wichtiger war: Er hatte auch eine der Imbissbuden in der Innenstadt gekauft. So sehr er auch dagegen protestiert hatte, eine Hummerbude zu betreiben, so war es ironischerweise genau das. Aber Chad hatte keinen Zweifel daran, dass sein Bruder seine kulinarischen Fähigkeiten einsetzen und die Speisekarte so aktualisieren würde, dass sie gleichzeitig hochwertig und bodenständig war.

Seine Brüder lebten sich ein, und Chad war begeistert. Er hatte kein Problem damit, selbst in *Lobster Cove* zu wohnen. Er wollte zu Hause sein, um sich um ihre Mutter zu kümmern und dafür zu sorgen, dass alles reibungslos ablief, jetzt, da ihr Vater nicht mehr in der traditionellen Rolle da war, die er ein halbes Jahrhundert lang innegehabt hatte.

Er weigerte sich, die kleine Stimme in seinem Hinterkopf anzuerkennen, die ihm sagte, dass dies nicht die einzigen Gründe waren, warum er zufrieden war, in dem Haus zu bleiben, in dem er aufgewachsen war.

Britt Starkweather.

Sie war ihm unter die Haut gegangen. Jetzt, da er es seinem Bruder gegenüber zugegeben hatte, musste er es auch sich selbst eingestehen. Er wollte alles über sie erfahren. Und wie ginge das besser, als mit ihr zu leben?

Lincoln rüttelte ihn aus seinen Gedanken, indem er ihm einen Arm um die Schultern legte und ihn in Richtung Haus zerrte. »Also ... wie schlimm ist das Dach?«

Er hatte die Frage in einem leisen Ton gestellt, damit ihre Mutter sie nicht hören konnte.

»Komplette Erneuerung«, antwortete er achselzuckend.

»Das dachte ich mir. Na ja, wir werden es vor dem nächsten Winter schon schaffen. Kein Problem.«

Und das war nur ein weiterer Grund, warum Chad froh war, dass seine Brüder hier waren. Gemeinsame Probleme schienen immer weniger beängstigend, als wenn man sie allein bewältigte.

Und schon waren seine Gedanken wieder bei Britt. Sie schien mehr als ihren gerechten Anteil an Problemen zu haben, die sie allein bewältigen musste. Nun, jetzt hatte sie ihn und seine ganze Familie, die ihr bei der Lösung aller Probleme helfen konnten. Der Gedanke brachte ihn zum Lächeln, als er die Verandatreppe hinaufstieg.

Seine Familie mochte ungestüm und laut sein, aber er würde sie gegen nichts auf der Welt eintauschen. Die Youngs hielten zusammen, egal was passierte.

KAPITEL SECHS

Britt saß in einem Stuhl vor dem Schreibtisch, den Otis Calvert benutzte, wenn er die Autowerkstatt besuchte, und wartete auf seine Rückkehr. Sie hatte gerade Versicherungsunterlagen ausgefüllt, als Otis sich entschuldigte und sagte, er müsse zu seinem Wagen gehen, wo er eine der Seiten in einer Mappe auf dem Vordersitz vergessen hatte. Während sie auf ihn wartete, wurde sie von einem lauten Geräusch draußen aufgeschreckt.

In der Hoffnung, dass alles in Ordnung war, eilte sie zu der Tür, die direkt zur Seite der Garage führte, da sie befürchtete, Evelyn sei verletzt oder so. Doch der Anblick, der sich ihr bot, überraschte sie und brachte sie zum Lächeln. Offenbar waren Chads andere Brüder eingetroffen. Die vier Männer wälzten sich vor dem Haupthaus auf dem Boden und spielten Ringkampf, während ihre Mutter auf sie zuging.

Sie hatte sich an den Türpfosten gelehnt und das Wiedersehen beobachtet, wobei sie versuchte, nicht neidisch auf die offensichtlich enge Beziehung zwischen den Geschwistern zu sein. Das hatte sie nie gehabt. Ihre Mutter war zu sehr mit ihrer Arbeit beschäftigt gewesen, als dass sie an den meisten Abenden das Essen hätte zubereiten können. In den sechzehn

Jahren, seit Britt die Highschool abgeschlossen hatte und ausgezogen war, hatte sie unzählige Male versucht, eine Art Mutter-Tochter-Bindung aufzubauen, und war dabei kläglich gescheitert.

Ihre Mutter war voreingenommen. Und verbittert darüber, wie ihr eigenes Leben verlaufen war. Sie hatte eine schlechte Beziehung nach der anderen gewählt und war nicht zimperlich, wenn es darum ging, ihre einzige Tochter wissen zu lassen, dass Britt genauso enden würde wie ihre Mutter. Britt hatte nicht studiert und war gezwungen gewesen, zwei Jobs anzunehmen, um eine winzige Wohnung zu bezahlen, als sie von zu Hause auszog. Sie hatte ihr ganzes Leben im Einzelhandel gearbeitet, und obwohl sie gut darin war, mochte sie es nicht besonders.

Was sie wirklich wollte, war das, was sie nie gehabt hatte – eine Familie. Eine große Familie. Einen liebevollen Ehemann, der zusammen mit ihr arbeitete, um die Kinder zu ernähren, und sich nicht über jeden Bissen, den sie sich in den Mund steckten, oder über jede kleine Ausgabe ärgerte, die bei der Erziehung anfiel.

So war ihre Mutter gewesen. Sie hatte zwar für ein Dach über dem Kopf gesorgt, aber sie hatte sich über jeden Cent geärgert, den sie für die Erziehung ihrer Tochter ausgeben musste – und das wirkte sich bis heute auf Britt aus.

Die Erinnerung an das letzte Gespräch, das sie mit ihrer Mutter geführt hatte, als sie ihr gesagt hatte, dass sie mit Cole nach Maine ziehen würde, war schmerzhaft. Ihre Mutter hatte gelacht – ein leises, gemeines, bitteres Geräusch – und gesagt, Cole würde sie in den Ruin treiben. Britt solle nicht nach Hause kriechen und um Almosen betteln, wenn es so weit war.

Das war der Hauptgrund, warum sie sich nicht die Mühe gemacht hatte, ihre Mutter anzurufen, als Cole genau das getan hatte. Britt würde kein Mitleid von ihrem eigenen Fleisch und Blut bekommen. Und obwohl sie seit dem Tag, an dem sie achtzehn geworden war, keinen Cent mehr von ihrer Mutter bekommen hatte, verspürte Britt immer noch das Bedürfnis zu beweisen, dass sie es allein schaffen konnte. Dass sie erfolgreich sein konnte.

Daran war sie spektakulär gescheitert, bis sie Chad getroffen hatte.

Sie konnte den Blick nicht von ihm abwenden, als er mit seinen Brüdern zusammen war. Sie sahen sich zwar ähnlich, aber abgesehen von ihm und Zach waren sie wahrscheinlich alle sehr unterschiedlich, was ihre Persönlichkeit betraf.

Als Chad plötzlich in ihre Richtung schaute, duckte Britt sich zurück ins Büro – nur um festzustellen, dass Otis in der Tür zur Werkstatt stand und sie beobachtete. Sie hoffte verzweifelt, dass die Röte auf ihren Wangen nicht so offensichtlich war, wie sie sich anfühlte.

Die nächsten Worte des älteren Mannes ließen sie ihre Verlegenheit ganz vergessen.

»Das ganze Geld von Austin ging an seine Frau.«

Britt blinzelte. »Wie bitte?«

»Wenn du denkst, du könntest dir einen der Young-Brüder wegen seines Geldes, wegen *Lobster Cove* schnappen, dann wird das nicht passieren.«

Sofort machte sich Ärger in Britt breit. »Ich will mit *niemandem* ausgehen«, erklärte sie.

»Das ist auch gut so. Denn das Geld in diesem Ort ist nicht flüssig. Es ist nicht so, dass hier Millionen von Dollar auf der Bank liegen. Es ist alles in den Immobilien und Investitionen gebunden.«

Britt tat ihr Bestes, um sich nicht aufzuregen. Das ging sie nichts an. Zum Teufel, es stand Otis nicht zu, mit einer neuen Mitarbeiterin über den finanziellen Erfolg oder Misserfolg von *Lobster Cove* zu sprechen.

Otis Calvert war ihr als einer der besten Freunde von Austin Young vorgestellt worden. Er arbeitete seit etwa zwei

Jahrzehnten für die Familie, verwaltete die Investitionen und die finanziellen Aspekte der verschiedenen Unternehmen, fungierte als Personalvertreter für die Angestellten und machte die Steuern für *Lobster Cove*. Er war von unschätzbarem Wert für den Betrieb des Unternehmens, und ihr war klar, dass er ein vertrauenswürdiges und unschätzbares Mitglied der Familie Young war.

Aber wenn sie jetzt den leichten Spott auf seinem Gesicht sah, fühlte Britt sich äußerst unwohl.

Der Mann war achtundsechzig Jahre alt, sah aber jünger aus. Er war so groß wie Chad, etwa eins achtzig, und immer noch muskulös. Er achtete offensichtlich auf seinen Körper. Er hatte blaue Augen und grau-blondes Haar, das einen Schnitt vertragen könnte. Jedes Mal wenn Britt ihn in *Lobster Cove* sah, trug er eine Anzughose, ein Hemd und eine Krawatte. Er passte nicht in die entspannte Atmosphäre des Ortes. Außerdem schien er die Macht und die Verantwortung zu genießen, die ihm übertragen worden war.

Aber mehr noch als all das ... er bereitete ihr einfach eine Gänsehaut. Er erinnerte sie an einen der Ex-Freunde ihrer Mutter. Er hatte einen verschlagenen Ausdruck in den Augen, der in ihr den Wunsch auslöste, sofort den Raum zu verlassen, in dem er sich befand. Das machte keinen Sinn, denn alle anderen schienen ihn zu lieben.

Sie beschloss, dass sie unvernünftig war und ihre lächerlichen Gefühle ihm gegenüber überwinden musste, da er oft in ihrer Nähe sein würde, und tat ihr Bestes, um ihm einen Vertrauensvorschuss zu geben.

Trotzdem ... wenn sie ihn so offen über die Finanzen der Familie Young reden hörte, bekam sie eine Gänsehaut.

»Nun, ich bin sicher, dass Evelyn noch sehr lange hier sein wird, also ist die Sache sowieso überflüssig.« Sie versuchte, ihre Stimme ruhig zu halten und sich ihre Verärgerung nicht anmerken zu lassen. Plötzlich wurde Britt bewusst, dass sie allein mit diesem Mann war, der im Grunde ein Fremder war, und dass er definitiv stark genug war, sie zu überwältigen. Es war das Beste zu unterschreiben, was immer sie unterschreiben musste, und sich um ihre Angelegenheiten zu kümmern.

»Ich will nur sicherstellen, dass du nicht auf die Idee kommst, du könntest mit einem unserer Jungs zusammenkommen. Du bist nicht die erste Frau, die sie ins Visier genommen hat, und du wirst auch nicht die letzte sein.«

Die volle Wut drohte sie nun zu überwältigen. »Also ... was? Glaubst du, dass sie alle für immer Single bleiben werden? Dass sie nie sesshaft werden, heiraten und eine Familie gründen?«

»Ich bin sicher, das werden sie. Aber mit jemandem von hier, nicht mit einer Außenseiterin, die sich in die Familie einschleicht.«

Es kostete sie jeden Funken Selbstbeherrschung, um dieses Arschloch nicht zu verprügeln. Das war der Mann, von dem die ganze Familie dachte, er könne über Wasser gehen? »Was muss ich noch unterschreiben?«, fragte sie barsch.

Otis starrte sie einen Moment lang an, dann reichte er ihr das Papier, das er aus seinem Wagen geholt hatte. Er setzte sich, zog eine Lesebrille aus seiner Vordertasche und setzte sie sich auf die Nasenspitze, während er leise vor sich hin murmelte und die restlichen Papiere durchblätterte.

Keiner von beiden sprach ein Wort, während sie die notwendigen Dokumente las und unterschrieb. Als sie sich die Zeit nahm, jedes einzelne Papier, das ihr vorgelegt wurde, zu lesen, ignorierte Britt das irritierte Seufzen von Otis. Es war ihr egal, wie lange das Ganze dauerte. Sie hatte nicht vor, etwas zu unterschreiben, das sie nicht vorher gründlich gelesen hatte.

Alles schien in Ordnung zu sein, und als sie fertig war, war sie, obwohl sie sich über den Mann ärgerte, stolz auf sich. Dank Chad und seiner Mutter hatte sie es geschafft, auf eigenen Füßen zu stehen, und sie würde hart daran arbeiten, den guten

Ruf, den *Lobster Cove* bei Einheimischen und Touristen gleichermaßen genoss, zu erhalten.

Sie verließ das Büro durch die Autowerkstatt und legte Wert darauf, Walt und Barry kurz Hallo zu sagen. Die beiden waren bereits fleißig in den Buchten am Arbeiten. Sie wollte nicht stören, da sie offensichtlich beschäftigt waren, und machte sich bald darauf auf den Weg zu dem kleineren Gästehaus. Sie hatte vor, im Garten Unkraut zu jäten, während die Gäste für den Tag weg waren, um ihn ein wenig aufzuräumen und für die nächsten Mieter noch schöner zu machen.

Die Zeit lief ihr davon, während sie sich in der monotonen und doch irgendwie kathartischen Arbeit verlor. Ein Klingeln erregte Britts Aufmerksamkeit, und sie hatte keine Ahnung, was es zu bedeuten hatte. Ein Blick auf die Uhr zeigte ihr, dass es dreizehn Uhr war, später als sie gedacht hatte. Ihr knurrte der Magen, und ihr wurde klar, dass die Glocke wahrscheinlich dazu diente, allen, die nicht im Haupthaus waren, mitzuteilen, dass das Mittagessen fertig war.

Britt konnte sich vorstellen, dass sie viel benutzt worden war, als die Young-Brüder noch Kinder waren. Sie konnte sich vorstellen, wie sie in *Lobster Cove* herumliefen, im Wasser oder im Wald spielten und alles stehen und liegen ließen, um zum Mittag- oder Abendessen ins Haus zu laufen, wenn die Glocke läutete.

Als sie um das Gästehaus herumging, lächelte sie, als sie Evelyn auf der vorderen Veranda stehen sah, die ihr zuwinkte. Schnell machte sie sich auf den Weg zum Haus, um sich ihr anzuschließen. Evelyn sah so glücklich aus, wie sie sie seit ihrer Ankunft nicht gesehen hatte.

»Meine Jungs sind da«, verkündete sie, sobald Britt nahe genug war.

»Ich habe es gesehen.«

»Knox ist zu dünn. Der arme Kerl hat sich nie für das

Kochen interessiert und hat sich wahrscheinlich von abge-
packtem Mist und Mikrowellengerichten ernährt. Ich habe ein
riesiges Mittagessen für alle gemacht ... Sandwiches, Obst, selbst
gemachte Chips und Schokoladenkuchen zum Nachtisch.«

Britt lief das Wasser im Mund zusammen. »Selbst gemachte
Kartoffelchips?«, fragte sie, als sie die Verandastufen
hinaufstieg.

»Mh-hm. Ich schneide Kartoffeln in hauchdünne Scheiben,
würze sie und backe sie dann im Ofen. Sie sind so viel besser
als alles, was man heutzutage im Laden kaufen kann. Komm
mit, ich möchte dich allen vorstellen.« Evelyn hakte ihren Arm
bei Britt ein und zog sie zur Eingangstür.

Einen Moment lang überlegte sie, sich aus Evelyns Umarmung zu befreien und wegzulaufen, aber das wäre dumm
gewesen. Sie war nervös, die übrigen Young-Brüder zu treffen.
Sie hatte das offensichtliche Unbehagen von Zachary gespürt
und befürchtete, die älteren Brüder würden dasselbe denken
wie Otis – dass sie dort war, um ihrer Mutter und ihrem Familienerbe irgendwie zu schaden.

Zu ihrer Überraschung drehte Knox sich in dem Moment
um, in dem sie die Küche betrat, und schenkte ihr ein breites
Lächeln. Sie wusste natürlich, wer wer war, denn Evelyn hatte
ihr tonnenweise Fotos von ihren Söhnen gezeigt, mit ihnen
geprahlt und lustige Geschichten über jeden von ihnen als
Kind erzählt.

»Du musst also Britt sein.«

»Äh ... ja, die bin ich«, sagte sie unsicher und suchte zur
Beruhigung Chads Blick.

Er stand in der Ecke der Küche und hatte eine große
Schüssel der selbst gemachten Chips in der Hand, mit denen
Evelyn geprahlt hatte. Er schenkte ihr ein aufmunterndes
Lächeln, als der Mann, der sie begrüßt hatte, ihr in den Weg
trat und sie umarmte.

Sie war von der überschwänglichen Begrüßung noch *mehr* überrascht, aber sie wich nicht zurück.

Lincoln, der älteste Bruder, gab Knox einen Klaps auf den Hinterkopf und rief: »Du kannst doch nicht einfach Frauen ohne ihre Erlaubnis anfassen!«

Britt wurde sofort losgelassen und starrte in das lächelnde Gesicht des Mannes.

»Das tut mir leid. Ich bin Knox. Wir haben den ganzen Morgen von Mom gehört, wie toll du bist. Sie sagt, du hast die Reinigung der Gästehäuser übernommen und machst die Wäsche und so. Gott sei Dank, denn hinter den Gästen aufzuräumen ist der schlimmste Job überhaupt. Hat sie dir davon erzählt, als sie nach der Abreise einer Familie putzen ging und feststellte, dass diese offenbar einen verletzten Waschbären adoptiert hatte, den sie im Wald gefunden hatte?«

Britt schnappte überrascht nach Luft.

»Es ist wahr. Sie hatten ihn in eines der beiden Schlafzimmer gepackt, zusammen mit einer Tonne Kiefernnadeln, ich glaube, als Bett oder so. Aber anscheinend war er nicht so verletzt, wie sie dachten, und er wurde verrückt, als er in dem Zimmer eingesperrt war, und hat es zerstört. Überall war Waschbärscheiße und Pisse – und ich meine *überall*. Das Bettzeug war verwüstet, die Wände hatten Kratzspuren, weil der Waschbär versucht hatte, daran hochzuklettern, und das verdammte Ding war praktisch tollwütig, so verzweifelt wollte es entkommen.«

Britt war sprachlos.

»Mom und Dad mussten das Fenster einschlagen – denn natürlich war es verschlossen, und sie wollten das Zimmer sicherlich nicht betreten und sich zu Tode kratzen oder beißen lassen –, um dem armen Ding eine Fluchtmöglichkeit zu geben. Wir alle haben eine ganze Woche gebraucht, um den Raum zu lüften und zu säubern. Das war das Jahr, in dem meine Eltern die Tierverbotsregelung für die Hütten eingeführt haben. Wie auch immer, ich will damit sagen, wir sind alle dankbar, dass du die Reinigung der Mietobjekte übernommen hast.«

Britt lächelte ihn an. »Gern geschehen?«

»Wir werden aber helfen, falls so etwas noch einmal passiert«, versicherte Chad ihr, während er die Schüssel mit den Chips in die Mitte des Tisches stellte. »Wir würden dir so etwas nicht allein zum Säubern überlassen.«

»Natürlich nicht«, sagte Evelyn. »Britt, das ist Knox, mein Drittgeborener. Er war bei der Küstenwache und arbeitet jetzt als freier Militärdienstleister für sie.«

»Freut mich, dich kennenzulernen«, sagte Britt mit ausgestreckter Hand.

Knox nahm ihre Hand, doch anstatt sie zu schütteln, beugte er sich vor und küsste ihre Knöchel. »Es ist mir ein Vergnügen, eine so hübsche junge Frau kennenzulernen.«

»Hör auf damit«, schimpfte Chad und stieß seinen Bruder mit der Schulter an – so hart, dass er Britts Hand losließ, während er sein Bestes tat, um nicht auf den Boden zu fallen.

Chads ältester Bruder rollte mit den Augen und hielt ihr die Hand hin. »Ich bin Lincoln. Ich habe gehört, du hattest ein bisschen Pech. Geht es dir jetzt gut?«

Britt schüttelte seine Hand und spürte, wie sich Erleichterung in ihr breitmachte. Sie hatte keine negativen Schwingungen von den Brüdern vernommen. »Ja. Eure Mutter war großartig. Und *Lobster Cove* ist …« Sie rang um ein passendes Wort, um ihre Gefühle zu beschreiben. »Alles.«

»Ja, das ist es.«

»Jetzt, da die Vorstellungsrunde vorbei ist, lasst uns essen!«, befahl Evelyn.

Alle drängten sich an den großen Tisch neben der Küche, und Britt konnte sich ein Lächeln nicht verkneifen, als alle Brüder nach den Speisen griffen, die ihre Mutter ihnen hingestellt hatte. Sie fand sich neben Chad wieder und war überrascht, als er ihr den Teller abnahm und ihn für sie füllte.

»Ich wollte nur sichergehen, dass du auch etwas bekommst«, erklärte er, als er den Teller wieder vor ihr abstellte. »Ich kenne meine Brüder, und wenn du hier zu höflich bist, wirst du verhungern.«

Sie lachte ein wenig. »Das sehe ich«, sagte sie, während sie den anderen Männern dabei zusah, wie sie ihre Teller füllten.

Das Mittagessen war aufschlussreich. Britt wusste bereits, dass Chad und Zach ein gutes Verhältnis zu ihrer Mutter hatten, aber Evelyn mit all ihren Söhnen zu sehen und die Zuneigung zu spüren, die alle offen und ohne Vorbehalte teilten, war wunderschön. Es wurde viel gelacht und es gab gutmütige Sticheleien, die Britt zum Grinsen brachten.

Und das Essen ... es war offensichtlich, dass es mit Liebe zubereitet worden war. Das klang albern, denn Essen war Essen, aber irgendwie schien es heute Nachmittag anders zu schmecken. Und als Britt sah, wie Evelyn mit ihren Söhnen umging, wurde ihr klar, was für eine fantastische Gruppe von Männern sie waren. Sie hatten verstanden, dass ihre Mutter sie nach dem Tod ihres Vaters brauchte. Sie hatten ihr Zuhause, ihre Jobs ... ihr ganzes Leben aufgegeben, um zurück nach Maine zu ziehen, einfach weil es das Richtige war.

Ja, ihre Anwesenheit wäre eine große Hilfe für *Lobster Cove*, aber sie hätten auch einfach mehr Leute einstellen können, die sich um das Haus kümmern. Das hätte Evelyn allerdings nicht davor bewahrt, einsam zu sein. Sie war es gewohnt, mit Männern zusammen zu sein, das war sie schon die meiste Zeit ihres Lebens hier im Haus der Familie. Britt kam der witzige Gedanke, dass *Lobster Cove* eigentlich *Alpha Cove* hätte heißen sollen ... die Young-Brüder passten auf jeden Fall ins Bild.

»Wie sieht der Plan für den Rest des Tages aus, jetzt, da wir festgestellt haben, was für das Dach getan werden muss?«, fragte Chad.

»Ich bin müde«, sagte Lincoln unverblümt. »Ich bin drei Tage lang gefahren. Ich dachte, ich fahre zu meinem neuen Haus und richte mich ein. Vielleicht mache ich ein Nickerchen, bevor ich zurückkomme, um Moms Hühnchen-Spinat-Auflauf und Brötchen zu essen.«

»Kannst du mich bei meiner Wohnung absetzen?«, fragte Knox. »Mein Pick-up soll morgen geliefert werden, aber bis dahin bin ich ohne fahrbaren Untersatz.«

»Du kannst Dads Wagen nehmen, wenn du willst«, bot Chad an.

»Oder meinen Corolla«, platzte Britt heraus. Sie errötete, als sich alle nach ihr umdrehten und sie ansahen. »Ich meine ... Ich weiß, er ist alt, aber Walt hat ihn sich angesehen und gesagt, er sei sicher.«

»Das weiß ich zu schätzen«, sagte Knox sowohl zu seinem Bruder als auch zu Britt. »Aber wenn Lincoln mich noch eine Weile herumchauffieren kann, komme ich bis morgen klar.«

»Kommst du heute Abend zurück?«, fragte Evelyn.

»Ich würde es nicht verpassen wollen«, versicherte Knox seiner Mutter.

»Gut.«

»Wenn ihr alle klarkommt, ziehe ich los und schaue mir die Konkurrenz für meine Hummerbude an«, erklärte Zach.

»Ich kann immer noch nicht glauben, dass du tatsächlich eine verdammte Hummerbude gekauft hast«, murmelte Lincoln kopfschüttelnd.

»Das wird der beste Ort zum Essen in Rockville. Merk dir meine Worte«, prahlte Zach.

»Daran habe ich nicht den geringsten Zweifel. Du bist fantastisch in der Küche«, sagte Knox zu seinem Bruder.

»Ich bin mir nicht sicher, wie viel dieses Kompliment bedeutet, wenn es von dem Mann kommt, der Ramen-Nudeln anbrennen lässt«, scherzte Zach.

Knox warf seine zusammengeknüllte Serviette nach seinem Bruder.

»Genug«, mahnte Evelyn. »Als ihr das letzte Mal am Esstisch etwas angefangen habt, ist Kartoffelbrei an meiner Decke gelandet.«

Alle lachten.

Britt stellte fest, dass sie so viel gelächelt hatte, dass ihr die Wangen wehtaten. Es war so neu dazuzugehören ... eine Familie, die sich liebte, unterstützte und gegenseitig aufzog. Und sie mochte es. Sehr sogar.

»Dann mal los«, verkündete Evelyn beim Aufstehen. »Abendessen gibt es um sieben.«

Alle anderen taten es ihr gleich und begannen, sich Teller und Geschirr zu schnappen. Chad nahm Evelyn den Teller aus der Hand. »Wir machen das schon, Mom. Du hast gekocht, wir machen sauber.«

Je mehr Britt in der Nähe dieses Mannes war, desto mehr mochte sie ihn. Sie konnte sich an kein einziges Mal erinnern, dass Cole ihr angeboten hatte, den Abwasch zu machen, nachdem sie für ihn gekocht hatte.

Sie wurde aus der Küche gescheucht und wusste nicht genau, was sie tun sollte, während die Jungs abräumten. Sie schnappte sich ein Tuch und wischte den Tisch ab, während sie in der Küche scherzten und lachten.

Das Haus strahlte sehr viel Glück und Zufriedenheit aus. Als Britt zu Evelyn hinübersah, bemerkte sie, dass sie das auch spürte. Wahrscheinlich war es ihr sehr leer und ein wenig unheimlich vorgekommen, nach dem Tod ihres Mannes allein in diesem Haus zu sein.

Als der Abwasch erledigt und die Küche wieder sauber und aufgeräumt war, machten sich die drei Brüder auf den Weg zur Tür. Knox und Lincoln sagten ihr noch einmal, wie schön es war, sie kennenzulernen, und wie froh sie seien, dass sie da war, und dann gingen sie und Zach nach draußen.

Britt war sich sicher, dass sie wahrscheinlich über sie und ihre Situation reden würden, wenn sie nicht in der Nähe war, aber das war in Ordnung. Sie verstand, dass sie ihre Mutter vor jedem schützen wollten, der sie vielleicht ausnutzen wollte.

Das war das Letzte, woran Britt dachte. Je länger sie in der Nähe der Familie Young war, desto mehr *wollte* sie in ihrer Nähe sein ... und desto mehr wollte sie Evelyn selbst beschützen.

»Bist du bereit?«

Britt drehte sich um und sah Chad verwirrt an. »Wofür?«

»Für die Tour, die ich dir versprochen habe. Auf dem Geheimpfad.«

Das hatte sie ganz vergessen. »Oh, klar, wenn deine Mutter gerade nichts zu tun hat?« Sie sah zu Evelyn hinüber, die schamlos lauschte.

»Nein, nein, geht ihr beide nur. Ich muss noch ein paar von Austins Sachen durchsehen.«

»Mom, ich dachte, wir hätten vereinbart, dass du wartest und mich dabei helfen lässt«, sagte Chad mit einem kleinen Stirnrunzeln.

»Ich weiß, dass du mich vor Verletzungen schützen willst, aber ich muss das allein machen, Chad. Ich vermisse deinen Vater mit jeder Faser meines Seins, aber ich weigere mich, so zu tun, als hätte er nie existiert. Ich mag es, seine Sachen zu sehen und mich an unsere guten Zeiten zu erinnern. Verdammt, sogar an unsere schlechten Zeiten. Mir geht's gut. Dich zu Hause zu haben, und deine Brüder, und dich hier zu haben, Britt ... das alles hilft. Und zwar sehr. Aber manchmal muss ich mich einfach hinsetzen und weinen. Ich komme schon klar. Geht ihr zwei nur, macht euer Ding.«

»Wenn du dir sicher bist«, sagte Chad skeptisch.

Evelyn ging zu ihm hinüber und legte ihm eine Hand an die Wange. »Ich liebe dich, mein Sohn. Manchmal sehe ich dich und deine Brüder an und bin erstaunt, wie viel von deinem Vater ich in euch erkenne. Und das ist gut so. Er lebt in euch allen weiter. *Ihr* seid sein wahres Vermächtnis. Eines, auf das er sehr stolz war. Und er würde wollen, dass ich weiterma-che. Es tut weh, seine Kleidung in unserem Schrank und seine Sachen auf dem Badezimmertisch zu sehen. Alles muss sortiert werden, um herauszufinden, was für wohltätige Zwecke gespendet werden muss, was ich behalten will und was auf den Müll kann. Und *ich* muss diejenige sein, die das macht.«

Chad umarmte seine Mutter fest und zog sie dann zurück, wobei er seine Hände auf ihren Schultern ließ. »Wir sind hier, wenn du etwas brauchst. Eine Schulter, an der du dich ausweinen kannst, Hilfe beim Sortieren von Sachen, beim Tragen von Taschen.«

»Ich weiß und schätze es. Geht nur, ihr zwei. Ich sollte euch allerdings warnen, dieser Weg wurde schon lange nicht mehr benutzt, und die Zecken sind im Laufe der Jahre schlimmer geworden. Macht einen gründlichen Zeckencheck, wenn ihr zurückkommt.«

Britt unterdrückte ein Schaudern. Sie hasste Zecken. Sie waren das Schlimmste überhaupt. Was hatten sie überhaupt für einen Sinn? Blutsaugende Viecher. Igitt.

»Das werden wir. Ich hab dich lieb, Mom«, sagte Chad und küsste sie auf die Stirn. Dann wandte er sich an Britt. »Bist du bereit?«

»Ähm ... können wir noch etwas Insektenspray benutzen, bevor wir gehen?«

Er lachte. »Natürlich«, sagte er und streckte seine Hand aus.

Britt starrte sie einen Moment lang an und dachte an die Warnung, die Otis vorhin ausgesprochen hatte. Sie hatte ihm gesagt, dass sie nicht an einer Beziehung interessiert sei, aber als sie Chads Hand anstarrte, machte ihr Bauch Luftsprünge. Sie wollte sie nehmen. Wollte seine Haut an ihrer eigenen spüren. Ihm näherzukommen war wahrscheinlich keine gute

Idee, aber sie hatte offenbar keine Willenskraft, wenn es um diesen Mann ging.

Sie legte ihre Hand in seine und spürte, wie ein Kribbeln ihren Arm hinaufschoss, als er mit seinen Fingern sanft ihre drückte.

Sie gingen Hand in Hand aus dem Haus, und sie konnte sich nicht erinnern, jemals aufgeregter gewesen zu sein. Dieser Mann ... sie hatte das Gefühl, er könnte entweder ihren Geist zermalmen und in Staub verwandeln oder ihr ein Leben schenken, von dem sie bisher nur geträumt hatte.

Sie hoffte, es war Letzteres.

KAPITEL SIEBEN

Chad machte sich Sorgen um seine Mutter. Er hasste es, dass sie sich allein um die Sachen seines Vaters kümmern wollte, aber er verstand auch, warum sie ihre Söhne nicht dabeihaben wollte, wenn sie trauerte. Wenigstens war das Mittagessen gut gewesen. Für sie und für sie alle.

Er liebte es, seine Brüder zu Hause zu haben. Das würde die Dinge in *Lobster Cove* so viel einfacher machen. Auch wenn Knox, Zach und Lincoln immer ihr eigenes Leben haben würden, wusste er ohne Zweifel, dass sie ihm, ohne zu zögern, helfen würden, wenn er sie anrief und um Hilfe bat.

Und ganz gleich, wie hektisch es zuging, sie würden immer wieder nach *Lobster Cove* kommen. Sie fühlten sich dort hingezogen, genau wie er. Er konnte in ihren Gesichtern sehen, wie sehr sie ihre Mutter vermissten, und er hoffte, dass sie es nie bereuen würden, ihr Leben entwurzelt zu haben und zurück nach Maine gezogen zu sein.

Chad selbst hatte das Gefühl, dass der Umzug zurück nach Rockville schon lange überfällig gewesen war. Er genoss Virginia, aber nirgendwo war es schöner als zu Hause. Erinnerungen überfluteten sein Gehirn, als er Britt den überwucherten Pfad entlangführte, der von der Bank am Wasser durch die Bäume zwischen *Lobster Cove* und dem nächsten Grundstück führte.

Während seiner Kindheit hatte er hier draußen im Wald viel Zeit verbracht. Sowohl mit seinen Brüdern als auch allein. Wenn er etwas Zeit für sich brauchte, kam er hierher. Denn so sehr er seine Familie auch liebte, sie war ihm manchmal etwas zu viel. Hier las er Bücher, kletterte auf Bäume, grub Löcher, kämpfte gegen imaginäre Drachen, lag stundenlang im Dreck und tat so, als würde er Feinde mit aus Stöcken gebastelten Gewehren verfolgen. Und als er älter wurde, brachte er Mädchen hierher, um mit ihnen zu knutschen.

Der letzte Gedanke brachte ihn zum Lächeln. Er hatte ziemlich schnell gelernt, dass Mädchen es im Allgemeinen nicht mochten, schmutzig zu sein, und bevor er jemanden hierherbrachte, hatte er die Festung mit Wasserflaschen und einer Decke gemütlich gemacht. Er hatte seine Jungfräulichkeit nicht hier draußen im Wald verloren, aber er war definitiv nahe dran gewesen.

»Das sieht nach einem guten Gedanken aus«, sagte Britt.

»Ja«, stimmte Chad zu. »Wenn ich nur daran denke, wie viel Zeit ich hier draußen verbracht habe.«

»Ich verstehe warum. Es ist wunderschön. Es fühlt sich an, als seien wir die einzigen beiden Menschen auf der Welt. Wir könnten kilometerweit von allen anderen entfernt sein, und doch liegt das Haus direkt hinter den Bäumen.«

»Ganz genau. Ich glaube, deshalb hat es mir als Kind so gut gefallen. Ich konnte so tun, als befände ich mich auf einem großen Abenteuer, aber wenn ich mir das Bein aufschürfte oder Hunger bekam, war ich in wenigen Minuten wieder zu Hause.«

»Du hattest Glück, hier aufzuwachsen.«

»Das hatte ich.«

»Darf ich dich etwas fragen?«

»Das hast du gerade«, scherzte Chad. Aber als er Britt ansah, lächelte sie nicht. »Tut mir leid, ja, natürlich darfst du. Ich weiß, wir kennen uns erst seit Kurzem, aber ich hoffe, du weißt inzwischen, dass du mir ein wenig vertrauen kannst.«

»Das tue ich. Ich weiß nur nicht ... Ich bin mir nicht sicher, wie ich das angehen soll.«

Chad runzelte die Stirn und fragte sich, worüber sie reden wollte. »Ist es Mom? Stimmt etwas nicht?«

»Nein. Und ich würde definitiv zu dir kommen, wenn ich mir Sorgen um sie machen würde. Sie ist immer noch traurig, das ist leicht zu erkennen, aber sie ist stark. Und ich denke, dass du und deine Brüder zu Hause seid, ist genau das, was sie braucht.«

Die Erleichterung, die Chad empfand, war fast überwältigend. »Das ist gut. Und hier zu sein ist für uns genauso gut wie für sie, denke ich. Dieser Ort hat eine Art, einen am Herzen zu packen und nicht mehr loszulassen.«

Sie sagte nichts, als sie weitergingen, und Chad dachte, sie hätte es sich vielleicht anders überlegt, ob sie ihre Frage stellen sollte. Dann holte sie tief Luft und blieb in der Mitte des Weges stehen.

»Otis ... er ist jetzt schon eine Weile bei deiner Familie, richtig?«

Chad runzelte die Stirn. »Ja. Er und mein Vater waren eng befreundet. Sie hingen oft zusammen ab, gingen immer zusammen angeln.«

Sie starrte hinaus in die Bäume, offensichtlich ohne sie zu sehen.

»Warum? Was ist passiert? Hat er etwas Unangemessenes gesagt oder getan?« Chad wusste, dass sie sich vor dem Mittagessen mit ihm getroffen hatte, um den Papierkram zu unterschreiben.

»Er scheint zu denken, dass ich hier bin, weil ich hinter dem Geld deiner Familie her bin. Er hat sehr deutlich gemacht, dass alles Geld, das ihr habt, an *Lobster Cove* gebunden ist.«

Chad presste verärgert die Lippen zusammen. »Es tut mir leid. Er hatte kein Recht, das zu dir zu sagen.«

Britt zuckte mit den Schultern. »Ich meine, ich verstehe schon. Ich bin eine Fremde, und er will Evelyn und ihr Vermögen schützen. Es ist nur ... er ...« Sie seufzte. »Vergiss es.«

»Nein, sag, was du denkst. Bitte.«

»Ich fühlte mich einfach unwohl in seiner Gegenwart. Er kann mich offensichtlich nicht leiden. Er hält mich für eine Außenseiterin. Er sagte mir, dass du und deine Brüder einheimische Mädchen heiraten würdet und jemand wie ich nicht auf dumme Gedanken kommen solle.«

»Jemand wie du?«, fragte er, wobei er sich nur mit Mühe im Zaum hielt. Otis hatte kein Recht, Britt so zu behandeln. Sie war seiner Mutter gegenüber immer hilfsbereit und freundlich gewesen.

Britt zuckte mit den Schultern, da es ihr offensichtlich unangenehm war, das Thema weiter zu diskutieren.

»Ich werde mit ihm reden.«

Britt drehte sich mit großen Augen zu ihm um und legte ihm eine Hand auf den Arm. »Oh! Bitte nicht! Ich habe das Gefühl, das würde alles nur noch schlimmer machen. Ich weiß, dass er ein Freund der Familie ist, und ich kann nett zu ihm sein, um meines Jobs willen. Ich habe mich vor allem deshalb unwohl gefühlt, weil er mit einer Fremden über die finanzielle Situation deiner Mutter gesprochen hat.«

Chad würde auf jeden Fall mit Otis reden. Es war schon eine Weile her, dass er mit dem Mann mehr als nur einen Gruß ausgetauscht hatte. Es war sowieso an der Zeit, das zu ändern. Aber ... da es etwas war, in das seine Brüder einbezogen werden sollten, konnte er zumindest warten, bis sie sich in ihrem neuen Zuhause eingelebt hatten. Dann würden sie sich alle mit ihm zusammensetzen, auch ihre Mutter, und den

Zustand von *Lobster Cove* besprechen – Steuern, Investitionen und andere finanzielle Themen. Das stand schon auf seiner Aufgabenliste, seit seine Mutter erwähnt hatte, dass das Geld knapp sei.

Und dann würde er sich ein oder zwei Minuten Zeit nehmen, um mit Otis allein über sein Verhalten Britt gegenüber zu sprechen.

»Ich weiß es zu schätzen, dass du mir das sagst«, antwortete er, ohne ihr etwas zu versprechen. »Und du sollst wissen, dass du jetzt eine von uns bist, genau wie Walt und Barry. Und es ist *niemandem* erlaubt, dich in deinem eigenen Haus in Verlegenheit zu bringen. Wenn jemand etwas Unangemessenes sagt oder tut, erzählst du es mir oder einem meiner Brüder. Das gilt auch für die Gäste, die in den Hütten wohnen, okay?«

Sie nickte.

Das Unbehagen lag wie ein Stein in Chads Bauch, aber er atmete tief durch und tat sein Bestes, es zu ignorieren. Es würde nichts nützen, sich jetzt über Britts Unterhaltung mit Otis aufzuregen. Er würde den Mann später zur Rede stellen und ihm klarmachen, dass Britt mit Respekt zu behandeln war – und mit wem er und seine Brüder sich verabredeten oder wen sie möglicherweise eines Tages heirateten, ging ihn nichts an.

»Willst du die Festung immer noch sehen?«, fragte er.

»Ja!«, rief Britt und klang wieder wie die Frau, die er während der letzten Woche kennengelernt hatte.

»Na gut. Aber ich warne dich, sie liegt schon lange vernachlässigt hier im Wald. Es ist möglich, dass sie durch den Schnee und die Stürme nur noch ein Trümmerhaufen ist.«

»Oh, das wäre schade«, sagte Britt.

Chad machte sich wieder auf den Weg, mit Britt dicht auf den Fersen. Es dauerte nicht mehr lange, bis sie die Stelle erreichten, an der einst die Festung gestanden hatte.

Aber anstelle des groben Bauwerks, das er und seine

Brüder gebaut und in dem sie gespielt hatten, stand dort etwas, das wie ein winziges Haus aussah. Es hatte sogar Schindeln auf dem schrägen Dach.

Chad starrte es mit offenem Mund an.

»Ähm, das sieht nicht wie ein Trümmerhaufen aus«, sagte Britt lachend.

»Ich weiß nicht ... wie ... Was zum Teufel?«, stotterte Chad und stolperte über seine Worte.

»Hallo?«, rief Britt.

Er war sich nicht sicher, was sie dachte, mit wem sie sprach. Soweit er wusste gab es keine obdachlosen Männer oder Frauen, die heimlich in ihrem Wald lebten.

Doch zu seinem Entsetzen rief jemand: »Wer ist da?«

Chad war verblüfft.

»Britt und Chad«, antwortete sie fröhlich und machte einen Schritt auf die kleine Hütte zu.

Doch Chad packte sie am Arm und hielt sie zurück. »Du hast keine Ahnung, wer da drin ist«, zischte er.

»Das stimmt, aber es ist offensichtlich ein Kind. Es ist in Ordnung, Chad.« Sie schüttelte seinen Griff ab und ging wieder auf die Festung zu.

Sie hatte mitbekommen, was Chad in seinem Schock nicht realisiert hatte. Die Stimme stammte in der Tat von einem Kind. Die Erleichterung machte ihn fast schwindelig. Er hatte Visionen von einem entflohenen Sträfling gehabt, der sich in ihren Wäldern versteckte, was lächerlich war.

Die Tür, die aus Holzresten bestand, öffnete sich langsam, und der Kopf eines Jungen kam heraus. Er war auf den Knien, wahrscheinlich weil das Gebäude nicht hoch genug war, um darin zu stehen. Er hatte rotes Haar, das in alle Richtungen abstand. Er war dünn ... ziemlich dürr, um genau zu sein. Chad schätzte, dass er zwischen zehn und zwölf war. Und er hatte ihn noch nie in seinem Leben gesehen.

»Ich kenne dich nicht«, sagte der Junge angriffslustig.

»Und ich kenne dich nicht. Aber das können wir leicht ändern. Ich bin Britt. Britt Starkweather. Und ja, das ist mein richtiger Name, kein Spitzname. Ich wohne in *Lobster Cove* bei der Familie Young. Ich helfe Evelyn mit den Gästehäusern.« Sie hielt ihm die Hand zum Schütteln hin.

Der Junge runzelte die Stirn und sah verwirrt aus. Aber irgendjemand hatte ihm Manieren eingebläut, denn er streckte die Hand aus, als könnte er nicht anders, als sie zu schütteln. »Ich bin Kash Bates. Ich wohne da drüben«, erklärte er und deutete mit der freien Hand auf das Grundstück neben *Lobster Cove.*

Chad runzelte die Stirn. »Das ist das Haus von Victor Rogers«, sagte er.

»Ja. Er ist mein Großvater. Mom und ich sind vor einer Weile bei ihm eingezogen.«

Jetzt schossen seine Augenbrauen überrascht hoch. Soweit Chad sich an Harper, Victors einziges Kind, erinnerte, war sie in der Schule eines der gemeinen Mädchen gewesen. Zu hören, dass sie nach Rockville zurückgekehrt war, war ein ziemlicher Schock, da sie so entschlossen gewesen war, aus diesem »Provinznest«, wie sie es nannte, herauszukommen und in Hollywood oder New York etwas aus sich zu machen.

»Chad dachte sich, dass diese Festung wahrscheinlich nur noch aus Stöcken besteht, weil so viel Zeit vergangen ist, seit er das letzte Mal hier war«, sagte Britt im Plauderton.

»Das war auch der Fall«, erwiderte Kash achselzuckend. »Ich habe es in Ordnung gebracht.«

»Nun, das hast du fantastisch gemacht. Es sieht toll aus. Wie ein kleines Haus.«

Es war nicht schwer zu erkennen, wie großartig sich der Junge durch ihr Kompliment fühlte. Er warf sich tatsächlich ein wenig in die Brust, als er nickte. »Es war nicht schwer«, sagte er lässig.

Chad überließ es Britt, das Gespräch zu führen, denn es

war offensichtlich, dass Kash sich bei ihr wohler fühlte als bei ihm. Jedes Mal wenn er Chad ansah, nahm sein Gesicht einen vorsichtigen Ausdruck an und er schien kurz davor zu sein, die Flucht zu ergreifen.

»Darf ich mal reinschauen?«, fragte Britt.

Zögernd nickte Kash. Chad blieb, wo er war, während Britt sich vorwärtsbewegte und hinkniete, um durch die Tür zu spähen.

»Oh mein Gott, das ist fantastisch. Du hast Regale gebaut! Und es war so schlau, diese Bretter als Boden zu benutzen, damit du nicht auf der Erde sitzen und dich schmutzig machen musst. Ist das ein Teleskop in dem Plastikbehälter? Siehst du dir gern die Sterne an?«

Anscheinend war das die richtige Frage, denn Kash strahlte und fing an, von der Milchstraße und der letzten Sonnenfinsternis zu schwärmen und davon, dass er schon mehrmals Nordlichter gesehen hatte.

Chad war es egal, dass der Junge die Festung benutzte. Er war froh, dass der Wald einem anderen Kind die Freude bereitete, die er ihm und seinen Brüdern geschenkt hatte. Aber er machte sich doch Sorgen darüber, dass ein Junge hier allein herumhing, ohne dass jemand etwas davon mitbekam, was er tat.

Kash hatte sich hier draußen ein Minihaus gebaut, komplett mit Büchern und Bettzeug, nach dem zu urteilen, was er von seinem Aussichtspunkt aus sehen konnte. Er hatte auch ein paar Aufbewahrungsbehälter darin, um Dinge trocken zu halten, wenn er nicht da war. Er hoffte, dass es nur eine Festung für den Jungen war ... aber Chad konnte nicht sicher sein, dass er es nicht als Versteck vor seinem Zuhause nutzte.

Die Wahrheit war, dass Victor Rogers ein Arschloch war. Das war er schon immer gewesen. Obwohl zwischen ihren Grundstücken mehrere Hektar Land und eine Menge Bäume lagen, hatte Victor im Laufe der Jahre regelmäßig Beschwerden beim Sheriff über *Lobster Cove* eingereicht. Lärmbeschwerden, Streitigkeiten über Grundstücksgrenzen, Infragestellung ihrer Geschäftslizenzen und der Versuch zu behaupten, das Land sei nicht für dieses oder jenes abgegrenzt. Chads Vater hatte sich an die Vorschriften gehalten, sodass nie rechtliche Schritte gegen die Youngs eingeleitet worden waren, aber Rogers war ihnen ein Dorn im Auge geblieben.

Er konnte sich nicht vorstellen, dass es Spaß machen würde, bei Victor Rogers zu leben. Er war geradezu gemein. Offensichtlich hatte seine Tochter damals dort ihr Verhalten gelernt. Wenn sie mit ihrem Sohn nach Hause gezogen war, musste sie in der Tat verzweifelt sein.

Natürlich konnte er sich auch irren, und der Mann konnte seiner Tochter und seinem Enkel gegenüber nett sein ... aber Chad glaubte nicht, dass das der Fall war.

»Hast du Snacks da drin?«, fragte Britt Kash.

»Ja.«

»Cool. Ich wollte sagen, wenn du keine hast, kannst du vielleicht zu uns rüberkommen«, sie zeigte auf den Weg zurück, den sie und Chad gekommen waren, »und welche holen. Ich bin sicher, Evelyn würde sich freuen, dir etwas zu geben.«

Kash schüttelte den Kopf, während seine Augen sich weiteten. »Sie ist gemein!«

»Was?«, fragte Britt, aufrichtig schockiert. »Evelyn? Sie ist die netteste Frau, die ich je getroffen habe.«

Aber Kash schüttelte immer noch den Kopf. »Nein, sie begrüßt die Leute an der Tür mit einer Waffe! Und sie bedroht sie. Opa hat es mir erzählt!«

Chad war schockiert. Wenn seine Mutter Victor an der Tür mit der Schrotflinte begrüßt hatte, die sein Vater zum Schutz vor Bären und Elchen im Haus aufbewahrte – die es vor Jahrzehnten, als die Küste noch nicht so stark bebaut war, viel häufiger gegeben hatte –, dann musste sie Angst vor dem Mann gehabt haben.

Er wollte mehr darüber erfahren, was Victor zu seiner Mutter gesagt haben könnte, um sie dazu zu bringen, ihn mit der Waffe zu bedrohen – falls das überhaupt passiert war –, aber Britt sprach bereits wieder mit derselben ruhigen und festen Stimme, die sie die ganze Zeit benutzt hatte. Sie merkte, dass der Junge Angst hatte, und tat alles, was in ihrer Macht stand, damit er nicht davonlief.

»Wow, das war sicher erschreckend zu hören. Aber ich kann dir versprechen, dass Evelyn normalerweise nicht gemein ist. Ich wette, sie hatte nur einen schlechten Tag. Hast du auch manchmal Tage, an denen alles schiefläuft? Du bekommst eine schlechte Note für eine Hausaufgabe, du lässt dein Sandwich beim Mittagessen fallen oder deine Mutter schreit dich für etwas an, das nicht deine Schuld war?«

Kash nickte.

»Richtig. Also, ich wette, Evelyn hatte einen dieser Tage. Hat dein Großvater vielleicht gebrüllt?«

Kash zuckte mit den Schultern und schaute weg. Was für Chad bedeutete, dass dem Jungen Victors miese Launen nicht fremd waren.

»Brüllen kann beängstigend sein. Ich weiß das, weil meine Mutter einige Freunde hatte, die das oft taten, und ich wollte mich dann immer verstecken. Wie auch immer ... Ich bin erst vor einer Woche hier angekommen. Aber ich habe in meinem Wagen gelebt, und Evelyn hat mir ein leckeres Mittagessen gemacht und mich dann eingeladen zu bleiben. Kannst du das glauben? *Ich* konnte es nicht. Ich verdiene meinen Lebensunterhalt, arbeite hart, aber trotzdem hätte sie mich nicht in ihrem Haus wohnen lassen müssen. Ich wette, wenn du zum Haus kommst und dich vorstellst, würde sie dich einladen und dir auch etwas zu essen machen.«

Chad war fasziniert von Britts Ruhe. Es war klar, dass sie den Jungen für sich gewinnen wollte.

»Du musstest auch in deinem Wagen schlafen?«

Diese einfachen Worte waren herzzerreißend, weil sie so viel verrieten.

»Ja. Das macht keinen Spaß oder, oder? Es ist irgendwie beängstigend. Ich hatte immer Angst, dass jemand mitten in der Nacht ans Fenster klopft und mir sagt, dass ich verschwinden muss.«

Kash nickte.

Sie schaute über ihre Schulter zu Chad, und er konnte die Sorge in ihren Augen erkennen. Dann sah sie wieder zu Kash. »Nun, ich denke, du hast dir hier ein schönes Plätzchen geschaffen. Es ist gemütlich, und du hast deine Bücher zum Lesen. Und ich wette, du kannst nachts die Sterne sehr gut sehen.«

»Ja. Besonders wenn ich an die Küste gehe.«

»Oh, sei vorsichtig dort, besonders im Dunkeln. Du könntest dich verletzen, wenn du ins Meer fällst. Wir werden jetzt gehen und dich in Ruhe lassen, damit du dein Ding machen kannst. Aber wenn du jemals Hilfe brauchst, Hunger hast oder dich einfach nur langweilst, komm einfach nach *Lobster Cove*. Ich bin sicher, alle würden sich freuen, dich kennenzulernen. Walt und Barry sind normalerweise tagsüber in der Autowerkstatt und arbeiten an Autos oder Motoren, und jetzt, da alle Young-Brüder zu Hause sind, werden sie sich um die Instandhaltung des Grundstücks kümmern. Du bist dort jederzeit willkommen. Stimmt's, Chad?«

Sie sah zu ihm auf, als sie den letzten Satz sagte.

»Natürlich«, antwortete er, ohne zu zögern. »Wir würden uns freuen, wenn du kommst. Um dich besser kennenzulernen.«

Kash sah skeptisch aus. »Wirst du mich verraten?« Die Frage richtete sich an Chad.

»Wem was verraten?«, fragte er den Jungen.

»Ich weiß, dass dies dein Land ist. Ich habe hier nichts zu suchen. Großvater hat diesen Zaun errichtet, um dich von seinem Grundstück fernzuhalten, aber ich bin darüber geklettert und habe diesen Ort gefunden. Ich mag ihn. Ich habe ihn zu meinem gemacht.«

Chad ging in die Hocke, sodass sein Gewicht auf seinen Fußballen lag. Er tat sein Bestes, um entspannt und nicht im Geringsten verärgert auszusehen. Und das war er auch nicht, nicht darüber, dass der Junge auf dem Grundstück von *Lobster Cove* war. Er machte sich vielmehr Sorgen darüber, *warum* der Junge das Bedürfnis hatte, aus seinem eigenen Haus zu fliehen und sich in dieser kleinen Hütte zu verstecken.

»Was mich betrifft, kannst du bleiben, solange du willst. Als ich in deinem Alter war, habe ich hier draußen gespielt, und ich freue mich, dass du *Festung Knallhart* ein neues Leben eingehaucht hast.«

Kash runzelte die Stirn. »*Festung Knallhart?*«

»Ja, so haben wir diesen Ort genannt. Es hat unsere Mutter immer verrückt gemacht. Sie wollte, dass wir ihm einen schöneren Namen geben. Wie *Zweites Zuhause* oder *Festung im Wald* ... aber meine Brüder und ich wollten, dass es grob ist. Knallhart. Also haben wir ihn *Festung Knallhart* genannt.«

Kash lächelte zum ersten Mal. »Das gefällt mir. *Festung Knallhart.*«

»Ich denke, du solltest deine Mutter nicht hören lassen, dass du es so nennst«, sagte Britt zu dem Jungen.

Er wurde ernst. »Oh nein. Sie weiß auch nicht, dass ich hier draußen bin. Ich werde keinen Mist bauen und es in ihrer Gegenwart sagen.«

Das war eine weitere Sache, von der Chad nicht begeistert war. Ja, *Lobster Cove* war sicher. Es war nicht so, dass jemand an den Jungen herankommen konnte, wenn er hier draußen war, aber Geheimnisse vor den Eltern zu haben war kein gutes Zeichen. Nicht wenn er die Festung benutzte, um sich vor jemandem oder etwas zu verstecken.

»Okay, viel Spaß in der *Festung Knallhart*«, sagte Britt grinsend. »Das macht wirklich Spaß, das zu sagen. *Knallhart. Knallhart. Knallhart.*«

Zu Chads Verwunderung lachte Kash.

»Genau. Vergiss nicht, was ich gesagt habe: Wenn du Hunger hast oder dich einsam fühlst, komm vorbei. Wir sind gleich hinter den Bäumen, und ich verspreche dir, dass niemand gemein sein wird.«

Kash sah nicht ganz überzeugt aus, aber er nickte.

Britt stand auf, winkte dem Jungen kurz zu, drehte sich dann zu Chad um, hakte sich bei ihm ein und zog ihn praktisch von der frisch renovierten Festung im Wald weg.

Sobald die Bäume sie verdeckten und sie außer Hörweite waren, sah Britt ihn an. »Ich weiß nicht, was ich tun soll.«

»Ja«, stimmte er zu. »Es ist mir egal, dass er die Festung benutzt oder sich dort aufhält, aber ich mache mir Sorgen wegen des Grundes. Und es gefällt mir definitiv nicht, dass Mom das Bedürfnis hatte, die Schrotflinte zu zücken, als Victor vorbeikam, falls diese Geschichte wahr ist. Oder die Tatsache, dass er sie wahrscheinlich angeschrien hat.«

Britt hatte seinen Arm nicht losgelassen und lehnte sich für einen Moment an ihn, wobei sie ihren Kopf auf seinen Bizeps stützte. Ein Ruck ging durch Chad, angefangen bei der Stelle, an der ihr Kopf lag, bis hinunter zu seinen Zehen. Er erstarrte, nicht sicher, was er fühlte.

»Ich mache mir Sorgen. Um Kash, Evelyn, Victor ...«

»Ich kümmere mich darum«, beruhigte Chad sie und drehte sich so, dass er seinen Arm um sie legen konnte. Sie zu halten fühlte sich völlig anders an als bei anderen Frauen. Es fühlte sich intimer an als das Schlafen mit seiner letzten Freundin, was beunruhigend und beängstigend zugleich war. Aber er hatte auch das Gefühl, genau dort zu sein, wo er sein wollte. »Ich werde Lincoln sagen, dass seine alte Klassenkameradin nebenan wohnt. Vielleicht kann er mal vorbeischauen, um Hallo zu sagen und die Atmosphäre im Haus zu erkunden.«

»Er wird Kash doch nicht verraten, oder?«, fragte Britt, hob den Kopf und starrte ihn an.

»Nein.«

»Wirst du deinen Brüdern von Kash erzählen?«, fragte sie.

»Natürlich. Wir können uns alle um ihn kümmern. Vielleicht kannst du dich bei ihm einschleimen, indem du ihm ein paar von Moms Keksen mitbringst.«

»Oh! Tolle Idee.« Sie seufzte. »Chad?«

»Ja?«

»*Lobster Cove* ist fantastisch.«

Er lächelte. »Ja, das ist es wirklich.«

»Habt ihr eure Festung wirklich *Knallhart* genannt?«

Er lachte. »Nein. Aber es klang wie etwas, das ein Junge im Teenageralter lieben würde.«

»Du hast recht. Er hat es geliebt.«

»Willst du dich auf die Bank setzen und eine Weile das Meer beobachten?«

»Ja, aber ich kann nicht. Ich muss nach den Gästen sehen. Außerdem habe ich Evelyn versprochen, danach mit ihr zum Supermarkt zu fahren.«

Chad war enttäuscht, aber auch stolz auf die Frau an seiner Seite. Sie arbeitete hart, drückte sich nicht vor ihren Pflichten und liebte das Land genauso sehr wie er. Und nicht nur das, sie schien sich auch wirklich um seine Mutter zu kümmern. Es war eine Win-win-Situation für alle Beteiligten, und er war so dankbar, dass er beim Holzlager vorbeigefahren war und sie getroffen hatte.

Er hatte auch etwas zu tun, aber zum ersten Mal in seinem Leben wollte er einfach nur mit einer Frau zusammensitzen und reden.

Er hätte fast geschnaubt. Wann war er das letzte Mal glücklich gewesen, einfach nur mit einer Frau zu *reden*? Seine alten Armeekumpel würden sich kaputtlachen und ihm sagen, er solle ihr endlich and die Wäsche gehen. Aber er war ein anderer Mensch als damals. Er war nicht darauf aus, eine weitere Kerbe in seinen Bettpfosten zu schnitzen. Er wollte das haben, was seine Eltern gehabt hatten, und er war bereits weit davon entfernt, das zu erreichen. So wie alle seine Brüder.

Er hatte keine Ahnung, wo seine Brüder standen, wenn es darum ging, sesshaft zu werden und eine Familie zu gründen, ob sie das überhaupt wollten oder nicht ... aber er würde alles verwetten, was er besaß, dass sie genauso fühlten wie er.

Chad weigerte sich, sich niederzulassen. Er hatte die Liebe und den Respekt gesehen, den seine Eltern füreinander empfanden. Wie sie ein Team waren, das zusammenarbeitete, um ihre Träume zu verwirklichen. Das war es, was Chad sich wünschte: jemanden, der bereit war, die Arbeit auf sich zu nehmen, um eine gemeinsame Zukunft aufzubauen. Jemanden, auf den er stolz sein konnte und der das Gleiche für ihn empfinden würde.

Er konnte nicht umhin, sich zu fragen, ob sie nicht schon neben ihm stand ...

Er redete sich ein, dass er sich lächerlich machte, dass Britt erst seit einer Woche da war und er sie noch gar nicht *so* gut kannte, ließ den Arm sinken und machte ganz bewusst einen Schritt zurück.

Britt blinzelte ihn an, richtete sich dann auf und strich sich mit einer Hand eine Haarsträhne hinters Ohr. »Ähm ... wir sollten gehen«, sagte sie.

Chad hasste es, dass er ihr ein unsicheres Gefühl vermittelt hatte. Aber er hatte eine Menge zu tun, und sich mit der Frau einzulassen, die er mit nach Hause gebracht hatte, um seiner Mutter Gesellschaft zu leisten und in *Lobster Cove* zu helfen, erschien ihm plötzlich nicht mehr so klug. Zum Teufel, sie *lebten* zusammen ... sozusagen. Sie sahen sich tagsüber und jeden Abend, und sie frühstückten jeden Morgen zusammen. Es könnte ein komplettes Desaster werden, wenn sie zusammenkämen und es schiefginge.

Das konnte er seiner Mutter nicht antun. Er musste auf Distanz bleiben. Oder?

Aufgewühlt lächelte er ihr zu und ging den Weg zurück in Richtung Haupthaus. Er hatte das Gefühl, Britt widersprüchliche Signale zu geben, aber zumindest das konnte er abstellen. Er würde nichts als höflich sein. Keine Berührungen mehr, kein Händchenhalten. Er würde freundlich, aber professionell sein.

Kaum hatte er den Gedanken, schnappte sie nach Luft.

Chad drehte sich um und griff nach ihr, bevor sein Gehirn mit seinem Körper Schritt halten konnte. Sie war über einen Ast gestolpert, der auf dem Weg lag, und er fing sie auf, um zu verhindern, dass sie auf die Nase fiel. Und als sie wieder auf den Beinen war und sie weitergingen ... spürte er, wie seine Hand sich wieder um ihre schloss.

Und die Angst, die er wegen all der Dinge, die er tun oder lassen sollte, empfunden hatte, verflog.

Scheiße.

KAPITEL ACHT

Während der nächsten zwei Wochen dachte Britt mehr als einmal an die Momente zurück, die sie mit Chad im Wald verbracht hatte. Sie hatte das Gefühl, dass sie sich auf einer tieferen Ebene verbunden fühlten und nicht nur als Freunde, und dann, auf dem Rückweg, war es, als hätte sich ein Schleier über seine Augen gelegt, der sie daran hinderte, irgendeine Art von Gefühl zu erkennen, obwohl er auf dem Heimweg ihre Hand hielt. Es war seltsam und verwirrend ... aber in gewisser Weise war sie auch erleichtert.

Sie hatte sich zu sehr zu Chad hingezogen gefühlt. Ihre Zeit hier in *Lobster Cove* war nicht von Dauer. Sobald der Sommer vorbei war, sie genügend Geld gespart hatte und es weniger zu tun gab, würde sie ausziehen und sich eine eigene Wohnung suchen. Das bedeutete nicht, dass sie Evelyn nicht mehr besuchen und helfen würde, aber sie konnte nicht ewig im Haupthaus wohnen.

Deshalb hielten sie und Chad seit ihrer Zeit in den Wäldern Abstand zueinander. Das war auch gut so ... und einfach, denn sie waren beide sehr beschäftigt. Sie war immer noch dabei, sich mit *Lobster Cove* vertraut zu machen, und

Chad arbeitete hart daran, alles so gut wie möglich zu renovieren.

Britt gefiel es besonders gut, Evelyns andere Söhne kennenzulernen und sie im Umgang mit ihrer Mutter zu beobachten. Die Brüder waren alle sehr unterschiedlich, aber gleichzeitig waren sie sich in mancher Hinsicht so ähnlich, dass es beängstigend war. Zum Beispiel waren sie alle unglaublich beschützend gegenüber ihrer Mutter.

Eines Morgens in der letzten Woche war Evelyn in der Küche gestürzt. Es ging ihr gut, sie war nur ein wenig mitgenommen. Chad hörte den Aufruhr und kam nach unten gelaufen, um zu sehen, was passiert war. Nachdem er sich vergewissert hatte, dass es seiner Mutter gut ging, dass sie nur Prellungen hatte und es ihr vor allem peinlich war, rief er natürlich seine Brüder an, um ihnen mitzuteilen, was passiert war.

Es dauerte nicht länger als zwanzig Minuten, bis die anderen drei Jungen auftauchten. Sie wollten sich selbst davon überzeugen, dass es Evelyn gut ging. Es war unglaublich süß und rührend ... und Britt musste in ihr Zimmer gehen, damit sie sich nicht lächerlich machte, indem sie vor allen in Tränen ausbrach. Es fiel ihr wieder einmal auf, wie alphamäßig und beschützend die Young-Brüder waren. Wieder kam ihr der Gedanke, dass *Alpha Cove* ein besserer Name für das Familienanwesen gewesen wäre als *Lobster Cove*.

Die Young-Brüder waren vielleicht knallharte ehemalige Militärangehörige mit Alpha-Tendenzen, aber sie waren auch Mommys kleine Jungs. Familienorientiert. Sie setzten sich dafür ein, dass Evelyn glücklich und sicher war, egal wie lange sie noch lebte ... was hoffentlich noch zwanzig oder dreißig Jahre sein würde.

Und seltsamerweise schien sich ihr Beschützerinstinkt auch auf Britt auszudehnen, woran sie sich nur schwer gewöhnen konnte. Sie war so lange auf sich allein gestellt gewesen, dass es sich seltsam anfühlte, nicht nur von Evelyn, sondern auch von ihren Söhnen umsorgt zu werden. Ständig wurde sie gefragt, ob es ihr gut ging, ob sie alles hatte, was sie brauchte, ob sie Hilfe brauchte, ob sie einen Tag freihaben wollte.

Erst in der Nähe der Familie Young wurde ihr klar, wie toxisch die meisten ihrer früheren Beziehungen – zu Männern und zu Menschen im Allgemeinen – gewesen waren.

Während der letzten zwei Wochen hatte sie auch die anderen Teilzeitkräfte kennengelernt, die in *Lobster Cove* arbeiteten. Da waren der Teenager und sein Vater, die abends für ein paar Stunden vorbeikamen und Knox mit den Booten halfen. Sie halfen den Eigentümern, die die Boote aus dem Lager abholten, sie an ihre Fahrzeuge und Anhänger anzuschließen. Auf Wunsch luden sie die Boote am Tiefwasseranleger von *Lobster Cove* ins Wasser, damit die Besitzer sie auf dem Wasserweg nach Hause bringen konnten.

Außerdem gab es einige Teilzeitmechaniker, die für die arbeitsreiche Sommersaison angestellt wurden. Nicht dass die Autowerkstatt im Winter nicht ausgelastet gewesen wäre, aber es war noch mehr los, wenn die Leute nach den langen Wintern aus ihren Häusern kamen.

Einer der Teilzeitbeschäftigten in der Autowerkstatt war Camden Calvert, Otis' Sohn. Er war Mitte vierzig und vermittelte Britt, genau wie sein Vater, ein schlechtes Gefühl. Es war nichts, was er sagte, es war einfach das Funkeln in seinen Augen, wenn er die Leute anstarrte, als heckte er immer irgendeinen Plan aus.

Britt hasste dieses Gefühl, vor allem wenn sie den Kerl nicht einmal richtig kannte ... aber sie musste zugeben, dass sie sich weder in seiner noch in der Nähe seines Vaters wohlfühlte.

Zum Glück hatte sie keine weiteren persönlichen Gespräche mit Otis geführt, aber er war oft auf dem Grundstück. Er kam oft ins Haupthaus, um mit Evelyn zu Mittag zu essen, und er benutzte häufig den Computer im Büro der Werkstatt, um die Gehaltsabrechnungen zu verwalten, Rechnungen zu bezahlen und alles andere zu erledigen, was mit dem Geschäft zusammenhing. Britt wünschte sich, er könnte das alles in seinem eigenen Büro in der Innenstadt von Rockville erledigen, aber da er praktisch zur Familie gehörte, wollte sie das niemandem vorschlagen.

Als sie über den Garten zur Autowerkstatt ging, hoffte sie, dass Otis heute nicht im Büro arbeitete. Es war schon ein paar Tage her, seit sie ihn das letzte Mal gesehen hatte, und das war für sie mehr als in Ordnung. Sie konnte nicht vergessen, welche Vermutungen er über sie angestellt und wie respektlos er sich gegenüber allen Young-Brüdern verhalten hatte. Mit wem sie sich verabreden oder wen sie schließlich heiraten wollten, ging ihn nichts an.

Sie trug eine große Tasche mit Glasbehältern, die mit dem Chili gefüllt waren, das Evelyn zum Mittagessen gemacht hatte. Sie hatte Britt mitgeteilt, dass Walt und Barry ihr Chili liebten und sie es mit ihnen teilen wollte. Sie hatte Schüsseln in die Tasche gepackt, aber da sie mit dem Rückstau an Fahrzeugen überfordert waren, hatte sie das Chili in Gläser verpackt, nur für den Fall, dass die Jungs es in den Kühlschrank der Werkstatt stellen mussten, bis sie Zeit für eine Pause hatten.

Als sie sich den Buchten näherte, hörte sie von drinnen lautes Fluchen und Schreien. Sie erkannte sofort die Stimme von Chad. Sie hatte gedacht, er sei in die Stadt gefahren, aber er war entweder schon zurückgekehrt oder er war noch gar nicht losgefahren.

Vorsichtig betrat sie die erste Bucht und blinzelte, als ihre Augen sich an das schwache Licht im Inneren gewöhnten. Unter einem hochgelegten Pick-up ertönte weiteres Fluchen.

Britt räusperte sich. »Tut mir leid, wenn ich störe, aber Evelyn hat Mittagessen geschickt.«

Fast gleichzeitig lugten drei Köpfe unter dem Wagen hervor, was Britt zum Kichern brachte.

»Mittagessen?«, fragte Walt.

»Was ist es?«, fügte Chad hinzu.

»Bitte sag mir, dass das ihr Chili ist«, flehte Barry.

»Es ist Chili«, bestätigte Britt.

Plötzlich war sie von den drei Männern umringt. Barry nahm ihr die Tasche mit einem überschwänglichen »Danke!« aus der Hand und machte sich auf den Weg ins Büro, dicht gefolgt von Walt.

Sie lachte und drehte sich um, um zu dem kleineren Gästehaus zu gehen. Die Mieter waren an diesem Morgen abgereist, und sie musste es sauber machen und für den morgigen Tag vorbereiten, an dem ein Ehepaar ankommen würde.

»Hast du schon gegessen?«, fragte Chad.

Da sie wusste, dass sie ihn nicht einfach ignorieren konnte – das wäre unhöflich –, hielt Britt inne und schenkte ihm ein kleines Lächeln. Wie ein so schmutziger Mann so gut aussehen konnte, war ihr ein Rätsel. Er trug ein graues Hemd der *Lobster Cove Autowerkstatt*, das auf der Vorderseite Flecke aufwies, als hätte er irgendwann einmal mit einer fettigen Hand darübergewischt. Er hatte auch etwas von demselben Fett auf seiner Wange. Sein dunkles Haar war zerzaust, sodass die Strähnchen, die er von der Arbeit in der Sonne bekommen hatte, noch deutlicher hervortraten.

Und sein Blick war auf sie gerichtet, als sei sie im Moment das Wichtigste in seiner Welt, obwohl sie beide wussten, wie viel Arbeit in der Werkstatt zu erledigen war.

Das war nur eine weitere Sache, die Britt zu diesem Mann hinzog. Wenn er mit ihr sprach, gab er ihr nicht das Gefühl, dass sie ihn von wichtigeren Dingen abhielt, auch wenn er ständig beschäftigt war. Er konzentrierte sich ganz auf *sie*, was ein berauschendes Gefühl war. Sie war immer nur ein Nebengedanke gewesen. Für ihre Mutter, für ihre Freunde. Sogar für die Partner, die sie in der Vergangenheit gehabt hatte. Aber Chad sah ihr in die Augen, fummelte nicht an seinem Telefon herum, schaute sich nicht um, um zu sehen, ob es jemanden gab, mit dem er Wichtigeres zu besprechen hatte, oder ob es etwas Dringenderes zu tun gab.

»Britt? Hast du mit Mom im Haus gegessen?«

»Ja. Lincoln war vorhin zu Besuch, aber er musste weg, und ich wollte nicht, dass sie allein isst.«

Er starrte sie einen weiteren langen Moment an – sogar noch intensiver, wenn das möglich war –, und Britt wünschte, sie könnte seine Gedanken lesen.

»Hast du eine Minute Zeit, dich zu uns zu setzen?«, fragte er schließlich.

Eine Ablehnung lag ihr auf der Zunge, aber aus irgendeinem Grund nickte sie stattdessen.

Chad lächelte schließlich und trat vor, nahm ihren Ellbogen in seine Hand und drehte sie in Richtung Büro. Er ließ los, sobald sie sich in Bewegung setzten, aber ihre Haut kribbelte immer noch von der leichten Berührung.

Walt und Barry aßen bereits aus den Glasbehältern und ignorierten die Schüsseln, die Evelyn mit dem Gericht hergeschickt hatte. Britt konnte sich ein Lächeln nicht verkneifen. Es fühlte sich wie das ultimative Kompliment an, dass sie nicht mal die paar Sekunden warten wollten, die es brauchte, um das Chili in Schüsseln zu füllen.

»Es ist noch heiß!«, sagte Barry zu Chad, als er nach einem der beiden verbleibenden Behälter griff.

»Wer als Erstes fertig ist, bekommt den zusätzlichen Behälter«, sagte Walt mit vollem Mund.

Britt unterdrückte ein Kichern. Die Jungs waren lustig, besonders die Art, wie Barry seinen Kollegen anknurrte.

»Wo das herkommt, gibt es noch mehr. Ihr müsst keine Übelkeit provozieren, indem ihr zu schnell esst«, erklärte sie ihnen. »Evelyn hat einen riesigen Topf davon gekocht. Ich dachte, es sei viel zu viel, aber ich sehe, dass ich mich geirrt habe.«

»Ich gehe zu ihr und hole noch mehr, nachdem wir herausgefunden haben, welche Teile wir für den Pick-up brauchen«, sagte Barry.

»Mir scheint, uns gehen ständig die Teile aus, die wir brauchen«, murmelte Chad, als er sich hinsetzte und etwas langsamer als die anderen beiden Männer zu essen begann. Britt hatte den letzten Platz eingenommen und genoss den Moment der Ruhe, bevor sie in die Hütte musste, um mit der Reinigung zu beginnen.

»So ist es«, sagte Barry achselzuckend.

»Warum?«, fragte Chad.

Walt stellte das Glas mit dem Chili auf seinem Schoß ab und sah Chad an. »Willst du die echte Antwort oder die, die den Frieden hier bewahrt?«

»Die echte. Immer«, sagte Chad ernst.

»Dein Vater wollte nie das Geld für ein Inventarsystem ausgeben. Er sagte, es sei nicht nötig. Dass wir drei wüssten, was wir benutzen, was wir haben und was wir brauchen. Er lag damit nicht unbedingt falsch, aber im Laufe der Jahre hatten wir immer mehr zu tun ... und im Laufe der letzten Jahre sind die Dinge hier irgendwie außer Kontrolle geraten.«

»Moment mal, ihr habt kein computergesteuertes Inventarsystem?«, fragte Chad ungläubig.

»Nein. Es liegt in unserer Verantwortung, uns Notizen zu machen und auf dem Laufenden zu halten, was wir verbrauchen, aber letztendlich brauchen wir eine Möglichkeit, darüber Buch zu führen, was wir verbrauchen und was wir brauchen.«

Britt hörte aufmerksam zu.

»Was schlagt ihr vor?«, fragte Chad.

»Ein Inventarsystem, das gleichzeitig aufgegliederte Rechnungen erstellt. Ich weiß, dass es nicht billig ist, wenn man die Software kauft und jemanden einstellt, der sie bedient, aber es würde Barry und mir eine Menge Zeit ersparen. Zeit, die wir nutzen können, um mehr Kunden zu bedienen«, sagte Walt. Dann warf er einen Blick auf Barry, der leicht nickte. »Und das ist noch nicht alles. Nur um das klarzustellen ... manchmal, wenn wir versucht haben, Teile zu bestellen, konnten wir es wegen unbezahlter Rechnungen nicht tun.«

»Was?«, fragte Chad mit hochgezogenen Augenbrauen. »Willst du mich verarschen?«

»Tut mir leid, aber nein.«

»Scheiße«, murmelte er und stellte sein Chili zur Seite. »Wir müssen diese Scheiße in Ordnung bringen. *Lobster Cove* wird nicht dafür bekannt sein, dass wir unsere Rechnungen nicht bezahlen.«

»Ähm ... Chad?«, sagte Britt zögerlich.

»Ja?«, fragte er, offensichtlich abgelenkt.

»Bevor ich nach Maine gezogen bin, habe ich jahrelang im Einzelhandel gearbeitet. In Kaufhäusern, in Fast-Food-Läden und sogar in Lebensmittelgeschäften. Ich habe ständig mit Inventarsoftware gearbeitet.«

»Was willst du damit sagen?«, fragte Chad.

»Vielleicht kann ich helfen?«

»Du bist schon völlig ausgelastet mit dem Putzen, dem Umgang mit den Gästen, der Hilfe für Mom bei den Reservierungen, dem Beantworten von Anrufen und E-Mails, dem Backen für die Gäste *und* damit, Mom Gesellschaft zu leisten«, erklärte er ihr.

»Ich weiß. Und ich müsste einiges lernen, da ich nicht weiß, wie die Dinge heißen, die ihr zum Reparieren von Fahrzeugen benutzt. Aber ich bin mir sicher, dass ich mit Walts und Barrys Hilfe ziemlich schnell lernen könnte. Und ich habe sogar schon neuen Mitarbeitern beigebracht, wie die Systeme funktionieren, die Rechnungsstellung und das Inventar. Ich könnte Walt und Barry wahrscheinlich dabei helfen, diesen Teil zu verstehen.«

Schweigen erfüllte das Büro, und einen Moment lang dachte Britt, sie sei zu weit gegangen. Sie würde nicht ewig hier sein. Und auf keinen Fall wollte sie, dass Chad oder irgendjemand anderes dachte, sie würde versuchen, mehr Geld aus der Familie Young herauszuholen.

Aber anscheinend dachten die Männer, die neben ihr saßen, das nicht. Oder es war ihnen so oder so egal.

»Das wäre großartig!«

»Das ist genau das, was wir brauchen.«

»Ich weiß nicht.«

Es war Chads Antwort, die Britt beunruhigte. »Ich verspreche dir, dass ich es nicht vermasseln werde. Und ich will nicht einmal mehr Geld. Ich will nur helfen. Ich glaube nicht, dass es lange dauern würde. Nur ein paar zusätzliche Stunden pro Tag. Ich bin keine Buchhalterin und habe auch keinen Abschluss in Betriebswirtschaftslehre, aber ich bin ziemlich gut in der Dateneingabe. Wenn es ein Programm gibt, muss ich nur Zahlen und Beschreibungen in die entsprechenden Felder eingeben. Und ich müsste keine Kontonummern oder so etwas wissen. Otis kann die Finanzdaten eingeben, und sobald das System eingerichtet ist, kann er die Zahlen direkt in sein Tabellenkalkulationsprogramm laden.«

»Atme, Britt«, sagte Chad und nahm sanft ihre Hand. »Ich vertraue dir. Und wenn du glaubst, dass es nicht zu viel ist, würden wir uns freuen, wenn du uns bei der Inventarerfassung und anderen leichten Verwaltungsaufgaben in der Werkstatt helfen würdest. Das wäre eine *große* Hilfe. Aber wenn du merkst, dass du das neben all den anderen Dingen, die du dir vorgenommen hast, nicht mehr schaffst, musst du etwas sagen. Ich kann mit meinen Brüdern reden und mir etwas einfallen lassen. Vielleicht stellen wir eine Teilzeitkraft für die Verwaltung ein.«

»Ich kann das machen«, sagte Britt entschlossen. Wenn die Werkstatt tatsächlich aus irgendeinem Grund unbezahlte

Rechnungen hatte, hasste sie den Gedanken, dass die Youngs noch einen weiteren Mitarbeiter für etwas einstellen mussten, das sie sicher selbst erledigen konnte. Es war ja auch nicht so, dass sie den ganzen Tag beschäftigt war. Sie hatte jede Menge Freizeit, und ihr Gehalt reichte bereits aus, wenn sie ihre kostenlose Unterkunft und Verpflegung mit einrechnete.

»Und ich bin mir auch nicht sicher, ob wir dein Gehalt erhöhen könnten«, fuhr Chad fort. »Bei meinem und Otis' Terminkalender habe ich es immer noch nicht geschafft, mich mit ihm zusammenzusetzen und herauszufinden, wie es um das Geld in *Lobster Cove* steht. Er scheint sich jedem zur Verfügung zu stellen, nur mir nicht.«

»Das ist mehr als in Ordnung. Ihr bezahlt mich ohnehin schon großzügig genug. Ich helfe gern.«

»Ich werde sehen, was ich tun kann«, versprach Chad, als hätte sie nichts gesagt.

Britt sah ihn stirnrunzelnd an, während er sich wieder seinem Chili widmete.

»Es hat keinen Sinn«, sagte Barry zu ihr. »Ich habe Austin immer gesagt, dass er mich überbezahlt, aber er hat mich einfach ignoriert. Er sagte, wenn er das Beste wolle, müsse er auch dafür bezahlen. Und ... ich sage nur ... Walt und ich sind tatsächlich die besten Mechaniker hier. Abgesehen von den Young-Jungs, meine ich.«

»Jungs?«, fragte Chad mit einer hochgezogenen Augenbraue.

Die drei Männer lachten.

Mit einer Gehaltserhöhung hatte sie nicht gerechnet, als sie ihre Hilfe anbot. Auf keinen Fall würde sie mehr Geld von Evelyn annehmen. Britt arbeitete hart daran, ihr Bankkonto von dem Nullpunkt, an dem sie angefangen hatte, wiederaufzubauen. Und obwohl sie noch nicht genug hatte, um eine eigene Wohnung zu mieten, vor allem nicht mit der ersten und letzten Monatsmiete und der Kaution, die die meisten Vermieter heutzutage verlangten, sollte sie bis zum Ende des Sommers das und mehr haben, selbst ohne eine Gehaltserhöhung.

Es war ein tolles Gefühl, wieder Geld zu verdienen. Zu wissen, dass sie sich selbst versorgen konnte. Das brachte die Stimmen ihrer Mutter und von Cole zum Schweigen, die darauf bestanden hatten, dass sie es allein in Maine nicht schaffen würde.

»Ich werde mit Camden und den anderen reden und ihnen mitteilen, was los ist. Dass wir ein Inventar- und Abrechnungssystem einrichten werden«, sagte Walt.

Britt sprudelte vor Ideen, wie man die Organisation der Werkstatt verbessern könnte. Das Computersystem würde eine große Hilfe sein, auch wenn die Mechaniker sich erst einmal daran gewöhnen mussten.

»Weißt du, Austin hat den Laden jahrelang auf die gleiche Weise geführt. Ich denke, es wäre gut, frisches Blut zu haben ... jemanden, der helfen kann, ein effizienteres System einzurichten. Etwas, wovon wir keine Ahnung haben«, sagte Barry, während er sich den Mund abwischte.

Sein Vertrauen in sie fühlte sich gut an. Britt schenkte ihm ein dankbares Lächeln.

»Da das geklärt ist, sollten wir uns wieder an die Arbeit machen und das Scheißmonster in der Bucht in Angriff nehmen«, schlug Chad vor.

Die anderen stimmten zu und räumten schnell ihr Geschirr vom Mittagessen auf. Obwohl Walt damit drohte, zurück ins Haus zu gehen und mehr zu holen, schien er für den Moment zufrieden zu sein. In Windeseile hatte Britt die nun viel leichtere Tasche in der Hand, bereit, sie zum Haus zurückzubringen. Es war an der Zeit, zur Hütte zu gehen und nachzusehen, ob es irgendwelche Schäden von den letzten Mietern gab, und sich an die Arbeit zu machen, sie für die nächsten Gäste vorzubereiten.

»Britt?«, fragte Chad, als sie sich zum Gehen wandte. »Ich

wollte nur sagen ... Ich habe dich zwar erst vor Kurzem kennengelernt, aber ich wusste damals schon, dass du ein guter Mensch bist, genauso wie ich es jetzt weiß. Ich habe es beim Holzlager gespürt, und du hast es immer wieder bewiesen, mit deiner Arbeitsmoral und wie gut du zu meiner Mutter bist. *Lobster Cove* kann sich glücklich schätzen, dich aufgeschnappt zu haben, bevor es jemand anderes tun konnte.«

Bei Chads Worten hätte sie am liebsten geweint. Sie bedeuteten ihr sehr viel.

»Noch zwei Dinge ... Erstens hat meine Mutter nächste Woche Geburtstag. Und sie mag es nicht, wenn man ein Aufhebens um sie macht, aber ich wollte etwas Nettes für sie tun. Es gibt ein Spa in der Stadt, in dem ich für sie einen Termin für den Friseur und zur Maniküre gemacht habe, und ich habe ein paar langjährige Freundinnen aus der Gegend eingeladen, mit ihr dorthin zu gehen und danach zum Abendessen. Aber ich dachte, es sei schön, ihren Tag zunächst mit einem guten Frühstück zu beginnen, das sie nicht selbst zubereiten muss. Würdest du mir dabei helfen? Ich kann mich in der Küche behaupten, aber ich bin kein Experte. Ich würde ja Zach fragen, da er der Chefkoch in der Familie ist, aber er reißt sich den Arsch auf, um die Hummerbude, die er sich weigert, Hummerbude zu nennen, zum Laufen zu bringen.«

»Natürlich helfe ich«, sagte Britt. »Wann ist ihr Geburtstag?«

»Nächsten Dienstag.«

Britt blinzelte überrascht. »Im Ernst?«

»Ja, wieso?«

»Da hat *meine* Mutter auch Geburtstag.«

»Wow! Was für ein Zufall.«

Britt nickte. Das war es auch, aber die Unterschiede zwischen dem Tag, den Chad seiner Mutter schenken wollte, und den Geburtstagen, die *ihre* Mutter feierte, waren immens.

»Mom ist eine Frühaufsteherin, also wird es schwer sein, sie zu überraschen, aber ich habe mir gedacht, wenn wir gegen fünf Uhr aufstehen und mit der Arbeit beginnen, könnten wir vielleicht vor der Zeit fertig werden, zu der sie normalerweise in der Küche erscheint.«

»Klingt gut«, sagte Britt. Sie hatte kein Problem damit, so früh aufzustehen. Sie war auch ein Morgenmensch. Das hatte sie als Kind gelernt, denn ihre Mutter war nach der Nachtschicht meist zu müde, um aufzustehen und dafür zu sorgen, dass ihre Tochter frühstücken konnte, bevor sie zur Schule ging.

»Danke. Ich weiß das zu schätzen. Und die zweite Sache ... wenn du mir vielleicht dabei helfen könntest, mir etwas anderes als Rührei und Speck einfallen zu lassen, wäre das großartig.«

Britt kicherte. »Ich glaube, das kriege ich hin. Willst du, dass ich einkaufen gehe?«

»Nein. Du machst hier schon genug. Gib mir einfach eine Liste, und ich besorge, was wir brauchen. Ich kann die Sachen hier in der Werkstatt im Kühlschrank aufbewahren, damit Mom sie nicht sieht und sich fragt, was wir vorhaben. Ich bringe dann morgens alles ins Haus.«

Mit Chad Pläne zu machen fühlte sich ... heimelig an. Als seien sie ein Paar. Was verrückt war, aber Britt konnte sich des Gedankens nicht erwehren. In nur drei Wochen hatte sie mit Chad mehr Zeit verbracht als mit allen anderen Jungs, mit denen sie bisher ausgegangen war. Sie aßen so gut wie alle Mahlzeiten zusammen, sahen abends mit Evelyn fern. Er ging in der Regel etwa zur gleichen Zeit ins Bett wie sie, sodass er der Letzte war, dem sie abends Gute Nacht sagte, und oft liefen sie sich morgens im Flur über den Weg, wenn sie sich für den Tag fertig machten.

Auch wenn sie nicht im selben Zimmer – oder Bett – schliefen, fühlte sie sich ihm näher als den meisten ihrer früheren Partner.

Plötzlich fühlte sie sich unbehaglich und war irgendwie

traurig, dass er nicht mehr als ein Freund und Mitarbeiter sein konnte – denn eine Beziehung mit einem der Männer einzugehen, die ein Mitspracherecht hatten, ob sie in *Lobster Cove* bleiben konnte oder nicht, wäre nicht klug gewesen –, nickte ihm ein letztes Mal zu und ging zur Tür.

Je mehr sie sich in das Leben in *Lobster Cove* integrierte, desto mehr würde es schmerzen, wenn sie ging. Dies war ein Job auf Zeit, das wussten sie beide. Sie wusste, dass sie ihr den Job aus Mitleid angeboten hatten, auch wenn Chad etwas anderes behauptete, aber sie würde sich weiterhin bemühen, bevor sie ging. Britt Starkweather war niemand, der vor harter Arbeit zurückschreckte.

Nein, die Arbeit war der leichte Teil. Aber dieser Ort könnte sie auf andere Weise brechen, wenn sie ihn verließ. Irgendwie hatte sie sich in nur wenigen Wochen in *Lobster Cove* verliebt. In Evelyn. In den Geruch der Meeresbrise, den Klang der Vögel, die morgens unausstehlich sangen oder meckerten ... und in Chad.

Bei dem letzten Gedanken stolperte sie über ihre Füße, aber zum Glück fiel sie nicht auf die Nase.

Chad war alles, was sie sich jemals von einem Partner gewünscht hatte. Freundlich, stark, mitfühlend, lustig, fleißig und verständnisvoll. Und er war auch nett anzusehen. Nach dem Fiasko mit Cole und der Art und Weise, wie er sie in Maine abserviert und ihr ganzes Geld mitgenommen hatte, hatte sie beschlossen, dass sie mit Männern fertig war.

Aber das Leben hatte so eine Art, sie auszulachen. Sie liebte Chad Young, auch wenn sie nicht wusste, wie sie mit diesen Gefühlen umgehen sollte. Sie ahnte, dass sie auf lange Sicht ernsthaft verletzt werden würde, wenn sie versuchte, ihnen nachzugehen.

Deshalb blieb ihr nichts anderes übrig, als so zu tun, als sei nichts anders. Dass er nichts weiter war als jemand, mit dem sie zusammenarbeitete. Und sobald der Sommer vorbei war, würde sie vielleicht doch abreisen, nach Westen in Richtung Portland.

Denn in Rockville zu bleiben und Chad und seinen Brüdern ständig über den Weg zu laufen wäre zu schmerzhaft.

Tief im Inneren fühlte sich das nicht richtig an. Sie liebte Rockville und die gesamte Mittelküste von Maine. Die Menschen, das Klima, die Schönheit des Landes. Am Wasser zu sein war eine neue Erfahrung, die sie liebte.

Sicherlich konnte sie aber eine andere Stadt finden. In Maine gab es eine Menge Wasser.

Aber es würde nicht *Lobster Cove* sein. Dieser Ort war etwas Besonderes. Und auch wenn es sich anfühlte, als sei sie genau hierher gelenkt worden, konnte sie nicht bleiben und sich nach Chad sehnen. Das würde zu sehr wehtun.

Ihre Entscheidung stand fest und Britt straffte die Schultern. Sie hatte noch zu tun. Eine Hütte musste geputzt und ein Geburtstagsfrühstück geplant werden, und sie musste sich etwas überlegen, was sie Evelyn zu ihrem besonderen Tag schenken konnte. Die Frau war für sie mehr eine Mutter gewesen als Britts eigene, und sie hatte es verdient, einen schönen Tag voller Liebe und ohne jeglichen Stress zu erleben. Einen Tag, an dem sie ihren Kummer vergessen und die Freude über das Zusammensein mit Freunden genießen konnte.

Doch so sehr sie auch versuchte, ihre Aufmerksamkeit auf Evelyns bevorstehenden Geburtstag zu richten, ließ Chads Gesicht sich nicht völlig aus ihrem Gedächtnis verbannen. Es war dort eingebrannt, und Britt fürchtete, dass es niemals verblassen würde.

Sie schluckte schwer und stieß die Eingangstür des Haupthauses auf. Verliebt zu sein war beschissen, vor allem wenn der Mensch, den man liebte, keine Ahnung davon hatte.

KAPITEL NEUN

Chad lag in seinem Bett und starrte an die Decke. Es war früh. Oder spät. Er nahm an, dass es um zwei Uhr nachts beides sein konnte. Und er schlief nicht. Sein Verstand wollte nicht abschalten. Der vergangene Abend war ... perfekt gewesen. Seine Mutter hatte beschlossen, Gin Rommé zu spielen, und so hatte er die Karten herausgeholt und sich mit Britt und seiner Mutter hingesetzt, um zu spielen. Aus einem Spiel wurden zwei, und daraus wurden fünf.

Britt entpuppte sich als rücksichtslose Konkurrentin, was eine gewisse Überraschung war, denn sie hatte keine gnadenlose Ausstrahlung. Sie war im Allgemeinen gelassen und eher ruhig. Aber wenn es darum ging, das Kartenspiel zu gewinnen, hielt sie sich mit nichts zurück. Und sie freute sich auch, wenn sie gewonnen hatte. Auf eine gutmütige Art und Weise, aber es war klar, dass sie niemanden gewinnen lassen würde, nur um nett zu sein.

Es war lange her, dass Chad seine Mutter so entspannt gesehen hatte. Als sie anfing zu gähnen, hatte er sie ermuntert, ins Bett zu gehen. Er und Britt waren unten geblieben und hatten sich auf die Couch verzogen, um *Deadpool* im Fernsehen

SUSAN STOKER

zu sehen. Es war ihr Vorschlag, was wiederum eine Überraschung war. Er nahm an, dass es ein Klischee war, aber das war wahrscheinlich der letzte Film, von dem er angenommen hätte, dass sie ihn sich aussuchen würde.

Als der Film zu Ende war, unterhielten sie sich. Über seine Kindheit, über das Aufwachsen in Maine und in *Lobster Cove*. Über einige der Streiche, in die er und seine Brüder verwickelt gewesen waren. Sie ermutigte ihn, ihr mehr über seinen Vater zu erzählen, und es war ein gutes Gefühl, ihr mitzuteilen, wie viel ihm dieser Mann bedeutet hatte. Erst nachdem er eine gefühlte Ewigkeit geredet hatte, wurde ihm klar, dass sie es nicht erwidert hatte. Sie hatte ihm nichts von ihrer eigenen Familie erzählt.

Als er gefragt und sie abrupt das Thema auf diesen Morgen und die Geburtstagsfrühstücksüberraschung, die sie für Evelyn geplant hatten, gewechselt hatte, ließ Chad das Thema fallen. Wenn sie nicht über ihre Mutter sprechen wollte, würde er sie nicht zwingen. Aber es machte ihn umso entschlossener, ihren Aufenthalt hier in *Lobster Cove* zu einer guten Erfahrung zu machen.

Als sie beschlossen hatten, dass es schon spät war und sie etwas schlafen sollten, damit sie früh aufstehen konnten, um das Frühstück zu machen, hatten sie einen langen Moment gemeinsam vor ihrer Zimmertür gestanden. Es hatte sich sehr danach angefühlt, eine Frau nach einer Verabredung zur Tür zu begleiten.

Und Chad wurde klar, dass er sie küssen wollte. Er wollte sie in seine Arme nehmen, ihre Tür aufstoßen und sie auf das Bett legen.

Was nicht allzu überraschend war. Schon in dem Moment, in dem sie sich kennengelernt hatten, und vor allem, da sie praktisch zusammenlebten, hatte er ihre Anziehungskraft definitiv bemerkt. Und er hatte bis jetzt nichts an ihr gesehen, was ihn abgetörnt hätte. Sie lästerte nicht hinter dem Rücken anderer über sie. Sie war verständnisvoll, rücksichtsvoll, positiv. Sie ließ sich von den kleinen Hindernissen, die die Führung eines Unternehmens mit sich brachte, nicht aus der Ruhe bringen.

Britt war großartig im Umgang mit den Gästen und kümmerte sich um ihre Fragen und Anliegen, ohne dass sie viel Anleitung von ihm oder seiner Mutter brauchte. Und obwohl die Reinigung der Hütten zwischen den einzelnen Gästen nicht jedermanns Lieblingsbeschäftigung war, erledigte sie ihre Arbeit sehr gründlich. Sie sparte nicht an der falschen Stelle und wollte, dass jede Gruppe das Gefühl hatte, der Ort sei sein Geld wert, in der Hoffnung, dass sie im nächsten Sommer wiederkommen würden.

Sie war nicht perfekt, aber das wäre für Chad sowieso ein Grund gewesen, die Sache abzublasen. Er wollte keine Stepford-Frau. Er wollte eine Frau, die über ihre Fehler lachen konnte, die keine Angst hatte, sich schmutzig zu machen, und die nicht erwartete, dass alle um sie herum ihr jeden Wunsch erfüllten.

Als er das erste Mal einen Blick auf Britt geworfen hatte, bevor sie geduscht hatte und für den Tag fertig war, war sie in einer Jogginghose, die buchstäblich überall Löcher hatte, die Treppe heruntergekommen, um einen Kaffee zu trinken. Die Hose war verdammt löchrig und offensichtlich mehrere Jahre alt. Ihr T-Shirt war auch nicht viel besser. Ihr Haar stand hoch und sie hatte einen Abdruck im Gesicht, der vermutlich von ihrem Kissen stammte. Sie sah aus, als hätte sie gerade eine wochenlange Sauftour hinter sich.

Anstatt sich dafür zu schämen, dass er sie so ertappt hatte, hielt sie inne, als sie ihn entdeckte, zuckte mit den Schultern und machte sich auf den Weg zur Kaffeekanne.

Er hatte sie angestarrt, als sie sich eine Minute lang mit seiner Mutter unterhielt, und es schien ihn nicht zu stören, dass sie nicht ganz so gut aussah. Sie fühlte sich so wohl in ihrer eigenen Haut, was Chad sehr anmachte.

Mehr noch, er mochte es, wie sie den Leuten in die Augen schaute, wenn sie sprachen, und ihnen ihre ganze Aufmerksamkeit schenkte. Wie sie bei so gut wie jeder Aufgabe in *Lobster Cove* mit anpackte. Wie sie, als sie Salz auf eine Schüssel mit Eiern gestreut hatte und der Deckel abfiel und das Essen ruinierte, keinen Nervenzusammenbruch erlitt, sondern einfach lachte und sofort eine neue Ladung ansetzte.

Aber das waren alles Kleinigkeiten. Es war die Art und Weise, wie sie Menschen behandelte, die Chads Respekt verdiente. Walt, Barry, Camden, der kleine Nachbarsjunge Kash, Chads Mutter und seine Brüder, die Gäste ... egal wer es war, Britt bemühte sich, respektvoll zu sein. Sie war freundlich, hilfsbereit und mitfühlend. Vielleicht lag es an ihrem Hintergrund als Einzelhandelskauffrau, aber Chad hatte das Gefühl, dass sie im Grunde ihres Herzens einfach so war, wie sie war. Selbst wenn sie jemanden nicht besonders mochte, wie zum Beispiel Otis, redete sie nicht schlecht über ihn, war immer höflich und rücksichtsvoll.

Oh, sie wurde launisch. Es gab ein paar Abende, an denen sie ungesellig war und nach dem Abendessen in ihr Zimmer ging, anstatt etwas zu unternehmen. Aber im Großen und Ganzen war es einfach, mit ihr auszukommen.

Als Chad vor ein paar Stunden mit ihr vor ihrer Tür gestanden hatte, konnte er nicht aufhören, sie küssen zu wollen. Selbst nachdem sie sich eine etwas unbeholfene gute Nacht gewünscht hatten und er in sein Zimmer gegangen war, konnte er ihre Lippen in seinen Gedanken sehen. Er konnte sehen, wie sich das Interesse, das er empfand, in ihren Augen widerspiegelte.

Sie war eine Angestellte. Wohnte im selben Haus. Es wäre falsch, das auszunutzen. Aber es war äußerst schwierig, sie Tag für Tag zu sehen und sie nicht wissen zu lassen, wie sehr er sich für sie zu interessieren begann. Wie sehr er sich zu ihr hingezogen fühlte.

Ein lauter Donnerschlag erschütterte das Haus und ließ Chad in seinem Bett zusammenzucken. Er wusste, dass es irgendwann in der Nacht ein großes Gewitter geben sollte, und jetzt hörte es sich an, als sei es fast über ihnen.

Je länger er lauschte, desto lauter heulte der Wind. Chad konnte sich nicht erinnern, wann er jemals einen stärkeren Sturm erlebt hatte. Er lebte zwar schon eine Weile nicht mehr in Maine, aber er konnte sich auch nicht daran erinnern, dass die Stürme in seiner Kindheit *so* verrückt gewesen waren.

Da er ohnehin nicht schlief, stieg er aus dem Bett, ging zum Fenster und spähte hinaus. Es war dunkel, also konnte er nicht viel sehen, aber das Licht, das seine Mutter immer über der Hintertür anließ, beleuchtete gerade genug vom Garten, dass er die Kiefern um das Haus herum sehen konnte, die sich heftig im Wind hin und her bewegten. Der Regen kam fast horizontal, und er bedauerte, dass er und seine Brüder nicht in der Lage gewesen waren, das Dach zu erneuern, bevor dieser besonders bösartige Sommersturm durchzog.

Er dachte an all das, was morgen – nun ja, später am Tag – zu tun sein würde, um aufzuräumen. Überall im Garten würden Äste liegen. Er betete, dass keiner der Bäume auf dem Grundstück auf eines der Fahrzeuge fiel, die in der Autowerkstatt auf ihre Reparatur warteten. Er würde nicht nur das Dach des Haupthauses überprüfen müssen, sondern auch das der Gästehäuser. Und hoffentlich wehten die Kajaks nicht gerade weg.

Chad war noch in Gedanken bei all der Arbeit, die vor ihm lag, als ein Geräusch an seiner Tür seine Aufmerksamkeit erregte. Als er über seine Schulter blickte, sah er jemanden in der Tür stehen. Für einen Moment dachte er, es sei seine Mutter, und Besorgnis durchfuhr ihn ... aber dann erkannte er sie.

»Britt?«, fragte er und drehte sich zu ihr um.

Bevor sie etwas sagen konnte, erhellte ein Blitz den Raum, und gleich darauf folgte ein ohrenbetäubender Donnerschlag. Der tobende Sturm war direkt über ihnen.

Britt schlug sich die Hände auf die Ohren und zog eine Grimasse, dann stürmte sie wortlos ins Zimmer und steuerte direkt auf ihn zu.

Sie schlang ihre Arme um seinen Hals und vergrub ihr Gesicht an seiner Kehle.

Instinktiv schlang Chad seine Arme um sie und hielt sie fest. Er konnte spüren, wie sie fast unkontrolliert zitterte. »Britt?«, fragte er erneut. »Was ist los? Geht es dir gut?«

»G-Gewitter«, stotterte sie, und die Wärme ihrer Lippen und ihres Atems sickerte auf seine Haut.

In diesem Moment fiel Chad auf, dass er nur Boxershorts trug und Britt nur das schäbige T-Shirt, das sie offenbar immer im Bett anhatte. Ihre Beine waren nackt, und er spürte, wie ihre weichen Schenkel sich gegen seine pressten, als sie sich an ihn schmiegte.

Sein erster Gedanke war, wie gut ... wie *richtig* ... sie sich in seinen Armen anfühlte.

Sein zweiter war ... *Oh Scheiße, das ist total unangemessen.*

Sie schien nicht einmal zu bemerken, dass sie fast unbekleidet waren. Ein weiterer Blitz erhellte den Raum, und er spürte, wie sie sich an ihm versteifte, kurz bevor der Donner krachte. Ein kleiner Schrei kam ihr über die Lippen, und er hätte es nicht für möglich gehalten, aber sie schaffte es, sich noch dichter an ihn zu schmiegen.

Da dämmerte es ihm schließlich. Sie hatte furchtbare *Angst*. Vor dem Gewitter.

Mit dem Wunsch, sie zu trösten, zog Chad sie zurück, bis sie vom Fenster weg waren, und drehte sich dann langsam um, um sich auf die Kante seines Bettes zu setzen. Zu seiner Überraschung saß Britt nicht neben ihm, sondern kroch buchstäblich in seinen Schoß. Sie saß rittlings auf seinen Oberschenkeln und drückte ihre Brust an seine. Es war die intimste Stellung, in der er je mit einer Frau gewesen war, aber nicht, weil sie geil war. Sie zitterte immer noch wie Espenlaub und schien ehrlich erschrocken zu sein.

»Es ist okay«, murmelte er und versuchte, nach hinten zu rutschen, um sich an sein Kopfteil zu lehnen. Ein Unterfangen, das umso schwieriger war, da Britts Gewicht auf ihm war. Sie klammerte sich so fest an ihn, dass kein Zentimeter zwischen ihnen lag.

Chad flippte jetzt selbst ein wenig aus. Er versuchte verzweifelt, ihr Leiden zu lindern. Denn es war offensichtlich, dass sie litt.

»Schhhh«, beruhigte er sie und strich mit einer Hand über ihren Rücken, während er sie mit der anderen festhielt. Sie gab ein leises Wimmern von sich, von dem er nicht wusste, ob sie es überhaupt wahrnahm. Das Geräusch war herzzerreißend.

»Ich habe dich«, sagte er. »Schließe die Augen, konzentriere dich auf mich und auf nichts anderes.« Chad fühlte sich hilflos. Er wusste nicht, was er tun oder sagen sollte, um ihr zu helfen.

Natürlich war der Sturm auch nicht gerade hilfreich. Ein weiterer heller Blitz und ein lauter Knall erschütterten das Haus und ließen Britts Atmung alarmierend schnell werden.

Chad fasste einen Entschluss und rutschte nach unten, bis er flach dalag und Britt mit sich zog – nicht dass er eine Wahl gehabt hätte, denn sie klammerte sich an ihn wie ein Faultierbaby an seine Mutter.

Er hob seine Pobacke an und schaffte es, die Bettdecke unter sich hervorzuziehen, dann zog er sie über sie beide und schloss sie in den dunklen Raum ein.

»Dir geht es gut. Der Sturm ist draußen, und wir sind hier drinnen sicher. Beruhige deine Atmung, Britt.«

Aber seine sanften Worte halfen nicht. Er legte ein wenig mehr Nachdruck in seinen Ton.

»Ich meine es ernst, Britt – verlangsame deine Atmung. Mach es wie ich ... atme ein ... halte es an ... atme aus. Gut. Noch mal.«

Er spürte, wie sie sich bemühte, ihn zu imitieren, und ein wenig von seiner eigenen Panik begann zu schwinden. Eine ihrer Hände hatte sich einen Weg in sein Haar gebahnt, und er konnte spüren, wie sie mit den Fingernägeln rhythmisch über seine Kopfhaut kratzte. Es tat nicht weh, aber es unterstrich ihre Verzweiflung. Dies war keine einfache Angst vor Gewittern. Diese extreme Reaktion ging viel tiefer.

Die Decke über ihren Köpfen machte die Luft um sie herum feucht und warm, aber Chad ignorierte das leichte Unbehagen, weil es auch dazu beitrug, dass die Blitze weniger hell waren. Er redete weiter mit ihr, ohne zu wissen, was er überhaupt sagte, während er Britt fest an sich drückte.

Schließlich ließen die beängstigenden Blitze und der Donner nach, aber das Geräusch des Regens, der gegen das Fenster prasselte, und des Windes, der draußen wie verrückt wehte, hielt an. Ab und zu hörte Chad ein Krachen, und er betete wieder, dass die Bäume keinen Schaden anrichten würden.

Aber das war im Moment die geringste seiner Sorgen. Die Frau in seinen Armen war seine Priorität. Sie war immer noch angespannt, zitterte immer noch, aber zumindest hatte mit dem Abklingen des Donners und der Blitze auch das beunruhigende Wimmern aufgehört.

Chad zog die Decke über ihren Köpfen weg und atmete tief die frische Luft ein. Britt lag immer noch auf seiner Brust, ihre Beine rechts und links von ihm, und sie waren immer noch aneinandergepresst. Ihr T-Shirt war hochgerutscht, und das Einzige, was ihre Körper voneinander trennte, war ihre Unterwäsche. Er konnte ihren nackten Bauch an seinem eigenen spüren. Aber er war nicht erregt. Nicht im Geringsten.

»Kannst du mit mir reden, Britt? Deinen Kopf heben und mich ansehen?«

Sie schüttelte den Kopf und Chad ging nicht weiter auf das Thema ein. »Okay. Wir bleiben einfach hier liegen und atmen gemeinsam.«

Und das taten sie.

Zu seiner Überraschung schlief Britt in seinen Armen ein, obwohl er immer noch den Regen gegen das Fenster prasseln hörte. Er merkte es sofort, weil ihr ganzer Körper an seinem schlaff wurde. Einen Moment lang geriet er in Panik, weil er dachte, dass etwas nicht stimmte. Aber als er ihre gleichmäßigen Atemzüge an seinem Hals spürte und ihr Herz gegen seine nackte Brust schlug, wurde ihm klar, dass sie die dringend benötigte Ruhe bekam.

Er wagte es nicht, sich auch nur einen Zentimeter zu bewegen, da er sie nicht aufwecken wollte. Mit einem Blick auf die Uhr auf seinem Nachttisch sah Chad, dass sie seit einer Stunde in seinem Zimmer war. Es kam ihm gar nicht so lange vor, und doch fühlte es sich wie eine Ewigkeit an. Aber er war selbst nicht kurz davor einzuschlafen. Seine Gedanken rasten mit Lichtgeschwindigkeit.

Vor allem, warum hatte diese Frau so eine verdammte Angst vor Gewittern? Ja, sie waren ihm unangenehm, er machte sich Sorgen über die Folgen, und viele Menschen mochten die Geräusche nicht. Aber das Ausmaß der Angst, unter der Britt gelitten hatte, reichte aus, um ihn davon zu überzeugen, dass sie eine Art Trauma erlebt hatte, das mit einem schlimmen Sturm wie dem, der gerade vorbeigezogen war, verbunden war. Der Gedanke daran, was das für ein Trauma gewesen sein könnte, hielt Chad hellwach.

Der morgige Tag würde scheiße werden. Daran gab es nichts zu zweifeln. Seine Mutter hatte Geburtstag, sie hatten ein besonderes Frühstück geplant, seine Brüder würden alle zum Feiern kommen, und jetzt musste er sich auch noch mit den Folgen des Sturms auseinandersetzen. Das alles mit wenig oder gar keinem Schlaf zu schaffen würde extrem schwierig werden. Aber er hatte in der Armee schon so manche schlaflose Nacht erlebt. Sowohl in der sengenden Sonne als auch in eiskalten Nächten lag er regungslos auf den Dächern und wartete auf den richtigen Moment, um sein Ziel auszuschalten.

Mit Erschöpfung konnte er besser umgehen als die meisten Menschen.

Es war Britt, die ihm Sorgen bereitete. Nichts an der letzten Stunde hatte Spaß gemacht. Er konnte es nicht einmal genießen, sie endlich in seinen Armen zu halten. Als er an diesem Abend daran gedacht hatte, sie mit ins Bett zu nehmen, hatte er sich *das* nicht vorgestellt.

Trotzdem würde er nirgendwo anders sein wollen. Es war ihm nicht entgangen, dass Britt zu *ihm* kam, wenn sie schreckliche Angst hatte.

Wahrscheinlich hatte sie in ihrem Leben schon viele Gewitter erlebt, und er fragte sich, wie sie sie in der Vergangenheit überstanden hatte. Hatte sie sich in einem Schrank verkrochen? Musik gehört? Hatte sie sich allein in einer Ecke zusammengekauert, bis sie vorüber waren? Er wusste es nicht. Aber er war demütig, dass sie sich heute Abend an ihn gewandt hatte, um Trost zu finden.

In Gedanken schwor er sich, sie von nun an nicht mehr zu enttäuschen, und schloss die Augen. Er tat, was er Britt vorhin aufgetragen hatte: Er konzentrierte sich auf das Atmen. Er passte seine Atemzüge an ihre an. Und so sehr er sich auch um die Frau in seinen Armen sorgte, dauerte es nicht lange, bis er selbst den Verlockungen der Erschöpfung erlag.

KAPITEL ZEHN

Britt lag still und fragte sich, wo zum Teufel sie war und warum ihr so verdammt heiß war. Als sich die Matratze unter ihr bewegte, erstarrte sie – und alles kehrte blitzschnell wieder zurück. Wie sie nach einem wunderbaren Abend ins Bett gegangen war. Wie erregt sie war und sich selbst befriedigte, mit Chads Blick vor Augen, als er ihr an der Tür Gute Nacht gesagt hatte ... und dann wurde sie von einem Donnerschlag geweckt, der sich anfühlte, als sei er in ihrem Zimmer und nicht draußen.

Und einfach so strömten die Erinnerungen in ihr Gehirn, und sie war wieder acht Jahre alt und zu Tode erschrocken. Allein, während draußen die Welt zu explodieren schien und ein Sturm tobte.

Gestern Abend war ihr einziger Gedanke gewesen, sich in Sicherheit zu bringen. *Nicht* allein zu sein. Und sie war zu dem Menschen gegangen, an den sie beim Einschlafen gedacht hatte und bei dem sie sich sicher fühlte.

Chad.

Sie lag auf der Seite neben ihm in seinem Bett. Sie hatte ein Bein und einen Arm über seinen Körper geschlungen und benutzte seine Schulter als Kopfkissen. Er lag auf dem Rücken, hatte einen Arm um ihre Schultern gelegt, um sie an sich zu drücken, und der andere ruhte auf seinem Kopf.

Während sie dort lag, spürte sie, wie sich seine Atmung veränderte. Er schlief nicht.

Sie wusste nicht, wie spät es war, nur, dass sie wahrscheinlich bald aufstehen und mit dem Frühstück beginnen mussten, das sie für Evelyns Geburtstag geplant hatten. Britt hatte ein bisschen gebraucht, um sich an die Sommer in Maine zu gewöhnen und daran, wie verdammt früh es draußen hell wurde. Da sie sich am äußersten östlichen Rand des Landes befand, ging die Sonne im Sommer sehr früh auf und sehr spät unter.

Obwohl sie wusste, dass sie aufstehen musste, rührte Britt sich nicht. Abgesehen davon, dass ihr warm war, hatte sie sich noch nie in ihrem Leben so wohlgefühlt. Aber viel wichtiger war, dass sie beschämt war. Es war lange her, dass sie einen Sturm wie den in der letzten Nacht erlebt hatte, und sie dachte, dass sie ihre Angst vor Stürmen in den letzten Jahren gut in den Griff bekommen hatte. Aber offenbar hatte sie sich geirrt.

»Ich weiß, dass du wach bist«, sagte Chad leise, wobei sein warmer Atem über ihr Haar strich.

»Ja«, flüsterte sie.

»Geht es dir gut?«

Sie nickte und versuchte, den Mut aufzubringen, die Wärme von Chads Bett und seiner Umarmung zu verlassen. Sie hatte es nicht bemerkt, als sie aufgewacht war, aber als die Klarheit zurückkehrte, stellte sie fest, dass er praktisch nackt war. Brusthaar kitzelte ihren Arm, und sie konnte deutlich Haut unter ihrem eigenen nackten Oberschenkel spüren.

Einen Moment lang geriet sie in Panik und fragte sich, ob sie sich irgendwie ausgezogen hatte, bevor sie zu ihm ins Bett gestiegen war. Dann seufzte sie erleichtert auf, als sie feststellte, dass sie ihr Schlafshirt trug. Aber es war hochgerutscht, bis es sich knapp unter ihren Brüsten zusammengerollt hatte.

»Sprich mit mir«, forderte Chad.

Mit ihm sprechen? Sie schämte sich, dass ihr erster Gedanke war: *Zu sprechen, wenn wir beide praktisch nackt sind, wäre eine totale Spaßbremse.* Sie lag nicht wegen eines romantischen Schäferstündchens in seinen Armen, in seinem Bett. Sie hatte ihm keine andere Wahl gelassen, als sich um sie zu kümmern. Sie war zu seiner Tür gekommen und hineingestürmt, verzweifelt auf der Suche nach Trost.

»Britt?«, drängte Chad, und sie spürte, wie er den Kopf hob, als wollte er ihr Gesicht sehen.

Innerlich seufzte sie. Sie würde nicht aus dieser Situation herauskommen, ohne mit ihm zu reden. Und ganz ehrlich, er hatte eine Erklärung verdient. Sie war eine erwachsene Frau, die sich wie eine Vierjährige benommen hatte.

»Ich habe Angst vor Gewittern«, platzte sie heraus.

Sie war sich nicht sicher, was sie erwartet hatte, aber sein Lachen war es nicht gewesen. Das Geräusch vibrierte in ihr, da sie mit dem Ohr auf seiner Schulter lag, und ihr wurde klar, wie dumm diese lapidare Erklärung klang.

»Ich glaube, das habe ich gemerkt, Peach.«

Der Spitzname überraschte sie, und sie hob den Kopf, um ihn anzustarren.

»Was?«

»Peach?«, erwiderte sie.

Er zuckte mit den Schultern. »Du kommst aus Georgia. Das ist mir einfach so rausgerutscht. Tut mir leid.«

»Nein, ist schon okay. Es ist nur ... Ich hatte noch nie einen Spitznamen.«

Lange Zeit sagte keiner von beiden etwas, bis er sprach.

»Du hast Angst vor Gewittern ...« Seine Stimme verstummte, offensichtlich eine Aufforderung an sie weiterzureden.

Britt legte ihren Kopf wieder auf Chads Schulter, damit sie ihn nicht ansehen musste, während sie ihre Angst erklärte. »Als ich acht war, war ich zu Hause in dem Wohnwagen, in dem wir wohnten. Es war nicht toll, aber die meisten unseren Nachbarn waren nett. Fleißige Leute, die sich größtenteils um ihre eigenen Angelegenheiten kümmerten. Das war alles, was meine Mutter sich leisten konnte. Meine Mutter arbeitete wie immer in der Nachtschicht, und ich war allein zu Hause. Es gab ein Gewitter. Nein, das ist nicht der richtige Ausdruck – es war eigentlich ein Orkan. Viel weniger gefährlich und stark als zu dem Zeitpunkt, als er auf die Küste Floridas traf, aber als er Atlanta erreichte, war er immer noch eine Kategorie Eins. Der Wind heulte, und ich glaube mich zu erinnern, dass ich hinterher hörte, dass es auch Tornados gab. Der Wohnwagen fing an zu wackeln und wurde sogar aus seinem Fundament gerissen. Überall stürzten Bäume um und Trümmer schlugen an den Seiten ein. Das Fenster in meinem Zimmer flog herein, was alles noch lauter machte.

Ich hatte keine Ahnung, was ich tun sollte. Wohin ich gehen sollte. Der Wohnwagen wackelte so stark, dass ich dachte, er würde umkippen. Dass ich weggeschleudert würde wie in *Der Zauberer von Oz*. Ich habe keine Ahnung, wie lange es tatsächlich gedauert hat, aber als Kind kam es mir wie Stunden vor. Zuerst versteckte ich mich unter meinem Bett, aber das schien mir keine gute Idee zu sein, wenn der Wohnwagen umkippt. Also lief ich ins Badezimmer und stieg in die Badewanne, wie wir es in der Schule gelernt hatten. Aber der Riegel der Tür war kaputt, sodass sie sich immer wieder öffnete und schloss und gegen die Wand schlug. Ich konnte förmlich spüren, wie der Wind durch das Haus wehte, durch alle Ritzen in den Fenstern und Fugen. Als der Sturm endlich vorbei war, blieb ich genau dort, wo ich war, zu verängstigt, um mich zu bewegen. Um zu sehen, was passiert war. Meine Mutter kam erst nach Hause, als es draußen schon hell war, und als sie mich immer noch in der Badewanne kauernd fand, bedeckt mit Erbrochenem und zitternd wie Espenlaub ... da hat sie gelacht.«

Britt erschauderte bei der Erinnerung, die ihr nach all den Jahren noch frisch im Gedächtnis war.

»Sie hat was?«, fragte Chad.

»Gelacht«, wiederholte Britt. »Sie sagte mir, ich sei erbärmlich, es sei nur ein Gewitter. Ein heftiges, aber trotzdem ein Gewitter. Sie sagte mir, ich solle aufstehen und meine Kleidung wechseln, weil ich stinke. Dann sagte sie, sie sei erschöpft und würde ins Bett gehen.«

Als sie innehielt, bemerkte Britt, dass der Mann, auf dem sie praktisch lag, extrem angespannt war. Es schien, als sei jeder seiner Muskeln verkrampft.

»Es war keine große Sache, ich war es gewohnt, auf mich selbst aufzupassen«, sagte sie und spielte herunter, wie groß die Sache *wirklich* war und wie erleichtert sie war, nicht mehr allein zu sein. »Es dauerte anderthalb Jahre, bis der Vermieter unseren Wohnwagen wieder auf sein Fundament gestellt hatte. Zugegeben, er hatte sich nur um etwa fünfzehn Zentimeter verschoben, aber jedes Mal, wenn ich nach Hause kam und sah, wie schief er war, erinnerte mich das an jene Nacht. Jedenfalls ... Ich stand auf und zog mich um, wie Mom es wollte. Dann ging ich nach draußen und half unseren Nachbarn beim Aufräumen, denn ich wusste, dass ich nichts tun durfte, was sie aufwecken könnte. Insgesamt hatten wir Glück. Niemand wurde getötet oder gar schwer verletzt. Es gab nur ein paar Fahrzeuge, die durch umgestürzte Äste und Bäume beschädigt wurden.«

»Und seitdem hast du Angst vor Gewitter«, sagte Chad in einem Ton, den Britt nicht verstehen konnte. Er war seltsam ruhig. Und emotionslos.

Sie zuckte die Achseln. »Ja.«

»Das letzte Nacht war schlimm«, sagte er. »Ich hatte vergessen, wie heftig sie hier an der Küste werden können. Zum Glück ist *Lobster Cove* geschützt und wir bekommen hier am Strand nicht so viel Brandung ab. Wir haben zwar Ebbe und Flut, aber das war's auch schon. Was machst du normalerweise, wenn es gewittert?«

Sein Themenwechsel war etwas schwindelerregend, aber sie beantwortete seine Frage. Nach allem, was er für sie getan hatte, sowohl letzte Nacht als auch im Allgemeinen, hatte sie das Gefühl, dass sie es ihm schuldig war, ihm so ziemlich alles zu erklären, was er wissen wollte.

»Normalerweise steige ich nicht zu Fremden ins Bett«, sagte sie ein wenig schnippisch.

Aber er lachte nicht. Stattdessen knurrte er praktisch: »Du und ich ... wir sind keine *Fremden*.«

Er hatte recht. Sie mochten sich erst seit Kurzem kennen, aber sie kannte Chad. Und sie hatte das Gefühl, dass er viel mehr sah, als sie wollte, wenn es um sie ging. »Normalerweise stelle ich den Fernseher laut, setze Kopfhörer auf und spiele Musik, um das Donnergrollen zu übertönen. Das hilft zwar nicht bei Blitzen, aber das stört mich nicht so sehr wie das Donnergrollen. Ich verstecke mich allerdings nicht mehr in der Wanne. Ich habe jetzt eine Abneigung gegen Bäder ... was wohl Sinn macht, aber es ist verdammt nervig.«

»Hier in Maine gibt es eigentlich keine Tornados«, sagte Chad. »Wenn, dann meist im Südwesten und in der Mitte des Staates, nicht hier an der Küste.«

Britt schluckte schwer. Er bemühte sich so sehr, sie aufzumuntern, und es war irgendwie seltsam, aber es funktionierte. »Das ist gut.«

»Aber trotzdem, wann immer du nervös wirst oder dich unwohl fühlst, wann immer es zu regnen beginnt, kannst du zu mir kommen. Ich werde tun, was ich kann, um dich abzulenken, und wenn das nicht funktioniert, dann verstecken wir uns zusammen unter der Decke, so wie letzte Nacht.«

Obwohl Britt nicht gern über ihre Phobie sprach, konnte sie nicht anders, als sich bei dem Gedanken zu winden, dass sie sich zusammen in seinem Bett versteckten, in einer Position, wie sie es gerade taten. Sie öffnete den Mund, um ihm zu danken, aber er sprach weiter und unterbrach sie.

»Deine Mutter war grausam, deine Ängste zu ignorieren. Es war ihr egal, dass du dich vor lauter Angst übergeben musstest. Ich verstehe, dass sie sich wahrscheinlich den Arsch aufgerissen hat, um dir ein Dach über dem Kopf zu bieten, aber das war unangebracht und völlig herzlos, und man hätte ihr die verdammte Mutterschaft entziehen müssen.«

Britt konnte nicht anders – bei diesem letzten Teil musste sie kichern.

»Ich meine es ernst«, sagte Chad wütend.

»Ich weiß. Ich habe ... komplizierte Gefühle für meine Mutter. Theoretisch weiß ich, dass es extrem schwierig war, eine alleinerziehende Mutter zu sein, aber die meiste Zeit meiner Kindheit war sie nicht wirklich oft da. Ich musste lernen, mir mein Abendessen selbst zuzubereiten, und ich packte meine Pausenbrote für die Schule selbst ein. Manchmal machte sie mir Frühstück, aber nur, wenn sie nicht zu müde von ihrer Nachtschicht war.«

Britt atmete scharf ein, als Chad sie auf den Rücken rollte und sich über sie beugte. Sie hatte keine andere Wahl, als ihm in die Augen zu sehen, als er sie anstarrte.

»Macht dich das nervös?«

Britt runzelte verwirrt die Stirn und fragte: »Macht mich was nervös?«

»Das hier. Du und ich. Im Bett. Ich *über* dir.«

»Ähm ... nein. Der Donner ist ein Auslöser, nicht du.«

»Gut. Denn ich möchte dich küssen, Britt. Darf ich?«

Britt hätte schwören können, dass ihr Herz einen Moment lang aussetzte. »Weil du Mitleid mit mir hast? Weil ich letzte Nacht so viel Angst hatte?«, platzte sie heraus.

»Nicht mal annähernd. Weil es mich angespannt macht, wenn du an mich gepresst bist, während wir beide fast nackt sind. Ich kann an nichts anderes denken als daran, wie sich deine Lippen auf meinen anfühlen werden. Ja, ich bin sauer über deine Kindheit und die Tatsache, dass du etwas sehr Beängstigendes erlebt hast und weder deine Mutter noch sonst jemand in deinem Leben es für nötig hielt, dich dazu zu bringen, mit jemandem über das Geschehene zu sprechen, damit du darüber hinwegkommen konntest. Das hat niemand getan, nicht wahr?«

Sie schüttelte leicht den Kopf und starrte zu Chad hoch. Aus irgendeinem Grund waren ihre Hände zu seiner Taille gewandert, als er sie gedreht hatte, und die Wärme seiner Haut drang in ihre Finger ein.

»Eben. Also ja, ich bin im Moment auf vieles sauer ... aber ich habe kein Mitleid mit dir. Ich habe Mitleid mit deiner *Mutter*, weil sie nicht verstanden hat, was sie verliert, wenn sie dich so behandelt, wie sie es getan hat. Weil sie keine Bindung aufgebaut hat, die ihr helfen würde, die schweren Zeiten zu überstehen. Du hast mir nicht gesagt, dass ihr euch nicht nahesteht, ich gehe einfach davon aus, und ich entschuldige mich, wenn ich danebenliege. Ich bin auch besorgt über deine extreme Reaktion auf das Gewitter, auch wenn ich verstehe, woher sie kommt. Aber ich bin so verdammt beeindruckt von dir, dass ich fast vor Stolz platze. Du hast eine Kindheit erlebt, die dich hätte brechen können. Stattdessen hat sie dich gestärkt. Sie hat dich widerstandsfähiger gemacht. Ich sage nicht, dass es richtig oder fair ist, was du durchgemacht hast. Aber dass du die Frau bist, die du heute bist, ist ein Wunder. Und ich möchte dich küssen, weil ich das Gefühl habe, dass ich es sonst für den Rest meines Lebens bereuen werde.«

Sie hatte angenommen, dass er verärgert sein würde, weil sie sich letzte Nacht wie ein Baby benommen hatte. Angewidert davon, dass sie ihn als Krücke für ihre lähmenden Ängste benutzt hatte. Stattdessen war er alles andere als das. Sie war von allem, was er gesagt hatte, überwältigt. Aber mehr als das, sie war erregt. Es war verrückt, aber so war es. Verdammt, sie hatte gestern Abend bei Gedanken an ihn masturbiert. Sie war diejenige, die es für den Rest ihres Lebens bereuen würde, wenn sie nicht einen seiner Küsse erlebte. Aber ...

»Ich habe mir die Zähne nicht geputzt«, platzte sie heraus.

Er musterte sie mit so viel Gefühl in den Augen, dass sie errötete.

Dann lächelte er, und es verwandelte sein Gesicht. »Gut. Also ... wie wäre es, wenn wir beide loslaufen, uns die Zähne putzen und uns dann wieder hier treffen?«

Britt bereute ihre Worte sofort. Das war ein echter Stimmungskiller. Sie hatte nicht vor, diesen Mann zum ersten Mal zu küssen und nur daran zu denken, wie schlecht ihr Atem war, anstatt sich auf ihn zu konzentrieren. Aber sie hatte das Gefühl, dass sie, sobald sie aus dem Bett kletterte, von der Realität eingeholt werden würde, und es wäre ihr zu peinlich, in sein Zimmer zurückzukehren und dort weiterzumachen, wo sie aufgehört hatten.

»Okay«, sagte sie verspätet.

Aber Chad rührte sich nicht. Er starrte weiterhin auf sie herab.

»Chad?«

»Du erstaunst mich, Peach. Ich hasse es, was mit dir passiert ist. Ich sage es noch einmal, und ich werde es immer wieder sagen ... wenn du einen sicheren Hafen brauchst, wenn es stürmt, kommst du zu mir. Ich werde mich um dich kümmern. Du musst nie wieder allein und verängstigt ein Gewitter ertragen.«

Sie konnte nicht verhindern, dass ihr die Tränen in die Augen stiegen, als sie nickte.

Dann rollte Chad sich von ihr weg und streckte seine Hand aus, während er neben dem Bett stand.

Britt konnte ihn nur anstarren. Er hatte nur Boxershorts an, und obwohl er nicht wie ein Bodybuilder aussah, nicht zahllose Muskeln hatte, war er definitiv in Form. Die Arbeit in *Lobster Cove* trug offensichtlich viel dazu bei, ihn in Form zu halten.

Außerdem hatte er durch die Arbeit im Freien eine leichte Bauernbräune, die Britt zum Lächeln brachte.

Sie nahm seine Hand und stellte sich ein wenig verlegen neben ihn. Das Hemd, das sie trug, bedeckte all ihre intimen Stellen und reichte ihr bis zu den Oberschenkeln. Sie fühlte sich nackt, aber als er seinen Blick über sie gleiten ließ, von ihrem Kopf bis zu ihren Zehen und wieder zurück, fühlte sie sich auch stark. Wunderschön. Und das alles nur wegen des interessierten Ausdrucks in Chads Augen.

»Vier Minuten«, sagte er. »Tu, was du tun musst, dann treffen wir uns wieder hier.«

»Wir sollten uns wahrscheinlich anziehen und mit dem Frühstück beginnen ... wenn wir Evelyn überraschen wollen«, murmelte sie, da sie sich dazu verpflichtet fühlte.

»Das werden wir. *Danach.*«

Also gut. Chad drückte ihre Finger, dann drehte er sich um und zog sie hinter sich her, als er zur Tür ging.

Oben gab es zwei Bäder, ein großes und ein kleines. Er führte sie beide in das große und schnappte sich seine Zahnbürste und Zahnpasta, die neben dem Waschbecken lagen. Dann ließ er ihre Hand los und verließ den kleinen Raum wieder. »Dreieinhalb Minuten noch«, sagte er.

Dankbar, dass sie an etwas anderes denken konnte als an das Gewitter der letzten Nacht und die Gefühle, die er in ihr auslöste, oder an die Art, wie sich Chads Körper an ihrem anfühlte, griff Britt nach ihrer eigenen Zahnbürste.

KAPITEL ELF

Chad war eigentlich froh, einen Moment Abstand von Britt zu haben, aber nicht aus dem Grund, den sie vielleicht annahm. Er war so wütend, dass er am liebsten gegen eine Wand geschlagen hätte. Zu hören, wie sie mit *acht Jahren* nachts in einem Wohnwagen allein gelassen worden war, wenn ein Orkan im Anmarsch war, war Mist. Nachlässigkeit. Kindesmisshandlung. Und sie dann *auszulachen*, obwohl sie so offensichtlich traumatisiert war, war unfassbar.

Auch wenn sie es ihm nicht gesagt hatte, war es offensichtlich, dass Britt komplizierte Gefühle für ihre Mutter hatte, einfach weil sie sich weigerte, viel über sie zu sprechen. Und wenn sie es doch tat, lieferte sie Ausreden für ihr Verhalten.

Er wollte und konnte der Frau einen Vertrauensvorschuss gewähren. Wenn er Frau und Kinder hätte und arbeiten würde, würde er einen Weg finden, zu ihnen zu gelangen, wenn ein großes Unwetter im Anmarsch wäre. Oder er würde jemanden zum Haus schicken, um bei ihnen zu sein. Er würde alles tun, was nötig war, um dafür zu sorgen, dass es ihnen gut ging.

Er stellte sich eine junge, verängstigte Britt vor, die sich in einer Badewanne zusammenkauerte und versuchte, den Sturm zu überstehen. Das machte ihn wütend und traurig zugleich.

Er stand mit gesenktem Kopf da, die Hände auf den Waschtisch gestützt, während er sich bemühte, seine Gefühle unter Kontrolle zu bringen. Es war überraschend, dass er eine so große Bandbreite an Gefühlen hatte, denn normalerweise konnte er seine Emotionen in Schubladen packen, um sie später zu verarbeiten. Das hatte er als Scharfschütze oft getan. Musste es sogar. Vor allem wenn er hungrig und müde war und Schmerzen hatte, während er durch das Zielfernrohr seines Gewehrs starrte und auf den richtigen Moment für einen Schuss wartete.

Zähneputzen half. Denn es brachte ihn dazu, darüber nachzudenken, warum er das tat. Ohne Vorwarnung verhärtete sich sein Schwanz. Allein der Gedanke daran, Britt zu *küssen*, erregte ihn mehr als der Sex, den er in der Vergangenheit mit manchen Frauen gehabt hatte.

Und es hatte etwas Liebenswertes, dass sie vor dem Kuss einen sauberen Atem haben wollte. Chad hatte kein Problem damit, sich zu fügen.

Natürlich könnte sie ihre Meinung ändern, jetzt, da sie nicht mehr zusammen im Bett lagen. Und wenn sie das täte, wäre das für ihn in Ordnung. Er wollte sie für sich selbst küssen. Aber er wollte auch, dass sie ihre Mutter vergaß, und dass sie sich nicht mehr schämte für das, was sie letzte Nacht getan hatte. Er war nicht so eingebildet zu glauben, dass ein Kuss von ihm all ihre Ängste auslöschen oder sie über das Geschehene hinwegtrösten würde, aber vielleicht, nur vielleicht, würde sie dann für einen Moment an etwas anderes denken können. Vorzugsweise an *ihn*.

Und er hatte das Interesse in ihren Augen bemerkt. Es war kaum zu übersehen. Er war sich ziemlich sicher, dass sich das gleiche Bedürfnis in seinem eigenen Blick widerspiegelte.

Er ignorierte die kleine Stimme in seinem Kopf, die ihm

sagte, dass es zu früh sei. Dass Britt sich gerade von ihrer Beziehung mit dem Mann erholte, der sie in Maine im Stich gelassen hatte. Die Elektrizität, die er zwischen ihnen spürte, war stark. Anders als alles, was er bisher gefühlt hatte. Er war siebenunddreißig Jahre alt. Er kannte den Unterschied zwischen Lust und wahren Gefühlen. Er respektierte Britt. Bewunderte sie. Er hatte sich bereits vorher zu ihr hingezogen gefühlt.

Aber nach der letzten Nacht und heute Morgen wollte er sie mehr als seinen nächsten Atemzug.

Er machte sich im Bad fertig und ging zurück ins Schlafzimmer. Zu seiner Freude war Britt schon da. Sie war nicht zurück in ihr Zimmer gegangen. Sie hatte ihre Meinung nicht geändert. Zumindest hoffte er das.

Chad ging auf sie zu und zögerte nicht. Er legte seine Hände auf ihre Wangen und neigte ihren Kopf nach oben. Er spürte, wie sie mit den Händen zögernd seine Seiten berührte, bevor sie ihre Handflächen auf seiner nackten Haut abstützte.

Seine Erektion pulsierte im Takt seines Herzschlags, und weil er sie nicht erschrecken wollte, achtete er darauf, seine Hüften von ihren fernzuhalten. Chad senkte seinen Kopf und leckte sich über die Lippen, denn die Vorfreude auf diesen Moment war fast zu überwältigend. Dies war der erste Kuss, und er hoffte, dass es noch viele weitere geben würde. Er wollte, dass er perfekt war ... ein weiterer Grund, warum er kein Problem mit der kurzen Pause zum Zähneputzen hatte.

In der Sekunde, in der seine Lippen ihre berührten, wusste Chad, dass sein Leben sich für immer verändert hatte.

Blitze von etwas, das sich wie pure Energie anfühlte, hallten in seinem Körper wider. Seine Finger und Zehen kribbelten. Er spürte förmlich, wie sein Herz in seiner Brust pochte, als er über ihre Lippen leckte und um Erlaubnis bat, in sie einzudringen.

Sie öffnete sich ihm, und die Minze auf ihrer Zunge, die sich mit ihrem natürlichen Geschmack vermischte, ließ ihn ihr

Gesicht ein wenig fester umschließen, und er stöhnte tief in seiner Kehle. Sein Schwanz zuckte, als er spürte, wie sich ihre Finger in seine Taille gruben, kurz bevor sie sich gegen ihn sinken ließ.

Britt bot ihm Paroli, duellierte ihre Zunge mit seiner und neigte den Kopf, um mehr zu bekommen. Das leise Stöhnen, das sie von sich gab, ging direkt zu seinem Schwanz. Ein Lust-tropfen drang aus der Spitze in der Erwartung, sich so tief in ihr zu vergraben, dass keiner von ihnen je wissen würde, wo der eine aufhörte und der andere anfing.

Alles in ihm schrie danach, sie auf den Rücken auf das Bett zu legen und schnelle, wilde Liebe mit dieser Frau zu machen. Aber er wollte auch das hier genießen ... was auch immer es war.

Wenn es nach ihm ginge, war dies der Beginn einer Beziehung.

Er wollte nichts überstürzen, sie zu nichts drängen, was sie vielleicht nicht wollte. In Wahrheit herrschte zwischen ihnen immer noch eine ungleiche Machtverteilung. *Lobster Cove* war sein Zuhause. Sie arbeitete nicht unbedingt *für* ihn, aber da er sie hierhergebracht hatte, wäre es für sie unangenehm zu bleiben, wenn es nicht klappte. Also wollte er es langsam angehen lassen, die Reise genießen und dafür sorgen, dass sie wusste, dass das, was zwischen ihnen passiert war, keinen Einfluss auf ihren Job in *Lobster Cove* hatte.

Das war natürlich leichter gesagt als getan. Er musste ihr beweisen, dass er sie nicht ausnutzte, wenn sie sich mit ihm verabredete oder sie sogar mehr taten. Dass sie Nein sagen konnte und keine Konsequenzen zu tragen hatte.

All diese Gedanken brachten ihn dazu, die Verzweiflung in seinem Kuss zu mildern und sich schließlich zurückzuziehen. Der benommene Ausdruck in ihren Augen gab ihm das Gefühl, drei Meter groß zu sein. Am liebsten hätte er sich vor lauter männlicher Genugtuung auf die Brust geklopft. Stattdessen hob er eine Hand und strich ihr eine Haarsträhne hinters Ohr.

»Morgen«, flüsterte er mit einem kleinen Lächeln.

»Hi«, erwiderte sie.

Verdammt, sie war hinreißend. »Das war ... nett«, sagte er lahm.

Sie grinste. »Nicht das Wort, das ich verwenden würde, aber wir können es so sagen.«

»Was würdest du benutzen?«, rutschte Chad heraus.

»Fantastisch?«

Er grinste. »Das gefällt mir besser.«

Ihr Lächeln verblasste. »Was machen wir hier?«, flüsterte sie.

Chad hasste die Unsicherheit, die er in ihrem Gesicht sah, und beruhigte sie schnell. »Wir lernen uns kennen. Das tun Menschen, wenn sie aneinander interessiert sind, wenn sie sich zueinander hingezogen fühlen. Wenn sie sich verabreden wollen.«

Sie sah schockiert aus. Sie verbarg die Emotion, aber nicht bevor Chad sie gesehen hatte.

»Was denkst *du*, was wir gemacht haben? Herumalbern? Ein Bedürfnis stillen? Ich bin nämlich zu alt für so einen Scheiß«, sagte er ein wenig abwehrend. »Was mich betrifft, ich will mehr, Peach. Ich möchte all deine Hoffnungen und Träume kennen, deine Ängste. Dein Lachen hören, dich trösten, wenn du traurig bist oder dir Sorgen machst. Gehe ich es schnell an? Ja. Aber ich bin alt genug, um zu wissen, was ich will und was ich nicht will. Und *dich*, Britt Starkweather ... will ich. Aber wenn das Gefühl nicht auf Gegenseitigkeit beruht, ist das okay. Dein Job ist sicher. *Du* bist sicher. Wenn du willst, dass ich mich zurückziehe, sag es einfach.«

Sie leckte sich über die Lippen, dann brachte sie ihn mit ihren nächsten Worten um den Verstand. »Ich möchte am liebsten wieder mit dir ins Bett klettern und es ein paar Tage lang nicht verlassen. Aber ich werde mich mit Küssen begnügen ... für den Moment. Ich hatte schon einige beschissene Beziehungen, also erkenne ich einen guten Mann, wenn ich einen sehe. Und *du*, Chad Young, bist fast zu gut, um wahr zu sein.«

Er lächelte sie an. »Wir sind also auf der gleichen Wellenlänge?«

»Wenn diese Wellenlänge darin besteht zu sehen, wohin das führt, dann ja.«

Erleichterung durchflutete Chad. »Großartig«, flüsterte er.

»Ja«, stimmte Britt zu.

Da er nicht anders konnte, beugte Chad sich vor und küsste sie erneut. Es war nur eine leichte Berührung ihrer Lippen, ohne Leidenschaft oder Zunge, aber nicht weniger innig.

»Wir sollten uns umziehen, damit wir mit dem Frühstück anfangen können«, schlug Britt vor.

»Ja.« Alles in Chad protestierte. Er wollte Britt nicht eine Sekunde aus den Augen lassen. Aber sie hatten beide etwas zu tun.

Sie kicherte. »Du musst mich loslassen, damit wir das tun können.«

Es kostete ihn jedes Quäntchen Kraft, seine Hände von ihrem Gesicht zu nehmen und einen Schritt zurückzutreten.

»Wir sehen uns in der Küche«, sagte sie mit einem schüchternen Lächeln.

Es war offiziell – Chad liebte es, dass sie im selben Haus wohnte wie er. Das bedeutete, dass er viel mehr Zeit mit ihr verbringen konnte, als wenn sie in einer herkömmlichen Wohnsituation gelebt hätten. »Wir sehen uns dort«, bestätigte er.

Er sah ihr nach, wie sie aus seinem Zimmer ging, und riss seinen Blick in letzter Sekunde von ihrem Hintern los ... aber nicht so schnell, dass es ihr entgangen wäre, als sie zu ihm zurückschaute. Zu seiner Erleichterung lachte sie, und es war das Letzte, was er hörte, als sie in den Flur und außer Sichtweite trat.

Chad schnappte sich Kleidung und zog sich an, wobei er seinen immer noch pochenden Schwanz für den Moment ignorierte. Er wünschte, er hätte Zeit, um schnell zu duschen und sich um sich selbst zu kümmern, aber er würde das Bad Britt überlassen. Er würde zur Autowerkstatt gehen, während sie sich fertig machte, und die Lebensmittel holen, die sie dort versteckt hatten, damit seine Mutter keinen Verdacht schöpfte.

Als er zurückkam, stand Britt zu seiner Überraschung in der Küche und wartete auf ihn. Ihr Haar war feucht, und sie roch nach der süßen Seife, die sie gern benutzte. Nach dem Kuss von heute Morgen und dem anschließenden Gespräch über den Versuch, eine Beziehung zu führen, wollte er nur noch seine Nase in ihrer Halsbeuge vergraben und einen Bissen von ihr nehmen.

Scheiße. Er hatte es geschafft, seinen Schwanz unter Kontrolle zu bringen, während er die Nahrungsmittel geholt hatte, aber jetzt war er wieder zurück.

»Ähm ... das sieht schmerzhaft aus«, sagte Britt mit einem kleinen Grinsen.

»Du hast ja keine Ahnung, Frau.«

»Ich schätze, du bist daran gewöhnt, als Mann und so.«

»Ich hatte schon viele Erektionen, ja, aber glaub mir, wenn ich sage, dass ich sie schon lange nicht mehr spontan bekommen habe.«

»Oh«, sagte sie mit einem leichten Erröten.

»Ja, oh«, stimmte Chad zu.

»Wie sieht es denn da draußen aus?«, fragte sie, und Chad war froh über den Themenwechsel. Sein Ständer war ihm nicht peinlich, aber darüber zu reden ließ ihn nicht verschwinden. Nicht im Geringsten.

»Nicht gut«, gab er zu. »Ein paar Bäume sind umgestürzt und überall liegen Äste herum.«

»Meinst du, die Gästehäuser sind in Ordnung?«, fragte sie mit einem Stirnrunzeln.

»Ich habe keinen Schimmer. Ich werde nach dem Frühstück mit meinen Brüdern nachsehen. Wir gehen alle raus und schauen nach, was los ist.«

»Oh! Und Kashs Festung ... Ich hoffe, sie wurde nicht zerstört.«

Daran hatte Chad gar nicht gedacht, aber jetzt, da sie es erwähnte, machte er sich keine großen Hoffnungen. Sie war von Anfang an nicht sehr stabil gewesen, und obwohl der Nachbarsjunge gute Arbeit geleistet hatte, um sie zu verstärken, war es immer noch nicht so, als sei es ein Haus, das nach Sicherheitsvorschriften gebaut worden war.

»Das werde ich auch überprüfen.«

Sie nickte, aber er merkte, dass sie immer noch besorgt war.

Mutig trat Chad hinter sie und schlang seine Arme um ihre Taille. Er lehnte sich zu ihr und stützte sein Kinn auf ihre Schulter. »Wenn sie kaputt ist, werde ich ihm helfen, sie zu reparieren«, beruhigte er sie.

Sie legte eine Hand auf seine. »Ich bin sicher, dass er das zu schätzen weiß.«

Chad wollte am liebsten den ganzen Tag dortbleiben, aber das Frühstück würde sich nicht von selbst zubereiten. »Wenn du mit den Zimtschnecken anfängst, die du im Internet gefunden hast, bereite ich den Waffelteig vor.«

Sie nickte, und Chad ließ seine Arme sinken, aber nicht bevor er sie leicht auf die Schläfe geküsst hatte. Es war ein tolles Gefühl, sie intim küssen zu können, wann immer ihm danach war. Und überraschenderweise kam das oft vor. Es war nicht etwas, was er bisher getan hatte – eine Partnerin ständig zu berühren oder zu küssen –, aber da sie sich nicht beschwerte, würde er sich nicht zu viele Gedanken darüber machen.

Er musste nur sein Verlangen zügeln, wenn sie in der Nähe

seiner Mutter und seiner Brüder waren. Er hatte keinen Zweifel daran, dass sie begeistert sein würden, dass er und Britt eine Beziehung hatten, aber dies war zu neu – weniger als *eine Stunde* neu – und er wollte die Dinge vorerst für sich behalten.

Zu zweit hatten Chad und Britt alles rechtzeitig gekocht und gebacken, und das Geburtstagsfrühstück seiner Mutter war ein Riesenerfolg. Und das nicht nur wegen der Speisen, obwohl die auch hervorragend waren. Es gab Zimtschnecken, Waffeln, Wurst, Speck, Obst- und Käsescheiben und Donuts von *Ruckus Donuts*, die Zach auf dem Weg mitgebracht hatte.

Nein, seine Mutter hatte es zu einem ihrer besten Geburtstage überhaupt erklärt, weil alle ihre Jungs da waren, um ihn zum ersten Mal seit Jahren mit ihr zusammen zu feiern. Natürlich vermisste sie ihren Mann, aber zum Glück schien sie etwas gefasster zu sein als vor ein paar Wochen, als Chad nach Hause gekommen war.

»Das war ein ganz schöner Sturm letzte Nacht, was?«, sagte Knox, als sie alle um den Tisch saßen, Kaffee tranken und das riesige Frühstück verdauten.

»Einer der schlimmsten, die wir seit Langem hatten«, stimmte ihre Mutter zu.

»Draußen herrscht das reinste Chaos«, sinnierte Lincoln. »Überall in der Gegend sind Bäume umgestürzt. Ich habe mir die Gästehäuser angesehen, bevor ich herkam, und das große, das derzeit bewohnt ist, scheint in Ordnung zu sein, aber das kleinere ... ein Baum ist auf die Ecke gestürzt und hat einen Teil des Daches auf einer Seite zerstört. Aber wir hatten eigentlich Glück. Wäre er einen Meter in eine andere Richtung gefallen, wäre er direkt ins Haus gestürzt. Gott sei Dank war letzte Nacht niemand da drin.«

»Oh nein!«, sagte Britt mit großen Augen.

»Das ist ganz normal, wenn man hier mit all den Bäumen lebt. Viele von ihnen haben ein superflaches Wurzelwerk, sodass ein nasser Boden und ein starker Wind genügen, um sie umzustürzen«, erklärte Zach achselzuckend.

Britt sah noch besorgter aus, als sie das hörte, und Chad wünschte sich, sein Bruder hätte den Mund gehalten. Sie kam ohnehin nicht gut mit Stürmen zurecht – zu denken, dass bei jedem Wind und Regen ein Baum auf das Haus fallen würde, war nicht gesund. »Das passiert nicht oft«, sagte er in dem Versuch, sie zu beruhigen. »Wir werden gleich alle rausgehen und den Schaden begutachten.«

»Heute sollen eigentlich neue Mieter eintreffen«, erinnerte Mom sie.

»Ich weiß. Aber Chad hat recht, wir sollten uns nicht aufregen, bevor wir es uns angesehen haben«, sagte Lincoln.

»Ihr scheint nicht sehr besorgt zu sein«, bemerkte Britt mit einem leichten Stirnrunzeln.

»Kein Grund, sich über etwas aufzuregen, solange wir nicht wissen, dass es ein Problem ist«, sagte Evelyn. »Wenn wir für die Leute, die heute kommen, andere Vorkehrungen treffen müssen, werden wir das tun.«

Chad konnte sehen, dass Britt den Punkt diskutieren und weitere Fragen stellen wollte, wie zum Beispiel, welche Art von anderen Vorkehrungen genau, aber stattdessen nahm sie einen Schluck von ihrem Kaffee.

Das war in der Vergangenheit schon einmal passiert, aber damals hatte ein Baum eine ganze Wand einer der Hütten herausgerissen. Alle Mieter, die während der Reparaturzeit gebucht hatten, waren eingeladen worden, stattdessen im Haupthaus zu wohnen, und zwar zu einem reduzierten Preis. Einige waren darauf eingegangen, andere hatten abgesagt, aber alle, die geblieben waren, schwärmten davon, wie zuvorkommend ihre Gastgeber gewesen waren und was für eine schöne Zeit sie gehabt hatten.

Diesmal war es natürlich anders, denn Britt und Chad bewohnten zwei der Schlafzimmer im Haupthaus. Wenn sie auch noch zahlende Gäste aufnehmen müssten, wäre das Haus voll. Aber sie würden es schon schaffen ... die Youngs waren sehr flexibel.

Obwohl es rund um *Lobster Cove* viel zu tun gab, schien niemand es eilig zu haben, aufzustehen und loszulegen. Zach informierte alle über seine Hummerbude. Ihm war noch kein Name eingefallen und er überlegte, einen Wettbewerb in den sozialen Medien zu starten, um Ideen zu sammeln. Knox hatte sich mit seinem Programm-Manager bei der Küstenwache getroffen und würde nächste Woche oder so mit der Arbeit beginnen.

Lincoln hatte nicht viel darüber gesagt, was er tat, aber Chad wusste, dass er eine gute Rente von der Luftwaffe hatte und es sich leisten konnte, sich bei der Jobsuche Zeit zu lassen.

Die Lage war so entspannt, dass Chad, ohne darüber nachzudenken, seine große Klappe aufriss und Britt eine Frage stellte, die er im Nachhinein eigentlich erst hätte stellen sollen, wenn sie allein waren.

»Da heute auch der Geburtstag deiner Mutter ist, Britt, hast du dir überlegt, dich bei ihr zu melden?«

Sie hatte gelächelt und an ihrem Kaffee genippt, während seine Brüder alle auf den neuesten Stand brachten, was in ihrem Leben passierte, aber sobald die Frage über seine Lippen kam, bereute Chad sie. Es war so dumm, so etwas zu fragen, vor allem wenn er wusste, dass sie keine Beziehung zu ihrer Mutter hatte. Wenn er die Worte hätte zurücknehmen können, hätte er es getan.

Britt spannte sich an, und die Finger um ihre Tasse wurden weiß von dem Druck, den sie ausübte, was ihm genau zeigte, wie sehr er es vermasselt hatte.

»Deine Mutter hat heute auch Geburtstag?«, rief Evelyn freudig aus. »Oh! Das ist so lustig! Ja! Ruf sie an. Wir können alle singen und ihr zum Geburtstag gratulieren, so wie ihr es für mich getan habt!«

»Ähm ... Ich bin mir nicht sicher, ob sie schon wach ist«, wich sie aus.

Aber seine Mutter ignorierte Britt entweder oder hörte sie nicht, als sie aufstand und nach dem schnurlosen Telefon griff, das auf dem Küchentisch stand. Knox hatte ihr vor ein paar Jahren ein Handy gekauft und sie zu seinem Vertrag hinzugefügt, aber sie benutzte es nur selten und zog das alte schnurlose Telefon vor, das sie seit Jahren besaß.

Evelyn setzte sich wieder an den Tisch und hielt Britt das Telefon hin. »Ich würde gern mit ihr reden. Ihr sagen, wie wunderbar ihre Tochter ist und wie sehr du mir hilfst«, sagte sie mit ernster Stimme.

Britt nahm den Hörer zögernd entgegen, sah aber so glücklich aus wie ein Fisch auf dem Trockenen.

»Mom, vielleicht sollten wir Britt später anrufen lassen, wenn sie das möchte«, warf Chad in dem Versuch ein, einen Rückzieher zu machen.

»Unsinn. Mein Geschenk, dieses wunderbare Frühstück und die Gesellschaft von fünf meiner Lieblingsmenschen, macht mich traurig, dass Britts Mutter ihre Tochter an ihrem Geburtstag nicht dabeihat.«

»Wir haben nicht die gleiche Art von Beziehung wie du und deine Söhne«, sagte Britt leise.

»Oh ... das ist schade. Aber es ist nie zu spät, sich zu versöhnen. Und ihr Geburtstag wäre ein guter Zeitpunkt, damit anzufangen.«

Chad runzelte die Stirn. Er musste das in Ordnung bringen. Und zwar sofort. »Britt, es tut mir leid«, sagte er entschieden. »Ich hätte es nicht vorschlagen sollen. Ich habe mich total danebenbenommen. Und Mom, wenn Britt ihre Mutter später unter vier Augen anrufen will, kann sie das tun.«

»Es ist schon in Ordnung«, sagte Britt.

»Ist es nicht. Vergiss, dass ich es erwähnt habe«, beharrte Chad.

Er spürte, dass seine Mutter ihre Interaktion genau beobachtete. Sie kannte die Gründe für Britts Zögern nicht, aber er war dankbar, dass sie nicht mehr drängte.

»Ich glaube ... ich glaube, ich will es versuchen. Mit ihr zu reden, meine ich«, sagte Britt. »Du hast recht. Schließlich ist es ihr Geburtstag.« Dann seufzte sie. »Ich weiß aber nicht, wie sie reagieren wird.«

»Britt, du kannst sie später anrufen«, versuchte Chad es erneut.

Sie warf ihm einen Blick zu. Dann setzte sie sich aufrechter hin und holte tief Luft. »Nein. Ich kann es genauso gut jetzt tun.«

Chad wusste nicht, ob sie dem Anruf zustimmte, weil sie niemanden verletzen wollte oder weil sie sich wirklich bei ihrer Mutter melden wollte. Was auch immer der Grund war, er konnte ihr Unbehagen sehen, als sie die Tasten des Telefons drückte. Einmal mehr wünschte er sich, er hätte seine verdammte Klappe gehalten.

Während sie wählte, legte Chad seine Hand stützend auf ihren Oberschenkel.

Britt hielt das Telefon an ihr Ohr, aber jeder am Tisch konnte das Klingeln durch den Hörer deutlich hören. Ihr Vater war im Laufe der Zeit schwerhörig geworden, deshalb war die Lautstärke des Telefons immer auf die höchste Stufe gestellt. Offensichtlich war sie seit seinem Tod nicht mehr verändert worden.

Britt schien nicht zu bemerken, wie laut es war oder dass jeder das Klingeln hören konnte. Sie starrte geradeaus, und mit jedem Klingeln spannte sich jeder Muskel in ihrem Körper mehr und mehr an.

Chad war zwei Sekunden davon entfernt, ihr das Telefon aus der Hand zu nehmen und die Verbindung zu unterbrechen, aber er war zu spät. Britts Mutter ging ran.

»Weißt du eigentlich, wie viel Uhr es ist?«, rief die Frau.

Das war kein guter Anfang für das Telefonat.

»Hi, Mom. Ich bin's, Britt.«

»Ich wiederhole – weißt du, wie spät es ist?«

»Ähm … ja. Tut mir leid. Ich wollte dir nur alles Gute zum Geburtstag wünschen«, sagte sie in einem ruhigen, gleichmäßigen Ton.

»Alles Gute? Das ist ja wohl ein Witz. Ich bin verkatert, ich bin pleite, weil mein Freund mein Bankkonto leer geräumt hat, *und* der Mistkerl hat das meiste meiner Lebensmittel mitgenommen, als er gestern gegangen ist. Ich kam in aller Herrgottsfrühe von der Arbeit nach Hause und hatte nichts zu essen oder zu trinken. Was für ein Geburtstag.«

»Das tut mir leid.«

»Ja, mir auch. Hab gehört, Cole ist wieder in der Stadt. Ich sagte doch, er ist ein Verlierer. Das ist alles, womit du jemals ausgehst. Ich habe dich davor gewarnt, seinen Lügen zu glauben. Ich sagte dir, er würde dich verarschen, aber du lernst es nie. Wie die Mutter, so die Tochter.«

Ein Muskel in Britts Kiefer spannte sich an, als sie die Zähne zusammenbiss. »Ja, du hattest recht«, sagte sie nach einem Moment. »Aber mir geht's gut. Ich habe einen Job bei einer wunderbaren Familie gefunden. Sie leben an der Küste, und es ist so schön hier.«

»Und saukalt. Ich verstehe nicht, warum jemand da oben in der eisigen Tundra leben will.«

»So kalt ist es eigentlich nicht. Der Frühling war schön. Und der Sommer war bis jetzt großartig …«

»Gibt es einen Grund für deinen Anruf? Ich werde dir kein verdammtes Geld schicken. Ich habe dir gerade gesagt, dass ich pleite bin, und ich habe dir *auch* gesagt, als du mit diesem Drecksack gegangen bist, dass du nicht zu mir zurückkriechen sollst, wenn er dich verarscht hat.«

»Nein. Ich wollte dir nur zum Geburtstag gratulieren, Mom«, erinnerte Britt sie leise. Ihr Blick war auf den Tisch vor ihr gerichtet. »Du hast den gleichen Geburtstag wie die Frau, für die ich arbeite. Das ist ein ziemlicher Zufall.«

»Nun, ich hoffe, du gehst *ihr* nicht so auf die Nerven, wie du es bei mir getan hast«, stieß ihre Mutter hervor.

Chad war fertig. Es war eine Qual, dort zu sitzen und zuzuhören, wie eine der nettesten und am härtesten arbeitenden Frauen, die er je getroffen hatte, von ihrer eigenen Mutter herabgewürdigt wurde ... vor allem wenn er es Britt selbst eingebrockt hatte.

Ohne nachzudenken, tat er, was er schon früher hätte tun sollen. Er nahm Britt das Telefon aus der Hand und hielt es an sein eigenes Ohr.

»Miss Starkweather? Mein Name ist Chad Young, und Sie sollen wissen, dass die Art und Weise, wie Sie mit Ihrer Tochter sprechen, verachtenswert ist. Sie hat angerufen, um Ihnen zum Geburtstag zu gratulieren, nicht mehr und nicht weniger. Und Sie haben nichts anderes getan, als sie zu beschimpfen und zu verunglimpfen. Britt war hier ein Geschenk des Himmels. Sie arbeitet hart und ist ein Teil unserer Familie geworden.«

»Ich weiß nicht, was zum Teufel *verunglimpfen* bedeutet, aber dein Ton gefällt mir nicht«, meckerte ihre Mutter.

Chad stieß einen ungeduldigen Atemzug aus. »Und mir gefällt *Ihr* Ton nicht. Interessiert es Sie überhaupt, dass Ihre Tochter in ihrem Wagen lebte, als ich sie kennenlernte? Dass sie gehungert hat? Dass sie sich in Gefahr begab, weil sie keinen sicheren Platz zum Schlafen hatte?«

»Nein.«

Ein Wort. Das war alles, was sie über ihr eigenes Fleisch und Blut zu sagen hatte.

Chad hatte nicht vor, dieses Gespräch noch eine Sekunde länger zu führen.

Er nahm das Telefon vom Ohr und legte auf. Er vermisste die Zeiten, in denen seine Eltern ein altmodisches Telefon mit Wählscheibe besaßen, bei dem man den Hörer knallen konnte.

Einen Knopf zu drücken gab ihm nicht die gleiche Befriedigung wie das gewaltsame Auflegen.

Stille lag in der Luft wie der Nebel, der manchmal vom Meer heranzog.

»Ja, also ...«

Britt brachte keinen weiteren Satz heraus, bevor Evelyn abrupt ihren Stuhl zurückschob und aufstand. Sie begann, die leeren Teller und das Besteck einzusammeln, und murmelte dabei etwas vor sich hin.

»Dummes, undankbares *Miststück*. So über unsere Britt zu reden! Wenn mir gesagt worden wäre, dass einer meiner Jungs obdachlos ist und in seinem Wagen lebt, hätte ich viel mehr Fragen gestellt. Ich wäre in einem verdammten Flugzeug dorthin geflogen, um ihm selbst zu helfen! Sie hat kein Recht, den Titel *Mutter* zu tragen. Was für ein Miststück!«

Chad befürchtete, dass Britt sich durch die Tirade seiner Mutter beleidigt fühlen könnte, obwohl sie nicht an sie gerichtet war. Sie sprach in Wirklichkeit mit sich selbst. Sie schimpfte über diese schreckliche Frau, während sie das Frühstück abräumte. Natürlich hörten sie es alle, denn die anderen blieben am Tisch sitzen, immer noch geschockt über diesen verdammten Anruf.

Als Britt aufstand, tat Chad es ihr gleich. Er konnte nicht zulassen, dass sie aus dem Zimmer floh, weil sie sich für das, was gerade passiert war, schämte. Ihre *Mutter* war diejenige, die sich schämen sollte. Aber er konnte Britt nicht verübeln, dass sie sich aufregte.

Aber sie überraschte ihn. Anstatt zu gehen, ging sie auf seine Mutter zu, nahm ihr den Stapel Teller aus den Händen, stellte ihn zurück auf den Tisch und schlang ihre Arme um sie, während sie flüsterte: »Danke.«

Evelyn erwiderte die Umarmung und drückte sie besonders fest, so wie eine Mutter es tut. Dann zog sie sich zurück, nahm Britts Gesicht in die Hände und neigte ihren Kopf nach unten, sodass sie ihr in die Augen sehen konnte. »Hör nicht auf das, was diese Frau gesagt hat. Du bist wunderschön, lieb, nett, und ich kann mir nicht vorstellen, dich nicht hier in *Lobster Cove* zu haben. Du bist die Tochter, die ich nie hatte, und ich liebe dich.«

Die gemeinen Worte ihrer eigenen Mutter hatten Britt nicht zum Weinen gebracht, aber die Komplimente und zärtlichen Mutterworte von Evelyn schon.

»Es tut mir leid, dass ich darauf bestanden habe, dass du sie anrufst. Ich habe dir nicht einmal die Chance gegeben zu erklären, warum es keine gute Idee wäre. Ich habe deine Proteste einfach übergangen. Lass mich das nicht noch einmal tun«, mahnte Evelyn. »Ich neige dazu, ein wenig aufdringlich zu werden, wenn ich glaube, eine gute Idee zu haben.«

Britt schenkte ihr ein wässriges Lachen. »Ja, das ist mir auch schon aufgefallen.«

Die beiden Frauen tauschten einen langen, zärtlichen Blick aus.

»Ich habe keine Ahnung, wie du so gutmütig werden konntest, nachdem du von ... *ihr* erzogen wurdest.«

»Ich war die meiste Zeit auf mich allein gestellt«, sagte Britt achselzuckend.

»Und das sorgt auch nicht dafür, dass ich mich besser fühle. Damit das klar ist: Du bist in *meinem* Haus und in *Lobster Cove* immer willkommen. Es ist mir egal, ob es in zehn oder fünfzig Jahren ist.«

»Ähm ... so sehr ich mir auch wünsche, dass du hundertzwanzig Jahre alt wirst, bin ich mir nicht sicher, ob du in fünfzig Jahren noch hier sein wirst.«

»Selbst wenn ich nicht mehr da bin, wirst du hier immer noch willkommen sein.« Dann wandte Evelyn sich an ihre Söhne und fügte streng hinzu: »Richtig?«

»Ja, Ma'am.«

»Natürlich.«

»Kein Problem für mich.«

»Verdammt richtig.«

Alle vier Brüder antworteten gleichzeitig. Evelyn wandte sich wieder an Britt. »Ich will damit sagen, dass du nie wieder obdachlos sein musst. Vergiss dieses Miststück. Du gehörst jetzt zu *uns*.«

Britt lächelte und umarmte Evelyn erneut.

Chad blieb in der Nähe des Duos stehen und wusste nicht genau, was er tun sollte. Er wollte Britt am liebsten in seine eigenen Arme ziehen und sie beruhigen, so wie seine Mutter es getan hatte. Er war sich immer noch nicht sicher, ob er wollte, dass jemand von der Veränderung in ihrer Beziehung erfuhr ... obwohl dieser Anruf ihn alles überdenken ließ.

»Ich denke, jetzt ist ein guter Zeitpunkt, um das Grundstück zu überprüfen. Um zu sehen, welche Schäden entstanden sind, und um sie zu beheben. Ich weiß nicht, wie es euch geht, aber ich hätte jetzt nichts dagegen, ein paar Äste abzubrechen und anderen Scheiß zu machen«, murmelte Lincoln.

»Ausdrucksweise«, schimpfte Evelyn.

Lincoln verdrehte die Augen. »Mom, du hast gerade mehrmals *Miststück* gesagt.«

»*Miststück* ist kein schlimmes Wort. *Scheiß* schon.«

»Da, du hast gerade selbst geflucht«, sagte Lincoln grinsend.

Diesmal rollte ihre Mutter mit den Augen und wandte sich wieder Britt zu. »Ich weiß nicht, wie ich es überlebt habe, diese vier Monster aufzuziehen.«

»Wir waren Engel«, konterte Knox.

Evelyn schnaubte.

Die Spannung in der Luft hatte sich etwas gelegt, was eine Erleichterung war.

»Ihr Jungs geht und macht euer Ding. Britt und ich werden uns hier um die Sachen kümmern.«

»Ich sollte gehen und nachsehen, ob in der Hütte etwas nachgereinigt werden muss«, schlug Britt vor.

»Sie können das überprüfen und dir Bescheid sagen«, erwiderte Evelyn.

»Ich habe Walt und Barry auch gesagt, dass ich mit ihnen die Inventarliste durchgehen werde. Ich habe ein paar Fragen an sie.«

»Das kannst du später tun. Jetzt will ich erst einmal mit dir zusammensitzen und es genießen, eine weitere Runde um die Sonne zu machen«, sagte Evelyn entschieden. »Ich weiß nicht, wie viele Geburtstage ich noch erleben werde.«

Chad wusste aus Erfahrung, dass es besser war, einfach zu tun, was sie verlangte, wenn sie diesen Tonfall anschlug. Und da sie den Scheiß ziemlich dick aufgetragen hatte, hatte er keinen Zweifel, dass es bei Britt funktionieren würde.

Und er hatte recht.

»Okay. Ich mache den Abwasch und räume die übrig gebliebenen Speisen weg, und du setzt dich auf die Terrasse. Nimm die Decke von der Couchlehne, denn heute Morgen ist es wahrscheinlich noch etwas kühl draußen.«

»Du bist ein gutes Mädchen«, sagte Evelyn sanft. Dann zog sie Britts Kopf nach unten, um sie auf die Stirn zu küssen, bevor sie sich umdrehte und zur Couch ging.

Chad wartete, bis seine Brüder die Haustür erreicht hatten, bevor er näher an Britt herantrat. »Geht es dir gut? Das war heftig.«

»Ich habe gar nicht gemerkt, dass ihr sie alle hören konntet, bis du mir das Telefon weggenommen hast«, sagte sie, ohne auf seine Frage einzugehen.

»Fürs Protokoll, ich stimme meiner Mutter zu. Du bist fantastisch. Und nett. Und klug. Und deine Mutter ist eine Idiotin.«

Britt schenkte ihm ein kleines Lächeln. »Ja.«

»Es tut mir so leid, Britt. Und wie Mom gesagt hat, lässt du dich das nächste Mal von niemandem – vor allem nicht von mir – zu etwas überreden, was du nicht tun willst, okay?«

Sie nickte.

»Ich meine es ernst. Ich hätte deine Mutter nie erwähnen dürfen, und die ganze Szene ist passiert, weil ich meine große Klappe aufgerissen habe. Und ... meine Mom meint es gut, aber sie hat auch ihr ganzes Leben hier in Rockville verbracht. Sie ist umgeben von einer liebevollen Familie und guten Freunden und hat in einer Art Blase gelebt.«

»Das ist keine schlechte Art zu leben«, sagte Britt, um seine Mutter und ihre Lebensweise zu verteidigen.

»Ich weiß, aber es gefällt mir nicht, dass ihr euch beide nach dem, was passiert ist, schlecht fühlt, vor allem wenn es meine Schuld ist.«

»Daran bin ich gewöhnt.«

»Das heißt nicht, dass es mir besser gefällt«, erwiderte Chad.

»Ich weiß nicht, warum meine Mutter so ist, wie sie ist«, sagte Britt. »Ihr Leben war hart, und dass sie alleinerziehend war, hat es nicht einfacher gemacht, aber anstatt die Dinge, die sie hat, zu schätzen, ist sie im Laufe der Jahre immer verbitterter geworden.« Sie schenkte ihm ein kleines Lächeln.

»Offensichtlich. Warum lächelst du dann?«

»Weil es schön ist, Menschen zu kennen, die mir den Rücken stärken. Danke, dass du dich bei ihr für mich eingesetzt hast. Ich hatte noch nie jemanden – Freund oder Partner –, der das für mich getan hat.«

»Dann waren diese Leute schwach. Sie haben dich nicht verdient. Kein Mensch, der etwas taugt, würde danebenstehen und zulassen, dass jemand, den er liebt oder selbst nur mag, so beschimpft wird, wie es dir passiert ist. Vor allem wenn du nur angerufen hast, um ihr zum Geburtstag zu gratulieren.«

Ihr Gesichtsausdruck vermittelte Chad die gleichen Gefühle, die er an diesem Morgen gehabt hatte. Nur gefiel ihm nicht, dass er ihn bekam, weil er sich für sie eingesetzt hatte. Weil er ihre schreckliche Mutter abgewimmelt hatte.

Er beugte sich vor und küsste sie auf die Stirn, genau wie seine Mutter es getan hatte ... obwohl er hundertprozentig sicher war, dass die Gedanken in seinem Kopf das komplette Gegenteil von denen seiner Mutter waren. Er wollte diese Frau. Wollte sie verwöhnen. Sie beglücken. Ihr zeigen, was es *wirklich* bedeutete, jemanden zu haben, der ihr den Rücken freihielt.

Er hatte das Gefühl, wenn die Männer, mit denen sie ausgegangen war, nie den Mut hatten, sich für sie einzusetzen, dann hatten sie wahrscheinlich auch nicht die Geduld oder die sexuellen Fähigkeiten, um dafür zu sorgen, dass sie im Bett zufrieden war. Wenn sie ihm die Chance gab, würde er ihr zeigen, wie ein echter Partner sich um seine Frau kümmerte – im Bett und außerhalb.

»Was ist das für ein Blick?«, fragte Britt, während sie zu ihm aufschaute.

»Wie wohl fühlst du dich dabei, meine Familie wissen zu lassen, was mit uns los ist?«, fragte er, anstatt auf ihre allzu aufmerksame Frage zu antworten.

»Was mit uns los ist?«

»Ja. Dass wir zusammen sind. Dass wir eine Beziehung führen. Freund, Freundin.«

»Sind wir das?«

Chad runzelte die Stirn. »Sind wir das nicht? Ich dachte, wir hätten es heute Morgen besprochen. Ich habe gefragt, ob wir auf derselben Wellenlänge sind, und du hast gesagt, und ich zitiere: ›Wenn diese Wellenlänge darin besteht zu sehen, wohin das führt, dann ja.‹ Hast du deine Meinung geändert? Willst du nicht mehr mit mir ausgehen?«

»Habe ich nicht, und das will ich. Es ist nur ...«

»Nur was? Du kannst mit mir über alles reden«, sagte Chad nervös.

»Ich will nicht, dass jemand denkt, ich sei nur aufs Geld aus.«

Chad lachte. »Das wird niemand tun.«

»Otis hat es getan. *Tut es immer noch.*«

Chad runzelte daraufhin die Stirn. Er hatte gewusst, dass sie und Otis keinen guten Start hatten und dass der Mann dachte, sie sei hinter dem Geld her, das sie aus *Lobster Cove* herausholen könnte ... aber er hatte gehofft, dass Otis, sobald er Britt kennengelernt hatte, sehen würde, dass sein erster Eindruck völlig falsch war. »Er irrt sich. Und meine Brüder werden das nicht denken. Nicht eine Sekunde lang. Und meine Mutter auch nicht. Wenn du nicht willst, dass sie es wissen, kann ich versuchen, meine Hände bei mir zu behalten, aber ich muss dich warnen, Peach ... Ich habe das Gefühl, dass sie es sowieso verdammt schnell herausfinden werden.«

»Okay.«

»Okay, was?«

»Es macht mir nichts aus, wenn sie wissen, dass wir uns treffen.«

Chad strahlte. »Das heißt also, ich kann vor allen Leuten deine Hand halten, dich küssen und dich Peach nennen?«

Sie schenkte ihm ein schüchternes Lächeln und nickte.

»Gut.« Er beugte sich hinunter und küsste sie leicht auf die Lippen. Dann gab er ihr einen längeren, intimeren Kuss. Als sie sich voneinander lösten, atmeten sie beide schwer ... und seine verdammte Erektion war wieder da.

»Ich muss die Speisen wegpacken«, sagte sie.

»Und ich muss mich meinen Brüdern anschließen, um das Grundstück zu begutachten.«

»Du bist aber zum Mittagessen da?«

»Wahrscheinlich. Wenn nicht, schreibe ich dir eine SMS.«

»Okay.«

»Dies wird funktionieren«, sagte Chad entschlossen.

»Das hoffe ich.«

»Ich weiß es«, erwiderte er. Er küsste sie noch einmal, hart und schnell, dann wich er zurück, bevor er den Kopf verlor, sie in die Arme nahm und direkt in sein Zimmer zurückbrachte. Er hasste es, dass der Sturm sie so sehr erschreckt hatte, aber er konnte sich nicht darüber ärgern, dass er sie an diesen Punkt gebracht hatte.

Er nickte ihr zu, drehte sich dann um und ging zur Tür. Er hatte ein albernes Lächeln im Gesicht, aber das kümmerte ihn nicht. Nicht im Geringsten. Nach Hause nach *Lobster Cove* zu kommen war besser gelaufen, als er gehofft hatte. Als er es sich je hätte träumen lassen. Er war wieder mit seinen Brüdern zusammen, entdeckte die Freuden des Lebens an der Küste von Maine wieder, verbrachte Zeit mit seiner Mutter und hatte irgendwie Glück gehabt und eine Frau getroffen, mit der er sich ernsthaft vorstellen konnte, viele Jahre lang zusammen zu sein.

Nichts konnte ihm heute die gute Laune verderben.

KAPITEL ZWÖLF

Wie sehr er sich doch geirrt hatte.

Victor Rogers konnte ihm die gute Laune verderben.

Ihr Nachbar war der Familie Young schon ein Dorn im Auge, solange Chad denken konnte. Als die Jungs aufwuchsen, war er ein Idiot gewesen, wenn Chad und seine Brüder auf seinem Grundstück waren. Er rief ihre Eltern an und schrie sie an, wenn er sie beim Spielen an seinem Ufer fand. Als sie für ihre Fahrräder einen unbefestigten Weg durch die Bäume bauten und versehentlich einen Teil davon auf seinem Grundstück errichteten, kam er schimpfend und tobend vorbei und bestand darauf, dass sie die Spurrille, die sie auf seinem Grundstück gemacht hatten, »reparierten«. Das erschien ihm jetzt genauso lächerlich wie damals. Es war nicht so, als hätte Victor das stark bewaldete Gebiet zwischen seinem Haus und *Lobster Cove* jemals genutzt.

Und als Evelyn und Austin das Bootslager gebaut hatten, hatte er bei der Gemeinde gegen die Nutzung des Landes für kommerzielle Zwecke protestiert. Chads Vater hatte das Problem gelöst, indem er die Umwidmung von *Lobster Cove* von einem Wohngebiet in ein Gewerbegebiet beantragte und damit begann, nicht nur die Autowerkstatt, sondern auch die Miet-hütten zu errichten.

Victor hatte sich revanchiert, indem er auf *seinem* Grundstück eigene Miethütten baute, offensichtlich in der Hoffnung, *Lobster Cove* das Geschäft zu stehlen. Aber er hatte seine Hütten näher an der Straße als an der Küste gebaut, sodass er seinen Gästen nicht die schöne Aussicht bieten konnte, die sie hatten. Ab und zu sah Chad im Internet nach, was der Nachbar vermietete, und es überraschte ihn nicht, dass seine Hütten billiger waren und nicht annähernd so viele positive Bewertungen hatten wie die in *Lobster Cove*.

Aber Chad war nicht der Typ Mann, der sich über so etwas freute. Es gab eine Art unausgesprochene Vereinbarung, dass sich jeder um seine eigenen Angelegenheiten kümmerte, und soweit Chad wusste, hatte das in den letzten zehn Jahren auch funktioniert. Es war nicht so, dass seine Mutter und Victor jemals beste Freunde werden würden, aber zumindest waren sie höflich zueinander.

Trotzdem hatte er nie aufgegeben, seine Eltern davon zu überzeugen, etwas von ihrem Land zu verkaufen. Deshalb war es auch nicht allzu überraschend, dass Victors alter Subaru Outback die Einfahrt zu *Lobster Cove* hinunterfuhr.

Der Nachbar parkte in der Nähe des Hauses und ging dann auf Chad und Lincoln zu, die gerade dabei waren, den Schaden zu reparieren, den der Baum an dem kleineren Gästehaus angerichtet hatte. Er und seine Brüder hatten den Baum bereits mit einer Kettensäge zersägt und das Holz in der Nähe der Feuerstelle aufgestapelt, damit es für künftige Lagerfeuer für die Gäste oder die Familie verwendet werden konnte, falls sie eines Abends den Drang verspürten, draußen zu entspannen.

Knox und Zach waren in die Stadt gefahren, um zu besorgen, was sie für die Erneuerung der Dachrinne brauchten, und um zu sehen, ob sie auch Material für das Metalldach bekommen konnten. Sie hatten darüber diskutiert und beschlossen, das Dach jetzt zu ersetzen, anstatt den Schaden, den der Baum verursacht hatte, provisorisch zu flicken und sich später um das Dach zu kümmern.

Chad war bereits zum Haus gegangen, um mit seiner Mutter über die Hütte zu sprechen und ihr mitzuteilen, dass sie ein paar Tage lang nicht zur Verfügung stehen würde. Es sollte nur eine Buchung betroffen sein – vielleicht auch zwei –, aber er wollte niemandem Unannehmlichkeiten bereiten. Es war den Mietern gegenüber nicht fair, doch es ließ sich nicht ändern.

»Ich bin nur vorbeigekommen, um zu sehen, welche Schäden der Sturm bei euch hinterlassen hat«, sagte Victor. Offenbar wollte er nicht helfen, sondern nur neugierig sein, was Chad wütend machte.

»Wir hatten Glück, nur diese eine Hütte«, antwortete Lincoln und klang dabei diplomatischer, als Chad es getan hätte.

»Ist eure Mutter zu Hause?«

Chads Nackenhaare sträubten sich. »Warum?«

Der vorgetäuschte beleidigte Blick auf Victors Gesicht trug nicht im Geringsten dazu bei, Chad zu beruhigen.

»Ich will nur nach ihr sehen. Das machen gute Nachbarn so«, sagte Victor.

»Gute Nachbarn rufen nicht bei der Stadt an, um die Schließung von Unternehmen zu erwirken. Gute Nachbarn beschweren sich nicht über spielende Kinder, die aus Versehen ihr Grundstück betreten. Gute Nachbarn kommen nicht vorbei, um sich zu freuen, wenn etwas schiefgeht«, erwiderte er mit zusammengebissenen Zähnen.

Victor funkelte ihn an. Chad war noch nie sein Lieblingsmensch gewesen. Vor allem weil er noch nie einen Rückzieher gemacht hatte, nicht einmal als Kind. Wenn Victor sie anschrie, sein Grundstück zu verlassen, war Chad immer derjenige gewesen, der seinen Hintern auf die imaginäre Linie setzte, die

Victor zwischen *Lobster Cove* und seinem Land gezogen hatte – und dann aus vollem Halse sang, nur um ein Arsch zu sein.

Ohne ein weiteres Wort drehte Victor sich um und ging in Richtung Haupthaus.

Chad wollte ihm folgen, wollte ihm sagen, dass es sich um unerlaubtes Betreten handelte, und ihm befehlen, verdammt noch mal nach Hause zu gehen. Aber er biss sich auf die Zunge. Seine Mutter war diejenige, die seit Jahren mit diesem Mann zu tun hatte, und sie war viel besser darin als er. Sie hatte ihm mehr als einmal gesagt, dass man mit Honig mehr Fliegen fing als mit Essig. Aber Chad hatte sich immer gefragt, warum zum Teufel jemand überhaupt Fliegen fangen wollte.

Dann erinnerte er sich daran, was Kash, der Junge, gesagt hatte, als er und Britt ihn kennengelernt hatten. Dass er dachte, Evelyn sei gemein ... und dass sie seinen Großvater an der Tür mit einer Schrotflinte empfangen hatte. Verdammt, seitdem war so viel passiert, dass er das alles vergessen hatte. Und er hatte seinen Brüdern nicht einmal erzählt, dass Kash ihre alte Festung benutzte. Er musste sich zusammenreißen.

Beinahe wäre er zum Haus gelaufen, um sich zu vergewissern, dass es seiner Mutter gut ging, aber er hatte keinen Zweifel daran, dass Britt sich die Seele aus dem Leib schreien würde, wenn etwas passierte, und sie alarmieren würde, dass es ein Problem gab.

Und je mehr er darüber nachdachte, desto mehr zweifelte er an Kashs Geschichte. Seine Mutter mochte keine Waffen. Das hatte sie noch nie. Sie hatte sich nie bei Dad darüber beschwert, dass sie welche hatten, aber er konnte sich nicht vorstellen, dass sie die Schrotflinte in die Hand nahm und jemanden damit bedrohte. Er bezweifelte, dass sie überhaupt geladen war.

Nein ... wahrscheinlich war das eine Geschichte, die Victor sich ausgedacht hatte, um Kash von ihrem Grundstück zu vertreiben. Es würde ihm wirklich unter die Haut gehen, wenn sein Enkel sich mit den Nachbarn anfreunden würde.

Dennoch war Chad froh, dass Britt im Haus war, um bei Bedarf eingreifen zu können. Sie war genauso beschützend gegenüber seiner Mutter wie er. Sie wäre auch in der Lage, ihm zu berichten, was Victor tatsächlich wollte. Chad glaubte nicht eine Sekunde lang, dass er nur nach dem Sturm nach ihnen sehen wollte.

»Irgendetwas ist los«, überlegte Lincoln nach einem Moment.

»Allerdings«, antwortete Chad. »Ich traue ihm nicht.«

»Ich auch nicht. Wir werden Mom fragen, was er wollte, wenn wir hier draußen fertig sind.«

Chad nickte, und seine Gedanken kehrten zum Enkel ihres Nachbarn und der alten Festung im Wald zurück. Er erinnerte sich an die Bücher, das Teleskop und das Bettzeug, die Kash dort untergebracht hatte, und er wusste, wenn die Plastikbehälter undicht waren oder der Junge vergessen hatte, alles wegzuräumen, war nach dem heftigen Wind und Regen alles nur noch ein Haufen Brei.

Jetzt war die perfekte Gelegenheit, Lincoln von dem Jungen zu erzählen. »Während wir darauf warten, dass Knox und Zach zurückkommen, werde ich in den Wald laufen und schnell etwas überprüfen.«

»Was überprüfen?«, fragte Linc.

»Unsere alte Festung«, sagte er zu seinem älteren Bruder.

»Das Ding? Das muss doch inzwischen ein Trümmerhaufen sein.«

»Das war es, aber Kash hat es als sein Eigentum beansprucht«, sagte Chad.

»Wer ist Kash?«

»Victors Enkel.«

»Warte, warte, warte. Harper hat einen *Sohn*?«

Chad war nicht überrascht, dass Lincoln den Zusammenhang so schnell erkannte. Er und Harper waren in dieselbe Klasse gegangen und sie war ziemlich gemein zu ihm gewesen. Er musste sich an sie erinnern. »Anscheinend.«

»Wohnt sie auch da drüben? Oder nur ihr Sohn?«

»Keine Ahnung. Ich habe mich mit Kash nicht darüber unterhalten. Ich habe Britt nur dorthin gebracht, um zu sehen, wo unsere alte Festung ist, und wir haben festgestellt, dass Kash sie wieder aufgebaut hat und benutzt. Er hatte Angst, dass ich ihn rausschmeißen würde, da er sich auf unserem Grundstück befand, aber da ich kein Arsch bin wie sein Großvater, habe ich ihm versichert, dass ich das nicht tun würde. Außerdem ist es ja nicht so, dass er da drin Bomben baut oder mit Feuer spielt oder so. Er hatte eine Menge Bücher. Er mag auch Astronomie, und er hat auch ein schönes Kinderteleskop da draußen. Ich habe gelogen und ihm gesagt, dass wir den Ort *Festung Knallhart* genannt haben, als wir jung waren, also wenn du ihn jemals siehst und er etwas darüber sagt ... dann erzähl ihm das.«

»Warte mal. Ich dachte, Victor hätte einen Zaun zwischen unseren Grundstücken errichtet.«

»Das hat er. Kash ist drübergeklettert. Britt hat mit ihm darüber gesprochen, dass sie eine Zeit lang in ihrem Wagen leben musste ... und anscheinend konnte Kash das gut nachempfinden.«

Lincoln runzelte die Stirn. »Harper und ihr Sohn waren obdachlos?«

Chad nickte. »Es hörte sich so an, aber der Junge fühlte sich bei dem Thema unwohl, also hat keiner von uns nachgehakt. Da ist noch mehr.«

»*Mehr?* Scheiße«, fluchte Lincoln.

»Als Britt ihn einlud, mal zu uns zu kommen, war er wie versteinert. Er sagte sofort Nein, dass Mom gemein sei. Sagte, dass sie einmal eine Schrotflinte auf seinen Großvater gerichtet hätte.«

»Das ist doch Blödsinn!«, rief Lincoln aus.

»Da stimme ich zu. Aber warum sollte Victor seinem Enkel so etwas erzählen?«

»Weil er ein Arschloch ist. Und wahrscheinlich weil er nicht will, dass er einem von uns zu nahe kommt. Wie alt ist der Junge?«

Chad zuckte mit den Schultern. »Zehn? Elf? Zwölf? Das ist schwer zu sagen. Er ist ein schmächtiges kleines Ding. Aber nicht älter als das, glaube ich.«

»Also gut, dann komm. Lass uns die alte *Festung Knallhart* besuchen und nach seinen Sachen sehen. Dann gehen wir zum Haus und schauen, was Victor wollte.«

»Ich habe Kash versprochen, dass ich seinem Großvater nicht verraten werde, dass er auf unserem Grundstück ist«, warnte Chad.

»Ich habe kein Problem damit, dass der Junge die Festung benutzt. Ich mache mir mehr Sorgen darüber, was zum Teufel mit seiner Mutter passiert, warum sie obdachlos waren und was sie jetzt macht, da sie wieder in Rockville ist. Sie hatte sich nach ihrem Abschluss geschworen, nie wieder hierherzukommen, also muss das Leben wirklich beschissen für sie sein, wenn sie wieder zu Hause ist.«

»Ich dachte, du hasst sie. Dass sie alles getan hat, um dir das Leben in der Highschool schwer zu machen. Warum kümmert dich das?«, fragte Chad. Er kannte nicht alle Einzelheiten über die Beziehung seines älteren Bruders zu ihrer Nachbarin, aber er wusste, dass sie sehr belastet war.

»Ich hasse sie nicht. Sie ist nicht mein Lieblingsmensch auf der Welt, aber wenn sie einen Sohn hat, der sich in unserer Festung versteckt ... irgendetwas ist los, und ich will mich davon überzeugen, dass er in Sicherheit ist.«

Chad konnte dem nicht widersprechen. Er und Linc gingen in den Wald zu Kashs Festung. Er war überrascht, als er sie in der Ferne entdeckte und es so aussah, als würde sie noch stehen.

»Verdammt, der Junge hat gute Arbeit beim Wiederaufbau geleistet«, bemerkte Lincoln.

Der Wind hatte zwar einige Schäden verursacht und die Rückwand musste verstärkt werden, aber sie war noch brauchbar. Chad kniete sich hin, um einen Blick hineinzuwerfen, und sah, dass Kash seine Bücher und natürlich das wertvolle Teleskop in einen der großen Plastikbehälter gelegt und dann mit Stöcken abgedeckt hatte, um es zu schützen. Soweit er sehen konnte, war alles unversehrt.

Er trat von der Tür zurück und ließ seinen Bruder hineinschauen.

Als er aufstand, stieß Lincoln einen Pfiff aus. »Es ist solide. Schöne Regale, anständiger Boden ... Der Junge ist ziemlich clever. Cleverer als *wir* es waren, als wir das Ding gebaut haben.«

»Wir waren mehr daran interessiert, Stöcke als Schwerter zu benutzen und miteinander Krieg zu spielen, als einen Platz zu haben, an dem wir sitzen und ein Buch lesen können«, sagte Chad lachend.

»Stimmt. Glaubst du, der Junge hat Interesse an Motoren? Es wäre lustig, einen Jungen dabeizuhaben, dem wir es beibringen können, so wie Dad es uns als Kinder beigebracht hat.«

Chad war überrascht. »Keine Ahnung. Aber ich bin sicher, dass Victor das gar nicht gefallen würde.«

Lincoln lächelte. Es war mehr ein Grinsen als ein echtes Lächeln. »Das ist der Punkt.«

Er lachte. »Das gefällt mir.«

»Komm schon. Lass uns zurück zum Haus gehen. Knox und Zach sollten bald zurück sein. Ich will nach Mom sehen, bevor wir mit der Arbeit an der Hütte beginnen.«

Sie gingen durch die Bäume zurück zum Haupthaus. Victors Outback war nirgends zu entdecken, und Chad war erleichtert, dass er den Mann nicht mehr sehen musste. Zumindest heute. Er und Linc betraten das Haus, und er rief nach seiner Mutter.

»Wir sind hier drinnen!«, antwortete sie.

Als Chad den Wohnbereich betrat, sah er seine Mutter und Britt auf der Couch sitzen, wo sie Kaffee tranken und ruhig und gelassen schienen. Was auch immer Victor gewollt hatte, es konnte nicht so schlimm gewesen sein, da keine der beiden Frauen besorgt wirkte.

»Was hat Victor gewollt?«, fragte Lincoln, ohne um den heißen Brei herumzureden.

»Er sagte, er sei besorgt wegen der Schäden, die wir durch den Sturm erlitten haben könnten, und wollte nach uns sehen«, sagte seine Mutter.

»Und wie oft hat er in der Vergangenheit nach uns geschaut, wenn wir einen Sturm hatten?« Chad konnte sich die Frage nicht verkneifen.

»Nun, noch nie. Aber das war ... früher. Als euer Vater noch am Leben war.«

Diese Worte hatten immer noch die Fähigkeit, Chads Herz schmerzen zu lassen. Er konnte sich nur vorstellen, was seine Mutter jedes Mal fühlte, wenn sie sie aussprechen musste.

»Er wollte auch wissen, ob wir Gäste hatten, die in der beschädigten Hütte übernachten wollten, und als Evelyn das bejahte, bot er ihnen an, sie stattdessen bei sich unterzubringen«, fügte Britt hinzu.

Chad war ehrlich gesagt schockiert. »Das hat er getan?«

»Ja. Das war sehr nett von ihm.«

Das war es irgendwie – aber es war auch Victor, der versuchte, einen Vorteil aus einer beschissenen Situation zu ziehen, indem er ihnen das Geschäft stahl. Victor Rogers tat definitiv nichts aus reiner Herzensgüte.

»Natürlich habe ich Nein gesagt, denn alles, was dieser

Mann will, ist an Bedingungen geknüpft. Große, fette, haarige«, sagte seine Mutter mit einem breiten Grinsen im Gesicht.

Chad war erleichtert, dass seine Mutter das »nette« Hilfsangebot des Nachbarn durchschaut hatte.

»Nachdem sie sein Angebot höflich abgelehnt hatte, wurde er böse und bezeichnete sie als Idiotin. Er sagte, wenn sie die Mieter zurückweist, würden sie nicht mehr kommen, und dann stellte er die Fähigkeit eurer Mutter infrage, *Lobster Cove* am Laufen zu halten. Er sagte, Austin sei der Geschäftsmann gewesen, nicht sie, und er beharrte darauf, dass er sie letztendlich nicht brauche, um an ihn zu verkaufen. Er könnte das Grundstück einfach kaufen, wenn sie bankrottgeht.«

Chad fiel die Kinnlade herunter.

»Was zum Teufel?«, rief Lincoln aus.

»Ausdrucksweise, Lincoln«, mahnte ihre Mutter, dann nahm sie ruhig einen Schluck von ihrem Kaffee.

»Warum spuckst du kein Feuer?«, fragte Chad.

»Britt hat die gleiche Frage gestellt. Und die Antwort ist, weil Victor Rogers ein erbärmlicher, wütender Mann ist. Aber er war nicht immer so. Bevor seine Frau starb, war er erträglich. Erst als sie starb und er herausfinden musste, wie er allein eine Tochter großziehen und gleichzeitig sein Geschäft am Laufen halten konnte, wurde er verbittert und grantig.«

Grantig. Was für ein Witz. Der Mann war ein Arsch.

»Ich habe gehört, dass du mit Dads Schrotflinte auf ihn gezielt hast«, platzte Chad heraus. »Ist da was dran?«

Seine Mutter lächelte in ihre Tasse, dann sah sie zu ihm und Lincoln auf und zuckte mit den Schultern. »Das ist maßlos übertrieben. Er kam ein paar Tage nach dem Tod eures Vaters hierher und wurde noch aufdringlicher als sonst. Er akzeptierte kein Nein, als ich ihm sagte, dass ich nicht daran interessiert sei, *Lobster Cove* zu verkaufen, weder an ihn noch an jemand anderen. Da er sich weigerte zu gehen, bevor ich über den Verkauf gesprochen hatte, beschloss ich, ein wenig aufzuräumen. Ich nahm lediglich Austins Schrotflinte in die Hand und stellte sie hinter der Eingangstür ab, damit ich fegen konnte. Ich habe auf niemanden etwas *gerichtet*. Es ist nicht meine Schuld, wenn Victor dachte, ich würde ihn bedrohen.«

Chad wollte es nicht, aber er konnte das Lachen nicht unterdrücken, das ihm entwich.

»Mom. Das hast du nicht getan«, stöhnte Lincoln.

»Was nicht getan? Ich habe nur die Waffe bewegt, damit ich fegen kann.«

Chad war überhaupt nicht überrascht zu hören, dass Victor versucht hatte, ihre Mutter zum Verkauf von *Lobster Cove* zu zwingen. Der Mann hatte sich ihr sogar genähert, als sie am verletzlichsten war – bei der Beerdigung ihres Vaters. Er hatte kein Schamgefühl.

Der Wert von *Lobster Cove* bestand in dem Land selbst, nicht unbedingt in den Geschäften, die sie betrieben. Der Wert von Grundstücken war in Maine in den letzten Jahrzehnten in die Höhe geschnellt, vor allem bei Grundstücken an der Küste. Seine Eltern hatten den Ort vor fünfzig Jahren fast umsonst bekommen. Heute war er Millionen wert.

Aber Chad konnte sich nicht vorstellen, dass seine Mutter *Lobster Cove* verkaufen würde, genauso wenig wie er sich vorstellen konnte, dass sie sich in einen anderen Mann verlieben und wieder heiraten würde. Sie und Austin Young waren Seelenverwandte, und nichts und niemand würde jemals die Liebe ersetzen, die sie mit ihrem Mann gehabt hatte – oder das Heim, das sie gemeinsam geschaffen hatten.

Chad war wieder einmal dankbar für seine Entscheidung, nach Hause zu ziehen, und schwor sich im Geiste, dass seine Mutter Victor Rogers von nun an nicht einmal mehr würde *ansehen* müssen. Der Mann konnte sich in Zukunft mit ihm oder einem seiner Brüder herumschlagen. Und das teilte er ihr auch mit.

Aber ihre Mutter wollte davon nichts hören.

»Ich liebe euch beide, und auch Knox und Zach, mehr als ihr je wissen werdet, aber ihr müsst euch nicht für mich bei Victor einmischen. Ich wohne schon seit Jahren neben ihm und kann mit ihm umgehen. Wusstet ihr, dass seine Tochter wieder nach Hause gezogen ist? Und sie hat auch einen kleinen Sohn.«

»Das wissen wir, Mom«, sagte Chad. »Aber ich glaube nicht, dass ...«

»Nein«, sagte sie nachdrücklich.

»Du weißt doch gar nicht, was ich sagen wollte«, protestierte er.

»Doch, das weiß ich. Du wolltest mir sagen, dass ich alt und zerbrechlich bin und dass ich mich nicht dem Druck von Victor aussetzen sollte zu verkaufen. Nun, vergiss das. Ich *bin* alt, ja, aber ich bin kerngesund, und ich habe vor, noch mindestens dreißig Jahre zu leben, damit ich sehen kann, wie meine Enkelkinder aufwachsen und *Lobster Cove* genauso genießen wie ihre Väter, als sie noch Kinder waren.«

Chad tauschte einen Blick mit seinem Bruder, und beide rollten mit den Augen. Ihre Mutter wünschte sich Enkelkinder mehr als alles andere, aber da keiner von ihnen bisher die richtige Frau gefunden hatte, mit der er den Rest seines Lebens verbringen wollte, wartete sie immer noch.

Aber jetzt ... er sah Britt an. Sie saß neben seiner Mutter und schaute sie mit besorgter Miene an. Er erinnerte sich daran, wie toll sie mit Kash umgegangen war. Wie sie nicht gezögert hatte, im Dreck auf die Knie zu gehen und ihm ein Kompliment für seine Festung zu machen. Sie wäre eine wunderbare Mutter.

Und plötzlich stellte er sich vor, wie Britt in ihrem Bett lag, mit einem Säugling auf der Brust, und ihn anlächelte.

Chad schüttelte den Kopf, konzentrierte sich wieder auf seine Mutter und sah Lincoln hilfesuchend an.

»Wir werden uns zurückhalten, aber wenn er dich weiter

bedrängt, werden wir einschreiten«, sagte Lincoln entschlossen.

»Okay.«

»Okay?«, fragte Lincoln.

»Mh-hm. Um ehrlich zu sein, tut der Mann mir leid. Er nennt dort drüben ein wunderschönes Stück Land sein Eigen, und doch kann er nur daran denken, *Lobster Cove* in die Finger zu bekommen. Und wofür? Wenn er nur halb so viel Energie in sein eigenes Haus stecken würde, wäre er nicht so sehr mit dem beschäftigt, was hier vor sich geht.«

Sie hatte nicht unrecht.

Der vertraute Klang des Gongs, der die Ankunft eines Fahrzeugs in der Einfahrt ankündigte, ertönte aus dem vorderen Korridor. Linc ging zum vorderen Fenster und sah hinaus.

»Es sind Knox und Zach. Hast du mit den Mietern gesprochen, Mom?«

»Britt hat das getan.«

Sowohl Chad als auch Lincoln blickte in ihre Richtung.

»Ich habe ihnen die Situation erklärt und gesagt, dass sie entweder eine Rückerstattung bekommen, eine Gutschrift für ein zukünftiges Datum – was einen zwanzigprozentigen Rabatt beinhaltet –, oder sie können im Haupthaus in einem der zusätzlichen Schlafzimmer wohnen. Ich habe sie darauf hingewiesen, dass in dem Haus zwei Familienmitglieder und eine Angestellte wohnen, dass wir aber alle locker und freundlich seien. Sie waren sogar etwas erleichtert, denn einer ihrer Söhne wollte diesen Sommer Fußball spielen, und er hat dieses Wochenende ein Turnier, das sie verpasst hätten. Also haben sie die Gutschrift genommen und werden später im Sommer wiederkommen«, erklärte Britt.

Chad seufzte erleichtert. So hatten sie zwei Tage Zeit, um die Reparaturen zu erledigen.

»Großartig«, sagte Lincoln. »Da sie verschoben haben,

haben wir jetzt Zeit, das Dach zu ersetzen, sodass niemandes Reise beeinträchtigt wird. Danke, Britt.«

»Klar doch.«

»Ich gehe zu den anderen und erkläre ihnen alles«, sagte Lincoln, bevor er zur Tür ging.

Chads Mutter schüttelte verärgert den Kopf. »Dieser Ort ist schlimmer als eine dieser Seifenopern, die ich früher gern gesehen habe. Klatsch und Tratsch verbreiten sich wie ein Lauffeuer.«

»Wir wollen nur dafür sorgen, dass du sicher und glücklich bist«, protestierte Chad. »Und wenn du gedrängt wirst zu verkaufen, ist das nicht cool.«

»Ich kann mit Victor umgehen«, wiederholte Evelyn entschlossen. »Außerdem war Britt an meiner Seite und hat ihn genauso finster angeschaut wie ihr beide, als ihr gehört habt, was passiert ist.«

Eine Welle der Lust traf Chad hart und überrumpelte ihn. Gott, er war so seltsam. Er hatte keine Ahnung, warum es ihn so anmachte zu hören, wie beschützend Britt gegenüber seiner Mutter war. Aber es ließ sich nicht leugnen, dass er sie umso mehr wollte. Er schätzte sie. Er dankte seinen Glückssternen, dass er genau zur richtigen Zeit auf dem Parkplatz gewesen war, um zu hören, wie sie von diesem dummen Angestellten angeschrien wurde.

»Britt, kann ich kurz mit dir reden, bevor ich zu meinen Brüdern gehe?«

Sie sah besorgt aus und stand sofort auf. »Natürlich. Evelyn, ich bin gleich wieder da. Oh, und vergiss nicht, deine Einkaufsliste zu erstellen. Ich muss noch etwas an der Inventarerfassung in der Werkstatt arbeiten, aber wie wäre es, wenn wir nach dem Mittagessen in die Stadt fahren?«

»Das klingt perfekt«, sagte Evelyn und lehnte sich gegen die Sofakissen. »Ich werde einfach hier sitzen, mich entspannen und die Aussicht genießen. Ich liebe es, wenn die Sonne nach einem Sturm aufgeht. Es bestärkt mich darin, dass die Sonne immer wieder aufgeht, egal wie dunkel ein Tag auch sein mag.«

Chad hatte die Redewendungen seiner Mutter schon so oft gehört, dass er diese kaum noch wahrnahm. Aber er konnte sehen, dass es bei Britt ankam.

Als sie ihn erreichte, ergriff er ihre Hand und ging zum Arbeitszimmer seines Vaters an der Seite des Hauses, außer Sichtweite seiner Mutter.

»Chad?«

Die Stimme seiner Mutter ließ ihn innehalten. Er drehte sich um und sah sie an. »Ja?«

»Behandle sie gut ... oder du bekommst es mit mir zu tun.« Ihre Stimme war untypisch streng.

»Natürlich. Und damit das klar ist: Wir sind zusammen. Ich hoffe, das ist kein Problem.«

»Nein. Solange du gut zu ihr bist.«

»Bin ich.«

»Ist er.«

Er und Britt sprachen gleichzeitig. Er grinste sie an, und sie erwiderte sein Lächeln.

Er ging weiter in Richtung Arbeitszimmer. Sobald er die Tür hinter ihnen geschlossen hatte, nahm er ihr Gesicht in seine Hände und küsste sie. Als er sie mit dem Rücken gegen die geschlossene Tür drückte, um sie zu verzehren, entging Chad nicht, wie sie seine Begeisterung enthusiastisch erwiderte.

Sie neigten den Kopf von links nach rechts, während ihre Zungen sich duellierten. Britt ließ die Hände unter sein Hemd gleiten, streichelte sein Kreuz und drängte ihn mit ihren Fingernägeln näher zu sich. Sie waren von der Brust bis zu den Hüften aneinandergepresst, und Chad konnte auf keinen Fall verbergen, wie sehr er sie wollte.

Sie keuchten beide, als er etwa eine Minute später seine Lippen von ihren löste.

»Großer Gott, Frau«, rief er aus.

Sie lächelte ihn schüchtern an und leckte sich über die Lippen, was in Chad den Wunsch auslöste, sie erneut zu küssen.

Er holte tief Luft und sagte: »Erzähl mir, was passiert ist.«

Sie war auf der gleichen Wellenlänge, und er musste nicht erklären, was er meinte.

»Es war interessant. Sie waren beide sehr höflich, und ihre Stimmen wurden nicht lauter. Sie hätten sich auch über das Wetter unterhalten können ... obwohl die Worte eures Nachbarn immer böser wurden, je mehr sie sich weigerte. Er sagte Evelyn, sie könne unmöglich glauben, dass sie die Geschäfte allein führen könne, dass sie besser an ihn verkaufen und in ein Haus namens *Summit Place* ziehen solle.«

Chad verzog die Lippen. »Das ist ein Altersheim oben in Belfast. Es ist ganz nett, aber Mom würde es hassen. Alle ihre Freundinnen sind hier in Rockville, und sie würde verrückt werden, wenn sie nur rumsitzt und nichts zu tun hat. Außerdem ist das hier ihr Zuhause. Hier hat sie jahrzehntelang mit Dad gelebt. Sie würde es hassen, nur ein kleines Zimmer zu haben.«

»Das hat sie Victor im Grunde auch gesagt. Und dass er sich sein bescheidenes Angebot von einer Million in den Arsch schieben kann.«

Chad fiel die Kinnlade herunter. »Das hat sie gesagt?«

»Ja. Sehr höflich. Sie hat ihm auch gesagt, dass es uns gut geht, danke vielmals, und dass *er* die ganze Energie, die er aufbringt, um sie zu schikanieren, besser für seine Tochter und seinen Enkel verwenden solle. Das schien ihn schließlich wütend zu machen, und er ging kurz darauf. Wenn du mich fragst ... Evelyn kann auf sich selbst aufpassen. Sie war nicht verärgert, war nicht überrascht, dass er sie zum vermutlich hundertsten Mal bat zu verkaufen. Sie weiß, wie sie mit ihm umzugehen hat, nämlich indem sie ruhig bleibt und seine unhöflichen Bemerkungen mit ein paar schnippischen Kommentaren erwidert. Sie ist ziemlich erstaunlich.«

»Das ist sie«, stimmte Chad zu. »Und du auch. Ist alles in Ordnung mit dir?«

»Mit mir? Ja, warum?«

»Weil das ein bisschen unangenehm sein musste. Und Victor ist ein großer Mann, und du kennst ihn nicht.«

»Es war sogar etwas unterhaltsam. Zuerst habe ich nicht verstanden, was da passiert ist. Ich dachte, dass die Meinungen aller über diesen Nachbarn übertrieben waren. Er schien wirklich besorgt über den Schaden an der Hütte zu sein. Es ist fast beeindruckend, wie er so böse sein kann, ohne den Tonfall auch nur im Geringsten zu ändern. Wie geht's der Festung? Sind die Sachen von Kash in Ordnung?«

Chad war sich nicht sicher, ob er das Thema wechseln wollte. Er machte sich immer noch Gedanken über seine Mutter und war besorgt darüber, wie Britt mit dem ganzen Drama zurechtkam. Sie hatte eine harte Nacht hinter sich, sah immer noch ein wenig blass aus nach dem Schreck, den sie gehabt hatte, und dann das Gespräch mit ihrer Mutter. Aber er wollte sie nicht ständig fragen, ob es ihr gut ging. Sie war eine erwachsene Frau.

»Sie ist in Ordnung«, antwortete er schließlich. »Kash hat gute Arbeit geleistet. Nur ein kleiner Schaden, der nicht allzu schwer zu beheben sein sollte. Und seine Sachen sind alle in Sicherheit.«

»Gut. Ich habe deiner Mutter von der Festung und Kash erzählt, und sie ist fest entschlossen, ihm ein paar Muffins zu backen.«

»Das wird Victor *wirklich* gegen den Strich gehen.«

»Ja. Aber ich glaube, sie sorgt sich um den Jungen. Sie ist nicht darauf aus, sich mit ihm anzufreunden, nur um Victor zu ärgern.«

»Natürlich ist sie das nicht. So ist meine Mutter nicht

gemacht. Und wenn man bedenkt, wie sehr sie sich Enkelkinder wünscht, würde sie sich mit *jedem* fremden Kind anfreunden, das in *Lobster Cove* auftaucht.«

Er sah, wie eine leichte Röte in Britts Wangen aufblühte.

»Willst du Kinder?«, platzte er heraus.

Die Röte vertiefte sich. »Ja. Drei. Und du?«

»Auch drei. Das scheint eine gute Zahl zu sein. Und ich möchte, dass sie sich altersmäßig näher sind als meine Brüder und ich. Ich habe gern mit all meinen Brüdern gespielt, aber Zach und Lincoln stehen sich nicht so nahe, da sie zehn Jahre auseinander sind.«

Britt leckte sich wieder über die Lippen, und Chad konnte nur daran denken, dieser Frau Kinder zu schenken. Ihr zuzusehen, wie sie mit ihnen spielte. Sie zu verwöhnen. Wie sie zur Löwenmama wurde, wenn sie sich bedroht fühlte.

»Ich bin sowohl traurig als auch erleichtert, dass ich keine Geschwister habe. Ich möchte nicht, dass jemand anderes das erlebt, was ich als Kind erlebt habe. Ich bin entschlossen, es für meine Kinder besser zu machen, wenn ich welche habe. Ich bin vielleicht nicht der reichste Mensch der Welt, aber meine Kinder werden nie einen Tag erleben, an dem sie nicht wissen, dass sie geliebt werden und gewollt sind. Sie werden sich nie im Stich gelassen fühlen. Ich werde ihnen nie das Gefühl geben, dass sie eine Last sind, so wie meine Mutter es bei mir getan hat.«

Chad brach das Herz. Er umfasste ihr Gesicht und neigte es zu seinem. »Du wirst eine gute Mutter sein. Deine Erfahrungen werden dich zu einer besseren Mutter machen, als die meisten es sind.«

»Ich hoffe es«, flüsterte sie.

»Ich habe ein Geheimnis«, sagte er.

Sie lächelte und zog eine Augenbraue hoch, löste sich aber nicht aus seiner Umarmung.

Chad fuhr mit seinen Daumen über ihre Wangenknochen.

»Der Schrank in deinem Zimmer? Hinten gibt es eine kleine Zugangsklappe.«

»Das habe ich gesehen«, erwiderte sie und schaute jetzt verwirrt.

»Sie führt zu *meinem* Schrank. Das war Knox' Zimmer, als wir aufgewachsen sind, und wir haben Dad angefleht, einen Geheimgang einzubauen, damit wir morgens zusammen spielen können, ohne die anderen zu wecken.«

Er konnte sehen, wie sich der Herzschlag in ihrem Hals beschleunigte. »Ach ja?«

»Mh-hm. Es könnte etwas eng werden, aber ich denke, du könntest es schaffen.«

»Warum sollte ich das tun wollen?«, fragte sie mit vorgetäuschter Unschuld.

»Weil ich nicht sicher bin, ob ich jemals wieder ohne dich schlafen kann, nachdem ich dich letzte Nacht im Arm gehalten habe.«

Britt leckte sich noch einmal über die Lippen. Sie waren glänzend und prall, und ihr hellbraunes Haar fiel ihr in zerzausten Wellen um die Schultern. Sie hatte dank der Kochkünste seiner Mutter etwas zugenommen, seit sie in *Lobster Cove* war, und obwohl Schönheit völlig subjektiv war, war sie für ihn umwerfend.

»Kein Druck«, sagte er schnell. »Ich weiß, dass es vielleicht unangenehm ist, im Haus meiner Mutter herumzuschleichen, besonders als Erwachsene.«

»Bevor du und Linc angekommen seid, hat sie mir nicht so beiläufig erzählt, dass sie nichts von dem hören kann, was oben passiert, weil ihr Zimmer am anderen Ende des Hauses liegt, im Erdgeschoss. Sie sagte, es sei ein Segen gewesen, als ihr vier aufgewachsen seid, dass sie weder Streitereien noch Raufereien hören konnte.«

Chad lachte. »Ich sollte überrascht sein, dass meine Mutter

versucht, sich in mein Sexleben einzumischen, aber ich bin es nicht.«

»Sie ist etwas Besonderes«, stimmte Britt zu.

Am liebsten hätte er diese Frau angefleht, heute Nacht in sein Bett zu kommen, aber Chad hielt den Mund. Er hatte die Einladung ausgesprochen. Jetzt war Britt an der Reihe. Er würde sie zu nichts drängen, womit sie nicht einverstanden wäre. Aber er wollte mehr als nur einen Flur und ein Badezimmer mit ihr teilen – er wollte alles.

Den Ring, das Haus, die Kinder. Es war unwirklich, wie schnell seine Gefühle sich entwickelten, aber sie fühlten sich so richtig an. Zurück nach Maine zu ziehen, wieder in *Lobster Cove* zu leben, Britt zu treffen. Es fühlte sich alles wie Schicksal an. Und er war dabei. Er musste nur die Geduld aufbringen, Britt aufholen zu lassen. Sie hatte ein lebenslanges Trauma hinter sich, und er würde sich lieber die Pulsadern aufschneiden, als diesen Stress noch zu verstärken.

»Ich gehe raus und helfe den anderen. Wenn du etwas brauchst, weißt du ja, wo wir sind«, sagte er.

Britt nickte, dann stellte sie sich auf die Zehenspitzen und küsste ihn erneut. Es war auch kein kurzes Küsschen. Sie übernahm die Kontrolle, ließ ihre Zunge in seinen Mund gleiten und haute ihn von den Socken. Er war nicht der Typ Mann, dem es normalerweise gefiel, in einer Beziehung die Kontrolle abzugeben, aber wenn *diese* Frau die Kontrolle übernahm, konnte er damit umgehen.

»Evelyn macht Lasagne zum Mittagessen. Sehen wir uns dann?«, fragte Britt, als sie den Kopf hob.

»Ja. Und lecker. Die mag ich am liebsten.«

»Das hat sie auch gesagt.«

Chad nahm zögernd seine Hände von ihrem Gesicht und trat zurück. Britt entfernte sich von der Tür und strich sich mit den Händen über die Seiten, als wollte sie ihr Hemd zurechtrücken.

»Du siehst perfekt aus«, sagte er. Und das tat sie auch. Ihre Lippen waren tiefrot und ihre Wangen ebenso rosig, und sie hatte einen zufriedenen Ausdruck in ihren Augen. Chad *gefiel* das. Er konnte es kaum erwarten zu sehen, wie sie aussah, nachdem er sie zum Orgasmus gebracht hatte.

»Bis später«, sagte sie leise.

»Bis später«, stimmte er zu, dann zwang er sich, die Tür zu öffnen und in den Flur zu gehen.

Britt Starkweather war in sein Leben gestürmt, und er war mehr als froh, sie zu haben. Die Zeit würde zeigen, ob sich die Chemie zwischen ihnen in eine langfristige Beziehung verwandeln würde oder nicht. Er hoffte es inständig, denn bis jetzt gab es nichts, was er an dieser Frau nicht mochte.

KAPITEL DREIZEHN

Der Rest des Morgens kam Britt unwirklich vor. Sie erinnerte sich immer wieder an den Kuss im Arbeitszimmer und wie ... anders er sich angefühlt hatte. Und sie konnte nicht aufhören, an den Geheimgang in ihrem Kleiderschrank zu denken, der zu Chads Zimmer führte. Er hatte ihr mehr als deutlich gemacht, dass er sie in seinem Bett haben wollte ... aber war das klug?

Nein, definitiv nicht – aber das hielt Britt nicht davon ab, dort sein zu wollen. Sie hatte sich noch nie zu einem Mann so hingezogen gefühlt wie zu Chad. Aber lag das nur daran, dass sie sich so nahe waren? Lag es daran, dass sie sich letzte Nacht in seinen Armen sicher gefühlt hatte, während der Sturm tobte? Lag es daran, dass sie so hungrig nach Liebe war, dass sie sich an den ersten scheinbar guten Mann klammerte, dem sie begegnete, nachdem sie von Cole verlassen worden war?

Sie glaubte nicht, dass ihre Gefühle auf eines dieser Dinge zurückzuführen waren. Aber was, wenn sie sich irrte? Sie hatte keine sehr gute Erfolgsbilanz, wenn es um Männer ging. Aber Chad fühlte sich anders an als alle anderen. Das Leben und die Arbeit Seite an Seite mit ihm gaben ihr eine Perspektive, die sie bei keinem der anderen Männer, mit denen sie in der Vergangenheit ausgegangen war, gehabt hatte.

Wenn sie nicht in der Lage gewesen wäre, mit Cole zusammenzuwohnen, jede Mahlzeit gemeinsam einzunehmen und rund um die Uhr mit ihm zusammen zu sein, wäre sie nie mit ihm nach Maine gezogen. Doch er sagte das eine und tat das andere. Er versprach ihr die Welt und hielt nicht, was er versprochen hatte.

Zu sehen, wie Chad mit seiner Familie umging, war eine Sache, aber zu sehen, wie er Walt, Barry und Camden mit Respekt behandelte, sagte ihr mehr über den Charakter dieses Mannes als alles andere. Er war auch sehr hilfsbereit gegenüber allen, die ihre Boote abholen wollten. Obwohl es nicht im Vertrag stand – sie hatte Evelyn danach gefragt –, half er jedem einzelnen Kunden, sein Boot an sein Fahrzeug anzukoppeln oder ins Wasser zu bringen.

Er ging mit den Mietern um, als seien sie die wichtigsten Menschen auf der Welt. Er war geduldig bei ihren Fragen und stellte sicher, dass jeder verstand, wie wichtig es war, beim Kajakfahren eine Schwimmweste zu tragen, selbst wenn er ein guter Schwimmer war.

Und als er ihr gesagt hatte, dass er drei Kinder wolle? Ihre Eierstöcke waren fast explodiert, und sie war zwei Sekunden davon entfernt gewesen, ihn zu bitten, sie an der Tür zu nehmen und ihr auf der Stelle ein Baby zu schenken.

Es war verrückt, und Britt war völlig überfordert. Sie glaubte nicht, dass es nur an der Lust lag. Chad Young war ein wunderbarer Mann, und sie hatte das Gefühl, dass sie es für den Rest ihres Lebens bereuen würde, wenn sie es vermasselte und ihn gehen ließ.

Aber bedeutete das, dass sie bereit war, den Sprung zu wagen und ihre innige Freundschaft in etwas mehr zu verwandeln? Wenn sie mit ihm schlief, würde sie sich voll und ganz auf ihn einlassen, und das machte ihr Angst. Sie liebte ihn bereits für seine Freundlichkeit und Anständigkeit, aber sie wusste ohne Zweifel, dass sie sich bis über beide Ohren in ihn verlieben würde, wenn sie mit ihm schliefe. Die Intimität, die der Sex mit sich brachte, würde die Verbindung, die sie mit Chad empfand, noch verstärken.

Und auf keinen Fall wollte sie sich völlig in einem Mann verlieren. Bei Cole hatte sie es so sehr vermasselt, und sie war nicht einmal emotional so engagiert gewesen. Sie wollte sich nicht das Herz aus dem Leib reißen lassen, wenn es wieder schiefging. Sie würde *Lobster Cove* auf jeden Fall verlassen müssen, was fast so schmerzhaft wäre wie der Verlust von Chad.

Es wäre nicht klug, sich so schnell darauf einzulassen ... aber Britt glaubte ehrlich gesagt nicht, dass sie Nein sagen konnte. Nicht wenn alles, was sie sich immer von einem Partner gewünscht hatte, zum Greifen nahe war.

Scheiß drauf.

Sie wollte nichts bereuen. Und wenn sie Chads Angebot, mit ihm das Bett zu teilen, nicht annehmen würde, wäre das ein *großes* Bedauern.

Es war schwer, die Erregung zu verbergen. Aber wenn sie jetzt ins Wohnzimmer ging, würde Evelyn wissen, dass etwas nicht stimmte. Sie wäre vor Aufregung ganz begeistert und würde Britt irgendwie dazu bringen, alles auszuplaudern, und auf keinen Fall wollte sie mit Evelyn über Sex reden. Zumal der Sex mit einem ihrer Söhne stattfinden würde.

Da sie ein wenig feige war, rief sie vom Flur aus: »Ich gehe rüber zur Autowerkstatt, um mich mit Walt und Barry wegen des Inventars zu treffen!«

»Okay!«, rief Evelyn zurück.

Sie war erleichtert, dass sie Chads Mutter noch nicht gegenübertreten musste, nicht wenn ihr so viele unanständige

Gedanken über den Sohn der Frau durch den Kopf gingen, und machte sich auf den Weg zur Seitentür. Das Wetter war heute so schön, als hätte es den schrecklichen Sturm gar nicht gegeben. Aber die auf dem Boden verstreuten Äste waren der Beweis dafür, dass er gewütet hatte.

Der Gedanke an die Kraft des Gewitters ließ sie erschaudern. Sie hasste es, dass sie eine so starke Phobie hatte. Sie hatte alles versucht, um diese verdammte Angst loszuwerden, aber ohne Erfolg. Cole hatte ihre Angst für lustig gehalten. Sie hätte nach dem ersten Sturm, den sie zusammen durchgemacht hatten, mit ihm Schluss machen sollen, als er nicht verstehen konnte, warum sie sich so sehr fürchtete. Der Unterschied zwischen Coles und Chads Reaktion war wie Tag und Nacht.

Bei Cole schämte sie sich für ihre Angst. Chad gab ihr das Gefühl, sicher zu sein und verstanden zu werden, ohne die Ursache ihres Problems zu kennen.

Na ja ... *sicher* war nicht gerade das richtige Wort, aber zumindest hatte sie nicht das Gefühl, kurz vor dem Tod zu stehen, wie sie es sonst tat.

Britt lächelte, als sie zu den Gästehäusern auf dem riesigen Grundstück hinüberblickte. Sie konnte nicht sehen, was die Young-Brüder taten, aber sie konnte Hämmern, gelegentliche Schimpfwörter und Gelächter hören. Zu sehen, wie die Brüder miteinander umgingen, war so ziemlich genau das, was sie sich vorstellte, wenn sie an eine »große glückliche Familie« dachte.

Sie hörte Walt, Barry und Camden reden, als sie sich der Autowerkstatt näherte. Britt hatte Otis' Sohn seit ihrem ersten Treffen nicht besser einschätzen können, aber er war ihr immer noch ein wenig unheimlich. Camden hatte nichts Beleidigendes gesagt oder getan, aber sie war sich ziemlich sicher, dass er sie nicht sonderlich mochte, obwohl sie nicht mehr als zwei Dutzend Worte mit dem Mann gewechselt hatte. Sie nahm an, dass er sich abweisend verhielt, weil er sie, wie sein Vater, als Außenseiterin betrachtete.

Vielleicht war er auch verärgert darüber, dass sie angeboten hatte, bei der Eingabe des Inventars und einigen Verwaltungsarbeiten in der Autowerkstatt auszuhelfen. Vielleicht wusste er aber auch nicht, dass sie für diese Arbeit nicht extra bezahlt wurde.

Entschlossen, freundlich zu sein, auch wenn er es nicht war, setzte Britt ein Lächeln auf und betrat die erste Bucht.

»Guten Morgen!«, rief sie.

»Britt!«

»Hi!«

Walt und Barry begrüßten sie beide mit einem Lächeln und echter Freude in der Stimme. Es entging ihr nicht, dass Camden nicht einmal von dem Motor aufschaute, über den er sich gebeugt hatte. Er stand in der Ecke und arbeitete an einem Aufsitzrasenmäher, den jemand hergebracht hatte, weil er nicht ansprang.

»Das war ein ganz schöner Sturm letzte Nacht, was?«, fragte Walt.

»Ja«, entgegnete sie und hatte das Gefühl, dass dies die Untertreibung des Jahrhunderts war.

»Mein Jüngster ist zu meiner Frau und mir ins Bett gekrochen«, erklärte Barry. »Mein Ältester wollte aufs Dach steigen, um die Blitze besser sehen zu können, damit er ein paar gute Fotos machen kann. Und der Mittlere hat die ganze Zeit über geschlafen. Ich kann nicht glauben, wie unterschiedlich sie sind.«

Britt schauderte bei dem Gedanken, bei einem solchen Gewitter draußen zu sein. Aber auf einem Dach? *Näher* an den Blitzen? Wo man noch leichter getroffen werden konnte? Das war buchstäblich ihr schlimmster wahr gewordener Albtraum.

»Ich nehme an, du bist kein Fan von Gewittern«, brummte

Walt lachend, obwohl es sich nicht so anfühlte, als würde er sie auslachen.

Britt zuckte leicht mit den Schultern. »Nein. Ich hatte ein schlimmes Erlebnis, als ich noch klein war.«

Sie war selbst überrascht, das zuzugeben. Normalerweise gab sie niemandem gegenüber zu, dass sie sich vor Gewittern fürchtete, aber etwas an dem Mechaniker gab ihr das Gefühl, dass er ihre Ängste nicht auf die leichte Schulter nehmen würde. Und sie hatte recht.

Sein Lächeln wurde schwächer und er runzelte die Stirn. »Geht es dir gut?«

Sie nickte ihm zu. »Ja.«

»Falls es dich beruhigt, solche Gewitter sind nicht alltäglich. Ja, wir haben Regen und Wind, aber diese riesigen Donnerschläge und Blitze? Nicht so häufig.«

Erleichterung strömte durch Britts Adern. »Gut.«

»Gab es große Schäden an den Gästehäusern?«, fragte Barry. »Ich habe die Jungs heute Morgen dorthin gehen sehen, und wir können hören, wie sie daran arbeiten.«

»Ein wenig. Die Reservierung, die heute in Kraft treten sollte, konnte storniert werden, und sie denken, dass sie es reparieren können, bevor das nächste Paar eintrifft«, erklärte Britt.

»Das ist gut. Ich hatte gehofft, später vorbeikommen zu können, um zu sehen, ob sie Hilfe brauchen, aber wir stecken hier bis zum Hals in Reparaturen.«

Britt nickte. »Habt ihr Zeit, euch mit mir zusammenzusetzen und das Inventar durchzugehen? Oder sollen wir das ein andermal machen?«

»Nein, jetzt ist gut«, antwortete Walt. »Barry, wenn du das hier fertig machst, helfe ich Britt. Wenn wir uns eine Stunde oder so Zeit nehmen, können wir noch ein gutes Stück schaffen.«

»Klar doch«, sagte Barry freundlich.

»Camden, während Britt beim Erfassen des Inventars hilft, werde ich auch eine Bestellung aufgeben. Brauchst du irgendetwas?«

Er blickte von dem Rasenmäher auf. »Du weißt doch, dass sie es nur versauen wird, oder?«

Britt war ein wenig verblüfft über seine bösen Worte.

»Sie weiß nichts über Motoren oder Fahrzeuge. Sie kann einen Vergaser nicht von einem Proportionalventil unterscheiden. Wie soll sie dann das Inventar verwalten können?«

Britt presste irritiert die Lippen zusammen. Sie öffnete den Mund, um sich zu verteidigen. Um ihre Erfahrung in der Verwaltung zu erwähnen. Um zu erklären, dass sie nicht zu wissen brauchte, was die Teile taten, sondern nur dafür sorgen musste, dass sie im Inventarsystem richtig kodiert waren und dass es die Teile berechnete, sobald sie verwendet und in Rechnung gestellt wurden.

Aber Walt ergriff das Wort, bevor sie es tun konnte.

»Willst du mich verarschen?«, fragte er, wobei seine Stimme durch die Bucht dröhnte. »Wir haben dich in der Vergangenheit mindestens hundertmal gebeten, uns zu helfen, die verwendeten Teile zu inventarisieren, bevor du die Arbeit verlässt, und jedes verdammte Mal kamst du mit Ausreden. Entweder hast du keine Zeit oder du wirst für diesen Scheiß nicht bezahlt. Jetzt haben wir eine Software, die das für uns erledigt, und Britt hat ihr Fachwissen kostenlos zur Verfügung gestellt. Und ich wette, sie wird nicht mehr Fehler machen als *du*. Wie oft hast du uns schon gebeten, das falsche Zeug zu bestellen? Oder die falsche Zahl eingegeben, sodass wir zehn statt hundert Flaschen Öl bekamen? Entweder du bist nachsichtig mit ihr, Cam, oder du hältst deine verdammte Klappe!«

Wenn Blicke töten könnten, wäre Walt in eine Million kleine Stücke zerlegt worden. Aber anstatt zu reagieren, ließ Camden den Schraubenschlüssel, den er in der Hand hielt, scheppernd zu Boden fallen und stürmte aus dem Gebäude.

»*Verdammt*, er ist nervig«, murmelte Barry.

»Hör nicht auf ihn«, sagte Walt zu Britt. »Er ist einfach ein Arschloch. Das war er immer und wird er immer sein. Austin hätte ihn schon längst gefeuert, wenn er nicht der Sohn von Otis wäre. Und Evelyn ist zu nett, um ihm den Laufpass zu geben. Du machst das sehr gut. Komm, wir gehen ins Büro und starten das Programm, dann kannst du mir mehr darüber zeigen, wie es funktioniert.«

Dankbar, dass wenigstens Walt und Barry ihre Hilfe zu wollen schienen, machte Britt sich auf den Weg ins Büro.

Eine Stunde später drehte sich ihr der Kopf. Sie hatte wirklich keine Ahnung gehabt, dass es so viele verschiedene Teile gab, als sie mit diesem Projekt begonnen hatte. Was dumm war, denn Motoren waren komplizierte Maschinen. Und der Motor eines Hondas war anders als der eines Schneemobils, der wiederum anders war als der eines Rasenmähers. Sie musste eigentlich *nicht* genau wissen, was sie taten oder wie sie benutzt wurden, aber da sie jedes Teil einzeln in das Inventarisierungsprogramm eintrug, dauerte es länger, als sie gedacht hatte.

Sie war zuversichtlich, dass sie sich bald mit den Teilen vertraut machen würde, die am häufigsten bestellt wurden. Aber Camden hatte nicht ganz unrecht gehabt, als er gesagt hatte, dass es die Arbeit schwieriger machen würde, wenn man nichts über Motoren wusste.

»Du machst das toll«, lobte Walt sie. »Du wirst in kürzester Zeit ein Motorenprofi sein. Und ich kann gar nicht glauben, wie schnell du tippst! Außerdem bist du eine gute Lehrerin. Wir werden alle den Dreh mit dem System raushaben, bevor du es merkst. Das wird die Dinge hier so viel einfacher machen.«

Er war wirklich ein netter Mann, und Britt war dankbar für seine Geduld.

»Ich muss zurück nach draußen und Barry helfen. Sind wir hier drin so weit?«, fragte er.

Britt nickte schnell. »Natürlich.«

Er lächelte und nickte ihr zu, dann stand er auf und ging zur Tür.

»Ich werde nur noch ein oder zwei Testrechnungen erstellen, bevor ich gehe«, sagte sie. »Ich will mich davon überzeugen, dass die Rechnungen immer noch wie erwartet funktionieren und die richtigen Preise und so weiter angezeigt werden. Dann schaue ich, ob das Inventar- und das Rechnungssystem richtig integriert sind.«

Walt drehte sich nicht einmal um. Er winkte mit der Hand und sagte: »Klingt gut«, als er ging.

Es dauerte nur wenige Minuten, bis sie eine einfache Rechnung für x-beliebige Teile erstellt hatte, und sie war begeistert, als sie sah, dass die Preise stimmten, die Mehrwertsteuer ausgewiesen wurde und die Teile automatisch vom Bestand abgezogen wurden. Genau wie bei dem ersten Test, den sie vor ein paar Tagen durchgeführt hatte. Sie seufzte vor Erleichterung.

Sie klickte auf ein anderes Symbol auf dem Computer. Sie war auch froh, dass sie mit der Buchhaltungssoftware vertraut war, die Otis für *Lobster Cove Autowerkstatt* verwendete.

Sie war ziemlich intuitiv, und ihre Erfahrung half ihr, sich schnell in den Tabellen zurechtzufinden. Aber anders als beim letzten Mal wurde sie umso verwirrter, je länger sie in dem Programm herumstocherte, um herauszufinden, ob es die richtigen Daten für die Teile abrief, die sie in Rechnung gestellt hatte.

Sie fand immer wieder Rechnungen für Teile, die sie nicht in das System eingegeben hatte.

Stirnrunzelnd lehnte sie sich in ihrem Stuhl zurück.

Es gab auch viel mehr Lieferanten im System als noch vor ein paar Tagen. Namen, die sie nicht kannte. Unternehmen, von denen sie noch nie gehört hatte. Das war nicht weiter beunruhigend, schließlich kannte sie nicht jeden Lieferanten auswendig. Aber die Beträge, die *Lobster Cove* in Rechnung gestellt wurden, waren ... beträchtlich. Und sie hatte weder von Walt noch von Barry oder Chad gehört, dass sie in letzter Zeit große Bestellungen aufgegeben hätten. Nichts, was solch hohe Lieferantenrechnungen rechtfertigen würde.

Als sie eine weitere Tabelle überprüfte, sah sie, dass im letzten Monat zweiunddreißig Rechnungen bezahlt worden waren. Diesen Monat waren es nur zwölf. Das war ein ziemlich großer Unterschied.

»Vielleicht stellen die meisten dieser Lieferanten ihre Rechnungen Ende des Monats aus«, murmelte sie. Zusätzlich zu den bereits bezahlten großen Rechnungen könnten also noch fast zwei Dutzend weitere Rechnungen eingehen.

Britt sah auf und vergewisserte sich, dass sie noch allein im Büro war. Natürlich war sie das. Aber ihr schlechtes Gewissen meldete sich. Sie sah sich Dinge an, die sie eigentlich nicht sehen sollte. Aber ihre Neugierde war geweckt worden – und sie war plötzlich besorgt.

Als sie auf einige der Verkäufernamen klickte, war sie nur noch verwirrter. Die digitalen Aufzeichnungen der Rechnungen des Vormonats waren über den ganzen Monat hinweg datiert, nicht nur zum Ende hin.

Am verwirrendsten war jedoch, dass die Teile, die in den Rechnungen der Lieferanten aufgeführt waren, nicht in der neuen Inventarsoftware aufgeführt waren ... und auch nicht in der Tabelle, die Walt für sie mit den am häufigsten verwendeten Teilen erstellt hatte.

Eine Rechnung vom letzten Monat bezog sich zum Beispiel auf ein hydraulisches Verstärkungsaggregat, was auch immer das sein mochte, aber sie konnte es nirgends auf Walts Inventarliste finden.

Je mehr sie anklickte, desto mehr Unstimmigkeiten fand sie.

Zwanzig Bremsscheiben – eines der ersten Dinge, die sie und Walt in das Inventarsystem eingegeben hatten – waren bezahlt, aber sie hatte nur zehn eingetragen. Hatten sie in den letzten Wochen, bevor sie mit der Dateneingabe begonnen hatte, tatsächlich zehn weitere verbraucht? Sie bezweifelte es.

Außerdem gab es einen SAE J1772 Typ 1 Stecker, eine Motorhalterung, eine Wasserpumpenriemenscheibe, einen Resonator, einen Ansaugkrümmer, einen Spurhebel ...

Weitere Teile, für die die Werkstatt bezahlt hatte, die entweder nicht auf dem Inventarverzeichnis standen, das Walt ihr gegeben hatte – entweder als Lagerbestand oder weil sie in den letzten Monaten verwendet worden waren –, oder auf der Rechnung waren viel mehr aufgeführt, als vorrätig waren.

Hätte sie noch etwas von dem wunderbaren, besonderen Frühstück, das Britt fünf Stunden zuvor gegessen hatte, im Magen gehabt, hätte sie es vielleicht auf der Stelle erbrochen. Was war hier eigentlich los? Handelte es sich nur um schlampige Verwaltungsarbeit und Walt wusste nicht, welche Teile sie hatten ... oder um etwas anderes?

Es ging nicht einfach darum, dass hier und da ein zusätzliches Teil bestellt worden war. Der Unterschied war viel zu groß. *Tausende* von Dollar mehr, die an die Lieferanten gingen, als tatsächlich an Teilen eintrafen.

Britt lehnte sich in ihrem Stuhl zurück, blickte auf die Ecke des Computerbildschirms und stellte fest, dass sie schon seit über einer Stunde herumsuchte.

Ihr war übel. Irgendetwas stimmte hier ganz und gar nicht, aber sie wusste nicht genau was. Und sie war sich nicht sicher, was sie tun sollte. Sie war neu in *Lobster Cove*. Und sie sollte nicht einmal etwas mit der finanziellen Seite der Dinge zu tun haben. Sie hatte sich nur in dieses System eingeloggt, um die Testrechnung abzugleichen. Auf keinen Fall wollte sie jemanden der Täuschung beschuldigen. Oder des Diebstahls.

Aber sie konnte sich auch nicht einfach zurücklehnen und den Mund halten, vor allem nicht bei der Menge an Geld, von dem sie jetzt das Gefühl hatte, dass es auf den Konten von *Lobster Cove* fehlte.

»Britt?«

Sie erkannte Chads Stimme, als er ihren Namen rief. Aus irgendeinem Grund geriet sie in Panik. Sie loggte sich aus den Programmen des Computers aus, dann sammelte sie die Papiere ein, auf denen sie ihre Notizen und Gedanken notiert hatte, und schob sie in die unterste Schublade des Schreibtischs.

Sie stand auf und wandte sich der Tür zu, als Chad erschien.

»Hey, du bist schon eine Weile hier. Alles in Ordnung?«, fragte er.

Britt nickte. »Ja, alles gut. Ich habe mir nur alles angeschaut. Ich habe versucht, ein Gefühl für die Programme zu bekommen. Es ist alles in Ordnung. Gut.« Sie sprach zu schnell und wiederholte sich, aber sie konnte nicht anders. Sie wusste nicht, wie sie am besten erklären sollte, was sie gefunden hatte, oder mit wem sie überhaupt reden sollte. Vielleicht war es nichts, und sie wollte keine wilden Anschuldigungen machen.

Hatten Barry oder Walt die Bücher gefälscht? Hatte Otis das System betrogen und sich das Geld unter den Nagel gerissen? Waren es einfach nur Fehler? Vielleicht verstand sie nicht, was sie da sah. Oder die Abrechnungen waren korrekt, und das fehlende Inventar bestand nur aus Teilen, die nicht so oft benutzt und irgendwo gelagert wurden, wovon sie nichts wusste. Oder Walt hatte einfach vergessen, sie in seine Tabelle einzutragen.

»Was ist los?«, fragte Chad mit einem Stirnrunzeln.

Es war verrückt, wie gut er sie schon nach so kurzer Zeit lesen konnte.

»Nichts«, sagte sie schnell und hatte das Gefühl, dass sie mehr als deutlich machte, dass *definitiv* etwas nicht stimmte. Aber es gab zu viel, was sie nicht wusste. Sie konnte ihn nicht dazu bringen, sich umsonst Sorgen zu machen, falls es sich so entwickelte.

Er starrte sie einen langen Moment an, dann hielt er ihr die Hand hin. »Komm, Zeit für die Mittagspause.«

Dankbar, dass er sie nicht drängen würde – Britt hatte das Gefühl, dass sie sonst zusammengebrochen wäre –, nahm sie seine Hand. Anstatt zur Tür zu gehen, riss Chad sie nach vorn, sodass sie stolperte und gegen ihn prallte. Er schlang seinen Arm um ihre Taille, bis sie aneinandergepresst waren.

»Ich will nicht, dass du Angst hast, mir etwas zu sagen. Wenn dich etwas bedrückt, egal für wie unbedeutend du es hältst, will ich es wissen.«

Ach. Dieser Mann. Er brachte sie um. »Okay«, flüsterte sie. Die Last, ihren Verdacht für sich zu behalten, war schwer, aber sie wollte niemanden beschuldigen, bevor sie nicht sicher war, dass etwas nicht stimmte. Dies war ihr zweiter Tag, an dem sie in der Verwaltung aushalf. Es war noch zu früh, um mit dem Finger auf jemanden zu zeigen.

Chad starrte Britt einen langen Moment an, bevor er nickte. Dann beugte er sich langsam vor und gab ihr Zeit, seine Annäherungsversuche abzuwehren. Aber Britt hatte nicht die Absicht, das zu tun. Sie kam ihm auf halbem Weg entgegen, fast verzweifelt, sich noch einmal in seinen Küssen zu verlieren.

Erst als ein Pfiff von der Tür her ertönte, lösten sie sich voneinander. Britt war zwei Sekunden davon entfernt gewesen, ihn anzuflehen, sie gleich hier auf dem Schreibtisch zu nehmen. Sie spürte, wie sie heftig errötete, als sie sich zur Tür drehte. Chad ließ sie jedoch nicht los. Er lächelte nur Walt an, der gepfiffen hatte.

Britts Lust erstarb, als sie den stirnrunzelnden Otis an Walts Seite sah.

»Ich hole Britt nur zum Mittagessen ab«, sagte Chad zu den beiden Männern.

»*Das* war es also?«, murmelte Otis.

»Gut«, sagte Walt gleichzeitig mit Otis' schnippischer Bemerkung. »Sie ist schon seit Stunden hier drin und arbeitet.«

»Woran?«, fragte Otis, der sich aufrichtete und den Blick von ihr auf den Computer auf dem Schreibtisch richtete.

»Inventarliste«, platzte Britt heraus, und das ungute Gefühl in ihrem Bauch kehrte zurück. »Ich versuche nur, alles in das System einzugeben.«

Sie sah, wie sich die Schultern des älteren Mannes bei ihren Worten sichtlich entspannten.

Scheiße, Scheiße, Scheiße. Sie hatte das ungute Gefühl, dass der älteste und liebste Freund der Youngs für die Ungereimtheiten in der Buchhaltung verantwortlich war. Sie wollte ihn nicht zur Rede stellen und seine Beziehung zur Familie schädigen. Aber wie sollte sie das nicht tun? Soweit sie es beurteilen konnte, gingen jeden Monat Tausende von Dollar verloren. Und wenn Otis gestohlen hatte, *musste* sie etwas sagen.

»Kommt schon, nach dem Mittagessen gibt es Moms Kuchen«, sagte Chad. »Und ihr seid alle eingeladen. Sagen wir in etwa vierzig Minuten oder so? Kommt zum Haus und wir werden singen.«

»Großartig!«, rief Walt aus und rieb sich den Bauch. »Bitte sag mir, dass es Schokolade ist.«

»Könnte es etwas anderes sein? Das ist ihre Lieblingssorte«, antwortete Chad. »Und Zach hat ihn gemacht.«

»Verdammt!«, sagte Walt mit einem breiten Grinsen. »Der Junge ist ein Zauberer in der Küche.«

»Das ist er«, stimmte Chad zu. »Otis, du kommst doch auch, oder?«

»Ich muss eine Menge Rechnungen eingeben«, sagte der ältere Mann abwehrend.

»Komm schon. Bitte?«

»In Ordnung.«

»Gut. Komm, Britt. Ich weiß nicht, wie es dir geht, aber ich bin am Verhungern.«

Sie war es nicht. Bei Otis' Worten wurde ihr noch schlechter. War das der Grund, warum die Anzahl der Rechnungen in diesem Monat geringer war als in den vergangenen Monaten? Weil er nicht dazu gekommen war, den Rest einzugeben? Sie hatte das Gefühl, dass beim nächsten Blick in die Buchhaltungssoftware die Zahlen besser mit denen der Vormonate übereinstimmen würden ... aber würde das Inventar mit den Rechnungen korrespondieren?

Sie bezweifelte es. Und das Bankkonto der Youngs würde um so viel leerer sein.

Es entging Britt nicht, dass Walt sich zwischen sie und Otis stellte, als Chad sie aus dem Zimmer zog. Sie hasste es, dass die Abneigung des älteren Mannes ihr gegenüber so offensichtlich war ... aber sie konnte nicht umhin, sich vorzustellen, wie sehr er sie *noch mehr* hassen würde, wenn sie beweisen könnte, dass er Geld von *Lobster Cove* veruntreut hatte.

Und mit einem Schreck wurde ihr klar, dass der Hass vielleicht sogar noch tiefer ging. Er war für alle Finanzen von Evelyn zuständig. Steuern. Investitionen. Die Frage, wie viel Geld er über die Jahre hinweg gestohlen haben könnte, ohne dass jemand davon wusste, war verblüffend – und erschreckend.

Chad ging den halben Weg zum Haupthaus, blieb dann stehen und drehte sich zu ihr um. »Ich weiß, wir stehen erst am Anfang unserer Beziehung, und du hast in der Vergangenheit nicht so gute Erfahrungen mit Männern gemacht, aber ich bin nicht wie sie.«

Britt starrte ihn an, während ihr das Herz bis zum Hals schlug.

»Du kannst dich darauf verlassen, dass ich dir den Rücken freihalte. Wenn dich jemand belästigt oder bedrängt, werden wir uns darum kümmern. Wenn du es dir anders überlegt hast und nicht bei den Verwaltungsaufgaben helfen willst, wird niemand – vor allem nicht ich – sauer sein. Wenn dir das alles zu viel wird und du dir einen anderen Job suchen musst, um etwas Abstand von meiner verrückten Familie zu gewinnen, ist das auch in Ordnung. Es kann ein wenig überwältigend sein, am selben Ort zu leben und zu arbeiten. Das spüre ich selbst ein bisschen. Es ist schwierig, nicht mehr allein zu leben, sondern wieder bei meiner Mutter eingezogen zu sein. Ich will damit nur sagen, dass du mir alles erzählen kannst, was dich beschäftigt, wenn du dazu bereit bist. Ich werde nicht urteilen, ich werde zuhören, und wir können herausfinden, wie wir das, was immer es ist, *gemeinsam* in Ordnung bringen.«

Britt wollte am liebsten weinen. Dieser Mann ... er war ... aufdringlich, selbstbewusst, bewegte sich mit dem Tempo eines Hochgeschwindigkeitszuges vorwärts ... aber sie hasste es nicht. »Ich muss eine Weile über etwas nachdenken. Ich entscheide nicht gern in Sekundenbruchteilen«, sagte sie. »Aber ich werde mit dir reden. Bald. Versprochen.«

»Damit kann ich leben.« Dann beugte Chad sich vor und drückte seine Lippen auf ihre Stirn. »Ich kann intensiv sein.«

Britt konnte nicht anders. Sie lachte. Das schien die Untertreibung des Jahres zu sein.

Chad lächelte ein wenig. »Ja, ich weiß. Mom sagt immer, ich sei wie ein führerloser Zug, der mit hundertfünfzig Stundenkilometern über die Gleise rast. Aber du brauchst mir nur zu sagen, dass ich mich zurückhalten soll, und ich werde es tun. Ich will nur das Beste für dich, Mom, meine Brüder und *Lobster Cove*. Und ob du es glaubst oder nicht, ich habe eine Menge Geduld ... die brauchte ich auch als Scharfschütze in der Armee. Es gab Zeiten, in denen ich stundenlang unbeweglich liegen musste, um auf den perfekten Moment für meinen Schuss zu warten. Wenn ich kann, komme ich gern gleich zur Sache.«

Britt hatte nicht viel darüber nachgedacht, was er beruflich getan hatte, bevor sie ihn kennengelernt hatte. Aber sie konnte nicht leugnen, dass sie neugierig war. Ein Scharfschütze zu sein konnte nicht einfach sein, weder körperlich noch geistig. Das brachte sie dazu, ihn noch mehr zu bewundern.

»Komm schon, alle warten auf uns.«

Britt runzelte die Stirn. »Ach ja? Warum hast du mich dann aufgehalten? Wir müssen rein!«

Chad lachte, folgte ihr aber gehorsam, als sie zum Haus eilte.

KAPITEL VIERZEHN

Das Mittagessen war schön. Chad freute sich, die Momente wiederaufleben zu lassen, die sie genossen hatten, bevor die Jungs nach dem Highschool-Abschluss das Haus verließen. An jedem Geburtstag versammelten sie sich mit einem riesigen Kuchen um den Küchentisch und sangen demjenigen ein Ständchen, der gerade ein Jahr älter wurde. Es war eine so einfache Sache, aber es fühlte sich an, als hätte sie jetzt mehr Bedeutung als früher. Natürlich fehlte Dad, aber das machte jede Sekunde, die die Familie zusammen verbringen konnte, ein wenig wichtiger.

Und Britt an seiner Seite zu haben war ein zusätzlicher Bonus. Es war beängstigend, wie viel ihm diese Frau in so kurzer Zeit bedeutete ... und wie leicht er sie durchschauen konnte.

Irgendetwas war passiert, während sie in der Autowerkstatt war, aber er hatte keine Ahnung was. Walt und Barry schienen in Ordnung zu sein, sie waren wie immer. Camden war da gewesen, aber er war nicht in der Werkstatt, als Chad Britt geholt hatte. Otis war gerade erst eingetroffen, also konnte er

Britt nichts gesagt haben, was ihr diesen besorgten Gesichtsausdruck verliehen hätte.

Was auch immer es war, er hoffte, sie würde sich ihm schon bald anvertrauen. Er wollte nicht, dass ihre Zeit hier in *Lobster Cove* beunruhigend oder stressig war.

Es gab noch viel, was er über sie lernen musste, und umgekehrt. Er hasste es, dass er vor letzter Nacht nichts von ihrer Angst vor Gewittern gewusst hatte, aber jetzt, da er es wusste, würde er das Wetter im Auge behalten und tun, was er konnte, um ihre Ängste zu lindern. Er wollte sie nie wieder so verängstigt sehen, wie sie es war, als sie in sein Zimmer gestürmt war. Sie war praktisch in Trance gewesen, und er wollte nicht daran denken, wie sie damit fertiggeworden wäre ... oder auch nicht fertiggeworden wäre ... wenn er nicht in der Nähe gewesen wäre.

Er wollte, dass sie wusste, dass sie sich bei allem auf ihn verlassen konnte. Um Gewitter zu überstehen, um über ihre Gefühle für ihre Mutter zu sprechen, um zu schimpfen und zu toben. Er wollte eine echte Beziehung, nicht nur die hellen und glänzenden Seiten. Er wollte die Schattenseiten, sich durch den Schlamm wühlen, sich mit der Dunkelheit auseinandersetzen, die auftauchen könnte – und er wollte das alles gemeinsam tun.

Das war etwas, das er noch nie zuvor empfunden hatte. In der Vergangenheit war er mit einfachen Beziehungen zufrieden gewesen. Essen gehen, ins Kino gehen, Sex haben. Er hatte noch nie das Bedürfnis verspürt, einer Frau seine Sorgen und dunklen Gedanken mitzuteilen. Aber mit Britt tat er es.

Er hatte das Gefühl, dass sie die komplizierten Gefühle verstehen würde, die ein Scharfschütze mit sich brachte. Wie stolz er auf seine Leistung war ... und wie angewidert zugleich. Das Töten von Menschen war nichts, womit man in feinen Kreisen oder gar vor seiner Familie prahlen konnte, aber er konnte sich vorstellen, sein Herz auszuschütten und Britt von einigen seiner grausamen Einsätze zu erzählen.

Im Gegenzug wollte er, dass auch sie sich ihm gegenüber öffnete. Ihre Kindheit war beschissen gewesen. Sie hatte sich praktisch selbst großgezogen, und das konnte nicht einfach gewesen sein. Ihrer Mutter zuzuhören, wie sie sie an diesem Morgen anpöbelte, war schmerzhaft ... fast genauso schmerzhaft, wie Britt dabei zuzusehen, wie sie so tat, als machte es ihr nichts aus.

Aber er war dankbar, dass sie ihre eigene schreckliche Mutter nicht mehr brauchte ... weil sie jetzt *seine* hatte. Britt war nach dem Mittagessen mit seiner Mutter einkaufen gefahren, und als sie zurückkamen, hatten sie beide gelacht – er und seine Brüder konnten es aus der Entfernung hören, während sie an der Hütte arbeiteten.

Außerdem waren sie heute mit dem neuen Dach gut vorangekommen, und Chad war zuversichtlich, dass sie rechtzeitig fertig werden würden, um die nächsten Mieter begrüßen zu können. Zach, Knox und Lincoln waren vor einer Stunde nach Hause gefahren. Evelyn war kurz vor ihren Söhnen losgefahren, zurück in die Stadt zu ihrem Spa-Termin und einem Geburtstagsessen mit einigen ihrer ältesten Freundinnen.

Er und Britt hatten das Haus für sich, und Chad war begeistert. Er wünschte sich nichts sehnlicher als eine ruhige Nacht zum Entspannen und Abhängen, nur sie beide.

Viele Leute würden denken, dass sein Leben verdammt langweilig war, und sie würden sicherlich nicht verstehen, warum er mit siebenunddreißig Jahren wieder bei seiner Mutter eingezogen war. Aber das war ihm egal. Er liebte seine Mutter, und er liebte *Lobster Cove*. Es lag ihm im Blut, und er fühlte sich hier mehr zu Hause als irgendwo sonst, wo er je gelebt hatte.

Und dass Britt bei ihnen war, war das Tüpfelchen auf dem i. Er musste sie nicht davon überzeugen, dass er kein Spinner war, weil er zu Hause wohnte. Er musste nicht versuchen, sie zu überreden, bei ihm einzuziehen ... sie war bereits hier. Er grinste bei dem Gedanken.

»Was soll dieses Lächeln?«, fragte sie.

Chad blickte zu ihr hinüber. Sie hatten zum Abendessen Reste gegessen und saßen nun auf der Couch und sahen fern. Irgendeine Sendung über Menschen, die an abgelegenen Orten abgesetzt wurden und mit anderen, die sie weder sehen noch ansprechen konnten, darum wetteiferten, als Letzter auszusteigen und nach Hause zu gehen. Es war interessant, aber nicht so interessant wie die Frau neben ihm.

»Ich habe gerade darüber nachgedacht, wie sehr ich das hier liebe.«

»Das hier?«, fragte sie.

Chad deutete mit einer Hand auf den Raum. »Das hier. Zu Hause sitzen. Auf meine einundsiebzigjährige Mutter zu warten, die von einer Verabredung zum Essen nach Hause kommt. Fernsehen. Entspannen nach einem langen Tag ehrlicher Arbeit. Mit dir zusammen sein.«

Britt stützte ihren Kopf auf das Kissen hinter ihr. »Ja. Ich mag es, nicht allein zu sein.«

Chad nickte. Sie hatte den Nagel auf den Kopf getroffen. »Ja. Das Schlimmste am Singledasein war, nach der Arbeit oder nach einem Einsatz in eine leere Wohnung zu kommen. Niemanden zu haben, mit dem ich reden, mit dem ich meinen Tag teilen, mit dem ich essen kann.«

»Hier zu sein ist ... aufschlussreich«, erklärte Britt.

Er blickte hinüber und spürte die Intimität des Augenblicks. Nur der Großbildfernseher und ein kleines Licht in der Küche erhellten den Raum. Sie hatte eine Decke über ihre Beine gelegt und sie saßen dicht beieinander, aber nicht nahe genug, um sich zu berühren.

»Wie das?«, fragte er.

»Als ich aufwuchs, war ich immer allein, weil meine Mutter

so viel gearbeitet hat. Ich kam von der Schule nach Hause in eine leere Wohnung, aß allein zu Abend und brachte mich selbst ins Bett. Morgens, wenn ich aufstand, schlief meine Mutter meistens. Es gab einige Wochen, in denen wir kaum zwei Worte miteinander wechselten, weil unsere Zeitpläne so gegensätzlich waren.«

»Das ist traurig«, sagte Chad leise.

Britt zuckte mit den Schultern. »Ich kannte es nicht anders.«

»Das macht es aber nicht weniger traurig.«

»Meine Kindheit war nicht unbedingt *schlecht*«, sagte sie. »Zumindest hätte sie viel schlimmer sein können. Aber nachdem ich diesen Ort gesehen habe, die Liebe, die du und deine Familie füreinander empfindet, wird mir klar, dass ich so viel verpasst habe.«

Chad griff nach ihrer Hand. Er zog sie nicht zu sich heran, obwohl er es wollte. Sie sollte einfach nur wissen, dass er da war, dass sie seine Unterstützung hatte.

»Es war nicht immer einfach, mit drei Brüdern aufzuwachsen und so viele Geschäfte hier auf dem Grundstück zu haben. Wir sind nicht oft in den Urlaub gefahren, weil wir für die Kunden da sein mussten. Dad hat viel gearbeitet ... ja, er war hier in *Lobster Cove*, aber er hatte immer etwas zu tun. Aber ich glaube nicht, dass ich etwas an meiner Kindheit geändert hätte. Wir hatten alles, was wir brauchten, genau hier.«

Britt drückte seine Hand. Dann seufzte sie und drehte den Kopf, um ins Leere zu starren.

Chad wollte noch einmal betonen, dass sie mit ihm reden konnte. Dass sie ihm alles sagen konnte. Aber er wollte sie auch nicht drängen.

Ein paar Minuten vergingen, während im Hintergrund die Fernsehsendung lief.

Er spürte, wie Britt sich einen Moment lang anspannte, bevor sie tief durchatmete und den Kopf wieder zu ihm drehte.

»Ich glaube, jemand bestiehlt euch. *Lobster Cove*. Und ich glaube, es ist Otis.«

Chad blinzelte. Das war so weit von dem entfernt, was er erwartet hatte, dass es nicht einmal lustig war. Sein erster Instinkt war, es zu leugnen. Ihr zu sagen, dass es unmöglich sei. Aber er zwang die Worte zurück. Es war offensichtlich, dass Britt seit dem Mittagessen verzweifelt wirkte. Und es war kein Wunder, dass sie etwas Zeit zum Nachdenken gebraucht hatte, bevor sie ihm sagte, was los war.

»Warum?«

Sie hob den Kopf vom Kissen und legte ihn fragend schief. »Willst du mir nicht widersprechen? Mir sagen, dass ich falschliege? Dass er so etwas auf keinen Fall tun würde?«

»Ich habe nicht genügend Informationen, um so etwas zu sagen«, erwiderte Chad ruhig.

Durch den Griff um ihre Hand spürte er, wie sie sich ein wenig entspannte. Sie war immer noch verkrampft, aber es war, als sei sie mit diesem ersten Satz eine Menge Anspannung losgeworden, die sie seit heute Nachmittag festgehalten hatte.

»Ich weiß es nicht genau. Aber als ich mit dem Inventar in der Autowerkstatt geholfen habe, sind mir ein paar Sachen aufgefallen, die verdächtig aussahen.«

Chad wollte es nicht glauben, aber Britt hatte keinen Grund zu lügen. Nicht bei einer Sache wie dieser. Außerdem wusste sie, wie nahe Otis ihrer Familie stand. Wie viel er für sie getan hatte und immer noch für sie tat. Sie wusste also auch, dass es eine große Sache war, ihn einer so ungeheuerlichen Sache zu beschuldigen.

»Zuerst habe ich mir nicht allzu viele Gedanken darüber gemacht. Ich dachte, es seien nur Dateneingabefehler. Es schien eine Menge Inventar bestellt und bezahlt worden zu sein, das eigentlich nicht auf Lager war ... oder zumindest hatte Walt es nicht in seiner Tabelle. Das war seltsam. Ich dachte, ich sei wahrscheinlich nur verwirrt, da ich immer noch lerne, was die verschiedenen Teile sind. Aber als ich mir das Buchhaltungsprogramm anschaute – was ich nur tat, weil ich ein paar Testrechnungen erstellt habe, um das System zu testen –, fiel mir auch auf, dass es in den letzten Monaten mehr als doppelt so viele Rechnungen gab wie in diesem.«

»Es ist möglich, dass die Werkstatt seit Dads Tod einfach nicht mehr so viel zu tun hat wie früher, sodass wir weniger Teile bestellt haben«, sagte Chad sanft, der immer noch nicht glauben wollte, was er da hörte. Er wollte niemanden entschuldigen, sondern nur versuchen, einen Grund für die Diskrepanzen zu finden.

»Ja.«

Chad wartete darauf, dass sie mehr sagte, und als sie es nicht tat, war er ein wenig enttäuscht. »Was noch? Wenn jemand meine Mutter und *Lobster Cove* bestiehlt, ist das eine große Sache, und meine Brüder und ich müssen davon wissen, damit wir etwas unternehmen können.«

Sie seufzte. »Nun, trotz all dieser Rechnungen ... was die Werkstatt an Teilen bezahlt hat, stimmt nicht mit der Inventarliste überein, die Walt mir gegeben hat. Es gibt Dinge, die anscheinend gekauft, die aber nie geliefert wurden. Und das sind nicht nur ein paar Dinge. Ich spreche nicht von zehn Dollar hier und da. Es geht um Tausende von Dollar – *jeden* Monat, Chad. Für mich sieht es so aus, als würde jemand Rechnungen für Teile ausstellen, die es gar nicht gibt, und dann das Geld einstecken.«

»Und du glaubst, es ist Otis.«

Britt nickte. »Ich wüsste nicht, wer es sonst sein könnte. Er ist bis jetzt der Einzige, der das Buchhaltungsprogramm benutzt hat. Es sei denn, einer deiner Brüder hat geholfen.«

Chad schüttelte den Kopf. Was sie Otis vorwarf, war ernst. Ein schweres Verbrechen. Tausende von Dollar pro Monat waren eine Menge Geld, egal *wie lange* es schon ging.

Und seine Mutter hatte erwähnt, dass das Geld knapp war
...

Er hatte sich in den letzten Jahren gefragt, warum seine Eltern sich geweigert hatten, wenigstens *einige* ihrer Geschäfte aufzugeben. Vor über einem Jahr hatte er beiläufig vorgeschlagen, dass sie vielleicht die Miethütten schließen, sich ein wenig zurückziehen und das Leben ein wenig mehr genießen sollten. Aber sein Vater hatte ihn im Grunde abblitzen lassen und gesagt, dass sie gern beschäftigt blieben ... aber jetzt war er sich nicht mehr so sicher, ob das der Grund war.

Dann kam ihm ein weiterer Gedanke. Wenn Otis Gewinn aus der Autowerkstatt abschöpfte, was machte er dann mit ihren Steuern? Und mit ihren Investitionen?

Ihm rutschte das Herz in die Hose.

»Es tut mir leid«, sagte Britt, die aufgebracht klang.

»Nein«, erwiderte Chad etwas zu energisch. »Dir muss nichts leidtun. Wenn du recht hast, sind wir dir alle zu großem Dank verpflichtet.«

Aber sie sah so unglücklich aus, wie Chad sich fühlte. Seine Gedanken überschlugen sich. Er musste mit seinen Brüdern sprechen. Vielleicht konnten sie einen unabhängigen Wirtschaftsprüfer finden, der nicht nur die Bücher der Autowerkstatt, sondern auch ihre Steuern und Investitionen unter die Lupe nahm. Und vielleicht ein Gespräch mit seiner Mutter führen, ohne sich anmerken zu lassen, was vor sich ging. Aber noch nicht. Nicht bevor sie sicher waren.

Wenn Otis schuldig war, was Britt vermutete, würde es Evelyn zerstören. Der Verlust ihres Mannes war verheerend gewesen. Noch dazu einen ihrer ältesten Freunde zu verlieren wäre ein weiterer schwerer Schlag.

»Kommst du her?«, fragte Chad, ließ ihre Hand los und streckte seinen Arm aus, um sie einzuladen rüberzurutschen.

Zum Glück zögerte sie nicht und glitt an seine Seite. Sie

lehnte sich an ihn und verschränkte die Arme vor der Brust, während sie sich an ihn schmiegte.

Chad legte seinen Arm um ihre Schultern und zog ihre Decke über sie beide. Allein durch ihre Nähe fühlte er sich so viel besser.

Ein oder zwei Minuten lang sprach keiner von beiden.

»Es war sicher nicht leicht, mir das zu sagen. Danke«, sagte Chad.

»Ich fühle mich schrecklich deswegen. Als ich merkte, was ich da sah, wurde mir schlecht«, gestand Britt leise. »Ich gebe zu, dass Otis und ich uns nicht gut verstehen, aber darüber würde ich nicht lügen. Und ich würde ihm nicht so etwas Schreckliches vorwerfen, wenn ich nicht sicher wäre, dass etwas nicht stimmt.«

»Ich weiß. Und falls du dir Sorgen machst, dass er versucht, alles auf dich zu schieben ... wenn er schuldig ist, wird es mit Sicherheit Daten geben, die bis weit in die Vergangenheit zurückreichen. Lange bevor du hergekommen bist.«

Sie nickte. »Ich weiß. Ich habe tatsächlich den ganzen Tag darüber nachgedacht, und das ist einer der Gründe, warum ich den Mut hatte, es zu sagen. Ich wollte warten, bis ich Beweise habe, aber ich dachte mir, je länger ich warte, desto mehr Zeit hat er, mir die Schuld zu geben. Zu behaupten, ich hätte an der Software herumgepfuscht und alles vermasselt oder so.«

Sie hatte nicht unrecht.

Als die Minuten verstrichen, spürte Chad, wie Britt sich an ihm entspannte, was eine Erleichterung war. Er war noch nicht ganz so entspannt, aber mit ihr in seinen Armen war er auf dem besten Weg dahin.

Als die aktuelle Folge der Fernsehsendung endete, begann die nächste. Aber Chad schenkte ihr keine Beachtung. Alles, was morgen auf ihn zukommen würde, wurde schließlich in den Hintergrund gedrängt, während er Britt weiter im Arm hielt. Langsam, aber sicher stellten sich seine Sinne auf sie ein.

Wie sich ihr warmer Atem auf seiner Brust anfühlte. Wie nahe ihre Hände an seinen Brustwarzen waren. Das Gefühl ihres Körpers. Jedes Mal wenn sie sich bewegte, stellte er sich vor, sie so zu drehen, dass sie auf dem Rücken unter ihm lag.

Er wollte sie. Sie letzte Nacht in seinem Bett zu haben fühlte sich so richtig an ... obwohl die Umstände beschissen waren. Und er hatte sie eingeladen, die Geheimtür im hinteren Teil ihres Schranks zu benutzen, um heute Nacht wieder zu ihm zu kommen ... aber er wollte nicht herumschleichen. Sie waren erwachsen, und seine Mutter war vollkommen einverstanden mit der Tatsache, dass sie zusammen waren. Sie liebte Britt, betrachtete sie bereits als Teil der Familie.

Aber er wollte Britt nicht unter Druck setzen, etwas zu tun, wozu sie noch nicht bereit war. Sie war auf seine Mutter, ihn und seine Brüder angewiesen, um eine Wohnung und ihr Gehalt zu bekommen. Er wollte nicht, dass sie aus einem Gefühl der Verpflichtung heraus zustimmte oder weil sie glaubte, es tun zu müssen, um ihren Job zu behalten.

Chad brauchte etwas Abstand, bevor er etwas tat, was er bereuen würde, und hob seinen Arm, um sich aufzurichten. Er öffnete den Mund, um eine Ausrede zu finden, dass er etwas zu trinken aus der Küche brauchte, als Britt sich bewegte.

Sie drehte sich zu ihm um und schob ihr Bein über seinen Oberschenkel, während sie sich an seiner Schulter festhielt. Dann hob sie den Kopf und küsste ihn. Es war auch kein zaghafter Kuss. Er war aggressiv und fast verzweifelt – und er vermittelte genau das, was Chad fühlte.

Er bewegte sich, ohne nachzudenken, schob sie zurück, ohne seine Lippen von ihren zu lösen, bis sie genau so lag, wie er es sich Sekunden zuvor vorgestellt hatte. Auf dem Rücken, unter ihm. Er ließ die Hände über ihren Körper wandern, während er die Kontrolle über den Kuss übernahm und sie verschlang.

Aber Britt war nicht passiv. Ihre Hände waren genauso

beschäftigt, in der einen Sekunde umklammerte sie ihn, in der nächsten schob sie ihre Finger unter sein T-Shirt und fuhr seinen Rücken auf und ab. Sie krümmte sich und hob ihre Knie an, bis ihre Füße flach auf den Polstern lagen und sie ihn zwischen ihren Schenkeln hielt.

Chads Schwanz war hart, und er konnte sich nicht davon abhalten, sich an ihrem weichen Bauch zu reiben, während sie knutschten. Er fühlte sich, als sei er wieder sechzehn und würde mit seiner Freundin rummachen, während er so tat, als würde er einen Film schauen, und inständig hoffen, dass seine Eltern oder Brüder nicht nach unten kommen und ihn stören würden.

Verzweifelt darauf aus, ihre nackte Haut zu berühren, schob Chad eine Hand unter ihr Hemd. Er zog grob ein Körbchen ihres BHs herunter und beide stöhnten auf, als er ihre nackte Brust berührte. Ihre Brustwarze verhärtete sich unter seiner Berührung und er spürte, wie ein Lusttropfen aus seinem Schwanz floss.

Diese Frau trieb ihn an den Abgrund, und sie waren immer noch fast vollständig bekleidet. Er hob den Kopf und starrte auf Britt hinunter, in Ehrfurcht vor ihrer Macht über ihn. Wie sehr er sie begehrte.

Ihr Brustkorb hob und senkte sich mit ihren schnellen Atemzügen, und mit jedem Einatmen drückte sie ihre Brüste in seine Hand. Mit einer ihrer Hände umklammerte sie eine Pobacke und drückte ihn so fest an sich, wie sie nur konnte, und die andere grub sie in seinen Bizeps, wobei ihre Fingernägel leicht durch die Baumwolle seines Hemdes stachen.

Sie leckte sich über die Lippen, und Chad hätte schwören können, dass er in diesem Moment kurz davor war, in seiner Hose zu kommen, denn er konnte nur daran denken, wie dieselben Lippen um seinen Schwanz herum aussehen würden, wenn sie ihn schluckte.

»Die Einladung, heute Nacht bei dir zu bleiben, gilt noch, oder?«, flüsterte sie.

»Heute Nacht. Und morgen. Und jeden Tag danach«, antwortete er wahrheitsgemäß.

»Ich habe Angst, dass die Dinge sich ändern werden. Wenn erst einmal herauskommt, dass ich es war, der Otis verraten hat.«

Er zwickte ein letztes Mal ihre Brustwarze und genoss es, wie sie sich in seine Berührung hineinwölbte, dann zog Chad widerwillig seine Hand unter ihrem Hemd hervor. Er strich ihr über die Wange und beugte sich hinunter, um sie sanft zu küssen. »Es wird sich nichts ändern. Du hast meine Mutter um den kleinen Finger gewickelt, Walt und Barry beten dich an, die Gäste finden dich umwerfend, und meine Brüder sehen dich bereits als Teil der Familie.«

»Und du?«, flüsterte sie.

»Du weißt es nicht?«

Sie schüttelte den Kopf.

»Ich kann mir nicht vorstellen, dass du nicht in meinem Leben bist. Es ist, als würde ich dich schon immer kennen, nur dass ich mich ärgere, dass es nicht so ist. Dass wir so viel Zeit verpasst haben. Du bist anders als alle Frauen, die ich bisher kannte, Britt. Das spüre ich tief in mir. Wir waren dazu bestimmt, zur selben Zeit auf dem Parkplatz zu sein. Du warst dazu bestimmt, hier in *Lobster Cove* zu sein. Mit mir.«

Chad hielt den Atem an. Er hatte keine Ahnung, ob er ihr damit Angst machte oder nicht, aber er konnte seine Gefühle nicht länger verbergen.

Verdammt, er war schon so weit gegangen ... da konnte er genauso gut ganz ehrlich sein.

»Ich liebe dich, Britt Starkweather. Es ist zu schnell. Ich weiß. Aber meine Gefühle werden sich nicht ändern. Zum ersten Mal in meinem Leben verstehe ich, was für eine Liebe meine Eltern füreinander empfunden haben. Aber ich habe nicht die Absicht, dich zu drängen oder dich zu zwingen, mit mir zusammen zu sein, wenn du nicht dasselbe fühlst.«

»Das tue ich«, flüsterte sie. »Und ... dräng mich. Bitte.«

Chad senkte den Kopf und küsste sie heftig. Sein Schwanz pulsierte und seine Eier waren so weit zu seinem Körper gezogen, dass sie schmerzten.

Er war kurz davor, ihr die Hose herunterzureißen und sie auf der Stelle zu nehmen, als er ein Geräusch an der Haustür hörte.

Er zog den Kopf zurück und fluchte. »Scheiße, Mom ist zu Hause.«

Die nächsten Sekunden waren fast schon komisch, als sie sich beide schnell aufsetzten und versuchten, ihre Kleidung zurechtzurücken und so zu tun, als seien sie nicht gerade dabei gewesen, auf der Couch miteinander zu schlafen.

Sie saßen einen halben Meter voneinander entfernt und starrten auf den Fernseher, als Evelyn ins Zimmer kam. »Ich bin zu Hause!«, sagte sie. »Was habt ihr beide ...«

Ihre Worte brachen abrupt ab, und Chad drehte sich, um sie anzusehen, wobei er betete, dass sie ihn nicht mehr so gut lesen konnte wie früher.

»Nun, Mist. Mein Timing ist beschissen, nicht wahr?«, fragte sie mit einem breiten Grinsen im Gesicht.

Chad wollte am liebsten lachen. Es schien, als könnte er immer noch nichts vor seiner Mutter verbergen.

»Ich gehe jetzt ins Bett. Ich hatte einen wundervollen Geburtstag, und ich bin müde. Ihr zwei macht weiter mit ... ihr wisst schon ... was auch immer ihr gemacht habt. Kümmert euch nicht um mich. Ich werde in meinem Zimmer am anderen Ende des Hauses sein, weit weg von allem, was hier draußen vor sich geht. Und ich schlafe wie ein Stein, also macht euch keine Sorgen, dass der ... *Fernseher* mich stört oder so.«

Mit diesen Worten drehte sie sich um und ging auf den Flur zu, der zu ihrem Schlafzimmer führte.

Chad sah Britt an, und beide mussten lachen. Er stand auf und streckte eine Hand aus. »Was hältst du davon, wenn wir das nach oben verlegen?«

Zu seiner Erleichterung nahm sie seine Hand und ließ sich von ihm aufhelfen. »Das würde mir gefallen«, sagte sie etwas schüchtern, aber gleichzeitig auch begierig.

Chad beugte sich hinunter und küsste sie auf die Lippen, wobei er seine Zunge diesmal bei sich behielt. Wenn er das nicht täte, würde er sie am Ende über die Couch beugen und auf der Stelle nehmen. Und so sehr seine Mutter offenbar von der Idee begeistert war, dass die beiden zusammen waren, glaubte er nicht, dass es ihr gefallen würde zu wissen, dass sie in ihrem Wohnzimmer Sex hatten.

Er schaltete den Fernseher aus und führte Britt zur Treppe, dann blieb er stehen. »Verdammt. Ich will sichergehen, dass das Haus abgeschlossen ist. Meine Mutter vergisst manchmal, die Tür abzuschließen. Dad hat sich immer darüber beschwert. Wartest du auf mich? Oder noch besser, du gehst zuerst ins Bad und kommst dann in mein Zimmer?« Es war sowohl eine Frage als auch ein Vorschlag.

»Okay.«

Erleichterung strömte durch Chads Adern. Sein Schwanz war immer noch hart, und der Gedanke, dass sie in seinem Bett auf ihn wartete, machte die Situation nicht besser.

Sie ging langsam auf die Treppe zu und lächelte ihn an, und erst nach drei Stufen drehte sie sich schließlich um und eilte den Rest hinauf.

Chad sah ihr nach, sein Blick blieb auf ihrem Hintern haften, bis er sie nicht mehr sehen konnte. Dann ging er schnell zur Haustür, um sich zu vergewissern, dass sie abgeschlossen war.

Die Dinge hatten heute Abend eine seltsame Wendung

genommen. Er hatte wissen wollen, was Britt bedrückte, aber nie im Leben hätte er gedacht, sie würde ihm sagen, dass Otis seine Familie bestahl.

Er hatte nicht vorgehabt, so schnell zuzugeben, dass er sie liebte, aber er hatte sich nicht zurückhalten können.

Und jetzt würde er mit ihr schlafen, etwas, woran er in letzter Zeit fast ständig gedacht hatte. Heute Abend würde er sich nicht damit begnügen müssen, bei dem Gedanken an Britt zu masturbieren, sondern er würde es wirklich tun.

Lächelnd zwang Chad sich, nichts zu überstürzen, während er sich vergewisserte, dass alle Fenster und Türen gesichert waren. Er wollte Britt Zeit geben, sich fertig zu machen. Denn sobald er einen Fuß in sein Schlafzimmer setzte und sie dort sah, war es mit der Langsamkeit vorbei. Er hatte zu lange auf diesen Moment gewartet ... um mit einer Frau zu schlafen, die er liebte.

KAPITEL FÜNFZEHN

Seltsamerweise war Britt überhaupt nicht nervös. Sie war aufgeregt. Aufgedreht. Geil.

Chad Young liebte sie. Es war ein Wunder. Sie konnte immer noch nicht glauben, dass sie ihn richtig verstanden hatte. Sie hatte immer gehofft, einen Mann zu finden, der sie für das liebte, was sie war, und es fiel ihr schwer, die Tatsache zu begreifen, dass Chad dasselbe für sie empfand wie sie für ihn.

Sie hatte schon eine ganze Weile über diesen Moment nachgedacht. Mit dem Gedanken an seine Hände auf ihr zu masturbieren war nichts im Vergleich zur Realität. Seine schwieligen Finger auf ihrer Brust hatten sie fast zum Höhepunkt gebracht. Sie war erleichtert, dass Evelyn rechtzeitig gekommen war, denn Britt war zwei Sekunden davon entfernt gewesen, Chad die Hose herunterzuziehen und ihm direkt auf der Couch einen zu blasen. Wie peinlich wäre es gewesen, wenn Evelyn hereingekommen wäre und *das* gesehen hätte?

So sehr sie und Chad auch versucht hatten, so zu tun, als sei nichts, als sie eintrat, hatte seine Mutter es trotzdem gewusst. Aber zum Glück schien sie nicht verärgert zu sein. Die Art und

Weise, wie sie sich in ihr Zimmer geflüchtet hatte, war offensichtlich und urkomisch. Fast so lustig wie die Geschwindigkeit, mit der sie und Chad die Treppe hinaufgegangen waren.

Britt hatte sich in Rekordzeit bettfertig gemacht. Eigentlich wollte sie die Geheimtür im Schrank testen, aber es war schneller, einfach die normale Tür zu benutzen. Sie würde später Zeit haben, sie zu inspizieren und so zu tun, als sei sie ein Teenager, der sich in Chads Zimmer schlich. Jetzt wollte sie bereit sein, wenn er die Treppe hinaufkam.

Sie hörte ihn auf der Treppe, dann betrat er das Badezimmer im Flur. Vorfreude schwappte durch Britts Adern, und sie überdachte ihre Entscheidung, mit nichts bekleidet an sein Bett zu kommen. Sie hätte wahrscheinlich zumindest versuchen sollen, ein wenig sittsam zu sein. Vielleicht hätte sie das übergroße T-Shirt anziehen sollen, das sie normalerweise im Bett trug. Vielleicht wollte er sie ja selbst ausziehen.

Scheiße, sie wollte auf keinen Fall wie eine Hure erscheinen.

Aber es war zu spät, um in ihr Zimmer zu gehen und etwas zum Anziehen zu holen, oder gar ein Hemd aus Chads Schublade. Sie hörte ihn auf dem Flur, Sekunden bevor die Tür aufging. Britt hatte das Licht neben dem Bett angelassen, da es dem Raum eine intime Atmosphäre verlieh, mehr als wenn sie das Deckenlicht angelassen hätte.

Sie saß in der Mitte des Bettes, als er eintrat, mit dem Rücken an das Kopfteil gelehnt, die Decke bis zur Taille gezogen, den Oberkörper entblößt.

Chads Augen weiteten sich, dann drehte er sich schnell um und schloss die Tür, wobei er sie verriegelte.

Britt schluckte schwer und betete, dass sie bei der Wahl ihrer Kleidung ... oder dem Fehlen einer solchen ... nicht die falsche Entscheidung getroffen hatte.

Dann ging er auf sie zu. Es waren nicht viele Schritte, da das Zimmer nicht sehr groß war, doch als er die Seite des Bettes erreichte, hatte er sein Hemd bereits ausgezogen und ließ es auf den Boden fallen. Sein Blick blieb auf ihren Brüsten haften, während seine Hände auf dem Verschluss seiner Hose landeten.

Er schob seine Jeans und seine Unterhose gleichzeitig nach unten und stand dann da, damit sie ihn betrachten konnte, während er dasselbe mit ihr tat.

Britt holte tief Luft und spürte, wie sie feucht wurde. Der Mann war *umwerfend*. Sein Schwanz war hart und wippte vor ihm, als er seinen Stand ein wenig verbreiterte. Er war muskulös, aber Britt konnte nicht anders, als über seinen kleinen Bauch zu lächeln, der zu ihrem eigenen passte. Es gefiel ihr, dass er nicht überall hart war wie ein Bodybuilder. Er hatte ein wenig Brusthaar, aber nicht zu viel. Die Haare in der Leistengegend waren gestutzt und betonten die Größe seines Schwanzes.

Ihr lief das Wasser im Mund zusammen. Sie wollte ihn kosten.

Britt liebte Blowjobs. Sie liebte das Gefühl, wenn der Kerl, mit dem sie zusammen war, brummte und stöhnte und darum bettelte, tiefer genommen zu werden. Wie seine Hände sich in ihrem Haar verkrampften und wie er schmeckte, wenn er kurz vor dem Höhepunkt war. Und sie genoss es zu schlucken. Viele Frauen taten das nicht, aber sie hatte sich noch nie in ihrem Leben so mächtig gefühlt, wie wenn sie einen Mann mit ihrem Mund zum Kommen brachte.

»Sieh mich an«, befahl Chad in einem dunklen, heiseren Ton.

Sie riss den Blick von seinem Schwanz los und schaute auf.

»Wenn ich in diesem Bett liege, wirst du tun, was ich dir sage, wie ich es dir sage und wann. Hast du irgendwelche Probleme damit?«

Britts Herz schlug schneller. Sie hatte sich nie als besonders unterwürfig betrachtet. Sie mochte, was sie im Bett mochte, und hatte kein Problem damit, diese Wünsche auszudrücken.

Aber der Gedanke, dass Chad die Kontrolle übernahm, machte sie buchstäblich tropfnass.

»Britt? Ich bin am Ende und ich brauche dich. Hart und schnell. Ich werde es nach unserem ersten Mal wiedergutmachen, okay?«

Als Antwort schlug sie die Decke zurück und entblößte sich vor Chad. Um ihr Einverständnis zu unterstreichen, spreizte sie ihre Beine ein wenig und zeigte ihm, wie feucht sie für ihn war.

»Verdammt«, fluchte er, dann lag er neben ihr. Er packte sie und zog sie mit sich nach unten, aber anstatt sie aufs Bett zu drücken, überraschte Chad sie, indem er sie drehte, bis er unter ihr lag. Sie spürte einen Hauch von Nässe, als sein Schwanz ihren Bauch berührte.

Er hob die Hände und umfasste ihre Brüste, drückte und schob sie zusammen. Britt war nie sonderlich beeindruckt von der Größe ihrer Brüste gewesen, aber bei Chad hatte sie das Gefühl, perfekt zu sein. Seine Hände passten genau zu ihr. Und als er mit seinen Fingern gleichzeitig in ihre beiden Brustwarzen zwickte, stöhnte sie auf, setzte sich rittlings auf seine Taille und rieb sich an ihm.

»Chad«, stöhnte sie.

»Genau so. Zeig mir, wie sehr du mich brauchst«, sagte er, legte seine Hände auf ihre Hüften und ermutigte sie, sich an ihm zu reiben.

Britt konnte seinen Schwanz an ihrem Hintern spüren, als sie sich über ihm bewegte und ihre Nässe auf seiner Haut verteilte. Es war schmutzig und unanständig, und sie hatte sich noch nie so ermächtigt gefühlt. Sie hatte nicht das Gefühl, sich bei diesem Mann zurückhalten zu müssen. Sie konnte genau so sein, wie sie war. Und sie war eine Frau, die Sex liebte und schon zu oft davon enttäuscht worden war.

Britt hatte keine Zweifel daran, dass Chad sie nicht enttäuschen würde. Er würde sie über den Abgrund bringen, sie sogar dazu *zwingen*, immer und immer wieder.

»Du bist so verdammt feucht«, sagte Chad. »Ich kann dich riechen. Du riechst so verdammt gut. Komm für mich, Peach. Ich will spüren, wie du auf meinem Bauch kommst, bevor ich mich von dir ficken lasse.«

Bevor *er* sich von *ihr* ficken ließ? Oh ja, das wollte sie. So sehr.

Sie hatte allerdings keinen Zweifel daran, wer hier das Sagen hatte. Er. Ja, sie war oben, aber er kontrollierte jeden Schritt ihres Liebesspiels. Und das gefiel ihr.

Er schob eine Hand zwischen ihre Beine und begann, aggressiv ihre Klitoris zu streicheln. Britt quietschte und begann, sich noch stärker gegen ihn zu stemmen.

»Genau so, Peach. Gib's mir.«

Es dauerte nicht lange, bis sie kam. Nicht wenn sie davon geträumt hatte, genau dort zu sein, wo sie jetzt war, und wenn Chad ihr zwischen die Beine starrte, als hätte er das Nirwana gefunden.

Sie erstarrte für eine einzige Sekunde, bevor jeder Muskel in ihrem Körper zu zittern begann. Dann konnte sie sich nicht mehr aufrecht halten und explodierte.

»So verdammt schön«, murmelte Chad, während er ihren Orgasmus in die Länge zog, indem er ihre Klitoris weiter streichelte. Selbst als sie zu empfindlich war und versuchte, sich von ihm wegzubewegen, hielt er sie fester an der Hüfte und bewegte seinen Daumen weiter auf ihrem Nervenbündel. Das entlockte ihr einen Schrei, als sie wieder kam und mehr von ihrer Nässe auf seinem Bauch verteilte.

»*Das* ist es. Das ist es, was ich wollte.«

Seine Hände ließen ganz von ihrem Körper ab, und Britt musste sich auf seinem Oberkörper abstützen, um nicht umzufallen. Sie fühlte sich, als würde sie schweben, und sie bemühte sich, wieder zu Atem zu kommen, als er sich zur Seite lehnte, in den Nachttisch griff und ein Kondom herausholte.

Sie hätte nicht gedacht, dass sie ihn noch mehr lieben

könnte, aber mit dieser Geste wurde ihr klar, dass sie es tat. Er schützte sie, sie beide, ohne dass sie ihn darum bitten musste. Verdammt, in diesem Moment war sie mehr als bereit, ihn ungeschützt zu nehmen, obwohl sie noch nie mit jemandem ohne Kondom Sex gehabt hatte.

Er legte die Hände um ihre Seiten, als er das Kondom überzog, ohne sehen zu müssen, was er tat. Dann legte er seine Hände wieder dorthin, wo sie vorher waren, eine auf ihre Hüfte und die andere zwischen ihre Beine.

Britt zuckte ein wenig zusammen, als er plötzlich seinen Zeigefinger tief in ihren Körper schob. Sie drückte sich mit den Knien ein wenig nach oben, um ihm mehr Platz zu geben.

»So heiß und feucht. Drück meinen Finger«, befahl er.

Britt spannte ihre inneren Muskeln um ihn herum an.

»*Verdammt.* Ja, du wirst eng sein. Bleib noch einen Moment so.«

Britt schwebte über ihm, als er einen weiteren Finger in sie einführte. Er schob sie nicht grob hinein, bewegte sie nicht hinein und wieder heraus, als würde er auf einen verdammten Fahrstuhlknopf drücken. Nein, er war sanft, aber beständig. Und es fühlte sich fantastisch an.

»Noch einen«, warnte er, bevor er einen dritten Finger hinzufügte. Es war ein wenig unangenehm, aber da sein Schwanz so dick war, wusste Britt, dass sie ein wenig gedehnt werden musste, bevor sie ihn nehmen konnte. Sie bewegte sich mit seichten Stößen auf und ab und nahm es auf sich, seine Finger zu ficken.

»Ich war noch nie in meinem Leben so hart«, sagte Chad, den Blick auf sie gerichtet. Das machte den Moment noch intimer. »Ich will dich, Britt. So verdammt sehr. Und nicht nur hier und jetzt. Ich will dich in meinem Bett, in meinem Leben, jeden Tag. Ich liebe dich.«

Scheiße, er würde sie zum Weinen bringen. Wie oft hatte Britt sich danach gesehnt, diese Worte zu hören? Sie nicht nur zu hören, sondern wirklich zu spüren, dass der Mensch, der sie sagte, es auch so meinte? Sie konnte sich nicht mehr daran erinnern, wann ihre Mutter ihr das letzte Mal gesagt hatte, dass sie sie liebte. Und ein paar Männer, mit denen sie ausgegangen war, hatten diese Worte gesagt, aber sie hatte ihnen nie wirklich geglaubt. Sie hatte immer das Gefühl, dass sie diese Worte sagten, um etwas von ihr zu bekommen, oder weil sie dachten, dass sie erwartet wurden.

»Ich liebe dich auch«, flüsterte sie und versuchte, ihre Stimme nicht brechen zu lassen.

Chad zog seine Finger aus ihrem Körper und führte sie an seine Lippen. Er steckte sich alle drei in den Mund und stöhnte. »Verdammt, ich kann es kaum erwarten, dich mit meinem Mund zu verwöhnen. Ich werde dich mindestens eine Stunde lang nicht aufstehen lassen, während ich dich vernasche. Aber zuerst ... muss ich in dir sein. Nimm mich, Britt.«

Seine Hand fiel von ihrer Hüfte, was ihr nicht im Geringsten half. Sie verstand. Es lag jetzt an ihr. Wenn sie ihn wollte, musste sie genau das tun, was er sagte – ihn nehmen.

Er überließ ihr den Ball. Auf einer intuitiven Ebene verstand sie, dass es vorbei war, sobald sie ihn in ihren Körper aufgenommen hatte. Sie gehörte ihm. Genauso wie er ihr gehörte.

Britt ging auf die Knie, griff zwischen ihre Beine und nahm seinen Schwanz in die Hand. Er war *so* dick. Dicker als jeder, den sie bisher gehabt hatte, und sie konnte es kaum erwarten zu erfahren, wie er sich in ihr anfühlen würde. Er zuckte in ihrer Hand, und sie nahm sich die Zeit, mit dem kleinen Finger kurz über seine Hoden zu streichen.

»Hör auf mit dem Scheiß«, knurrte Chad.

Britt kicherte, glücklicher als je zuvor. Aber sie tat, wie ihr befohlen wurde, und hob sich noch ein wenig höher. Sie rieb die Spitze seines Schwanzes an ihrer immer noch extrem empfindlichen Klitoris und zuckte bei diesem intensiven Gefühl zusammen.

»Nimm mich, Peach. Tu es. Jetzt.«

Ihr Bauch krampfte sich bei dem Gedanken zusammen, seinen Schwanz als ihr persönliches Sexspielzeug zu benutzen und sich allein dadurch zu erregen, dass sie ihn an ihrer Klitoris rieb. Aber sie verdrängte diesen Gedanken für einen anderen Tag und drückte die Spitze an ihre Öffnung. Dann begann sie, sich auf ihn sinken zu lassen. Obwohl sie so feucht war, war es sehr eng. Und es brannte ein wenig. Britt presste die Lippen aufeinander und atmete tief ein.

Chad blieb unter ihr still wie ein Stein und überließ ihr die Führung, was sie mehr zu schätzen wusste, als er ahnen konnte. Trotzdem ...

Sie glaubte nicht, dass sie das allein schaffen würde.

»Hilfst du mir?«, flüsterte sie.

»Wie?«, fragte er, immer noch unbeweglich.

»Berühre mich. Ich will, dass du mich berührst.«

»Dich wie berühren? Sag es mir«, verlangte er.

»Ich weiß es nicht! Ich brauche dich. Ich liebe dich. Du bist einfach ... groß! Größer als alles, was ich je hatte.«

Er zögerte nicht, schob seine Hand zwischen sie und streichelte ihre Klitoris.

In der Sekunde, in der er sie berührte, zuckte sie zusammen – und das drückte seinen Schwanz noch ein wenig mehr in sie hinein. Sie schloss die Augen und begann, sich zu bewegen, wie sie es vorhin getan hatte, als sie sich an ihm gerieben hatte.

»Mach die Augen auf. *Bitte*. Sieh mich an«, sagte Chad schroff. »Ich möchte, dass du siehst, wer dich liebt. Wer in dir ist.«

Britt öffnete die Augen und starrte auf ihn herab, während sie weiter versuchte, seinen Monsterschwanz langsam und Stück für Stück in ihren Körper einzuführen, während er ihre

Klitoris streichelte. »Letzte Nacht vor dem Gewitter, nachdem du mich vor meiner Tür hast stehen lassen, habe ich masturbiert«, sagte sie leise. »Ich habe mir vorgestellt, wie du über mir kniest und mich hart fickst. Ich bin so verdammt schnell gekommen.«

»Zeig mir, wie du es dir vorgestellt hast. Bewege deine Hüften, zeig mir, wie ich dich gefickt habe.«

Diese Anweisung war nicht schwer zu befolgen. Britt begann, ihre Hüften hin und her zu bewegen. Auf und ab. Sie war so vertieft in die Lust und Liebe, die sie in seinen Augen sah, in die Gefühle, die sie empfand, in die Erinnerung an ihre Fantasie von letzter Nacht, dass sie gar nicht merkte, dass sie ihn ganz genommen hatte, bis sie spürte, wie seine Schamhaare an ihren eigenen rieben. Seine Hand war aus dem Weg gerutscht, und sie hatte es nicht einmal bemerkt.

»Sieh nach unten, Britt. Sieh, wie gut du mich genommen hast.«

Sie tat es, und bei dem Anblick, wie er sich so tief in ihrem Körper vergrub, spannte sie sich um ihn herum an.

»Geht es dir gut? Ich tue dir nicht weh?«, fragte Chad.

Britt schüttelte den Kopf.

Dann berührte er sie wieder, und sie stieß den Atem aus, von dem sie nicht einmal gewusst hatte, dass sie ihn anhielt. »Ich werde dich jetzt ficken. Bist du damit einverstanden?«

Ehrlich gesagt, die Art und Weise, wie er sich immer wieder vergewisserte, dass sie einverstanden war, dass sie ihn wollte, war liebenswert und nervig zugleich. »Ja, Chad. Ich bin damit einverstanden. Bitte, übernimm.«

»Mit Vergnügen«, flüsterte er – dann packte er ihre Hüften fest, zog sie auf seinen Schwanz und stieß sie wieder hinunter.

Britt stieß einen leisen Schrei aus. Er rieb Stellen in ihr, die noch nie zuvor gerieben worden waren. Die Kraft, mit der er ihren Körper bearbeitete, war ebenso beeindruckend. Britt konnte nur noch ausharren und fühlen.

»Halt dich fest«, befahl er, nachdem er sie ein paar Minuten lang auf seinem Schwanz auf und ab gehoben hatte. Britt wusste nicht, ob sie sich aufrecht halten konnte, aber sie spannte ihre Oberschenkelmuskeln an, entschlossen, es wenigstens zu versuchen.

Dann, als sie über ihm schwebte, fickte er sie von unten. Zu sehen, wie sein Schwanz immer wieder in ihrem Körper verschwand, war so erotisch wie jedes sexy Video, das sie je im Internet gesehen hatte.

Plötzlich packte er ihre Hüften und zischte: »Setz dich.«

Sie wollte sich darüber beschweren, dass er ihr Befehle gab, als sei sie ein Hund, aber tief in ihrem Inneren liebte sie es, wenn ihr gesagt wurde, was sie tun sollte. Es nahm den Druck von ihr. Sie musste nicht über ihren nächsten Schritt nachdenken oder sich fragen, ob es ihm gefallen würde.

Ohne zu zögern und mit dem Gefühl der Erleichterung, dass sie nicht mehr versuchen musste, sich aufrecht zu halten, ließ Britt sich langsam auf ihn sinken.

»Fick mich von innen, Peach.«

Grinsend tat Britt wie geheißen. Sie spannte und lockerte ihre inneren Muskeln um seinen Schwanz, immer und immer wieder. Er zog eine Grimasse, und wenn sie nicht gespürt hätte, wie er in ihr anschwoll, hätte sie vielleicht gedacht, dass sie ihm wehtat. Dann packte er sie fast schmerzhaft, stöhnte laut auf und kam.

Macht durchströmte sie. *Sie* hatte das getan. Sie hatte ihn allein mit ihr inneren Muskulatur zum Kommen gebracht. Sie lächelte breit, aber es war ihr egal. Doch bevor sie sich über ihren Sieg freuen konnte, riss er die Augen auf, griff nach oben und kniff fest in eine ihrer Brustwarzen, während er gleichzeitig mit dem Daumen seiner anderen Hand kreisend über ihre Klitoris rieb.

Sie kam fast sofort, ihr Körper wusste nicht, ob er Schmerz oder Lust empfand.

Sein zweites Stöhnen, als sie sich um seinen Schwanz verkrampfte, war fast so befriedigend wie der Orgasmus, den er ihr beschert hatte. Sie wollte in einem schweißnassen, befriedigten Haufen auf seiner Brust zusammensinken, aber er hielt sie mit einer Hand an ihrem Oberarm aufrecht.

»Ich muss das Kondom abziehen«, sagte er sanft zu ihr.

Scheiße, das hatte sie fast vergessen. Mit einem leisen Stöhnen begann sie, sich von ihm zu heben, aber bevor sie die Bewegung beenden konnte, drehte er sich mit ihr, bis sie unter ihm lag. Dann zog er sich aus ihr heraus, was sie vor Enttäuschung wimmern ließ ... und ein wenig Erleichterung. Er war wirklich dick.

Er richtete sich auf und ging auf die Knie, während er geschickt das Kondom abzog und verknotete. Dann legte er es lässig auf den Nachttisch und beugte sich über sie.

Aber Britt konnte nicht aufhören, auf das benutzte Kondom auf dem Tisch zu schauen. Das war ... eklig.

»Ähm ...«

Er lachte, und sie spürte es an ihrer Brust.

»Willst du, dass ich aufstehe und es wegwerfe?«, fragte er.

»Ob ich will, dass du aufstehst? Nein. Will ich, dass dieses Ding mich die ganze Nacht anstarrt? Auch nein.«

»Wir müssen einen Mülleimer neben das Bett stellen«, murmelte Chad. »Bleib liegen. Beweg dich nicht. Ich meine es ernst. Keinen Muskel.«

Sie nickte.

Chad stand auf, schnappte sich das Kondom und wickelte es in ein Taschentuch. Dann ging er splitterfasernackt zur Tür und in den Flur.

Britt war schockiert. Sie starrte mit offenem Mund auf die Tür. Als er zurückkam, hatte er einen Waschlappen in der Hand. Sein Schwanz war nicht mehr hart, aber nicht weniger beeindruckend. Er hing zwischen seinen Beinen und wippte hin und her, als er auf das Bett zuging.

»Ich kann nicht glauben, dass du so rausgegangen bist!«, rief sie aus.

Chad lachte. »Meine Mutter weiß es besser, als dass sie nachts nach oben kommt. Besonders nach dem, was sie heute Abend gesehen hat.«

»Wir haben doch gar nichts gemacht«, protestierte Britt.

»Hätten wir aber, wenn wir fünf Minuten mehr Zeit gehabt hätten. Du weißt es, ich weiß es, und meine Mutter weiß es. Sie freut sich sehr. Glaub mir. Sonst hätte sie dich zu einer Tasse Tee überredet und dir klargemacht, dass ihr die Vorstellung von uns beiden nicht gefällt.«

Britt hatte das Gefühl, dass er recht hatte, aber trotzdem.

»Aufmachen«, befahl Chad, während er den Waschlappen über ihre Muschi hielt.

Sie konnte sich selbst waschen, aber sie tat, was er verlangte, und seufzte genüsslich, als sie den warmen Lappen an ihren Schamlippen spürte. Sie würde wund sein, so viel war sicher, aber der Sex mit Chad war jede Sekunde des Unbehagens wert gewesen.

Er ließ den nassen Waschlappen auf den Boden neben dem Bett fallen – woraufhin Britt mit den Augen rollte –, drehte sie auf die Seite, kuschelte sich hinter sie und schmiegte sich an sie, als hätten sie das bisher jeden Tag in ihrem Leben getan. Es fühlte sich richtig an. Natürlich.

Und Britt wölbte den Rücken und drückte ihren Hintern noch ein bisschen fester an seinen Schritt.

»Warte, du hast dich nicht gewaschen«, sagte sie. Es war einfacher, darüber zu reden, wenn sie ihn nicht ansah.

»Ich weiß. Ich mag es, wie du an mir riechst. Ich wollte dich nicht von mir abwaschen.«

Sie wusste nicht, ob sie sich davon ablenken lassen sollte oder nicht. Sie entschied, es nicht zu tun.

Sie schwiegen einen langen Moment, bevor er ihr das Haar kraulte. »Danke«, sagte er leise.

Britt lächelte. »Gern geschehen.«

Sie hatte das Gefühl, sie müsste *ihm* danken, aber sie war zu müde. Sie konnte sich nicht erinnern, wie viele Orgasmen sie gehabt hatte, aber sie fühlte sich, als sei sie von innen nach außen gekehrt worden. Es war ein langer Tag gewesen, nachdem sie wegen des Sturms eine schlechte Nacht gehabt hatte. Sie war bereits im Halbschlaf, als sie spürte, wie Chad ihre Schulter küsste. Es war eine intime und süße Geste, die den Tag perfekt abschloss.

KAPITEL SECHZEHN

Chads Gedanken waren in Aufruhr. Einerseits war er überglücklich, dass er mit Britt in seinen Armen aufgewacht war. Er hatte wie ein Stein geschlafen, und sie sagte, sie hätte das Gleiche getan. Er liebte es, sie kichern zu hören, als sie durch den Schrank zurück in ihr Zimmer kroch. Sie hatten versucht, beim Frühstück so normal wie möglich zu bleiben, aber Chad hatte keinen Zweifel daran, dass seine Mutter so tat, als wüsste sie nichts von der großen Veränderung in ihrer Beziehung. Sie wusste bereits, dass sie zusammen waren, aber die Intimität mit Britt hatte die Dinge drastisch verändert.

Zum einen konnte er nicht die Finger von ihr lassen, selbst wenn er es versuchte. Er berührte sie jedes Mal, wenn er an ihr vorbeiging, legte eine Hand auf ihr Bein, wenn sie aßen, oder an ihren Rücken, wenn er neben ihr stand. Seine Mutter war keine Idiotin, und nach dem albernen Grinsen auf ihrem Gesicht zu urteilen war sie genauso glücklich wie er.

Deshalb hasste er es, diese Glücksblase platzen zu lassen, indem er ihr von Britts Verdacht über Otis erzählte. Er hielt an seiner Entscheidung von gestern Abend fest und beschloss, es ihr erst zu sagen, wenn er mit dem Mann selbst gesprochen

hatte, und war gestresst wegen der bevorstehenden Konfrontation. Er hatte Otis bereits eine SMS geschrieben und ihn
gefragt, ob er am Morgen mit ihm sprechen könne.

Das war keine ungewöhnliche Bitte. Er wollte mit ihm
schon ein Familientreffen abhalten, seit seine Brüder sich
eingelebt hatten. Aber bei all der Arbeit, die auf dem
Grundstück anfiel, und der Tatsache, dass sie alle sehr
beschäftigt waren, hatte er keine Zeit dafür gefunden. Und
das lag ganz allein an ihm. Er hätte es zu einer Priorität
machen sollen.

Chad selbst war kurz davor gewesen, seine eigenen Investitionen auf Otis zu übertragen, und er hatte geplant, den Mann
im nächsten Jahr seine Steuern machen zu lassen. Jetzt bereitete ihm der Gedanke, dass er Zugang zu seinen Konten hatte,
eine Gänsehaut. Und er hasste es, dass er sich so fühlte.

Er musste auch mit seinen Brüdern sprechen und sie über
Britts Verdacht informieren, aber auch hier wollte er erst
sehen, was er herausfinden konnte.

Das Treffen mit Otis hatte nicht besonders gut begonnen,
als der Mann versuchte, ihn ganz zu vertrösten, indem er sagte,
er sei sich nicht sicher, ob er es heute nach *Lobster Cove*
schaffen würde. Aber Chad war nicht bereit, ein Nein als
Antwort zu akzeptieren. Er sagte Otis, dass er sich gern mit ihm
in seinem Büro in Rockville treffen würde, worauf sie sich
schließlich einigten.

Seine Brüder waren gekommen, um hoffentlich die
Arbeiten an der Hütte zu beenden, und Chad hatte ein
schlechtes Gewissen, dass er sie im Stich ließ. Aber das Treffen
mit Otis konnte nicht aufgeschoben werden. Nicht wenn er
seine Mutter und *Lobster Cove* bestahl.

Britt wusste, wo er heute Morgen hinwollte und warum,
und sie war besorgt. Nicht so sehr um seine Sicherheit, sondern
vielmehr um die Ausreden, die Otis haben könnte, um die
Unstimmigkeiten in der Buchhaltung zu erklären.

Sie begleitete ihn zum Pick-up seines Vaters, und sie standen an der Fahrertür.

Chad nahm ihr Gesicht in seine Hände und legte seine Stirn an ihre, während sie sich an seinen Handgelenken festhielt. »Es wird alles gut werden.«

»Ich weiß. Es ist nur ... Was, wenn ich falschliege? Ich werde mich schrecklich fühlen, weil ich ihn einer so abscheulichen Sache beschuldigt habe, wenn du herausfindest, dass er unschuldig ist.«

»Ich habe das Gefühl, dass du dich nicht irrst«, sagte Chad in dem Versuch, beruhigend zu klingen.

»Aber ich kenne noch nicht alle Einzelheiten der Dinge hier. Und es ist möglich, dass ich einfach nicht genug über Autoteile weiß, um zu verstehen, was ich da gesehen habe.«

Chad ließ seine Hände auf ihre Schultern sinken. »Nach allem, was du mir erzählt hast, *brauchst* du nicht zu wissen, wofür die Teile sind. Zahlen sind Zahlen, und wenn sie nicht stimmen, stimmt etwas nicht.«

Sie biss sich auf die Lippe.

»Ich werde ihn nicht beschuldigen, selbst wenn ich mit Sicherheit herausfinde, dass du recht hast. Ich möchte sicher sein, dass wir alles geprüft haben und abgesichert sind. Heute werde ich ihm nur auf den Zahn fühlen. Ihn bitten, ein paar Unstimmigkeiten zu erklären. Ich will sehen, was er sagt, okay?«

Britt nickte. »Sei vorsichtig.«

Chad runzelte leicht die Stirn. »Es ist Otis. Er ist nicht gefährlich.«

Aber die Sorge in ihren Augen ließ nicht nach. »Jeder kann gefährlich sein, wenn er in die Enge getrieben wird«, konterte sie.

Sie hatte nicht unrecht. Chad nickte feierlich. »Ja. Ich werde vorsichtig sein.«

»Gut. Denn es wäre wirklich schade, wenn ich dir nie meine Blowjob-Künste zeigen könnte.«

Und einfach so wurde Chads Schwanz hart. »Verdammt, Frau«, flüsterte er.

Sie schenkte ihm ein kokettes Lächeln. Für eine so unschuldig aussehende Frau konnte sie wirklich all seine Knöpfe drücken. Wie hieß es manchmal? Dame in der Öffentlichkeit und Luder im Schlafzimmer? Er war ein verdammter Glückspilz, und er wusste es.

Chad zog sie an sich und ließ sie spüren, was ihre Worte bei ihm auslösten. »Was hast du heute vor?«

»Deine Mutter wollte in die Stadt zu diesem Quilting-Laden fahren.«

Chad lachte. »Meine Mutter kann nicht quilten.«

»Nun, anscheinend will sie es lernen.«

Der Gedanke war wahnsinnig komisch, denn seine Mutter hatte schon so ziemlich jedes Handwerk gemacht, das es gab ... und war bei jedem einzelnen spektakulär gescheitert. Aber wenn sie das Quilten ausprobieren wollte, war er nicht derjenige, der sie davon abbringen würde.

»Ich dachte auch, ich gehe zu Kashs Festung und sehe nach, ob er da ist, bevor Evelyn und ich in die Stadt fahren. Ich will nur nach ihm sehen. Wenn er nicht da ist, kann ich nach seinen Sachen sehen. Außerdem treffe ich mich später noch einmal mit Walt und Barry, und dann muss ich die Hütte putzen, sobald deine Brüder fertig sind, damit sie für die nächsten Mieter bereit ist.«

»Anstrengender Tag«, sagte er und versuchte verzweifelt, an etwas anderes zu denken als daran, wie sie genau hier auf die Knie sank und seinen Schwanz in den Mund nahm.

Als wüsste sie, woran er dachte, lächelte sie ihn an und fuhr mit ihren Händen auf seiner Brust auf und ab. »Ja.«

Verdammt. Er musste gehen, wenn er Otis pünktlich treffen

wollte. Ein flüchtiger Blick auf seine Zukunft schoss ihm durch den Kopf. Das Herumschleichen, um Zeit für sie zu finden, ohne von ihren Kindern erwischt zu werden. Jeden Morgen über den kommenden Tag zu sprechen, so wie sie es jetzt gerade taten. Sie in seinen Armen zu halten, wenn sie beide alt und grau waren und in Erinnerungen an ihr Leben schwelgten.

Ein Gefühl der Sehnsucht, das so stark war, dass ihm die Knie weich wurden, überkam Chad, und er legte seine Arme fester um Britt.

»Geht es dir gut?«, fragte sie.

»Ja. Mir ist nur etwas schwindelig, weil mein ganzes Blut in diesem Moment in meinem Schwanz steckt.«

Sie kicherte.

»Fahr vorsichtig«, bat Chad sie.

»Das werde ich.«

»Nimmst du deinen Wagen oder den CR-V meiner Mutter?«

»Ich glaube, den von deiner Mutter.«

»Okay. Ich schreibe dir eine SMS, wenn ich mit Otis fertig und auf dem Weg nach Hause bin.«

Und einfach so kam die Sorge in ihre Augen zurück, und Chad wollte sich selbst dafür treten, dass er sie dort hineingebracht hatte.

»Es wird schon gut gehen«, versicherte er ihr erneut.

Sie nickte und stellte sich auf die Zehenspitzen, um ihn zu küssen. Ihre Umarmung war leicht und locker, und bevor er fertig war, stieg Chad in seinen Wagen und winkte Britt zu, die in der Einfahrt stand und ihm beim Wegfahren zusah.

Er atmete tief durch und richtete die Aufmerksamkeit auf das bevorstehende Treffen. Er wollte so wenig konfrontativ wie möglich sein und einfach sehen, was Otis zu sagen hatte. Mal sehen, ob er einige der Unstimmigkeiten, die Britt entdeckt hatte, erklären konnte, ohne dass Chad ihn gleich beschuldigen musste. Es war immer noch fast unmöglich zu glauben, dass der beste Freund seines Vaters die Familie bestehlen könnte.

Aber Geld konnte fast jeden dazu bringen, im Namen der Gier Dinge zu tun, die er sonst vielleicht nicht getan hätte. Chad hatte keine Ahnung, wie Otis' finanzielle Verhältnisse aussahen. Er hatte immer angenommen, dass es ihm gut ging, aber das war vielleicht nicht der Fall. Er könnte jede Menge Laster haben ... Glücksspiel, Alkohol, Drogen.

Oder er könnte einfach nur neidisch auf das sein, was die Youngs in *Lobster Cove* aufgebaut hatten. Das wäre nichts Ungewöhnliches. Soweit Chad wusste, lebten Otis und sein Sohn in einem kleinen Haus in der Nähe von Rockville. Er war seit Jahren nicht mehr dort gewesen, aber vielleicht war es an der Zeit, dort vorbeizufahren und es sich anzusehen.

Chad hasste es, dass er das Bedürfnis hatte, dem Freund der Familie nachzuspionieren, und straffte die Schultern. Er würde alles tun, was nötig war, um *Lobster Cove* zu schützen. Es zu verlieren würde seine Mutter zerstören, und das würde er nicht zulassen. Nicht wenn er etwas dagegen tun konnte.

Chad beschloss, dass er zu voreilig war, dass er immer noch nicht wusste, ob Otis etwas Ruchloses tat oder nicht, und tat sein Bestes, sich zu entspannen. Aber tief im Inneren hatte er das ungute Gefühl, dass Britt recht hatte. Sie hätte nichts gesagt, wenn sie sich nicht selbst sicher wäre, dass etwas nicht stimmte. Es war ihr ohnehin schon schwergefallen, etwas zu sagen. Aber sie tat es, weil sie *Lobster Cove* und seine Mutter genauso liebte wie er und seine Brüder.

Chad fuhr auf den kleinen Parkplatz vor dem älteren Haus, in dem sich mehrere Büros befanden. Schon seit Jahren hatte Otis eines davon für sein Steuer- und Investmentgeschäft gemietet. Er stieg aus dem Wagen aus und ging zur Tür. In diesem Teil von Maine gab es weder viele Einkaufszentren noch große Bürogebäude. Die meisten Unternehmen befanden sich in älteren Häusern wie diesem, das nachträglich umgebaut worden war.

Otis' Büro war im Erdgeschoss fast an der Rückseite. Es war im Grunde ein einziger Raum mit einer kleinen Toilette und einem Vorraum für den Kundenempfang, mit einem winzigen Büro im hinteren Teil. Als Chad die Tür öffnete, ertönte eine Glocke, und Otis erschien in der Tür zum Büro.

»Chad«, sagte er höflich mit einem kleinen Nicken. »Komm mit nach hinten.«

Er folgte dem älteren Mann in das Büro und setzte sich auf einen kleinen Stuhl vor einem Schreibtisch, der fast den ganzen Raum einnahm. Er saß auf der Kante, weil er das hier nicht tun wollte, aber wusste, dass er es tun musste. Er legte den Ordner, den er mitgebracht hatte, auf den Schreibtisch und stützte die Ellbogen auf die harte Oberfläche.

Er beugte sich vor und sagte: »Ich hatte in letzter Zeit nicht viel Gelegenheit, mit dir zu reden. Wie ist es dir seit Dads Tod ergangen?«

»Es war hart, aber es hat geholfen, dass ich mich um deine Mutter kümmern konnte.«

Chad zwang sich, darauf nicht zu reagieren. Es war klar, dass er von Anfang an die Weichen stellen wollte. Er versuchte zu zeigen, wie wertvoll er für seine Mutter und für *Lobster Cove* war.

»Meine Brüder und ich haben es zu schätzen gewusst, dass du da warst, bis wir herkommen konnten.«

»Es ist gut, dass ihr das getan habt. Ihr alle. Nach Hause zu kommen, um in *Lobster Cove* zu helfen.«

»Ja«, stimmte Chad zu.

Er öffnete den Ordner, den er mitgebracht hatte, und räusperte sich. Er hatte vor dem Treffen darüber nachgedacht, dass er Otis nicht sagen würde, dass es Britt war, die die belastenden Beweise gegen ihn gefunden hatte. Auf keinen Fall würde Chad wissentlich eine Zielscheibe auf ihrem Rücken platzieren.

»Ich weiß, dass du viel zu tun hast, und ich muss zurück und meinen Brüdern mit dem Gästehaus helfen, aber ich wollte mit dir über einige Ungereimtheiten reden, die wir in der Werkstatt gefunden haben ...«

Dreißig Minuten später stieg Chad wieder in seinen Pick-up – und er hatte keinen Zweifel daran, dass Britts Bedenken berechtigt waren.

Otis hatte sein Bestes getan, um die Dinge, die sie gefunden hatte, zu erklären, aber er war während des gesamten Treffens sichtlich gestresst gewesen und hatte mehr um den heißen Brei herumgeredet, als dass er Chads Fragen wirklich beantwortet hätte.

Auf die Frage nach dem fehlenden Inventar schob er die Schuld darauf, dass Walt nicht genau aufgeschrieben hatte, was sie vorrätig hatten, damit Britt es in das neue Inventarsystem eingeben konnte. Als er nach der Anzahl der Rechnungen im System gefragt wurde, tat er so, als wüsste er nicht, wovon Chad sprach, und tatsächlich wies er siebenundzwanzig Rechnungen im System nach – fünfzehn mehr, als Britt erst am Vortag gezählt hatte.

Oberflächlich betrachtet schien alles, was er sagte, in Ordnung zu sein, wenn auch ein wenig dubios – insbesondere, dass er Walt die Schuld zuschob –, aber es war seine Körpersprache, die Chad am meisten auffiel. Sobald Chad anfing, Fragen zu stellen, begann Otis zu schwitzen und sah ihm nicht in die Augen. Außerdem stolperte er ständig über seine Worte, obwohl Chad ihn noch nie als etwas anderes als wortgewandt und prägnant erlebt hatte.

Alles an ihrem peinlichen Treffen deutete darauf hin, dass etwas nicht stimmte. Und Chad wusste nicht genug darüber, worauf er bei den Geldspuren achten musste, um herauszufinden, was dieses Etwas war. Er musste mit seinen Brüdern sprechen und sie fragen, ob einer von ihnen einen Kontakt hatte, der einen genauen Blick auf die Finanzen von *Lobster Cove* werfen konnte. Sie brauchten eine unabhängige Prüfung von allem. Und das könnte eine Weile dauern ... weil sie möglicherweise zwanzig Jahre zurückgehen mussten.

Das war ätzend, und Chad hasste es. Aber er würde es nicht auf sich beruhen lassen. *Niemand* legte sich mit seiner Familie an. Selbst wenn dieser Mensch mit seinem Vater befreundet war.

Otis Calvert spähte aus dem winzigen Fenster seines Büros und beobachtete, wie Chad vom Parkplatz fuhr. Er ließ den Vorhang fallen und wischte sich mit einem Taschentuch über die Stirn, bevor er sich setzte und sein Handy herausholte.

Dies war nicht gut. Ganz und gar nicht.

Und das war alles die Schuld dieses Miststücks! Sie war kaum einen Monat da, und schon ging alles den Bach runter. Er hatte gleich gewusst, dass sie Ärger machen würde, als er sie kennengelernt hatte. Er *wusste* es einfach.

Sie hatte kein Recht, in seinen Dateien herumzuschnüffeln. Und er hatte keinen Zweifel, dass sie es getan hatte ... keinen Zweifel, dass *sie* diejenige war, die mit dem, was sie gefunden hatte, zu Chad gelaufen war.

Das Problem war – sie hatte nicht unrecht.

Er hatte jahrelang Geld von *Lobster Cove* abgeschöpft und seine Freundschaft mit Austin Young zu seinem Vorteil genutzt.

Wie sich herausstellte, war er zwar ein guter Buchhalter, aber schlecht bei Investitionen ... und leider hatten die meisten seiner Kunden ihn schon vor Jahren verlassen, weil sie mit der Art und Weise, wie er ihr Geld verwaltet hatte, unzufrieden waren. Aber da Austin und Evelyn Young so enge Freunde waren, hatten sie ihm immer vertraut. Sie hatten *nie* etwas infrage gestellt.

Da er für das Geld aller Unternehmen auf ihrem Grundstück verantwortlich war, war es ein Leichtes, falsche Rechnungen zu erstellen und sich selbst zu bezahlen, um seine Einkommensverluste auszugleichen. Und jedes Jahr, wenn es darum ging, die Steuererklärung einzureichen, sagte er ihnen einfach, dass sie mehr schuldeten, als es tatsächlich der Fall war, und steckte die Differenz ein.

Lobster Cove war eine leichte Beute, und er hatte nicht damit gerechnet, dass sich daran in den nächsten Jahren etwas ändern würde. Er war nicht einmal davon ausgegangen, dass Evelyns Söhne, die zu beschäftigt und zu vertrauensselig waren, ihn infrage stellen würden.

Bis diese Außenseiterschlampe anfing, ihre Nase in Dinge zu stecken, die sie nichts angingen.

Es gab nur eine Lösung – er brauchte eine Ablenkung. Etwas, das den Druck von ihm nahm, während er tat, was er konnte, um seine Spuren zu verwischen. Er war über die Jahre zu selbstsicher geworden, zu lasch, und jetzt, da Chad Verdacht schöpfte, musste er die Bücher bereinigen.

Einen Moment lang hatte Otis ein schlechtes Gewissen bei dem, was er vorhatte, aber harte Zeiten verlangten nach harten Maßnahmen.

»Komm schon, komm schon«, murmelte er. »Geh ran.«

Als könnte sein Sohn ihn hören, hob er ab.

»Was willst du, Dad? Ich bin beschäftigt.«

Otis' Lippe kräuselte sich. Sein Sohn war ein fauler Mistkerl. Er arbeitete nur deshalb in der *Lobster Cove Autowerkstatt*, weil Otis ihn brauchte, damit er ihn bezahlen konnte … viel mehr, als er tatsächlich verdiente, versteht sich. Dank Otis und seiner kreativen Buchführung erhielt Camden jeden Monat ein Vollzeitgehalt für Teilzeitarbeit.

Dieser spezielle Betrug war noch nicht auf Chads Radar, aber sobald er sich mit den Gehaltsabrechnungen beschäftigte, war es nur eine Frage der Zeit.

»Du musst etwas für mich tun. Wenn du es nicht tust, bleibt der Geldzug stehen.«

»Wovon redest du?«, fragte Camden.

»Sie sind misstrauisch. Und wenn ich *meinen* Job verliere, verlierst du *deinen* Job.«

»Scheiße«, fluchte Camden.

Otis nickte. »Richtig.«

»Was soll ich tun?«

Nachdem Otis seine Idee erklärt hatte, protestierte sein Sohn erwartungsgemäß nicht. Er würde tun, was ihm gesagt wurde, denn wenn er es nicht tat, würden sie beide das Haus verlieren, in dem sie wohnten, und Camden würde sich einen richtigen Job suchen müssen – was, wie Otis wusste, sein Sohn nicht wollte. Er genoss es, mit seinen Versagerfreunden herumzuhängen und zu viel Gras zu rauchen. Sein ganzer Lebensstil beruhte darauf, dass sein alter Herr ihn unter der Hand für Arbeit bezahlte, die er eigentlich gar nicht verrichtete.

»Es muss heute passieren«, mahnte Otis.

»Heute?«, jammerte Camden.

»Ja. Je früher, desto besser.«

Er seufzte. »Gut. Ich werde Evelyn suchen und ihr sagen, dass ich Öl unter ihrem Wagen gesehen habe oder so. Ihr sagen, dass ich es mir ansehen muss.«

»Perfekt. Versau das nicht, Camden.«

»Das werde ich nicht! Verdammt, Dad, beruhige dich.«

Aber Otis konnte nicht. Wenn das hier schiefging, würde es ihm zweifellos sehr schlecht ergehen. Er würde *nie* in der Lage sein, den Betrag zurückzuzahlen, den er im Laufe der Jahre genommen hatte. Er käme ins Gefängnis, und das wäre sein Ende.

»Ich erwarte im Laufe des Tages einen Anruf, der mir bestätigt, dass es funktioniert hat.«

»Den wirst du bekommen. Bis dann.«

Otis legte auf und starrte für einen langen Moment ins

Leere. Er wollte am liebsten sofort anfangen, das Computersystem zu manipulieren, Dateien zu löschen und zu ändern, aber wenn er das tat, wäre es noch offensichtlicher, dass etwas nicht stimmte.

Nein, er konnte nur den Kurs halten und beten, dass Camden es nicht vermasselte. Dass die Aufmerksamkeit von ihm auf ... wichtigere Dinge gelenkt werden würde.

KAPITEL SIEBZEHN

Britts Tag war auf den Kopf gestellt worden, nachdem sie sich von Chad verabschiedet hatte. Eigentlich wollten sie und Evelyn an diesem Morgen nach Rockville fahren, aber mit ihrem Wagen stimmte etwas nicht, und so hatten sie ihre Pläne ändern müssen.

Britt sah sich Kashs Festung an und war wieder einmal beeindruckt, wie gut sie dem Sturm standgehalten hatte. Es sah nicht so aus, als bräuchte sie irgendetwas, also nahm sie sich einen Moment Zeit, um sich direkt vor die kleine Tür zu setzen und die Stille des Morgens und die frische Luft einzuatmen. Ein Stachelschwein watschelte sogar vorbei und ignorierte sie völlig.

Chad hatte ihr eine SMS geschickt, als sie auf dem Weg zur Autowerkstatt war, um sich mit Walt und Barry zu treffen und noch etwas an dem Inventarverzeichnis zu arbeiten. Er hatte seine SMS kurz und knapp gehalten und gesagt, dass er bald zurück sein würde und sie sich keine Sorgen machen müsse, dass er ihr alles über sein Treffen erzählen würde, sobald er zurückkäme.

Sie verstand, dass er in einer SMS wahrscheinlich nicht ins

Detail gehen konnte, aber sie war trotzdem gespannt darauf zu hören, was gesagt worden war und was Chad dachte. Hielt er sie für paranoid? Hatte Otis alles so erklärt, dass Chads Bedenken zerstreut wurden? Sie wusste es nicht, und sie hatte im Moment auch nicht die Zeit, sich darüber Gedanken zu machen. Sie musste sich auf die Eingabe der Fahrzeugteile konzentrieren.

Während sie mit Walt am Computer arbeitete und ihm erklärte, wie die Software funktionierte – und er *ihr* erklärte, wofür die verschiedenen Teile verwendet wurden –, fuhr Camden Evelyns Wagen in die Werkstatt und legte sich darunter. Sie hatte keine Ahnung, was los war – gestern schien er noch in Ordnung gewesen zu sein –, aber sie fühlte sich besser, als Barry herüberkam, um mit Camden zu sprechen, vermutlich über das Fahrzeug.

Als sie mit Walt fertig war, war Camden gleichzeitig mit dem CR-V fertig. Er fuhr ihn rückwärts aus der Bucht und parkte ihn in der Nähe des Hauses.

»Viel Spaß in der Stadt«, sagte Walt zu ihr, als sie sich darauf vorbereitete, das Büro zu verlassen und zum Haus zu gehen, um zu sehen, ob Evelyn zum Aufbruch bereit war.

Britt sah ihn mit einer hochgezogenen Augenbraue an.

Er lachte. »Die Frau liebt es einzukaufen. Egal ob es um Lebensmittel oder Stoffe geht, die sie nie benutzen wird.«

Britt lächelte. »Das Vorrecht einer Frau«, entgegnete sie mit einem Augenzwinkern.

Er nickte. »Ich muss sagen ... es ist schön, eine andere Frau hier zu haben, mit der Miss Evelyn reden kann. Sie hat die meiste Zeit ihres Lebens nur mit Testosteron zu tun gehabt.«

»Sie ist ein Schatz«, gab Britt zurück.

»Das ist sie. Bis später, Britt.«

»Bis dann.«

Als sie auf das Haus zuging, hörte sie das vertraute Geräusch von Chads Pick-up. Sie drehte sich voller Erwartung um und grinste, als sie ihn die Einfahrt hinunterfahren sah. Sie wartete, bis er geparkt hatte und ausstieg, dann stürzte sie sich auf ihn.

Er fing sie auf und umarmte sie fest.

»Ist alles in Ordnung?«, fragte sie und hasste den gestressten Ausdruck auf seinem Gesicht.

»Ja. Und nein. Ich muss mit meinen Brüdern reden.«

Britt runzelte die Stirn. Das klang nicht gut. Sie wollte ihn unbedingt fragen, ob er ihr glaubte. Ob er dachte, dass etwas nicht stimmte, so wie sie es tat, aber sie zügelte ihre Zunge.

Als könnte er ihre Gedanken lesen, flüsterte Chad ihr ins Ohr: »Ich glaube, dein Verdacht ist mehr als begründet.«

Britt hatte das Gefühl, als würde ihr die Kehle zugeschnürt werden. Sie war erleichtert und hatte gleichzeitig ein mulmiges Gefühl. »Es tut mir leid.«

»Das muss es nicht. Wenn du nicht gewesen wärst, wer weiß, wie viel Geld noch gestohlen worden wäre. Warst du schon in der Stadt?«

Es war ein abrupter Themenwechsel, aber Britt machte das nichts aus. Sie war beeindruckt, dass er sich an ihren Terminplan erinnerte, wenn man bedachte, womit er gerade zu tun hatte. »Nein. Mit dem Wagen deiner Mutter war etwas nicht in Ordnung. Die Jungs haben es sich angesehen und repariert, was auch immer es war, und ich wollte gerade zum Haus gehen, um Evelyn zu holen, damit wir losfahren können.«

Chad runzelte die Stirn und sah zu dem Honda CR-V hinüber. »Was war denn damit los?«

Britt kicherte. »Da fragst du die falsche Person. Tut mir leid.«

Er schaute zur Werkstatt hinüber, da er sich wahrscheinlich erkundigen wollte, was sie mit dem Wagen seiner Mutter gemacht hatten, aber Lincoln rief von der anderen Seite des Weges, in der Nähe der Hütte.

»Wird auch Zeit, dass du zurückkommst. Beweg deinen Hintern hierher!«

»Sind sie sauer, dass du nicht hier warst, um ihnen zu helfen?«, fragte Britt.

Chad schüttelte den Kopf. »Nein. Aber sie tun gern so, als seien sie es. Sie werden das ausnutzen, mich einen Faulpelz nennen und sich wochenlang über mich lustig machen, darauf bestehen, dass ich absichtlich nicht geholfen habe. Das machen Brüder eben so.«

Britt fand, dass das nicht lustig klang, aber sie hatte nie Geschwister gehabt, also was wusste sie schon?

»Viel Spaß mit Mom. Passt auf euch auf.«

»Den werde ich haben, und das werden wir tun«, sagte Britt.

Je mehr sie in der Nähe dieses Mannes war, desto mehr *wollte* sie mit ihm zusammen sein. Er küsste sie. Lange und innig, mitten auf der Einfahrt, sodass jeder es sehen konnte. Aber Britt war das nicht peinlich. Als er sich zurückzog, waren sie beide ein wenig atemlos.

Ein lauter Pfiff ertönte von dort, wo seine Brüder arbeiteten. Chad grinste zu ihr hinunter. »*Das* ist etwas, wofür ich mich gern aufziehen lasse.«

Britt war froh, dass er etwas hatte, worüber er lachen konnte, denn sie hatte das Gefühl, dass niemand mehr in der Stimmung für Witze wäre, sobald er Lincoln, Knox und Zach erzählt hatte, was mit Otis und den Finanzen von *Lobster Cove* los war.

»Ich liebe dich«, sagte Chad fast beiläufig, als er sich von ihr entfernte.

Die Art, wie er das sagte, erschreckte Britt einen Moment lang, dann lächelte sie. »Ich liebe dich auch.«

Hätte sie einen Moment in der Zeit einfrieren können, wäre es dieser gewesen. Der Ausdruck in seinem Gesicht war alles, wovon sie je geträumt hatte. Er sah sie an, als sei sie der wichtigste Mensch auf der Welt. Als ginge die Sonne mit ihr auf und unter. So war sie noch nie in ihrem Leben angeschaut worden. Sie fühlte sich wertgeschätzt ... und geliebt.

Sie sah ihm noch einen Moment hinterher, als er sich schließlich umdrehte und ging, dann machte sie sich auf den Weg ins Haus.

»Evelyn«, rief sie, als sie die Tür öffnete. »Bist du fertig?«

»Endlich!«, sagte die ältere Frau, als sie sich von ihrem Sessel im Wohnbereich erhob. »Ich warte schon ewig.«

Britt kicherte. Sie war dramatisch, aber auf eine fröhliche Art. »Hol deine Sachen und lass uns zu diesem Quilting-Laden fahren.«

Es dauerte zehn Minuten, bis Evelyn alles zusammenhatte, was sie für den Ausflug brauchte, dann machten sie sich auf den Weg.

Die Fahrt nach Rockville war wunderschön. *Lobster Cove* lag südlich der Stadt, und es gab eine enge, kurvenreiche, kilometerlange Nebenstraße, die sie nehmen mussten, um auf die Hauptstraße nach Rockville zu gelangen. Eine Sache, die Britt an dieser Strecke besonders gefiel, war das viele Wasser. Überall, wo sie hinsah, gab es einen Teich, einen Blick auf den Ozean oder eine Bucht. Manchmal sogar einen Fluss.

Es hatte einfach etwas Beruhigendes, aus dem Fenster zu schauen und zu sehen, wie die Sonne fast jederzeit auf dem Wasser glitzerte.

Nachdem sie auf die Hauptstraße abgebogen waren, ging es direkt in die Stadt. Es dauerte ein wenig, einen Parkplatz zu finden – jetzt, da der Sommer gekommen war, waren viel mehr Leute in der Stadt. Die beiden Frauen gingen Arm in Arm zum Quilting-Laden und hielten auf dem Weg dorthin gelegentlich an, um mit einigen Leuten zu sprechen, die Evelyn kannte.

Die Zeit im Laden war sehr amüsant, da keine der beiden wusste, wonach sie eigentlich suchten. Die Besitzerin war sehr geduldig und nett und half Evelyn bei der Auswahl eines

Projekts, das nicht zu schwierig war. Es dauerte länger, die Stoffe auszusuchen, die Evelyn haben wollte, da sie sich immer wieder von den hübschen Mustern ablenken ließ und ihre Meinung änderte.

Eine Stunde nach ihrer Ankunft verließen sie das Geschäft mit mehreren Tüten voller Stoffe und einem Lächeln im Gesicht. Evelyn beschloss, dass sie hungrig war und einen Imbiss brauchte, also hielten sie an einer örtlichen Kneipe. Zum Glück war es nach dem Mittagsgeschäft, sodass sie schnell einen Platz bekamen. Britt bestellte leckere Käsepommes, und Evelyn ließ sich die Meeresfrüchte-Suppe schmecken.

Es war später, als sie erwartet hatte, als sie zum Wagen zurückgingen. Auch das Wetter hatte sich geändert. Die Sonne war nicht mehr in Sicht und ein leichter Nieselregen hatte eingesetzt. Als sie an ihrem Parkplatz ankamen, waren sie beide ein wenig feucht.

Evelyn bat Britt zu fahren, und sie setzte sich, ohne zu zögern, auf den Fahrersitz. Sobald sie den Wagen gestartet hatte, stellte sie die Heizung an, damit Evelyn nicht fror. Obwohl es wärmer war als bei ihrer Ankunft in Maine, war es hier an der Küste dennoch um die zwanzig Grad, obwohl der Juli nur noch ein paar Tage entfernt war ... und das gefiel Britt. Sie war kein Mädchen für heißes Wetter, daher war das Klima hier in Maine perfekt für sie.

Sie machten sich auf den Heimweg, während Evelyn fröhlich davon erzählte, dass sie schon bald mit ihrem Wandbehang beginnen würde und wo sie ihn aufhängen wollte, wenn sie fertig war.

Sie waren gerade von der Hauptstraße auf die Nebenstraße nach *Lobster Cove* abgebogen, als Britt merkte, dass sich das Fahrzeug seltsam verhielt. Sie konnte es nicht genau zuordnen, aber die Lenkung fühlte sich ... schwergängig an.

Sie wollte Evelyn nicht beunruhigen und beschloss, Chad

davon zu erzählen, sobald sie zu Hause ankamen, und tat ihr Bestes, um das Fahrzeug in den Kurven zu kontrollieren.

Sie fuhr bereits langsamer, als sie es normalerweise getan hätte, weil sie sich unwohl fühlte, als sie plötzlich die Kontrolle über die Lenkung verlor.

»Scheiße!«, fluchte sie und versuchte, das Lenkrad nach rechts zu ziehen, als sie auf eine weitere Kurve zufuhren. Aber es war sinnlos. Der Wagen reagierte nicht. Britt trat auf die Bremse.

Und zu ihrem Entsetzen passierte nichts.

Wie zum Teufel konnten die Lenkung *und* die Bremse gleichzeitig ausfallen? Vor allem nachdem der Wagen heute Morgen in der Werkstatt gewesen war?

»Halt dich fest!«, schrie sie, gab den Versuch auf, den Wagen zu kontrollieren, und warf sich Evelyn entgegen, als sie gerade auf die Kurve zufuhren. Es war unangenehm, da sie angeschnallt war, aber von ihnen beiden war die ältere Frau viel verletzlicher.

Wie in Zeitlupe sah Britt zu, wie der CR-V von der Straße abkam, über einige der riesigen Felsen auf dem Seitenstreifen prallte und dann drastisch nach vorn kippte, die steile Böschung hinunter und geradewegs auf das Wasser in der Bucht darunter zusteuerte.

Zum Glück hatte der Wagen dort den Geist aufgegeben und nicht anderthalb Kilometer vorher, wo das Gefälle zum Wasser noch steiler war. Aber auch so war die Fahrt ein einziger Schock. Doch in der Bucht herrschte Hochwasser. Bei Ebbe wären sie kopfüber in den harten Schlamm gestürzt.

Der Aufprall auf das Wasser war dennoch schmerzhaft, und Britt spürte, wie sich ihr Sicherheitsgurt straffte, gerade als die Airbags vor ihren Augen explodierten. Dann merkte sie, wie Wasser über ihre Füße plätscherte, und sah schnell nach unten. Das Wasser mochte den Aufprall etwas abgefedert haben, aber jetzt hatten sie ein ganz anderes Problem ... denn das Wasser füllte das Fahrzeug schnell.

Britt hatte das Gefühl, die Szene von oben zu beobachten, und griff schnell nach dem Fensterbrecher, den einer von Evelyns Söhnen an der Fahrertür angebracht hatte. Er wurde von einem Stück extrastarkem Klettverschluss gehalten, der an die Seite der Tür geklebt worden war. Sie zerrte kräftig daran, und er löste sich in ihrer Hand. Mit dem Gurtschneider, der in ein Ende des Werkzeugs integriert war, befreite sie sich selbst, beugte sich dann vor und löste Evelyns Gurt.

»Wir müssen hier raus«, sagte sie zu der Frau, die ihr so viel bedeutete.

»Oh je ...«, sagte Evelyn und klang, als stünde sie unter Schock. Sie hatte etwas Blut an der Seite ihres Kopfes, wo sie bei ihrem Sturz ins Wasser vermutlich gegen das Fenster geprallt war.

Im Moment schien es beiden gut zu gehen, aber der CR-V driftete vom Ufer weg, und wenn sie nicht sofort ausstiegen, würden sie in großen Schwierigkeiten stecken. Entweder würde das Auto sinken oder sie würden sich unterkühlen. Das Wasser in Maine war nicht wie das Wasser an den Stränden im Süden.

Chad hatte ihr neulich erzählt, dass die Wassertemperatur Ende April normalerweise um die sechs Grad oder so betrug, also war es jetzt wahrscheinlich viel wärmer, aber immer noch viel zu kalt.

Britt versuchte, ihre Tür zu öffnen, aber wie sie vermutet hatte, ließ sie sich nicht bewegen. Der Wasserdruck war zu stark. Sie würde den Fensterbrecher benutzen und Evelyn auf diese Weise herausholen müssen.

Sie freute sich nicht darauf. Ganz und gar nicht.

Trotzdem schwang Britt, ohne zu zögern, das spitze Ende des Werkzeugs gegen das Fenster auf der Fahrerseite, das sofort zersplitterte und sie mit Glas überschüttete. Mit dem Ellbogen gab sie ihr Bestes, um den Rahmen freizubekommen, damit sie und Evelyn sich nicht schnitten, wenn sie hinauskrochen.

»Okay, ich gehe zuerst. Rutsch rüber zu meinem Sitz und folge mir. Ich helfe dir raus«, sagte Britt in einem sachlichen Ton und betete, dass Evelyn ihren Anweisungen folgte. Britt atmete tief durch, kniete sich auf den Fahrersitz und steckte ihren Oberkörper durch das Fenster. Es war etwas unangenehm und erforderte einige Verrenkungen, aber sie schaffte es, sich hinauszuwinden.

Sie stürzte kopfüber ins Wasser und die Kälte, die sie erfüllte, raubte ihr den Atem.

Ohne Zeit zu verlieren, stand sie auf und wandte sich wieder dem Fenster zu. Das Wasser reichte ihr bis zu den Oberschenkeln und stieg weiter an, als das Fahrzeug weiter in die Bucht trieb.

»Jetzt, Evelyn! Gib mir deine Hände und ich helfe dir raus.«

Dankbar gehorchte die ältere Frau. Als sie fast ganz draußen war, hatte Britt eine Erleuchtung. »Warte! Ich drehe mich um. Steig auf meinen Rücken«, sagte sie.

Britt taumelte unter Evelyns Gewicht und betete, dass sie nicht fallen würde, während sie sich langsam in Richtung Ufer bewegte.

Zu ihrer Überraschung hörte sie, wie jemand Evelyns Namen rief.

Als sie aufblickte, sah sie zwei Männer, die vorsichtig durch die Spurrillen im Schlamm stapften, die der CR-V auf seinem Weg ins Wasser verursacht hatte.

Sekunden später kletterten zwei weitere Personen den Hügel hinunter und kamen auf sie zu.

Die Erleichterung, die sie in dem Wissen verspürte, dass sie nicht allein waren, führte dazu, dass Britts Knie fast nachgaben. Aber sie durfte nicht zusammenbrechen, bevor Evelyn in Sicherheit war.

Es dauerte noch einige Schritte, dann griff einer der

Männer, die ihr am nächsten waren, nach ihrem Ellbogen und stützte sie.

»Wow, ihr seid gerade noch rechtzeitig rausgekommen«, sagte jemand.

Britt warf einen Blick über die Schulter und sah, wie das Heck des CR-V im Wasser schwamm, kurz bevor er ganz verschwand. Sie war schockiert darüber, wie schnell das Fahrzeug gesunken war, aber ihre Aufmerksamkeit wurde wieder darauf gelenkt, wo sie sich befand und was geschah, als jemand auf ihrer anderen Seite erschien und sie stützte, und sie alle aus dem Wasser und dem Schlamm auf festeren Boden gingen.

»Ich habe gesehen, wie ihr runtergestürzt seid«, sagte der Mann rechts von ihr. »Gut, dass ihr so schnell rausgekommen seid. Als ich am Straßenrand ankam, wart ihr schon aus dem Fenster geklettert. Komm, ich helfe dir.«

Die letzten Worte waren an Evelyn gerichtet. Der Mann half ihr von Britt herunter und auf das schlammige Ufer.

Als Britt die Frau ansah, bemerkte sie, dass sie zitterte. Ob es an der Kälte des Wassers lag, das ihre Füße und Unterschenkel durchtränkt hatte, oder am Schock, wusste sie nicht. Dann nahm sie das ferne Geräusch von Sirenen wahr und hoffte, dass sie zu ihnen kamen. Britt fühlte sich gut, aber sie machte sich Sorgen um Evelyn.

»Es geht mir gut«, sagte die ältere Frau. »Ich kann selbst stehen.«

Erleichtert, dass sie anscheinend ihren Mumm behalten hatte, seufzte Britt. Sie selbst fühlte sich ein wenig wackelig.

»Britt! Mom!«

Bei dem Klang von Chads Stimme fuhr Britt hoch und starrte ungläubig darauf, wie er und seine Brüder den Abhang zu ihnen hinunterkletterten und in ihrer Eile fast fielen.

Sie hatte keine Ahnung, wie sie so schnell dorthin gekommen waren, aber sie nahm an, dass einer der Umstehenden sie angerufen haben musste. In Rockville kannte jeder jeden, besonders in der Nähe von *Lobster Cove*, und Britt war noch nie so froh gewesen, jemanden zu sehen.

Es dauerte genau sieben Sekunden, bis er zu ihr kam – Britt zählte mit. In der Sekunde, in der Chad sie in seinen Armen hielt, fühlte sie sich mehr wie sie selbst. Stärker.

»Du bist eiskalt«, murmelte er und hielt sie noch fester.

»Mir geht's gut. Sieh nach deiner Mutter«, sagte sie, umklammerte ihn jedoch weiter.

»Meine Brüder kümmern sich um sie. Lass mal kurz los, ich muss nach dir sehen«, befahl er.

Britt wollte ihn nicht loslassen, aber sie tat es trotzdem. Das Ufer der Bucht schien jetzt voll mit Schaulustigen und allen vier Young-Brüdern zu sein, aber Britt war mehr als dankbar, dass sie alle da waren.

»Du hast eine Schnittwunde«, sagte Chad und betrachtete ihren Unterarm. »Und du hast einen blauen Fleck auf deiner Wange.«

»Wahrscheinlich vom Airbag«, murmelte Britt.

In diesem Moment kam ein Löschwagen oben an der Böschung zum Stehen, dicht gefolgt von einem Krankenwagen und einem Streifenwagen.

»Durchhalten!«, rief einer der Feuerwehrmänner nach unten. »Wir bauen das Seilsystem auf, um alle zurück auf die Straße zu bringen.«

»Nicht nötig!«, rief Lincoln zurück, hob seine Mutter hoch und nahm sie in die Arme. »Ich habe sie.« Dann begann er mithilfe von Zach und Knox, den Hügel hinaufzugehen, seine Mutter fest im Arm.

Chad wollte Britt hochheben, aber sie hielt ihn auf. »Ich kann laufen«, erklärte sie ihm.

»Bist du sicher?«

Sie war es nicht, aber sie nickte trotzdem.

Mit Chad an ihrer Seite, der seinen Arm um ihre Taille legte, und mit den beiden Männern, die ursprünglich für sie und Evelyn angehalten hatten, machten sie sich auf den Weg den rutschigen Abhang hinauf. Die Feuerwehrleute waren oben, um ihnen zu helfen.

Chad geleitete Britt zum Krankenwagen, wo seine Mutter bereits auf der Trage saß.

»Geht es ihr gut? Geht es dir gut, Mom?«, fragte er mit angespannter Stimme.

»Mir geht's gut. Ich bin kaum nass geworden, dank Britt. Geht es *dir* gut, Liebes?«, fragte Evelyn.

»Mir ist kalt, ich habe ein paar blaue Flecke, aber ich bin in Ordnung«, beruhigte sie sie.

»Ich hasse diese verdammte Straße, schon immer«, murmelte Knox neben ihr. »Ich hatte immer Angst, dass jemand von der Seite rutscht, besonders im Winter. Ich nehme an, weil du neu und nicht daran gewöhnt bist, musst du die Kurve falsch eingeschätzt haben.«

Britt sah Knox an und sagte entschlossen: »Ich habe die Kurve nicht falsch eingeschätzt. Die Lenkung hat aufgehört zu funktionieren. Und die Bremse auch.«

Die Stille um sie herum war schwer.

»Bist du sicher?«, fragte Zach stirnrunzelnd.

Britt nickte.

»Scheiße.«

»Ausdrucksweise, Junge«, schimpfte Evelyn über Lincoln.

»Mom, ich glaube, wenn es jemals einen Zeitpunkt zum Fluchen gab, dann jetzt«, protestierte er.

»Wenn Sie bitte alle zurücktreten würden, wir müssen Mrs. Young ins Krankenhaus bringen, damit sie untersucht werden kann.«

»Ich muss nicht ins Krankenhaus.«

»Doch, das musst du, und wir wollen keinen Widerspruch hören«, sagte Lincoln nachdrücklich zu seiner Mutter. »Du auch«, ergänzte er und nickte Britt zu.

»Ich? Nein, mir geht's gut.«

»Nein. Du bist klatschnass, der Airbag ist aufgegangen, und du gehst«, sagte Zach kopfschüttelnd.

»Ein weiterer Krankenwagen ist unterwegs«, sagte der Sanitäter.

»Ich bringe sie hin«, informierte Chad ihn. »Das wird schneller gehen.«

»Dann müssen Sie ein Formular unterschreiben. Darin steht, dass Sie gegen ärztlichen Rat handeln wollen«, argumentierte der Sanitäter.

»Gut. Geben Sie uns einfach das Formular, damit sie unterschreiben und ich sie ins Krankenhaus bringen kann«, knurrte Chad.

Er klang, als sei er kurz davor, jemandem den Kopf abzubeißen oder jemanden zu verletzen. Britt hasste es, wie gestresst er ihretwegen war. Sie legte ihre Hand auf seinen Arm und lehnte sich an ihn. »Es geht mir gut, Chad. Mir ist kalt und ich habe ein paar Prellungen, aber es ist nichts Schlimmes passiert.«

»Ich schwöre, ich glaube, ich habe zehn Jahre meines Lebens verloren, als Lincoln diesen Anruf bekam.«

Es dauerte nicht lange, bis die notwendigen Formulare unterschrieben waren und Chad sie auf den Rücksitz von Knox' Geländewagen drängte. Sie waren nach dem Krankenwagen losgefahren, kamen aber fast zur gleichen Zeit in der Notaufnahme an.

Stunden nach ihrer Ankunft im Krankenhaus – nachdem sie sich aufgewärmt hatten, Tests durchgeführt worden waren, Britts Arm mit zwei Stichen genäht worden war, sie die Fragen des Polizeibeamten beantwortet hatte, während Chad und seine Brüder mit dem Arzt über ihre Mutter sprachen, und Evelyn angemessen behandelt und für gesund genug befunden worden war, um nach Hause zu fahren – waren sie auf dem Weg zurück nach *Lobster Cove*. Die Sonne war bereits unter den

Horizont getaucht, aber Britt konnte den CR-V immer noch auf dem Grund der kleinen Bucht liegen sehen, als sie an der Kurve vorbeifuhren, in der sie von der Straße abgekommen war. Die Bucht war jetzt, da Ebbe war, nicht ganz mit Wasser bedeckt.

Britt schloss die Augen und spürte, wie Chad den Arm um sie legte, als sie sich an den kurzen Moment erinnerte, in dem ihr klar wurde, dass sie einen Unfall bauen würden. Er war nicht von ihrer Seite gewichen. Nicht einmal für eine Sekunde. Seine Mutter war in dem Zimmer neben ihrem gewesen, und doch hatte er Britt nicht verlassen, um nach ihr zu sehen. Er hatte sich auf seine Brüder verlassen, wenn es um Neuigkeiten ging.

Die letzten Stunden waren anstrengend und beängstigend gewesen, und Britt hatte sich nichts sehnlicher gewünscht, als zu Hause zu sein. Sie hatte mit keinem der Young-Brüder darüber gesprochen, was passiert war, und niemand hatte danach gefragt. Aber es kam der Zeitpunkt, an dem sie ihre Behauptung, der CR-V habe sowohl die Lenk- als auch die Bremsfähigkeit verloren, genauer erklären musste.

Knox fuhr so nahe wie möglich an die Eingangstreppe des Haupthauses heran, und Lincoln folgte ihm mit ihrer Mutter auf dem Beifahrersitz seines Wagens. Sie betraten alle das Haus, und Lincoln schaltete das Licht ein, während Zach in die Küche ging, um ihnen hoffentlich etwas zu essen zu machen. Britt war am Verhungern, denn die Pommes, die sie vorhin gegessen hatte, waren schon lange verdaut.

Alle waren still und verhalten, als sie sich zum Essen an den Tisch setzten. Die gegrillten Käsetoasts, die Zach gemacht hatte, waren das Köstlichste, was Britt je zu sich genommen hatte. Sie hatte keine Ahnung, was er mit dem Brot oder dem Käse gemacht hatte, aber sie schmeckten wie ein Gourmetgericht und nicht wie die, die sie sich früher selbst zubereitet hatte.

»Also ... Bremse und Lenkung?«, fragte Knox schließlich, nachdem alle gegessen hatten.

Britt seufzte und nickte. Es war an der Zeit, und ehrlich gesagt war sie froh darüber. Sie wollte nicht, dass jemand dachte, sie sei nur eine schlechte Fahrerin und deshalb von der Straße abgekommen.

»Auf der Rückfahrt aus der Stadt fühlte sich der Wagen ... komisch an, aber ich konnte es nicht genau zuordnen. Die Lenkung kam mir einfach ein wenig schwergängig vor. Erst als wir auf der Nebenstraße waren, konnte ich plötzlich überhaupt nicht mehr lenken. Wir fuhren auf die Kurve zu, also trat ich auf die Bremse, aber das Pedal ging nur bis zum Boden, ohne dass etwas passierte. Ich konnte weder anhalten noch aus der Kurve heraussteuern, weshalb ich nicht mehr tun konnte, als mich zur Seite zu lehnen und Evelyn zu packen, bevor wir die Böschung hinunter ins Wasser stürzten.«

»Vielen Dank dafür, Liebes«, sagte Evelyn und nahm Britts Hand in ihre.

»Gern geschehen.«

»Gott sei Dank hast du an den Fensterbrecher gedacht«, sagte Zach.

»Das war das Erste, woran ich gedacht habe, als wir im Wasser gelandet sind«, antwortete Britt.

»Es ist so seltsam, denn die Jungs haben sich den Wagen angesehen, kurz bevor wir losgefahren sind«, überlegte Evelyn.

Chad richtete sich neben ihr auf. »Wie ist es dazu gekommen?«, fragte er seine Mutter.

»Camden kam zum Haus und sagte, er sei besorgt, weil er eine Flüssigkeit auf dem Boden unter meinem Wagen gesehen habe, und er fragte, ob er sich das ansehen könne«, erklärte Evelyn.

Jeder Muskel in Britts Körper spannte sich an, als sie das hörte. Chad hatte seinen Stuhl so nahe an ihren gezogen, dass ihre Oberschenkel sich berührten ... und sie spürte, wie sein Körper das Gleiche tat.

»Wer hat an dem Wagen gearbeitet?«, fragte Chad mit dunkler Stimme.

»Ich weiß es nicht. Warum?«, fragte Evelyn.

»Ja, warum? Was verschweigst du uns?«, fragte Lincoln, der seinen Bruder mit zusammengekniffenen Augen ansah.

Chad seufzte. »So wollte ich es euch nicht sagen. Es wird ein Schock für euch sein.«

»So sehr wie unsere Mom und Britt, die fast gestorben wären, weil jemand an ihrem verdammten Wagen herumgepfuscht hat? Das bezweifle ich«, stieß Knox hervor.

»Knox. Ausdrucksweise«, schimpfte Evelyn in ihrer gewohnten Art, aber sie klang nicht sonderlich verärgert.

»Spuck es aus. War es Camden? Hat er das getan?«

»Offenbar.« Dann fuhr Chad fort, *alles* zu erklären – Britts Verdacht nach dem, was sie gefunden hatte, sein Treffen mit Otis, seine Überzeugung, dass ihr Familienfreund sie bestahl.

Als er fertig war, erfüllte Spannung den Raum. Keiner sagte ein Wort, da jeder offensichtlich zu verarbeiten versuchte, was erzählt worden war.

Zu Britts Überraschung war es Evelyn, die die schwere Stille brach.

»Dieser *Mistkerl*! Ich habe mich immer gefragt, wie Austin jedes Jahr so verdammt hart arbeiten konnte und wir trotzdem kaum die Kosten decken konnten.«

»Mom ...«, begann Lincoln, aber sie hob eine Hand.

»Ich bin müde. Ich bin erschüttert. Und ich bin wütend. Ich brauche etwas Zeit, um darüber nachzudenken. Wer sorgt dafür, dass mein Wagen abgeschleppt wird, und wer untersucht, ob daran herumgepfuscht wurde?«

Diese selbstbewusste Frau war für Britt eine Überraschung. Normalerweise war Evelyn so sanftmütig. Und zugegebenermaßen war sie mehr als nur ein wenig erleichtert, dass sie hier nicht als die Böse hingestellt wurde, da sie diejenige war, die Chad von ihrem Verdacht erzählt hatte.

»Ich kümmere mich um den Wagen«, sagte Knox.

»Linc und ich werden ihn uns ansehen, wenn er hier ist«, ergänzte Zach. »Und wenn uns irgendetwas verdächtig vorkommt, rufen wir die Polizei an, damit die Beamten einen Bericht schreiben können.«

»Glauben wir wirklich, dass Otis das getan hat? Oder besser gesagt, seinen Sohn überredet hat, an Moms Auto herumzupfuschen?«, fragte Lincoln.

»Er war heute nicht glücklich über meine Fragen«, antwortete Chad. »Wenn er glaubte, dass wir ihm auf die Schliche gekommen sind oder ihm der Geldhahn zugedreht wird, könnte er verzweifelt genug gewesen sein, um zu versuchen, unsere Aufmerksamkeit auf etwas anderes zu lenken.«

Alle waren still, als sie darüber nachdachten. Selbst Britt fiel es schwer, sich vorzustellen, dass ein Freund der Familie etwas so Schreckliches tat, wie die Matriarchin der Familie Young zu verletzen – oder gar zu *töten* –, nur um die Aufmerksamkeit von sich und seinen illegalen Aktivitäten abzulenken.

Evelyn schob ihren Stuhl zurück, und Zach, Knox und Lincoln waren sofort auf den Beinen und reichten ihr die Hand, um ihr zu helfen.

»Ich kann gehen«, schnauzte sie. Dann seufzte sie. »Tut mir leid, ich bin einfach gestresst. Ich weiß es zu schätzen, dass ihr alle hier seid und mit mir im Krankenhaus geblieben seid. Britt, danke, dass du mir heute das Leben gerettet hast. Ich meine es ernst. Wenn du nicht da gewesen wärst, hätte ich es sicher nicht so schnell aus dem Wagen geschafft. Fahrt alle nach Hause. Schlaft ein bisschen. Hier wird sich bald einiges ändern, aber heute Abend können wir nichts mehr tun. Morgen werden wir uns neu formieren und die nächsten Schritte besprechen. Und niemand wird *irgendetwas* tun, ohne dass ich dabei bin. Das hier ist mein Zuhause, und wenn ich bestohlen werde, wird das aufhören. Unverzüglich. Habt ihr verstanden?«

»Ja, Ma'am.«

»Natürlich.«

»Wir werden nichts tun, ohne dass du es sagst.«

Alle sprachen gleichzeitig, und Britt war noch mehr von Evelyn beeindruckt als zuvor ... und das wollte etwas heißen, denn sie war schon verdammt beeindruckt von dieser Frau.

Knox streckte seiner Mutter den Ellbogen entgegen, und sie ließ sich von ihm in den hinteren Teil des Hauses zu ihrem Zimmer führen.

»Evelyn, brauchst du Hilfe, um dich bettfertig zu machen?«, rief Britt.

»Danke, mein Kind, aber nein. Ich sage dir Bescheid, wenn ich etwas brauche.«

»Geht es dir gut?«, fragte Lincoln Chad.

»Ja.«

»Du wolltest uns doch heute sicher von deinem Treffen mit Otis erzählen, oder?«, fragte sein ältester Bruder.

»Natürlich. Sobald wir mit der Hütte fertig waren, wollte ich mich mit euch allen zusammensetzen, damit wir einen Plan ausarbeiten können.«

Lincoln nickte und wies dann mit dem Kopf in Richtung Tür. »Komm schon, Zach. Willst du heute Abend bei mir pennen?«

»Ja.« Das eine Wort war voller Nachdruck und fast ... begierig.

Britt hatte das Gefühl, dass die Brüder bis spät in die Nacht aufbleiben würden, um einen Plan auszuhecken, den sie dann ihrer Mutter zur Genehmigung vorlegen würden, bevor sie ihn ausführten. Die Zeit beim Militär hatte den Brüdern garantiert, dass sie in keiner Situation ohne einen Plan A, einen Plan B und wahrscheinlich auch einen Plan C vorgehen würden.

Sie sah zu Chad hinüber und fragte sich, ob er sich ausgeschlossen fühlte, ob er lieber mit seinen Brüdern mitgegangen wäre, um ihre Optionen zu besprechen. Aber er starrte nur zurück, und alles, was sie in seinen Augen sehen konnte, war Besorgnis ... um *sie*.

»Bist du bereit fürs Bett?«, fragte er leise.

Britt nickte.

Chad half ihr auf die Beine, dann drängte er sie zur Treppe.

»Ich räume hier unten auf und schließe ab«, sagte Knox, als er aus der Richtung des Zimmers ihrer Mutter zurückkam.

»Das weiß ich zu schätzen«, sagte Chad und nickte ihm zu.

Und in Windeseile fand Britt sich im Badezimmer im Flur wieder.

»Lass dir Zeit. Ich werde in unserem Zimmer sein.«

Sie wusste nicht, wann sein Zimmer zu ihrem gemeinsamen Zimmer geworden war, aber sie würde sich nicht beschweren. »Okay.«

Als sie durch die Tür trat, war sie wie gerädert und konnte kaum noch die Augen offen halten. Der Stress des Tages, und vor allem der letzten Stunden, hatte sie eingeholt. Britt glaubte nicht, dass sie in der Lage sein würde, zwei zusammenhängende Worte zu formulieren.

Natürlich hatte Chad das bemerkt. »Rein«, sagte er, stellte sich neben das Bett und hielt ihr die Decke hoch. Britt kletterte ins Bett und seufzte zufrieden, als ihr Körper sich endlich entspannen konnte.

»Ich bin gleich wieder da. Schlaf, Peach.«

»Danke, dass du heute für mich da warst«, murmelte sie.

»Ich hätte nirgendwo sonst sein wollen«, sagte Chad, beugte sich hinunter und küsste ihre Schläfe.

Das war das Letzte, dessen Britt sich bewusst war, bevor sie in einen tiefen, heilenden Schlaf fiel, zufrieden mit dem Wissen, dass sie in Sicherheit war. Dass Chad sie davor beschützen würde, dass Otis und Camden sich einschlichen und versuchten, ihr oder Evelyn etwas anzutun.

KAPITEL ACHTZEHN

Chad wachte mit einem Schreck auf. Er hatte einen wunderbaren Traum gehabt, in dem er mit Britt in den Flitterwochen war und auf einem abgeschiedenen Balkon in der Sonne lag, während sie ihm einen blies.

Als er an sich herunterschaute, merkte er, dass er nicht träumte. Zumindest nicht, dass Britt zwischen seinen Beinen lag.

Sie war auf den Knien, über seinen Schritt gebeugt, und hatte seinen Schwanz im Mund.

Sie sah zu ihm auf, als er sich rührte, und er musste sich zusammenreißen, um nicht auf der Stelle zu kommen. Ihr Haar fiel über ihre Schultern und streifte seine Leistengegend, und ihre Lippen um seinen Schwanz waren verdammt erotisch.

Dann erinnerte er sich. An den Unfall.

»Britt, nein«, murmelte er und griff nach ihr. Aber sie hob einen Arm und wehrte ihn ab – und saugte noch stärker.

Chad stöhnte auf. *Verdammt*, ihr Mund fühlte sich unglaublich an.

Jetzt, da er wach war, verdoppelte sie ihre Bemühungen und drückte mit ihrer Hand auf seinen Schwanzansatz, während sie auf ihm auf und ab wippte. Ihr Speichel und sein Lusttropfen gaben ihr reichlich Gleitmittel, und Chad konnte nicht anders, als sich in sein Kissen zurückfallen zu lassen, während sie ihn gierig verschlang. Kaum hatte er die Augen geschlossen, öffnete er sie wieder und hob den Kopf. Das wollte er sich nicht entgehen lassen. Auf keinen Fall.

Es war offensichtlich, dass Britt Spaß an dem hatte, was sie tat. Sie tat das nicht, weil sie sich dazu verpflichtet fühlte. Die Anstrengung und Energie, die sie darauf verwendete, ihm einen zu blasen, war echt. Und das machte ihn *total* an.

»Komm hier hoch«, lockte er, weil er seinen Mund auf ihrer Muschi haben wollte, während sie ihm einen blies.

Aber sie schüttelte den Kopf, während sie weiter auf ihm wippte.

Er würde nicht lange brauchen, um zu kommen, und das sagte er ihr auch.

Daraufhin saugte sie schneller, nahm ihn tief in ihre Kehle auf und schluckte.

»Verdammt«, keuchte Chad, als er mit seinen Fingern durch ihr Haar fuhr und es von ihrem Gesicht zurückhielt, damit er sehen konnte, wie sein Schwanz in ihrem Mund verschwand.

»Ich bin nahe dran«, warnte er sie. »Hör auf, wenn du nicht den Mund voll mit meinem Sperma haben willst.«

Sie hörte nicht auf, sondern hob nur ihren Blick zu ihm, während sie noch fester saugte.

Das war alles, was es brauchte. Chad explodierte. Seine Sicht wurde dunkel und er sah Sterne, als Britt jeden Tropfen seiner Erlösung schluckte.

Es dauerte ganze dreißig Sekunden, bis er wieder denken konnte, und als er nach unten blickte, ruhte Britts Kopf auf seinem Oberschenkel, während sie sanft seinen nun schlaffen Schwanz streichelte.

»Verdammt, Frau«, murmelte Chad.

»Guten Morgen«, antwortete sie mit einem frechen Grinsen.

Chad beugte sich vor und zog sie nach oben, bis sie auf seiner Brust ruhte. »Hast du Schmerzen? Warum hast du das gemacht? Dir muss doch alles wehtun.« Er konnte sich nicht entscheiden, ob er in diesem Moment sauer oder zufrieden mit ihr war.

»Mir geht's gut. Ja, ich habe ein paar Prellungen abbekommen. Zu viele, um mir dir zu schlafen, aber ich wollte dir zeigen, wie sehr ich dich liebe. Wie dankbar ich bin, dass es dich in meinem Leben gibt.«

»Ich habe das geliebt, und dich liebe ich auch, aber ich werde niemals mein eigenes Vergnügen über deine Sicherheit und dein Wohlbefinden stellen.«

»Es geht mir gut, Chad, ehrlich. Ich liebe Blowjobs. Die Kontrolle, die sie mir geben. Und das brauchte ich nach gestern, als ich keine hatte. In dem Moment, in dem mir klar wurde, dass wir hinunterstürzen und im Wasser landen würden, fühlte ich mich so hilflos.«

Sein Zorn darüber, dass sie sich möglicherweise verletzt hatte, löste sich in einer Rauchwolke auf. »Es tut mir so leid, Peach.«

Aber sie schüttelte den Kopf. »Warum? Du hast weder die Bremsleitungen durchgeschnitten noch dafür gesorgt, dass die Lenkung nicht funktioniert. Du warst da, als ich dich brauchte. Als *deine Mutter* dich brauchte.«

Der Gedanke daran, was passiert war, drohte Chads gute Laune nach dem besten Blowjob, den er je bekommen hatte, zu zerstören. Er rollte sich herum, bis Britt unter ihm lag, stützte sich auf die Ellbogen und starrte sie einen langen Moment an.

»Was?«, fragte sie mit einem kleinen Lächeln.

»Ich versuche herauszufinden, ob du ehrlich zu mir bist in Bezug darauf, wie es dir geht und wie verletzt du wirklich bist.«

»Ich glaube nicht, dass jemand einen Unfall haben kann, bei dem er angeschnallt ist und der Airbag auslöst, *ohne* verletzt zu sein«, antwortete sie.

»Tut es weh, auf dem Rücken zu liegen?«

»Nein. Eher wenn ich mich zu weit in die eine oder andere Richtung drehe. Und meine Schulter tut weh. Ich glaube, sie wurde bei dem Aufprall auf den Airbag am meisten in Mitleidenschaft gezogen.«

»Brauchst du eine der Schmerztabletten, die der Arzt verschrieben hat?«, fragte Chad.

»Nein.«

»Sicher?«

»Ich bin sicher.«

»Okay. Wie wäre es dann, wenn du einfach nur daliegst? Ich werde die ganze Arbeit machen«, sagte Chad zu ihr.

»Die ganze Arbeit – oh!«

Als er begann, an ihrem Körper hinunterzugleiten, wurde ihr klar, was er meinte. Chad war sehr erfreut, als sie eifrig ihre Beine spreizte, um ihm Platz zu machen und ihn einzuladen.

Die nächsten zwanzig Minuten neckte und verwöhnte er seine Frau. Sie hatte einen höllischen Tag hinter sich, und er wollte ihr einen genauso fantastischen Tagesbeginn bescheren, wie sie es für ihn getan hatte. Sie zu vernaschen war ein Fest für seine Sinne. Zwei Minuten nachdem er sie zum ersten Mal geleckt hatte, wurde sein Schwanz hart, aber er ignorierte es. Dies war für Britt.

Nach ihrem dritten Orgasmus bettelte sie um Gnade.

Lächelnd stützte Chad seine Wange auf ihren Oberschenkel, so wie sie es nach seinem Orgasmus bei ihm getan hatte, und atmete tief ein. Ihr Duft hatte sich in seine Psyche eingebrannt, und er hätte es nicht anders haben wollen.

»Ich bin tot«, sagte sie, die Augen geschlossen, während sie schlaff und gesättigt unter ihm lag.

Chad lachte. »Ich hoffe nicht. Denn wenn ich mich nicht täusche, rieche ich Speck. Und ich habe vor nicht allzu langer Zeit gehört, wie meine Brüder eingetroffen sind.«

Britt setzte sich abrupt auf und stöhnte leise vor Schmerz

auf. »Sie sind hier? Warum hast du nichts gesagt? Wie spät ist es?«

»Ja. Weil ich beschäftigt war, und du auch. Und ich weiß es nicht und es ist mir egal.«

»Chad!«, beschwerte sie sich. »Wir müssen nach unten gehen und sehen, was los ist.«

»Das werden wir.« Er richtete sich auf und drückte Britt sanft zurück nach unten. Er starrte ihr einen langen Moment in die Augen und versuchte, sie zu lesen.

Sie schenkte ihm ein kleines Lächeln. »Mir geht's gut. Das war eine fantastische Art aufzuwachen.«

»Das finde ich auch. Willst du duschen?«

»Natürlich.«

»Tut mir leid, ich hätte mich genauer ausdrücken sollen. Willst du *mit mir* duschen?«

Sie runzelte ein wenig die Stirn. »Wäre das nicht ... seltsam? Ich meine, deine Familie könnte es mitbekommen.«

»Kümmert dich das? Sie wissen bereits, dass wir zusammen sind. Und nur damit das klar ist ... Ich weiß, dass es noch zu früh ist, aber wenn die Dinge mit uns weiterhin so gut laufen ... besteht mein Plan darin, das hier, *uns*, dauerhaft zu machen.«

Ihre Augen weiteten sich. »Was?«

»Ich will alles mit dir, Peach. Einen Ring, eine Hochzeit hier in *Lobster Cove*, Kinder, vielleicht einen Hund oder eine Katze, das ganze Drumherum. Ich bezweifle, dass wir für immer bei meiner Mutter leben werden, aber im Moment braucht sie uns beide hier. Ich bin nicht bereit, so zu tun, als hätten wir keine ernsthafte Beziehung. Ich will das hier. Morgens mit dir in unserem Bett liegen. Intime Duschen. All das.«

Chad hielt den Atem an. Er zeigte alle seine Karten, und er hoffte inständig, dass er und Britt auf derselben Seite standen.

»Das will ich auch«, flüsterte sie nach einem Moment. »Und ja, ich würde gern mit dir duschen. Ich habe noch nie jemandem unter der Dusche einen geblasen, aber ich glaube, es würde Spaß machen. Wir können eine Sauerei machen und müssen uns hinterher nicht um die Wäsche kümmern.«

Und einfach so war Chads Schwanz wieder steif wie ein Brett. Er hatte das Gefühl, dass das mit Britt ganz normal werden würde. Sein Gehirn beschwor ein Bild herauf, wie er auf ihren Brüsten kam, während sie in der Dusche kniete und ihn anlächelte.

»Verdammt, ja«, flüsterte er, dann zwang er sich, von ihr wegzurollen und aufzustehen. Sie war voller blauer Flecke, und wenn er noch eine Sekunde länger mit ihr im Bett blieb und sich anhörte, wie sie so schmutzige Dinge sagte, würde er am Ende etwas tun, das er bereuen würde. Und er würde niemals etwas tun, was diese Frau verletzen könnte.

»Davon gibt es heute nichts mehr. Wir müssen duschen und frühstücken, bevor wir uns den Plan anhören, den meine Brüder sich gestern Abend ausgedacht haben, und diesen Plan dann ausführen.«

»Du bist wirklich nicht verärgert, dass du nicht dabei warst?«, fragte Britt mit einem leichten Stirnrunzeln.

»Nicht im Geringsten. Ich vertraue ihnen. Was immer sie sich ausgedacht haben, wird perfekt sein.«

Britt stand auf, und Chad nahm ihre Hand. Sie trug eines seiner T-Shirts, das sie am Abend zuvor angezogen hatte, ohne etwas darunter zu tragen. Sie war verdammt sexy ... und gehörte ganz ihm. Er war ein Glückspilz, und er würde den Rest seines Lebens damit verbringen, diese Frau schamlos zu verwöhnen.

Als Teenager hatte er seinem Vater dabei zugesehen, wie er dasselbe für seine Mutter getan hatte. Er hatte ein wunderbares Vorbild gehabt, und er schwor sich, seinen Vater stolz zu machen, auch wenn er nicht hier sein konnte, um es mitzubekommen. Einen Moment lang war Chad traurig, dass sein Vater Britt nie kennenlernen würde. Aber wenn er noch am Leben wäre, wäre Chad ihr nie begegnet. Er hätte keinen Grund gehabt, nach Hause zu ziehen, wäre nicht in dem Moment auf dem Parkplatz gewesen, in dem Britt ihn brauchte.

Austin Young hatte sicher seinen Anteil daran, dass sie sich getroffen hatten. Alles geschah aus einem bestimmten Grund, und obwohl Chad es hasste, dass sein Vater sterben musste, damit er Britt finden konnte, fand er sich langsam damit ab. Außerdem hatte er keinen Zweifel daran, dass sein Vater über seine Familie wachte, egal wo er war.

Ihre erste gemeinsame Dusche war beengt und eine Komödie der Fehler. Die Dusch-/Wannenkombination war nicht gerade dafür gemacht, zwei Personen gleichzeitig zu fassen. Sie schafften es, aber Chad schwor sich, ihnen irgendwann eine geräumige und bequeme Dusche zu verschaffen, die mehr zum Teilen einlud.

Sie gingen Hand in Hand die Treppe hinunter und fanden seine drei Brüder und Evelyn am Küchentisch vor. Alle runzelten die Stirn, was kein gutes Zeichen war.

»Gut, dass du da bist. Deine Brüder sind stur und nervig!«, erklärte seine Mutter.

Als er von ihr zu den anderen sah, erkannte er, ohne dass jemand ein Wort sagte, dass sie ihre Mutter genauso stur und nervig fanden.

»Irgendetwas riecht fantastisch. Zach, bitte sag mir, dass du das gemacht hast, was auch immer es ist.«

»Eierkuchen, Jalapeño-Speck, Obstschalen«, informierte Zach sie.

»Lecker«, sagte Britt. »Guten Morgen, Evelyn. Lincoln, Knox«, fuhr sie fort, nickte seinen Brüdern zu und ging zu seiner Mutter hinüber, um ihr einen Kuss auf den Kopf zu geben. »Wie fühlst du dich heute Morgen?«, fragte sie in demselben süßen, lockeren Ton.

»Verletzt. Wütend. Bereit, jemandem in den Hintern zu treten«, antwortete Evelyn.

Britt kicherte. »Kann ich noch etwas essen, bevor wir die

Mistgabeln rausholen und auf die Jagd nach den Köpfen der Leute gehen?«

Ihre Worte schienen seine Mutter aus ihrer Laune zu befreien. »Aber natürlich. Hier, lass mich aufstehen und ...«

»Nein. Du bleibst sitzen«, erwiderte Britt. »Ich kann es holen.«

»Nein, *ich* kann es holen«, konterte Chad und zog einen leeren Stuhl neben seiner Mutter heran. »Sitz!«

»Wuff«, neckte sie ihn, als sie zu ihm aufblickte und sich dort hinsetzte, wo er es angedeutet hatte.

Chad hörte, wie einer seiner Brüder versuchte, sich ein Lachen zu verkneifen. Er beugte sich hinunter und küsste Britt direkt auf den Mund, bevor er in die Küche ging. »Möchte jemand etwas, während ich hier drin bin?«

»Bring den Teller mit dem Speck mit. Wir haben euch etwas aufgehoben, aber jetzt, da ihr hier seid, können wir aufessen, was du und Britt nicht wollt«, sagte Lincoln.

Die Menge an Speck, die auf einem mit Papiertüchern ausgelegten Teller lag, war überwältigend. Chad stopfte sich eines der Stücke in den Mund und konnte das Stöhnen, das seiner Kehle zu entweichen drohte, kaum zurückhalten. Sein Bruder war ein verdammtes Genie in der Küche. Der Speck enthielt genau die richtige Menge an Schärfe von den Jalapeños. Sie war nicht überwältigend, hinterließ aber ein angenehmes Prickeln in seinem Mund.

Er lud zwei Teller für sich und Britt voll und trug sie zum Tisch. Dann ging er zurück in die Küche, um den restlichen Speck zu holen. Kaum hatte er ihn auf den Tisch gestellt, füllten seine Brüder ihre eigenen Teller mit dem köstlichen Fleisch auf.

Chad war dankbar, dass seine Brüder ihm und Britt die Gelegenheit gaben zu essen, bevor sie über das sprachen, was alle auf dem Herzen hatten. Sobald Britt mit ihrem Eierkuchen fertig war, ergriff Lincoln das Wort.

»Bevor ihr nach unten gekommen seid, haben wir Mom erzählt, dass wir heute Morgen mit Otis sprechen wollen«, sagte Lincoln ohne Umschweife.

»Und ich habe *ihnen* gesagt, dass das nicht passieren wird. Wie ich gestern Abend schon gesagt habe, wird niemand etwas tun, ohne dass ich dabei bin. Und *ich* will diejenige sein, die sich mit Otis zusammensetzt. Und wenn ich mit seinen Antworten nicht zufrieden bin, werde ich ihn feuern«, sagte Evelyn entschlossen.

»Mom, ich glaube nicht ...«, begann Knox, aber Evelyn unterbrach ihn.

»Ich weiß es zu schätzen, dass ihr alle hier seid. Das tue ich wirklich. Aber dies ist etwas, das ich tun muss. Otis und euer Vater waren beste Freunde. Wir standen uns einmal so nahe, wie es drei Menschen nur können.«

Chad runzelte daraufhin die Stirn. »Einmal?«, fragte er.

Seine Mutter seufzte. »Ja. Früher. Wir haben immer alles zusammen gemacht. Aber schon bevor euer Vater starb, fing Otis an ... mir gegen den Strich zu gehen. Er hat sich verändert. Jedes Mal wenn er sich mit uns über die Geschäfte unterhielt, wurde er herablassend. Wenn wir ihn zu unseren Steuern oder zur Anlage unseres Geldes befragten, machte Otis den Eindruck, als würden wir seine Integrität infrage stellen. Er machte die Gespräche persönlich. Ich denke jetzt, dass er das getan hat, um uns davon abzuhalten, tiefer zu ergründen, was er mit unserem Geld macht. Ich komme mir wie eine Idiotin vor.«

»Mom ...«

Aber Evelyn unterbrach Chad. »Wir waren *beide* Idioten. Wir wollten keinen Ärger machen. Unsere Freundschaft mit Otis war uns wichtiger als unser eigenes finanzielles Wohlergehen. Was dumm war. Er war eindeutig klug und ließ uns genug, um unsere Geschäfte zu führen, aber nicht so viel, dass wir wirklich vorankommen konnten. Wir hätten viel mehr Fragen stellen sollen. Wir hätten schon vor Jahren jemand anderen beauftragen sollen, sich die Dinge anzusehen. Aber das haben wir nicht getan. Und jetzt befinden wir uns in dieser Situation.«

»Mom, wir wissen nicht mit Sicherheit, dass er etwas veruntreut hat«, sagte Zach sanft.

Evelyn wandte sich an Britt. »Du bist seit gefühlt zwei Sekunden hier, und schon als du das erste Mal einen Blick auf die Konten der Werkstatt geworfen hast, hattest du einen Verdacht. Was denkst du? Stiehlt er von *Lobster Cove*?«

Britt rutschte in ihrem Sitz hin und her und fühlte sich sichtlich unwohl dabei, in die Mangel genommen zu werden.

»Mom, ich glaube nicht ...«

Sie hob eine Hand, um Chad zu unterbrechen, den Blick auf Britt gerichtet.

»Es tut mir leid ... aber ja«, sagte diese nach einem Moment.

»Wenn er heute herkommt, würde ich ihn gern in Austins Arbeitszimmer hier im Haus sehen. Wenn einer von euch – und ich meine *einer* von euch, nicht alle vier – ihn zum Haus begleiten könnte, wäre ich euch dankbar«, sagte Evelyn entschieden.

Chad war nicht begeistert, dass seine Mutter Otis zur Rede stellen wollte, aber er hatte verdammt viel Respekt vor ihr.

Seine Mutter hatte sich Ungerechtigkeiten noch nie ergeben. Er erinnerte sich an seine Zeit in der Mittelschule, als sie herausgefunden hatte, dass es Kinder gab, die kein Mittagessen bekamen, weil ihre Eltern die Rechnung nicht bezahlt hatten, da sie es sich nicht leisten konnten. Die Schule sagte, sie könnten kein Mittagessen mehr bekommen, bis die Rechnungen bezahlt seien. Sie war empört und nahm es auf sich, die Schulbehörde zu beschimpfen, weil sie den Kindern das Essen verweigerte.

Dann trommelte sie die Bürger von Rockville zusammen und sammelte mit deren Hilfe genügend Geld, um die überfälligen Rechnungen für die Schüler nicht nur der Mittelschule, sondern auch der Grundschule und Highschool zu begleichen ... und dabei noch Geld übrig zu haben.

»Was ist mit Camden?«, fragte Chad.

»Ich habe im Arbeitsplan nachgesehen, und er sollte heute Morgen arbeiten«, sagte Knox. »Zach und ich werden ihn abfangen, wenn er eintrifft, und ihm sagen, dass seine Dienste in *Lobster Cove* nicht mehr benötigt werden.«

»Wirst du ihn nach Moms Wagen fragen?«, fragte Chad.

»Oh ja«, antwortete Knox mit einem wütenden Funkeln in den Augen. »Ich habe einen Freund bei der Polizei angerufen, und er ist auch daran interessiert, mit ihm zu sprechen. Er will außerdem nicht, dass wir den CR-V anfassen. Er arbeitet bereits daran, ihn heute Morgen zur Polizei abschleppen zu lassen, damit die Beamten ihn auf Fingerabdrücke untersuchen und feststellen können, ob an der Bremsanlage und der Lenkung herumgepfuscht wurde. Wenn ja, wird Camden aufs Revier eingeladen, um einige Fragen zu beantworten.«

»Ich habe heute Morgen schon mit Walt und Barry gesprochen«, fügte Zach hinzu. »Sie sagten beide, Camden sei gestern besonders motiviert gewesen und habe sich geweigert, Barry bei Moms Wagen helfen zu lassen ... was für ihn sehr untypisch sei. Falls nötig, sind beide bereit zu bezeugen, dass Camden am Fahrzeug gearbeitet hat, bevor Mom und Britt zu ihren Besorgungen aufbrachen.«

Chads Hände krampften sich zusammen, als er daran dachte, was seiner Mutter und Britt hätte passieren können. Es war schwer zu glauben, dass jemand, der hier in *Lobster Cove* arbeitete, tatsächlich versuchen würde, die Frauen zu verletzen oder zu töten.

Er spürte eine Berührung an seiner Faust in seinem Schoß. Als er nach unten blickte, sah er, dass Britt seine Hand mit ihrer eigenen bedeckt hatte und ihn besorgt ansah.

»Gut, das wäre geklärt. Ich werde jetzt abwaschen«, sagte

Evelyn und legte ihre Serviette neben ihrem Teller auf den Tisch.

Alle vier Young-Brüder standen zur gleichen Zeit auf.

»Ich mache das schon.«

»Nein, tust du nicht.«

»Setz dich, Mom.«

»Auf gar keinen Fall.«

Evelyn lächelte und lehnte sich in ihrem Stuhl zurück. Sie sah Britt an. »Ich habe so gute Jungs.«

»Du hast sie gut erzogen«, erwiderte Britt.

Britt leistete seiner Mutter Gesellschaft, während Chad und seine Brüder sich um das Frühstücksgeschirr kümmerten. Er behielt den Tisch im Auge und war erleichtert, als er sah, dass keine der beiden Frauen irgendwelche negativen Auswirkungen des gestrigen Unfalls zu haben schien. Beide wirkten ein wenig steif, hatten aber keine Schmerzen, was eine Erleichterung war. Einmal mehr war er dankbar für Britts schnelles Denken und ihre Fähigkeit, den Wagen an der Stelle verunfallen zu lassen, die wahrscheinlich den geringsten Schaden anrichten würde ... im Wasser und nicht an einem Baum.

Als Chad zu Britt zurückkehrte, sah sie zu ihm auf und sagte leise: »Alle Passwörter für die Konten, auf die Otis Zugriff hat, müssen aktualisiert werden. Wie zum Beispiel die Buchhaltungssoftware, die Bankkonten, sogar das Online-Steuersystem.«

Chad nickte. Sie hatte recht. Verdammt, das hätten sie schon gestern Abend machen sollen. Im Moment würde er es dem Mann zutrauen, all ihre Konten komplett zu leeren. Wenn er seinen besten Freund jahrelang beklauen konnte, warum sollte er dann nicht so viel nehmen, wie er konnte, bevor er gefeuert wurde? Und er musste wissen, dass seine Zeit hier in *Lobster Cove* vorbei war. Dass Chad und seine Brüder und seine Mutter irgendwann eins und eins zusammenzählen würden.

Aber ohne Britt hätten sie das vielleicht nicht getan.

Schuldgefühle erfüllten ihn bei diesem Gedanken. Warum hatten er und seine Brüder nie daran gedacht, Otis zu befragen, selbst als ihr Vater noch am Leben war? Vielleicht aus Respekt vor der Beziehung, die der Mann zu ihrem Vater hatte? Weil sie nicht riskieren wollten, ihre Eltern zu verärgern? Weil sich keiner von ihnen für Steuern, Buchhaltung oder Investitionen interessierte?

Wenn man bedachte, dass ein einziger Mann so lange für alles zuständig war, war das ein *großer* Fehler – und einer, der die finanzielle Zukunft seiner Mutter zerstört haben könnte.

Sie waren alle nach Hause gezogen, um ihrer Mutter zu helfen, die Zukunft von *Lobster Cove* zu sichern ... und sie hatten bisher spektakulär versagt. Der Gedanke daran, wie viel Geld Otis seinen Eltern über die Jahre hinweg gestohlen haben könnte, machte Chad körperlich krank.

»Ich werde zur Werkstatt gehen. Ich will dabei sein, wenn Otis eintrifft. Camden auch«, sagte Lincoln.

Evelyn nickte und stand auf. »Ich werde im Arbeitszimmer eures Vaters sein. Bringt Otis zu mir, sobald er da ist«, befahl sie, bevor sie sich umdrehte und den Flur hinunterging.

Britt runzelte die Stirn, und Chad konnte sehen, wie die Angst aus ihr herausprudelte.

»Meine Mutter ist hart im Nehmen«, sagte er.

Britt sah zu ihm auf, nickte und erwiderte: »Das weiß ich. Sie hat euch vier großgezogen, daher musste sie das auch sein. Aber der gefährlichste Moment für eine Frau ist, wenn sie ihrem Partner sagt, dass sie ihn verlässt. Ich weiß, das hier ist nicht ganz dasselbe, aber ich mache mir Sorgen, wenn sie mit Otis allein ist.«

»Sie wird nicht allein sein«, sagte Lincoln. »Während Knox und Zach sich um Camden kümmern, werde ich im Arbeitszimmer bei Mom und Otis sein.«

»Ich dachte, sie hätte gesagt, sie wolle allein mit ihm reden«, sagte Britt.

»Nein. Sie hat gesagt, dass sie diejenige sein will, die mit ihm *redet*, nicht, dass sie es allein tun will. Selbst wenn sie es wollte, würde keiner von uns dem zustimmen, und das weiß sie.«

Britt atmete erleichtert aus. »Oh, gut.«

»Chad, willst du dich mir anschließen?«, fragte Lincoln.

»Aber ja«, erwiderte er. Otis hatte versucht, nicht nur seiner Mutter zu schaden, sondern auch der Frau, in die er sich verliebt hatte. Er wollte auf jeden Fall dabei sein, wenn der Mann damit konfrontiert wurde.

»Ich habe meinen Kaffee vergessen. Dieser Mann hat mich ganz durcheinandergebracht«, sagte Evelyn, als sie zurück ins Zimmer in Richtung Küche stapfte.

»Was kann ich tun?«, fragte Britt.

Chads spontane Antwort war, sie so weit wie möglich von Otis und Camden wegzubringen. Bevor er etwas sagen konnte, meldete sich seine Mutter aus der Küche zu Wort, wo sie sich gerade eine Tasse dampfend heißen Kaffee einschenkte.

»Die Jungs haben gestern die Arbeiten an der Hütte beendet, und bei allem, was passiert ist, konnten wir nicht sicherstellen, dass sie für die nächsten Gäste fertig ist. Meinst du, du könntest rausgehen und dafür sorgen, dass sie sauber ist?«

Britt kniff die Augen zusammen. »Du willst mich nur aus dem Haus haben«, warf sie ihr vor.

Chad war dankbar, dass seine Mutter den Vorschlag gemacht hatte und nicht er, denn die Dolche, die aus Britts Augen schossen, waren definitiv tödlich.

»Natürlich tue ich das«, erwiderte Evelyn freundlich. »Ich weiß es mehr zu schätzen, als du ahnst, dass du Chad deinen Verdacht bezüglich Otis sofort mitgeteilt hast. Aber das ist eine Young-Angelegenheit ... nichts für ungut. Ich will nicht, dass er dich sieht und denkt, er könne dich der Lüge bezichtigen oder dass du Beweise gegen ihn platziert hättest, nur weil du nicht von hier bist. Ich meine, er könnte das immer noch tun, während du in der Hütte bist, aber ich möchte dir ersparen, ihn zu sehen oder zu hören, welche Anschuldigungen er auch immer erheben könnte.«

Britts Schultern entspannten sich. »Das kann ich verstehen. Außerdem kommen heute die Mieter. Also gut, ich gehe raus und mache die Hütte fertig.«

»Danke, mein Kind.«

»Ich bringe dich rüber«, bot Chad an. Je schneller er Britt aus dem Haus bringen konnte, desto besser würde er sich fühlen. Nicht dass er Otis ernsthaft für eine Bedrohung hielt, aber wie seine Mutter wollte er nicht, dass er irgendetwas sagte, das Britt ein schlechtes Gewissen machen oder den Eindruck erwecken könnte, dass irgendetwas ihre Schuld war.

Er war bereit, die Sache zu Ende zu bringen. Otis vom Grundstück von *Lobster Cove* zu schaffen, mit der Polizei zu reden, Anzeige zu erstatten und weiterzumachen.

Unruhig, weil er nicht wusste, wann Otis oder Camden auftauchen würden, wandte Chad sich an Britt, weil er sie *jetzt* sicher in die Hütte bringen wollte. »Bereit?«, fragte er.

Sie sah ihn mit einem verwirrten Blick an. »Ja. Ich denke schon.«

Er hielt ihr die Hand hin.

Britt sah aus, als wollte sie protestieren, es hinauszögern, *irgendetwas* tun, aber zum Glück nahm sie nur seine Hand und stand auf. »Okay. Danke.«

Sobald sie stand, ging sie zu Evelyn hinüber und küsste sie auf die Wange. »Sei vorsichtig, okay?«

»Ja, natürlich. Otis wird mir nicht wehtun.«

Chad wollte daraufhin am liebsten schnauben. Er hatte ihr bereits wehgetan. Zuerst, indem er sie jahrelang bestohlen hatte, und dann, indem er seinen Sohn an ihrem Wagen herumpfuschen ließ.

Es überraschte ihn nicht, dass Britt das Gleiche dachte.

»Du hast keine Ahnung, was ein verzweifelter Mann tun

könnte. Wenn er dich bestohlen hat und dann plötzlich nichts mehr bekommt, weiß man nicht, wie er reagieren wird.«

Evelyn nickte. »Ich weiß. Deshalb werde ich auch nicht allein sein. Nur für den Fall.«

Widerwillig wich Britt zurück, und Chad nahm wieder ihre Hand. Sie verließen das Haus, und er sah, wie sie sich ein wenig vorsichtig umsah.

»Er ist noch nicht da«, sagte Chad, der verstand, was und wen sie suchte.

Sie rümpfte die Nase. »Ich war so offensichtlich, hm?«

»Ein wenig«, entgegnete er achselzuckend.

»Es ist nur ... das Ganze kommt mir so unwirklich vor. Glaubst du wirklich, dass Otis etwas mit dem zu tun hatte, was gestern passiert ist?«

»Ich weiß es nicht genau, aber mein Gefühl sagt Ja. Camden könnte auf eigene Faust gehandelt haben. Aber für mich ist es ein zu großer Zufall, dass Camden direkt nach meinem Treffen mit seinem Vater einen Grund gefunden hat, an Moms Wagen zu arbeiten. Zumindest hat Otis ihn nicht davon abgehalten, was auch immer er getan hat.«

»Denkst du, Camden ist in die Unterschlagung verwickelt?«

»Vermutlich. Er hat höchstwahrscheinlich davon profitiert, dass er von seinem Vater Almosen bekommen hat. Und wenn Otis entlassen wird, hört auch das auf. Camden ist nicht der fleißigste Mensch, den ich je getroffen habe. Wenn Otis seinem Sohn von meinem gestrigen Besuch erzählt hätte, hätte Camden vielleicht beschlossen, die Sache selbst in die Hand zu nehmen. Oder Otis könnte seinem Sohn gesagt haben, was er tun soll. Wir werden es vielleicht nie erfahren, denn ich bezweifle, dass einer von beiden etwas gestehen wird. Otis hatte jahrelang Zeit, seine Lügen zu perfektionieren.«

»Es tut mir leid.«

»Was denn?«, fragte Chad. »Du hast das alles nicht verursacht.«

»Ich weiß, aber ich fühle mich immer noch so, als hätte ich das allen beschert.«

Chad hielt inne und drehte sich zu Britt um. Er nahm ihr Gesicht in seine Hände und hob ihren Kopf an, sodass sie keine andere Wahl hatte, als seinem Blick zu begegnen. »Du musst *kein* schlechtes Gewissen haben. Du warst in der Lage, etwas zu sehen, das seit Jahren direkt vor unserer Nase lag. Wir schulden dir etwas, Britt. Sehr viel sogar. Was auch immer mit den beiden passiert, ist *ihre* Schuld, nicht deine. Verstanden?«

Sie nickte.

»Gut«, sagte er, ließ seine Hände sinken und drehte sie in Richtung der Gästehütte. Er wollte sie weiter beruhigen, aber er wollte auch zurück zum Haus und sich auf die bevorstehende Konfrontation mit Otis vorbereiten.

»Es tut mir auch leid«, fügte Britt hinzu, als sie zur Hütte gingen, »dass du und deine Familie mit einem solchen Verrat fertig werden müsst. Ich habe das mit meiner Mutter und mit Cole erlebt, und es ist beschissen.«

In diesem Moment wurde Chad klar, dass sie es wahrscheinlich *wirklich* verstand. Der eine Mensch, der sie eigentlich bedingungslos unterstützen und lieben sollte, ihre Mutter, hatte sie immer wieder im Stich gelassen. Und dann auch noch in Maine ohne Geld von ihrem Ex verlassen zu werden, war ein weiterer schwerer Schlag.

Sie waren an der Hütte angekommen, Chad öffnete die Tür und zog Britt hinter sich her. Er ging kurz durch das Haus, um sich zu vergewissern, dass alles so war, wie es sein sollte, und zog Britt dann in eine lange Umarmung.

»Übertreibe es nicht. Du hattest gestern einen Unfall«, sagte er.

»Ja, ich erinnere mich«, entgegnete sie mit einem Grinsen.

»Bleib im Haus. Egal was passiert«, befahl er.

Ihr Grinsen verblasste. »Tut mir leid, aber wenn ich Schreie oder Schlimmeres höre ... werde ich mich nicht wie ein Feigling in dieser Hütte verstecken.«

»Britt, ich war in der Armee, Zach war in der Marine, Linc war Pilot bei der Luftwaffe und Knox war bei der Küstenwache. Ich denke, wir haben das im Griff.«

»Ich weiß, aber ... Ich werde nie die Art von Frau sein, die sich unter dem Bett versteckt, wenn die Scheiße losgeht. Nun ... nicht mehr, seit ich acht war. Das solltest du inzwischen über mich wissen.«

»Und ich liebe das an dir. Aber ich will nicht, dass du in Gefahr bist.«

»Chad, ich könnte in Gefahr sein, wenn ich die Straße entlanggehe. Oder im Wald, denn die Zecken hier sind furchtbar und sie übertragen Borreliose. Oder ich könnte stolpern, wenn ich die Treppe hochgehe. Oder ...«

»Können wir bitte aufhören, darüber zu reden, dass du verletzt werden könntest?«, fragte Chad, dem bei dem Gedanken ein wenig übel wurde.

»Ich sage nur, wenn du glaubst, dass ich mich jemals in einem Schrank verstecken werde, während du oder jemand aus deiner Familie in Gefahr ist, liegst du so falsch, dass es nicht einmal lustig ist.«

»Wenn dir etwas zustieße, würde mich das zerstören«, flüsterte er.

»Wenn *dir* etwas zustieße und ich nur herumsitze und nichts tue, würde es *mich* zerstören«, konterte sie.

Chad runzelte die Stirn. Er verstand, was sie sagte, aber es widerstrebte ihm, sie in irgendeine instabile oder gefährliche Situation zu bringen.

»Wie wäre es hiermit?«, schlug sie vor. »Wie wäre es, wenn ich verspreche, nicht unüberlegt in das hineinzulaufen, was passiert? Ich werde analysieren, eine Bestandsaufnahme machen und herausfinden, was passiert und wie ich am besten vorgehe, bevor ich handle.«

Das gefiel ihm zwar immer noch nicht, aber es war besser als die Alternative. »In Ordnung.«

»In Ordnung«, wiederholte sie. »Und fürs Protokoll ... Ich mag keine Gewalt. Ich mag keine Konfrontation. Oder Gebrüll. Ich halte mich also gern im Hintergrund und mische mich nicht ein, wenn es irgendwie möglich ist.«

»Ich versichere dir, dass dies eine Ausnahmesituation ist. Die Dinge in *Lobster Cove* laufen normalerweise ruhig und reibungslos ab.«

»Ich weiß. Ich habe es mit eigenen Augen gesehen. Geh jetzt. Geh zurück zu deiner Mutter. Ich weiß, dass du es kaum erwarten kannst, ins Haus zu kommen. Sagst du mir Bescheid, wenn es sicher ist zurückzukehren?«

»Ich werde dich selbst abholen.«

»Danke. Sei vorsichtig, Chad. Verzweifelte Männer tun verzweifelte Dinge. Selbst achtundsechzigjährige Männer, die seit Jahrzehnten Freunde der Familie sind.«

»Ich weiß.« Und das tat er auch. Während seiner Zeit bei der Armee und als Scharfschütze hatte er gelernt, dass Menschen, die mit dem Rücken zur Wand standen, zu allem fähig waren. In Otis' Gegenwart würde er nicht unvorsichtig sein. Es war ihm egal, ob er achtundsechzig, hundertundacht oder achtzehn war.

Er beugte sich hinunter und küsste Britt lange und langsam. Er brauchte diese Erinnerung, um die Konfrontation mit Otis zu überstehen. Seine Mutter würde das Treffen leiten, aber er musste sich beherrschen, um nicht selbst Antworten zu verlangen.

»Ich liebe dich«, flüsterte Britt.

Die drei Worte schienen durch Chads Körper zu wandern und ihm die Kraft zu geben, die er brauchte, um zu überstehen, was auch immer kommen mochte. Es würde unangenehm werden, aber nach dem heutigen Tag würden sie alle einen Neuanfang bekommen.

Sie würden einen neuen Buchhalter finden, jemanden, der die Investitionen seiner Mutter überprüfte, und vielleicht einen Menschen, der alle Geschäfte in *Lobster Cove* beaufsichtigen konnte. Er und seine Brüder würden seine Mutter davon überzeugen, dass es keine gute Idee mehr war, wenn sich ein einziger Mensch um alles kümmerte, was mit Geld zu tun hatte, aber vielleicht brauchte es nach der Sache mit Otis gar nicht mehr viel Überzeugungsarbeit.

»Ich liebe dich auch«, sagte Chad und trat zurück. Sie schenkte ihm ein kleines Lächeln und ein niedliches Winken.

Grinsend ging Chad auf die Tür zu. Er schloss sie fest hinter sich, atmete tief durch und ging dann auf das Haus und die bevorstehende Konfrontation zu.

Tief in seinem Inneren hatte er keinen Zweifel, dass Otis hinter dem gestrigen Unfall steckte. Er war in Panik geraten, nachdem Chad ihn konfrontiert hatte. Es würde interessant sein zu sehen, was der Mann zu sagen hatte. Wie er sich verteidigen würde. Aber egal was passierte, das Ergebnis würde dasselbe sein. Otis Calvert und sein Sohn würden nach dem heutigen Tag nicht mehr in *Lobster Cove* arbeiten oder mit diesem Ort verbunden sein.

KAPITEL NEUNZEHN

Chads Respekt vor seiner Mutter wuchs um das Zehnfache, als er ihr Treffen mit Otis beobachtete. Sie war ein Fels. Sie stand aufrecht und gab kein Stück nach.

Otis war mit Lincoln an seiner Seite im Haus eingetroffen, beide Männer runzelten die Stirn. Evelyn hatte sie an der Tür empfangen und ihnen den Weg ins Arbeitszimmer gezeigt. Hier erledigte ihr Mann alle seine offiziellen Geschäfte, und als sie sich in Austins Ledersessel hinter dem großen Holzschreibtisch setzte und Otis aufforderte, Platz zu nehmen, gab sie den Ton an, indem sie die Führung übernahm.

Lincoln und Chad nahmen ihre Positionen an der Wand neben der Tür ein. Beide hatten die Arme vor der Brust verschränkt, und ihnen entgingen nicht die unruhigen Blicke, die Otis ihnen immer wieder zuwarf, während er auf dem Stuhl gegenüber von Evelyn herumzappelte.

Sie redete nicht um den heißen Brei herum, sondern kam sofort zur Sache. »Veruntreust du Geld von *Lobster Cove*?«

Otis hatte gestottert und war über sein sofortiges Dementi gestolpert.

Aber Evelyn ließ nicht locker. Sie fragte nach einem

bestimmten Punkt nach dem anderen, die Otis nur schwer erklären konnte.

Offensichtlich hatte sie am Vorabend gut recherchiert. Anstatt ins Bett zu gehen, wie sie alle dachten, hatte sie offensichtlich die Finanzen und das Inventar der Lobster Cove Autowerkstatt durchgesehen. Sie hatte die Dinge, die Britt ans Licht gebracht hatte, selbst recherchiert.

Sie hatte auch die Steuererklärungen von Lobster Cove für die letzten Jahre durchgesehen. Seine Mutter war zwar keine Buchhalterin, aber sie stellte verdammt gute Fragen – Fragen, von denen Otis offensichtlich überrascht war und auf die er keine guten Antworten hatte.

Der Mann schwitzte und antwortete mit allgemeinen Phrasen, ohne sich selbst zu belasten, aber er gab auch keine Details an, die überprüft werden konnten. Er log durch Weglassen und versuchte, nichts zu sagen, was ihm später in den Hintern beißen könnte.

Schließlich schien Evelyn genug zu haben. Sie schob einen Stapel alter Steuererklärungen zur Seite, lehnte sich nach vorn und stützte die Ellbogen auf die raue Holzplatte. Sie begegnete Otis' Blick unverwandt.

»Du bist schon seit Jahrzehnten mein Freund, Otis. Wir haben zusammen gelacht, geweint, gute und schlechte Zeiten erlebt. Ich weiß nicht, wie ich Austins Tod ohne dich überstanden hätte. Und doch habe ich das Gefühl, dass dir das alles *nichts* bedeutet hat.«

»Was? Das ist nicht wahr.«

»Gestern hätte ich sterben können. Wenn Britt nicht so schnell reagiert hätte, wären wir beide ertrunken. Oder bei einem Frontalzusammenstoß mit einem anderen Fahrzeug oder einem verdammten Baum gestorben. Sag mir ins Gesicht, dass du nichts damit zu tun hattest, dass an meinem Wagen herumgepfuscht wurde. Dass du nicht mit deinem Sohn gesprochen und ihm gesagt hast, dass das Spiel aus ist. Dass das Geld, das du mir, Austin und meinen Söhnen gestohlen hast, versiegt ist.«

»Das habe ich nicht.«

Otis zögerte nicht, die Worte auszusprechen, aber selbst in Chads Ohren klangen sie unaufrichtig.

Seine Mutter seufzte und lehnte sich in ihrem Stuhl zurück. »Du bist gefeuert, Otis. *Erledigt*. Du und dein Sohn habt keinen Zutritt mehr zum Gelände von *Lobster Cove*, aus welchem Grund auch immer. Unsere Freundschaft ist vorbei. Du hast die Gier gewinnen lassen. Ich bin angewidert und enttäuscht. Oh, und ich werde sowohl gegen dich als auch gegen Camden eine einstweilige Verfügung erwirken. Wenn du dich mir oder *Lobster Cove* auf weniger als einhundert Meter näherst, wirst du verhaftet. Alle Passwörter zu den Konten, zu denen du Zugang hattest, wurden bereits geändert.«

Die ganze Farbe wich aus Otis' Gesicht. Er sah völlig geschockt aus. Als könnte er nicht glauben, dass er tatsächlich gefeuert worden war.

Evelyn stand auf und stützte sich mit den Handflächen auf dem Schreibtisch ab, während sie mit einem ihrer ältesten Freunde Blickkontakt hielt. »Austin dreht sich gerade in seinem Grab um. Ich bin froh, dass er nicht dabei ist, um zu erfahren, was einer seiner besten Freunde getan hat. Wie du seine Familie über den Tisch gezogen hast. Austin hat sich für *Lobster Cove* den Arsch aufgerissen. Ich *wusste*, wir hätten viel mehr haben müssen, als es der Fall war. Und jetzt wissen wir, dass du ihm sein hart verdientes Geld gestohlen hast, du Mistkerl! Raus mit dir. Wir sehen uns vor Gericht. Ich werde alles tun, was nötig ist, um jeden gestohlenen Cent zurückzubekommen. Nicht für mich. Aber für meine Jungs. Für das Erbe von *Lobster Cove*.«

»Evelyn ...«, begann Otis in einem flehenden Ton.

Aber sie wollte es nicht hören. »Raus!«, befahl sie und deutete mit zusammengekniffenen Augen auf die Tür.

Hätte Chad nicht genau in dem Moment zu Otis geschaut, als er sich zum Gehen wandte, wäre ihm der blanke Hass entgangen, der in seinen Augen aufblitzte. So aber war Chad nicht sicher, ob er wirklich gesehen hatte, was er dachte. Denn sobald die Emotion aufflammte, war sie auch schon wieder verschwunden.

Otis hielt an der Tür inne. »Ich weiß, dass du mir nicht glaubst, aber ich hatte nichts mit deinem Unfall zu tun. Und ich war immer nur ehrlich zu dir und Austin. Ich würde euch nie bestehlen.«

»Raus hier«, sagte Evelyn erneut, wobei sie diesmal müde klang.

Ohne ein weiteres Wort ging er. Lincoln folgte ihm nach draußen, während Chad bei seiner Mutter zurückblieb.

»Mom?«

Aber sie schüttelte den Kopf. »Nicht jetzt, Chad. Ich brauche einen Moment. Allein.«

Er wollte sie nur ungern verlassen, wenn sie so ... gebrochen aussah. Aber wenn es das war, was sie brauchte, dann würde er es ihr geben. Sie würde sich erholen. Das tat sie immer. Seine Mutter war die stärkste Frau, die er kannte.

Chad ging zu ihr hinüber, wo sie sich in dem großen Ledersessel zurücklehnte, und küsste sie auf den Kopf. »Ich bin stolz auf dich«, sagte er leise, da sie wissen sollte, wie er empfand. »Das war nicht leicht, und du warst großartig.«

Sie nickte, sagte aber nichts.

Chad verließ sie, ging zum Fenster an der Vorderseite des Hauses und beobachtete, wie Lincoln, Knox und Zach mit verschränkten Armen dastanden und Otis anfunkelten, als er in seinen Wagen stieg, in dem Camden bereits auf dem Beifahrersitz saß, und wegfuhr.

Es war vollbracht.

Hoffentlich war das das letzte Mal, dass einer von ihnen die Calverts in *Lobster Cove* sah.

Kaum hatte er den Gedanken ausgesprochen, drehte sich Chad der Magen um. Er hatte das ungute Gefühl, dass dies *nicht* das letzte Mal war, dass sie die beiden sehen würden. Er hoffte nur, dass das, was auch immer in Zukunft passieren würde, im Gerichtssaal und nicht in irgendeiner anderen Form stattfinden würde.

»Wir sind erledigt«, sagte Otis zu seinem Sohn.

»Das ist doch Schwachsinn! Sie haben keine Beweise für irgendetwas«, zischte Camden.

»Das werden sie. Sie haben alle Passwörter zu den Konten geändert, also kann ich meine Spuren nicht verwischen.«

»*Scheiße*. Und Zach und Knox haben mir gesagt, dass die Bullen den CR-V abgeschleppt haben. Sie werden die durchgeschnittenen Bremsleitungen finden und feststellen, dass an der Lenkung herumgepfuscht wurde. Was sollen wir jetzt tun? Wie sollen wir genügend Geld zum Leben auftreiben?«

»Du könntest versuchen, tatsächlich einen Vollzeitjob zu bekommen«, murmelte Otis vor sich hin. Er war stinksauer. Mehr darüber, erwischt worden zu sein, und weniger darüber, eine jahrzehntelange Freundschaft verloren zu haben.

Um ehrlich zu sein, hatte er die Youngs nicht *immer* bestohlen. Es hatte erst kürzlich begonnen ... in den letzten zehn Jahren oder so. Es war zu einfach, weil Austin so vertrauensvoll war. Als Camden nach seinem letzten Gefängnisaufenthalt – dieses Mal wegen fahrlässiger Tötung – bei ihm einzog, hatte er ein wenig zusätzliches Geld gebraucht. Er hatte ein weiteres Maul zu stopfen und all die anderen Ausgaben, die mit der Unterstützung von Cam verbunden waren. Am Anfang hatte er ein schlechtes Gewissen, aber Austin und Evelyn hatten damals genügend Geld. Ein paar Tausend Dollar im Jahr würden sie sicher nicht vermissen.

Im Laufe der Jahre wurde es immer schwieriger, sich zu beherrschen. Und Camden, der immer mehr Geld von seinem alten Herrn verlangte, hatte nicht gerade dazu beigetragen. Otis hatte der Versuchung nachgegeben und sich so viel genommen, wie er wollte. Mehr als klug war.

Aber Otis machte seinem Sohn keine Vorwürfe. Er hätte Nein sagen können. Er hätte ein Machtwort sprechen und ihn rausschmeißen können, um ihn zu zwingen, seinen eigenen Weg zu gehen. Aber er hatte es nicht getan. Und dank seiner hässlichen Scheidung gab Otis sich teilweise selbst die Schuld daran, wie sein Sohn sich entwickelt hatte – er war jähzornig, schnell gewalttätig, wenn er provoziert wurde, und unglaublich gierig.

Und jetzt ... befanden sie sich in dieser Situation.

»Das ist alles die Schuld dieser dummen Schlampe. Wenn sie nicht so verdammt neugierig gewesen wäre, wäre das alles nicht passiert«, knurrte Camden.

Otis nickte. Das war tatsächlich alles die Schuld von Britt Starkweather. Sie hatte Chad so um den kleinen Finger gewickelt, dass er *ihr* mehr geglaubt hatte als jemandem, den er sein ganzes Leben lang gekannt hatte. Das war eine massive Beleidigung – auch wenn Britt recht hatte.

»Ich gehe nicht zurück ins Gefängnis«, schwor Camden.

Panik machte sich in Otis' Brust breit. Er wollte auch nicht ins Gefängnis gehen. Aber er hatte seinen Sohn ermutigt, sich an Evelyns Wagen zu schaffen zu machen, und er hatte jahrelang Geld von den Konten von *Lobster Cove* veruntreut. Er würde genauso für schuldig befunden werden wie sein Sohn. Und der Gedanke, den Rest seines Lebens hinter Gittern zu verbringen, war erschreckend. In seinem Alter wäre er eine leichte Beute.

»Niemand geht ins Gefängnis«, schwor er.

»Was sollen wir also tun?«

»Ich weiß es nicht. Wäre Evelyn allein gewesen, als die

Bremse versagte, sähe die Sache anders aus. Wenn Britt nicht bei ihr gewesen wäre, wären die Jungs wahrscheinlich mit Beerdigungsplänen und Trauerarbeit beschäftigt gewesen. Ich hätte Zeit gehabt, meine Spuren zu verwischen. Und sie mögen *Lobster Cove* vielleicht lieben, aber ich bezweifle, dass irgendjemand von ihnen wirklich mitten in diesem beschissenen Maine bleiben wollte, wenn ihre Mutter plötzlich sterben würde. Sie sind extra hergekommen, um Evelyn mit dem Grundstück zu helfen, und wenn sie keinen Grund hätten zu bleiben ...« Er verstummte und ließ die Andeutung in der Luft hängen.

»Ich weiß nicht. Chad scheint ziemlich zufrieden zu sein«, sagte Camden skeptisch.

»Verdammt!« Otis schäumte vor Wut, seine Gedanken drehten sich. »Wenn ich Evelyn nur für ein Gespräch von ihren verdammten Söhnen wegbekommen könnte, werde ich sie davon überzeugen können, dass alles in Ordnung ist, dessen bin ich mir sicher«, beharrte er.

»Wie willst du das denn machen? Sie hat dich *gefeuert*, Dad. Und sie erwirkt eine einstweilige Verfügung.«

Otis zuckte mit den Schultern. »Das ist nur ein Stück Papier. Es hält mich nicht wirklich davon ab, irgendetwas zu *tun*. Ich werde ihr etwas Zeit geben, sich zu beruhigen, und dann auf sie zugehen.«

»Und wenn sie nicht reden will? Wenn sie die Bullen ruft? Oder wenn sie dich abholen, bevor du mit ihr reden kannst? Was dann?«

»Ich weiß es nicht!«, schrie Otis, der Camdens Fragen satthatte. »Aber ich muss *etwas* versuchen! Ich werde das in Ordnung bringen.«

»Ja, klar. Ich denke, du solltest das mir überlassen, Dad.«

Otis schnaubte. »Was würdest *du* denn tun, Klugscheißer?«

»Ich glaube, es ist zu spät zum Reden. Und wenn niemand da ist, der Anzeige erstattet, sind wir aus dem Schneider.«

Otis blinzelte. »Was willst du denn machen? Sie alle umbringen? Evelyn, Knox, Lincoln, Chad *und* Zach?«

»Wenn ich muss«, sagte sein Sohn ruhig.

Als er am Ende der langen Auffahrt zu *Lobster Cove* anhielt, starrte Otis seinen Sohn einen langen Moment an und konnte kaum glauben, dass sie dieses Gespräch führten.

»Meinst du, damit wäre ich aus dem Schneider?«, fragte er schließlich leise.

»Vielleicht. Vielleicht aber auch nicht. Ich bin sicher, dass es einige Polizisten geben wird, die dich immer noch für schuldig halten. Aber wenn du Dateien löschen oder manipulieren kannst, ohne dass die Youngs aussagen, könnte es genügend Zweifel geben, um eine Anklage zu erschweren«, erwiderte Camden.

Otis war sich da nicht sicher ... aber der Gedanke, die Leute loszuwerden, die sein Leben völlig umgekrempelt hatten, war schockierend verlockend.

»Außerdem«, fuhr er fort, »*hasse* ich diese Schlampe. Die neue Tussi. Hält sie sich für so schlau? Das ist sie nicht. Bevor sie ihre Nase in Dinge gesteckt hat, die sie nichts angehen, lief alles prima. Wenn sie nicht gefahren wäre, hätten wir uns um Evelyn gekümmert, und die Dinge wären jetzt ganz anders.«

Sein Sohn hatte nicht unrecht. Trotzdem ... »Ich weiß nicht, Cam ...«

»Ich weiß es. Du hast uns in diesen Schlamassel gebracht. *Ich* hole uns da wieder raus«, unterbrach er ihn. »Wir haben das Geld, das du letzte Woche überwiesen hast. Wir werden es benutzen, um den Staat zu verlassen. Um irgendwo neu anzufangen. Vielleicht in Alaska.«

Otis war nicht abgeneigt, am anderen Ende des Landes neu anzufangen. Wenn es ihn möglicherweise vor dem Gefängnis bewahrte, war er damit einverstanden, weit, weit weg zu gehen.

Mit einem Seufzer begegnete er dem Blick seines Sohnes. »Was kann ich tun, um zu helfen?«

Camden grinste. »Du bist eine Nervensäge, alter Mann, aber ich hab dich lieb.«

»Ich dich auch«, sagte Otis. »Wie sieht der Plan aus?«

Sie verbrachten den Rest der Heimfahrt damit, Strategien zu entwickeln. Verzweifelte Zeiten erforderten verzweifelte Maßnahmen – und Otis Calvert hatte nicht vor, ins Gefängnis zu gehen. Er verspürte einen Anflug von Reue für das, was er und Camden für die Youngs geplant hatten, aber es ließ sich nicht ändern.

Das einfachste Ziel war Evelyn. Sie würde der Köder für den Rest der Familie sein.

Mit etwas Glück würden er und Camden nächste Woche um diese Zeit auf dem Weg nach Alaska sein und ein neues Leben beginnen, mit einer weißen Weste.

Es würde funktionieren.

Das musste es.

Es gab keine Alternative.

KAPITEL ZWANZIG

Der Rest der Woche war ... anstrengend. Nur so konnte Britt es beschreiben. Alle waren angespannt. Die Detectives kamen nach *Lobster Cove*, um mit Britt und Evelyn über den Unfall zu sprechen. Nachdem Britt ihnen alles erzählt hatte, woran sie sich erinnern konnte, bestätigten sie ihren Verdacht, dass sowohl die Bremsanlage als auch die Lenkung manipuliert worden waren.

Walt und Barry bekräftigten, dass sie vor Gericht aussagen würden, dass Camden derjenige war, der ange-deutet hatte, dass mit Evelyns Wagen etwas nicht stimmte, und dass er derjenige war, der an dem Fahrzeug arbeitete und ihre Hilfe ablehnte. Das Fehlen anderer Fingerabdrücke als die von Camden auf dem Fahrzeug bestätigte ihre Aussagen.

Der unabhängige Finanzberater, den Lincoln beauftragt hatte, arbeitete sich durch die vielen Steuererklärungen der letzten Jahre und andere Finanzunterlagen und bestätigte vorläufig, dass alle Verdächtigungen der Youngs richtig waren. Jeden Monat waren große Geldbeträge veruntreut worden, höchstwahrscheinlich von Otis. Es würde eine Weile dauern, um festzustellen, wie viel genau, von welchen Konten und wie weit es zurückreichte.

Der Staatsanwalt war noch nicht bereit, Anklage zu erheben, aber sie würde kommen. Es war unvermeidlich.

Und während alle in *Lobster Cove* erleichtert waren, dass Otis und Camden für alles, was sie getan hatten, angeklagt werden würden, lag zum zweiten Mal innerhalb weniger Monate ein Hauch von Trauer über dem Anwesen. Otis war hier genauso eine Institution wie Austin Young es gewesen war. Evelyn hatte ihm vertraut. Verdammt, das hatte jeder. Und er hatte dieses Vertrauen auf schlimme Weise gebrochen.

Britt tat ihr Bestes, um die Dinge, die sie konnte, reibungslos laufen zu lassen, um Evelyn und die anderen zu entlasten. Sie übernahm alles, was mit den Gästehäusern zu tun hatte, begrüßte die Mieter und sorgte dafür, dass sie alles hatten, was sie brauchten. Sie beantwortete die E-Mail-Anfragen und kümmerte sich um die Webseite, über die sie ihre Aufenthalte buchten. Sie reinigte die Hütten, kochte für die Gäste und wurde allgemein das Gesicht von *Lobster Cove Miethütten*.

Außerdem half sie weiterhin bei der Inventarerfassung in der Autowerkstatt. Walt und Barry waren zurückhaltend, aber geschäftiger denn je, jetzt, da Camden weg war. Er war zwar nur Teilzeitkraft gewesen, aber selbst die wenigen Stunden, die er arbeitete, hatten die beiden Männer etwas entlastet.

Lincoln hatte sich bereit erklärt, in *Lobster Cove* zu helfen, wo er konnte. Zach war damit beschäftigt, seine Hummerbude rentabel zu machen, und Knox arbeitete jeden Tag für die Küstenwache.

Alle hatten zu tun, aber der Schatten von Otis' Verrat hing wie ein Leichentuch über *Lobster Cove*. Obwohl er gefeuert wurde, war der Schaden, den er angerichtet hatte, noch immer der vorrangige Gedanke aller.

Britt war gerade dabei, in der Küche Muffins zu backen, um

sie als Willkommensgeschenk in die Dreizimmerhütte zu stellen, als Chad das Haus betrat. Er war verschwitzt und schmutzig und hatte ein entschlossenes Glänzen in den Augen.

»Wir brauchen eine Pause«, erklärte er.

»Was?«

»Eine Pause«, wiederholte er. »Du warst noch nicht in der Bucht schwimmen.«

»Chad, das Wasser ist eiskalt«, erklärte Britt ihm.

»Es ist kühl. Nicht eiskalt. Wir hatten in letzter Zeit ein paar warme Tage, und es wird Zeit, dass du in *Lobster Cove* richtig willkommen geheißen wirst.«

Britt runzelte die Stirn. »Und wie soll das aussehen?«

»Die Hummerschaukel.«

»Die was?«

»Die Hummerschaukel. Das ist eine Schaukel, die an einem Baum in der Nähe des Ufers hängt. Es ist Tradition, dass jeder, der in *Lobster Cove* lebt und arbeitet, eine Runde schaukelt. Alle außer dir haben es schon gemacht. Verdammt, sogar einige der Gäste in den Hütten haben sie schon benutzt.«

»Muss nicht sein«, sagte Britt, der die Vorstellung, ins Wasser zu gehen, nicht gefiel. Ja, es war jetzt warm, aber das bedeutete nicht, dass das Wasser warm war. Für jemanden, der an südliche Gewässer und Strände gewöhnt war, war es nicht einmal *annähernd* warm.

»Komm schon, das wird lustig«, drängte Chad sie.

Die Haustür ging auf, und Knox und Zach kamen herein.

»Ich habe gehört, es ist Hummerschaukeltag!«, rief Zach aus. »Ich habe die Bude für ein paar Stunden meinen Angestellten überlassen, weil ich den Eröffnungstag der Schaukel nicht verpassen wollte!«

»Das will ich auch nicht«, stimmte Knox zu. »Es ist eine Ewigkeit her, dass wir auf diesem Ding waren.«

»Und woher wisst ihr, dass sie nicht kaputtgeht? Das Seil könnte verrottet sein«, gab Britt zu bedenken.

»Unwahrscheinlich. Außerdem ist Lincoln gerade da draußen und überprüft es.«

»Mom!«, schrie Knox den Flur hinunter. »Es ist Hummerschaukelzeit!«

Zwei Sekunden später steckte Evelyn den Kopf aus dem Arbeitszimmer. »Juhu!«, rief sie aus. »Britt, du wirst die Schaukel lieben. Ich werde mich umziehen. Geht nicht ohne mich los!«

Britt drehte sich um und starrte die Brüder an. »Eure *Mom* macht das?«

»Ja, also hast du keine Ausrede, warum du es nicht kannst«, sagte Chad lachend. »Na los. Geh nach oben und zieh dich um. Ich habe keine Ahnung, ob du einen Badeanzug hast oder nicht, aber wenn nicht, kannst du auch Shorts und ein Trägerhemd oder so anziehen.«

Als Britt die Treppe hinaufging, fragte sie sich, wie sie in diese Sache hineingeraten war. Sie konnte zwar schwimmen, aber sie erinnerte sich noch lebhaft daran, wie kalt das Wasser vor weniger als einer Woche gewesen war, als sie Evelyns Wagen geschrottet hatte und nach Entkommen des Wracks untergetaucht war.

Aber wenn Evelyn es schaffte und sich offensichtlich darauf freute, konnte sie es auch.

Britt zog sich um und ging die Treppe hinunter. Sie schüttelte den Kopf, als sie hörte, wie die Brüder über die vergangenen Jahre sprachen, als sie stundenlang auf der Schaukel und im Wasser der Bucht gespielt hatten.

Als sie alle aus dem Haus in Richtung der berüchtigten Hummerschaukel gingen, bemerkte Britt, dass die Stimmung der Familie Young zum ersten Mal, seit Otis das Anwesen verlassen hatte, eine Wende genommen hatte. Alle waren gut gelaunt, lachten und schwelgten in Erinnerungen an gute Zeiten auf der Schaukel. Es war eine schöne Abwechslung.

Sie gingen am Ufer entlang, an der Bank vorbei und

zwischen den Bäumen hindurch auf einem Weg, der sie etwa drei Meter über das Wasser führte. Sie gingen einen zweiten, kaum sichtbaren Weg hinunter, wenn man ihn so nennen konnte, und schlängelten sich zurück zum Wasser.

Der Weg endete abrupt an einem großen Baum, an dem zwei lange, dicke, robuste Seile, die einen Sitz aus Holzplanken hielten, von einem der großen Äste hingen. Die Seile waren derzeit um große Haken geschlungen, die in den Baumstamm geschraubt worden waren, offensichtlich um die Schaukel zu sichern, wenn sie nicht benutzt wurde, damit sich die Seile im Winter oder bei Wind nicht im Baum verhedderten.

Es gab einen etwa drei Meter hohen Abhang, der zum Wasser hinunterführte, und Britt konnte sehen, dass jemand eine grobe Holztreppe über den felsigen Abhang gebaut hatte, sodass jeder, der im Wasser war, relativ leicht wieder auf den flachen Boden gelangen konnte.

Schließlich stand in der Nähe des Baumes noch eine Plattform aus Holz. Britt konnte nicht genau sagen, wozu sie diente. Vielleicht, um darauf zu stehen und sich zu vergewissern, dass derjenige, der schaukelte, sicher war?

Sie brauchte nicht lange zu warten, um es herauszufinden. Knox zog eifrig sein T-Shirt aus, als er rief: »Ich zuerst!«

Die anderen Young-Brüder murrten gutmütig, schienen sich aber nicht daran zu stören, dass Knox den Anfang machen wollte. Sie stand neben einer lächelnden Evelyn, während sie zusahen, wie Knox auf den Kasten kletterte. Zach löste die Seile von dem Baum, und reichte die Schaukel an seinen Bruder weiter.

Knox zerrte ein paarmal kräftig daran. Als er sich davon überzeugt hatte, dass die Schaukel sicher war und sein Gewicht halten würde, setzte er seinen Hintern auf das dicke Holzbrett, das am unteren Ende der Seile befestigt war. Sie sah aus wie jede andere Schaukel auf einem Kinderspielplatz oder Schulhof. Abgesehen von den extrem langen Seilen und dem Meerwasser, das gegen das Ufer plätscherte.

Knox stellte sich auf die Zehenspitzen und hievte sich nach hinten. Er stieß einen lauten Schrei aus, als er sich über das Wasser nach vorn schwang. Lincoln trat auf ihn zu, und als die Schwerkraft Knox wieder an Land zog, drückte Lincoln heftig gegen seinen Rücken, sodass sein Bruder viel höher war, als er das nächste Mal über das Wasser hinausflog.

Das passierte ein paarmal, und vielleicht beim vierten Schwung stieß Knox sich vom Brett ab, als es seinen Höhepunkt erreichte. Er fuchtelte ein wenig mit Armen und Beinen, als er einen weiteren Jubelschrei ausstieß und ins Wasser fiel. Er landete mit einem großen Platscher und kam lachend und kopfschüttelnd wieder hoch, wobei das Wasser in alle Richtungen spritzte.

»Ooooh Junge! Das Wasser ist nicht wie in Florida!«

Alle lachten.

»Baby!«

»Du bist schon zu lange aus Maine weg! Du bist weich geworden!«

»Sei nicht so ein Schwächling!«

Knox' Brüder zögerten nicht, sich über seine Behauptung lustig zu machen, das Wasser sei kalt.

Das machte Britt natürlich nervös. Wenn *Knox* meinte, das Wasser sei kalt, dann war es wahrscheinlich eiskalt. Wie sehr konnte es sich seit dem Unfall erwärmt haben? Sie schätzte, nicht viel.

Andererseits verbrachte Knox auch nicht gerade viel Zeit mit Schwimmen. Er machte sich sofort auf den Weg zum Ufer und benutzte die grobe Treppe, um wieder dorthin zu gelangen, wo sie alle standen.

In der einen Sekunde lächelte Britt noch über die gutmütigen Sticheleien der anderen, und in der nächsten stieß sie einen mädchenhaften Schrei aus, als Knox auf sie zuging und sie in eine riesige Umarmung zog – und dabei ihre Kleidung durchnässte.

»Knox!«, protestierte sie und versuchte, sich von ihm zu lösen.

»Ich wollte dich nur darauf vorbereiten, wenn du dran bist«, sagte er lachend.

Chad stieß seinen Bruder schließlich weg. »Meine«, erklärte er mit einem gespielten Knurren und einem finsteren Blick.

Alle lachten wieder, und von der anhaltenden Spannung, die sie wegen der Ereignisse der letzten Tage verspürt hatten, war offiziell nichts mehr zu sehen.

Britt hatte gar nicht bemerkt, dass Knox ein weiteres Seil in der Hand hielt, als er das Ufer hinaufkam, aber offenbar war es unten an der Schaukel befestigt, und so wurde sie für die nächste Person vorbereitet. Lincoln zog die Schaukel zurück zum Baum und hielt sie für Zach, als er auf die Kiste kletterte.

»Warum die Kiste?«, fragte Britt Chad, während sie sich an ihn lehnte. Er hatte seinen Arm um sie gelegt, und es fühlte sich gut an. Er war warm, und obwohl die Lufttemperatur in der Sonne fast schon hoch war, waren ihre Kleider dank Knox jetzt feucht, sodass sie fröstelte.

»Es gibt zusätzliche Kraft. So kommt die Schaukel schneller und höher in Schwung, als wenn wir auf dem Boden stehen würden.«

»Ich bin mir nicht sicher, ob ich vom Boden aus überhaupt *aufsteigen* könnte«, bemerkte Britt.

Chad lachte. »Das ist der andere Grund. Als Dad die Schaukel gebaut hat, hat er sich verrechnet und die Seile etwas zu kurz gemacht, als dass Mom hochgekommen wäre. Er hat versucht, so zu tun, als hätte er es absichtlich so gemacht, als hätte er von Anfang an vorgehabt, die Kiste zu benutzen, aber wir alle wussten es besser.«

Nicht zum ersten Mal wünschte Britt sich, sie hätte Austin Young kennenlernen können. Er hatte einige gute Söhne großgezogen, und es war mehr als offensichtlich, wie sehr er sein kleines Fleckchen Erde hier in *Lobster Cove* liebte.

Zach stieß einen Tarzanschrei aus, als er durch die Luft flog, nachdem er sich von der Schaukel ins Wasser gestürzt hatte. Britt musste zugeben, dass alles an der Schaukel nach Spaß aussah.

»Warum nennt ihr sie Hummerschaukel?«, fragte sie Chad, als Zach das Seil ergriff, mit dem die Schaukel eingezogen wurde, und zum Ufer ging.

»Hier heißt alles irgendwas mit Hummer«, erklärte er ihr. »Das ist hier in der Gegend einfach so. Die Mainer wissen, dass sich alles, was mit Hummer zu tun hat, an Touristen verkauft, also verwenden sie es so oft wie möglich. Und da dies *Lobster Cove* ist, dachten wir uns, dass *Hummerschaukel* ein passender Name sei.«

»Erzähl ihr die wahre Geschichte«, ermahnte Evelyn ihren Sohn.

Zu Britts Überraschung färbten Chads Wangen sich rosa.

»Oh, das *muss* ich hören«, stichelte sie.

Aber Evelyn gab Chad keine Gelegenheit zu einer Erklärung. Sie erzählte die Geschichte selbst. »Als Chad etwa acht Jahre alt war, bevor Austin die Schaukel aufstellte und ungefähr ein Jahr nach Zachs Geburt, spielten er und Lincoln hier im Wasser. Wie du sehen kannst, gibt es einen kleinen geschützten Bereich, in dem es nicht so tief ist. Lincoln war etwa elf Jahre alt und wusste, dass er für die Sicherheit seines jüngeren Bruders verantwortlich war. Sie mussten immer mindestens zu zweit sein, wenn sie spielten. Jedenfalls kam er ins Haus gerannt und schrie, dass Chad angegriffen wurde. Ich geriet natürlich in Panik, und Austin und ich liefen los, um zu sehen, was los war. Chad stand dort unten im Wasser und weinte hysterisch – mit einem Hummer an seinem Penis. Sie hatten nackt gebadet, wie unsere Jungs es immer taten, und irgendwie hatte der Hummer seinen ... du weißt schon ... mit etwas verwechselt, das er essen wollte. Austin und ich taten unser Bestes, um nicht zu lachen, denn wir wussten, dass der arme Chad große Schmerzen haben musste, aber nachdem wir den Hummer losgeworden waren und festgestellt hatten, dass Chad nur Quetschungen hatte und nicht wirklich verletzt war, konnten wir unser Lachen nicht mehr zurückhalten. Kurze Zeit später errichtete Austin die Schaukel. Wir fingen an, sie Hummerschaukel zu nennen, weil sie dort stand und weil wir wussten, was mit Chad passiert war. Der Name blieb hängen.«

Britt gab sich wirklich Mühe, nicht zu lachen, aber es war unmöglich, vor allem weil Chads Brüder sich praktisch auf dem Boden wälzten. Zach und Knox waren zu jung, um sich an den Vorfall zu erinnern, aber es war offensichtlich eine beliebte Geschichte, die immer wieder erzählt worden war.

»Es tut mir leid«, sagte sie, während sie versuchte, ihre Heiterkeit zu zügeln, »aber ich kann mir genau vorstellen, wie du da unten stehst und versuchst, dich nicht zu bewegen, weil du Angst hast, irgendetwas zu tun, wodurch der Hummer noch fester kneifen könnte.«

»Ich hatte wirklich Angst, dass er mir den Schwanz abschneidet«, sagte Chad mit einem kleinen Lächeln und einem Schulterzucken.

»Ich habe eine Frage ...«, begann Britt. Sie musste sich beherrschen, um nicht in Gekicher auszubrechen.

»Und die wäre?«, fragte Chad.

»Was ist mit dem Hummer passiert?«

»Austin hat ihn mit nach Hause genommen und wir haben ihn natürlich zu Abend gegessen«, sagte Evelyn.

Das war's. Britt brach in Gelächter aus. Alle schlossen sich an, auch Chad. Sie war froh, dass er sich nicht darüber aufregte, dass sie über etwas lachten, das für ihn ein traumatisches Erlebnis gewesen sein musste.

»Ich bin dran!«, rief Evelyn aus, als sie auf die Kiste zuging.

Lincoln half seiner Mutter beim Aufsteigen, während Knox sie von hinten stützte.

Britt hatte Ehrfurcht vor der Frau. Sie zögerte nicht, und die Freude in ihrem Gesicht, als sie von der Kiste stieg und durch die Luft flog, war ansteckend. Dies war eine Frau, die die kleinen Dinge liebte. Die sich niemals damit zufriedengeben würde, in ihrem Haus zu sitzen und sich vom Leben und allem, was es zu bieten hatte, abzukapseln. Sie war vielleicht nicht die am weitesten gereiste Frau der Welt, da sie die meiste Zeit ihres Lebens hier in *Lobster Cove* verbracht hatte, aber sie war zufrieden mit dem, was sie war. Mit dem, was sie hatte. Und von Britts Standpunkt aus gesehen schien es, als hätte sie alles, was man sich nur wünschen konnte.

Lincoln stieß seine Mutter an, als sie zurück zum Ufer schwang, aber nicht ganz so heftig, wie er seinen Bruder gestoßen hatte. Nach ein paar Schwüngen, als sie das Gefühl hatte, hoch genug zu sein, sprang die Matriarchin der Familie Young von der Schaukel. Sie lachte laut, als sie durch die Luft flog und im Wasser landete.

Chad löste sich von Britt und ging die Treppe hinunter, wobei er seiner Mutter die Hand reichte, als sie ans Ufer kam. Die Liebe, die er und seine Brüder für ihre Mutter empfanden, trieb Britt Tränen in die Augen. Wieder einmal dachte sie an die Art von Beziehung, die sie zu ihrer eigenen Mutter hatte, und wie viel sie beide jahrelang verpasst hatten.

Ein leises Geräusch hinter ihr veranlasste Britt, sich umzudrehen, und zu ihrer Überraschung sah sie einen kleinen Jungen, der um einen Baum neben dem Pfad lugte, der zurück in den Wald führte. Sie ging auf Lincoln zu, stieß ihn mit dem Ellbogen an und deutete mit einer subtilen Geste darauf, dass der Junge Evelyn und Chad dabei beobachtete, wie sie die groben Stufen hinaufkamen.

Es war Kash. Sein rotes Haar stand in alle Richtungen ab, und er hatte einen sehnsüchtigen Gesichtsausdruck, bei dem sich Britt das Herz zusammenzog. Sie kannte das Gefühl nur zu gut, draußen zu stehen und zuzusehen, wie andere sich amüsierten. Geburtstagsfeiern, zu denen sie nicht eingeladen war, Grillfeste in der Nachbarschaft, zu denen ihre Mutter nicht eingeladen worden war oder nicht kommen konnte, weil sie arbeitete. Wie sie auf einen Vergnügungspark voller Menschen starrte, während sie und ihre Mutter vorbeifuhren.

Es war kein Geheimnis, dass die Youngs mit ihrem Nachbarn nicht auskamen. Dass sie Victor Rogers für ein mürrisches Arschloch hielten. Britt fragte sich für den Bruchteil einer Sekunde, ob sich diese Abneigung auch auf sein Enkelkind übertragen würde, aber zu ihrer Erleichterung schien Lincoln nicht verärgert darüber zu sein, dass der Junge ihnen nachspionierte.

»Hey, du musst Kash sein. Ich habe gehört, dass du nebenan eingezogen bist. Ich habe auch gehört, dass du unsere Festung im Wald übernommen hast. Das ist cool«, sagte Lincoln und sprach mit leiser, freundlicher Stimme zu dem Jungen.

»*Festung Knallhart*«, sagte Chad, als er auf die flache Fläche um den Baum herum zurücktrat. »Hey, Kash. Schön, dich wiederzusehen. Ich bin beeindruckt, dass du die Festung und deine Sachen so gut gesichert hast, dass bei dem Sturm nichts zu sehr beschädigt wurde. Das ist großartig.«

Das lockere Geplänkel und die Begrüßungsworte der Männer ließen Kash hinter dem Baum hervortreten, den er als Versteck benutzt hatte. »Ja. Einige der Bücher waren ein wenig feucht, aber es ist nichts Schlimmes passiert«, sagte er.

»Das ist gut. Großartig. Kennst du meine Brüder?«, fragte Chad.

Der Junge schüttelte den Kopf.

»Das ist Lincoln, er ist der Älteste. Ich bin der Nächste. Dann ist da noch Knox, und Zach ist unser kleiner Bruder. Und das ist meine Mom.«

»Hallo, Schätzchen«, sagte Evelyn.

»Du hast geschaukelt«, sagte er und starrte Evelyn an.

»Das habe ich. Und es hat Spaß gemacht«, entgegnete sie lächelnd.

»Mein Großvater sagt, du bist gemein. Dass du eine Spielverderberin bist.«

Britt verkrampfte sich, aber niemand nahm Anstoß an den Worten des Jungen.

Evelyn lachte. »Das liegt daran, dass dein Großvater ein Griesgram ist. Er scheint nichts und niemanden zu mögen, der nicht seinen Erwartungen entspricht. Er findet zum Beispiel, dass ich immer eine Schürze tragen und in der Küche stehen sollte. Das ist lächerlich. Zum einen gibt es hier in *Lobster Cove* so viele andere Dinge zu tun, als den ganzen Tag in der Küche zu stehen. Und zweitens ... Ich glaube nicht, dass ich in meinem ganzen Leben schon einmal eine Schürze besessen habe.«

Kash schaute kurz auf den Boden. »Er meint, ich solle im Footballteam sein. Oder Baseball spielen. Aber ich lese lieber und schaue mir die Sterne an.«

Evelyn lächelte. »Lesen und die Sterne anschauen ist toll. Das mag ich auch.«

Kash nickte eifrig, und Britt fragte sich, ob das das erste Mal in seinem Leben war, dass ihm jemand sagte, es sei in Ordnung, er selbst zu sein. Sie dachte an seine Mutter. Wo war sie? War sie genauso mürrisch wie ihr Vater? Wünschte sie sich auch, dass ihr Sohn sportlicher wäre?

»Willst du es mal versuchen?«, fragte Lincoln Kash.

Der Junge ließ den Kopf herumschnellen und starrte zu Lincoln hoch. »Wirklich?«

»Klar. Es ist Tradition, dass jeder, der in *Lobster Cove* lebt oder arbeitet, schaukeln muss. Britt hat es noch nicht getan, aber sie wird es tun, denn sie wohnt jetzt hier und ist mit meinem Bruder zusammen.«

»Ich wohne oder arbeite hier aber nicht«, erwiderte Kash.

»Du hängst in unserer Festung rum. Das zählt«, sagte Lincoln mit einem Achselzucken.

Kash blickte von ihm zu der Schaukel in seiner Hand, dann den Weg zurück, den er auf dem Pfad gekommen war. »Ich weiß nicht«, sagte er und biss sich auf die Lippe. »Ich sollte nicht hier drüben sein. Wenn Opa das wüsste ...«

»Wie wäre es, wenn du einfach zusiehst?«, schlug Lincoln vor, ohne Druck auf den Jungen auszuüben.

»Vielleicht eine Zeit lang.«

Britt drehte ihren Kopf so, dass Kash ihr Lächeln nicht sehen konnte. Sie hatte das Gefühl, dass es nur eine Frage der Zeit war, bis er seinem offensichtlichen Wunsch nachgeben würde, auch einmal auf der Schaukel zu sitzen. Wie könnte ein kleiner Junge da widerstehen?

»Okay, Britt. Du bist dran«, sagte Lincoln entschlossen und schaute in ihre Richtung.

Das Lächeln verschwand aus ihrem Gesicht. »Oh, ähm ... Ich bin mir nicht sicher.«

»Komm schon. Es ist ein Riesenspaß!«, sagte Evelyn.

Britt war nicht überzeugt. Natürlich mochte sie Schaukeln, aber sie war noch nie besonders gut darin gewesen, von einer Schaukel zu springen. Alle ihre Freundinnen hatten es getan, als sie klein waren, aber Britt fand es immer ein bisschen gefährlich. Und als Becky Coleman in der vierten Klasse gesprungen war, sich bei der Landung verschätzt hatte und aufs Gesicht gefallen war, sodass sie sich alles aufschürfte und mit drei Stichen am Kinn genäht werden musste, hatte sich ihr Wunsch gefestigt, die Schaukel so zu benutzen, wie sie eigentlich gedacht war ... und immer auf dem Hintern sitzen zu bleiben.

Aber sie merkte, wie sie sich auf die Kiste zubewegte, obwohl alles in ihr danach schrie, sich zurückzuziehen, ins Haus zu laufen und sich zu verstecken. *Wenn Evelyn es kann,*

kann ich es auch. Das redete sie sich ein, als sie tief einatmete und ihr Bein auf die erste Stufe der Kiste hob.

Ehe sie sichs versah, stand sie oben auf der Kiste und hob ihren Hintern auf die Schaukel. Ihr Herz raste, ihre Hände waren klamm, und es fühlte sich an, als würde sie hyperventilieren.

»Du schaffst das. Drück dich nach hinten und heb dann die Beine. Du schwingst über das Wasser hinaus, und wenn du zurückkommst, wird Lincoln dich anstoßen, damit du ein bisschen höher kommst. Ungefähr beim vierten oder fünften Schwung, am höchsten Punkt des Bogens, springst du ab. Es wird sich so anfühlen, als würdest du fliegen«, leitete Chad sie an.

Britt nickte und hielt sich mit einem Todesgriff an den Seilen fest, die sich rechts und links von ihr befanden. Das hier fühlte sich so falsch an, dass sie gar nicht wusste, wo sie anfangen sollte. Sie hatte keine Ahnung, wie tief das Wasser war, aber niemand sonst schien besorgt zu sein, also sollte sie es auch nicht sein. Aber was, wenn der Schwung sie nach vorn schleuderte und sie mit dem Bauch auf das Wasser platschte oder auf dem Gesicht landete? Was, wenn das Wasser so kalt war, dass ihre Atmung aussetzte, wenn sie aufschlug?

Sie musste an die Geschichte mit dem Hummer denken, der sich an Chad klammerte ... Was, wenn ein riesiger Hummer unter Wasser war, der sauer war, weil er von den anderen, die vor ihr gesprungen waren, gestört worden war, und sich an *ihr* festhielt?

Britt war sich durchaus bewusst, dass sie sich lächerlich machte, aber sie konnte nicht anders. Dies war so weit außerhalb ihrer Komfortzone, dass es nicht mehr lustig war.

Bevor sie sich noch mehr Sorgen machen konnte, zählte Lincoln schon herunter.

»Drei, zwei, eins ... los!«

Ihr Körper gehorchte automatisch, und Britt flog durch die

Luft. Beim ersten Schwung bekam sie keine Luft und kniff die Augen zusammen, aber als sie Lincolns Hände an ihrem Rücken spürte, als er sie anstieß, atmete sie tief ein und machte sie auf.

Das Gefühl, schwerelos zu sein, war berauschend. Sie könnte diesen Teil für immer machen. Einfach über dem Wasser hin- und herschwingen, dann zurück zum Land.

»Du bist jetzt hoch genug, Britt! Nächstes Mal springst du!«, befahl Lincoln.

»Du schaffst das!«, rief Evelyn.

»Woooooo!«, johlte Kash, offensichtlich von der Aufregung des Augenblicks ergriffen.

»Tu es, Britt!«

Es waren Chads aufmunternde Worte – okay, sein Befehl –, die Britt dazu brachten, tief durchzuatmen und die Seile loszulassen, während sie ihren Körper nach vorn katapultierte, als sie das nächste Mal über dem Wasser war.

Für den Bruchteil einer Sekunde fühlte es sich tatsächlich so an, als würde sie fliegen – dann wurde sie von der Realität eingeholt, als sie in Richtung Wasser stürzte. Jetzt war es zu spät, ihre Meinung zu ändern! Sie strampelte mit Armen und Beinen, um sich aufrecht zu halten, während sie fiel.

Es dauerte nur Sekunden, bis sie auf dem Wasser aufschlug, und während sie sank und ihr Körper sich anfühlte, als sei er sofort von Eis umhüllt ... merkte Britt, dass sie lächelte.

Ihr Kopf kam an die Oberfläche, und es fühlte sich an, als würden ihre Gliedmaßen eine Tonne wiegen, aber sie konnte nicht anders, als auszurufen: »Das hat Spaß gemacht!«, als sie Chad auf der untersten Stufe der Treppe stehen sah, der auf sie wartete.

Er lächelte zurück und hielt ihr die Hand hin. Britt schwamm zu ihm hinüber und seufzte zufrieden, als seine Finger sich um ihre schlossen.

Dann überkam sie etwas. Sie hatte keine Ahnung was. Vielleicht war es seine warme Hand, obwohl ihr selbst so kalt war. Vielleicht war es sein Befehl, als er »Tu es« geschrien hatte, als sie zögerte. Vielleicht war es das »Ich hab's dir ja gesagt«-Grinsen in seinem Gesicht.

Was auch immer es war, sie zog seine Hand zu sich heran, riss ihn aus dem Gleichgewicht und ließ ihn mit ihr ins Wasser fallen.

Vom Ufer über ihnen ertönte Gelächter, als ein klatschnasser Chad aus dem Wasser auftauchte. Für den Bruchteil einer Sekunde befürchtete sie, dass sie ihn wütend gemacht hatte, aber dann lachte er und schüttelte den Kopf, so wie ein nasser Hund es tun würde. Das Wasser spritzte überall hin, und Britt hielt für einen Moment die Luft an, als sie sich an die letzte gemeinsame Dusche erinnerte, als sein Haar genauso nass gewesen war wie jetzt und er sie angelächelt hatte, während sie vor ihm kniete. Er war gerade auf ihrer Brust gekommen, und die Freude auf seinem Gesicht war genauso deutlich gewesen wie jetzt.

»Merk dir den Gedanken«, murmelte er, als könnte er in ihren Kopf schauen. »Ich bin dran«, rief er, während er auf die erste Stufe kletterte und erneut die Hand nach Britt ausstreckte.

Manche Männer würden sich nicht in dieselbe verletzliche Lage begeben, in der er sich gerade befand. Aber Britt hatte keine Lust, ihn wieder ins Wasser zu ziehen. Sie nahm seine Hilfe dankbar an, denn es war nicht leicht, auf die erste Stufe zu kommen, und sie kletterten wieder zum Baum hinauf.

Chad schwang sich auf die Schaukel und flog höher und weiter als alle anderen bisher. Damit begann natürlich ein gutmütiger Wettbewerb zwischen den Brüdern. Britt wünschte sich sogar, noch einmal zu springen, und da sie nun wusste, was sie erwarten würde, war sie nicht mehr so erschrocken wie beim ersten Mal.

Evelyn sprang nicht noch einmal, sondern begnügte sich damit, auf dem Boden zu sitzen, mit dem Rücken an einen Baum gelehnt, und beobachtete, wie ihre Jungs sich amüsierten.

Schließlich willigte Kash ein, es zu versuchen. Die Freude auf seinem Gesicht und in seinem Schrei, als er durch die Luft flog, war deutlich zu sehen und zu hören. Danach war er unersättlich. Er schaukelte doppelt so viel wie alle anderen.

Zwei Stunden vergingen, bevor die Gruppe beschloss, für heute Schluss zu machen.

Lincoln kniete sich vor Kash hin und legte ihm eine Hand auf die Schulter. »Hattest du heute Spaß?«

Der Junge nickte begeistert, ein breites Grinsen im Gesicht.

»Das ist großartig. Du hast die Hummerschaukel jetzt offiziell eingeweiht. Aber jetzt musst du mir gut zuhören. Hörst du mir zu?«

»Ja.«

»Unter keinen Umständen kommst du hierher und schaukelst allein. Hast du das verstanden? Ich weiß, du willst es, weil es Spaß macht. Aber es kann auch gefährlich sein. Die Wasserströmung ist heute fast nicht vorhanden. Und wir haben bei Flut geschaukelt. Die Regel für die Hummerschaukel und für so ziemlich *alles*, was in *Lobster Cove* gemacht wird, ist, dass man es mit einem Kumpel machen muss. Jeder von uns ist gern bereit, dein Kumpel zu sein, aber du darfst auf keinen Fall schwimmen oder schaukeln oder irgendetwas anderes in *Lobster Cove* tun, ohne jemanden an deiner Seite zu haben, verstanden?«

Die Freude auf Kashs Gesicht verblasste ein wenig, aber er nickte.

»Ich weiß, dass es beschissen ist, Kumpel, aber wenn etwas passiert und niemand in der Nähe ist, um zu helfen, könnte es schlimm sein.«

»Okay.«

»Wie wär's damit ... was hältst du davon, wenn wir für nächste Woche wieder einen Ausflug planen? Dann kannst du wiederkommen und dich uns anschließen.«

»Ja!« Kashs Gesicht strahlte erneut.

»Super. Dann ist das abgemacht. Ist es okay für dich, in deinen nassen Klamotten nach Hause zu gehen?«

Er trug Shorts und ein T-Shirt. Er hatte sein Hemd ausgezogen, um zu schaukeln, aber es war unten feucht, wo es seine nassen Shorts berührt hatte, und am Halsausschnitt von seinem tropfenden Haar.

»Ich glaube, ich werde mich eine Weile in die Festung setzen«, sagte Kash.

»In Ordnung. Das nächste Mal bringen wir Handtücher mit. Wir waren so aufgeregt, dass wir sie dieses Mal völlig vergessen haben«, erwiderte Lincoln. »Und Kash?«

»Ja?«

»Wenn du irgendetwas brauchst, egal was, dann komm rüber nach *Lobster Cove*. Zu unserem Haus. Ich wohne hier nicht, aber meine Mutter, Chad und Britt schon. Ganz zu schweigen von Walt und Barry, die in der Autowerkstatt arbeiten. Jeder von ihnen wird dir bei allem helfen, ohne Fragen zu stellen. Wenn du nur mal rausmusst ... wenn du Hunger hast, dich langweilst, was auch immer ... komm vorbei. Jetzt, da du auf der Hummerschaukel geschwungen hast, bist du ein Teil von *Lobster Cove*.«

»Cool«, sagte Kash ein wenig unsicher.

»Ja, es *ist* cool.« Lincoln stand auf und zerzauste das rote Haar des Jungen. »Jetzt geh schon. Ab zur Festung und zu deinen Büchern. Das ist eine gute Möglichkeit, um nach all der Aufregung abzuschalten.«

»Liest du gern?«, fragte Kash mit großen Augen.

»Ich liebe es. Ich glaube, ich habe jetzt ungefähr zehn Bücher auf dem Nachttisch neben meinem Bett liegen.«

»Wahnsinn!«, hauchte Kash.

Der Junge drehte sich um und ging den Weg hinunter, und Lincoln rief ihm hinterher: »Und kontrolliere dich unbedingt auf Zecken, bevor du ins Bett gehst! Zu dieser Jahreszeit sind sie furchtbar, und wenn du dich im Wald aufhältst, gibt es wahrscheinlich mindestens eine, die versucht, dir das ganze Blut auszusaugen.«

Kashs Stirn legte sich angewidert in Falten, und Britt stimmte ihm zu. Zecken waren der Teufel. Sie hatten absolut keinen Sinn. Erst gestern hatte sie eine Geschichte gelesen, in der es darum ging, dass Elchbabys tatsächlich starben, weil so viele Zecken an ihnen saßen, dass sie den Blutverlust nicht mehr aushalten konnten.

Und jetzt, da sie über Zecken nachdachte, hatte sie das Gefühl, als krabbelten sie überall auf ihr herum. Sie war bereit, nach Hause zu gehen, zu duschen und ihren eigenen Körper gründlich auf Zecken zu untersuchen.

»Ich habe ein paar Zeckenhalsbänder für Hunde im Inneren der *Festung Knallhart* verteilt, und ich lege sie mir normalerweise um die Knöchel, wenn ich durch den Wald gehe«, sagte Kash zu Lincoln.

»Jetzt sehe ich keine an dir, Kumpel. Also untersuche dich auf Zecken, wenn du nach Hause kommst, okay?«

»Okay! Tschüss, Lincoln! Tschüss, Knox, Zach, Chad, Britt und Miss Evelyn. Du bist nicht so gemein, wie mein Großvater immer sagt!« Und damit verschwand Kash in den Bäumen.

»Ich bin froh, dass ich nicht so gemein bin, wie Victor behauptet«, murmelte Evelyn und rollte mit den Augen.

Knox befestigte die Seilschaukel an dem großen Baum und alle machten sich auf den Weg zurück zum Haus.

Chad hielt Britt zurück, sodass sie die Nachhut bildeten, dann beugte er sich zu ihr hinunter und flüsterte ihr ins Ohr: »Ich werde dich sehr sorgfältig auf Zecken untersuchen müssen, sobald wir wieder im Haus sind.«

Britt kicherte. »Ich weiß, dass du versuchst, sexy zu klingen, aber«, sie erschauderte, »ich habe Neuigkeiten. Jede Erwähnung von Zecken ist nicht *im Geringsten* sexy.«

Chad lachte schnaubend. »Zur Kenntnis genommen.« Er hielt ihre Hand, als sie zum Haus zurückgingen. »Du hattest heute Spaß.«

Britt nickte. »Ich war mir nicht sicher, und ich hatte Angst vor dem ersten Schwung, aber es hat Spaß gemacht. Und deine Mom ...« Sie seufzte. »Ich habe Ehrfurcht vor ihr.«

»Sie ist ziemlich fantastisch«, stimmte Chad ihr zu.

»Deine ganze Familie ist es. Hast du gesehen, wie toll Lincoln mit Kash umgegangen ist? Ich weiß, er hat eine Vergangenheit mit der Mutter des Jungen, und *niemand* mag seinen Großvater wirklich, aber er hat nichts davon an Kash ausgelassen. Was ich großartig finde.«

»Du kannst dir deine Familie nicht aussuchen. Und er ist ein Kind. Ein einsames noch dazu. Lincoln würde niemals ein Arsch zu einem Kind sein. So ist er nicht veranlagt. Das ist keiner von uns.«

»Ich weiß. Ich finde es nur großartig, das ist alles. Denkst du, Kash wird seiner Mutter von heute erzählen? Was er getan hat?«

»Keine Ahnung, aber ich hoffe es. Denn wir wollen nicht, dass uns noch jemand von da drüben hasst.«

»Ich kann mir nicht vorstellen, dass jemand dich oder einen der Youngs hasst. Ihr seid alle so ... nett.«

»Wir sind nicht immer nett«, erklärte Chad ihr. »Wenn es hart auf hart kommt, verteidigen wir das, was uns wichtig ist. Unsere Familie. Unsere Freunde. Unser Erbe.«

Britt nickte. »Das kann ich sehen. Ihr habt alle einen großen Sinn für Ehre und Loyalität.«

»Das war einer der Gründe, warum wir alle so gute Angehörige des Militärs geworden sind.«

Britt dachte darüber nach, als sie sich auf den Rückweg zum Haus machten. Chad hatte recht. Er und seine Brüder

hätten in ihren jeweiligen Zweigen des Militärs eine fantasti-
sche Karriere gemacht, wären die Umstände anders gewesen.
Aber der Verlust des Landes war der Gewinn von Rockville.
Dieser kleine Teil der Welt war besser dran, weil die Young-
Brüder nach Hause gekommen waren. Britt spürte das bis in
die Zehenspitzen.

Sie verabschiedeten sich von Zach, Knox und Lincoln, und
als Evelyn in ihr Zimmer ging, um zu duschen und sich umzuziehen, warf Britt Chad einen schüchternen Blick zu. »Kommst
du?«, fragte sie.

»Noch nicht. Aber bald werden wir es beide tun.«

Britt verdrehte die Augen bei dieser kitschigen Antwort,
aber ihr Puls beschleunigte sich trotzdem bei dem Gedanken,
was die nächste Stunde für sie beide bereithalten würde.
Zecken hin oder her, sie war mehr als bereit für eine Ganzkör-
peruntersuchung.

KAPITEL EINUNDZWANZIG

Zwei Tage später lag Chad im Bett und starrte an die Decke, während er Britt beim Duschen im Flurbad zuhörte. Die Rohre liefen direkt neben seinem Kopf an der Wand entlang, und in seiner Kindheit hatte ihn das immer zu Tode genervt. Das Bad mit seinen drei Brüdern zu teilen war eine Qual, und irgendjemand duschte immer in aller Herrgottsfrühe ... und weckte ihn mit dem verdammten Wasser, das nur wenige Zentimeter neben seinem Kopf durch die Rohre rauschte.

Aber an diesem Morgen brachte ihn das vertraute Geräusch einfach zum Lächeln. Da er wusste, dass es *Britt* war, die nackt unter der Brause stand, störte ihn das Geräusch nicht im Geringsten.

Er hatte keine Ahnung gehabt, dass er sich in einer Beziehung so fühlen konnte. Zufrieden. Glücklich. Er freute sich auf jeden Tag.

Es machte ihm nicht einmal etwas aus, dass sie bei seiner Mutter wohnten. Sie hatte ihre Seite des Hauses, und er und Britt hatten ihre. Das Badezimmer war winzig, und er hätte lieber ein eigenes Bad gehabt, aber sie machten das Beste daraus. Das war eine weitere Sache, die Chad an Britt liebte.

Sie beschwerte sich nicht. Über so gut wie nichts. Er nahm an, es lag daran, dass sie eine so schwierige Kindheit erlitten hatte, eine, in der sie übersehen worden war und für sich selbst sorgen musste – was nicht gut war. Aber er konnte nicht leugnen, dass er es zu schätzen wusste, dass sie sich über so gut wie nichts aufregte.

Ihm gefiel allerdings *nicht*, wie hart Britt derzeit arbeitete. Er konnte sich nicht einmal vorstellen, wie seine Mutter so viel in *Lobster Cove* allein geschafft hatte. Sich um alle Belange der Vermietungen zu kümmern war an sich schon ein Vollzeitjob ... das hatte er herausgefunden, als er Britt jeden Tag dabei beobachtet hatte. Außerdem half sie in der Autowerkstatt, so oft sie konnte, und fand immer noch die Zeit, sich um seine Mutter zu kümmern.

Er hatte den Jackpot geknackt, und Chad wusste es. Er schwor sich auf der Stelle, alles zu tun, um diese Beziehung nicht zu ruinieren. Wenn Britt sich gezwungen sah, *Lobster Cove* zu verlassen, weil sie nicht mehr zusammen waren, wäre das ein Schlag für seine Mutter. Und auch bei Britt hatte das Anwesen seine Wirkung nicht verfehlt. Den Ort zu verlassen würde ihr genauso wehtun wie allen anderen auch.

Chad hatte einen langen Tag vor sich. Er wollte zu Lincolns Haus fahren, um seinem ältesten Bruder bei einigen Renovierungsarbeiten zu helfen. Er wollte seine hintere Terrasse erneuern. Das Holz war an einigen Stellen verrottet, und er wollte es durch Verbundstoff ersetzen. Außerdem wollte er eine Feuerstelle bauen, aber das musste wohl bis zu einem anderen Tag warten.

Barry kam ebenfalls vorbei, um zu helfen. Er freute sich über einen sehr seltenen freien Tag in der Autowerkstatt, und Zach versprach, ebenfalls vorbeizukommen, nachdem er seine Hummerbude für den Tag geöffnet hatte. Knox arbeitete, plante für später aber einen Besuch ein, um die Fortschritte zu begutachten und bei Bedarf mitzuhelfen.

Britt wollte auch kommen, aber die beiden Miethütten wurden heute übergeben. Die jetzigen Gäste reisten ab, und sie musste beide Häuser putzen, alle Laken und Handtücher waschen und Muffins als Willkommensgruß für die morgen ankommenden Mieter backen.

Gerade als er über seine Frau nachdachte, kam Britt in ein Handtuch gewickelt zurück ins Zimmer, und jeder Gedanke an den bevorstehenden Tag verflog aus Chads Kopf. Noch bevor er darüber nachdachte, was er tat, war er aufgestanden.

Er blieb vor ihr stehen und legte seine Hände auf ihre Hüften. »Du riechst köstlich«, sagte er, beugte sich hinunter und vergrub seine Nase an ihrem Hals.

Britt neigte den Kopf zur Seite, um ihm mehr Raum zu geben, ihre Hände ruhten auf seiner Brust. Ihre Finger waren warm von der Dusche, und plötzlich brauchte Chad sie mehr, als er jemals zuvor eine Frau gebraucht hatte. Er griff nach ihrem Handtuch und löste es.

»Chad!«, rief sie mit einem kleinen Lachen aus.

»Du bist so schön«, sagte er ehrfürchtig, und betrachtete sie vom Scheitel bis zu ihren niedlichen rosa lackierten Zehennägeln.

»Danke«, flüsterte sie ein wenig schüchtern. Sie arbeiteten daran, dass sie Komplimente besser annahm. Früher hatte sie die Aufmerksamkeit von sich abgelenkt, wenn jemand etwas Nettes sagte, was Chad hasste. Er wollte, dass sie sich so sah wie alle anderen auch. Stark, schön, ein notwendiger Teil von *Lobster Cove*.

Er manövrierte sie, bis sie mit dem Rücken an der geschlossenen Tür stand, durch die sie gerade gegangen war, und ließ seine Hand zwischen ihre Beine wandern, streichelte, neckte, erkundete sie.

»Chad«, stöhnte sie und ließ den Kopf wieder gegen die Holztür fallen. Sie umklammerte seinen Bizeps, als sie ihren Stand verbreiterte.

Gott, er liebte diese Frau so sehr. Sie hatte eine Million Dinge zu tun, und doch war sie nicht abgeneigt, den Beginn ihres Tages für ihn zu verschieben.

Sein Schwanz war hart und tropfte in seinen Boxershorts. Unbeholfen schob er sie mit der freien Hand nach unten, ohne die Hand zu bewegen, die gerade in Britts seidiger Hitze steckte. Er stieg aus dem Stoff und ließ sich noch ein paar Minuten Zeit, bevor er widerwillig seine Finger aus Britts Muschi zog.

Er beugte seine Knie ein wenig, dankbar, dass sie fast gleich groß waren, richtete seinen Schwanz aus und drang langsam in ihren tropfenden Unterleib ein.

Sie atmete ein, hob ein Bein an und drückte ihren Innenschenkel an seine Hüfte.

Als er genug von seinem Schwanz in ihr hatte, bewegte Chad seine Hände zu ihrem Hintern und keuchte: »Hoch.«

Zum Glück begriff sie, was er wollte, und machte sofort einen kleinen Hüpfer. Das war das Einzige, was er brauchte, um sie hochzuheben. Ihre Beine umschlossen seine Hüften, während ihre Muschi seinen Schwanz umklammerte, der nun so tief wie möglich in ihr steckte.

Sie stöhnten beide auf.

Chad drückte sie gegen die Tür und hielt sie fest, während er begann, in sie zu stoßen. Ihre Haut war feucht von der heißen Dusche, und der Geruch ihrer gemeinsamen Erregung war ein Aphrodisiakum.

Er hatte noch nie Sex im Stehen gehabt. Er hatte es auch nicht wirklich gewollt. Er war noch nie so verzweifelt nach einer Frau gewesen, dass er es nicht erwarten konnte, sie in die Horizontale zu bekommen. Britt änderte alle Regeln, und er liebte es. Er liebte *sie*.

Ihre Brüste wippten jedes Mal, wenn er in sie eindrang. Ihre Pupillen waren geweitet, und er hatte keinen Zweifel

daran, dass ihre Fingernägel kleine halbmondförmige Einker-
bungen in seiner Haut hinterließen.

»Chad«, stöhnte sie, als sie alles nahm, was er zu geben
hatte.

Es dauerte nicht lange, bis er am Abgrund angelangt war.
Alles an Britt machte ihn an. Er hatte keine Ahnung, wie lange
es dauern würde, bis er sie nackt sehen konnte und *nicht* sofort
in ihr sein wollte. Vielleicht wäre es nie.

Er wollte unbedingt kommen, aber er wollte auch, dass
Britt ihr Vergnügen fand. Obwohl es schmerzte, hörte er auf zu
stoßen. Er vergrub seinen Schwanz so tief in ihr, wie er konnte,
und lehnte sich dann ein wenig zurück, gerade genug, um seine
Finger zwischen sie zu bekommen, damit er ihre Klitoris erreichen konnte.

In der Sekunde, in der er sie berührte, zuckte sie in seinem
Griff. Er hatte nicht viel Spielraum, also begnügte Chad sich
damit, das Nervenbündel hart und schnell zu reiben. Er spürte,
wie ihre Hüften sich so weit wie möglich bewegten, was nicht
viel war, wenn man bedachte, dass sie zwischen ihm und der
Tür eingeklemmt war.

»Ja, da. Oh, genau ...«

Sie beendete ihren Satz nicht, weil ihr Orgasmus einsetzte.
Ihr Mund öffnete sich zu einem leisen Stöhnen und sie starrte
ihm in die Augen.

Chad zögerte nicht, seine Hand wieder auf ihren Hintern zu
legen, und stieß hart in sie hinein, selbst als sie noch von ihrem
Orgasmus zitterte. Nichts hatte sich jemals so kraftvoll und
fantastisch angefühlt, wie sie zu ficken, wenn sie kam. Das
Kräuseln ihrer inneren Muskeln um seinen Schwanz war unbe-
schreiblich. Es dauerte nicht lange, bis er selbst explodierte.

Sie keuchten beide, als Chad sein Gleichgewicht wiederer-
langte. Zum Glück hatte er sie nicht fallen lassen. Er grinste
und beugte seine Knie ein wenig, damit sie ihre Beine von ihm

lösen konnte. In dem Moment, in dem sein Schwanz aus ihrem Körper glitt, wimmerte sie.

Das Geräusch war so bezaubernd und traurig, dass er sich am liebsten sofort wieder in ihr vergraben hätte.

»Geht es dir gut?«, fragte er und fuhr mit seinen Händen an ihren Armen auf und ab.

»Mehr als das. Ich brauche jetzt noch eine Dusche, aber ich habe keine Zeit.«

»Brauchst du nicht. Du bist perfekt.«

Sie rollte mit den Augen. »Ich sehe wahrscheinlich aus, als sei ich gerade gegen eine Wand gefickt worden.«

Chad grinste wieder. Sie sah tatsächlich so aus, aber er wusste, dass er ihr nicht zustimmen konnte. Er könnte sich nicht davon abhalten, ihren Körper anzustarren, selbst wenn sein Leben davon abhinge. Ihre Brust war rot und fleckig, sie hatte eine Schweißperle an der Schläfe und ihr Haar stand hinten ab, wo es gegen die Tür gedrückt worden war.

Aber es war die Flüssigkeit, die an ihrem Innenschenkel hinunterlief, die Chads Aufmerksamkeit erregte. Er konnte den Blick nicht abwenden.

»Scheiße. Es tut mir so leid. Ich habe nicht einmal nachgedacht.« Er zwang seinen Blick zurück auf ihr Gesicht. »Ich habe das Kondom vergessen. Das vergesse ich *nie*. Niemals. Kein Wunder, dass sich das so großartig angefühlt hat. Kein Wunder, dass ich jede einzelne Welle deines Orgasmus an meinem Schwanz spüren konnte.«

Sie errötete und leckte sich über die Lippen, gab aber keinen Kommentar ab.

Er ließ den Blick zurück zwischen ihre Beine wandern. Sein Sperma war inzwischen bis zu ihrem Knie hinuntergetropft, aber sie machte keine Anstalten, sich von ihm zu lösen. Chad kniete sich hin und griff blindlings nach seinen Boxershorts. Ehrfürchtig benutzte er den Stoff, um langsam von ihrem Knie bis zu ihrem Innenschenkel und dann zwischen ihren Beinen hindurch zu wischen. Als er fertig war, beugte er sich vor und küsste sanft ihren Bauch, direkt unter ihrem Bauchnabel.

Der Duft ihrer gemeinsamen Erregung war hier unten stärker, und Chad musste sich zusammenreißen, um nicht ihren Schlitz lecken. Sein Schwanz zuckte. Obwohl er gerade gekommen war, war er bereit, wieder loszulegen.

Er wollte nicht an eine ungewollte Schwangerschaft wegen seiner Unachtsamkeit denken ... aber wie konnte er das im Moment *nicht*? Er stellte sich vor, wie er jetzt vor ihr kniete, ihren runden Bauch küsste, mit ihrem ungeborenen Kind sprach und flüsterte, wie sehr sie sich darauf freuten, es kennenzulernen. Es war noch zu früh, um an all das zu denken ... nicht wahr?

»Komm her«, befahl Britt, als sie an seiner Hand zerrte.

Er stand auf und schloss sie in seine Arme. Es war erschreckend, wie viel sie ihm bedeutete. Wie sehr er sie liebte.

»Danke«, sagte sie und nickte in Richtung der Hand, die immer noch seine inzwischen verschmutzten Boxershorts hielt. Dann küsste sie ihn. Es war ein langer, süßer, intimer Kuss. Kein Vorspiel zu etwas Sexuellem, aber einer, der so viele Versprechen enthielt.

Chad war erleichtert, dass sie sich nicht über die Sache mit dem Kondom aufregte. Er wusste, dass er sich sowohl um Britt als auch um ihr Kind kümmern würde, falls es unbeabsichtigte Folgen von heute Morgen geben sollte. Verdammt, er würde sie heute heiraten, wenn er könnte, aber er würde nie wollen, dass sie dachte, es sei nur wegen einer ungeplanten Schwangerschaft.

Nein, wenn er diese Frau heiratete, sollte sie genau wissen, dass sie die einzige Frau war, mit der er zusammen sein wollte, dass er sie bis ans Ende ihrer Tage lieben und wertschätzen wollte. Er wünschte sich eine Beziehung, wie seine Eltern sie gehabt hatten, und er glaubte fest daran, dass Britt die Frau war, mit der dieser Traum wahr werden würde.

»Ich muss mich anziehen, nach unten gehen und mit den Muffins anfangen. Herausfinden, womit deine Mutter heute Hilfe braucht, bevor ich zu den Hütten gehe.«

»Du arbeitest zu viel«, sagte Chad mit einem Stirnrunzeln.

Sie lachte ihm ins Gesicht. »Ein Esel schilt den anderen Langohr.«

Er lachte. Sie hatte nicht unrecht. »Stimmt. Schickst du mir später eine SMS und erzählst mir, wie dein Tag läuft?«, fragte er.

»Wenn du das willst.«

»Das will ich«, versicherte Chad ihr.

In dem Wissen, dass er sie den ganzen Tag lang in den Armen halten könnte, trat Chad einen Schritt zurück und beugte sich hinunter, um das Handtuch aufzuheben, das er vorhin gelöst hatte. Er wickelte es wieder um sie und steckte das Ende ein, wobei er darauf achtete, sie zu berühren.

Wie erwartet verdrehte sie die Augen. »Du bist so ein Kerl.«

»Das bin ich«, stimmte er zu und beugte sich dann hinunter, um ihre Lippen kurz zu küssen. »Ich werde unter die Dusche springen, während du dich anziehst. Geht es dir gut?«

»Mir geht es bestens«, antwortete Britt mit einem glücklichen Grinsen.

Wärme breitete sich bei ihren Worten in Chad aus. Er glaubte ihr. Alles an dieser Frau strahlte. Sie sah so anders aus und verhielt sich so anders als zu dem Zeitpunkt, an dem er sie erst vor Kurzem kennengelernt hatte. Er war stolz auf sie, auf ihre Beharrlichkeit.

Er war kurz davor, ihr das Handtuch vom Leib zu reißen und sie für den Rest des Vormittags zurück ins Bett zu bringen, aber sie hatten beide etwas zu tun, es gab Menschen, die auf sie zählten. Also begnügte er sich damit, ihr eine Haarsträhne hinters Ohr zu streichen und sie dann sanft zur Seite zu schieben, damit er die Tür öffnen konnte.

Er ging ins Bad, nackt wie an dem Tag, an dem er geboren wurde, ohne sich Sorgen zu machen, dass seine Mutter plötzlich auftauchen könnte. Wie er Britt schon gesagt hatte, wusste sie es besser, als ohne Vorwarnung nach oben zu kommen. Sie wusste sehr wohl, dass ihre Söhne gern mal ohne einen Fetzen Kleidung herumliefen.

Als Chad die Treppe hinunterkam, war Britt in der Küche und schob ein Blech mit Muffins in den Ofen, und seine Mutter saß am Tisch, löste ihr morgendliches Kreuzworträtsel und trank eine Tasse Kaffee.

»Guten Morgen«, sagte er fröhlich, als er eintrat.

Er hatte nicht mehr viel Zeit, bevor er zu Lincoln musste, dank seines spontanen Schäferstündchens mit Britt. Sie wollten früh loslegen, bevor es zu heiß wurde. Viele Leute dachten, in Maine sei es das ganze Jahr über kühl, aber im Sommer konnte es brutal heiß werden, vor allem bei direkter Sonneneinstrahlung.

Er hatte jedoch genügend Zeit, um zu warten, bis die Muffins fertig gebacken waren, damit er sich noch einen stibitzen konnte, bevor er losfuhr. Als er auf die Straße rollte und sich auf das Haus seines Bruders zubewegte, war Chad zufrieden. Zum ersten Mal seit dem Tod seines Vaters hatte er das Gefühl, dass die Dinge sich beruhigen würden. Trotz des Rückschlags, den er mit Otis erlitten hatte, schätzte er sich glücklich. Das Leben war gut, und er war optimistisch, was seine Zukunft und die Zukunft von *Lobster Cove* betraf.

Britt konnte nicht aufhören zu lächeln. Sie hatte nicht vorgehabt, ihren Tag mit einem Monsterorgasmus zu beginnen und damit, dass der Mann, den sie liebte, so verzweifelt Liebe mit ihr machen wollte, dass er sie gegen die Schlafzimmertür drückte. Aber Mannomann, war das *heiß* gewesen.

Und als er zu ihren Füßen gekniet hatte und die Folgen seines Orgasmus in ihr weggewischt hatte? Ihre Eierstöcke wären fast explodiert. In der Hitze des Gefechts hatte sie auch nicht an ein Kondom gedacht, und sie konnte es Chad nicht im Geringsten verdenken. Sie hatte ihn gewollt, genau in diesem Moment, und es hätte sie wahrscheinlich genervt, wenn er sich die Zeit genommen hätte, durch den Raum zu gehen, um eines zu holen.

Die Begegnung war in jeder Hinsicht perfekt gewesen. Sie hatte sich noch nie so ... weiblich gefühlt wie in dem Moment, in dem er sie in den Arm genommen hatte. Sie war nie eine kleine, zierliche Frau gewesen, aber in Chads Armen fühlte sie sich so. Sie glaubte nicht, dass es die richtige Zeit im Monat war, um schwanger zu werden, aber sie nahm an, dass alles möglich war.

War sie verärgert bei dem Gedanken, schwanger zu werden? Sie sollte es sein. Ihre Beziehung war noch frisch. Aber der Gedanke, ein Kind von ihm zu bekommen, ließ ihr Inneres vor Aufregung brodeln. Er würde ein fantastischer Vater sein. Und das Baby würde drei fantastische Onkel haben, die es auch verwöhnen würden. Und Evelyn hatte immer davon gesprochen, wie sehr sie sich ein Enkelkind wünschte.

Kopfschüttelnd versuchte Britt, sich auf das zu konzentrieren, was sie gerade tat. Die kleinere Hütte hatte sie schon vor Stunden geputzt, aber die Mieter des Gästehauses mit den drei Zimmern hatten erst spät ausgecheckt – und sie waren während ihres Aufenthalts fürchterlich unordentlich gewesen. Sie hatten zwei kleine Kinder, und es sah aus, als hätten sie eine Essensschlacht oder so etwas gehabt. Britt fand überall Chips und Essenskrümel – unter den Betten, zwischen den

Sofakissen. Sogar an der Wand neben der Tür fand sie einen Fleck, den sie für Erdnussbutter hielt.

Seufzend schnappte sie sich ein weiteres Tuch und versuchte, das klebrige Zeug von der Wand zu bekommen.

Dreißig Minuten später hatte sie gerade den Staubsauger ausgeschaltet, als ein Geräusch draußen ihre Aufmerksamkeit erregte. Normalerweise hatte sie ihre Kopfhörer auf, um beim Putzen ein Hörbuch zu hören, aber sie hatte gestern Abend vergessen, sie aufzuladen ... und so waren die lauten Stimmen gut zu hören.

Da sie nicht wusste, was los war, ging Britt zum Fenster und schaute hinaus. Was sie sah, verwirrte sie für einen Moment – dann setzte Panik ein, und sie ließ den Staubsauger fallen und lief zur Tür.

Camdens Wagen stand vor dem Haupthaus, und vom Fenster aus hatte sie gesehen, wie er Evelyn zu seinem Pick-up zog. Die ältere Frau schrie ihn an und versuchte, ihren Arm aus seinem Griff zu befreien, ohne Erfolg.

Als Britt die Tür der Hütte öffnete, kletterte Camden bereits auf den Fahrersitz, nachdem er Evelyn durch dieselbe Tür in das Fahrzeug geschoben und sie gezwungen hatte, zur Seite zu rutschen.

Sie handelte, ohne nachzudenken, und lief auf die lange Schotterauffahrt zwischen der Hauptstraße und dem Haus zu. Wenn sie es schaffte, sich vor Camdens Wagen zu stellen und ihm den Weg zu versperren, konnte sie ihn vielleicht dazu bringen anzuhalten und herausfinden, was los war. Ihre Schuhe waren nicht gerade zum Laufen gemacht, aber sie wurde nicht eine Sekunde langsamer. Irgendetwas in ihr schrie, dass es nicht gut sei, wenn Camden das Grundstück mit Evelyn verließ.

Während sie lief, behielt Britt den Pick-up im Auge. Sie würde es nicht schaffen. Camden würde direkt an ihr vorbeirasen, bevor sie sich ihm in den Weg stellen konnte. Natürlich gab es keine Garantie, dass er anhielt, selbst wenn sie es schaffte, vor seinen Wagen zu springen, aber sie musste es versuchen.

Und anscheinend war das Glück auf Britts Seite.

Während der ganzen Zeit, die sie bisher in *Lobster Cove* verbracht hatte, hatte sie kein Tier gesehen, das größer war als ein Stachelschwein oder ein wilder Truthahn. Seit sie nach Maine gezogen war, wünschte sie sich, einen Elch zu sehen, aber Chad hatte ihr gesagt, dass es äußerst selten war, dass sie so weit in den Süden kamen, vor allem in einem besiedelten Gebiet wie Rockville und an der Küste.

Es war kein Elch, der Camden auf die Bremse treten und so laut fluchen ließ, dass sie ihn durch die geschlossenen Fenster seines Wagen hören konnte – sondern ein Schwarzbär.

Er schlenderte über die Kiesauffahrt, als hätte er keine Sorgen auf der Welt. Er drehte kaum den Kopf, als die Räder von Camdens Wagen auf dem Weg rutschten und er verzweifelt versuchte, nicht mit dem riesigen Tier zusammenzustoßen.

Das Erscheinen des Bärs gab Britt gerade genügend Zeit, den Pick-up zu erreichen, bevor Camden erneut aufs Gaspedal trat. Es gelang ihr, die Heckklappe zu ergreifen und auf die hintere Stoßstange zu springen, als er wieder losfuhr.

Einen Moment lang dachte Britt, sie würde den Halt verlieren und fallen, aber sie schwang ein Bein über die Heckklappe und warf sich auf die Ladefläche.

Natürlich hatte Camden nicht so einen sauberen Wagen wie Chad. Auf der Ladefläche befanden sich Autoteile, Müll, Salzsäcke und wer weiß, was noch alles. Irgendetwas stieß Britt in die Seite, als sie versuchte, auf die Knie zu kommen und das Gleichgewicht wiederzuerlangen, aber Camden hatte offensichtlich gesehen, wie sie hinten in seinen Wagen kletterte. Er fuhr in Schlangenlinien über die Auffahrt in dem eindeutigen Versuch, sie loszuwerden.

Britt war fest entschlossen. Sie war verdammt hartnäckig,

und auf keinen Fall würde sie Evelyn dem überlassen, was dieser Verrückte mit ihr vorhatte. Es war klar, dass die Frau nicht aus freien Stücken mit Camden mitgegangen war. Nicht wenn man bedachte, wie sie sich aus seinem Griff befreien wollte und lauthals schrie.

Durch die geschlossenen Fenster hörte sie Camden erneut fluchen, und als Britt seinem Blick im Rückspiegel begegnete, sah sie nichts als Hass.

Sie und Evelyn steckten in großen Schwierigkeiten.

In diesem Moment fiel Britt auf, dass sie ihr Handy nicht dabeihatte. Es war in ihrer Gesäßtasche gewesen, als sie die Hütte verlassen hatte, aber es musste herausgefallen sein. Entweder beim Laufen oder als sie versuchte, auf die Ladefläche des Pick-ups zu klettern.

Sie konnte nicht um Hilfe rufen. Sie konnte Chad und seine Brüder nicht wissen lassen, dass ihre Mutter entführt worden war.

Die Angst ließ ihr das Blut in den Adern gefrieren, aber sie schluckte schwer und schwor sich, alles zu tun, was nötig war, um Evelyn zu helfen. Die Familie Young hatte schon genug durchgemacht. Sie würde Evelyn wohlbehalten nach Hause bringen, und wenn es das Letzte war, was sie tat.

Obwohl sie sehr, *sehr* hoffte, dass es nicht das Letzte war, was sie tat ... denn sie wünschte sich nichts sehnlicher als ein langes Leben mit Chad an ihrer Seite.

Camden erreichte das Ende der Einfahrt, die nach *Lobster Cove* führte, und hielt nicht einmal an, um auf den Gegenverkehr zu achten, als er in die Seitenstraße einbog. Diese schlängelte sich durch einen ländlichen Teil von Maine entlang der Küste. Angesichts seiner rücksichtslosen Fahrweise befürchtete sie, dass er im Wasser landen würde ... aber vielleicht wäre das gar nicht so schlimm. Britt würde wahrscheinlich sterben, wenn sie von der Ladefläche des Wagens geschleudert würde, aber sie hatte gesehen, wie Evelyn sich angeschnallt hatte, also standen die Chancen gut, dass sie überleben würde.

Der Pick-up beschleunigte und überschritt die zulässige Höchstgeschwindigkeit von dreißig Stundenkilometern weit. Britt betete, dass irgendwo ein Polizist Camden anhalten würde, aber das war unwahrscheinlich, da sie auf dieser Straße noch nie eine Streife gesehen hatte.

Es kostete sie all ihre Kraft, sich festzuhalten, um nicht aus dem Wagen geschleudert zu werden, während Camden weiter Schlangenlinien fuhr und versuchte, sie von der Ladefläche zu werfen. Bäume rauschten vorbei, und die Luft in ihrem Gesicht machte es ihr schwer, die Augen offen zu halten. Britt wollte darauf achten, wohin sie fuhren, aber im Moment senkte sie den Kopf und versuchte, sich hinter dem Fahrerhaus zu verstecken, um den Wind abzuschirmen.

Sie hatte keine Ahnung, was passieren würde, wenn sie dort ankamen, wo Camden hinwollte, aber er würde feststellen, dass sie noch mehr eine Bedrohung darstellte als eine Elchmama, die ihr Baby beschützte, wenn jemand, den sie liebte und respektierte, in Gefahr war.

Sie musste nur bis dahin durchhalten.

Während er darauf wartete, auf die Straße zu fahren, runzelte Victor Rogers die Stirn über den Pick-up, der auf ihn zuraste.

»Verdammte Jugendliche«, murmelte er. Auf dieser Straße rasten ständig Leute herum, und das machte ihn wütend. Verdammt, die meisten Dinge ärgerten ihn heutzutage, aber dieser Wagen fuhr viel zu schnell für die Kurven. Der Fahrer war wahrscheinlich betrunken. Vielleicht die gleiche Person, die all die Bierdosen weggeworfen hatte, die er kürzlich am Straßenrand gesehen hatte.

Es war erbärmlich.

Dumm.

Ärgerlich.

Als der Pick-up näher kam, kniff Victor die Augen zusammen. Er erkannte das Fahrzeug. Es gehörte einem der Angestellten von *Lobster Cove*. Er hatte den Mann schon ab und zu gesehen.

Natürlich. Die Youngs gingen ihm auf die Nerven, und es war nicht verwunderlich, dass jemand, den sie beschäftigten, sich wie ein unverantwortlicher Idiot verhielt.

Als der Wagen an der Straße vorbeifuhr, die zu seinem Grundstück führte, erhaschte Victor einen Blick auf etwas, das seine Augenbrauen vor Überraschung in die Höhe schnellen ließ. Er konnte nicht gesehen haben, was er glaubte zu sehen. Aber er sah es.

Auf der Ladefläche des Pick-ups saß ein Mädchen. Er erkannte auch *sie*. Sie war die Neue ... das Mädchen, das mit einem der Young-Jungs zusammen war. Er war sich nicht sicher, mit welchem. Für ihn waren sie alle gleich. Dornen in seinem Auge.

Aber der Ausdruck auf dem Gesicht des Mädchens war nicht der von jemandem, der eine Spritztour machte. Sie war verängstigt. Und noch während er zusah, ruckte der Wagen auf der Straße hin und her, als würde der Fahrer absichtlich versuchen, das Mädchen vom Fahrzeug zu werfen.

Und das war noch nicht alles. Evelyn Young hatte auf dem Beifahrersitz gesessen – und sie hatte ihn direkt angestarrt, als sie vorbeifuhren. Sie winkte mit der Hand, als wollte sie seine Aufmerksamkeit erregen.

Die ganze Begegnung hatte nur Sekunden gedauert, aber das Gesehene konnte Victor nicht missverstehen.

Irgendetwas stimmte nicht. Er spürte es tief in seinen Knochen. Genauso wie er es gefühlt hatte, als seine Tochter angerufen und gefragt hatte, ob sie zu ihm nach Hause kommen könne, um bei ihm zu leben.

Er mochte den Ruf haben, ein mürrisches Arschloch zu sein, aber er war nicht völlig gefühllos. Auch wenn alle dachten, er sei es.

Er überlegte, ob er dem Wagen folgen sollte, aber bei der Geschwindigkeit, mit der er sich bewegte, war er schon längst außer Sichtweite, und Victor wollte nicht riskieren, bei dem Versuch, ihn einzuholen, einen Unfall zu bauen.

Stattdessen griff er nach seinem Handy.

Er wählte eine Nummer, die er noch nie angerufen hatte, da er keinen Grund dazu hatte. Es war nicht so, als wollte er den Kerl zum Essen und Plaudern einladen. Aber er hatte sie trotzdem in seinem Handy eingespeichert, als Evelyn sie ihm per SMS geschickt hatte. Denn es bestand die Möglichkeit, dass er eines Tages bei etwas Hilfe brauchen würde, hatte sie gesagt. Und Nachbarn halfen Nachbarn ... auch wenn sie sich nicht mochten.

»Hallo?«

»Chad Young? Hier ist Victor Rogers. Es ist etwas passiert. Ich habe gerade einen eurer Angestellten gesehen, der mit mindestens achtzig Stundenkilometern die Seitenstraße entlanggefahren ist.«

»Willst du mich verarschen? Du hast mich angerufen, um dich über einen Raser auf der Straße zu beschweren? Lass es, Rogers. Wir wissen alle, dass du ein Arschloch bist, aber das geht ein bisschen zu weit ...«

»Halt die Klappe und hör mir zu!«, schrie Victor frustriert. Er wusste, dass er nicht sehr nett zu den Jungs gewesen war, seit sie zurück nach Hause gezogen waren. Es gefiel ihm tatsächlich, dass sie nach Maine zurückkamen, um ihrer Mutter zu helfen. Obwohl er *Lobster Cove* für sich selbst wollte, hatte er sich auch schon in Evelyns Situation befunden und sich nach dem Verlust des Ehepartners verloren gefühlt. »Das neue Mädchen war auf der Ladefläche des Pick-ups und hielt sich fest, während der Fahrer Schlangenlinien fuhr und versuchte, sie abzuwerfen. Und deine Mutter saß auf dem Beifahrersitz.«

»*Was?*«

»Ich kenne den Namen des Fahrers nicht. Es hat mich nie interessiert, ihn zu erfahren. Aber da deine Mutter und die junge Frau bei ihm waren, dachte ich, du würdest es vielleicht wissen wollen.«

»In welche Richtung sind sie gefahren?«

»In Richtung Stadt.«

»Welche Farbe hatte der Wagen?«

»Braun.«

»Hatte er einen weißen Streifen?«

»Ja.«

»Scheiße! Camden. Meine Mutter war im Fahrerhaus? Schien sie okay zu sein?«

»Ich weiß nicht, was du mit okay meinst, aber sie winkte mir zu, als wollte sie meine Aufmerksamkeit erregen. Aber sie fuhren so schnell, dass ich nicht viel anderes sehen konnte.«

»Kannst du bitte nach *Lobster Cove* fahren und nach Walt sehen? Ich werde die Polizei anrufen, aber ich möchte, dass ihm so schnell wie möglich geholfen wird, sollte er verletzt sein.«

»Ich weiß nichts über Erste Hilfe«, protestierte Victor, der nicht sicher war, ob er noch mehr in die Geschehnisse verwickelt werden wollte, als er es ohnehin schon war.

»*Bitte*, Victor. Ich weiß, dass du uns hasst, aber wenn Camden es geschafft hat, Mom zu entführen, muss er Walt etwas angetan haben, denn er hätte diesen Mann *niemals* in ihre Nähe gelassen, wenn er es hätte verhindern können.«

Überraschenderweise überlegte Victor nicht, wie er die Situation zu seinem Vorteil nutzen könnte. Denn plötzlich konnte er in diesem Moment nur noch daran denken, wie er sich fühlen würde, wenn seiner Tochter oder seinem Enkel etwas zustoßen würde ... und er die Youngs um Hilfe bat und sie Nein sagten.

»Okay. Ich fahre rüber.«

»Danke. Schick mir eine SMS und lass mich wissen, was du findest.«

»Mach ich. Und Chad?«

»Was?«

Der Junge klang ungeduldig und wollte unbedingt auflegen, was Victor ihm nicht verübeln konnte. »Ich hoffe, deiner Mutter und dem Mädchen geht es gut.« Er wusste nicht, woher die Worte kamen. Er hatte das Mädchen nie offiziell kennengelernt, sondern sie nur gesehen, als er nach dem Sturm nach *Lobster Cove* gefahren war. Er hatte eigentlich angenommen, dass sie wahrscheinlich aufs Geld aus war und eine kostenlose Unterkunft suchte. Aber das bedeutete nicht, dass er wollte, dass jemand verletzt wurde.

»Ich auch. Sag mir Bescheid wegen Walt.«

Das Telefonat wurde beendet.

Victor legte den Gang ein und fuhr auf die Straße, nachdem er in beide Richtungen geschaut hatte. Auf keinen Fall wollte er von dem rasenden Idioten gerammt werden, falls dieser zufällig zurückkam.

Als er in die Privatstraße von *Lobster Cove* einbog, verkrampften sich Victors Hände am Lenkrad. Er begann zu schwitzen. Warum hatte er dem zugestimmt?

Ach ja, weil es keine schlechte Position war, wenn die Youngs ihm etwas schuldeten.

Er ignorierte die Stimme in seinem Hinterkopf, die ihm sagte, dass er nicht nach Walt sah, weil er wollte, dass die Familie Young ihm etwas schuldete, sondern dass er half, weil es anständig war, und fuhr langsam die unbefestigte Straße hinunter, bis er zu der großen Freifläche um das Haus und die Unternehmen kam. Er bog nach rechts ab, in Richtung der

Autowerkstatt ... aber nicht bevor er sah, dass die Tür zum Haupthaus weit offen stand.

Sein Magen kribbelte. Irgendetwas Schlimmes war hier passiert, und er wollte nichts lieber, als umzudrehen und wegzufahren. Er könnte die Polizei anrufen. Verdammt, Chad hatte das wahrscheinlich schon getan. Die Beamten könnten herausfinden, was passiert war. Aber er hatte etwas versprochen ...

Victor parkte vor der Autowerkstatt und stieg aus. Es war ein unheimliches Gefühl. Die Vögel zwitscherten nicht. Die Insekten surrten nicht. Nicht einmal der Wind wehte, was für die Küste ungewöhnlich war. Er ging auf die einzige offene Bucht zu und rief: »Hallo?«

Er erhielt keine Antwort.

Als er in den Schatten der Bucht trat, war Victor beeindruckt. *Lobster Cove Autowerkstatt* war offensichtlich gut im Geschäft. Der Raum war sauber und überhaupt nicht überladen. Er vermutete, dass es viel schlimmer aussehen könnte. Es könnten Dutzende von verrosteten alten Fahrzeuge auf dem Grundstück herumstehen, was auch den Wert der Nachbargrundstücke mindern würde.

»Hallo?«, rief er noch einmal, diesmal etwas lauter.

Ein Geräusch vom Heck eines Fahrzeugs in der letzten Bucht ließ Victor die Nackenhaare zu Berge stehen. Zögernd und vorsichtig bewegte er sich auf das Geräusch zu.

Als er um die vordere Stoßstange des Fahrzeugs herumkam, sah er einen Mann in einem blauen Overall auf dem Boden liegen ... mit einer kleinen Blutlache um den Kopf.

Schnell zog Victor sein Handy aus der Tasche und wählte den Notruf. Der Mann – Walt, wie das Namensschild an seinem Hemd verriet – brauchte eindeutig mehr Hilfe, als Victor ihm zu geben wusste.

»Notruf, wie kann ich Ihnen helfen?«

»Ich brauche Hilfe. Hier liegt ein Mann auf dem Boden.

Sieht aus, als sei ihm ein Schlag auf den Kopf versetzt worden ...« Victor schaute sich um und sah nicht weit von Walt entfernt einen Montierhebel auf dem Boden liegen. »Mit einem Montierhebel. Hier ist überall Blut.«

»Wie lautet Ihre Adresse?«

Victor gab sie der Leitstellendisponentin.

»Atmet er?«

»Ja. Er stöhnt und hat starke Schmerzen. Ich weiß nicht, was ich tun soll!«

Victor *hasste es*, sich hilflos zu fühlen. Er hatte sich so gefühlt, als seine Frau gestorben war. Als seine Tochter in der Highschool in Schwierigkeiten geriet und er ihr destruktives Verhalten nicht stoppen konnte. Als sie ihn angerufen hatte, um ihm mitzuteilen, dass sie schwanger war ... und dann, ein paar Jahre später, als sie ihn anrief und ihn anflehte, sie mit ihrem Sohn bei sich aufzunehmen.

Vielleicht war er deshalb so ein Arschloch. Weil er denen, die er am meisten liebte, nicht helfen konnte. Weil er sie so sehr im Stich gelassen hatte. Aber er war, wer er war – er würde sich jetzt nicht ändern.

Die Disponentin führte ihn durch einige grundlegende Erste-Hilfe-Maßnahmen, und je länger die junge Frau sprach, desto ruhiger wurde Victor. Walt öffnete die Augen und starrte zu ihm auf, während er ihm ein sauberes Handtuch gegen die Wunde an seinem Kopf drückte.

»Evelyn«, flüsterte er.

»Ich habe Chad angerufen. Er kümmert sich darum«, teilte Victor ihm mit.

»Gut ...«

Dann schlossen sich seine Augen, und für eine Sekunde dachte Victor, er sei gestorben. Aber sein Brustkorb hob und senkte sich noch immer, und die Erleichterung, die Victor darüber empfand, war fast überwältigend.

Die Sirenen in der Ferne waren eines der besten Geräusche, die Victor je gehört hatte. Er wollte hier fertig werden. Er wollte sich auf den Weg machen, in den Laden gehen, wie er es geplant hatte – zwölfjährige Jungen aßen viel mehr, als er je erwartet hatte –, und wieder nach Hause kommen. Er mochte es nicht, wenn seine Welt aus den Fugen geriet, und er mochte es vor allem nicht, die Youngs als etwas anderes als ein Ärgernis zu betrachten.

Er war nicht bereit, sich mit seinen Nachbarn anzufreunden ... aber er konnte nicht anders, als dafür zu beten, dass es Evelyn gut ging. Genauso wie dem Mädchen.

KAPITEL ZWEIUNDZWANZIG

Britt war entsetzt. Camden war nicht nach Rockville gefahren, wie sie gehofft hatte. Sie hatte vorgehabt, sich die Seele aus dem Leib zu schreien, jemanden auf sich aufmerksam zu machen, sodass dieser die Polizei rief und Camden angehalten wurde. Aber das war nicht geschehen. Er hatte Nebenstraßen genommen, die Britt nicht kannte, und sie war völlig verloren. Selbst wenn sie Zugang zu einem Telefon gehabt *hätte*, wäre sie nicht in der Lage gewesen, jemandem zu sagen, wo sie und Evelyn waren.

Die Fahrt auf der Ladefläche des Pick-ups war Furcht einflößend gewesen. Camden war rücksichtslos gefahren und hatte unaufhörlich versucht, sie aus dem Gleichgewicht zu bringen. Britt taten die Finger weh, weil sie das Metall umklammerte. Sie wollte am liebsten aufspringen, Evelyn packen und mit ihr weglaufen, sobald sie zum Stehen kamen, aber sie merkte, dass ihre Beine nicht mehr richtig funktionierten. Wenn sie versuchte, irgendwohin zu laufen, würde sie auf die Nase fallen.

Außerdem, wohin sollten sie gehen? Soweit sie es beurteilen konnte, waren sie buchstäblich am Ende der Welt. Sie hatte keine benachbarten Häuser gesehen, als sie die unbefestigte Straße hinunterfuhren, und auf keinen Fall wollte sie sich im Wald verirren, während ein wütender Camden sie verfolgte.

»Miststück!«, rief er, nachdem er endlich angehalten und die Fahrertür aufgerissen hatte, und funkelte Britt an, als er sich ihr zuwandte.

Noch während sie auf der Beifahrerseite aus der Ladefläche des Pick-ups kroch, griff Camden wieder durch die Tür und zog Evelyn zu sich heran. Sie rutschte unbeholfen über die Konsole, und hätte Camden sie nicht am Arm festgehalten, wäre sie aus dem Wagen gefallen.

»Junge ...«, begann sie, aber er ließ sie kein weiteres Wort mehr herausbringen.

»Ich bin nicht dein Junge!« Diesmal schrie er, und der Klang hallte von den Bäumen auf der Lichtung wider.

Bei dem schrillen Klang seiner Stimme runzelte Britt die Stirn. Er schien nicht ... normal zu sein. Sie achtete darauf, dass der Wagen zwischen ihr und Camden blieb.

»Ich gehe nicht in den Knast«, wetterte er, mehr zu sich selbst als zu den beiden Frauen. Dann drehte er sich um und ging auf die baufällige Hütte vor dem Pick-up zu, Evelyn im Schlepptau.

Britt war verwirrt. Er hatte ihr nichts befohlen und sie so gut wie ignoriert, nachdem er sie ein Miststück genannt hatte. Verängstigt, aber nicht gewillt, Evelyn aus den Augen zu lassen, folgte Britt dem Duo in einem Abstand, den sie als sicher empfand, und überlegte sich einen Plan. Sie war sich nicht sicher, wie sie Evelyn von Camden wegbringen sollte, und selbst wenn ihr das gelänge, war er stärker als sie beide.

Tränen bildeten sich in ihren Augen, aber sie blinzelte sie wütend weg. Jetzt war nicht der richtige Zeitpunkt zum Weinen. Sie und Evelyn waren auf sich allein gestellt. Sie mussten eine Lösung finden.

»Camden, können wir darüber reden?«, fragte Britt zaghaft.

»Sicher, wir können reden.«

Er klang jetzt so vernünftig. So ruhig. Das verwirrte Britt noch mehr.

»Drinnen«, fügte er hinzu, als er die Tür der Hütte öffnete und Evelyn praktisch hindurchstieß. Sie stolperte, fiel aber Gott sei Dank nicht hin. Camden hielt die Tür auf und drehte sich zu Britt um, die etwa drei Meter entfernt stehen geblieben war. »Kommst du?«, fragte er mit einem seltsamen Lächeln im Gesicht. Es erinnerte Britt an einen Horrorfilm, den sie einmal gesehen hatte. Einen, in dem ein verrückter Psychokiller die Leute in sein Haus lockte wie Spinnen die Fliegen in ihr Netz.

Britt sah sich um und hatte das Gefühl, so schnell wie möglich von hier weglaufen zu müssen, doch sie zögerte. Sie konnte Evelyn nicht verlassen. Sie konnte Camdens Wut spüren. Sie war greifbar. Es war nicht abzusehen, was er der älteren Frau antun würde, wenn Britt ging.

In dem Wissen, dass sie wahrscheinlich die falsche Entscheidung traf, zumal jedes Molekül in ihrem Körper aus Selbsterhaltungstrieb danach schrie zu fliehen, machte Britt einen Schritt nach vorn.

Sie achtete darauf, Camden nicht zu berühren, als sie an ihm vorbeiging, und betrat die Hütte.

Kaum war sie drinnen, schlug die Tür zu.

Britt wirbelte herum und griff instinktiv nach der Klinke.

Sie rührte sich nicht.

Als sie nach unten blickte, stellte sie fest, dass sie verkehrt herum angebracht worden war und der Riegel außen lag. Sie und Evelyn waren in der Hütte eingeschlossen.

»Camden! Lass uns raus!«, schrie sie.

Sein Lachen schallte durch die Tür. Es war gedämpft, aber die Freude in seinem Tonfall war dennoch gut zu hören.

»Danke, dass du mir die Arbeit erleichtert hast. Ich wollte die alte Schachtel eigentlich nur als Köder benutzen, aber jetzt ist es noch besser, da ich euch beide habe. Ich meine, ich wäre nicht traurig gewesen, wenn du aus meinem Wagen gefallen und auf der Straße überfahren worden wärst, aber das hier wird auch funktionieren. Setzt euch, macht es euch bequem. Ich bin sicher, dass die Young-Jungs bald herausfinden werden, wo ihr seid, und euch zu Hilfe eilen ... und ich werde darauf warten, sie einen nach dem anderen abzuknallen.«

Sein wahnsinniges Lachen ließ Britt das Blut in den Adern gefrieren.

Sie drehte sich um und entdeckte Evelyn, die direkt hinter ihr stand. Wenn sie dachte, die Frau, die sie wie ihre eigene Mutter liebte, würde sich vor Angst zusammenkauern, lag sie völlig falsch.

Die Wut auf dem Gesicht der älteren Frau war unschwer zu erkennen. »Was für ein Arschloch!«, fauchte sie.

Aufrichtig schockiert platzte Britt heraus: »Ausdrucksweise.«

Dann kicherte sie. Und aus dem Kichern wurde ein Lachen, das sich zu echtem Gelächter entwickelte. Zu hören, wie die sonst so korrekte Evelyn Camden als Arschloch bezeichnete, war überraschend und so untypisch, dass es urkomisch war.

Evelyn stimmte mit ein, und etwa dreißig Sekunden lang lachten sich beide Frauen kaputt. Dann wurden sie langsam nüchtern, als ihnen der Ernst der Lage bewusst wurde.

Britt streckte die Hand aus und umarmte Evelyn. Die andere Frau hielt sie fest.

»Geht es dir gut?«, fragte Evelyn. »Ich habe mir solche Sorgen um dich gemacht.« Sie lockerte ihren Griff und zog sich gerade so weit zurück, dass sie Britt anschauen konnte. »Das war nicht klug. Warum bist du in den Wagen gestiegen?«

»Ich habe gesehen, wie er dich auf den Vordersitz gezwungen hat. Ich habe versucht, euch den Weg abzuschneiden. Ich wollte mich vor den Wagen stellen und ihn zum Anhalten zwingen – was im Nachhinein wahrscheinlich keine sehr gute Idee war, er hätte mich vermutlich einfach überfahren –, aber ich war nicht schnell genug. Ich habe nicht nachgedacht, und als der Bär auftauchte und ich die Heckklappe greifen konnte, hat mich der Instinkt gepackt und ... ich bin reingesprungen. Ich wollte nicht, dass er dich mitnimmt, Evelyn. Niemals.«

Evelyn umarmte Britt erneut. Einen Moment lang war sie von ihren Gefühlen überwältigt. Sie liebte diese Frau. Als sei sie ihr eigenes Fleisch und Blut. Gott wusste, dass sie ihr mehr Mutter war, als ihre eigene es je gewesen war.

Einen Moment lang wurde Britt von Schuldgefühlen übermannt. Ihre Mutter hatte sich den Arsch aufgerissen, damit sie ein Dach über dem Kopf hatten ... aber ehrlich gesagt wäre sie lieber obdachlos gewesen mit einer Mutter, die sich um ihre Tochter scherte.

Von draußen hörten sie das Geräusch von Camdens Wagen, der ansprang und sich dann entfernte, aber Britt hatte das Gefühl, dass er nicht weit fahren würde. Nur weit genug, um das Fahrzeug irgendwo zu verstecken. Wenn sie und Evelyn wirklich als Köder benutzt wurden, um Chad und die anderen an diesen abgelegenen Ort zu locken, damit er ihnen etwas antun konnte, würde er nicht wollen, dass sein Wagen sichtbar war, wenn sie eintrafen.

Britt spürte, wie Evelyn tief durchatmete, dann trat sie wieder einen Schritt zurück. »Was jetzt? Wie lautet der Plan?«

Britt sah sich um und runzelte die Stirn. Sie hatte gehofft, etwas zu finden, mit dem sie das Schloss an der Tür aufbrechen konnte. Oder sogar das ganze Ding einschlagen. Aber in der Hütte gab es nicht viel. Einen Holzofen ohne Brennholz, eine widerliche Couch, die wahrscheinlich mindestens vierzig Jahre alt war, einen Tisch mit ein paar klapprigen Stühlen ... und das war's auch schon.

Britt ging hinüber in die Küche und öffnete ein paar Schubladen. Darin befand sich etwas Besteck. Keine Messer, die scharf genug waren, um jemanden zu verletzen, aber vielleicht konnten sie trotzdem eines benutzen, um das Türschloss zu knacken. Es gab Tassen, Schüsseln, Teller und ein oder zwei Töpfe und Pfannen.

Es sah so aus, als sei die Hütte schon lange nicht mehr benutzt worden ... außer von irgendwelchen Viechern, die es geschafft hatten hineinzugelangen. Es gab weder ein Schlafzimmer noch ein Bad. Es war buchstäblich ein einziger großer offener Raum. Ein wirklich offenes Konzept. Sie nahm an, wenn jemand pinkeln musste, tat er das draußen. Ein Plumpsklo hatte sie nicht gesehen, aber sie hatte auch nicht wirklich danach gesucht.

Es gab zwei Fenster, und Britt eilte zu einem hinüber, um zu versuchen, es zu öffnen ... ohne Erfolg. Es war zugenagelt, und an der Außenseite waren Bretter über die Fensterscheiben gehämmert worden. Die Hütte war offensichtlich umgebaut worden, um jemanden daran zu hindern herauszukommen, anstatt die Insassen davor zu schützen, dass jemand hineingelangte.

Aber Britt würde nicht aufgeben. Sie war nicht bereit, den kranken Plan, den Camden ausgeheckt hatte, einfach so hinzunehmen. Sie hatte keine Ahnung, wie Chad oder seine Brüder sie finden würden, aber Camden hatte deutlich gemacht, dass sie es tun würden. Sie konnte nicht zulassen, dass sie sie in einen Hinterhalt lockten.

Britt fragte sich, welche Rolle Otis in dem Entführungsplan seines Sohnes spielte. Camden sagte, sie hätte nicht hier sein sollen, nur Evelyn. Aber warum? Und obwohl sie froh sein sollte, dass er weder sie noch Evelyn einfach erschossen hatte, war sie sich sicher, dass sein Plan darin bestand, sie beide irgendwann loszuwerden. Es war nicht so, dass er Evelyn zwingen konnte, ihm oder Otis ihre Jobs zurückzugeben, als sei nichts geschehen, oder sie einfach gehen lassen, nachdem er ihre Söhne getötet hatte.

Das Entscheidende war, dass sie und Evelyn aus diesem

Gefängnis verschwinden mussten. *Sofort*. Wenn sie den Weg zurück in die Zivilisation finden konnten, würde ihnen jemand helfen, daran hatte sie keinen Zweifel.

Sie atmete tief durch, wandte sich an Evelyn und öffnete den Mund, um zu sprechen, doch die ältere Frau kam ihr zuvor.

»Wir müssen hier weg. Ich fange auf dieser Seite der Hütte an, du nimmst die andere. Wir werden sehen, ob wir nicht irgendwelche losen Bretter finden oder etwas, womit wir das Schloss an der Tür knacken können. Das ist wohl das einzig Neue an diesem Ort.«

Britt war erneut beeindruckt von Evelyns Entschlossenheit, von ihrem Unwillen, nur herumzusitzen und sich selbst zu bemitleiden oder darauf zu warten, dass sie gerettet wurden, und schwor sich im Geiste, genauso zu sein wie sie, wenn sie dieses Alter erreichte.

»Klingt gut«, sagte sie und wandte sich wieder der Küche zu. Es musste doch *etwas* geben, mit dem sie aus der Hütte ausbrechen konnten. Sie mussten es nur finden.

Chad schritt wütend umher. Hin und her. Hin und her. Jedes Molekül in seinem Körper schrie, dass er etwas tun sollte. Nicht im Haus stehen und zuhören, wie Lincoln mit den Polizeibeamten sprach, die aufgetaucht waren, nachdem sie sowohl seinen als auch Victors Notruf erhalten hatten.

Walt war auf dem Weg ins Krankenhaus. Er war ziemlich hart am Kopf getroffen worden und hatte eine Gehirnerschütterung, aber die Sanitäter vor Ort hatten nicht übermäßig ... gehetzt gewirkt, als sie ihn in den Krankenwagen luden. Was Chad als ein gutes Zeichen wertete.

Aber die Tatsache, dass niemand eine Ahnung hatte, wo Britt oder ihre Mutter war, verursachte Chad ein mulmiges Gefühl. Er war schon öfter in brenzligen Situationen gewesen.

Alle seine Brüder waren das. Aber das hier war anders. Es war persönlich. Es ging um ihre *Mutter*. Und die Frau, die er liebte. Er hatte Britt gerade erst gefunden, er konnte sie nicht schon wieder verlieren.

Da er mit dem Warten fertig war, ging Chad auf die Tür zu.

Knox und Zach schlossen sich ihm sofort an.

»Warten Sie, wo wollen Sie hin?«, rief einer der Beamten.

Chad ignorierte ihn. Es gab nur eine Person, die Licht in die Angelegenheit bringen konnte. Otis Calvert. Sein Sohn hatte Mom entführt, und Chad hatte keinen Zweifel daran, dass Otis tatsächlich hinter dem steckte, was hier vor sich ging. Wenn auch nicht direkt, so hatte er doch Informationen.

Sein Plan war, zu Otis' kleinem Haus zu fahren und alles zu tun, was nötig war, um die Informationen zu bekommen, die er und seine Brüder brauchten, um ihre Mutter und Britt zurückzubekommen.

Zu seinem Entsetzen fuhr ein Fahrzeug die Auffahrt hinunter, als Chad auf seinen Pick-up zusteuerte.

Otis' Fahrzeug.

»Was zum Teufel?«, murmelte Zach hinter ihm.

Chad zögerte nicht. Er ging direkt auf Otis zu. Ihr ehemaliger Familienfreund hatte kaum den Motor abgestellt, als Chad seine Tür öffnete und ihn herauszerrte.

»Wo sind sie?«, knurrte er.

»Ganz ruhig, Chad«, sagte Knox und packte ihn an der Schulter.

Chad schüttelte ihn ab.

»Wo ist wer?«, fragte Otis mit großen Augen. »Ich habe auf der lokalen Social-Media-Seite gesehen, dass ein Haufen Einsatzfahrzeuge hier ist, und ich habe mir Sorgen gemacht, also bin ich hergekommen. Ich weiß, dass wir ein paar harte Zeiten hinter uns haben, aber ihr seid alle noch meine Familie. Wo ist Evelyn? Geht es ihr gut?«

Er log nach Strich und Faden.

Chad sah rot.

Da er wusste, dass er nicht die nötigen Informationen bekommen würde, wenn die Polizei eingriff, zog er Otis zu dem riesigen Aluminiumschuppen, der im Bootslagerbereich des Grundstücks angesiedelt war. Er war groß genug, dass vielleicht drei Hummerboote nebeneinander hineinpassten, und es kostete die Kunden ein Vermögen, ihn für den Winter zu mieten, aber für diejenigen, die ihre Boote geschützt haben wollten, war das ein Preis, den sie zu zahlen bereit waren.

Im Moment war er leer, denn die Besitzer hatten ihre Boote schon längst für den Sommer abgeholt. Es war der ideale Ort, um Otis zu befragen, weit weg von den neugierigen Augen der Polizisten.

»Warte, Chad ... Wohin gehen wir? Geht es deiner Mutter gut? Halt!«

Doch Chad ignorierte Otis' Gestammel. Erleichterung durchströmte ihn, als er das riesige Gebäude erreichte, ohne von einem der Beamten im Inneren des Hauses aufgehalten zu werden. Er war dankbar, dass Lincoln sich um sie kümmerte und sie beschäftigte.

Knox und Zach waren bei ihm, als er das Gebäude betrat, und seine Brüder schlossen die Tür, als Chad ihren ehemaligen Angestellten praktisch auf einen Stuhl in der Nähe schleuderte.

Der Stuhl kippte, fiel aber nicht um. Otis starrte mit entsetzten Augen zu ihm auf.

Das war gut. Er *sollte* verängstigt sein.

»Wo ist er? Camden. Wo hat er meine Mutter hingebracht?«, brüllte Chad.

»Was? Camden? Du glaubst, er ist bei deiner Mutter? Ich weiß nicht, was hier los ist.«

Chad war nicht in der Stimmung für so etwas. Er konnte nur daran denken, wie verängstigt Britt und seine Mutter im Moment sein mussten. Er hoffte, dass sie nicht verletzt waren, aber es war wahrscheinlich. Und jeder, der in diesen Plan verwickelt war, würde für jeden blauen Fleck, jede Schramme, jede verdammte Blessur, die er an seiner Familie fand, bezahlen.

»Schluss mit dem Scheiß«, knurrte er. »Ich will wissen, was der Plan ist. Warum dein Sohn auf das Grundstück von *Lobster Cove* gekommen ist und unsere Mutter entführt hat!«

»Ich weiß es nicht!«

Chad war fertig.

Er packte Otis mit einer Hand an der Kehle, sodass der Stuhl nach hinten kippte. Der ältere Mann griff instinktiv mit beiden Händen nach Chads Handgelenk und verhinderte so seinen Sturz, während er ihn anstarrte. Seine Pupillen waren vor Angst geweitet, und aus seinem Schoß stieg der Geruch von Pisse auf.

Chad tat ihm nicht weh. Er drückte ihm nicht die Kehle zu, schnitt ihm nicht die Luft ab. Er wollte einfach nur etwas klarstellen. Er stellte sicher, dass Otis wusste, dass er hier nicht die Karten in der Hand hielt. Er mochte für sein Alter fit und stark sein, aber im Moment ... war er der Gnade der Young-Brüder ausgeliefert.

Chad hatte keinen Zweifel daran, dass entweder Knox oder Zach eingreifen würde, sollten sie es für nötig halten. Aber er wusste auch, dass keiner von ihnen nachgeben würde, bis sie die Informationen hatten, die sie brauchten, um ihre Familienmitglieder zurückzuholen.

»Hör mir zu, und zwar ganz genau. Wir haben dir vertraut. Du warst der beste Freund meines Vaters – und du hast ihn *jahrelang* bestohlen. Hast sein hart verdientes Geld gestohlen und ihn dazu gebracht, seine Fähigkeiten als Geschäftsmann infrage zu stellen. Dabei hast du an seinem Tisch gegessen, die Feiertage mit ihm verbracht und so getan, als läge dir sein Wohlergehen am Herzen. Und wenn wir nicht nach Hause gekommen wären, um Mom zu helfen? Du hättest sie ausbluten lassen. Sie gezwungen, *Lobster Cove* zu verkaufen. Du hast *Jahrzehnte* der Freundschaft weggeworfen – und wofür? Für Geld! Du bist der schlimmste Abschaum, und deine Probleme und die Gründe für deine Taten sind mir scheißegal. Aber dein verdammter Sohn ist heute zu uns nach Hause gefahren und hat meine Mutter entführt. Ich will wissen warum, und ich will wissen, wohin er sie gebracht hat – *sofort*.«

Er hielt Otis' Blick fest. Ließ ihn die Dunkelheit sehen, die in seinem Kopf lebte.

Chad hatte schon viel Schlimmes gesehen. Er hatte für sein Land getötet. Er liebte seine Familie mehr als sein Land – und er würde *definitiv* töten, um sie zu beschützen.

Offensichtlich überzeugte ihn das, was Otis in Chads Augen sah, davon, die Scharade der Besorgnis aufzugeben, die er versucht hatte aufrechtzuerhalten, seit er bei seiner Ankunft zum ersten Mal den Mund geöffnet hatte.

»Ich wollte nur eine Chance, mit Evelyn zu reden! Um es zu erklären! Ich brauche diesen Job!«, brabbelte Otis. »Ich weiß nicht, wie es angefangen hat … es waren fünfzig Dollar hier, hundert Dollar dort. Aber die Dinge gerieten in eine Spirale. Camden zog bei mir ein, und das Geld wurde knapp. Sie und Austin hatten so viel mehr, als sie jemals brauchen oder verwenden würden. Sie würden das Geld nicht vermissen!«

»Wo ist Mom?«, fragte Knox in einem tiefen, bedrohlichen Ton. »Vergiss, dass du ein verdammtes Arschloch und ein Scheißfreund bist. Wo. Ist. Unsere. Mutter?«

»Wir können nicht in den Knast gehen! Ich werde im Gefängnis nicht gut zurechtkommen«, schrie Otis.

Irgendetwas in Chad brach. Er festigte seinen Griff um den Mann, den er einst als Onkel betrachtet hatte. Einen zweiten Vater.

Der Druck auf seinen Hals schien endlich zu wirken. Otis gab nach. »Wir haben eine Hütte! Er sollte sie dorthin bringen! Ich wollte rausfahren und mit ihr reden. Sie überreden, die Anklage fallen zu lassen.«

»Blödsinn!«, explodierte Zach. »Unsere Mutter würde auf keinen Fall zustimmen, die Anklage gegen dich fallen zu lassen und nach Hause zu kommen, als sei nichts passiert, als sei sie nicht *entführt* worden! Wo ist diese verdammte Hütte?«

Chad ließ Otis abrupt los und trat zurück. Der Stuhl landete auf den Beinen, was den älteren Mann überraschte, und er fiel nach vorn auf seine Hände und Knie auf den Betonboden.

Chads Finger krümmten sich, als er Otis anschaute. Er hatte loslassen müssen. Er war zu nahe am Abgrund. Es wäre zu einfach gewesen, den Mann mit seinen bloßen Händen zu töten. Und das war nicht die Art von Mensch, die er war. Ja, er hatte als Scharfschütze getötet, aber jedes Leben, das er genommen hatte, war ein Fleck auf seiner Seele. Er hatte nicht vor, noch einen hinzuzufügen.

Nicht nur das, Otis zu töten würde ihm und seinen Brüdern nicht die nötigen Informationen liefern. Es würde ihre Probleme nur verschlimmern. Jahrzehnte hinter Gittern zu verbringen würde ihn Britt entreißen. Er hätte keine Chance mehr, sie zu fragen, ob sie ihn heiraten wollte. Eine Familie mit ihr zu gründen.

»Ich habe ihm nicht zugestimmt!«, fügte Otis schnell hinzu. »Ich wollte nur reden, ich schwöre es! Aber Camden, er ... er dachte, er könnte sie als Köder benutzen. Dich und deine Brüder dazu bringen, sie zu holen. Dann würde er euch alle ausschalten. Er dachte, wir könnten in Alaska neu anfangen. Ohne jemanden, der mich anzeigt, hätte ich Zeit, Akten zu vernichten. Jede Anklage wegen Unterschlagung müsste fallen gelassen werden!«

Chad kräuselte angewidert die Lippen. »Wie wollte er uns dorthin locken, wo er Mom versteckt hält?«

Otis starrte mit hängenden Schultern auf den Boden, und plötzlich sah man ihm jedes seiner achtundsechzig Jahre an. »Er sagte, er würde eine Weile warten, um sicherzugehen, dass ihr ausflippt, weil Evelyn weg ist, damit ihr bereit seid, alles zu tun, um sie zurückzubekommen. Dann würde er euch einen nach dem anderen anrufen. Euch sagen, er hätte gesehen, wie jemand, den er kennt, eure Mutter entführt hat, und euch die Adresse geben. Wenn ihr eintrefft, würde er jeden von euch ausschalten.«

Chad blinzelte. »Das ergibt doch keinen Sinn!«, rief er aus. »Wir würden *niemals* einzeln irgendwo hingehen. Als Erstes hätten wir uns gegenseitig angerufen. Was zum Teufel? Du musstest doch wissen, dass dieser alberne Plan völlig unlogisch ist.«

»Und du hast bei diesem dummen Plan mitgemacht?«, fragte Knox.

»Nein! Nein, nein, nein! Ich wollte nur reden, das müsst ihr mir glauben!«, schwor Otis.

Ja, er erzählte nur Mist. Das wussten sie alle.

»Und warum bist du jetzt hier? Nur um diese Show zu veranstalten? Um die Rolle des besorgten Freundes zu spielen?«, fragte Zach.

Otis ließ den Kopf hängen und antwortete nicht.

Chad war fertig. »Ihr zwei hattet vor, uns alle zu töten. Mich, meine Brüder, Mom, Britt ... und wofür? Die Polizei würde wissen, dass ihr es wart, Otis. Die Beamten haben Camdens Fingerabdrücke überall in Moms Wagen gefunden. Ein Finanzberater wühlt sich bereits durch unsere Konten und findet Beweise für deine Unterschlagung. Du wärst mit *nichts* davongekommen. Bist du hier aufgetaucht, um Mitleid zu erregen? Oder damit die Polizisten dich hier sehen und dir ein Alibi geben? Die Polizei ist nicht so dumm. *Wir* sind nicht so dumm.«

»Du bist erbärmlich«, fügte Knox mit einem Kopfschütteln hinzu. »Wo ist eure verdammte Hütte?«

Eine Sekunde lang glaubte Chad nicht, dass Otis den Ort

verraten würde. Aber er seufzte – ein langer, geschlagener Laut – und nannte ihnen die Adresse.

Dann schließlich hob er den Kopf und begegnete Chads Blick. »Tötet ihn nicht. Er ist mein Junge. Das Einzige, was ich noch habe.«

Knox schnaubte. Ein angewidertes Geräusch, das Chad bis in seine Seele hinein spürte. Dieser Mann hatte seine ganze Familie töten wollen, ohne einen weiteren Gedanken daran zu verschwenden ... und er bettelte um Gnade für *seinen* Sohn? Scheiß drauf.

Chad drehte sich um und verließ ohne ein weiteres Wort den Schuppen. Er würde einen Scheiß versprechen. Schon gar nicht Otis. Er würde tun, was getan werden musste. Wenn seine Mutter und Britt in irgendeiner Weise verletzt wurden, konnte Camden Calvert sich nirgendwo verstecken. Er würde ihn finden und seine eigene Form der Gerechtigkeit walten lassen.

Er blieb vor der Tür zum Lagerhaus stehen und atmete tief durch. Er hörte, wie seine Brüder Otis auf die Beine zerrten. Er drehte sich um und sah, dass der ältere Mann unsicher zwischen Knox und Zach schwankte, die beide seine Oberarme fest im Griff hatten, als sie ihn zur Tür zogen.

»Wir fahren zu der Hütte, und du wirst der Polizei alles erzählen, was du uns gerade erzählt hast. Wort für Wort, verdammt. Hast du verstanden?«, befahl Knox.

»Ich kann nicht in den Knast gehen!«, jammerte Otis erneut.

»Daran hättest du denken sollen, bevor du von *Lobster Cove* gestohlen hast. Bevor du mit deinem Sohn intrigiert hast, um zwei unschuldige Frauen zu entführen. Bevor du deinen besten Freund verraten hast, indem du dich gegen seine Familie gestellt hast«, sagte Chad kalt.

Jetzt, da er eine Adresse hatte, übernahm die Ruhe, die er sich als Scharfschütze angeeignet hatte, die Oberhand. Er konzentrierte sich auf das, was getan werden musste. Camden lauerte ihm und seinen Brüdern mit der Absicht auf, sie zu töten, aber das würde nicht passieren. Dafür gab es nicht die geringste Chance. Camden war ein inkompetentes Stück Scheiße. Auf keinen Fall würde er die Young-Brüder überrumpeln können. Sie hatten alle zu viel Zeit in den Schützengräben ihrer verschiedenen Zweige des Militärs verbracht.

Chad machte sich mehr Sorgen darüber, in welchem Zustand er Britt und seine Mutter vorfinden würde, als über die Bedrohung, die Camden darstellen könnte.

Dennoch mussten er und seine Brüder klug vorgehen. Wenn einer von ihnen gezwungen war, Camden das Leben zu nehmen, mussten sie sicher sein, dass sie deswegen nicht hinter Gittern landen würden. Es war nicht ideal, ein Kontingent von Polizisten zur Calvert-Hütte zu bringen, aber er würde alles tun, was nötig war, um eine lange, glückliche Zukunft mit der Frau zu haben, die er liebte.

Er verließ das Lagergebäude und schritt über das Grundstück in Richtung Haupthaus. Die Polizei und Lincoln mussten über die Situation informiert werden, Otis musste festgenommen werden, und ihre Mutter und Britt mussten gerettet werden.

Hoffentlich würde ihre Familie noch vor Ende des Tages wohlbehalten nach *Lobster Cove* zurückkehren.

KAPITEL DREIUNDZWANZIG

»Britt! Hier drüben!«

Britt drehte den Kopf und blickte durch den Raum zu Evelyn, die auf dem Boden der alten Hütte kniete. Sie zog an etwas in der Ecke gegenüber der Küche. Britt eilte hinüber und hockte sich hin – und Aufregung überkam sie.

Evelyn zerrte an einem losen Brett an der Wand in Bodennähe und stöhnte vor Anstrengung, als sie versuchte, das Holz zu lösen.

Britt ging in die Knie und verstärkte Evelyns Kraft.

Gerade als sie glaubte, dass sie das Brett nicht hochbekommen würden, zerbrach es und schleuderte beide Frauen nach hinten. Britt rappelte sich wieder auf und starrte auf das Loch in der Seite der Hütte.

Das *buchstäbliche* Loch.

»Heilige Scheiße«, sagte sie und drehte sich zu Evelyn um.

»Wow, wer auch immer diese Hütte gebaut hat, sollte sich schämen. Was für ein Stück Scheiße.«

Evelyn fluchen zu hören zauberte ein weiteres Lächeln auf Britts Gesicht. Aber sie hatte recht. Es gab nichts zwischen dem Brett und dem Außenbereich. Sie wandte die Aufmerksamkeit dem Loch zu und prüfte die Holzbretter drum herum. »Sie sind alle verrottet«, sagte sie und ihr wurde zum ersten Mal klar, dass sie vielleicht tatsächlich aus dieser verdammten Hütte herauskommen konnten.

Sie hatte keine Ahnung, wohin sie gehen oder wie sie Hilfe finden würden, aber es wäre ein großartiges Gefühl, dem schrecklichen Camden eins auszuwischen.

Sie arbeiteten eine gefühlte Ewigkeit an der Ecke. Und mit jeder Minute, die verging, wuchs die Angst, dass Camden zurückkehren würde. Der Mann war eindeutig labil, und es war nicht abzusehen, was er tun würde, wenn seine Pläne nicht so verliefen, wie er es sich erhofft hatte.

Britt war skeptisch, dass Chad oder seine Brüder in der Lage sein würden, selbst herauszufinden, wo sie waren. Ja, Otis und Camden waren die Leute, die am ehesten mit Evelyn Streit hatten, aber das bedeutete nicht, dass irgendjemand in der Familie Young von dieser Hütte wusste.

Camden könnte einen der Brüder kontaktieren und *ihm sagen,* wo er ihre Mutter finden konnte. Das war beängstigend, denn dann wäre er bereit, den Brüdern aufzulauern, wenn sie ankamen. Das wäre das schlimmste Szenario, das sie sich vorstellen konnte.

Natürlich waren Chad und seine Brüder allesamt kluge, fähige Ex-Militärangehörige, die sich nicht von einem Arschloch wie Camden ausschalten lassen würden. Vielleicht mussten sie und Evelyn einfach nur abwarten, bis sie gerettet wurden.

Aber alles in Britt verwarf diese Idee sofort. Sie war noch nie die Art von Frau gewesen, die die Jungfrau in Nöten spielte. Gott wusste, dass es in ihrem Leben genügend Momente gab, in denen sie sich genau das hätte wünschen können. Jemand anderes, der ihr Schicksal bestimmte. Sie rettete. Aber immer wieder war sie von klein auf gezwungen gewesen, sich selbst zu retten, sich ihren eigenen Weg im Leben zu bahnen.

Heute würde es nicht anders sein.

Ihre Hände waren zerkratzt und voller Splitter, aber schließlich gelang es ihr und Evelyn, das Loch gerade so weit zu erweitern, dass sie hindurchkommen konnten ... zumindest hoffte sie das.

»Ich gehe zuerst«, sagte sie zu Evelyn, vor allem weil sie nicht wollte, dass Camden die ältere Frau verletzte, falls er sah, was sie taten. »Wenn Camden mich sieht, werde ich versuchen, ihn wegzuführen. Du kletterst raus und gehst in die entgegengesetzte Richtung, okay?«

Evelyn runzelte die Stirn. »Nein.«

»Nein?«

»Nein. Wenn du denkst, ich lasse dich mit ihm allein, hast du nicht aufgepasst.«

»Wobei aufgepasst?«, fragte Britt aufrichtig verwirrt.

»In Bezug auf die Tatsache, dass du jetzt zu mir gehörst. Du kamst in mein Haus, eine Frau, die eine helfende Hand brauchte, und hast dich in die Tochter verwandelt, die ich nie hatte. Und glaube nicht, dass mir entgangen ist, wie du und mein Sohn euch anseht. Ich habe keinen Zweifel, dass du bald meine richtige Tochter sein wirst, durch Heirat. Aber du wirst immer die Tochter meines Herzens sein, auch wenn mein Sohn ein Idiot ist und sich das Beste, was ihm je passiert ist, entgehen lässt.«

Britts Augen füllten sich mit Tränen. Worte hatten sie noch nie so sehr getroffen wie die von Evelyn in diesem Moment.

»Nicht weinen!«, erklärte Evelyn mit einem kleinen Schniefen. »Knallharte Frauen, die sich verdammt noch mal selbst retten können, weinen nicht!«

Britt kicherte. Es war etwas zittrig, aber sie schaffte es, den Großteil ihrer Tränen zurückzuhalten. »Stimmt. Und glaub ja nicht, dass ich dich nicht bei deinen Söhnen wegen der ganzen Flucherei verpetzen werde.«

Evelyn blinzelte. »Meinem Mann hat es immer gefallen,

dass ich in der Öffentlichkeit eine Dame war und im Bett sein eigener, vulgärer Sexteufel.«

»La la la la«, sang Britt, während sie sich die Hände über die Ohren hielt.

Evelyn kicherte und griff nach ihrer Hand. »Komm schon. Lass uns aus dieser Bruchbude verschwinden. Ich muss pinkeln, und ich will verdammt sein, wenn ich im Wald pinkle. Dafür bin ich schon zu alt. Ich brauche meinen beheizten Toilettensitz und mein baumwollweiches Klopapier.«

Britt glaubte nicht, dass sie diese Frau noch mehr lieben könnte, als sie es in diesem Moment tat. Diese Situation hätte schrecklich sein müssen, aber irgendwie musste sie eher lachen, als sich Sorgen darüber zu machen, was ihr Entführer wohl vorhatte.

»Also gut. Tun wir's. Ich gehe trotzdem zuerst. Ich sehe mir alles an. Dann helfe ich dir, und wir können entscheiden, in welche Richtung wir gehen.«

»Nach Norden«, sagte Evelyn entschlossen. »Ich weiß nicht genau, wo wir sind, aber Camden ist nach Süden gefahren, als wir *Lobster Cove* verlassen haben, und ich kann das Wasser riechen. Also gehen wir nach Norden und hoffen, dass wir auf jemanden treffen. Irgendjemanden. Eine Hütte, ein Fahrzeug, sogar einen verdammten Touristen auf Elchjagd.«

»Ich dachte, so weit im Süden gibt es keine Elche?«, sagte Britt mit einem Stirnrunzeln. »Das hat mir zumindest Chad gesagt.«

»Die gibt es auch nicht. Aber das hält skrupellose Unternehmer nicht davon ab, naiven Touristen Elchjagdgenehmigungen zu verkaufen. Wenn sie so dumm sind, nicht zu wissen, dass es in Maine eine Lotterie für Elchjagdgenehmigungen gibt und die Jagdsaison im September und Oktober ist, haben sie es verdient, geschröpft zu werden.«

Britt war sich nicht sicher, ob Evelyn einen Scherz mit den Touristen machte, die in den Wäldern herumirrten und versuchten, einen Elch zu erlegen, aber das war auch egal. Wenn sie jemand anderem als Camden begegneten, wäre das eine gute Sache.

»Okay, los geht's. Wünsch mir Glück«, murmelte sie, als sie sich vor dem Loch in der Wand auf den Bauch legte.

»Wir brauchen kein Glück. Wir haben das Gute auf unserer Seite.«

Britt hoffte, dass Evelyn recht hatte.

Sie rutschte nach vorn, steckte den Kopf aus dem Loch, um sich kurz umzusehen, und kroch dann langsam heraus. Die Position war unbequem, aber sobald sie so weit war, dass sie sich mit den Armen auf dem Boden abstützen konnte, wurde es einfacher.

Ehe sie sichs versah, hockte Britt draußen vor der Hütte auf dem Boden. Von außen sah sie auch nicht besser aus als von innen.

Es war noch nicht dunkel. Britt hatte herausgefunden, dass es im Sommer gegen halb fünf Uhr morgens hell wurde und erst gegen halb zehn wieder dunkel. Sie hatte keine Uhr dabei, aber sie schätzte, dass es etwa neunzehn Uhr sein musste. Es war mitten am Nachmittag gewesen, als sie gesehen hatte, wie Evelyn von Camden geschnappt worden war, und sie waren eine ganze Weile gefahren, um zu dieser Hütte zu gelangen. Dazu kam die Zeit, die sie gebraucht hatten, um die Hütte zu durchsuchen und auszubrechen.

Als Britt sich umsah, sah sie immer noch nichts. Keinen Camden. Keine Tiere. Selbst die Vögel waren still. Die Stille und das schwindende Licht verliehen der Gegend ein unheimliches Gefühl. Ganz zu schweigen von der Tatsache, dass Camden, auch wenn sie ihn nicht sehen konnte, mit Sicherheit da draußen war ... irgendwo.

Eilig drehte Britt sich um und flüsterte: »Komm raus.«

Evelyns Hände und Arme tauchten in dem Loch auf, und

Britt half ihr, sich aus der Hütte zu winden. Im Handumdrehen stand sie neben Britt, mit dem Rücken an der Wand.

»In welcher Richtung ist Norden?«, flüsterte sie.

Evelyn blickte sie mit hochgezogenen Augenbrauen an. »Ich dachte, *du* wüsstest es.«

Britt konnte sich ein leises Kichern nicht verkneifen. »Ich? Ich bin hier in Maine wie ein Fisch auf dem Trockenen. Du bist diejenige, die ihr ganzes Leben hier verbracht hat. Sag du es mir.«

»Das war ein Scherz«, sagte Evelyn mit einem breiten Grinsen.

Wieder einmal war Britt von dieser Frau überwältigt. Evelyn hatte allen Grund, sich aufzuregen. Stattdessen sah es fast so aus, als würde sie sich amüsieren.

»Es geht da lang«, sagte Evelyn selbstbewusst und nickte nach links.

»Bist du sicher?«

»Auf jeden Fall. Austin hat mir alles beigebracht, was es über Navigation zu wissen gibt. Es machte ihn verrückt, als wir frisch verheiratet waren und ich ihm Anweisungen gab wie: ›Bieg am Stoppschild mit dem Einschussloch links ab, und wenn du zum Haus der Allens kommst, fahr rechts.‹« Sie kicherte. »Danach bestand er darauf, dass ich die Richtungen lerne, damit ich ihm eine ›richtige‹ Wegbeschreibung geben konnte, wie er es nannte. Ich verbrachte viele Tage und Nächte in den Wäldern und auf dem Wasser und unterrichtete auch meine Söhne.«

»Gut. Dann gehen wir nach links. Langsam und leise«, mahnte Britt.

»Natürlich«, entgegnete Evelyn und klang fast beleidigt.

Britt kam sich wie eine Idiotin vor. Natürlich würden sie leise sein. Obwohl sie nicht annähernd so viel Angst hatte wie bei ihrer Ankunft, war immer noch ein Hauch von Gefahr um sie herum spürbar.

Als sie sich auf den Weg machten, vorsichtig, um nicht auf lose Zweige zu treten, und immer auf der Hut vor Camden, machte Britt sich Sorgen um Chad. Er und seine Brüder mussten inzwischen verzweifelt sein. Und sie hoffte, dass sie nicht verletzt wurden, falls sie irgendwie herausfanden, wohin sie und Evelyn gebracht worden waren.

Camden war eindeutig verwirrt, und sein Plan, sie als Köder zu benutzen, könnte genau so funktionieren, wie er gehofft hatte. Sie hatte Vertrauen in ihren Freund und seine Brüder, dass sie aufgrund ihrer militärischen Erfahrung nicht in eine Falle laufen würden, aber Camden war so unberechenbar, dass er es immer noch schaffen konnte, jemanden zu töten, bevor er aufgehalten wurde.

»Es wird ihnen gut gehen«, flüsterte Evelyn, als wüsste sie genau, was Britt dachte.

Sie hoffte es. Sie hoffte es wirklich sehr.

Die vier Brüder waren alle in Knox' Geländewagen gestiegen. Es dauerte viel zu lange, um zu der Adresse zu gelangen, die Otis ihnen gegeben hatte, aber während sie fuhren, planten die Brüder. Sie nahmen an, dass Camden sie erwarten würde, aber da keiner von ihnen einen Anruf von ihm erhalten hatte, wie es offenbar der lächerliche Plan war, hatten sie keine Ahnung, womit sie rechnen mussten.

Die eigentliche Frage war ... Hatte Camden die Geduld, so lange zu warten, wie seit der Entführung von Britt und Evelyn verstrichen war?

Chad glaubte das nicht. Camden war ein Hitzkopf. Impulsiv. Faul. Außerdem war er ein Kiffer. Er hatte wahrscheinlich einen perfekten Platz gefunden und würde dort eine Weile sitzen. Dann wurde ihm langweilig. Er zweifelte an sich. Wechselte den Platz. Dann wechselte er ihn erneut.

Chad hatte wenig Zweifel daran, dass er und seine Brüder ihn finden und die Bedrohung entschärfen konnten.

Aber würden sie es schaffen, bevor die Polizei eintraf?

Sie waren in der Lage gewesen, *Lobster Cove* vor den Polizisten zu verlassen, da sie Beamte aus nahe gelegenen Städten mit SWAT-Erfahrung hatten anfordern müssen. Chad und seine Brüder würden wahrscheinlich Ärger bekommen, weil sie die Polizei angelogen und behauptet hatten, dass sie nicht zur Hütte fahren würden, aber sie waren sich einig, es trotzdem zu tun, trotz der Konsequenzen.

Sie hatten vermutlich etwa zehn Minuten Zeit, Camden zu finden und zu neutralisieren, bevor die Polizei in der Gegend auftauchte. Wenn das geschah, würde ihr Ziel wahrscheinlich fliehen, wie der Feigling, der er war. Sich neu formieren. Möglicherweise beschließen, an einem anderen Tag wieder zuzuschlagen.

Das war inakzeptabel. Sie mussten die Bedrohung durch die Calverts heute beenden. Hier und jetzt. Und sie hatten nur wenig Zeit, um das zu tun.

Ein Kinderspiel.

Chad und seine Brüder hatten Stunden damit verbracht, in den Wäldern um *Lobster Cove* Soldaten zu spielen. Als kleine Jungs hatten sie gelernt, schnell und heimlich zu sein. Diese Fähigkeiten hatten sie während ihrer Zeit beim Militär noch verfeinert. Camden war so gut wie gefangen.

Zach hatte sich freiwillig als Köder zur Verfügung gestellt. Knox, Lincoln und Chad würden alle ein Stück von der Hütte entfernt aus dem Geländewagen aussteigen, und Zach würde allein hinfahren. Er würde Camden hoffentlich herauslocken, damit die anderen Brüder sich anschleichen und ihn überwältigen konnten.

Chads Adrenalinspiegel war hoch, und er wünschte sich nichts sehnlicher, als zur Hütte zu marschieren, die Tür aufzureißen und hoffentlich sowohl Britt als auch seine Mutter wohlbehalten vorzufinden ... vielleicht ein bisschen verängstigt, aber in Ordnung. Und obwohl keiner von ihnen glaubte, dass Camden über Kampferfahrung oder die nötige Cleverness verfügte, um sie auszumanövrieren, ging niemand ein Risiko in Bezug auf das Leben der vermissten Frauen ein. Sie wussten es besser, als einen verzweifelten Mann zu unterschätzen.

Als Chad, Lincoln und Knox aus dem Geländewagen stiegen und Zach auf den Fahrersitz schlüpfte, waren sie alle mehr als bereit für eine Konfrontation. Die drei Brüder bahnten sich heimlich einen Weg durch den Wald zur Hütte und teilten sich auf, um das Gebiet gründlicher absuchen zu können.

Es dauerte nicht lange, bis Stimmen durch die Bäume zu hören waren, was Chad dazu veranlasste zu joggen.

Als er um einen großen Baum herumspähte, sah er Zach auf einer kleinen Lichtung vor der Hütte stehen – mit Camden vor sich, der ihn mit einer Schrotflinte bedrohte.

Chad gefror das Blut in den Adern. Sie alle wussten, dass Otis' Sohn gestört sein musste, wenn er glaubte, die Entführung zweier Frauen als Köder, um die gesamte Familie Young zu töten, sei der beste Weg, um nicht ins Gefängnis zu müssen ... aber zu sehen, wie er seinen jüngsten Bruder mit einer Waffe bedrohte, legte in Chad einen Schalter um.

Niemand tat seiner Familie etwas an. Nicht seiner Mutter. Nicht seinen Brüdern. Nicht Britt.

»Beruhige dich«, sagte Zach und hielt seine Hände hoch, um Camden zu zeigen, dass er unbewaffnet war.

»Wo sind die anderen? Ich weiß, dass du nicht allein hierhergekommen bist!«, schrie Camden.

»Sie sind auf dem Weg. Ich war der Erste, der losgefahren ist«, log Zach.

»Du lügst! Warum bist du in Knox' Auto?«

Das Schlimme daran, dass Camden in *Lobster Cove* gearbeitet hatte, war, dass er eine Menge über die Familie wusste ... und natürlich kannte er auch die Fahrzeuge, die jeder fuhr.

»Camden, wo ist Mom? Geht es ihr gut?«

»Halt die Klappe! *Halt einfach die Klappe!* Geh da rüber«, befahl er und zeigte mit der Schrotflinte an, wohin Zach gehen sollte ... zu einer Stelle in den Bäumen auf der einen Seite der unbefestigten Auffahrt, etwa zwanzig Meter von der Hütte entfernt ... wo so etwas wie ein riesiges Lagerfeuer vorbereitet und bereit zum Abbrennen war.

Chad wollte am liebsten mit den Augen rollen. Sie waren mitten in einem verdammten Wald, dort sollte man ganz bestimmt kein Feuer machen, aber niemand hatte je behauptet, dass Camden schlau war.

Aber der Grund, warum er Zach näher an das Lagerfeuer bringen wollte, machte Chad äußerst misstrauisch.

Glaubte der Mann ernsthaft, er könnte alle Beweise für den Mord an sechs Menschen verbrennen?

Er war völlig verrückt – und es war an der Zeit, die Sache zu beenden, damit sie in die Hütte gelangen und ihre Mutter und Britt finden konnten.

Chad sah, wie Lincoln um die andere Seite der Hütte spähte, und Knox ging durch den Wald direkt gegenüber der Feuerstelle. Sie näherten sich Camden und umzingelten ihn.

Die vier Männer bewegten sich, als hätten sie den Moment geprobt.

Mit Blick auf den unbefestigten Weg, der als Zufahrt diente, folgte Camden langsam Zach, der sich rückwärts auf die Feuerstelle zubewegte, ohne den Blick von der Waffe oder dem Mann, der sie hielt, abzuwenden.

Camden war so sehr auf Zach konzentriert, dass er die Gefahr nicht bemerkte, die von hinten auf ihn zukam.

Chad und Lincoln kamen näher, als Camden die Schrotflinte entsicherte, um sich auf den Schuss auf Zach vorzubereiten.

Sein Bruder ließ sich klugerweise zur gleichen Zeit auf den Boden fallen, als Knox mit einem lauten Schrei aus dem Schutz der Bäume zu Camdens Linken hervorsprintete.

Wie sie gehofft hatten, wandte Camden sich dem Geräusch zu und schwenkte die Schrotflinte herum.

Lincoln war zuerst bei Camden und griff nach der Waffe. Er riss sie ihm mit einem Ruck aus den Händen, und Chad war zur Stelle, um zu übernehmen. Er schlug Camden so fest er konnte ins Gesicht, da er ihn so schnell wie möglich außer Gefecht setzen wollte und musste. Niemand wollte riskieren, dass er eine zweite Waffe bei sich trug.

Das Geräusch, als seine Fingerknöchel Camdens Gesicht trafen, war obszön laut in dem sonst so ruhigen Wald. Sehr zu Chads Enttäuschung ging Camden zu Boden wie ein Sack Kartoffeln. Er lag regungslos auf dem Laub und den Kiefernnadeln, die die Lichtung bedeckten.

Chad wartete darauf, dass er sich bewegte, dass er aufstand, dass er weiterkämpfte ... aber er stöhnte nur ein wenig.

»Gut gemacht, Bruder«, sagte Lincoln.

Chad bewegte sich bereits auf die Hütte zu. Sobald er sah, dass Camden kein Problem mehr sein würde, konzentrierte er sich darauf, seine Mutter und Britt zu finden. Knox war ihm dicht auf den Fersen. Chads Schwung ließ ihn hart gegen die Eingangstür prallen.

»Britt! Mom!«, schrie er, während er dummerweise versuchte, die Türklinke zu betätigen. Natürlich war sie verschlossen. »Bleibt zurück!«, rief er. »Ich werde die Tür aufbrechen!«

Die Tatsache, dass keine der beiden Frauen antwortete, ließ Panik in Chads Körper aufsteigen. Es war ein merkwürdiges Gefühl. Normalerweise war er der ruhige Typ. Als Scharfschütze hatte er gelernt, seine Gefühle in extrem stressigen Situationen unter Kontrolle zu halten. Aber alles Training der Welt half ihm in diesem Moment nicht. Er konnte nur daran denken, wie eine oder beide der Frauen, die er liebte, verletzt in dieser beschissenen Hütte lagen.

Er machte einen Schritt zurück und trat gegen die Tür.

Sie rührte sich nicht. Die Bewegung verursachte lediglich einen Schmerz in Chads Bein und Knie.

»Scheiße!«, murmelte er. »Ist diese Tür aus Stahl oder was?«

»Lass es mich versuchen«, beharrte Knox und schob ihn zur Seite. Aber er hatte genauso wenig Glück wie Chad.

»Wie wäre es, wenn wir es mit dem Schlüssel versuchen?«, sagte Lincoln trocken hinter ihnen.

Chad drehte sich um und sah, dass sein ältester Bruder einen Schlüssel hochhielt. Er musste Camdens Taschen durchsucht haben.

Er kam sich ein wenig dumm vor, weil er nicht daran gedacht hatte, und streckte seine Hand nach dem Schlüssel aus. Lincoln händigte ihn sofort aus.

Zum Glück funktionierte er. Als Chad die Klinke drückte, schlug ihm das Herz bis zum Hals.

Die Tür knallte auf und er trat ein, gefolgt von Lincoln und Knox. Zach passte wahrscheinlich auf Camden auf, um sicherzugehen, dass er nicht wieder zu Bewusstsein kam und entweder weglief oder sich erneut auf sie stürzte.

So sehr er sich auch davor gefürchtet hatte, eine der Frauen verletzt vorzufinden, so war es doch noch schlimmer, als Chad hineinging und ... nichts vorfand.

Es war niemand da. Die Einzimmerhütte war spärlich möbliert, und der Ort war offensichtlich seit Jahren nicht mehr benutzt worden. Ein muffiger Geruch erfüllte die Luft, aber Chad hätte schwören können, darunter die Kokosnusslotion zu riechen, die Britt immer benutzte.

Sie war hier gewesen, aber sie war es nicht mehr.

Der Gedanke an das Feuer, das Camden geplant hatte, überwältigte Chad. Waren sie zu spät? Hatte er seine Mutter und Britt schon erschossen? Seine Emotionen wechselten in

Sekundenschnelle von Kummer zu Frustration zu Trauer und dann zu Wut.

Seine Muskeln spannten sich an, als er sich darauf vorbereitete, wieder nach draußen zu gehen und Camden Calverts Leben zu beenden, bevor die Polizei eintraf, als sein Bruder sprach.

»Schau mal!«, sagte Lincoln und steuerte auf eine der Ecken der kleinen Hütte zu.

Chad eilte hinüber und erkannte, was er auf den ersten Blick hätte sehen müssen. Ein verdammtes Loch in der Wand! Zerbrochene Bretter, die einst als Teil der Wand gedient hatten, lagen auf dem Boden verstreut.

»Sie sind entkommen«, flüsterte Chad, dem vor Erleichterung schwindelig wurde.

Im Tandem drehten die drei Männer sich um und gingen zur Tür. Camden hatte die Frauen zwar in der Hütte eingesperrt, aber sie hatten nicht in Angst gekauert und auf Rettung gewartet. Nein, sie hatten alles in ihrer Macht Stehende getan, um sich selbst aus dieser Situation zu befreien.

Stolz erfüllte ihn. Seine Mutter war knallhart. Das hatte er schon gewusst, aber sie hatte es gerade wieder bewiesen.

Und Britt? Der Gedanke an sie erfüllte ihn mit so viel Liebe, dass er ganz zittrig wurde. Sie war genau die Art von Frau, von der er geträumt hatte. Mit der er den Rest seines Lebens verbringen wollte. Stark. Unverwüstlich. Einfallsreich.

Lincoln, Knox und Chad stürmten aus der Hütte.

»Mom?«

»Britt?«

»Hallo?«

Sie riefen alle gleichzeitig und hielten inne, um auf eine Antwort zu warten.

Aber im Wald um sie herum war es still. *Zu* still. Als hielte jedes Lebewesen, das dort lebte, den Atem an.

»In welche Richtung glaubt ihr sind sie gegangen?«, fragte Knox.

»Nicht nach Süden«, antwortete Chad, ohne zu zögern. »Mom würde wissen, dass er sie südlich von *Lobster Cove* gebracht hat, und sie würde annehmen, dass es im Norden mehr Leute gibt als südlich in Richtung der Küste.«

»Ich stimme zu ... aber was ist, wenn sie verletzt ist? Nicht klar denken kann?«, fragte Knox, der des Teufels Advokat spielte. »Würde Britt wissen, in welcher Richtung Norden liegt?«

»Ich weiß es nicht. Wahrscheinlich nicht«, sagte Chad.

»Gut, dann teilen wir uns auf«, befahl Lincoln. »Nur für den Fall, dass sie in eine Richtung gehen, die wir nicht erwarten. Ich will nichts dem Zufall überlassen. Chad, du gehst nach Norden. Ich gehe nach Westen. Knox, du gehst nach Osten.«

»Ich werde dieses Arschloch fesseln und nach Süden gehen«, sagte Zach neben Camden, der immer noch regungslos im Dreck lag.

»Nein. Ich traue ihm nicht. Die Polizeibeamten sollten bald hier sein. Wenn du ihnen sagst, was los ist und in welche Richtungen wir bereits suchen, können *sie* nach Süden gehen«, erwiderte Lincoln.

Chad hatte kein Problem damit, seinem Bruder das Kommando zu überlassen. In diese Rolle war er hineingeboren worden, denn er war der Älteste, und als Kampfpilot musste er jedes Mal in Sekundenbruchteilen über Leben und Tod entscheiden, wenn er hinter dem Steuer der Multimillionen-Dollar-Flugzeuge saß, die er früher geflogen hatte.

Und ehrlich gesagt war Chad zu besorgt um seine vermisste Mutter und Freundin, um selbst klar denken zu können.

Er drehte um und ging nach Norden, in der Hoffnung, dass die wichtigsten Frauen in seinem Leben in Sicherheit und unverletzt waren.

KAPITEL VIERUNDZWANZIG

Britt war fertig.

Ihr war heiß. Sie war verschwitzt. Verängstigt. Und sie hatte bereits drei Zecken gefunden, die auf ihren Armen und Beinen herumkrabbelten. Wer wusste, wie viele noch unter ihrer Kleidung steckten und schon jetzt ihre infizierten Reißzähne in ihr Fleisch gegraben hatten, um ihr Blut zu saugen. Hatten Zecken Reißzähne? Sie hatte keine Ahnung, aber sie mussten irgendwie in der Lage sein, menschliche und tierische Haut zu durchbohren.

Die Gegend, in der sie unterwegs waren, war zweifellos wunderschön, aber im Moment hatte Britt genug von Kiefern, dem Rauschen des Windes in den Blättern hoch über ihren Köpfen, sodass sie fälschlicherweise glaubte, Fahrzeuge zu hören, und von der Natur im Allgemeinen.

Sie hatte keine Ahnung, wie lange sie gelaufen waren, aber ihre Füße taten weh – es war nicht so, als hätte sie Zeit gehabt, ein Paar Turnschuhe oder Wanderschuhe anzuziehen –, und das Adrenalin, das seit dem Sprung auf die Ladefläche von Camdens Pick-up durch ihren Körper geflossen war, hatte längst nachgelassen.

Sie konnte sehen, dass es Evelyn genauso ging. Ihre Schritte waren langsamer, und sie war mindestens dreimal fast gestolpert und auf die Nase gefallen. Irgendwo hier draußen musste doch jemand sein. Maine war zwar ländlich, aber *so* ländlich konnte es nicht sein. Sie befanden sich in der Nähe der Küste, wo die Leute gern Hütten wie die, in der sie eingesperrt gewesen waren, und millionenschwere Häuser bauten. Es war lächerlich, dass sie niemanden mehr gehört oder gesehen hatten, seit sie sich aus der Hütte geschlichen hatten.

Und Britt konnte nicht umhin, sich zu fragen, ob Camden schon gemerkt hatte, dass sie weg waren. Ob er ihnen sogar schon auf der Spur war. Er könnte sie leicht erschießen und ihre Leichen hier mitten im Nirgendwo liegen lassen, und niemand würde sie je finden. Bis vielleicht in ein paar Jahren, wenn dieselben dummen Touristen, von denen Evelyn gesprochen hatte, in der Gegend jagten und ein paar seltsam aussehende Knochen fanden.

Als Britt merkte, wie verdrießlich ihre Gedanken geworden waren, atmete sie tief durch. Sie waren jetzt viel besser dran als vor nicht allzu langer Zeit. Sie hatten Camden überlistet, und sie mussten nur positiv bleiben und weitergehen. Irgendwann würden sie auf eine Hütte, einen Menschen, eine Straße stoßen.

Nachdem Evelyn zum vierten Mal gestolpert war, beschloss Britt, dass es Zeit für eine Pause war. Sie waren beide müde und wackelig auf den Beinen. Es würde nichts ausmachen, wenn sie sich fünf Minuten ausruhten ... zumindest hoffte sie das.

»Evelyn, schau mal. Da ist ein Felsen, auf den wir uns kurz setzen können«, sagte Britt, nahm den Arm der älteren Frau und führte sie dorthin.

»Vielleicht sollten wir weitergehen«, erwiderte sie besorgt.

»Das werden wir, aber ich muss mich erst einmal setzen«, sagte Britt. »Ich glaube, ich habe mir das Bein aufgeschürft, und möchte es untersuchen.«

»Oh, du bist verletzt? Komm schon, setz dich, setz dich«, tadelte Evelyn sie.

Britt mochte es nicht, die Frau anzulügen, aber es tat ihr nicht leid, wenn sie dadurch zur Ruhe kam. Evelyn mochte für ihr Alter erstaunlich stark sein, aber eine Maschine war sie nicht.

Britt fegte die Blätter vom Stein und wartete, bis Evelyn sich setzte, dann ließ sie sich neben ihr nieder. Der Stein war nicht gerade weich, aber es tat gut, einen Moment von den Füßen zu kommen. Britt machte eine Show daraus, ihr Bein auf eine imaginäre Schramme zu untersuchen, und tat so, als sei sie erleichtert, als sie nichts fand.

»Was denkst du, was er macht?«, fragte Evelyn leise.

Britt wusste, von wem sie sprach. »Wahrscheinlich flippt er aus und fragt sich, wie er überlistet werden konnte.«

Evelyn kicherte. »Ich wette, er hat nicht damit gerechnet, dass wir die Wand durchbrechen können.«

»Nein. Meinst du, Chad und die anderen wissen schon, dass wir weg sind?«, fragte Britt.

»Oh ja. Da bin ich mir sicher.«

»Woher?«

»Meine Söhne ... sie sind beschützend. Und verdammt neugierig. Austin hat sich immer Sorgen gemacht, dass ich sie zu Muttersöhnchen erziehe ... und das habe ich auch. Wenn sie Angst hatten, wollten sie ihre Mutter. Wenn sie etwas taten, worauf sie stolz waren, war ich der erste Mensch, dem sie es mitteilen wollten. Sie haben sehr viel Zeit mit Austin verbracht. Er hat ihnen alles beigebracht, was er über Motoren und Fahrzeuge wusste. Niemand kann behaupten, dass meine Söhne etwas anderes sind als starke, loyale Männer. Aber wenn es hart auf hart kommt, sind sie alle noch Muttersöhnchen. Ich glaube, sie haben alle gespürt, dass etwas nicht stimmt, als Camden mich entführte. Ich bin einmal die Treppe hinuntergefallen und habe mir den Arm gebrochen, nachdem alle meine

Jungs nach der Highschool das Haus verlassen hatten. Wir hatten keine Zeit, sie anzurufen und ihnen zu sagen, was passiert war, da wir im Krankenhaus waren und uns um alles kümmern mussten, was dazu gehört. Aber einer nach dem anderen riefen sie alle Austin an und wollten sich nach mir erkundigen. Irgendwie wussten sie, dass ich verletzt worden war. Also glaube ich wirklich, dass sie wissen mussten, dass in *Lobster Cove* etwas nicht stimmte, als ich entführt wurde.«

Britt spürte, wie ihr Tränen in die Augen stiegen, und sie blinzelte verzweifelt und schluckte schwer, um sie zu unterdrücken.

»Jeder, der denkt, dass Männer hart und gefühllos aufwachsen sollten, liegt falsch. Männer sollten beschützend und einfühlsam sein. Sie sollten in der Lage sein zu weinen, wenn eine Situation es rechtfertigt. Sie sollten ebenso emotional wie stoisch sein. Das ist ein Teil des Menschseins. Und jeder, der einen Jungen zu einem gefühllosen Macho erzieht, erweist dem Kind und der Menschheit einen schlechten Dienst.«

»Du hast ein paar tolle Jungs großgezogen«, sagte Britt.

»Das habe ich«, antwortete Evelyn mit einem Anflug von Stolz. »Und sie wissen, was passiert ist. Vielleicht hat jemand dich auf der Ladefläche des Pick-ups gesehen, wie du dich festgehalten hast – dort aufzuspringen war nicht klug, Liebes, aber ich weiß es trotzdem zu schätzen –, und hat einen meiner Jungs angerufen. Oder vielleicht ist es so, wie ich sagte, sie haben einfach gespürt, dass etwas nicht stimmt. Aber ich weiß ohne Zweifel, dass sie uns zu Hilfe kommen werden. Auch wenn wir uns selbst zuerst gerettet haben.«

»Das haben wir, nicht wahr?«, sagte Britt mit einem kleinen Lächeln.

»Verdammt richtig.«

»Ausdrucksweise«, stichelte Britt noch einmal.

Evelyn lachte. Dann drehte sie sich zu Britt um und fragte

fast beiläufig: »Also ... was meinst du, wie bald werdet du und Chad mich zur Großmutter machen?«

Britt blinzelte überrascht. »Ähm ... wir haben uns gerade erst kennengelernt.«

»Und ihr liebt euch. Ich habe Augen im Kopf, mein Kind. Ich kann es sehen. Und ich bin nicht so dumm oder naiv zu glauben, dass ihr zwei euch Filme anseht und euch dann beim Gutenachtsagen einen Kuss auf die Wange gebt.«

Britt wusste, dass sie wahrscheinlich knallrot geworden war.

Evelyn kicherte nur. »Ich will damit nur sagen, dass mein Sohn dich liebt. Zweifle nicht daran. Ich habe ihn noch nie in meinem Leben so glücklich gesehen. Sein Blick folgt dir, wann immer ihr im selben Raum seid, und wenn er dich ansieht, kann ich dieselbe Liebe in seinen Augen sehen, die ich früher in den Augen meines Austin gesehen habe. Chad mag ein Muttersöhnchen sein, aber er kommt nach seinem Vater, wenn es darum geht, sich zu verlieben.«

Ihre Worte ließen Britt das Herz aufgehen. »Ich liebe ihn auch«, platzte sie heraus.

»Gut. Und ... Enkelkinder?«

Britt konnte sich ein Lachen nicht verkneifen. »Hat dir schon mal jemand gesagt, dass du stur bist?«

»Austin. Ständig. Also?«

Britt lächelte die Frau an, die ihren eigenen festen Platz in ihrem Herzen gefunden hatte. »Ich will sie. Aber ich will die Dinge nicht überstürzen.«

»Pah«, sagte Evelyn und winkte ab. »Überstürze sie ruhig. *Lobster Cove* braucht wieder Babys und Kinder, die herumlaufen. Und ich will lange genug leben, um sie zu genießen.«

Britt öffnete den Mund, um etwas zu erwidern – sie war sich nicht sicher, was sie sagen wollte –, aber ein Geräusch zu ihrer Linken ließ beide Frauen erstarren und in diese Richtung blicken.

In der Erwartung, Camden hinter ihnen herkommen zu sehen, war Britt wirklich schockiert, als sie einen großen Elch sah, der entspannt durch das Unterholz ging. Er hatte ein Baby hinter sich. Keiner der beiden beachtete die beiden Menschen, die nur wenige Meter entfernt auf einem Felsen saßen.

»Ich dachte, du hättest gesagt, Elche kämen nicht so weit in den Süden«, flüsterte Britt kaum hörbar.

»Das tun sie auch nicht«, antwortete Evelyn.

Die Elche liefen, als hätten sie keine Sorgen auf der Welt. Sie hielten kurz an, um an den Blättern einer Espe zu knabbern, bevor sie weiterzogen.

Die beiden Frauen drehten sich um und starrten sich mit großen Augen an, als die Tiere außer Sichtweite waren.

»Heiliger Strohsack! Das war ... fantastisch«, sagte Britt.

»Wunderschön«, stimmte Evelyn zu. »Und ein Zeichen. Wir sprachen über Enkelkinder, und da kommt ein Wesen, das mit seinem Kalb definitiv nicht in dieser Gegend sein sollte.«

Britt konnte nicht anders, als den Kopf zu schütteln und mit den Augen zu rollen. »Ich liebe Chad. Ich möchte Kinder mit ihm haben. Ich möchte ihn heiraten und für immer hier in Maine mit ihm leben. Aber wir werden die Dinge nicht überstürzen, nur weil du dir Enkelkinder wünschst, Evelyn.«

Sie seufzte. »Ich weiß. Aber ich darf doch hoffen, oder?«

Britt konnte nicht böse auf sie sein. »Ja«, sagte sie, legte ihre Arme um Evelyn und umarmte sie seitlich. »Bist du bereit weiterzugehen? Ich bin bereit, aus diesem Wald zu verschwinden. Ich schwöre, ich kann spüren, wie die Zecken überall auf mir herumkrabbeln.«

»Ja, und ich auch. Igitt. Verdammte Zecken.«

Britt konnte nicht glauben, dass sie lachte. Sie war praktisch entführt worden, auch wenn sie diejenige gewesen war, die auf die Ladefläche von Camdens Pick-up gesprungen war, und jetzt war sie im Wald verloren, mitten im Nirgendwo, mit der Möglichkeit, dass ihr Entführer sie verfolgte, um sie zu verletzen oder Schlimmeres zu tun. Und sie hatte tatsächlich *gelacht*. Es war verrückt. Langsam dachte sie, dass sie sich bei der Familie Young wohl an Chaos und Ungewissheit gewöhnen sollte. Aber damit würden auch Liebe, Glück und die Familie kommen, von der sie immer geträumt hatte.

Sie waren gerade aufgestanden, um weiterzugehen, als sie erneut etwas im Wald hörten. Diesmal kam es von hinten. Aus Angst, einen wütenden Elchbullen zu sehen, der sein Baby und seine Partnerin beschützen wollte, drehte Britt sich um. Was sie tun sollte, falls es tatsächlich ein Elch war, der zum Angriff bereit war, wusste sie nicht. Aber sie würde nicht einfach dastehen und nichts tun, das stand fest.

Oder schlimmer noch, es könnte Camden sein. Wütend darüber, dass sie entkommen waren, und bereit, seine bösen Pläne mit ihnen durchzuziehen.

Stattdessen ertönte eine Stimme durch die Bäume.

»Briiiiiiiiiiiitt? Mooooooom?«

Britt und Evelyn tauschten einen Blick aus.

Verdammte Scheiße – das war Chad!

»Hier!«

»Chad!«

Sie schrien gleichzeitig, und vor Erleichterung wurde Britt ein wenig wackelig.

Die Geräusche wurden lauter, und innerhalb von Sekunden brach ein verzweifelt aussehender Chad durch die Bäume und lief direkt auf sie zu.

Für den Bruchteil einer Sekunde befürchtete Britt, dass er verfolgt wurde. Aber sie sah niemanden hinter ihm. Sie erkannte, dass es die Erleichterung war, die ihn so außer Kontrolle geraten ließ.

Er lief auf sie zu und griff nach seiner Mutter. Britt war nicht im Geringsten beleidigt. Sie erinnerte sich daran, was Evelyn darüber gesagt hatte, dass ihre Kinder Muttersöhnchen seien, und erkannte, wie recht sie damit hatte. Die Erleichterung, die Chads Körpersprache ausdrückte, war deutlich zu sehen.

Er zog sich zurück und schaute seiner Mutter in die Augen, als er fragte: »Geht es dir gut?«

»Mir geht es gut. Uns geht es gut«, sagte Evelyn mit einem breiten Grinsen im Gesicht.

Dann drehte Chad sich zu Britt um. In der nächsten Sekunde lag sie in seinen Armen, und er drückte sie so fest an sich, dass es fast schmerzhaft war. Aber es war ein guter Schmerz. Sie hielt ihn genauso fest.

Seit sie aus der Hütte geflohen war, hatte sie sich nicht erlaubt, darüber nachzudenken, wie gestresst und verängstigt sie war. Wie sie Evelyn beschützen könnte, falls Camden sie finden würde. Aber jetzt, da Chad da war, konnte sie einen Teil der Verantwortung für Evelyn und die Situation loslassen. Er würde die Kontrolle übernehmen.

Sie begann zu zittern und konnte nicht aufhören.

In Chads Armen fühlte sie sich sicher. Endlich. Sie hatte sich bei ihm *immer* sicher gefühlt, sogar an diesem ersten Tag, als er ein Fremder gewesen war, der sie zu sich nach Hause eingeladen hatte. Die meisten normalen Menschen hätten sofort Nein gesagt und mit ihrem Leben weitergemacht. Aber stattdessen hatte sie ein tiefes Vertrauen zu Chad gespürt. Und er hatte sie nicht enttäuscht. Kein einziges Mal.

»Britt«, flüsterte er ihr in die Halsbeuge, wo er sein Gesicht vergraben hatte. Zu ihrer Überraschung stellte sie fest, dass auch Chad zitterte. Er mochte ein starker, unerbittlicher Beschützer sein, aber es war mehr als offensichtlich, wie sehr es ihn berührte, dass es ihnen gut ging.

»Mir geht es gut«, versicherte sie ihm.

Es dauerte einige lange Momente, bis sie einander loslassen konnten. Die Erleichterung, die sie empfanden, die überwältigenden Gefühle, die durch ihre Adern flossen, machten es unmöglich, zu sprechen oder etwas anderes zu tun, als sich gegenseitig zu halten.

Als Chad schließlich den Kopf hob, sah Britt, dass seine Augen mit Tränen gefüllt waren. Evelyns Worte kamen ihr noch einmal in den Sinn. Sie hatte es geschafft, ihren Kindern beizubringen, dass Gefühle nichts Schlechtes waren. »Ich liebe dich«, sagte sie.

»Nicht mehr als ich dich«, erwiderte er. Dann holte er tief Luft, umschloss ihr Gesicht mit seinen Händen, wie er es so gern tat, und küsste sie. Es war ein langer, sanfter Kuss. Er war nicht leidenschaftlich, sondern ein sinnlicher Austausch von Erleichterung, Liebe und Respekt zwischen einem Mann und einer Frau.

»Ich gebe der Sache zwei Monate«, sagte Evelyn hinter ihnen und klang dabei äußerst zufrieden.

»Zwei Monate wofür?«, fragte Chad und drehte sich zu seiner Mutter um, behielt aber einen Arm um Britts Taille.

»Nichts. Das ist nur eine interne Sache zwischen Britt und mir.«

Britt rollte mit den Augen. Sie wusste genau, worauf Evelyn anspielte. Der Gedanke, in den nächsten zwei Monaten schwanger zu werden, war überwältigend und lächerlich ... aber dann erinnerte sie sich daran, wie Chad an jenem Morgen vergessen hatte, ein Kondom zu benutzen.

Vielleicht war ihre Vorhersage doch nicht so abwegig.

»Könnt ihr beide gehen? Ist es für euch in Ordnung, zur Hütte zurückzugehen? Ich kann zurücklaufen und Hilfe holen, wenn ich muss. Die Polizei sollte inzwischen da sein.«

Britt blinzelte. Sie hatte gar nicht daran gedacht, ihn zu fragen, was in der Hütte passiert war. Sie war so erleichtert gewesen, ihn zu sehen, dass sie nicht einmal an Camden gedacht hatte. »Die Polizei? Wo ist Camden? Er war derjenige, der uns entführt hat«, erzählte sie ihm mit Verspätung.

»Wir wissen es. Victor hat mich angerufen und gesagt, er

hätte gesehen, wie du dich auf der Ladefläche seines Pick-ups festgeklammert hast.«

»*Victor* hat dich angerufen?«, fragte Evelyn.

»Ja. Ich war auch überrascht. Er mag zwar ein Arschloch sein, aber er schien wirklich besorgt zu sein. Als die Polizeibeamten in *Lobster Cove* eintrafen, fanden sie Walt verletzt vor, aber am Leben. Dann tauchte Otis auf, als wir alle dort waren und versuchten herauszufinden, wohin Camden dich gebracht haben könnte. Er erzählte uns von der Hütte. Wir kamen so schnell wie möglich her.«

»Otis hat euch von der Hütte erzählt?«, fragte Britt schockiert.

»Mit ein wenig Ermutigung, ja. Also, könnt ihr beide laufen? Oder muss ich Hilfe holen?«

»Wir können laufen«, sagte Evelyn entschlossen.

»Es ist in Ordnung, wenn man ab und zu Hilfe braucht«, sagte Chad sanft zu seiner Mutter.

»Das ist mir klar. Und wenn ich Hilfe brauche, werde ich darum bitten. Und jetzt geh voraus, mein Sohn. Ich muss pinkeln, und ich werde es *nicht* wieder in diesem Wald tun.«

»Ja, Ma'am«, erwiderte Chad mit einem kleinen Lachen. Er nahm Britts Hand in seine und drückte sie, bevor er sie losließ und sich zu seiner Mutter drehte. Er legte einen Arm um ihre Taille und begann, sie durch den Wald zurück zu der Hütte zu führen, aus der sie vor einer gefühlten Ewigkeit geflohen waren.

Britt konnte nur lächeln, als sie hinter Mutter und Sohn herging. Es brachte ihr Herz zum Schmelzen, Chad so besorgt um seine Mutter zu sehen. Sie war froh, dass er ihr half, anstatt sie zu verhätscheln.

Sie hatte eine Vision von ihrer Zukunft. Wie Chad seinen eigenen Söhnen beibrachte, ihre Mutter zu lieben und zu respektieren … *sie*. Sie war sich nicht sicher gewesen, ob sie so bald Kinder haben wollte, aber jetzt? Mit Chad? Sie wollte es auf jeden Fall. Denn sie wusste ohne Zweifel, dass er sie nicht verlassen würde. Dass sie nicht würde versuchen müssen, ein Kind allein aufzuziehen, wie ihre Mutter es getan hatte.

Das Leben war voller Höhen und Tiefen, aber es waren all die guten Dinge, die passierten, die die schlechten Zeiten nicht ganz so schrecklich erscheinen ließen. Es gab immer noch viele Unbekannte, was die Zukunft anging, was mit Otis und Camden geschehen würde, ob Walt wieder gesund werden würde, wie es um die finanzielle Stabilität von Lobster Cove bestellt war, nachdem all das Geld gestohlen worden war. Aber Britt hatte keinen Zweifel daran, dass die Young-Brüder sich zusammenschließen und durchhalten würden.

Gemeinsam waren sie stärker als allein. Und sie fühlte sich gesegnet, ein Teil davon sein zu können.

Es war fast zwei Uhr morgens, aber niemand schien bereit zu sein, Lobster Cove zu verlassen. Sie hatten die Nachricht erhalten, dass es Walt gut gehen würde. Er blieb über Nacht im Krankenhaus, aber er konnte es kaum erwarten, nach Hause zu kommen ... und zurück in die Werkstatt.

Camden und Otis waren beide in das Gefängnis von Knox County gebracht worden. Otis kooperierte voll und ganz mit den Behörden, während sein Sohn seine Unschuld beteuerte und alles auf seinen Vater schob.

Chad hasste es, dass sowohl seine Mutter als auch Britt noch monatelang mit dem Geschehenen zu tun haben würden, mit den unvermeidlichen Gerichtsterminen und Treffen mit dem Staatsanwalt. Aber zu seiner Erleichterung schienen beide Frauen mit dem, was ihnen widerfahren war, erstaunlich gut fertigzuwerden.

Das Wohnzimmer des Haupthauses war trotz der späten Stunde voll von Menschen. Alle seine Brüder waren da, ebenso wie Barry. Chad saß auf der Couch, und Britt hatte sich an seine Seite gekuschelt. Sie war erschöpft, aber sie bestand darauf, noch nicht nach oben zu gehen. Je mehr Zeit verging, seit er sie gefunden hatte, desto mehr blaue Flecke und Schrammen zeigten sich auf ihrer blassen Haut. Dasselbe galt für seine Mutter.

Das machte Chad wütend. Er wünschte, er könnte zu Camden gehen und ihn erneut verprügeln.

Er hatte die ganze Geschichte gehört, was passiert war, als seine Mutter sich mit den Beamten vor der Hütte der Calverts getroffen hatte. Sowohl sie als auch Britt würden morgen zu einer offiziellen Befragung auf die Wache gehen müssen, aber so wie er es verstanden hatte, war Camden nach *Lobster Cove* gekommen, hatte zuerst in der Autowerkstatt angehalten und Walt außer Gefecht gesetzt, damit er seiner Mutter nicht zu Hilfe kommen konnte.

Dann war er so dreist wie immer zum Haus gefahren und direkt hineingegangen. Er hatte Evelyn am Arm gepackt und hinausgezerrt, ohne auch nur so zu tun, als sei er da, um zu reden, um sie zu bitten, die Anzeige gegen seinen Vater zu überdenken.

Es war schwer zu glauben, dass keiner der Youngs etwas von Camdens krimineller Vergangenheit gewusst hatte. Die Tatsache, dass er wegen fahrlässiger Tötung gesessen hatte, war ein großer Schock. Offenbar hatte der Mann eine gewalttätige Ader, die unter der Oberfläche brodelte, und als sich ihm die Gelegenheit bot, sich an der Familie Young zu rächen, hatte er gehandelt.

Britt hatte gesehen, wie Camden Evelyn in seinen Wagen geschubst hatte, und sie hatte versucht, ihn aufzuhalten. Es war dumm ... und verdammt mutig. Und Chad hätte nicht stolzer auf sie sein können.

Als er von Britts erschütternder Reise zur Hütte auf der Ladefläche von Camdens Pick-up hörte, wurde Chad übel. Sie hätte leicht herausgeschleudert und schwer verletzt oder getötet werden können. Und als seine Mutter und Britt hörten, dass Victor nicht nur Chad angerufen hatte, sondern auch nach *Lobster Cove* gefahren war, um nach Walt zu sehen – und Hilfe gerufen hatte, nachdem er ihn verletzt aufgefunden hatte –, waren sie beide fassungslos.

Britt noch mehr als seine Mutter – Evelyn hatte immer gesagt, der Mann sei nicht immer der Griesgram gewesen, der er heute war.

»Ich werde jetzt gehen«, verkündete Barry schließlich mit einem Gähnen. »Miss Evelyn, ich bin so froh, dass es dir gut geht. Dir auch, Britt. Ich werde in aller Frühe hier sein, um zu sehen, was in der Werkstatt los ist.«

»Ich kann helfen«, bot Zach an.

Aber Barry schüttelte den Kopf. »Nein, du bist mit deiner Hummerbude beschäftigt.«

»Ich mach das schon«, sagte Chad.

Barry lächelte. »Wie ich Walt kenne, kommt er wahrscheinlich morgen Nachmittag nach seiner Entlassung vorbei.«

»Dummer alter Bock«, murmelte Lincoln. »Er wird sich eine Woche freinehmen, und wenn wir ihn an sein Bett fesseln müssen.«

Alle lachten.

Mit diesen Worten nickte Barry allen zu und ging zur Tür.

Nachdem er gegangen war, räusperte Evelyn sich. »Es gibt etwas, das ich sagen möchte.«

Chad schaute zu seiner Mutter hinüber. Sie saß auf dem Sessel, den er als »ihren« Sessel bezeichnete. Ein hellbrauner Sessel, der schon bessere Tage gesehen hatte, aber sie betonte, dass er »völlig in Ordnung« sei und dass sie ihn »endlich so eingesessen« habe, wie sie ihn mochte. Sie hatte eine Decke über dem Schoß, den flauschigen blauen Bademantel, den sie schon so lange besaß, wie Chad sich erinnern konnte, um sich gewickelt und eine Tasse Tee auf dem kleinen Tisch zu ihrer Linken.

Sie sah entspannt und glücklich aus ... aber er konnte das Bild von ihr nicht abschütteln, wie sie durch ein Loch, das sie und Britt mit bloßen Händen gemacht hatten, aus dieser dreckigen Hütte kroch.

Die Wut drohte ihn wieder zu überwältigen, aber anscheinend konnte Britt seine Stimmung lesen, schmiegte sich noch ein wenig fester an ihn und legte den Arm um seinen Bauch. Allein dadurch, dass sie neben ihm lag, fühlte er sich etwas ruhiger.

»Was ist, Mom?«, fragte Zach. Er saß auf dem Boden und lehnte sich gegen das andere Ende der Couch. Lincoln stand, an die Wand gelehnt, und Knox saß in dem Sessel, der früher einmal der Sessel ihres Vaters gewesen war.

»Ich werde die Hüttenvermietung nach diesem Sommer schließen.«

Einen langen Moment sagte niemand ein Wort. Chad war aufrichtig schockiert. Solange er denken konnte, waren die beiden kleinen Gästehäuser in *Lobster Cove* das Lieblingsprojekt seiner Mutter gewesen.

»Warum?«, fragte Knox und brach das Schweigen.

»Ich denke schon darüber nach, seit ich erfahren habe, dass Otis uns Geld gestohlen hat. Ich war immer frustriert, weil euer Vater und ich uns mit den drei Geschäften den Hintern aufgerissen haben, und ich habe nie verstanden, warum wir nicht mehr Geld gespart hatten. Nun, wir kennen den Grund. Weil Otis es uns vor der Nase weggeschnappt hat. Jetzt bin ich alt. Und müde«, sagte sie.

Chad und die anderen vier Anwesenden protestierten sofort gegen ihre Worte, aber Evelyn hielt ihre Hand hoch und stoppte sie. »Ohne die Einnahmen aus den Vermietungen werden unsere Steuern sinken. Auch die Versicherung. Ich weiß nicht genau, wie hoch die Einnahmen aus der Autowerkstatt und dem Bootslager sein werden, aber jetzt, da Otis nicht mehr das meiste Geld abschöpft, dürfte *Lobster Cove* immer noch sehr profitabel sein.«

»Aber was wirst du mit den Hütten machen?«, fragte Zach.

Seine Mutter warf einen Blick auf Chad. »Nun, ich habe mir überlegt, dass Britt und Chad vielleicht in die Dreizimmerhütte ziehen könnten.«

Im Zimmer war es so still, dass das Brummen der Spülmaschine in der Küche laut zu hören war.

»Das heißt, wenn keiner von euch anderen Jungs etwas dagegen hat. Lincoln hat gerade ein Haus gekauft, und Zach, du scheinst damit zufrieden zu sein, in der Nähe deiner Hummerbude zu wohnen. Knox, wenn du willst, kannst du in das kleinere Haus ziehen.«

Knox schüttelte den Kopf. »Mir geht's gut, wo ich bin. Danke, Mom.«

»Ich bin einverstanden, dass Chad und Britt in die große Hütte ziehen«, sagte Lincoln.

»Ich auch.«

Alle Augen richteten sich auf Chad und Britt. Er wusste ehrlich gesagt nicht, was er sagen sollte. Er liebte *Lobster Cove*. Das hatte er immer getan. Und es machte ihm wirklich nichts aus, mit seiner Mutter im Haupthaus zu wohnen. Viele Leute würden über einen Mann, der mit seiner einundsiebzigjährigen Mutter zusammenlebte, die Augen verdrehen, aber er liebte und respektierte sie. Und ... es war überhaupt nicht schwer, mit ihr zusammenzuleben.

Aber er konnte nicht leugnen, dass es sich himmlisch anhörte, mit Britt seinen eigenen Raum zu haben. Obwohl er sie nie zu etwas drängen würde, das ihr Unbehagen bereiten könnte. Ihre Beziehung hatte sich blitzschnell entwickelt.

»Außerdem werdet ihr den zusätzlichen Platz für mein Enkelkind brauchen«, sagte seine Mutter mit einem Grinsen.

»Mensch, Mom, hör doch endlich auf mit dem Enkelkram«, beschwerte Zach sich.

Ihre Mutter wandte den Blick zu ihrem Jüngsten. »Du wirst nicht jünger, Zachary. Es wird Zeit, dass du dir ernsthaft eine Frau suchst, mit der du dich niederlassen und eine eigene Familie gründen kannst.«

»Hey! Ich bin erst dreißig!«, protestierte Zach und hob die Hände, als könnte er die Worte seiner Mutter physisch abwehren.

Alle lachten über sein offensichtliches Entsetzen bei dem Gedanken, selbst Kinder zu bekommen.

»Lacht nicht zu viel«, warnte Evelyn Lincoln und Knox. »Lincoln, dein Sperma ist wahrscheinlich nicht mehr so zeugungskräftig, wie es einmal war. Die Uhr tickt.«

Sein Bruder verschluckte sich an dem Kaffee, den er gerade getrunken hatte. Als er wieder richtig atmen konnte, sagte er: »Kannst du bitte nicht über mein Sperma reden? Nie wieder?«

Erneut schallte Gelächter durch den Raum.

Chad holte tief Luft und schloss für einen Moment die Augen. Der heutige Abend hätte so anders enden können. Sie hätten im Krankenhaus am Bett von Britt oder ihrer Mutter sitzen können und hoffen, dass es ihnen gut ging, nachdem sie von Camden verletzt worden waren. Oder jeder von ihnen hätte von seinem ehemaligen Mitarbeiter erschossen werden können.

Stattdessen waren sie zusammen, lachten und alberten herum, wie sie es so oft getan hatten, als sie aufgewachsen waren. Er wünschte, ihr Vater sei hier, aber er war es nicht. Das Leben ging weiter, ob man es wollte oder nicht.

»Und? Was denkt ihr?«, fragte Evelyn. »Darüber, in die Hütte zu ziehen. Wenn ihr sie in Zukunft ausbauen müsst ... ihr weißt schon, um mehr Babys zu beherbergen ... wäre das mehr als in Ordnung.«

Chad öffnete die Augen und drehte sich zu Britt um. Sie

hatte kein Wort gesagt, und er machte sich Sorgen, dass sie sich in die Enge getrieben fühlen könnte. Ihr Leben war in den letzten Monaten auf den Kopf gestellt worden, und er wollte nichts zustimmen, was den Stress, den sie vielleicht empfand, noch verstärken würde.

Aber als er ihr in die Augen sah, sah er nichts als Vorfreude auf die Zukunft ... und Liebe.

Chad wandte sich an seine Mutter und sagte: »Wir werden darüber reden. Wir müssen heute Abend keine Entscheidung treffen. Ich will nur sichergehen, dass alle damit einverstanden sind, wenn wir umziehen.«

»Ich bin einverstanden«, sagte Lincoln.

»Ich auch«, mischte Knox sich ein.

»Ebenso«, stimmte Zach zu.

Ihre Mutter strahlte.

»Wie ich schon sagte, müssen Britt und ich darüber reden. Es ist eine große Entscheidung.«

»Das ist es eigentlich nicht«, sagte seine Mutter im Plauderton. »Ihr teilt euch bereits ein Zimmer, und keiner von euch verlässt *Lobster Cove* allzu oft. Nicht dass ihr etwas anderes zu tun bräuchtet, aber wenn ihr das Haus so herrichtet, wie ihr es wollt, habt ihr im Herbst und Winter etwas zu tun.«

Je mehr seine Mutter darüber sprach, dass er und Britt in die Hütte einziehen würden, desto mehr freute Chad sich über diese Möglichkeit. Er war der Bruder, der *Lobster Cove* immer am meisten geliebt hatte. Er war derjenige, der als Erster die Idee vorgebracht hatte, dass alle zurück nach Maine ziehen sollten, um bei den Geschäften und ihrer Mutter zu helfen. Und er war auch derjenige, der die meiste Zeit hier verbrachte. Seine Brüder hatten alle ihre eigenen Jobs und Leben, getrennt von *Lobster Cove*.

»Und einen eingebauten Babysitter gleich gegenüber zu haben wäre ideal«, drängte seine Mutter.

Britt kicherte neben ihm, aber Chad behielt einen strengen

Gesichtsausdruck bei, als er wiederholte: »Britt und ich werden uns deswegen bei dir melden, Mom.«

»Okay, okay«, sagte sie mit einem breiten Grinsen im Gesicht.

»Ich bin verdammt fertig«, sagte Zach aus heiterem Himmel. »Ich glaube, ich werde nach Hause fahren.«

»Ausdrucksweise«, schimpfte Evelyn.

Aus irgendeinem Grund brach Britt in Gelächter aus. Chad drehte sich zu ihr um und hob eine Augenbraue. Aber sie lächelte ihn nur an. Dann tauschte sie einen langen Blick mit seiner Mutter aus, die kicherte, obwohl er nicht verstand, was so lustig war.

»Ich werde auch gehen«, sagte Lincoln.

»Brauchst du noch Hilfe mit deinem Haus?«, fragte Chad ihn. »Wir wurden unterbrochen, bevor wir heute fertig waren.«

»Ich glaube, ich komme klar. Wir haben ein gutes Stück geschafft, also kann ich es allein zu Ende bringen.«

»In Ordnung, aber wenn du mich wieder brauchst, sag mir Bescheid.«

»Mache ich, danke.«

»Ich komme morgen Nachmittag vorbei, nachdem ich zu den Docks gefahren bin und geschaut habe, was an frischen Meeresfrüchten reingekommen ist«, sagte Zach zu ihrer Mutter.

»Und ich werde abends nach meiner Schicht hier sein«, fügte Knox hinzu. »Ich will hören, wie das Treffen mit den Detectives verlief und wie es mit Otis und Camden weitergeht.«

Alle standen auf, und jeder seiner Brüder umarmte Chad herzlich und klopfte ihm dabei auf den Rücken. Die Umarmungen mit Britt waren ebenso herzlich, wenn auch nicht ganz so ausgelassen. Chad fiel auf, dass alle ihre Mutter etwas länger umarmten als sonst. Ein bisschen fester. Sie alle waren offensichtlich dankbar, dass sie noch bei ihnen war.

Jeder Tag war ein Geschenk, und zumindest Chad war entschlossen, jeden davon in vollen Zügen zu genießen.

Schließlich waren nur noch Chad, Britt und seine Mutter im Haus.

»Wie geht es dir wirklich?«, fragte er seine Mutter.

»Mir geht's gut, mein Sohn. Wirklich gut. Ich habe mir mehr Sorgen um Britt gemacht, die sich hinten in dem Wagen befand, so wie Camden gefahren ist. Und dann haben wir uns darauf konzentriert, einen Weg aus dieser dreckigen Hütte zu finden, also habe ich nicht über die Was-wäre-wenns nachgedacht.«

Chad sah seine Mutter einen langen Moment an und versuchte herauszufinden, ob sie die Wahrheit sagte oder nicht. Ihre nächsten Worte ließen ihn glauben, dass es ihr *wirklich* gut ging.

»Ich werde alles in meiner Macht Stehende tun, damit beide für ihre Taten bezahlen. Ich bin froh, dass dein Vater nicht hier ist, um zu sehen, wie tief sein bester Freund gesunken ist. Wenn er gewusst hätte, was Otis getan hat, wäre er genauso wütend gewesen wie ich. Und dass Camden tat, was er tat? Ich habe keine Ahnung, wie er so verdorben werden konnte.«

Sie klang wütend, was Chad für besser hielt als deprimiert oder verängstigt.

»Wegen der Hütte ...«

»*Nein*, Mom«, mahnte Chad sanft. »Ich weiß das Angebot mehr zu schätzen, als du ahnst, aber Britt und ich brauchen Zeit, um es zu besprechen.«

»Okay. Na schön«, schnaubte sie.

»Bist du dir wirklich sicher, dass du die Vermietungen aufgeben willst? Sie bringen jeden Sommer gutes Geld ein.«

»Und sie binden uns alle auf eine Weise an *Lobster Cove*, wie es die Autowerkstatt und das Bootslager nicht tun. Es nimmt zu viel Zeit in Anspruch. Wir müssen uns mit vielen respektlosen

Mietern herumschlagen und uns um ihre Bedürfnisse kümmern. Ich möchte mich um *meine* Bedürfnisse kümmern. Um die Bedürfnisse meiner Familie. Jetzt, da ihr alle hier seid, möchte ich Zeit mit dir und deinen Brüdern verbringen, besonders im Sommer. Ich möchte in die Stadt fahren und in Zachs weltberühmter Hummerbude essen können. Ich will nicht im Haus festsitzen, weil ich Muffins backen, ankommende Mieter begrüßen oder den Atem anhalten muss, um zu sehen, in welchem Zustand sie die Hütten nach ihrer Abreise hinterlassen haben.«

Da hatte sie recht. Chad nickte.

»Außerdem, wie ich schon sagte, jetzt, da Otis mir – *uns* – kein Geld mehr stiehlt, denke ich, dass wir auch ohne dieses Einkommen gut zurechtkommen werden. Also ... es ist spät, oder früh. Britt kann die Augen kaum noch offen halten. Bring sie nach oben, und sorge dafür, dass ihr beide morgen ausschlaft.«

»Ja, Ma'am«, sagte Chad zu ihr. Dann beugte er sich vor, küsste sie auf die Stirn und umarmte sie. Er hätte sie heute verlieren können.

Sie erwiderte seine Umarmung ebenso fest. Dann drehte sie sich zu Britt um, und sie tauschten einen innigen Blick aus, der nur von einem gemeinsamen Trauma herrühren konnte. Die beiden Frauen umarmten sich, und es schien, als wollten sie sich nur ungern voneinander lösen.

»Du schläfst auch aus«, befahl Britt ihr.

»Oh, das habe ich vor. Chad hat hier alles unter Kontrolle.«

Sie hatte nicht unrecht. Und ihr Vertrauen in ihn gab Chad ein gutes Gefühl. Wirklich gut. »Gute Nacht, Mom«, sagte er.

»Nacht«, erwiderte sie. Dann ging sie den Flur entlang in Richtung ihres Schlafzimmers. Im letzten Moment drehte sie sich um und sagte: »Es sind Tage wie heute, die mich daran erinnern, wie wichtig die Familie ist. Danke, dass du heute für mich da warst, Britt. Und Chad, danke, dass du uns zu Hilfe gekommen bist. Kinder zu erziehen ist ein Glücksspiel. Man kann alles richtig machen, und trotzdem können sie sich zu egozentrischen, bösen Männern oder Frauen entwickeln. Aber du und deine Brüder seid fantastische Männer. Ich liebe euch, und ich bin sehr stolz auf euch.«

Und damit ging sie in ihr Schlafzimmer und schloss die Tür.

Chad schluckte schwer. Er wusste, dass seine Mutter ihn und seine Brüder liebte. Er wusste, dass sie stolz auf sie war. Aber diese Worte zu hören fühlte sich unglaublich an.

Britt verschränkte ihren Arm mit seinem und zog ihn zur Treppe.

Nachdem sie sich zusammen ins Bett gelegt hatten, stützte sie ihr Kinn auf ihre Hand, die auf seiner Brust ruhte, und starrte ihn an. »Rede mit mir«, sagte sie leise.

»Worüber?«

»Darüber, was dir durch den Kopf geht. Heute war es schwer für dich. Wie geht es dir?«

»Ich bin stinksauer. Und stolz. Und erleichtert.«

Sie nickte. »Ich auch.«

»Was hältst du von Moms Angebot? In Bezug auf die Hütte, meine ich.«

Britt senkte den Blick. Aber dies war ein zu wichtiges Gespräch, als dass er nicht in der Lage sein sollte, ihre Augen zu sehen, während sie miteinander redeten. Er legte einen Finger unter ihr Kinn und hob ihren Kopf sanft an, sodass sie ihn wieder ansah.

»Fürs Protokoll? Ich möchte ihr Angebot annehmen. Es gibt nichts, was ich lieber täte, als mit dir in diese Hütte zu ziehen. Mit dir schlafen zu können, wann und wo immer ich will, ohne Angst zu haben, dass meine Mutter uns dabei erwischt. Ich will unseren eigenen Raum. Unsere eigene Küche. Ich liebe meine Mutter, aber ich hätte nichts gegen ein paar Abende nur für uns.

Aber ich bin bereit, so lange zu warten, bis du bereit bist. Ich kann dort hinziehen, und du kannst hierbleiben. Wir können uns verabreden und weiter kennenlernen. Meine Gefühle für dich werden sich nicht ändern, und ich will auf keinen Fall, dass du etwas tust, wofür du noch nicht bereit bist.«

»Deine Mutter wünscht sich wirklich Enkelkinder.«

Chad blinzelte. Das war nicht das, was er von ihr zu hören erwartet hatte. »Ja. Sie ist ziemlich unausstehlich deswegen.«

»Ich liebe *Lobster Cove*. Ich liebe deine Mutter. Und deine Brüder. Und Maine. Es ist so verdammt schön hier. Sogar mit den Zecken.«

Chad schnitt eine Grimasse. Als sie nach Hause gekommen waren, war er mit Britt nach oben gegangen, damit sie duschen konnte, und er hatte ihr mindestens ein Dutzend der Blutsauger vom Körper gepflückt, die sie beim Herauskriechen aus der Hütte und bei ihrer Flucht durch den Wald aufgenommen hatte.

»Weißt du, woran ich gedacht habe, als ich auf der Ladefläche dieses Pick-ups lag und mich festhielt, um nicht heruntergeschleudert und wie ein Käfer auf der Straße zerquetscht zu werden?«

Okay, *das* war kein angenehmer Gedanke. Chad schob ihn beiseite. »Was?«

»Die Zukunft. Mit dir. Hier. Wie wir unseren Kindern zusehen, wie sie in *Lobster Cove* herumlaufen. Auf der Hummerschaukel schaukeln. In der *Festung Knallhart* spielen. Wie du ihnen alles beibringst, was du über Fahrzeuge weißt. Diese Bilder gingen mir nicht aus dem Kopf und halfen mir, noch ein bisschen länger durchzuhalten. Ich will eine Zukunft mit dir, Chad. Ich liebe dich. Ich kann mir nichts Perfekteres vorstellen, als mit dir in der Hütte zu leben, hier in *Lobster Cove*. Wir können deine Mutter jeden Tag sehen, uns vergewissern, dass es ihr gut geht. Und wenn sie in Zukunft medizinische Hilfe braucht, können wir für sie da sein. Aber ich will *dich* auch nicht zu irgendetwas drängen.«

Chad drehte sich, bis Britt unter ihm lag. Die Liebe, die er für sie empfand, war fast überwältigend. »Dräng mich«, sagte er mit Nachdruck und wiederholte damit Worte, die sie einmal zu ihm gesagt hatte.

Sie lächelte. »Ich denke, wenn deine Mutter Enkelkinder will ... sollten wir vielleicht alles tun, um ihr diesen Wunsch zu erfüllen.«

Er starrte sie an und war völlig sprachlos.

Ihr Lächeln verblasste. »Du hast gesagt, ich soll dich drängen«, flüsterte sie fast anklagend.

»Wie fühlst du dich?«

»Was?«

»Wie fühlst du dich?«, wiederholte Chad. »Ich weiß, dass du wahrscheinlich Prellungen hast. Hast du irgendwo Schmerzen?«

»Ich habe nirgendwo Schmerzen. Ja, ich habe Prellungen. Und ich bin müde, aber ich fühle mich auch aufgekratzt, als könnte ich noch zwei Tage aufbleiben, bevor ich schließlich zusammenbrechen muss.«

»Das sind die Nachwirkungen des Adrenalins.« Chad bewegte sich, sodass er mehr neben ihr als auf ihr lag, und er fuhr mit seiner Hand von ihrem Schlüsselbein über die Mitte ihrer Brust, glitt dann unter das T-Shirt, das sie trug, und wieder nach oben, um eine ihrer Brüste zu streicheln.

Sie atmete ein und krümmte sich in seiner Berührung. »Ja«, zischte sie. Sie griff nach oben, legte ihre Hand um seinen Hinterkopf und zog seinen Mund auf ihren.

Die nächsten zehn Minuten waren sowohl liebevoll als auch hektisch. Ihre Kleider flogen umher, und Britt war aggressiver als je zuvor, auch wenn Chad versuchte, sanft zu sein. Das ließ sie nicht zu.

Als Chad sich in ihrem klatschnassen Unterleib vergrub,

wimmerte sie bereits vor Verlangen. Ihr Liebesspiel war schnell und hart, aber er achtete darauf, sie nicht zu verletzen, während er sie nahm.

Es dauerte nicht lange, bis sie beide zum Orgasmus kamen. Sie drückte seinen Schwanz fester als je zuvor, als sie explodierte, was seine eigene Befreiung auslöste.

Tief in ihrem Körper zu kommen befriedigte ihn auf eine Weise, wie Chad es noch nie erlebt hatte. Beim letzten Mal hatte er es nicht bewusst genießen können, aber jetzt tat er es ... und der Gedanke, dass sie vielleicht ein Baby gemacht hatten, war berauschend.

»Soll ich Mom sagen, dass wir im Herbst in die Hütte einziehen, wenn die Mietsaison vorbei ist?«, fragte Chad und stützte sich auf seine Ellbogen. Er war immer noch tief in ihrem Körper vergraben und wollte sich nicht bewegen, aus Angst, sein Schwanz könnte herausrutschen.

»Ja.«

»Dann habe ich nur noch eine Frage an dich.«

»Ja?«

»Werden wir heiraten, bevor wir meiner Mutter ein Enkelkind schenken, oder willst du noch warten?«

Sofort stiegen ihr Tränen in die Augen, aber Chad konnte an ihrem breiten Lächeln erkennen, dass es Freudentränen waren.

»War das ein Antrag?«

»Auf keinen Fall. Ich besorge dir einen riesigen Ring, gehe mit dir an den Strand, während meine Brüder und meine Mutter von der Terrasse des Haupthauses aus zusehen, knie nieder und bitte dich, mich zu heiraten. Es wird ein großes Spektakel werden. Vielleicht gibt es Boote in der Bucht, die alle hupen, danach ein Hummeressen und eine große Feier mit unserer Familie.«

»Das brauche ich alles nicht. Ich brauche nur dich.«

»Du hast mich«, sagte Chad, der die Worte bis in seine

Seele hinein spürte. »Ich glaube, du hast mich seit dem ersten Tag auf dem Parkplatz des Holzlagers.«

»Es könnte sein, dass es eine Weile dauert, bis ich schwanger werde.«

»Nein. Ich habe dich heute Nacht geschwängert.«

Britt rollte mit den Augen. »Du hast keine Ahnung, ob der Zeitpunkt richtig ist oder nicht.«

Er zuckte mit den Schultern. »Mein Sperma ist sehr zielstrebig. Gestern und gerade eben waren die einzigen beiden Male, in denen es die Chance hatte, das zu tun, wofür es geschaffen wurde ... eine Eizelle zu befruchten. Und ich war schon immer ein Überflieger.«

Britt kicherte, und sein weicher Schwanz glitt zwischen ihren Schamlippen heraus.

»Verdammt«, jammerte er.

Britt nahm sein Gesicht in ihre Hände und leckte sich über die Lippen. »Ich liebe dich.«

»Ich liebe dich auch. Danke, dass du dich heute um meine Mutter gekümmert hast. Danke, dass du stark bist. Danke, dass du nicht aufgibst. Dass du dich selbst gerettet hast. Dass du getan hast, was getan werden musste, um dich und meine Mutter in Sicherheit zu bringen.«

»Gern geschehen«, flüsterte sie.

»Aber nie wieder. Mein Herz erträgt es nicht, wenn dir so etwas ein zweites Mal passiert.«

»Abgemacht.«

Chad bewegte sich an ihre Seite und zog Britt zu sich heran. Ihr Kopf lag auf seiner Brust, und ihre Beine waren ineinander verschlungen. Nichts fühlte sich besser an, als diese Frau in seinen Armen zu halten. Sein Leben hatte sich in so kurzer Zeit so sehr verändert. Wenn ihm jemand bei seiner Rückkehr nach Maine gesagt hätte, dass er innerhalb von ein paar Monaten die Frau finden würde, die er heiraten wollte, und dass er versuchen würde, sie zu schwängern, dann hätte er mit den

Augen gerollt und behauptet, dass derjenige Wahnvorstellungen hatte.

Und doch ... genau das war passiert. Er war glücklicher als je zuvor und voller Vorfreude auf ihre Zukunft.

Er drehte den Kopf, um zu fragen, ob Britt aufstehen musste, um ins Bad zu gehen, oder ob sie wollte, dass er einen Waschlappen holte, damit sie sich sauber machen konnte, aber ihre Augen waren geschlossen und sie schlief bereits fest.

Er beschloss, sie nicht zu stören – sie musste sich nach dem langen, harten Tag ausruhen –, legte seine Arme um sie und schloss seine eigenen Augen. Er war sich sicher, dass die Zukunft nicht nur eitel Sonnenschein sein würde, aber gemeinsam – zumindest wenn der heutige Tag etwas bewiesen hatte – konnten sie alle Hindernisse, die das Leben ihnen in den Weg legte, überwinden und gestärkt daraus hervorgehen.

EPILOG

Zach seufzte.

Er war müde. Auch wenn er geglaubt hatte, dass er während seiner Zeit bei der Marine hart gearbeitet hatte, fühlte es sich wie nichts an im Vergleich zu dem hier. Er hatte immer davon geträumt, sein eigenes Restaurant zu besitzen. Seine Vorbilder waren Gordon Ramsay, Anthony Bourdain, David Chang und Julia Child.

Aber einen Imbiss in seiner Heimatstadt zu kaufen und Hummer zu servieren – wie klischeehaft – hatte er nie auf dem Radar gehabt. Er war dreißig Jahre alt, in der Blüte seines Lebens, und seine Tage bestanden darin, vor dem Morgengrauen aufzustehen – was im Sommer in Maine wirklich früh war – und zu seinem neuen Restaurant, dem *Lobster Buoy*, zu fahren, Bestandsaufnahme zu machen, sich das Tagesgericht auszudenken und mit den Vorbereitungen zu beginnen.

Natürlich unterschied sich der Teil des Kochens nicht sehr von seiner Zeit bei der Marine, nur dass er jetzt nicht mehr für Tausende von Menschen gleichzeitig kochte.

Er hatte sich vehement dagegen gewehrt, eine Hummerbude zu eröffnen. An der Küste von Maine gab es sie wie Sand am Meer, und viele hielten sich nicht länger als ein paar Sommer. Es war harte Arbeit, die sich nicht sonderlich auszahlte. Aber als sein Vater starb und sein älterer Bruder die Idee hatte, dass sie alle nach Hause ziehen sollten, um auf dem Familienanwesen zu helfen und mehr für Mom da zu sein, war die Idee wirklich reizvoll.

Zach hatte Maine immer geliebt. Und ... seit er aus der Marine ausgeschieden war, war er ein wenig unschlüssig gewesen. Er versuchte zu entscheiden, was er tun und wohin er gehen wollte. Als er nach Hause kam, war ihm die Entscheidung, was er mit seinem Leben anfangen sollte, abgenommen worden.

Eigentlich hatte er davon geträumt, ein Restaurant wie das *Lost Kitchen* zu eröffnen, ein Lokal, in dem die Leute sich um Reservierungen rissen und das ihm im ersten Jahr eine Million Dollar einbringen würde. Eine Hummerbude wie das *Lobster Buoy* zu betreiben war nicht annähernd das, was er sich vorgestellt hatte.

Er hatte eine Weile gebraucht, um sich von dem ländlichen Fünfsternerestaurant, das er sich vorgestellt hatte, zu lösen, aber trotz der harten Arbeit und der tiefen Erschöpfung ... wuchs ihm das *Lobster Buoy* ans Herz.

Es machte tatsächlich Spaß, neue und innovative Rezepte mit Hummer zu entwickeln. Dinge, die andere Restaurants nicht machten. Auf keinen Fall wollte er eine »langweilige« Speisekarte haben, die nur einfache Hummerbrötchen enthielt. Er wollte seine Kunden beeindrucken. Er wollte so viel verkaufen, dass er auch in den ruhigeren Wintermonaten geöffnet bleiben konnte, und nicht nur die Touristen bedienen, die auf ihrem Weg zum Acadia-Nationalpark und nach Bar Harbor durch die Küstenstadt kamen.

Mit jedem Tag, der verging, hatte er das Gefühl, diesem Ziel näher zu kommen. Natürlich würde es länger als einen Sommer dauern, um herauszufinden, ob er es schaffen würde oder nicht. Aber der Ruf seiner kleinen Hummerbude wuchs schneller, als er selbst es für möglich gehalten hatte. Er war sogar von *Bon Appétit* interviewt worden, und seitdem ging es mit dem Geschäft bergauf.

Außerdem hatte er gerade jemanden zum Erstellen von Social-Media-Inhalten eingestellt, was ihm lächerlich vorkam, aber er wusste, wenn er mit der Hummerbude Erfolg haben wollte, brauchte er alle Werbung, die er bekommen konnte, und die Dinge, die sie postete, waren unglaublich. Videos, Standbilder, Interviews mit zufriedenen Kunden. Wenn er das Geschäft nicht besäße, würde *er* es sich ansehen wollen.

Die Dinge liefen gut, aber er war wahnsinnig beschäftigt. Morgens öffnete er den Imbiss, besuchte seine Mutter, wann immer er Zeit hatte, und traf sich nachmittags mit den Fischern, um deren frischen Fang zu begutachten und den Hummer und andere Meeresfrüchte zu kaufen, die er für die Zubereitung seiner Gerichte benötigte.

Die Situation mit Otis Calvert, dem langjährigen Freund der Youngs, und seinem Sohn hatte die ansonsten sehr gute Heimkehr etwas getrübt. Zu wissen, dass Otis seine Mutter und seinen Vater jahrelang bestohlen hatte, machte ihn wütend. Und dann hatte Camden letzte Woche tatsächlich seine Mutter und Britt entführt. Das war ebenso schockierend wie erhellend gewesen.

Zach hatte sich hier in Rockville immer sehr sicher gefühlt. Er hatte es immer als eine Art Hinterwäldlerstadt gesehen, in der nie etwas Interessantes passierte. Und nein, das jährliche Hummerfest im Sommer zählte nicht dazu.

Das war einer der Gründe, warum Zach und seine Brüder alle zum Militär gegangen waren. Um rauszukommen, die Welt zu sehen, mehr zu erleben als nur ihre kleine Ecke in Maine. Und ja, etwas Aufregendes zu finden. Jetzt, da sie alle zurück waren, hatte er sich auf das langsamere Tempo gefreut.

Aber dann hatten sie von Otis' Unterschlagung erfahren.

Und seine Mutter war *entführt* worden. Das eröffnete Zach eine ganz andere Perspektive auf Rockville. Er war kein Idiot, er wusste, dass überall auf der Welt schlimme Dinge passierten – er hatte mehr als seinen gerechten Anteil davon gesehen –, aber er hatte immer das Gefühl gehabt, dass eine schützende Blase über *Lobster Cove* lag, dem Grundstück, auf dem er aufgewachsen war.

Bis Camden Calvert am helllichten Tag direkt vor die Haustür gefahren war und seine Mutter entführt hatte.

Aber Otis und sein Sohn waren im Gefängnis, und *Lobster Cove* würde sich hoffentlich wieder erholen. Seine Mutter und Britt würden irgendwann vor Gericht erscheinen müssen, aber im Moment war alles wieder in Ordnung.

Nun ja ... größtenteils. Chad, der zweitälteste Young-Bruder, hatte sich verliebt und würde wahrscheinlich in nicht allzu ferner Zukunft heiraten. Er und Britt würden eine der Miethütten übernehmen ... nun ja, sie würde nicht mehr vermietet werden. Seine Mutter hatte beschlossen, sie nach dieser Saison nicht mehr an Gäste zu vergeben.

Überall um ihn herum geschahen Veränderungen, und Zach war sich nicht sicher, was er davon halten sollte. Er freute sich für Chad und Britt ... aber Veränderungen machten ihn nervös.

»Zach, wenn du zu den Docks willst, um die Hummerboote nicht zu verpassen, musst du deinen Arsch in Bewegung setzen!«, brüllte Jack.

Er war der erste Mensch, den Zach nach seinem Umzug eingestellt hatte, und er hatte bei dem Kerl einen Volltreffer gelandet. Er war älter, so um die fünfundfünfzig, aber er konnte jeden jüngeren Mann übertreffen, egal an welchem Tag der Woche. Er war ein Veteran, der nur ungern über seine Zeit bei den Marines sprach. Er konnte auch nicht gut mit Kunden umgehen.

Aber er war ein Meister im Umgang mit dem Pfannenwender und in der Küche. Zach brauchte Leute, die die Gerichte, die er zusammenstellte, ohne viel Aufsicht nachkochen konnten. Und Jack war in der Lage, sich genau an seine Rezepte zu halten und sogar eigene Ideen einzubringen, wie man das eine oder andere Gericht verbessern könnte.

Zach hatte eine Handvoll anderer Angestellter, die Bestellungen aufnahmen und mit den Kunden plauderten, aber Jack hatte definitiv das Sagen, wenn Zach nicht da sein konnte.

»Ich gehe ja schon«, sagte er zu Jack. »Ich denke an Hummer und Spargelrisotto als Spezialität für morgen. Was hältst du davon?«

»Ich denke, du bist der Boss und das wird verdammt fantastisch«, erwiderte Jack grinsend. Ihm fehlten ein unterer Schneidezahn und ein oberer Eckzahn, und mit seinem langen, ergrauten schwarzen Haar, das er mit einem Haarnetz zurückgebunden hatte, sah er ein wenig wahnsinnig aus, aber Zach war es egal. Solange er die Bude sauber hielt und weiterhin so gut kochte wie bisher, war alles gut.

Zach winkte dem Highschool-Schüler zu, der die Kunden bediente, und machte sich auf den Weg zu seinem Explorer. Er musste durch die Stadt gehen, um zum Parkplatz hinter der Einzimmerwohnung zu gelangen, die er gemietet hatte. Es war keine ideale Wohnsituation, aber für den Moment würde es reichen. Es lag in der Nähe des *Lobster Buoy* – nur etwa fünf Blocks weiter und einen Block zurück, also etwa fünf Minuten Fußweg – und er war ein Mann, der es gewohnt war, auf engem Raum zu leben, wie er es während seiner Zeit auf Schiffen bei der Marine getan hatte.

Vom Restaurant aus konnte er auch zum Hafen gehen, wo die Fischer jeden Nachmittag ihren Fang abluden. Aber da er vorhatte, eine große Menge Hummer zu kaufen, brauchte er eine Möglichkeit, sie zu transportieren.

Es gab nichts auf der Welt wie frischen Hummer. Und wenn er ihn direkt von den Booten kaufte, bekam er ihn zu einem viel günstigeren Preis als in einem Geschäft oder bei einem Händler. Außerdem schaute er sich gern an, was sie sonst noch gefangen hatten. An vielen Tagen inspirierte ihn einfach nur ein Spaziergang am Dock, um all die frischen Meeresfrüchte zu begutachten.

Zach parkte und steckte seinen Schlüssel ein, während er auf die Reihe der Hummerboote zuging, die ihren Fang des Tages ausluden. Er ging direkt zu seinem Lieblingshummerfischer. Eliot Sullivan war fast fünfzig und arbeitete auf einem Hummerboot, seit er etwa zwölf Jahre alt war. Sein Sohn Jonah war ungefähr so alt wie Zach. Er hatte immer direkt mit seinem Vater zusammengearbeitet.

Hummerfang war harte Arbeit. Normalerweise begannen sie ihren Tag ungefähr zur gleichen Zeit wie Zach – sehr früh. Meistens kehrten sie erst am späten Nachmittag zurück, und so mussten sie stundenlang Fallen schleppen, Hummer sortieren, darauf achten, dass sie kleine oder eiertragende Exemplare zurückwarfen, Buch darüber führen, wie viele sie gefangen hatten, und die Bewegungen der Tiere für künftige Fangmöglichkeiten verfolgen.

»Hey«, sagte Zach, als er sich dem Boot näherte.

»Zach!«, rief Jonah zur Begrüßung, als er ihn sah.

»Wie war der Tag?«, fragte Zach.

»Großartig. Wir haben eine großartige Stelle gefunden und dort heute ein paar Schönheiten gefangen. Willst du sie sehen?«

»Nein, ich gehe nur zum Vergnügen auf dem Dock spazieren, weil ich keinen Tag ohne den Geruch von totem Fisch und den Kampf der Möwen um Fischdärme aushalten kann.«

Jonah lachte schallend, als sei Zach der witzigste Mensch auf Erden. Einer der Gründe, warum Zach Jonah so sehr mochte, bestand darin, dass er so fröhlich und positiv war. Wenn sie einen harten Tag hatten, war er immer pragmatisch und sagte, dass es morgen besser werden würde. Er brachte Zach zum Lächeln, und das wusste er zu schätzen.

»Hey, Zachary. Wie geht es dir?«, fragte Eliot. Er war über einen Stapel Papiere gebeugt, wahrscheinlich um die Einnahmen des Tages zu zählen, und Zach hatte ihn nicht stören wollen. Er konnte es nicht gebrauchen, dem Maine Department of Marine Resources falsche Zahlen zu melden.

»Gut.«

»Geht es deiner Mom gut?«

»Ihr geht es gut. Danke der Nachfrage.«

»Ich habe gehört, dass dein Bruder bald heiratet.«

Zach konnte sich ein Lächeln nicht verkneifen. Das Tratsch-Netzwerk in Rockville war lebendig. »Es ist noch nicht offiziell, aber ich schätze, es wird nicht mehr lange dauern, bis Chad und Britt den Bund fürs Leben schließen.«

»Das ist großartig. Oh, hast du schon gehört? Wir haben eine neue Mitarbeiterin. Da kommt sie schon.«

Zach drehte sich in die Richtung, in die der ältere Mann zeigte, und sah eine Frau auf sie zukommen. Seine Augen weiteten sich vor Überraschung. Sie sah überhaupt nicht so aus, wie er sich ein Besatzungsmitglied eines Hummerbootes vorstellte. Er wusste, dass es ein Klischee war, aber Zach konnte nicht anders.

Die Frau, die auf sie zukam, war winzig, vor allem im Vergleich zu seinen eigenen eins achtundneunzig. Er bezweifelte, dass ihr Kopf bis zu seinen Schultern reichen würde. Sie hatte blassblondes Haar, das fast weiß war. Um ihre Augen herum waren kleine Fältchen, die Zach verrieten, dass sie wahrscheinlich viel lächelte und lachte.

Beim Gehen watschelte sie ein wenig, aber er glaubte nicht, dass das an ihrem Gewicht lag. Es lag an der ganzen Ausrüstung, die sie trug – Ölzeug zum Schutz vor der Gischt, robuste Gummistiefel, ein Paar isolierte, wasserdichte Handschuhe, die in den dicken Werkzeuggürtel um ihre Taille gesteckt waren.

Aus irgendeinem Grund beschleunigte sich Zachs Herzschlag, als er sie auf sie zugehen sah, und er konnte nicht aufhören, sie anzustarren. Sie hielt an der Seite der *Wave Rider*, Eliots Hummerboot, inne.

»Hi!«, sagte sie fröhlich.

»Marit, das ist Zach Young. Er ist ein Junge aus der Gegend, der vor Kurzem nach seiner Zeit bei der Marine wieder nach Hause gezogen ist. Ihm gehört das *Lobster Buoy*.«

»Ach du meine Güte, wirklich? Ich *liebe* dieses Lokal«, schwärmte Marit. »Ich habe neulich die Avocado mit Hummerfüllung gegessen, und sie war soooooo lecker.«

Das Gefühl der Erfüllung und des Stolzes, das er empfand, wenn die Leute ihm sagten, wie gut ihnen sein Essen schmeckte, brachte Zach immer wieder zum Lächeln. »Danke.«

»Marit arbeitet erst seit einer Woche bei uns, aber ich weiß jetzt schon nicht mehr, was wir ohne sie gemacht haben«, sagte Eliot mit einem Augenzwinkern.

»Wie auch immer«, erwiderte sie mit einem kleinen Lachen.

»Nein, im Ernst. Sie kommt aus Portland und arbeitet schon ihr ganzes Leben lang auf Hummerbooten. Stimmt's, Mar?«, fügte Jonah lächelnd hinzu. Es war unschwer zu erkennen, dass Eliots Sohn in das neueste Besatzungsmitglied verknallt war.

»Ich bin mir nicht sicher, ob ich schon mein *ganzes* Leben lang dabei bin«, sagte sie leichthin und reichte Zach die Hand. »Marit Phillips. Freut mich, dich kennenzulernen«, sagte sie.

In der Sekunde, in der Zachs Hand sich um Marits schloss, entflammte etwas in ihm. Er glaubte nicht an Liebe auf den ersten Blick. Auch nicht an Bigfoot, das Ungeheuer von Loch Ness oder Verschwörungstheorien im Allgemeinen. Er war zu nüchtern für all diesen Unsinn.

Und doch, bei der ersten Berührung seiner Hand mit ihrer stellte Zach sich plötzlich vor, wie er mit dieser Frau auf der hinteren Terrasse in *Lobster Cove* saß und ihren Kindern beim Spielen im Wasser unten am Strand zusah.

Das Lächeln auf ihrem Gesicht verblasste ein wenig, als er sie wie ein Idiot anstarrte. Sanft zog sie ihre Hand aus seinem Griff und trat einen winzigen Schritt zurück, was Zach so traf, als sei ihm eines seiner Filetiermesser auf den Fuß gefallen.

»Also ... was willst du heute? Hummer?«, fragte Eliot, ohne die Unterströmungen zwischen seiner neuesten Hilfe und seinem besten Kunden zu bemerken.

Zach räusperte sich und versuchte, sich zu konzentrieren. Zum Glück hatte er bereits im Kopf ausgerechnet, wie viel Hummer er für das Risotto brauchen würde. »Ja, Hummer. Ich probiere ein paar einfache Rezepte für Mahlzeiten aus, die man auch unterwegs essen kann, für das Hummerfest nächste Woche.«

»Gute Idee. Ich habe gehört, dass das Wetter fantastisch werden soll. Sonnig, aber nicht zu heiß. Dieses Jahr soll es einen neuen Besucherrekord geben«, erklärte Eliot, während Jonah und Marit damit beschäftigt waren, Zachs Bestellung einzupacken.

»Großartig«, antwortete er abwesend und zwang sich, den Blick von Marit abzuwenden.

Er war sich nicht sicher, was hier passierte, aber er wollte nicht zu viel in seine Reaktion hineininterpretieren, als er die Frau berührt hatte. Chads und Britts überwältigendes Glück färbte wahrscheinlich auf ihn ab. Das war alles. Er war zu jung, um sesshaft zu werden. Er wollte es auch nicht. Er wollte nicht einmal eine Freundin. Er war zu beschäftigt, hatte im Moment zu viel zu tun in seinem Leben.

Eine winzige Stimme in seinem Inneren machte ihn mit Nachdruck darauf aufmerksam, dass er zu sehr protestierte. Schnell versuchte er, sie zu verdrängen.

Aber als Marit sich zu ihm umdrehte und mit einem Lächeln und scheinbar ohne große Anstrengung eine große, schwere Kiste hochhob und sagte: »Ich helfe dir beim Einladen.

Geh voran«, hatte Zach das Gefühl, dass sein Leben sich gerade grundlegend verändert hatte.

Dieser kleine Dynamo von einer Frau würde *alles* auf den Kopf stellen, daran hatte er keinen Zweifel. Aber würde es auf eine gute Art sein? Oder eine schlechte? Das würde nur die Zeit zeigen.

Zach hat seinen Meister gefunden. Aber natürlich ist nichts so einfach. Marit versucht, ihren Weg in einer von Männern dominierten Branche zu machen, und jemand ist darüber nicht glücklich. Das bedeutet Ärger für unsere starke Heldin. Erleben Sie, wie die Young-Brüder sich im nächsten Buch der Reihe, *Ein Seemann für Marit*, wieder zusammentun, um für ihre Sicherheit zu sorgen.

BÜCHER VON SUSAN STOKER

–

Die Männer von Alpha Cove
Ein Soldat für Britt
Ein Seemann für Marit (3 Mar)
Ein Pilot für Harper
Ein Wächter für Jordan

Die Rescue Angels
Hilfe für Laryn
Hilfe für Amanda (4 Nov)
Hilfe für Zita
Hilfe für Penny
Hilfe für Kara
Hilfe für Jennifer

SEALs of Protection: Alliance
Schutz für Remi
Schutz für Wren

Schutz für Josie
Schutz für Maggie
Schutz für Addison
Schutz für Kelli (2 Sept)
Schutz für Bree (6 Jan)

Badge of Honor: Die Texas Heroes

Gerechtigkeit für Mackenzie (1 Dez)
Gerechtigkeit für Mickie (1 Dez)
Gerechtigkeit für Corrie (1 Mar)
Gerechtigkeit für Laine (1 Mar)
Sicherheit für Elizabeth (1 Apr)
Gerechtigkeit für Boone (1 Apr)
Sicherheit für Adeline (1 Jun)
Sicherheit für Sophie (1 Jun)
Gerechtigkeit für Erin
Gerechtigkeit für Milena
Sicherheit für Blythe
Gerechtigkeit für Hope
Sicherheit für Quinn
Sicherheit für Koren
Sicherheit für Penelope

Die Zuflucht in den Bergen

Zuflucht für Alaska
Zuflucht für Henley
Zuflucht für Reese
Zuflucht für Cora
Zuflucht für Lara
Zuflucht für Maisy
Zuflucht für Ryleigh

Ein Spiel des Glücks

Ein Beschützer für Carlise
Ein Prinz für June
Ein Held für Marlowe
Ein Holzfäller für April (1 Okt)

Die Männer von Silverstone
Vertrauen in Skylar
Vertrauen in Taylor
Vertrauen in Molly
Vertrauen in Cassidy

Die Zuflucht in den Bergen
Zuflucht für Alaska
Zuflucht für Henley
Zuflucht für Reese
Zuflucht für Cora
Zuflucht für Lara
Zuflucht für Maisy
Zuflucht für Ryleigh

Das Bergungsteam vom Eagle Point
Ein Retter für Lilly
Ein Retter für Elsie
Ein Retter für Bristol
Ein Retter für Caryn
Ein Retter für Finley
Ein Retter für Heather
Ein Retter für Khloe

SEALs of Protection: Legacy
Ein Beschützer für Caite
Ein Beschützer für Brenae
Ein Beschützer für Sidney

Ein Beschützer für Piper
Ein Beschützer für Zoey
Ein Beschützer für Avery
Ein Beschützer für Kalee
Ein Beschützer für Jane

Die SEALs von Hawaii:

Die Suche nach Elodie
Die Suche nach Lexie
Die Suche nach Kenna
Die Suche nach Monica
Die Suche nach Carly
Die Suche nach Ashlyn
Die Suche nach Jodelle

Delta Team Zwei

Ein Held für Gillian
Ein Held für Kinley
Ein Held für Aspen
Ein Held für Jayme
Ein Held für Riley
Ein Held für Devyn
Ein Held für Ember
Ein Held für Sierra

Mountain Mercenaries:

Die Befreiung von Allye
Die Befreiung von Chloe
Die Befreiung von Morgan
Die Befreiung von Harlow
Die Befreiung von Everly
Die Befreiung von Zara
Die Befreiung von Raven

Ace Security Reihe:

Anspruch auf Grace
Anspruch auf Alexis
Anspruch auf Bailey
Anspruch auf Felicity
Anspruch auf Sarah

Die Delta Force Heroes:

Die Rettung von Rayne
Die Rettung von Emily
Die Rettung von Harley
Die Hochzeit von Emily
Die Rettung von Kassie
Die Rettung von Bryn
Die Rettung von Casey
Die Rettung von Wendy
Die Rettung von Sadie
Die Rettung von Mary
Die Rettung von Macie
Die Rettung von Annie

SEALs of Protection:

Schutz für Caroline
Schutz für Alabama
Schutz für Fiona
Die Hochzeit von Caroline
Schutz für Summer
Schutz für Cheyenne
Schutz für Jessyka
Schutz für Julie
Schutz für Melody
Schutz für die Zukunft
Schutz für Kiera

SUSAN STOKER

Schutz für Alabamas Kinder
Schutz für Dakota
Schutz für Tex

Eine Sammlung von Kurzgeschichten
Ein langer kurzer Augenblick

BIOGRAFIE

Susan Stoker ist die New York Times, USA Today und Wall Street Journal Bestsellerautorin der Buchreihen »Badge of Honor: Texas Heroes«,»SEAL of Protection«,»Die Delta Force Heroes« und einigen mehr. Stoker ist mit einem pensionierten Unteroffizier der US-Armee verheiratet und hat in ihrem Leben schon überall in den Vereinigten Staaten gelebt – von Missouri über Kalifornien bis hin zu Colorado. Zurzeit nennt sie die Region unter dem großen Himmel von Tennessee ihr Zuhause. Sie glaubt ganz und gar an Happy Ends und hat großen Spaß daran, Geschichten zu schreiben, in denen Romantik zu Liebe wird.

Besuchen Sie Susan im Netz!
www.stokeraces.com
facebook.com/authorsusanstoker
twitter.com/Susan_Stoker
bookbub.com/authors/susan-stoker
instagram.com/authorsusanstoker
Email: Susan@StokerAces.com

www.ingramcontent.com/pod-product-compliance
Lightning Source LLC
Chambersburg PA
CBHW011141100726
47899CB00010B/3121